GÜNEŞ ÇAVMASI
II

GÜNEŞ ÇAVMASI II

Yazarı: Esra van der Wiel
Genel Yayın Yönetmeni: Meltem Erkmen
Editör: Aslı Güçlü
Düzelti: Fahrettin Levent
Düzenleme: Gülen Işık
Kapak Uygulama: Berna Özlek Keleş
Kapak Fotoğrafı: Maggie Brodie / Trevillion Images Trevillion

1. Baskı: Şubat 2015

ISBN: 978 9944 82-983-0

YAYINEVİ SERTİFİKA NO: 12280

Baskı ve Cilt: Kitap Matbaacılık
Davutpaşa Cad. No: 123 Kat: 1 Topkapı-İst
Tel: (0212) 482 99 10 (pbx)
Fax: (0212) 482 99 78
Sertifika No:16053

Yayımlayan:
Epsilon Yayıncılık Hizmetleri Tic. San. Ltd. Şti.
Osmanlı Sk. Osmanlı İş Merkezi No: 18 / 4-5 Taksim-İstanbul
Tel: (0212) 252 38 21 Faks: (0212) 252 63 98
İnternet adresi: www.epsilonyayinevi.com
e-mail: epsilon@epsilonyayinevi.com

GÜNEŞ ÇAVMASI
II

Esra van der Wiel

epsilon®

birkaç hayat sırtında yaslı yaz
göremiyor rengini
o şimdi kasvetli biraz
ve tanrı kadar kederli sanıyor kendini

1

Uğur uyandı ve aynı anda içinde yükselen acıya teslim oldu. Her hücresi acıyla doluydu sanki, başka hiçbir şey hissedemiyordu. Son günlerde her uyanışında düşündüğü şey geçti yine aklından: Keşke hep uyusam, keşke artık hiç uyanmasam...

Gözlerini açınca odaya güneş vurduğunu fark etmesi, acı hissiyle arasında ufak bir mesafe yarattı. Bugün güneşli olacak, diye düşündü. Çarşafı ayağıyla iterek sağ tarafına döndü ve dirseğinin üzerinde doğrulup başucunda duran saate baktı: 11:10.

İyi, bu günü de neredeyse yarılamışım, yarım gün daha eksilmiş acıdan, diye düşündü ve gözü takvime takılınca kendini sırtüstü yatağa bıraktı: On gün! Bu dünya on gündür Meriç'sizdi...

Ölüm haberini aldığı günden itibaren yaşananları hatırladı. Mecnun onu eve bıraktığında gözyaşlarına hâkim olmaya çalışacak durumda değildi. Karısı onu bu halde görünce paniğe kapılmış, elini göğsüne götürüp bağırmıştı: "N'oldu Uğur? Yoksa Taylan'a bir şey mi oldu?"

Uğur kendini koltuğa bırakıp başını iki yana sallayarak ondan kendisini yalnız bırakmasını rica etmişti. Aysel'in mutfaktan odaya epey bir süre gelmediğini ve aslında bunun hiç de ona uyan bir tepki olmadığını şimdi fark ediyordu. Karısı hiç üzerine gelmemiş, hiçbir şey sormamıştı.

Hava kararınca balkona geçmiş ve bu arada kadının tepside

getirdiği yemeği kafasını iki yana sallayarak reddetmişti. Neden sonra, orada oturduğu süre boyunca, karısının da yatmadığını fark ederek saate bakmış, üçü geçtiğini görmüştü. Salona girince, el işiyle uğraşan kadın kafasını çevirmiş ve meraklı bir ifadeyle ona bakmıştı.

Uğur odanın ortasında durmuş ve başını birkaç kez sallayarak bitkin bir sesle, "Çok yorgunum Aysel, yatacağım, hadi sen de yat," demişti.

Aysel'in de sakin bir şekilde konuştuğunu şimdi fark ediyordu: "Uğur, n'oldu sana böyle? Hiçbir şey söylemeyecek misin?"

Koridora doğru boş boş bakmıştı bir süre. Güç toplamak için derin bir nefes alarak, "Meriç öldü. Bugün cenazesine gideceğim," diye fısıldamıştı. Kâh ağlayarak kâh düşünerek yatakta dönüp durmak, sabahı beklemek ne zordu. Karısının o gece yatağa gelmeyip kendisini yalnız bırakmasına şimdi minnet duyuyordu.

Saat yediden sonra bir saat kadar dalmış olduğunu fark ederek acıyla uyanmış ve bir süre daha ağlamasının ardından kalkıp banyoya gitmişti. Duş alırken bir an için bütün bunların onun başına gelmediğini, Meriç'in bir yerlerde sağ olduğunu hissetmişti: Bu tanıdık bir duyguydu... Ne de olsa yıllarca bu düşünce ve duyguyla yaşamaya alışmıştı. Abdest alıp giyindikten sonra salonda Aysel'i kanepede uyuyakalmış görünce içi sızlamıştı. Yatak odasından bir pike alıp kadının üstüne örtmüş ve Mecnun gelene dek on dakika kadar balkonda bekleyip usulca evden çıkmıştı.

Hafızasını zorladı. Iıh... Yıllardır gidip geldiği İzmir yoluyla ilgili, o günkü yolculuktan aklında kalan hiçbir şey yoktu. Ne bir araba, ne bir ağaç, ne bir insan. Aklında kalan tek şey, Mecnun'un birkaç kez omzunu sıkması ve bir ara cep telefonunu cebinden çıkarıp ona cenazede çalınacak şarkıyla ilgili bilgi vermesiydi. Cenazeye ait de pek bir şey hatırlamıyordu. Himmet'in sesi... Şarkı... Mecnun'un birkaç kez Uğur abi demesi... Ağaçların arasından görünen gökyüzü... Kırmızı karanfiller... Meriç'in bedenini örten toprak... Hissettiği sıcak... Acı, acı, acı...

Foça'ya girerken boğuluyormuş gibi hissetti. Foça... İzmir...

Ege... Güneş... İnsanlar... Her şey üstüne geliyordu. Evin önüne gelince Mecnun'un arabasından indi. Buradan hemen gitmeliyim, diye düşündü eve bakarken. Uzağa! Çok uzağa gitmek ve bu acıyı yaşarken yalnız olmak istiyordu. Neresi olursa. O an pasaportunu uzatma işini uzun süredir ertelediği için pişmanlık duydu ve bitkin bir halde eve girdi. Aysel evde yoktu. Bu durum onu rahatlattı. Bir koltuğa oturdu ve düşüncelerini toparlamaya çalıştı. Birkaç dakika sonra kahveyi arayıp Melih'e şehir dışına çıkacağını söyleyerek bazı talimatlar verdi ve konuyla ilgili muhasebecisini bilgilendirdi. Karısına da bir not yazıp masanın üzerine bıraktı. Küçük bir çanta hazırlayıp taksi çağırdı. Şoföre havaalanına gitmek istediğini söyledi.

Niyeti, İstanbul'a giden ilk uçağa binmekti. Neyse ki taksi şoförünü tanımıyordu, bu sayede tek kelime etmeksizin boş gözlerle dışarı bakarak düşünceleriyle baş başa kalabildi. İzmir'e girerken, lise son sınıfa geçtiği yaz Meriç'le İstanbul'da buluştuğunu hatırladı... İzmir'e gidiyorum diye yalan söyleyerek Foça'dan ayrılmış ve iki gün boyunca Meriç'le sabahtan akşama kadar deliler gibi dolaşmışlardı... Ortaköy, Üsküdar, Taksim, Beyoğlu...

Hayır, İstanbul'a gidemezdi. Meriç'i hatırlatmayacak bir yere gitmeliydi. "Otogara gidelim," dedi şoföre. Yollara bakmak iyi gelmişti. Uçakla gitme fikrinden vazgeçip uzun bir yolculuk yapmaya karar verdi. Otogara girince nereye gideceğini düşünerek ve hareket etmek üzere yolcu alan otobüslere bakarak bir süre dolandı. Bir otobüsün camına asılı TRABZON yazısını görünce ihtiyacı olan sessizliğin her zaman hayranlık duyduğu ve epeydir gitmediği Karadeniz ormanlarında kendisini beklediğini düşünerek hemen bir bilet aldı. Otobüs hareket edince rahatladığını hissetti. Arada yanaklarından süzülen yaşları silerek yolu seyretmeye başladı. Zihni bir an bile susmuyordu. Düşüncelerini dinledikçe göğsünde kabaran alevin acısı da şiddetleniyordu.

Çorum civarında verilen molada iki gündür ilk defa boğazından bir şey geçti: Çorbanın yarısını içemese de midesi biraz rahatladı. Samsun'u geçtikten hemen sonra bedeni uykuya yenik düştü. Akçaabat'ta gözlerini açtığında karşılaştığı kapalı gökyüzü acısını destekler gibiydi. Akşam olmak üzereydi. Otobüsten iner inmez bir taksiye atlayıp oldukça lüks bir otele gitti ve odasına çıkıp kendini yatağa attı. Tavana bakarak uzandı bir süre. Cep telefonunu açıp Meriç'in mesajlarını okudu ve bu kez hüngür hüngür ağlamaya başladı. Birkaç saat sonra gözleri iyice acıyınca otelin saunasına inip gevşemeye karar verdi ve odasına döner dönmez uykuya teslim oldu.

Ertesi gün uyandığında Meriç'in yokluğunun acısıyla beraber açlık hissettiğini fark etti. Yol boyunca geçmişi düşünüp kendini suçlamasının üzerine bedeninden gelen bu sinyal, bir kez daha aşka ihanet ediyormuş gibi hissetmesine sebep oldu. Hafif bir kahvaltı edip odasına döndü ve katlanılmaz hale gelene kadar acısına kulak verdi. Uyumak ve unutmak istiyor ama yeterince uyuduğu için uykuya dalamıyordu, üstelik başı da fena halde ağrımaya başlamıştı. Doktorun Aysel'e verdiği sakinleştiricileri yanına almadığına pişman oldu. Hareket edecek gücü olmamasına rağmen kalkıp dışarı çıktı ve bir taksiyle en yakın eczaneye gidip uyku ilacı istedi. Eczacıdan reçetesiz satılan bir kutu hapla bir şurup alıp otele döndü ve tavsiye edilen dozun iki mislini yuttuktan sonra uzanıp uykuya daldı.

Sabah sekizde, uzun süre yatmaktan bütün vücudu uyuşmuş halde uyandı. Hava hâlâ kapalıydı. Dışarıyı seyrederken düşünceleri Meriç'ten babasına kaydı. Babası öldüğünde düştüğü kara boşluğu hatırladı. O zamanlar çocuk denecek yaşta olduğu için acıya daha çabuk alışmıştı belki de. Ama şimdi düşünüyordu da o dönemde hiç hareketsiz kalmamıştı. Meriç haftalarca, okuldan sonra her gün ama her gün, "Hadi ormanda yürüyelim," diye dikilmişti tepesine. "Neden bu kadar çok yürüyoruz?" diye sormuştu Uğur bir keresinde. "Çünkü insan çok yorulursa, düşünecek kadar uyanık kalamaz, düşünmeyince de acı çekmez," cevabını almıştı.

Meriç'le arasında geçen bu diyaloğu hatırlamak tuhafına gitti. Acaba buraya gelme sebebim, Karadeniz ormanları diye düşünmemin sebebi, bilinçaltıma yerleşen o yürüyüşler, o zaman dilimi miydi, diye geçirdi aklından. Duş alıp giyindi ve kahvaltı ettikten sonra çarşıya gitmeye karar verdi. Aceleyle hazırladığı çantasında birkaç tişört ve iki pantolon dışında hiçbir şey yoktu. İç çamaşırı, çorap ve birkaç tişört alması gerekiyordu. Büyükçe bir meydanda taksiden indi ve gözü büfeye takılır takılmaz canı sigara içmek istedi. Büfeye ilerlerken kendisiyle birkaç saniye mücadele etti. Meriç'ten ayrıldıktan sonra sığındığı sigarayı otuzlu yaşlarda bırakmak istemiş ama başarılı olamamıştı. Kırk iki yaşındayken midesinde bir rahatsızlık baş göstermiş ve sigaranın verdiği iç bulantısıyla bu berbat alışkanlıktan kurtulmuştu. Yıllardır da ağzına sürmemişti. Ama şimdi... İçinde durmadan devam eden sarsıntılara dayanmak için bir şeylere tutunması gerektiğine inanıyordu. Her zaman içtiği markadan iki paket ve bir çakmak alarak ayrıldı büfeden. Paketi açıp hemen bir sigara yaktı ve daha evvel taksi şoförünün tarif ettiği, her iki tarafında da dükkânlar olan uzun sokağa girip yavaş yavaş yürümeye başladı. Bu sokaktaki dükkânlarda istediği her şeyi bulabilecekti.

Sigaradan birkaç nefes çektikten sonra başının hafifçe dönmesinden hoşlandı. Başkasında görse uyaracağı, vazgeçirmeye çalışacağı bir şeyi yapıyor olduğunu bilmesine rağmen eski bir dosta kavuşmuş gibi hissediyordu. Tam bu sırada *cık cık cık* diye bir ses duydu ve hemen ardından, "Utanmıyorsun yaşından başından," diyerek birinin omzuna şiddetli bir şekilde vurduğunu hissetti. Bir an sendelediyse de kendini toparlayıp ne olduğunu anlamaya çalışarak şaşkınlıkla arkasına döndü ama çoktan uzaklaştığı için omzuna vuran gence tek kelime edemedi.

Tam o an birkaç metre gerisinde kalan dükkânın önünde dikilen bir adam, "Terbiyesiz!" diye bağırdı gencin arkasından.

Uğur tam anlamıyla afallamıştı. İstemsizce üstüne başına bakıp pantolonunun fermuarının kapalı olup olmadığını kontrol etti, kapalıydı. Kaşlarını kaldırıp ellerini iki yana açarak gencin arkasından bağıran adama doğru yürürken, "N'oldu, hiç anlamadım," dedi şaşkın bir ifadeyle.

Elli-elli beş yaşında görünen uzun boylu, esmer adam gülümseyerek Uğur'un elindeki sigarayı işaret etti. "Ramazan ayında, sokakta sigara içilmez pek buralarda."

"Haaa!" Uğur hızla sigarasını söndürdü ve dükkânın yanında bulunan küçük çöp kutusuna attı. Hâlâ şaşkındı.

Adam, "Buralardan değilsiniz galiba," diyerek onu içeri buyur etti.

Şivesinden onun da Trabzonlu olduğunu anlayan Uğur, "Değilim, İzmir'den geldim," dedi ve gencin tepkisi üzerine biraz sohbet ettiler. Adının Mustafa olduğunu öğrendiği adam uzun uzun Trabzon'un eski halinden ve geldiği durumdan bahsetti: Maalesef bu genç gibi densizler ve bu tip olaylar çoğalmıştı son yıllarda. Böyle şeyler onun çocukluğunda ya da gençliğinde hiç yaşanmazdı, inançlar şimdi gösterişe dökülmüştü ve mahalle baskısının en çok hissedildiği şehirlerden biri olmuştu Trabzon. Sık sık İstanbul'a mal almaya gidiyor ve semtlere göre durum değişse de orada bile böyle şeyler yaşandığına şahit oluyordu.

Adam İzmir hakkında duyduklarını sıralayıp ona birkaç soru sordu. Uğur da Foça'da yaşadığını ve bu tür bir durumla hayatında ilk defa karşılaştığını söyledi. Bunu söyler söylemez Ramazan ayında ilk defa İzmir dışına çıktığını fark etti ve hafifçe gülümseyerek bu gerçeği itiraf etti.

Adam ona soğuk bir şey içmek isteyip istemediğini sordu. Sıcak bir şey ikram edemeyeceğini çünkü Ramazan ayı boyunca çay ocaklarının da kapalı olduğunu söyleyince, "Önemli değil, bir bardak su alayım," diye cevap verdi Uğur. Adam niyetli olduğu için ona eşlik etmedi. Sohbet bir süre daha bu minvalde devam etti. Uğur'un dine bakışı hiçbir zaman keskin olmamıştı. Kendini tipik Müslüman olarak tanımladığı yıllar epey geride kalmıştı ama bazı ritüellerden hiç vazgeçmemişti. Bunu 'geleneklerin gücü' olarak ifade ederdi. Hem dinler hem de felsefe üzerine çok okuma yapardı. Aklı karışıktı. Dinlere uygun olmasa da bir 'tanrı' kavramı vardı. Yeryüzünde bir kontrol mekanizması olduğunu kabul ederdi. Midesi hastalanana kadar oruç tutmak sevdiği bir ritüeldi ama yıllardır tutmuyordu.

Biraz önce yaşadığı tepkiyi sindirmesi kolay değildi çünkü yaşadığı çevrede ömrü boyunca böyle bir tepkiyle karşılaşmamıştı. Mustafa'nın sorduğu soruları sırayla cevapladı: Foça'da da, İzmir'de de oruç tutan ve tutmayan insanların bir arada olması çok doğaldı. Evet! İzmir'de de iftara doğru trafik kilitlenir, lokantalar dolardı. Hayır! Şu yaşına kadar kimsenin oruç tutmayanlara karşı böyle sözler sarf ettiğini duymamıştı.

Mustafa bunları duyunca gülümseyerek, "Bi de gâvur İzmir derler! Esas Müslümanlar orda demek ki. Herkes birbirine karşı hoşgörülü," dedi.

Uğur tam da bu nedenle dini tartışmalara girmeyi sevmezdi. Biraz önce yaşından başından utanmasını isteyen gençle hoşgörüden bahseden bu adam aynı dine inanıyordu ve her ikisi de kendi bakış açısını destekleyecek ayetler gösterebilirdi. Konuyu hemen değiştirdi ve biraz daha sohbet ettiler. Uğur asıl sebebini açık etmeden buraya gezmeye, ormanlarda yürümeye geldiğini söyleyince adam ona Maçka'ya gitmesini tavsiye etti. Oradaki köyünden ve yakınında bulunan, yürümeye çok müsait çam ormanlarından bahsetti.

Uğur teşekkür etti ve birkaç tişörtle çorap aldıktan sonra Mustafa ile vedalaşıp dükkândan ayrıldı. İç çamaşırı almak üzere dükkânları incelerken bazı lokantaların açık olduğunu ama içeride suç işleniyormuş gibi camlarının kâğıtlarla kaplandığını görünce içi burkuldu. Kahvede çıkan tartışmalarda sıkça duyduğu bir cümle geçti aklından: Türkiye, İzmir değil.

Zihnindeki bu teorik bilginin pratiğe döküldüğünü düşünürken kısa, çok kısa süre de olsa Meriç'in ölümünü düşünmediğini ve nahoş bir durum sebep olmuş olsa da günlerdir biriyle ilk defa normal bir şekilde konuşabildiğini fark etti. Oysa Meriç'in toprağa verildiği gün içinde yükselen yangın ona hayatının bir daha asla eskisi gibi olamayacağını söylemişti.

Bir süreliğine uzaklaşan acı kısa sürede geri geldi. Alışverişi tamamlayıp oteldeki odasına döner dönmez içini yine kara karlar kapladı. Düşündü, düşündü, düşündü...

Kafasını dağıtmak için televizyonun kumandasına uzandı ve açtığı kanalda *Duman*'ın söylediği *Yanıbaşımdan* adlı parçanın sözleri çalındı kulağına. O ana dek hiç dinlemediği bir müzik tarzı olmasına rağmen sözlerle arasında şiddetli bir bağ kurdu: *Sevemedim ben bu günü... Sevemedim başından... Göremedim geçtiğini... Yanıbaşımdan, her yanımdan...*

Şarkının sözlerini dikkatle dinlerken *Kovaladım sevdiğimi... Yanıbaşımdan, her yanımdan...* kısmını duyunca göğsünün tam ortasına yanan bir yumru gelip oturdu. Zihni, yarım saat kadar Meriç'i kelimenin tam anlamıyla hayatından kovalayarak çıkardığı zaman dilimine kaydı. Üst üste dört-beş sigara içti.

Akşamüzeri, odasına bir tostla çay istedi. Hava karardıktan kısa bir süre sonra düşüncelerin getirdiği Meriç'li hatıraların altında ezilmeye başlayınca daha fazla dayanamadı ve haplarla uykuya daldı.

Ertesi gün kahvaltıdan sonra otelden ayrıldı ve taksiyle Maçka'ya gitti. Orada da lüks bir otele yerleşti. Geldiğinden beri Aysel'i aramamıştı. Hesabına göre Taylan da gelmek üzereydi. Karısını aradı ve çok kısa konuştu.

"Taylan, neden Trabzon'a gittiğini sorarsa ne diyeyim?" diye sordu Aysel.

"Ne istersen söyle," diyen Uğur vedalaşıp telefonu kapadı. Otelden çıkıp epey yürüdü. Yeterince yorulduğuna karar verince geri döndü. Ağlamak istiyor ama gözlerinden bir damla yaş gelmiyordu. Saunada rahatladıktan sonra restorana gidip biraz çorba ve salata yedi. Odasına döndü, üç-dört tane sigara içip uykuya daldı.

Ertesi gün hava güneşliydi. Sümela Manastırı hakkında bilgi aldı. Yanına bir şişe su alıp aşağıdan tırmanmaya karar verdi ve yolun yarısında pişman olduysa da dinlene dinlene tırmanmaya devam etti. Soluklanırken seyrettiği manzara aklını başından aldı. Yukarı vardığında nefes nefeseydi. Aynı yolla yukarı çıkanlar aşağı inerken tırmananlara 'az kaldı' diyorlar ama tırmanış bir türlü bitmiyordu. Kendisi de inerken oflayıp puflayan orta yaşlı iki adama aynı şeyi söyleyince haline güldü.

Otele döndüğünde çok yorgun ve açtı. Duş alıp restorana gitti, çok lezzetli bulduğu bir balık ve salata yedi. Odasına döndü. Türk kahvesi istedi ve sigara yaktı. Sonuna doğru içi bulanır gibi olunca sigarayı söndürdü, paketi alıp baktı. İçinde birkaç dal sigara kalmıştı ve hâlâ acı çekiyordu. Paketi öfkeyle buruşturup, "İçmeyeceğim seni," dedikten sonra çöpe attı.

Birkaç gün daha bu şekilde, çevrede uzun yürüyüşler yaparak bedenini yordu, yemek yedi ve uyudu. Günlerdir ağlayamadığı için kendine kızıyordu. Bunu da Meriç'e bir tür ihanet gibi görüyordu. Zaten ömrünce ihanet etmişti. Onu çok üzmüş ve kırmıştı. Kendini suçlamasının hemen ardından düşünceleri her seferinde onunla son görüşmesine kayıyordu. Tüm konuşmaları defalarca baştan düşünüyor ve inanılmaz acı çekiyordu. Çok geçmeden biraz daha geriye gidiyor, onu yıllar sonra görmesine neden olduğu için Ekrem'i ve Mecnun'u suçluyordu. Onca yıl Meriç'siz yaşamaya alışmıştı. Hiç görmemiş olsa, bu kadar acı çekmeyeceğini düşünüyordu. Sonra bunun ne kadar bencilce bir bakış olduğunu fark edip tekrar kendini suçlamaya başlıyordu. Ne düşünürse düşünsün, ne yaparsa yapsın, toprağına dokunduğu halde Meriç'in öldüğüne inanamıyordu. Mesajlarını tekrar tekrar okuyor, ölmeden bir gün evvel yaşadığı mutluluğun şimdi nereye gitmiş olduğunu merak ediyordu. Birçok filozoftan okuduğu, mutluluğun sürekli olamayacağı ile ilgili cümleleri hatırlıyor ve haklılar, diye isyan ediyordu.

İşte onuncu gün de aynı düşünceyle açmıştı gözlerini: Keşke hep uyusam, keşke artık hiç uyanmasam...

Bir haftadır ağlamadığını hesapladı. Son iki gündür insanlarla yeniden konuşmaya başlamıştı. Kalkıp banyoya geçerken, artık gitme vakti, diye düşündü. Önceki gece restoranda sohbet ettiği bir iş adamı, yakınlarda çok güzel bir yayla olduğundan bahsetmişti. Oraya gitmeyi, sonra da bulduğu ilk uçakla İzmir'e dönmeyi planladı.

Yaylaya yaklaştığında ağaçlar ve yol gözüne o kadar güzel göründü ki şoförün telefon numarasını alıp taksiden indi ve yürümeye başladı. Bir saat kadar durmadan yürüdü. Etrafta ne bir araba ne de bir insan vardı. Güneş ışıl ışıl parlıyordu ve şehirde hissettiği nemden eser yoktu. Yorulmuştu. Yolun kenarına oturdu. Biraz su içtikten sonra manzarayı seyretmeye başladı. Birbirinden uzakta ahşap birkaç ev gördü ve art arda dizilen düşüncelerini takip etti: Kim bilir neler yaşandı bu evlerde? Kim bilir kaç âşık vardı, kaçı kavuşamadı sevdiğine? Dışarıdan bakmak ne kadar kolay, ev der geçersin... Kim bilir kaç umut ve kaç hayal kırıklığı geçti bu evlerden? Görünen bir çatı ve duvarlar... O kadar... Göründüğü gibi olan ne var şu dünyada? Ne evler, ne de insanlar göründüğü gibi... Ahhh Meriç... Artık ben de bu evler gibi olacağım... Dışarıdan bakan 'insan' deyip geçecek... Kim merak edip de görecek içimi? Kaçı bilecek toprağından aldığım yangını? Ahhh Meriç... Neredesin şimdi?

Bir an için bir insanın ölmesinin imkânsızlığı fikri geçti aklından. Altında uzanan görkemli doğanın ve yeşilin binbir tonunun ruhuna ufacık bir coşku katamadığını fark etti. Kadının kahkahası kulağındaydı hâlâ. Ölmeden iki gün önce ona kavuşmuş olmaktan ötürü belli belirsiz bir minnet hissetti ve zihnindeki monolog tekrar başladı: Ahhh Meriç... Ben hep sensizdim ama bu başka! Ben bu acıyı nasıl taşıyacağım mezara kadar? Güya seni hatırlatmasın diye İstanbul'a gitmedim. İstanbul'daki hatıralarımız kalkıp buralara geldi bak! İnsanlar değişti, sokaklar değişti, hava değişti... Ama içimdeki acı bir milim oynamıyor Meriç! Acı hiç değişmiyor! Sen gerçekten öldün mü Meriç?

Aklından geçen bu son düşünceyle gözyaşlarına boğuldu. Doğanın ortasında tek başınaydı. Doya doya ağlamak için bundan daha uygun bir yer olamazdı. Meriç'in gülüşü, mimikleri, sesi zihninde köşe kapmaca oynarken kelimenin tam anlamıyla kendini kapıp koyvermiş bir halde ağlamaya devam etti. Ağlayışı kesik kesik hıçkırıklara dönüştüğünde arkasında bir ses duyar gibi oldu ve başını çevirdi.

Üzerinde uzun etek, sırtına sardığı çalı çırpıyla, kırış kırış yüzü güneşten yanmış, başına sardığı renkli çemberin tüm tonlarını ezip geçen lacivert gözleriyle çakmak çakmak bakan, yetmişini çoktan aşmış bir kadın, baston olarak kullandığı sopayı yere vurarak sordu: "Neye ağlaysun uşağum?"

★

Maral, kapısında MÜDÜR yazan odanın içinde burnundan soluyarak dört dönüyordu. Biraz evvel restoranda gördüklerine inanamıyordu! İşe başladığından beri kendisine gayet nazik davranan, hatta bir akşam restoranda yemek yediği, iki-üç saat sohbet ettiği Süha Bey şimdi fıstık gibi ama yaşı epey geçkin bir kadınla yemek yiyordu. Maral'ı görünce başını hafifçe eğerek selam vermiş ve kadınla sohbetine devam etmişti!

Denize doğru bakarken düşündü: Hayır bende ne terslik var anlamıyorum ki! Önce Yannis, sonra Süha! Hepsi mi yaşlı kadın hastası olur bu yaştaki erkeklerin? Ne istiyorlar bilmiyorum ki! Gencim, güzelim diye ulaşılmaz mı görünüyorum? Hayır, bu kez istediğim olacak! Kesinlikle benden hoşlandı Süha Bey! Tamam, açıkça bir şey demedi! Peki neden yemeğe davet etti o zaman? Sırf iş konuşmak içinse neden hayat hikâyemi dinlemek istedi? Kesinlikle hoşlanıyor benden! Bu kadın da nereden çıktı şimdi? Müşteri değil! Burada çalışmıyor! Acaba aralarında ne var?

Birkaç akşam önce çarşıda dolaşırken Yannis ve Handan'ı sarmaş dolaş yürürken gördüğü aklına gelince sinirleri iyice zıpladı ve o sırada kapının vurulmasıyla yerine geçti. "Gel."

Kırk yaş civarında ufak tefek bir kadın içeri girdi ve ürkek bir şekilde masaya yaklaştı.

Maral doğrudan sordu: "Adın ne senin?"

"Nilay."

"Dün odalardaki temizlik işini eksik yapmışsın."

Kadın bir an tereddüt ettikten sonra açıkladı. "Temizlik değil de odanın birine tuvalet kâğıdını koymayı unutmuşum, onu diyorsunuz galiba."

"Neyse ne! Hepinizi toplayıp işinizi eksiksiz yapmanız gerektiğini söylemedim mi?"

Kadın ne diyeceğini bilemedi ve birkaç saniye sonra, "Söylediniz," diyerek başını salladı. Maral'ın dik bakışlarını üzerinde hissedince ekledi: "Unutmuşum."

"Bir daha unutursan kendini kapıda bulursun Nilay!" diye bağırdı Maral.

Kulaklarına inanamayan kadın cevap vermedi.

Maral elini kapıya doğru savurarak, "Şimdi çıkabilirsin," dedi.

Kadın dışarı çıktığında dokunsalar ağlayacak haldeydi. On yıldır otellerde çalışıyordu ve şimdiye kadar hiç bu şekilde azarlanmamıştı. Maral'dan gelen bu tepkiye şaşkınlığı da cabasıydı.

Ne kadar kabaydı! İlk üç gün otelin sahibiyle etrafta dolaşırken herkese gülücükler dağıtan, herkesin elini sıkarak nazikçe hal hatır soran kadın bu kadın mıydı? Peki ama bir odaya tuvalet kâğıdı koymayı unuttuğunu nasıl öğrenmiş olabilirdi? Burada çalışan herkes birbirine yardımcı olur, birbirini kollardı. Kat görevlisi Şerife kaç yıllık arkadaşıydı, o şikâyet etmiş olamazdı. Yine de sormaya karar verdi. Durumu anlatınca Şerife'nin de aynı nedenle uyarı aldığını öğrendi ve ikisi de bu duruma çok şaşırdı. Kimin şikâyet etmiş olabileceği üzerine tahmin yürütmeye çalışsalar da hiçbir sonuca varamadılar. Otuz beş yaşındaki Şerife'nin Maral için koyduğu teşhisle konuşmaları sonlandı: "İkiyüzlü ve çok tehlikeli bu kadın!"

★

Nurcan arkadaşının anlattıklarıyla serseme dönmüş durumdaydı. Aysel'i kocasıyla tenis oynamaya gittiğinden beri pek görmemişti. Önce Semra, sonra Selma'nın kocası ve torunu gelmişti. İftar hazırlıkları, gelen giden derken dışarı çıkamamıştı. Semra da ablasıyla gitmeye karar verince Nurcan herkesi uğurlayıp hemen komşusuna koşmuştu.

Kaşını kaldırarak otoriter bir sesle sordu: "Bu kadar şey oldu ve bana şimdi mi anlatıyorsun Aysel? Aşk olsun ama!"

Arkadaşı sakin bir şekilde cevap verdi. "Hemen anlatmak istedim, sen telefonu açar açmaz evdeki trafikten bahsedince, ne bileyim... Sana geldiğimde de kızlar vardı, işin başından aşkındı, kendi dertlerimi anlatıp bir de ben yük olmak istemedim."

"Aaa! O nasıl laf öyle!"

Nurcan biraz düşündü. Iıh, bu açıklama yeterli değildi. "Sen çok değiştin Aysel."

"Değiştim mi? Nasıl yani?" diye sordu Aysel dalgın bir şekilde.

"Çok değil, üç-dört ay öncesine kadar hayatında ufacık bir şey olsa hemen anlatırdın. Artık öyle değilsin. Daha sessiz, daha sakinsin. Ne bileyim, değiştin işte!"

Arkadaşı bir süre bu tespiti değerlendirdi. "Doğrudur belki. Ben değişmeyeyim de kim değişsin Nurcan? Baksana başıma gelenlere! Hayatım allak bullak oldu."

Nurcan onun neye üzüldüğünü tam olarak anlamıyordu, bu yüzden arkadaşının kendine acımasına kızdı birden. "Aman! Nesi allak bullak oldu hayatının? İki hafta önce kocam beni boşayacak Meriç'i alacak diye üzülüyordun. Kadın ölmüş işte! Şimdi neye üzülüyorsun?"

Aysel onun yüzüne boş boş baktı bir süre. Her şey bu kadar basit miydi gerçekten? Uğur'un acıdan kasılmış yüzü günlerdir aklından çıkmıyordu. Öyle ki adam bu acıyla kendini Trabzon'da bulmuştu. Karısı ölse bu kadar üzülmezdi, adı gibi biliyordu bunu. Daha birkaç ay öncesine kadar Meriç kocasının çocukluk aşkı diye bildiği bir isimdi. Oysa şimdi tüm bu yıllar boyunca Meriç'in kocasının hayatını sarıp sarmaladığını, kocasının onu hiç unutmadığını anlıyordu. Ölümüyle de Uğur'un kalan ömrünü sarmalayacaktı kuşkusuz. Onun hayatı allak bullak olmamıştı da ne olmuştu? Bunu nasıl anlatabilirdi ki arkadaşına? "Nurcan?" dedi sonunda içini çekerek.

"Efendim?"

"Rıza'nın yıllardır başka bir kadına âşık olduğunu öğrensen ne yaparsın?"

"Çok sevinirim," dedi arkadaşı hiç düşünmeden.

Bu yanıtı beklemeyen Aysel gülerek sordu: "Niye kız?"

"Niye mi? Öncelikle Rıza'nın da kardeşinden başka birini sevebileceği ortaya çıkar. Sonra da ömür boyu iki damla ilgi ve sevgi görmek için çırpınışlarım, karşılık görmeyişim açıklanmış olur! Bak bak, başka birine âşıkmış da o yüzden bana böyle davranmış diye düşünürüm. Demek ki bende bir suç yokmuş, oğlum olmadı diye değilmiş tüm bu çektiklerim diye düşünürüm. Az şey mi?"

Aysel, "Az olur mu hiç? Nerdeyse bütün dertlerin halloldu," deyince kahkaha attılar.

Ardından bir süre sustular. Aysel kocasının ne zaman geleceğini ve gelince neler olacağını düşünürken Nurcan da Taylan'ı düşünüyordu. Semra'yla bir akşam evde yalnız kalmıştı ve sohbet ederken neredeyse Taylan'la ilgili her şeyi anlatacaktı. Böylece kızıyla biraz daha samimi olabilirdi. Ancak o ses! Ahhh Afife teyzenin yıllardır zihnine çakılı sesi onu yine durdurmuştu: *Biri sana bir sır verdiğinde, başkasına anlatırsan, bir daha kendinle barışamazsın.* Nedense bu ifade onu her zaman çok etkilemişti ve hayatı boyunca birinin verdiği sırrı başkasına anlatmamıştı. Taylan geleli birkaç gün olmuştu. Merakla sordu: "Taylan nerde?"

"Bilmem," dedi Aysel omzunu silkerek. "Kahvaltı edip çıktı. Arkadaşlarıyla beraberdir."

"Peki Taylan'a ne dedin? Sormadı mı babasını?"

"Sormaz olur mu?"

"Ne dedin?"

"Anlattım her şeyi."

"Aaa!" dedi Nurcan. "Meriç'i? Buluştuklarını? Kadının öldüğünü? Her şeyi mi?"

"Evet," dedi Aysel omzunu silkerek.

"Uğur darılmasın sonra sana?"

"Yok yok. Ona sordum önce. Oğlu taaa Kanada'dan gelecek, o Trabzon'da! Ne diyeyim dedim, istediğini söyle dedi bana."

Nurcan şöyle bir düşündü. "Keşke duruma uygun bir şey uydursaydın!"

"Amaaan!" dedi Aysel elini savurarak. "Duruma uygun şeyler uydura uydura gelmedik mi bugüne Nurcan? Bundan sonra neyse o! Uydurmak muydurmak yok!"

Nurcan kısa süren bir sessizlikten sonra sordu: "Ne dedi peki Taylan?"

"Hiçbir şey demedi."

"Pekiii... Şeyden bahsettin mi hiç?"

"Neyden?"

"Yani... Durumundan?"

Aysel arkadaşına merakla bakarak sordu: "Ne konuşulur ki bu konuda Nurcan?"

"Yani ne bileyim? Mesela..." dedikten sonra sustu ve bir süre düşündü Nurcan. "Haklısın! Ben de bulamadım konuşacak bir şey."

★

Handan bir saattir uğraştığı limonlu turtayı nihayet bitirip özenle buzdolabına yerleştirdi. Buzdolabında sadece kaşar peyniri, yoğurt ve birkaç domates olduğu için bu işlem pek zor olmadı. "Aşçının dolabına bak! Söküğünü dikemeyen terzi!" diye mırıldanıp gülümsedi ve CD çaları açtı. *Marc Aryan* söylüyordu: İstanbul. Sesi biraz yükseltip bir fincan çay alarak bahçeye çıktı ve şezlonga uzanıp taşkın bir mutlulukla çiçekleri seyretmeye başladı.

Annesiyle babası Amasra'ya döndükten sonra Rafet ve Yannis'in 'bir resepsiyonist bulana kadar bu işi üstlenir misin?' teklifine balıklama atlamıştı. Böylece hem Yannis'i daha sık görecek ve dans etmeleriyle başladığını düşündüğü ilişkileri gelişecek hem de anne babası gittikten sonra sessizleşen evde hüzünlere dalmaktan kurtulacaktı. Bir taşla iki kuş!

Ancak otelde çalıştığı bir hafta boyunca işler hiç de umduğu gibi gitmemişti. Otelin ağzına kadar dolu olması bir yana, hemen hemen her akşam İzmir'den gelen bazı gruplara yemek davetleri düzenlenmişti. Yannis'le neredeyse hiç görüşememiş olsa da resepsiyonda çalışmayı sevmiş, çok eğlenceli bulmuştu. Özellikle de çocuklarla iletişim kurmaktan keyif almış, Atlas'la samimiyeti epey ilerletmişti. Altı gün sonra Rafet ablanın gözü ilana cevap veren bir resepsiyonisti tutunca işten ayrılmıştı. Bu süreçte yanına uğrayan Mecnun ve Ece ile iki kez akşam yemeği yemişti. Yannis masalarına ancak merhabalaşacak kadar uğrayabilmişti. Adam resmen mutfağa tıkılıp kalmış, ancak her akşam onu eve bırakmıştı.

Birkaç gün önce, işten ayrıldığı akşam, Yannis'le otelden çıkmışlar ve evine vardıklarında, "Bu gece sana sarilarak uyuma sansim nedir?" diye sormuştu adam onu öperken.

Handan son günlerde onunla sevişmeyi hiç hayal etmemiş gibi şaşkın bir gülümsemeyle cevap vermişti. "Epey yüksek. Buyrun," diyerek adamı eve davet etmişti.

Adam başını iki yana sallayarak, "Olmaz. Sabah sana kahvalti hazirlamaliyim. Benim eve gidelim," demişti.

Sarmaş dolaş Yannis'in evine gidip o gece ilk defa sevişmişler ve sabah bahçede kahvaltı etmişlerdi. Adam özene bezene hazırlamıştı her şeyi. Handan kelimenin tam anlamıyla mutluluk sarhoşuydu. Yannis öğleye doğru, "Sen issiz kaldin ama benim hâlâ bir isim var," diyerek burnuna bir öpücük kondurup otele gitmek üzere evden çıkar çıkmaz Handan'ın cep telefonu çalmaya başlamıştı. Annesiydi. Handan gözetleniyormuş hissine kapılarak sağa sola baktıktan sonra telefonu ancak açabilmişti.

Emel hal hatır sorduktan sonra onun konuşmasını beklemişti. Resepsiyon işinden ayrıldığını öğrenince üzülmüş, evde canının sıkılıp sıkılmadığını sorduğunda, kızının verdiği 'Yannis'in evindeyim' yanıtı üzerine uzunca bir süre tek kelime etmemişti. Detaylı sorularla kızının geceyi orada geçirdiğini anladığında ise konuyu değiştirmiş ve soğuk bir şekilde telefonu kapamıştı. Genelde her sabah aramasına rağmen iki gündür aramıyordu.

Handan şezlongtan kalkıp içeri girdi ve cep telefonunu alıp ev numarasını tuşladı. Telefona babası çıktı ve biraz sohbet ettiler. Handan annesiyle görüşmek istedi. "Emeeel..." diye seslenen babası kısa süre sonra alaycı bir ifadeyle, "Kızım annen komşudaymış," dedi. Handan gülümseyerek babasıyla vedalaştı ve telefonu kapadı. Şezlonga geri döndü ve annesinin bu tavrının uzun sürmeyeceğini tahmin etti. Sürse de pek umrunda değildi zira hayatında hiç olmadığı kadar mutluydu.

*

Ece ve Mecnun saat on birde, sıcak basmaya başlayınca işe ara vermişlerdi. Genç kadın pişirdiği kahvelerle dışarı çıkarken *Bob Dylan*'ın söylediği şarkıya neşeyle eşlik etti: *One More Cup Of Coffee.* Sohbet ederek kahvelerini içmeye başladılar. Ece İstanbul'da her gün saat onda Türk kahvesi içerdi. Bu alışkanlığına Foça'da da devam ediyordu. Ancak seradaki işlerden dolayı kahve saati otomatik olarak on bire sarkmıştı.

Mecnun kahvesini bitirip, "Ben biraz kestireyim," diyerek şezlonga uzanınca Ece düşüncelere daldı: Onun hediye ettiği malzemelerle fırsat buldukça resim yapmaya başlamıştı. Bu hediye onu inanılmaz mutlu etmiş, bunun Mecnun'un ilgisinin kanıtı olduğunu düşünmüştü. Ancak iki gün sonra Gürkan'la Karaburun'da bir bahçede çalışmak üzere erkenden giden Mecnun, akşam altı gibi elinde iki poşet kitapla çıkagelmişti. Ece onun bu kitapları Efe'nin on beş yaşındaki polisiye romanlara meraklı, dedektif olmak isteyen kardeşi Cem'e aldığını öğrenmişti. Üstelik adam kitapları alabilmek için üstü başı pis vaziyette bir alışveriş merkezine girmişti.

Mecnun'un öyle yerlerden hiç hoşlanmadığını bilen Ece hemen mantığını devreye sokup kararını verdi: Bana özel bir durum değil işte! Herkese hediye alıyor... Adamın yapısı bu! Zaten hoşlansa iki laf etmez mi? Davranışıyla, bakışıyla belli etmez mi? Handan'la rahatça sohbet edebileceği bir ortam da olmamıştı ki! Gerçi Handan otelde buluştuklarında ve birkaç dakikalığına yalnız kaldıklarında, "Mecnun senden çok hoşlanıyor, inan bana," demişti. Ama o zaten her şeyi olumlu gören, herkesin mutlu olmasını isteyen iyi niyetli bir insandı sonuçta.

Ev arkadaşı olarak çok güzel bir ilişkileri vardı. Mecnun'un evdeki tek kuralı, yemek yaparken mutfakta yalnız olmak istemesiydi. Ece'nin koyduğu kuralların bazılarını saçma bulsa da uyuyordu. Genç kadın duruma bu açıdan bakınca kendini orada yabancı olarak görmüyor, onunla eşit şartlara sahip olduğunu hissediyordu. Eşyalar bakım gördükten sonra gelmiş, özellikle salon inanılmaz güzel olmuştu. Ece serada çalıştıktan sonra tozlu topraklı kıyafetlerle koltuklara oturulmasından rahatsız olacağını söyleyince, "Tamam," demişti Mecnun ve duş alıp temiz kıyafetler giymeden salonda oturmaz olmuştu.

Ece'ye göre tuvalet sabah ve akşam olmak üzere günde iki kez temizlenmeliydi. Mecnun'a göre bu gereksiz, hatta zararlıydı. Bir gün kadın tuvaleti fırçalarken içeri yayılan çamaşır suyu kokusunu alınca koşarak yanına gitmiş ve "Ece sen n'apıyorsun?" diyerek sifonu çekmişti. Sonra da odaya geçip tartışmaya başlamışlardı. Adam sakince sormuştu: "Bu kadar klorak dökülür mü? Camı da açmamışsın! Klorak döküp aynı anda tuvalet fırçalanır mı? Kendini zehirleyeceksin!"

Klorakın çamaşır suyu anlamına geldiğini öğrenen Ece başını iki yana sallayarak çamaşır suyunun sağladığı hijyen üzerine uzun bir nutuk atmıştı. "Fazla kloraktan zarar gelmez!" demişti, tüm temizlik alışkanlıklarını borçlu olduğu annesi tertemiz bir kadındı ne de olsa.

Mecnun onu sakin bir şekilde dinledikten sonra gülümseyerek, "İnterneti aç araştır, fazla klorak n'aparmış öğren," deyip dışarı çıkmıştı.

Ece hemen internetin başına geçmişti. Çeşitli sitelerden okuduklarına çok ama çok şaşırmıştı. Miktar olarak bir çay bardağını geçmemek gerekiyordu, oysa annesi bunun en az iki-üç katını kullanırdı. Ne kadar çok temizlik maddesi kullanırsa o kadar temiz olacağına dayanan bir temizlik anlayışı vardı kadının. Sadece annesinin mi? Akrabalarını, komşularını, arkadaşlarının annelerini gözünün önüne getirmiş ve bu gibi ürünlerin bol kullanılmasına yönelik televizyon reklamlarının teşvik edici gücünü düşünmüştü.

Çamaşır suyu dökülen yüzeyin fırçalanmaması gerektiğini de internetten öğrenmişti. Aslında mantık yürüterek bu sonuca vardığını anımsıyordu birkaç yıl önce ama annesine söylediğinde, "Kızım kafamı çevirip temizliyorum, eğilip de koklamıyorum ya," cevabını almıştı. Annesinin her temizlikten sonra başının dönmesi, içinin bulanması zehirlendiği içindi belki de...

Ece hemen annesini arayıp öğrendiklerini anlatmıştı. Kadının aklına pek yatmamıştı. Bolca malzeme kullanmadan temizlik nasıl sağlanabilirdi ki? Ece yine de rahatlamıştı. Annesini tanırdı, bu konu aklına takılacak ve mutlaka arkadaşlarıyla konuşacaktı. Bilen biri onu ikna ederdi nasıl olsa.

Birkaç gün önce de geldiğinde yıkayıp kaldırdığı ve kırışık olduğu için giymediği birkaç gömleğini ütülemek istemişti. Evin her yerini aramış ama ütüyü bulamamıştı. Mecnun da yine dışarıdaydı. Akşam sohbet ederlerken aklına gelmişti. "Mecnun, ütüyü bulamadım."

"Bulamazsın tabii çünkü yok," demişti Mecnun gülümseyerek.

Ece ona şaşkınlıkla bakmıştı. "Nasıl yani?"

Mecnun omzunu silkmişti. "Ütü yok." Gülerek devam etmişti sözlerine. "Kendimi bildim bileli anlamını çözemediğim, saçma sapan bir alet bence. Evde bir ütü vardı eskiden, annemle babam vefat ettikten bir sene sonra gözüme takıldı. Burda çalışan çocuklardan birine verdim gitti. Ben kullanmıyorum."

"Nasıl yaaa? Neyle ütülüyorsun tişörtlerini, gömleklerini falan?"

Mecnun evin arka tarafını göstermişti. "Ben rüzgârda kuruturum. Açıldığı kadar. Zaten burda, üstüne giyer giymez kırışır her şey sıcaktan, nemden. Gömlek de giymem. Banka müdürü müyüm ben?"

Ece hemen savunmaya geçmişti. "Ben giyiyorum ama. Ütü gerekli. Tamam. Ben alırım."

Mecnun gülerek sonlandırmıştı tartışmayı. "O zaman alalım bir tane. Anlaşılan annem gibi ille de kendime işkence edeceğim diyorsun."

Ece gülümsemiş olsa da aslında epey öfkelenmişti onun bu tavrına. Neydi bu canım! Ütüsüz ev mi olurdu? İnsanların hepsi mi salaktı? Ütü gayet kullanışlı bir aletti. Kırışmış her şeyi açıyordu işte! Bir şeyin düzgün olması kötü bir şey miydi?

Gerçi Mecnun'un onu annesine benzetmesi hoşuna gitmişti ama bu kesinlikle güzel bir özelliğine dayanmıyordu. Olsun, böyle de gayet iyi, diye düşünmüştü.

Böyle terslikleri olsa da Mecnun çok yumuşak başlı, her zaman sakindi. Ece tanıştıklarından beri onun herhangi bir şeye kızdığını hiç görmemişti ve bu özelliğinden gerçekten etkileniyordu. Gel gelelim evde ya da serada çalışırken üstünde bir baskı hissediyordu. Bunun sebebini uzun uzun düşünüp bir fikre ulaşmıştı: Mecnun'dan çekiniyor, hatta biraz korkuyordu. Ancak neden böyle hissettiğini anlayamıyordu. Bu konuyu onunla konuşmak istiyordu ama şu an pek de uygun değil gibiydi. Hafif bir tonda çalmaya başlayan *Yello*'dan *The Rhythm Divine* adlı parçanın ritmine takıldı ve düşüncelerinden uzaklaşıp ona baktı: Acaba uyuyor mu? Uyumuyorsa aklından neler geçiyor?

O sırada taş masada duran cep telefonu çalmaya başlayınca Mecnun gözlerini araladı ve bunu fark eden Ece uzanıp telefonu ona verdi.

"İzmir'den Sergen diye bir arkadaşım," dedi Mecnun telefonu kapadıktan sonra. "Yarın akşam birlikte yemek yiyelim diyor. Buraya gelecek. Sen de gelirsin, değil mi?"

Ece onun arkadaşıyla yaptığı yemek planına kendisini de dahil etmesinden hoşlanmıştı ama ne diyeceğini bilemedi. "Bilmem."

Mecnun önemli bir bilgi veriyormuşçasına kaşlarını kaldırarak konuştu. "Senin yerinde olsam kaçırmam bu muhabbeti. Çok eğlenirsin inan bana."

"Öyle mi? Sergen de senin gibi komik mi?"

Mecnun güldü. "Benim gibi değil ama..."

"Ama?"

"Şaşkın o şaşkın..." Göz kırparak sürdürdü konuşmasını. "Yarın bize katıl, işte o zaman ne demek istediğimi anlarsın..."

★

Tahsin öğle yemeğinde kirlettiği tabağı sudan geçirdikten sonra bulaşık makinesine götürürken, başını çemberle sıkıca sarmış olan Emel mutfağa girdi ve tabağı adamın elinden alırken, "Ver şunu bana Tahsin Bey, yere damlatıyorsun! Geç otur sen içeri!" dedi.

Tahsin, takip edildiğinden emin, banyoya geçip elini ağzını sabunladıktan sonra salondaki koltuğuna oturdu ve bulmaca çözmek için gazetesini eline aldı.

Emel salona girip üçlü koltuğa uzanırken, "Oyyy... Başım çok fena bugün," diye homurdandı.

Adam gözlüğünün üzerinden ona bakarken, "Dün doktorun söylediklerini tekrarlamamı ister misin?" diye sordu.

Emel sağ kolunu yüzüne yasladı. "Aman istemem! Doktorlara kalsa kimse oruç tutmayacak! Sonra ne olacak?"

Tahsin gülümsedi. "Ne olacak? Herkes cehenneme gidecek, cennet de sinek avlayacak."

Emel yerinden doğrulup, "Sen geç dalganı Tahsin Bey!" dedi. "Oruç tutmadığımda kendimi ne kadar kötü hissediyorum biliyor musun?"

Kocası gazeteyi elinden bırakıp ciddiyetle konuştu. "Emel, hastasın, hasta! Hastadan oruç istenmiyor. Allah Allaaah! Nerden çıkıyor bu, ben Allah'ın istediğinden iyisini yaparım takıntısı, anlamıyorum ki! Bu kadar oynak tansiyonla oruç tutulur mu hiç?"

"Ben iyiyim böyle! İyiyim."

"Sen bilirsin."

Emel kısa bir sessizlikten sonra yumuşak bir sesle açıkladı. "Yarın bırakacağım, tamam! Ama bugün tutmasam olmazdı."

Tahsin şöyle bir düşündü. Karısının sevabın en yüksek değerden işlendiği geceleri kaçırmadığını bilirdi. "Niye? Bugün kandil değil ki!"

"Değil ama akşam Safiye Hanımlara gideceğiz, unuttun galiba! Oruç tutmayıp iftar davetine gidilir mi Tahsin Bey? Günah!"

Adam karısına şöyle bir baktı. Bu hesaba aklı yatmamıştı ve anlamaya çalışmaktan vazgeçerek bulmacasına döndü.

Emel onun sohbeti her seferinde en hararetli yerinde kesmesine çok kızıyordu. Üstelik başı çatlayacak gibiydi. "Ayrıca başımın ağrıma nedeni oruç falan değil Tahsin," dedi.

Adam konunun nereye gideceğini ve şimdi konuşulmazsa daha sonra yeniden açılacağını bildiğinden gazeteyi elinden bırakıp sordu: "Ne peki?"

"Handan!"

"N'olmuş Handan'a?"

"Daha ne olsun? Bilmiyorsun sanki! Yannis'in evinde kalmış dedim ya sana evvelki gün! Daha ne olsun?"

"Peki Emel Hanım! Söyle bakalım, benden ne yapmamı istiyorsun?"

"Konuş onunla! Baba olarak ağırlığını koy canım! Aaa! Hep ben hep ben! Yoruldum Tahsin!" Acıklı bir ses tonuyla ekledi: "Hastayım! Görmüyor musun ne hale geldim?"

Tahsin başını salladı. "Tamam, konuşayım! Konuşayım da... Sen söyle, ne diyeyim?"

"Kızım evlenmeden bir adamın evine gidilmez de!"

"Otuz beş yaşındaki kızıma? Böyle mi söyleyeyim? Biz onun hayatına üniversiteden mezun olduğundan beri hiç karıştık mı Emel? Ya şimdi nerden çıktı bu ilgi derse?"

"Diyemez! O bizim çocuğumuz!"

"Çocuk dediğin otuz beş yaşında! Olmaz! Ben kimsenin hayatına karışamam."

Emel öfkeyle atağını yaptı. "Yaaa! O zaman ben yirmi yaşımdayken neden karışıyordun benim hayatıma? Sana neydi benim giydiğim eteklerin boyundan?"

Bu sözler üzerine biraz düşündü Tahsin. "Haklısın... Ama ben o zaman bu adam değildim... O zamanlar..."

"O zamanlar ne?"

"Cahildim."

"Ha! Yıllar geçti âlim oldun, başın göğe erdi, öyle mi?"

"E tabii... Hepimiz değiştik Emel. Sen değişmedin mi?"

"Bazı konularda değişmedim! Benim aklım ermez öyle nikâhsız mikâhsız yaşamaya! Ya adam gibi evlensinler ya da..."

"Ya da ne?"

Emel cümlesini nasıl tamamlayacağını bulamayınca kırgın bir ses tonuyla cevap verdi kocasına. "Senin garezin banaydı, değil mi Tahsin? Banaydı bütün kuralların zaten! Aman kızına bir şey söyleme sen!"

★

Rafet bahçedeki masaya oturmuş, Yannis'in mutfaktan çıkmasını bekliyordu sabırla. Birlikte yemek yedikleri gece, Yannis'in kızıyla dans ettiğini gören Emel bir ara kimselere duyurmadan sessizce rica etmişti: "Aman Rafet Hanımcım, Handan size emanet! Kimi kimsesi yok bakın burda! Kızınız bilin! Yanlış şeyler yapmasına sakın izin vermeyin."

Rafet onun neyi kastettiğini anlamıştı tabii. O akşamdan beri omuzlarında müthiş bir ağırlık hissediyordu. Tamam, hiçbir zaman insanların işine karışmayı seven bir insan olmamıştı ama şimdi... Handan emanetti sonuçta. Emel de bir anneydi ve kendini onun yerine koymak hiç de zor değildi.

Yannis çok iyi bir adamdı. Ortağıydı. Foça'da, sadece Foça'da değil şu koca dünyada güvendiği birkaç kişiden biriydi. Yani... Aslında koskocaman insanlardı. Hay Allah! Nereden çıkmıştı şimdi bu emanet işi! O ne yapabilirdi ki?

Tam o sırada Yannis geldi ve sohbet etmeye başladılar. Rafet konuyu nasıl açacağını bilemiyordu. Akşamki yemek davetiyle ilgili hazırlıklardan bahsediyorlardı ama aslında aklı bambaşka bir yerdeydi. Yannis'in yemekleri saydıktan sonra sustuğunu fark edince boğazını temizleyip hızlı hızlı konuştu. "Handan da hiç gelmez oldu. Onu gördün mü hiç? Bugün bir ara telefon edip halini hatrını sorayım diyorum."

Yannis ellerini başının arkasında kenetleyerek doğal bir şekilde cevap verdi. "Handan benim evde. İsten ayrildiği geceden beri beraberiz."

Rafet bunu duyar duymaz elini ağzına götürdü. "Aaa! Olmaz!"

Yannis onun bu tepkisine şaşırdı. "N'oldu Rafet abla? Niye öyle dedin?"

"Çünkü... Çünkü..." Ortağı merakla bakmayı sürdürünce daha fazla dayanamadı ve Emel'le arasında geçen konuşmayı olduğu gibi anlattı.

*

"Saat alti gibi evde olurum. Yorma kendini. Öpüyorum gülüsünden," diyerek telefonu kapadı Yannis.

Handan saate baktı, adamın gelmesine daha bir saat vardı. Öğleden sonra alışverişe çıkmış ve fırında makarna pişirmişti. Limonlu turta da hazırdı. Bakalım nasıl bulacak benim tariflerimi, diye düşünüp bahçedeki masayı hazırlamaya karar verdi. O sırada cep telefonu çaldı. Yannis'in gün içinde durmadan aramasına o kadar alışmıştı ki gülerek uzandı telefona. Ekranda yanıp sönen MÜNEVVER TEYZE yazısını görünce ifadesi birden değişti. Sakin olmaya çalışarak telefonu açtı. "Alo, Münevver teyzecim merhaba!"

Kadının sesi boğuk ve ağlamaklıydı. "Handancım! Çabuk İstanbul'a gel kızım! Ben ne yapacağımı şaşırdım!"

Handan ne olduğunu anlamaya çalışarak sordu: "Sakin ol Münevver teyzecim, ağlama. Ne olduğunu söyle bana."

Kadın hıçkıra hıçkıra ağlarken kesik kesik konuşuyordu. "Ayça... Ayça... Hastanede şimdi... Ölmek istedi."

Handan'ın başından aşağı kaynar sular döküldü. Bir an nefes alamadı ve hemen kendini toparladı. "Münevver teyzecim, sen sakin ol, n'olur sakin ol. Ben şimdi bir arkadaşıma telefon edip senin yanına yollayacağım. Hangi hastanedesiniz söyle bana.

Ben de hemen ilk uçakla geliyorum, hiç merak etme," dedikten sonra masanın üzerinden kâğıt kalem alıp hastanenin adını not etti. Telefonu kapamasının ardından mutfak tezgâhına tutundu, gözleri dolmuştu. Yüksek sesle sordu: "Ahhh be Ayçacık, n'aptın sen böyle?"

üzülmüşken
düşmüşken ve düşsüzken
ninen hâlâ ölüdür, duaları diri
alır seni kederden gamdan
gülümser varlığın
türküsünü çağırır:
yalan yokluk yalan

2

Lacivert gözleri kadar etkili sesiyle elindeki sopayı sallayarak, "Bana buralarda Hatice nine derler. Tanrı misafirisin sen, düş önüme," deyince Uğur bu emre itaat etti ve kadının evine doğru beş yüz metre kadar yürüdüler. Bu esnada Hatice nine ona adını, nereden gelip nereye gittiğini ve kederinin sebebini sordu. Uğur kısaca kendinden ve memleketinden bahsettikten sonra çok sevdiği bir arkadaşının aniden öldüğünü, cenaze töreninin ardından kendini burada bulduğunu söyledi.

"Uyyy," dedi kadın. "Bu ani ölümler patoza verilmiş fındık gibi savurur insanı, biliriiim."

Şivesinden dolayı söylediklerini bazen anlamakta güçlük çekse de kadının yaşıyla ters orantılı enerjisine, konuşmasındaki ve tavrındaki doğal mizaha hayran kaldı Uğur. Alt kısmı ahır olarak kullanılan tamamen ahşap eve vardıklarında Hatice ninenin yetmiş sekiz yaşındaki kocası Bekir'le tanıştı. Adam yakalandığı soğuk algınlığını henüz atlatamamıştı. Hatice nine sırtındaki çalı çırpıyı indirip oturma odasına açılan mutfağa girince adamlar da sohbet etmeye başladılar.

Bekir gençliğinde balıkçıydı. Evlendikten bir süre sonra

Trabzon'dan başka şehirlere giden çeşitli otobüs firmalarında yıllarca uzun yol şoförü olarak çalışmış ve emekli olmuştu. On beş yıl evvel şehirdeki nem ikisine de enikonu dokunmaya başlayınca babadan kalma bu evde yaşamaya karar vermişlerdi. Böylece kira verme derdi de ortadan kalkmıştı. Hatice ilk zamanlar komşularını, kızlarını özleyip söylendiyse de altı ay geçmeden alışmıştı. Zaten her yaz yaylada kalırlardı. Kızlarının ikisi Trabzon'a, ikisi İstanbul'a gelin gitmişti ve on iki tane de torunları vardı.

Bekir derin bir nefes alıp, "Bir tane de oğlumuz vardı... Fatih... En küçük... Astsubaydı. Otuz sekiz yaşındaydı... Sekiz yıl önce Hakkâri'de şehit oldu," deyince pişirdiği kahvelerle yanlarına gelen Hatice nine hemen susturdu onu. "Açma şimdi o konuyu! Bu uşağın acısı kendine yeter," diyerek Uğur'un durumundan, buralara neden geldiğinden bahsetti ve konuyu değiştirdi. Ege'deki hayat ve yemekler hakkında sorular sordu, arada birkaç Karadeniz fıkrası anlattı ve hem kocasını hem Uğur'u güldürdü.

Bekir'le Uğur'un oturduğu uzun sedirin tam karşısında bulunan tahta masanın üzerinde eski tip, tüplü, büyük ekran bir televizyon vardı. Uğur'un gözü içeri girdiğinden beri oraya takılıyordu çünkü ekran kırılmıştı ve televizyonun hemen önünde büyükçe bir taş duruyordu. Merakını yenemeyerek sordu: "Televizyona ne oldu?"

Hatice nine kocasına ters ters bakarak açıkladı. "Bizim adam hükümete kızdı bir gün! Haberleri seyrederken kırıverdi televizyonu. Madem teröristlerle ahbap olacaktınız ne diye öldü benim oğlum diyerek fırlayıverdi dışarı. Ben hemen kapadım aleti, daha çok kızmasın diye ama öfkesi dinmedi. Bu taşı getirip patlattı televizyona. O gün bugün bu taşı da attırmaz burdan." Gülümsedi. "Yenisini almaya para da yok. Ne güzel dizilere bakıyordum akşamları!"

Karı koca sevimli bir ağız dalaşına giriştiler. Hatice nine olaya mantıklı yaklaşıyor, "Televizyonu kırdın da hükümeti adam mı ettin?" diye soruyordu. Bekir ise, "Olsun, kocaman taşı attım hepsinin koca kafasına, ohhh olsun," diyerek duruma açıklama getiriyordu. Tartışmayı izleyen Uğur eskiden beri duyduğu *evlat acısı başka hiçbir acıya benzemez* sözünü hatırladı ve oğullarını kaybetmelerinin ardından kim bilir ne acılar çektiklerini düşünerek konuyla ilgili sorular sordu.

Fatih evliydi. Öldüğünde, kızı on, oğlu beş yaşındaydı. Gelinleri ve torunları, Fatih ölünce Trabzon'a yerleşmişlerdi. Adamdan kalan maaşla geçinmeye çalışıyorlardı. Kızı Elif şimdi on sekiz yaşındaydı ve bu sene üniversite sınavına girmişti. Oğlu Ersin de ortaokuldaydı. Yaşlı karı koca çocuklara babalarının eksikliğini hissettirmemek için ellerinden geleni yapmıştı.

"Elif de şimdi gelir görürsün. Şükür büyüdüler ama hepimiz zorluk çektik haliyle," diyerek sözlerini bitirdi yaşlı kadın.

Uğur çok ısındığı bu insanları rahatsız ettiğini düşündü bir an ve gitmek için izin istedi.

Hatice nine kızdı hemen. "Mısır ekmeği pişireceğim sana. Kuymak yedirmeden de bi yere salmam."

Uğur gülümseyerek arkasına yaslandı. Bu insanları tanımak ve onlarla sohbet etmek, nedenini bilemediği bir şekilde içini rahatlatmıştı.

Hep birlikte dışarı çıkıp evin önündeki sedire oturdular. Hatice nine meyve ve çerez getirdi, bu arada kadının bir şey yemediği Uğur'un dikkatini çekti. Niyetli olduğunu öğrenince kadının bu yaşta, üstelik de oruçlu oruçlu hizmet etmesinden rahatsızlık duydu ve zahmet verdiğine dair bir şeyler geveledi. Hatice nine elini savurarak güldü. "Ne zahmeti? Sen Tanrı misafirisin. Ben oruç tutuyorsam kendime tutuyorum! Hem ben artık yalnız oruç tutuyorum yıllardır." Kocasına ters ters baktıktan sonra başını gökyüzüne çevirip güldü. "Benim adam ekinini kaybeden Erzurumlu gibi yaptı."

Kahvede, gelen geçenden pek çok fıkra dinlemiş olsa da Uğur bunu daha önce hiç duymamıştı.

Hatice nine jest ve mimiklerini kullanarak hemen fıkrayı anlatmaya başladı. "Erzurumlunun biri harmanını kaldırmış, ekinini kurutuyormuş... Son güne geldiğinde, öğleden sonra gökyüzü kararmaya başlamış, adam da başlamış dua etmeye. 'Allah'ım, ne olirsen ekinim gurumadan yagmurunu yagdirma!

Bugün sakın yagmur yagdirma!' Akşama kadar yağmur yağmasa, adam ekini toplayacakmış... Akşamüzeri olmuş... Yağmur yağmamış ama hava iyice kararmış. Bizimki rahatlamış ama bir yandan da korkuyormuş... Ekini toplamasına tam yarım saat kala, önce bir fırtına başlamış, sonra da yağmur! Öyle bir yağmur ki sanki gök delinmiş... Bütün ekin çürümüş tabii. Adam hem üzülmüş hem de kızmış! O hırsla evine dönmüş, bir de ne görsün! Eşeğine yıldırım çarpmış, eşeği de ölmüş! Başına gelenler adamın içine oturmuş ama bir şey yapamamış. Elden ne gelir? Sonra... Aradan zaman geçmiş, Ramazan ayı gelmiş. İlk orucu tutmak için niyetlenmiş Erzurumlu. Veee... İftara yarım saat kala bir cigara çıkarıp yakmış. İlk nefesi güzelce içine çekip gökyüzüne bakarak üflerken, 'Nasıl? **İllet oliysen şimdi,** degil mi?' demiş ve eklemiş: '**Ölen eşşegi de gurbana saymazsam şerefsizim**!'"

Hepsi katıla katıla gülerken Uğur, Meriç'in ölümünden sonra ilk defa kahkaha attığını fark etti.

★

Ece ve Mecnun, öğleden sonrayı çalışarak geçirmişlerdi. Genç kadın birkaç gün evvel laf arasında adamın çok sevdiğini öğrenince, akşama zeytinyağlı sarma yapmayı takmıştı kafasına. Daha önce annesiyle birkaç kez sarmayı denemişti ama hiç kendi başına yapmamıştı. Ondan biraz daha erken işi bırakıp duş aldı ve mutfağa geçti. Yaklaşık iki saat sonra dışarıdaki masayı hazırladığında morali biraz bozuktu. Yemek pek istediği gibi olmamıştı. Mecnun temizlenmiş bir halde masadaki yerini aldığında çorbaları koydu. Adam çorbadan bir kaşık aldıktan sonra gülerek baktı ona. "Hmmm. Çorba ne kadar güzel olmuş Ece, ellerine sağlık!"

Ece seri bir şekilde konuşarak cevap verdi. "Afiyet olsun. Çorba güzel ama zeytinyağlı sarma güzel olmadı maalesef, aslında daha önce annemle bir-iki kez yapmıştım ama şimdi yapınca dağıldı biraz. Sanırım nasıl yapılacağını bilmiyorum henüz ya da bir şeyleri eksik koydum." Bir yudum su içti. "Ya da fazla. Keşke anneme telefon edip sorsaydım! Belki gelecek sefere daha iyi olur. Neyse... Yarın dışarda yiyeceğiz, öbür gün ne pişirsek acaba?"

"Ece?" dedi onun konuşmasını gülümseyerek dinleyen Mecnun.

"Efendim?"

"Aç kalma korkun mu var senin?"

"Yooo! Neden öyle dedin ki?"

"Sendeki bu yemek takıntısına bakınca nedenini merak ettim."

Genç kadın salatayı ağzına götürürken şaşırarak duraksadı. "Ne? Ne takıntısı? Yemek takıntısı mı?"

Mecnun lokmasını yuttuktan sonra gülümseyerek başını salladı. "Evet! Farkında değil misin? Müthiş bir yemek takıntın var. Her sabah kahvaltıda, akşama ne pişirsek diyorsun."

Ece kaşlarını çatarak düşündü. "Bilmem. Öyle mi diyorum?"

"Öyle diyorsun tabii. Şu an akşam yemeği yiyoruz ve sen yemekten hiç zevk almıyorsun. Bu yemeğin tadına varmıyorsun."

"Neden zevk almayayım canım?" diyerek itiraz etti Ece hemen. "Nerden biliyorsun yemeğin tadına varmadığımı?"

"E çünkü aklın iki gün sonra yiyeceğimiz yemekte. Niye?"

Genç kadın lokmasını çiğnerken biraz düşündü. Aslında adamın sorduğu soru basit gibiydi ama nedense cevabı bulamadı. Omzunu silkti. "Bilmem. Şimdi sen birden sorunca cevabı bulamadım."

Mecnun bir kaşını kaldırarak hafifçe gülümsedi. "Annem de senin gibiydi. Bir ay sonra misafir geleceğini duysa ne pişireceğini düşünmeye başlardı."

Ece bu açıklamanın imdadına yetiştiğini düşündü. "E normal! Evet! Benim annem de öyle. Bütün kadınlar öyle! Böyle olması normal değil mi? Yemek pişirmek kadının sorumluluğundadır ve bir kadın ne pişireceğini önceden belirler, bu kadar basit!"

Mecnun kaşlarını kaldırarak güldü. "O kadar basit değil! Bizim evde annemin sorumluluğunda falan değildi. Babam da ben de yemek yapardık ama annem inatla, senin gibi hep önceden düşünüp dururdu. Ayrıca senin de burada yemek yapma gibi bir zorunluluğun yok! Yani bence sorumluluktan değil bu! Başka bir şey bu."

Ece biraz düşününce ona hak verdi. "Sebebi ne öyleyse?"

Mecnun derin bir nefes aldı. "Seninkini bilemeyeceğim ama anneminki baba evinde yaşadığı baskılardan kaynaklanıyordu. Dedem hep aynı saatte ve eksiksiz yemek istermiş. Bir şey eksik olsa sinirlenip bağırırmış. Babam da ben de kaç kez dedik şu yemeği kafandan bi çıkar at! Hatta bir keresinde, bir hafta mutfağa girmeyeceksin, lütfen rahatla dedik. Ama o bir hafta boyunca yine ne pişeceğini, nasıl yapılacağını denetleyip durdu kafasında." Gülerek annesini taklit etti. "Tavuğu buzluktan çıkardınız değil mi? Donu çözülmez yoksa! Engin, patlıcanları tuzlu suya koymadın bak! Kararır sonra! Mecnun, soğan doğradığın bıçakla patatesleri kesmiyorsun değil mi? Kızartmada kokar sonra! Bıdı bıdı bıdı... Vıdı vıdı vıdı..."

Gülümseyen Ece düşünceli bir şekilde sordu: "Yani... Bunun bir takıntı olduğunu ve bu takıntının nesilden nesile geçen bir şey olduğunu mu düşünüyorsun?"

Mecnun omzunu silkti. "Öyle tabii! Annemle bunu tartışmak istediğimizde 'görgülü kuşlar gördüğünü işler' deyip kestirip atardı. Sanki her görgü mantıklıymış gibi! Kuş muyuz biz? Yani ben... Anlamıyorum, hakikaten anlamıyorum, bir insan kendini huzursuz eden saçma sapan görgülerde, âdetlerde neden ısrar eder ki? Yemek dediğin nedir sonuçta? Hayatın amacı mı? Yooo! İnsanın ihtiyacı sadece. Tuvalet ihtiyacı gibi. Çişin gelince tuvalete gidersin, karnın acıkınca yemek yersin. İnsanın karnı acıkmaya başlayınca ne pişireceğini düşünmesi gerekir ama sen yarından sonra ne yiyeceğimizi şimdi düşünüyorsun. Bu saçma değil mi?" Çatalındaki sarmayı gösterdi. "Şu pişirdiğin sarmanın nasıl olduğu üzerine iki saat kafa yoruyorsun. Çok nefis olmuş ama olmasa ne olur? Hiç yemek olmasa n'olur? Kırarsın bir yumurta yersin. Böylesine basit bir şeyi neden zihninde taşıyıp kendine yük edinir ki insan?"

Ece bir cevap vermek üzere ağzını açtı ama yemek konusunun kafasını bu kadar meşgul ettiği gerçeğini ancak o an fark ettiği için sustu ve arkasına yaslanıp bir süre düşündükten sonra hayretle söylendi. "Çok doğru yaaa! Yarın yenecek yemek neden bugünden düşünülür ki? Ama bence bütün evlerde böyle Mecnun! Erkek huysuzlanıyor, e kadın da olay çıkmasın diye böyle yapıyor yani."

Mecnun gülerek sordu: "Peki kadınlar niye erkeklerin huysuzluğuna göre şekil alıyorlar? Bu zaten saçma bir durum, ama hadi o şekli aldı diyelim, artık böyle olması gerekmediği halde neden o şekle uygun yaşamaya devam ediyor?"

Ece omzunu silkti. "Alışkanlık herhalde. Basit bir alışkanlık."

Mecnun başını salladı. "Doğru ama bence alışkanlığın hiçbir türü basit değildir. İnsanların hayatındaki nerdeyse bütün sorunların sebebi alışkanlıklar değil midir zaten?"

*

Yemekten sonra salona geçen Taylan annesinin gelmesini beklerken sıkıntılıydı. Kanada'dan gelirken her şeyi bıraktığı gibi bulmayacağını biliyordu. Durumunu açıkladıktan sonra elbette hem annesi hem de babasında bir değişiklik olacağını tahmin etmişti ama eve gelmesinin ardından babasıyla ilgili duydukları ve annesindeki değişiklik aklının ucundan geçmeyecek cinstendi.

Annesinin elinde tepsiyle odaya girmesiyle düşüncelerinden sıyrıldı. Kahve fincanını alırken, "Teşekkür ederim," dedi.

Aysel donuk bir ifadeyle başını salladı. "Afiyet olsun."

Bir süre konuşmadılar. Taylan söze girip girmeme konusunda kararsızdı. Annesi kahvesini içerken televizyona bakıyordu ama televizyonun sesi o kadar kısıktı ki Taylan onun hiçbir şey duymadığından emindi. Ne kadar da zayıf görünüyordu. Bu görüntünün verdiği üzüntüyle dayanamayarak sordu: "Anne sen kaç kilo verdin?"

Aysel vücuduna baktıktan sonra omzunu silkti. "Bilmem. Üç-dört kilo vermişimdir herhalde. Niye sordun?"

Taylan lafı evirip çevirmeden konuya girmeye karar verdi. "Çok zayıflamışsın anne. Bu... Olanlar... Ben, babam, seni çok mu üzdük?"

Aysel kahve fincanını sehpaya bırakıp bir süre düşündü.

"Sen ve baban... Beni çok mu üzdünüz? Niye böyle bir soru sordun şimdi? Birkaç kilo verdim diye mi?"

Taylan bir süre ne diyeceğini düşündü. "Çünkü değişmişsin. Çok değişmişsin ve sadece kilo vermenle ilgili değil bu."

"Nasıl değişmişim?"

"Çok sessizleşmişsin. Pek konuşmuyorsun artık."

Aysel oğlunun bu tespitine güldü. "Sanki çok konuşmamdan memnundun!"

Taylan açıklamaya çalıştı. "Öyle değil! Yani... Durgunlaşmışsın. Eski sen değilsin! Neşeni de kaybetmişsin sanki."

"Hangimiz birkaç ay önceki insanız ki?" dedi Aysel dalgın bir ifadeyle. "Birçok şey oldu, insan değişiyor elbette. Bazı şeyler, insanın kendisiyle, hayatıyla yüzleşmesini sağlıyor... İnsanın kendisiyle yüzleşmesi de hiç kolay değilmiş."

Taylan hemen araya girdi. "Bilmem mi? Ama yine de eski neşeni kaybetmene üzüldüm."

Aysel içini çekti. "Üzülecek bir şey yok. Belki neşemi kaybettim, belki de kaybetmedim. Şu aralar düşünüyorum... Ne nedir, anlamaya çalışıyorum. Babanı da, seni de, kendimi de. Üzülüp üzülmediğimi bile bilmiyorum."

Taylan başını salladı. "Üzdük biz seni... Söylemek istemiyorsun."

Aysel kesin bir dille konuştu. "O eskidendi oğlum. Söylemek istediğim şeyleri dolambaçlı yollardan anlatmam, üzülünce üzülmemiş gibi yapmam." Hafifçe gülümsedi. "Ya da üzülmediğim halde üzülmüş gibi yapmam. Hepsi eskidendi. Şimdi, ne diyorsam o! Ha üzülmedim mi? Çok üzüldüm. Hem senin mektubunu alınca hem de şu Meriç olayına. Ama sonra bir şeyi anladım."

Taylan meraklanmıştı. "Nedir o?"

"Üzüldüğümü anladım."

Taylan bu açıklamaya bir anlam veremedi. "Söyledin zaten üzüldüğünü."

Aysel kahvesini yudumlarken başını salladı. "İşte onu diyorum. *Ben* üzüldüm... Kimsenin beni üzdüğü, üzmek için bir şey yaptığı yoktu. Bir şeyler oldu ve *ben* üzüldüm. Sonra bütün hayatımı düşünmeye başladım. Düşünürken bir şey keşfettim. Kimse kimseyi üzemez aslında biliyor musun?"

Taylan kırk yıl düşünse annesinin böyle bir bakış açısı geliştireceğini ve bu şekilde ifade edeceğini tahmin etmezdi, hayretle bakakaldı kadına.

*

Handan'ın ölüm dahil tüm zorluklar karşısında soğukkanlı bir tavır sergilediğini etrafındaki herkes bilirdi. Doğrusu genel olarak değerlendirdiğinde, o da kendini gayet soğukkanlı ve sakin bulurdu. Güneş öldüğünde hem Münevver Hanım hem de Ayça iki gün süren büyük bir şok yaşamış, belki de bu nedenle Handan kendini koyvermeyip cenazenin defnedilmesine kadar her şeyi organize etmişti. Anneannesi öldüğünde de yaşı küçük olmasına rağmen ailenin kadınları arasında en soğukkanlı davranan sadece o olmuştu. Fakat Ayça ile ilgili haberi aldığında bir titreme krizine girmiş ve ne yapacağını şaşırıp hemen Yannis'i aramış, olan biteni anlatmıştı.

İstanbul'daki havaalanında taksiye doğru yürürlerken, "Hâlâ titriyorsun Handancim," dedi Yannis ona sarılarak.

Handan başını salladı. "Evet. Niye böyle oldum bilmiyorum."

Takside el ele oturdular ve pek konuşmadılar. Yannis İzmir'e giderlerken ve uçağa bindikten sonra yol boyunca Handan'ın Ayça'dan bahsetmesini sağlamış, onun bu şekilde sakinleşeceğini düşünmüştü ama kadının titremesi bir türlü dinmemişti.

Taksiden indiler ve hastaneye girdiler. Handan telefon açıp Münevver'in kantinde olduğunu öğrenince o tarafa yöneldiler. Yannis'in eli Handan'ın omzundaydı. Münevver'i görür görmez Handan'ın titremesinin geçtiğini hisseden adam bu duruma hayret etti.

Handan'ın ve Güneş'in eski bir arkadaşı olan Halis ile bir masada oturan Münevver genç kadına sarılarak birkaç dakika ağladı. Tanışma faslından sonra karşılıklı oturdular.

Kısa süre önce bir kızını kaybeden kadın, kalan tek çocuğunun intihar girişimiyle bitkin düşmüş, gözlerinin etrafında kapkara halkalar oluşmuştu. Olayın nasıl olduğunu anlatırken yüzünde tüm bu olup bitenlere anlam veremediğini gösteren şaşkın bir ifade vardı. Ağlamasına engel olmaya çalışarak kesik kesik konuşuyordu. "Ankara'da iyi gibiydi. Her gün konuşuyorduk. Ev arkadaşı aldı yanına... Çiğdem. Onunla anlaşıyordu. İki dersten kaldı. Önemli değil kızım dedim. Güneş'ten hiç bahsetmemesi aklıma takılıyordu Handancım. Tek kelime etmiyordu. Ben bir şeyler söyleyecek olsam hemen susturuyor, lafı değiştiriyordu. Aslında onun yanına gitmeyi çok istedim. Ben... Ben bir sorun olduğunu anladım aslında. Offf... Hasta bakıyorum, nasıl gideyim? Offf başıma gelenler! Ayça hastanelik olunca, rica minnet geldi eltim."

"Münevver teyzecim, Ayça şimdi nasıl?" diye sordu Handan yumuşacık bir sesle.

"Doktor iyi dedi. Sinirleri harap olmuş. Sakinleştirici verdiler. Uyuyor... Ama dün gece... Bir saat geç kalsaymışım..." diyerek ağlamaya başladı Münevver.

Handan ona sarıldı ve sorular sorarak hem olayın nasıl geliştiğini öğrendi hem de kadını sakinleştirdi.

Ayça birkaç hafta önce, okul tatile girince İstanbul'a dönmüştü. Görünüşe göre iyiydi. Hasta olan halasının bakımında annesine yardım ediyordu. Eskiye göre tek farkı, aşırı sessizleşmiş olmasıydı ama morali iyi gibiydi. Birkaç hafta içinde Foça'ya, Handan'ın yanına gideceğinden bahsediyordu.

Münevver aniden susup uzaklara dalınca, "Sonra n'oldu?" dedi Handan.

"Arkadaşlarıyla falan görüşmüyordu. Çık gez diyordum. Birkaç kez zorladım dışarı çıkması için. Evvelki akşam arkadaşlarıyla çıktı. Dün sabah geldi eve, karşıda bir arkadaşında kalmış. Beraber yemek yaptık, sohbet ettik. Yine iyiydi... Pazardan alınacaklar vardı, ben gideyim dedi. Ben çıkıp da hava alayım dedim, demez olaydım! İyi, ben de biraz uzanıp dinlenirim dedi. Dışarda bir saat kaldım kalmadım. Döndüm, baktım uyumuş. Biraz televizyon seyrettim ve görümcemin yemeğini yedirdim, ilaçlarını verirken kuvvetli bir ağrı kesici kutusunun yerinde olmadığını fark ettim. Diğer hapları kontrol ettim ama o kadar fazla ki..." Duraksayıp elini havada savurdu. "İçime kurt düştü. Hemen buzdolabındaki ilaçlara baktım ama akıl mı kaldı? Nerde ne vardı hatırlayamadım. Çöp kutusuna göz attım. Baktım orda boş kutular var, hemen Ayça'nın odasına koştum, uyandırmaya çalıştım ama bana mısın demedi. Ambulans çağırdım... İşte böyle... Midesini yıkadılar hemen."

Sesi yine titremeye başlayınca Handan hemen araya girdi. "Tamam Münevver teyzecim, bak bir şey olmamış. Sen şimdi çok yorgunsun. Hadi Halis seni eve bıraksın ve sen biraz dinlen, biz Yannis'le kalırız bu gece."

Münevver hemen itiraz etti. "Sabaha çıkaracak zaten doktor, beklerim ben."

Bu kez Halis araya girdi. "Nasıl olsa uyuyor şu an. Hem Handan da burda. Ben sizi eve bırakayım, bu gece rahat uyuyun, sabah isterseniz yine getiririm sizi."

Kadın o kadar yorgundu ki bu teklife daha fazla hayır diyemedi. "Olur ama sabah erkenden gelelim."

★

Uğur akşam geç saatlerde yayladan dönmüş ve İzmir'e direkt uçuş bulamamıştı. İstanbul'dan İzmir'e gidecek uçağa yerleşirken tüm varlığı hâlâ Trabzon'da, yaylada yaşadığı büyülü anların etkisi altındaydı. Hatice nine ve kocası Bekir'i çok sevmişti. Akşama doğru mısır ekmeğini ve kuymağı yemiş, gitmeye hazırlanırken de Trabzon'dan torunları Elif gelmişti.

Orta boylu, ufak tefek, sevimli ve hoş sohbet bir genç kızdı. Gelir gelmez idareyi ele almış, Hatice nineyi yerinden kaldırmamıştı. Çay servisini yaptıktan sonra da sohbete katılmıştı. Babaannesi ve dedesi onunla gurur duyuyordu. Derslerinde başarılıydı. Herkes onun okuyup öğretmen olmasını istiyordu nedense. Kız sohbetin odağında olmaktan hoşlanmamış, birkaç kez konuyu değiştirmeye çalışsa da başarılı olamamıştı.

Hatice nine onun öğretmen olmak istememesine bozuluyordu. Uğur ona ne okumak istediğini sormuş ve 'konservatuvar' cevabını alınca biraz şaşırmıştı. Son yıllarda birçok gençten bunu duyar olmuştu. Babaannesi hemen araya girmiş, Elif'in sesinin güzel olduğundan, öğretmenlerinden birkaçının müzik okuluna gitmesini tavsiye ettiğinden bahsetmişti. Bekir ise bu fikre karşıydı çünkü büyük şehirlerde ona yardımcı olacak kimseleri yoktu.

Uğur çocukların ve torunların yeteneklerinin nasıl abartıldığını, bu abartının da sevgiden kaynaklandığını bilirdi. Toruna karşı duyulan sevgiyi görebiliyor ve konuşmaları gülümseyerek izliyordu. Hatice nine bir-iki parça okuması için torununu zorlayınca, artık gitmeye hazırlanan Uğur kızın şarkı söylemesini dinlemeden giderse ayıp olacağını düşünmüştü. O sırada kız ona ne tür müzik sevdiğini sormuş, "Ben türkü ve sanat müziği dinlerim," cevabını alınca da sanat müziği söylemeye karar vermişti.

Elif Göze mi geldim sen mi unuttun diye başladığında Uğur şaşkınlıktan ağzının açıldığını fark etmemişti. Kızın bu şarkıyı bu yaşta nasıl bildiği, hakikaten müzik eğitimi ya da şan dersi alıp almadığı gibi sorular aklına geldiğinde Trabzon'dan İstanbul'a giden uçaktaydı.

Hipnotize olmuş gibiydi... Dünyada sadece Elif'in sesinden duyduğu bu şarkı ve kendisi vardı sanki. Elif *Kırmızı gülün alı var* şarkısını da söyledikten sonra Bekir, "Bizim buralardan da bir türkü oku," deyince Uğur çocuklar gibi sevinmişti. *Ha bu ander sevdaluk* türküsü bitince Hatice nine araya girmiş ve "Haniii bi de yabancı söylüyordun, onu söyle," demişti. Bunun üzerine kız Uğur'un yabancı bir şarkı dinlemek istemeyeceğini söyleyerek itiraz etmişti.

Uğur iyi bir dinleyici olmaktan öte bir müzik bilgisine sahip değildi ama Elif'in sesiyle büyülendiğinin farkındaydı. Hemen cevap vermişti. "Lütfen söyle, duymak isterim! Sesin gerçekten çok güzel!"

Elif gülümseyerek başını salladıktan sonra *Sam Brown*'dan *Stop* adlı parçayı söylemeye başladığında Uğur'un tüyleri yine diken diken olmuştu. Şarkıyı daha önce hiç duymamıştı, sözlerini de anlamıyordu ama bunun hiçbir önemi yoktu. Gözlerinin önünde uzanan muazzam yeşilliğin içinde kayboluyor gibi hissetmiş ve şarkı bitene kadar dünyayla bütün bağlarını koparmıştı.

Uçak İstanbul'dan İzmir'e gitmek üzere havalanırken Uğur o büyüleyici anları tekrar yaşadı. Böyle bir sesi duymuş olduğuna inanamıyordu. Zihni tekrar yaylaya döndü: *Kırmızı gülün alı var... Her gün ağlasam yeri var...*

Sözlerdeki anlamla beraber Meriç de gelip oturdu zihnine. Bu yolculuğa Meriç'in ölümünden sonra yalnız başına acı çekmek için çıkmıştı...

Gerçekten öyle miydi?

Şimdi bundan o kadar emin değildi. Aklı, Hatice nineye ve kocasına nasıl yardım edebileceğine, özellikle de Elif'in iyi bir müzik eğitimi alması için ne yapabileceğiyle meşguldü, maddi manevi tüm gücünü kullanmaya kararlıydı.

Trabzon'a özel olarak bu insanlarla tanışmak için gitmişti sanki. Hayatın organik bağlardan oluştuğunu ama bu bağlarda ölülerin bazen yaşayanlardan daha etkili olduğunu düşündü. Zihninde yükselen sesini duydu: İşe bak! Sen ne yaptığını sanıyordun? Aslında ne oluyor?

*

Ayça gözünü açınca Handan'ın pencereden dışarı baktığını gördü ve istemeden gülümsedi. "Daha buluşmamıza birkaç hafta vardı."

Handan yatağa doğru döndü ve gülümseyerek onun yanına gitti. Ayça'nın elini tutarak sıkarken, "O A planıydı. Rahat durmamışsın. B planı devrede şimdi," dedi ve eğilip onu öptü.

Kız gülümsedi. "Demek öyle! Neymiş şu B planı, anlatsana."

Handan onun elini bırakmadan yatağın kenarına oturdu. "Oyunbozan elemanı hastaneden alıp doooğruca Foça'ya götürmek!"

Ayça bir süre sessiz kaldıktan sonra, "Annemi de... Seni de... Herkesi çok üzdüm, değil mi?" diye sordu.

Handan gülümsedi. "Pek sevindiğimizi söyleyemeyeceğim."

Ayça ona gülümseyerek karşılık verdi.

"Neden?" dedi Handan kısa süreli bir sessizliğin ardından.

Ayça pencereden gökyüzüne bakarak iç geçirdi. "Nedeni çok basit: Bitmek istedim."

Handan bir süre sabit şekilde ona baktıktan sonra sordu: "Sahiden bitebilir mi insan?"

Birkaç saniye sonra Ayça yavaş yavaş konuşmaya başladı. "Babam öldüğünde küçüktüm... Ama şimdi... Ölümü... Ablamın ölümünü koyacak bir yer bulamıyorum Handan abla."

Handan başını salladı ve gerinerek ayağa kalkarken telefonunun saatine baktı. "Bunları sonra, Foça'da konuşuruz uzun uzun... Şimdi..." Gülümsedi. "Ölmeyi beceremediğine göre - aslında buna hiç şaşırmadım, biliyorsun seni genel olarak beceriksiz bulurum - seni Foça'da âşık olduğum adamla tanıştıracağım! Kendisi kantinde, telefonla çağrılmayı bekliyor!"

"Neee!" dedi Ayça şaşkın bir ifadeyle. "Sen? Gerçekten âşık mı oldun! Kime? Ne zaman?"

★

Maral, Süha'nın bir gün önce yemek yediği kadınla kahvaltı ettiğini görünce restorandan sessizce çıkıp hızla düşünmeye başladı: Ne yapmalı? Ne yapmalı? Kim bu kadın?

Beş dakika gibi kısa bir sürede planını kurduktan sonra kendinden emin adımlarla hedefindeki masaya ilerledi. Bu sırada Süha'nın kahkaha attığını gördü. Bu kahkahayı duymazdan gelip bu sahneye daha sonra sinirlenmeye karar vererek masanın başına dikildi. "Merhaba Süha Bey! Rahatsız etmiyorumdur umarım," dedi planına uygun bir şekilde gülümseyerek ancak adamın gayet sıcak bir tavırla ayağa kalkıp onu masaya davet etmesi planını anında geçersiz kaldı.

Süha yerine oturmadan kadınları tanıştırdı. "Maral Hanım otelin müdürü Işılcım. Işıl da benim eski bir dostum, aynı zamanda eski eşim."

Maral afalladı. İş yemeği yediklerinde otel işiyle ilişkilendirerek ona evli olup olmadığını sormuştu. 'Bekârım' cevabını niye 'hiç evlenmedim' olarak anladım ki ben, diye düşünüp kendine kızdı ve yüzüne en sıcak gülümsemelerinden birini yerleştirip sordu: "Öyle miii? Çok memnun oldum."

Işıl başını salladı. "Ben de."

Maral böyle durumlarda her zaman zekice sorular sorarak

istediği bilgileri almasını bilirdi. Doğal olmaya çalışarak konuşurken kadının ne kadar güzel olduğunu düşünmeden edemedi. "Eski eşlerin bir araya gelmesi pek alışılmış bir şey değil ya, şaşırdım biraz. Çok medenisiniz gerçekten. Çocuğunuz da var mı?"

Işıl gülümseyerek başını salladı ve "Hayır, olmadı. Ben kısırım," dedi gayet doğal bir şekilde.

Maral bu cevaba da şaşırıp ne diyeceğini bilemedi bir süre ama sonunda merakına yenik düşerek Süha'ya döndü. "Bu yüzden mi bıraktınız Işıl Hanım'ı?"

Bu soru üzerine hem kadın hem de adam kahkahayı bastı.

Süha başını iki yana sallayarak ona yanıt verdi. "Işıl'ı bırakmak mı? Bazı kadınlar asla bırakılamaz. Işıl onlardan biri. İşin aslı, Işıl beni bıraktı."

Maral bir kez daha şaşırdı. Süha Bey! Süha Bey gibi hem zengin hem yakışıklı bir adam nasıl bırakılırdı ki? Kadın da hoştu tamam ama... Yani... O kadar da güzel değildi. Genç değildi her şeyden önce! İlişkileri hakkında daha fazla şey öğrenmek istiyordu ama daha çok soru sorarsa kaba ve meraklı görüneceğinin de farkındaydı. Işıl'a tanıştıklarına çok memnun olduğunu, Süha'ya da uygun bir zamanda otelle ilgili bazı sorunları konuşmaları gerektiğini söyleyerek masadan ayrıldı.

*

Uğur eve geç vakitte gelmiş ve hemen uyumuştu. Erkenden gözlerini açtı. Elini yüzünü yıkayıp doğruca mutfağa gitti ve balkondaki masaya güzel bir kahvaltı hazırladı. Çayın demlenip demlenmediğini kontrol ederken Taylan'ın sesini duydu: "Balkondaki güzel sofra benim için mi hazırlandı?"

Uğur oğluna sarıldı. "Hem seni karşılamamandan ötürü kendimi affettirmek hem de annen için. Düşündüm de uzun süredir üçümüz hiç kahvaltı etmedik."

Baba oğul mutfakta on dakika kadar sohbet ettiler. Taylan babasını, annesinin söylediğinin aksine gayet iyi ve enerji dolu bulmuştu. Bu sırada Aysel de uyandı ve hep beraber sofraya oturdular. Uğur Taylan'a işi ve yolculuğu ile ilgili sorular sormaya başladı. Aysel pek konuşmuyor, onların sohbetini izlerken düşünüyordu: Allah Allah! İyi görünüyor şimdi! Oysa ne kadar berbattı gitmeden önce! Gerçi hâlâ zayıf. Belli ki pek yemek yememiş oralarda da. Çenesi düşmüş ama. Bu adam hiç bu kadar konuşmazdı ki! Gerçi Taylan geldi şimdi, ondandır.

Birdenbire, her zaman yaptığı gibi kafasının içinde yorumlar yapıp bir sonuca ulaşmaya çalıştığını fark etti. Ezelden beri huyu böyleydi. Son zamanlarda da bunu çok yapmış ve hiçbir tahmini doğru çıkmamıştı. Bu nedenle birkaç gün önce düşünürken bir daha asla böyle yapmayacağına dair kendine söz vermişti. Diğer ikisinin sohbeti arasında ufak bir sessizlik bulunca çay bardağını elinden bırakıp araya girdi. "Uğur?"

"Efendim?"

"Trabzon yaramış sana!"

Uğur şöyle bir vücuduna baktı. "Yooo... Aslında orda da pek bir şey yemedim."

"Yok yok. Kilo almışsın demek istemedim. Moralin... Giderken çok bozuktu, şimdi iyi gibisin... İyi miydin? Yoksa Taylan'ı görünce mi iyi oldun?"

Uğur bir süre düşündükten sonra gülümsedi. "Taylan'ı görmek her zaman güzel! Son birkaç güne kadar pek iyi değildim doğruyu söylemek gerekirse... Ama dün orda yaşlı bir karı kocayla tanıştım," diye söze başlayıp Hatice nineyle karşılaştığında ağlaması hariç tüm yaşadıklarını anlattı. Hepsini Foça'ya davet ettiğini de ekledi. Karısı buna sevindi.

Bir süre konuşmadılar. Hem Aysel hem de Taylan hikâyeden çok etkilenmişti.

Taylan çayından bir yudum aldıktan sonra, "Vaaay beee!" dedi. "Böyle bir ses demek! Oralarda kimse bilmeden yaşayıp gidiyor demek... Kim bilir böyle kaç insan var... Ya da vardı... Hiç açığa çıkmadan ölüp giden kaç yetenek var kim bilir?"

Aysel kaşlarını kaldırarak cevap verdi. "Olmaz mı? Bizim köyde de vardı böyle bir Şehriban abla. Ne yanık türküler söylerdi! Nerden bilinsin? İşte böyle etrafında beş-on kişi bilir, hepsi o kadar." Biraz düşündükten sonra Uğur'a sordu: "Şu televizyonlardaki yarışmalara falan niye girmemiş?"

Uğur arkasına yaslanarak açıkladı. "Babası yok ya, çekiniyorlar başka yerlere göndermeye. Konservatuvara, sınava göndermeye bile gönüllü değiller... Kim bilir, belki para pul yokluğundan istemiyorlar."

Aysel hemen atıldı. "Ayyy Uğur, hemen yardım et. Sevap!"

Uğur gülümseyerek başını salladı. "Edeceğim, edeceğim inşallah! Yolunu bir bulayım da önce. Taylan, sen bana araştırabilir misin şu okulları?"

*

Mecnun, Şeftali ile beraber otelin bahçesinden girince, Rafet'le otelden çıkan Atlas, "Yaşasıın Şeftali geldi! Şeftali geldi sonunda!" diye bağırarak onlara doğru koştu.

Mecnun üzerine atılan çocuğun heyecanına güldü. "Yavaş aslanım, dur! Artık seninle kalacak, merak etme!" Köpeği Atlas'a verirken nasıl tutması gerektiğini açıkladı.

Atlas hayvanı kucağına aldıktan sonra düşünceli bir şekilde sordu: "Şimdi biz bu köpeğe... Şeftali'ye kötülük yapmıyoruz değil mi Mecnun abi? Hani artık annesinden süt emmeyecek ya..."

Adam gülümsedi. "Yeteri kadar emdi. Büyüdü bak! Doğduğunda böyle miydi?"

Atlas başını salladı. "Hayır! Daha küçüktü... Küçücüktü."

Mecnun Rafet'e hal hatır sordu ve masaya oturdular. Atlas da oturup köpeği dizlerinin üzerine koydu. Mecnun birkaç gün önce getirdiği ve Atlas'la arka bahçede bir köşeye yerleştirdikleri kulübeye bakarak, "Su ve mama kabını hazırladın mı?" diye sordu.

Çocuk başını salladı.

Mecnun ona belli etmeden Rafet'e göz kırparak, "Eee?" dedi. "Nasıl besleyeceğini düşündün mü?"

"Evet! Yannis bana yemek artıklarından verecek. Babannemle bazen kuru mama da alacağız, değil mi babanne?"

Rafet başını salladı. "Evet, bazen alabiliriz ama her zaman değil. O kadar param yok. Mutfaktan alabileceğin yemekleri de sen takip edeceksin. Yemeğiyle suyuyla ben uğraşamam."

Mecnun araya girdi. "Bazen de veterinere götürmek lazım. Aşıları var. Ona da para ödeyeceksin, söylemiştim. Ne yapacağını düşündün mü?"

Atlas başını salladı. "Babannemden aldığım haftalıkları hiç harcamıyorum artık. Üç haftadır hiiiç bir şey almadım! Dondurma bile almadım, değil mi babanne? Tam otuz liram var! Hem sen de bana bahçıvan yardımcısı parası verecektin ya, öyle demiştin." Eliyle işaret etti. "Bak dün akşam bütün sardunyaların, petunyaların kuru yapraklarını topladım. Böyle kocaman bir torba oldu. Bak! Aynı söylediğin gibi yaptım! Sen de bak. Olmuş mu?"

Mecnun kalkıp çiçekleri inceleyerek şöyle bir gezindi bahçede. Yerine otururken, "Aferin Atlascım. Çok güzel olmuş," dedi.

"Kaç lira vereceksin bana?" diye sordu çocuk gözlerini kırpıştırarak.

Rafet kahkaha atmamak için dudaklarını ısırırken Mecnun kaşlarını kaldırıp ciddiyetle, "Sen kaç lira istiyorsun?" dedi.

Atlas köpeği severek düşündü bir süre. "Ben haftada on lira istiyorum. O zaman benim her hafta yirmi liram olur." Kendinden emin olamayarak sordu: "Çok mu?"

"Çiçekleri suluyorsun, ölü yaprakları topluyorsun ve bazen de çiçekleri dikmeye yardım ediyorsun. Iıh... Çok değil!" Elini uzattı. "Haftada on lira! Tamam, anlaştık!"

Atlas da elini uzattı, el sıkıştılar.

Rafet araya girdi. "Hadi kulübesine götür Şeftali'yi, evine alışmaya başlasın."

"Tamam," dedikten sonra köpeği dikkatlice tutarak kulübeye doğru gitti çocuk.

Rafet güldü. "Ciddi ciddi pazarlık yaptı, gördün mü?"

Mecnun da güldü. "Yerim ben onun ciddiyetini. İyi düşündük bu para işini. Yoksa tembelliğe vurup sana bana yıkmaya başlayabilirdi köpeğin bakımını. Hayvanın canlı olduğunu, oyuncak olmadığını iyice anlasın! Kızıyorum şu yaz sonunda sokağa bırakılmak üzere çocuklara hayvan hediye eden ana babalara!"

"Hiç sorma!" dedi Rafet elindeki yelpazeyi sallayarak. "Ben

de sinirleniyorum o işe. Eylül'de sokaklar cins köpeklerle doluyor."

Bir konudan diğerine geçerek biraz daha sohbet ettiler. Mecnun, Yannis ve Handan'ın apar topar İstanbul'a gittiğini öğrenince onları aradı. Bu arada Rafet nasıl etsem de Emel Hanım'ın Handan ve Yannis'in durumu hakkındaki düşüncelerini açıklasam, diye düşünüyordu: Mecnun'un da sağı solu belli olmaz ki! Hem Handan'la hem Yannis'le iyi arkadaş ama yine de ondan başka kimseden yardım isteyemem bu konuda...

Mecnun telefonu kaparken gülümsedi. "Bizim âşıkların beraber ilk yolculukları böyle oldu demek. Bu gece Ayça'yı... Güneş'in kardeşini de alıp dönüyorlarmış."

Tam sırası, diye düşünen Rafet hemen lafa girdi. "Acaba nerede kalacaklar?"

Mecnun onun bu tavrını garip buldu. "Nerde mi kalacaklar?"

"Yani... Biliyorsun, Handan birkaç gündür Yannis'te kalıyordu."

"Yooo... Bilmiyordum."

"Yaaa!" dedi Rafet şaşırarak. "Ama siz yakın arkadaşsınız!"

Mecnun kahkaha attı. "Yakın arkadaşlar birbirine telefon edip ben bu akşam şurda kalacağım diye bilgi mi verir?"

Rafet cevap vermedi ama düşünceliydi.

"Haaa!" dedi Mecnun onun asıl derdini anlayarak. "Sen bunların seviştiğine takılmışsın."

Rafet bunun üzerine ona öyle bir bakış attı ki adam yine kahkaha atmadan edemedi. "Zevzek! Her şeyle dalga geç sen!"

"Rahat ol Rafet'im yaaa! Kasma kendini bu kadar. Bırak insanlar sevişsinler. Kavga etseler bu kadar düşündürmezdi durum seni. Bize ne? Sana ne? Kırk yaşına gelmiş insanların nerde kaldığından, kimin kiminle seviştiğinden sana ne?"

"Bana ne tabii..." dedi Rafet başını eğerek. "Ben meraklı mıyım sanki? Ben kendi çocuğuma gelinime sormadım böyle şeyleri! Hiç karışmam. Bana ne... Ama..."

"Aması ne o zaman?"

Rafet sıkıntıyla Emel Hanım'ın söylediklerini anlatınca Mecnun yine güldü. "Ne gülüyorsun? Bunun neresi komik? Kadın kızını bana emanet etti, ne deseydim?"

Mecnun omuzlarını kaldırarak açıkladı. "Komik! Ben emanet bürosu muyum Emel Hanım, kızınız kaç yaşında diye sormadın mı?"

Rafet gülümsedi. "Aklıma gelmedi ama gelse de sormazdım."

"Niye?"

"Niye olacak oğlum! Ayıp olur!"

"Kime ayıp olur?"

"Emel Hanım'a tabii!"

"Niye?"

"E beni yakın bulup bir şey istedi."

Mecnun derin bir iç geçirdi. "Yani biri yakın bulup senden saçma bir şey istiyor ve saçma bir şey istemek ayıp olmuyor da onun istediği saçma şeyi yapmamak ayıp oluyor öyle mi?"

Rafet bu açıklamayı mantıklı bulsa da diretti. "Kadına ayıp olur!"

"İyi o zaman! Kadına ayıp olmasın diye kırkına gelmiş iki insanın röntgenciliğini yap!" Gülümsedi. "Asıl hangisi ayıp, sen karar ver artık."

★

Uğur kahvaltıdan sonra kahveye gitti. Melih onun yokluğunda olup biteni anlattı. Kayda değer bir şey olmamıştı. Kahvesini ve gazetelerini alıp içerideki masasına geçerken Melih elinde bir kâğıtla yanına yaklaştı. "Ustam söylemeyi unuttum. Bir kadın aradı sizi."

"Kim?"

"Tanımıyorum. Adı Arzu'ymuş. Siz gittikten sonra üç gün üst üste geldi, hem de ne zaman döneceğinizi bilmediğimi söylediğim halde. En son geldiğinde bu kâğıdı size vermemi istedi. Telefon numarası yazıyor."

Uğur kâğıdı alırken, "Peki," dedi ve Melih uzaklaşınca kâğıda göz attı. Yurt dışından bir numara olduğunu anlayınca kalkıp kasadan cep telefonunu çıkardı. Numarayı tuşladı ve Arzu'yla yaklaşık beş dakika konuştuktan sonra telefonu kapatıp düşüncelere daldı.

*

Uğur kahveye, Taylan da birkaç arkadaşıyla denize gitmek üzere evden çıktıktan sonra Aysel evde biraz iş yaptı. Son zamanlarda olanlar kafasının içinde dönüp dururken kendini iyi hissetmemesi gerektiğini düşünüyordu ama özellikle kahvaltıdan sonra içi sevinçle dolmuştu nedense. Mutfaktaki işini halledip hemen Nurcan'a gitti. Arkadaşı kafasına çember sarmış halde kapıyı açtı.

"N'oldu kız? Migrenin mi tuttu yine?" diye sordu Aysel telaşlanarak.

Nurcan başını salladı. "Hem de nasıl! Sahurdan beri gözümü yummadım."

"Oruç tutmasaydın."

"Yok, tutmadım. Geç geç, otur."

Salona geçip oturdular.

Nurcan bitkindi. "Sıcakta da hiç çekilmiyor bu meret! Kışın yine daha kolay."

Aysel düşünceliydi. "Ama bu ara daha sık gelmeye başladı. Rıza'yla kavga falan etmedin ya!"

"Yok yok."

"Misafir ağırladın o kadar, yoruldun son günlerde, ondandır herhalde."

Nurcan elini havada savurdu. "Herhalde. Neyse, bırak beni. Sen n'aptın? Uğur abi gelmiş! Arabaya binerken gördüm sabah. Sabah da değildi ya... Yol yorgunu, uyumuştur tabii..."

"Yok, benden bile önce kalkıp kahvaltı hazırlamış. Ailece kahvaltı ettik, ondan geç gitti."

"Eee? Nasıl?"

"Çok iyi. Yani... Öyle gittiği gibi değil." Uğur'un Trabzon gezisiyle ilgili her şeyi detaylı bir şekilde anlattı arkadaşına.

Nurcan ilgiyle dinledikten sonra bir süre düşündü ve bir kaşını kaldırarak arkadaşına sordu: "Aysel kız! Taylan'a... Şu Meriç denen kadına üzüldün falan ama..."

"Ama?"

"Sanki iyi oldu bütün bunlar."

"İyi mi oldu? Ne demek istiyorsun?"
"Kaç yıllık komşuyuz şurda..."
"Eeee?"
"Sen her zaman Uğur'un sana bir şey anlatmamasından şikâyet etmez miydin? Sohbet etmemesinden?"
Aysel başını salladı. "Doğru. Etmezdi..."
"E bak şimdi anlattıklarına! Adam sana bütün geziyi anlatmış. Kendini etkileyen şeyleri falan... Bu, iyi olmadı mı?"
Aysel birden kendini neden iyi hissettiğini anlayarak başını salladı. "Eveeet! Evet, biz Uğur'la sohbet etmeye başladık! Aaaa!"

*

Münevver erkenden hastaneye gitmişti, doktorla görüştükten sonra hep beraber eve geçtiler. Ayça akşamüzeri dönüp almak üzere valizini hazırladı. Bu sırada Handan Münevver'le sohbet etti ve Foça'daki hayatından bahsetti. Orada Ayça'nın düzeleceğini söyleyerek kadını rahatlattı.
Yannis, Handan ve Ayça, Büyükada'ya kahvaltı etmek üzere vardıklarında çoktan öğlen olmuştu. Deniz kenarında güzel bir mekâna oturdular. Yannis durmadan sorular soruyor, Ayça'nın yaşadıklarından uzaklaşmasını sağlamaya çalışıyordu. Handan onun bu çabasına minnet duydu çünkü tek başına gelmiş olsa sohbeti istediği yöne çeviremeyebilirdi. Foça'da Güneş'ten bol bol bahsedeceklerini biliyordu ama şimdi değil! Pek konuşmadan ikisinin sohbetini dinlerken bir yandan da kahvaltısını ediyordu.
Bir saat kadar sonra Ayça ona denizi göstererek konuşmaya başladı. "Baksana şuraya ne güzel... Sadece bu anı düşünürsek... Sanırsın harika bir yerdeyiz... İnsan şu manzaraya, şu havaya, şu ana bakınca... Bu gezegen ne güzel der! Ama..."
"Ama?" dedi Handan.
Ayça bakışlarını denizden ayırmadan cevap verdi. "Ölüm gelir... Bütün güzellikleri alır..."
"Ben sana Gülşen'in son masalını okumuş muydum?" diye sordu Handan çantasına uzanırken.
"Son masal mı? Iıh... Hatırlamıyorum."

Defteri açan Handan, "Evet! Son masal. Ölmeden on beş gün önce uydurdu bunu! Okuyorum, dikkatle dinleyiniz," dedi gülümseyerek.

Yannis ona doğru eğildi, tiryakisi olmuştu bu masalların.

Genç kadın yavaş yavaş okumaya başladı:

Eskiden... Çok eskiden... İnsanlar kavganın varlığından habersizken... Her yerde mutlak barış ve huzur hüküm sürerken... Para icat olmamışken... Fakir ya da zengin yokken... Aynalar insanları çirkin veya güzel diye ayırmazken... Ormanlar neşeli, sular berrakken... İnsanlar tohuma baktığında ağacı hissederken... Dünya sevgiden ibaretken...

Yani hayat basitken, doğum kadar sevilirmiş ölüm... Doğum gibi parçasıymış hayatın... Ve doğum gibi kabul edilirmiş... Gülümseyerek...

Ölüm, saklanmazmış o zamanlar...

İnsanı bu dünyadan alıp başka yere götüren, güzel mi güzel, huzurlu mu huzurlu, çiçek kokulu bir ışıkmış... Kime gitse gülümsemeyle karşılanırmış... Ve herkes bu ışığı görürmüş...

İnsanların gülümseyerek öldüğü zamanlar...

O zamanlar... Hırs yok... Kıskançlık yok... Her şey açık... Kapılar açık... Gönüller açıkmış...

Böyle olunca... İnsanlar da mutlulukla yaşarmış...

Tıpkı bir kelebeğin 'neden benim ömrüm bir kuştan daha kısa' diye sormadığı gibi insanlar da 'neden ölüm şuna şu zamanda geliyor da buna bu zamanda geliyor' diye sormazmış...

Herkes ölümü görünce gülümser ve 'hoş geldin' dermiş...

Sonra... İnsanlar değişmeye başlamış...

Kavga icat olmuş... Para icat olmuş... İnsanlar fakir ve zengin diye ayrılmaya başlamış... Ormanların neşesi kaçmaya, sulardaki berraklık yok olmaya başlamış... İnsanlar tohuma baktığında ağaç akıllarına bile gelmiyormuş artık... Dünyayı hırs bürümüş... Herkes yaşamayı bırakmış ve korkulara teslim olmuş...

Ve ölüm görmüş ki çiçekli ışığını gören insanlar yok artık... Kime gitse bir endişe... Kime gitse bir telaş... Kime gitse yüzü asık...

Ölüm görmüş ki çiçekli ışığına 'hoş geldin' diyen insanlar yok artık... Üstelik sadece kendisinin bildiği, insanları alıp gittiği yerle ilgili birçok hikâye duymaya başlamış... Para kadar gerçek hikâyeler...

Bakmış ki insanlar artık ne parasız ne savaşsız ne de korkmadan yaşayabiliyorlar... Bir süre beklemiş...

Heyhat!

Çiçekli ışığına gülümseyen çok az insan kalmış... Tek tük denecek kadar az...

Tam aksine çoğu insan, ölüm geldiğinde üzülmeye, ağlamaya başlamış...

Ve ölüm demiş ki: Sevgisiz kaldım... Bir gülümsemeyi esirgediler benden... Saklanacağım...

Sevgisizlik herkesi ve her şeyi saklanmaya ittiğinden, ölümün de başka çaresi kalmamış... Saklanmış...

O zamandan sonra hep saklanarak gelmiş...

Bir daha ölümü, gelirken gören olmamış ama 'gerçekten yaşayan' insanlara görünmeye devam etmiş...

Gülşen

Not: Artık hep gizli gelir o çiçekli ışık Handancığım. Bana gelirken saklanmayacak, biliyorum... İstersen kontrol et... Seni çok seviyorum...

Unutma: Her zaman beraberiz!

Handan sesi titreyerek son cümleyi okuduktan sonra defteri masaya bıraktı ve Yannis'in uzattığı peçeteyle gözyaşlarını sildi. Başını sallarken burnunu çekerek gülümsedi. "Kontrol ettim."

Masalı neredeyse nefes almadan dinleyen Ayça, "Doğruyu söyle!" dedi hafifçe bağırarak.

Handan başını eğdi. "Sadece çok mutlu olduğu, çok sevindiği anlardaki bariz gülümsemesiyle hem de! Şöyle dudağını sola doğru kaydırarak!"

marifet değil acıyı süslemek
kalbin dellenir ve delinirken
bütün müydü insanlığın?

3

Ece üçüncü kez aynı sayfanın sonuna gelip yine bir şey anlamayınca kitabı sehpaya bıraktı. Biraz önce annesiyle yaptığı telefon görüşmesi canını sıkmıştı. O ana kadar yaptıkları konuşmaları istediği gibi yönlendirmiş, ne yaptığı iş ne de nerede yaşadığı konusunda detaylı bilgi vermişti. Bu sefer de lafı değiştirmeye çalışmış ama annesi hiç olmadığı kadar ısrarcı olunca doğruyu söylemek ve annesinin yarım saat süren nutuğunu dinlemek zorunda kalmıştı. Oysa seradaki işlerini bitirdikten sonra hayal ettiği tek şey akşamüzeri Mecnun gelene dek şezlonga uzanıp kitap okumaktı.

Çiçekleri seyrederken çeşitli vesilelerle Mecnun'da gözlemleyip özendiği yalansızlığı kendi hayatına geçirmeye çalıştığını düşündü: İnsan her koşulda doğruyu söyleyerek yaşamalı, öyle mi? Al! Buyur işte! Doğruyu söyledim de ne oldu? Beş yaşında çocuk gibi azarlandım. Sen Ece'sin kızım! O Mecnun! O söyler! Baştan böyle yaşamış. Baştan böyle kabul ettirmiş kendini. Ama sen? Şimdiye kadar herkese nabza göre şerbet vermişken birden şerbeti kesersen olacağı bu!

Annesi kesin konuşmuştu: "Tam iki haftan var, derhal ayrılıyorsun o evden de, o işten de! Aaa babana ne derim ben sonra? Bir erkekle aynı evde? Maral'ı bilmiyorsun sanki, ağzında bakla ıslanmaz. Böyle mi dedin kızım sen giderken? Bahçıvanlık nerden çıktı şimdi? Mis gibi işini bırakıp gittin! Olmaz Ece!" Ve can alıcı o son cümleyi kurmuştu: "Üzme kızım bizi!"

Offf ne yapacağım ben şimdi, diye düşünerek başını iki elinin arasına alırken bir araba sesi duydu. Kafasını çevirince bir taksinin uzaklaştığını gördü. Beyaz tenli, yaşlı bir kadın kapıya tutunup, "Mecnun yok mu?" diye bağırdı.

"Hoş geldiniz, ben yardımcı olayım," diyerek kapıya giden Ece kadını içeri buyur edip Mecnun'un akşama doğru geleceğini söyledi ve ona rahatça oturabilmesi için bir sandalye getirdi.

Sandalyeye oturan yaşlı kadın onu kimliği hakkında bir güzel sorguya çekti. Duyduklarından memnun kalmış halde eve bakarak, "İyi olmuş iyi. Bir kadın lazım her eve," dedi ve hayatta sadece iki özelliği varmış gibi, "Benim adım da Sevinç. Altmış yedi yaşındayım," diyerek kendini tanıttı.

Ece bu açıklamaya içinden güldü. Meraklı, sevimli ve hoş sohbet bulmuştu kadını. İlgiyle sordu: "İçecek bir şey alır mısınız?"

Sevinç çayın henüz demlendiğini öğrenince limonlu açık bir çay istedi.

"Size nasıl yardımcı olabilirim?" diye sordu Ece çay servisini yaparken.

Kadın bu soruya gülerek cevap verdi. "Bak! Bir kadın bir işyerine nasıl da kibarlık katıyor, şimdi Mecnun olsa 'Ooo Sevinç teyzem gelmiş! Söyle bakalım bugün kafaya hangi çiçeği taktın? Yoksa sadece kafa ütülemeye mi geldin?' derdi."

Ece gülümseyerek savundu adamı. "Yani... Mecnun bence..." Doğru kelimeleri bulmaya çalıştı. "Sizin gibi olgun insanlara sataşmayı seviyor."

Sevinç kahkaha attı. "Bizim gibi olgun insanlar mı? Yaşlı desene kızım, ne var bunda çekinecek?"

Ece gülerek başını salladı. "Peki... Yaşlılarla uğraşmayı seviyor diyeyim o zaman."

Sevinç kaşlarını kaldırdı. "Iıh. Mecnun yaşlılarla uğraşmayı değil yaşlıları seviyor." Bir süre düşündü. "Hayır, aslında o çocukları da çok seviyor." Kaşlarını çatarak biraz daha düşündü. "Yok yok... O bütün canlıları sever."

Ece kadının haline gülümseyerek bir şeyler söyleme ihtiyacı duydu. "Anladığım kadarıyla siz de Mecnun'u seviyorsunuz."

Sevinç şöyle bir iç geçirdikten sonra başını salladı. "İki senedir."

Ece bu ifadeyle konu arasında bağlantı kuramadı ve "Nasıl?" diye sordu.

"İki senedir falan severim Mecnun'u diyorum." Gülümseyerek ellerini kaldırdı. "Daha evvel hiç sevmezdim."

"Niye?" dedi Ece merakla.

"Yıllar evvel... O zaman on altı-on yedi yaşında falandı. Babasıyla gelmişti bizim bahçeye çalışmaya. Babasını tanımanı isterdim, çok kibar adamdı." Gülümsedi. "Ben de o zamanlar inanılmaz titizim, evi yeni almışız bahçeme özen gösteriyorum. Onlar çalışırken başlarına dikilip şurası şöyle olsun, burası böyle olsun deyip duruyorum. Engin rahmetli... Her dediğimi yapıyor. Bir ara çok konuştuğumu fark edince, 'Ne yapayım titizim,' dedim. Mecnun hemen, 'Siz titiz falan değilsiniz düpedüz kaprislisiniz,' demesin mi!"

Adamın bu tür çıkışlarına pek çok kez şahit olan Ece hemen düşüncesini söyledi. "Bozulmuşsunuzdur tabii."

"Bozulmazdım belki ama... Kocam verandada gazete okuyordu. Bunu duyunca bir kahkaha attı. Çok sonra düşününce anladım tabii. Ona bozuldum aslında. Şimdi böyle gülerek anlattığıma bakma, epey bir dert oldu içime o zaman. Bir daha gelmedi bizim bahçeye yıllarca. Babası hep yalnız uğrardı."

Kısa bir sessizlik oldu. Kadının konuyla ilgili başka bir şey anlatmayacağını anlayan Ece merakını yenemeyerek, "Sonra ne oldu?" diye sordu.

"Neden sonra?"

"Hani iki yıldır seviyorum Mecnun'u dediniz ya."

Kadın hikâyenin geri kalanını anlatmadığını anlayınca kaşlarını kaldırarak açıkladı. "Haaa... Sonra işte annesi babası öldü. Kocam severdi Mecnun'u, ayda bir falan o gelmeye başladı ama ben hiç konuşmazdım. O çalışır, kocamla sohbet ederdi. Ben hep verandadaki masada bulmaca çözerdim. Terbiyesiz, kaba, dangalak diye yazmıştım kafama bir kere. Sonra... Üç yıl evvel kocam öldü."

Ece hemen araya girdi. "Başınız sağ olsun."

"Sağ ol kızım, dostlar sağ olsun. İşte o zaman altı ay kadar hayata küstüm. Üç çocuk var, hepsi bir yerde. Torunlar var ama herkes gelip bir-iki hafta kalıp dönüyor, hepsinin işi var gücü var tabii. Evde yapayalnız kalınca ne yapacağımı şaşırdım biraz. Ne yemek istiyordu canım ne başka bir şey. Sadece uyumak istiyordum. İşte o zaman da hep geldi Mecnun. Ne zaman gelip ne zaman gidiyordu, o bahçeyi ne ara adam ediyordu hiç anlamıyordum. Bahçeye falan da çıkmıyordum. Bir gün bunu çarşıda gördüm, gelme artık dedim. Çiçek miçek istemiyorum. Para da ödemiyorum, deli misin sen, ne geliyorsun? Arkada bir oda var. Orda oturuyorum artık, çiçeğe de bahçeye de ihtiyacım yok. Gelme."

"Ne dedi?"

"Tamam dedi. Aradan bir-iki ay geçmişti zannedersem. Bir sabah kalkıp her zamanki gibi tepsiye kahvaltı hazırlayıp arkadaki odaya geçtim ve perdeleri çektim. Pencerenin... Camın her yanı büyük bir bulmacayla kaplanmıştı. Tersten yapıştırılmış. Bana içerden düz görünecek şekilde." Gülümsedi. "Gazete falan değil. Oturup kendi mi hazırladı, bilgisayardan mı bastırdı, birine mi hazırlattı hâlâ bilmem ama en zevk alarak çözdüğüm bulmacalardan biriydi. Bazı harflerin kutusu koyuydu ve 1, 2, 3 şeklinde numaralar verilmişti, en altta da o numaralar yan yana dizilmişti. Beş kelimelik bir cümle bulmam gerekiyordu."

"Çok ilginç."

"Öyle ama daha da ilginci, bence tabii, benim kahvaltıyı falan unutup iki saatte bu bulmacayı bitirmem oldu çünkü aylardır hiç bulmaca çözmemiştim. İki saat geçmiş, bana beş dakika gibi gelmişti." Gülümsedi. "Zor bir bulmacaydı haaa!"

"Peki çıkan cümle neydi?" diye sordu Ece merakla.

Sevinç kahkaha attı. "Cümle çıkınca anladım Mecnun'un işi olduğunu zaten. Şöyleydi: KAPRİSLİ SEVİNÇ BEGONVİLLERİN GÜZELLİĞİNE BAK."

"Begonviller mi?"

Sevinç başını öne doğru eğdi. "Pencerenin önüne, şöyle üç metre kadar uzağına pembe mor begonviller dikmiş. Nasıl da güzel bir görüntüydü! Görülmeyecek gibi değildi ancak ben bulmaca çözerken hiç ama hiç fark etmemiştim."

"Gerçekten mi?"

Sevinç kaşlarını kaldırarak gururla açıkladı. "Bulmaca çözerken hiçbir şeyi görmem ben."

★

Aysel bulaşıkları toplarken kafasının içinde dolaşan düşüncelerin hızından öyle yoruldu ki bulaşık makinesini çalıştırır çalıştırmaz sandalyeye oturdu.

Taylan arkadaşlarıyla buluşmak için İzmir'e gitmişti, gece de dönmeyecekti.

Uğur akşam eve geldiğinde ise sabahki halinin aksine epey keyifsiz görünmüştü gözüne. Oysa Aysel arkadaşının yaptığı tespitten nasıl da mutluluk duymuştu: Artık sohbet edebiliyordu kocasıyla.

Uğur yemek boyunca düşüncelere dalıp pek fazla konuşmamış, sonra da salona geçip bir dergi karıştırmaya başlamıştı her zamanki gibi. Bu durum moralini bozmuştu kadının. Niye böyle oldu şimdi, diye düşünmeye başlamıştı. Sabah neşeyle gezisini anlatan Uğur nerede şimdi? Demek Taylan var diye neşeliydi, biz ikimiz kalır kalmaz sohbeti kesti hemen! Tam o an aldığı kararı anımsamıştı: Olaylar ve insanlar hakkında düşünüp düşünüp fikir yürütmeyi bırak Aysel! Offf! Bu da ne kadar zor bir şeymiş yahu! Sırf bugün üç-dört kez yaptın bunu ama olsun... Bak kararını hatırlıyorsun şimdi en azından... Eskiden böyle şeylere karar versen bile aklına gelmezdi. Burada oturup fikir yürütmek yerine gidip sen konuş kocanla... Bakalım n'olmuş? Belki sohbet edecek? Fikir yürütme! Önce ne olduğunu anla!

Aldığı kararı hatırlamaktan memnun bir halde başını sallayarak yerinden kalktı ve çayı demledikten sonra salona geçip koltuğuna oturdu. Birkaç dakika sessizce oturduktan sonra sakin bir sesle sordu: "Çayı demledim ama kahve de ister misin?"

Uğur dergiden başını kaldırıp, "Yok Aysel, sağ ol," dedi. "Bugün iki tane içtim kahvede. Sadece çay içerim ben."

"Tamam."

Uğur tekrar dergisini okumaya dönünce Aysel sesi tamamen

kısık olan televizyonda ne olduğunu inceledi bir süre. Bu arada hızla düşünüyordu. Bir an tereddüt etse de merak ettiği bir şeyi doğrudan ilgili kişiden öğrenme kararından vazgeçmeye hiç niyeti yoktu. "Uğur? Sana bir şey sorabilir miyim?"

Adam merakla baktı karısına. "Sor tabii."

"Sen bu sabah neşeliydin. Yani neşeli değilsen de... Nasıl desem... Keyfin yerindeydi... Moralin düzgündü..."

Uğur gülümseyerek araya girdi. "Öyle miydim?"

Aysel başını salladı. "Evet. Ne güzel sohbet ettin. Ama şimdi geldin, doğru dürüst hiç konuşmadın benimle. Moralini bozacak bir şey mi oldu kahvede? Yoksa bu sabah Taylan var diye mi sohbet ettin? Yani... Sırf ben olsam anlatmaz mıydın seyahatini?"

Uğur bu sözlere şaşırdı. Karısından gelen bu soru alışık olmadığı tarzda bir şeydi. Aysel hiçbir zaman böyle net sorular soran biri olmamıştı. Daha ziyade cevabını aldığında sızlanmak, gücenmek ya da karşısındakini suçlu çıkarmak üzere kurguladığı sorular sorardı. Cevap vermeden önce bir süre düşündü. Sonra yavaş yavaş konuştu. "Yoldan dolayı hâlâ yorgunum Aysel, bir de bir şey oldu... Olmuş yani... Meriç'in bir arkadaşı gelmiş kahveye. Bir kadın. O aklıma takıldı."

"Bir kadın mı? Niye gelmiş?"

Uğur bir süre tereddüt ettikten sonra açıkladı. "Meriç bir defter tutuyormuş... Günlük gibi... Arkadaşına bana vermesini vasiyet etmiş... Kadın defteri getirmiş ama beni bulamayınca kimseye bırakamamış."

Aysel ne diyeceğini bilemedi. "E sen gider alırsın."

"Kadın İsveç'te yaşıyormuş. Kargoyla yollamasını istedim ama kabul etmedi. Önümüzdeki günlerde fırsat bulur bulmaz defteri bizzat kendisi getirecekmiş."

Aysel şaşırdı. "Taaa İsveç'ten buraya defter getirmeye mi gelecek?"

Uğur başını salladı. "Öyle dedi."

Aysel tam 'kadın çok zengin demek ki' diyecekti ki bu tespiti sığ bularak söylemekten vazgeçti. Defterde yazanları çok merak etti ama kocasının olup biteni anlatması şu an için daha önemliydi. Demek ki yıllardır aklımda kurduklarımı ona sorsaydım bana anlatacaktı, diye düşündü. Hemen ardından bu tespitin tam olarak gerçeği yansıtmadığını fark etti.

Aysel sorardı, hep sorardı...

Uğur anlatmaya başlardı ama hemen sonra Aysel o kadar çiğ yorumlarda bulunurdu ki...

Dahası konuşulan her konuyu dedikoduya çevirirdi ve Uğur da o zaman susardı...

Bunu fark edince kendinden kurtulmak ister gibi oturduğu yerde geriye doğru çekti vücudunu. Durumu tekrar gözden geçirerek düşüncesini açıkladı. "E vasiyet tabii. Kargoya güven olmaz. Yerinde olsam ben de aynısını yapardım."

Uğur şaşkınlıkla ona bakarak başını salladı ve kadın defterle ya da Meriç'le ilgili başka tek kelime etmeden, "Ben çayları getireyim, olmuştur," diyerek mutfağa gittiğinde daha da çok şaşırdı.

★

Yannis ve Handan Münevver'le vedalaşmış, apartmanın önünde Ayça'yı bekliyorlardı. Onlara, "Siz inin ben beş-on dakikaya gelirim," deyince ana kızı yalnız bırakmaya karar vermişlerdi.

Akşamüzeri Taksim'de dolaşırlarken Ayça neredeyse elle tutulur, gözle görülür bir agresifliğe bürünmüştü. Birkaç saat süren bu gerginlikte bazen aşırıya kaçmış ve Yannis'e karşı espriyle karışık kaba ifadelerde bulunmuştu. Handan bu duruma hem çok şaşırmış hem de çok üzülmüştü. Üzüntüsü geçtiyse de şaşkınlığı geçmemişti. Yalnız kaldıkları bu kısa süre zarfında Yannis'e açıklama yapmaya çalışıyordu.

"Gerçekten çok şaşırdım ben de Yannis. Bu kız böyle değildir inan bana. Sekiz-dokuz yaşından beri tanırım ben Ayça'yı." Birkaç saniye duraksadı. "Kardeşim gibidir. Gibisi fazla, sen onu benim kardeşim bil! Ne oldu buna görüşmediğimiz aylarda bilmiyorum. Yani ne diyeceğimi bilemiyorum gerçekten. İnan bana, ben de çok şaşkınım, onun adına senden özür dilerim."

Tam o an Yannis kadına sarılarak karşılık verdi. "Niye özür diliyorsun? Gerek yok. Ayça'nin özür dilemesine de gerek yok."

Handan biraz kızgın, biraz da üzüntülü bir şekilde konuşmaya başladı. "Olmaz mı? Ayıdan post Yunandan dost olmaz sözünü hiç duydun mu da ne demek? Bu ne şimdi? Böyle şaka mı olur? Şoka girdim resmen. Bu nasıl bir ırkçılık! Şakası bile iğrenç! Hadi onu geçtim, bu kızı tanıyorum yani... O bu lafları en son edecek insan bile olamaz."

Yannis sakin bir tavırla araya girdi. "Biz buraya niye geldik Handancim?"

Kadın birden şaşırdı ve eliyle yukarıyı işaret ederek. "Onun için. Yani Ayça için."

"Sakin ol canim. Haklisin ama o normal bir dönem geçirmiyor. Ablasi öldü. Ayça ölmek istedi Handan. Unuttun?"

Handan'ın kızgınlığı birden şiddetini yitirdi. "Yaaa evet. Aslında kızmamak gerek ama ne bileyim işte. Bana kötü şeyler dese hiç takmazdım ama seninle uğraşınca..."

Yannis ona bir kez daha sarıldı. "Sen de tabii beni sevince..."

Handan gülümsedi. "Eveeet."

"Böyle şeyleri takma kafana. Foça'da, daha zor günler gelebilir."

Handan başını salladı. "Haklısın. Bakalım baş edebilecek miyim?" Kendi kendine konuşur gibi sürdürdü sözlerini. "Göründüğünden fazla sorun var demek ki... Göründüğünden çok daha fazla... Bakalım altından kalkabilecek miyim?"

Yannis gülümsedi. "Kalkarsiiin. Sen çok güçlüsün, inan bana."

Adamın onu teselli etmek için konuştuğunu düşünen kadın gülümseyerek cevap verdi. "Hadi yaaa! Nasıl baş edeceğimi ben bile bilmezken sen hemen nerden anladın birkaç ayda?" Gülümsedi. "Annem duysaydı bu söylediklerine çok gülerdi. Beni teşvik etmek için konuştuğunu hemen anlardı. Ben her zorluktan, fedakârlıktan kaçan, bencil, sorumsuz biriyim. Yani o hep öyle der."

Yannis kesin bir tavırla konuştu. "Hayir. Annen seni yanlis biliyor. Tesvik etmek için söylemiyorum. Gerçekten öylesin. Bunu biliyordum zaten ama dün gece net olarak fark ettim."

Handan merakla sordu: "Neyi fark ettin dün gece?"

"Sen haberi aldin... Hastanede Münevver teyzeyi görünceye kadar titredin. Arabada, uçakta, takside. Ama onu görür görmez titremen geçti! Onu sakinlestirdin, o andan itibaren her seyi sen idare ettin."

Handan şaşırdı. "Öyle mi oldu?"

"Evet!"

Bir süre olanları düşündü kadın. "Evet. Doğru, titrediğimin farkındaydım ama ne zaman geçtiğini fark etmedim."

"Bir sey yapabileceğin noktaya gelince geçti tam olarak."

Handan bu tespite hayret etti ve Güneş'in söylediklerini hatırladı: *Olacaklar konusunda çoğunlukla net değilsin belki ama olanlar konusunda tavrın hep net senin.*

Bu tespiti Yannis'le paylaşınca adam başıyla onayladı. "Günes hakli. Olacaklari kimse bilemez, bu nedenle o an endiselenmek normal ama sen olayi duyunca hemen kosup geldin. Olayin içine girince son derece sakindin. Nettin. Münevver teyzeyi çok rahatlattin. Sorumluluk değilse nedir bu?" Kaşlarını kaldırarak başını iki yana salladı. "Annen yanlis biliyor. Bence... Olan olaylarda onun istediği gibi davranmadiğindan öyle demistir. Birçok anne böyle değildir?"

Handan çok uzun yıllar annesinin sürekli tekrar ettiği 'sorumsuzsun, bencilsin, zorluktan ve fedakârlıktan kaçıyorsun' sözlerinden diktiği elbiseyi içselleştirecek kadar taşımış olduğunu fark ederek üzerinden sıyırıp atarken adama minnetle gülümsedi. "Haklısın galiba."

⋆

Ece bir saattir durmadan gülmekten bitap düşmüştü. Sohbetin seyri iş dünyasına dönmüştü ve Sergen'in bu konuda da sıkıntısı çoktu. Mecnun arkadaşını dikkatle ve ilgiyle dinlerken genç kadın restorandaki diğer masalara şöyle bir göz attıktan sonra konudan kopup kendi düşüncelerine daldı.

Olayları müthiş bir mizah katarak anlatan ve şaşkın halinden ötürü başkalarının hemen göreceği birçok gerçeği göremeyip oldukça saf sorular soran bir adamdı Sergen. Hava kararmadan bir saat önce son derece lüks arabasıyla gelmiş ve serada kısa bir tanışma faslının ardından Cunda'ya doğru yola çıkmışlardı. "Ne Foça'sı yahu gelin uzaklaşalım biraz," demişti.

Doğma büyüme İzmirliydi. Hem anne hem baba tarafı şehrin varlıklı ve tanınmış ailelerindendi. Sergen elektronik mühendisiydi ama babasının şirketlerinde yönetici olarak çalışıyordu. Uzun boylu, iri yapılı, esmer, yakışıklı bir adamdı. Mecnun'la çocuklukta başlayan bir yaz arkadaşlıkları vardı. O zamanlar Sergen'in anneannesinin yazlığı vardı Foça'da. Kadın birkaç yıl önce vefat edince Sergen de Foça'ya artık yazları da pek uğramaz olmuştu.

Bu aralar hayatındaki sorunlardan boğulmuştu adam. "Aynı kişilerle aynı şeyleri konuş konuş bıktım lan, ben bir Mecnun'u göreyim dedim kendi kendime," dedikten sonra şaşkın şaşkın bakarak, "Sen hiçbir zaman hoşuma gidecek şeyler söylemezsin ya! Uzun zaman oldu. Özledim işte lan, seni görmek istedim," diye açıklamıştı. Mecnun, Ece'ye, anladın mı ne demek istediğimi dercesine gülümseyince ikisi de adamın şaşkın bakışlarına bakıp gülmüştü.

Sergen yol boyunca, iki yıl süren evliliğinden, altı ay önce ayrı yaşamaya başladığı eşi İdil'den ve kadının neler yaptığından bahsetmişti bol bol. Ona göre kadın dünyanın en üçkâğıtçı tiplerinden biri çıkmıştı! Allah'tan çocukları olmamıştı! İş boşanmaya gelince nahoş durumlar da başlamıştı. Sergen'in düğünde ona hediye ettiği, Alaçatı'daki evi geri vermeyeceğini söylemişti kadın. "Öyle bir-iki yüz bin liralık bir ev değildi ki! Haksız mıyım?" diye sormuştu Ece'yle Mecnun'a. "Hem boşanmak isteyen o, hem de malımın üstüne yatacak!" Mal konusunda anlaşmazlığa düşünce tek celsede boşanamamışlardı. Bu durum Sergen'in anne ve babasını da çok üzüyordu tabii.

Ece bu tip konularda her iki tarafı da dinlemeden fikir yürütmenin anlamsızlığını bildiğinden adamın anlattıklarına temkinli yaklaşmıştı. Şimdi düşününce Mecnun'un da hiç fikir yürütmeden konunun yönünü başka yere çevirdiğini fark ediyordu. Sergen'i gülümseyerek izleyen Mecnun'un tişörtüne bakınca birden öfkelendi adama!

Ece, Mecnun seraya döndüğünde, özenle ütülediği keten elbisesini giymiş ve çok hafif bir makyaj yapmıştı. Adam onu bu halde görünce, "Ooo çok şıkır olmuşsun Ece!" demiş ve gülerek duşa girmişti. Çok şıkır olmak ne yaaa? 'Çok hoş bir restorana' yemeğe gideceklerdi. Böyle dememiş miydi Sergen? Hoş bir restoran!

Etrafına tekrar göz gezdirdi kadın. Gerçekten herkesin kıyafeti çok hoştu, istisnasız bütün kadınlarda hafif ya da belirgin bir makyaj vardı. Gözü tekrar Mecnun'un buruşuk beyaz tişörtüne takıldı ve biraz rahatsız oldu. "Mecnun, tişörtün buruşuk, ütüleyeyim istersen," dediğinde, "Gerek yok Ece, açılır o şimdi nemden," diyeceğine ütülese ya da Ece'nin ütülemesine izin verseydi çok daha iyi olmaz mıydı? Ne anlıyordu bu adam böyle her şeye karşı çıkmaktan? Derin bir nefes alarak, inatçı uyumsuz, diye geçirdi içinden.

Oysa Sevinç'in anlattıkları, annesiyle yaptığı telefon konuşmasının sıkıntısını almış ve Mecnun'a karşı içinden yine ılık ılık duygular geçmesine neden olmuştu. Ama sonra ne oldu, diye düşündü. Çok şıkır olmuşsun Ece! Ben de kırışık tişörtümle restorana giderim! Olacak iş mi? Yok yok! Mecnun'la yaşamak bir kadın için gerçekten zor olmalı. Tamam çok iyi yanları var ama bir o kadar da umursamaz. Bu kadar da aykırılık fazla canım! Tam o an Sergen'in sözlerini duydu: "Şu sıralar okuduğum kitaptan sana bir bölüm okuyacağım, dikkatle dinle ama!"

Çantasından çıkardığı kitaptan, işaretli bir yer açıp okumaya başlayınca Ece hemen ona dikkat kesildi.

"*Sevmenin etken özü, sevginin her türü için geçerli olan belli temel unsurlarla da ortaya çıkar. Bunlar ilgi, sorumluluk, saygı ve bilgidir. Sevginin içerdiği ilgi, en açık biçimiyle annenin çocuğa gösterdiği sevgide görülebilir. Eğer bir annenin, çocuğuna az ilgi gösterdiğini, onu beslemeyi, yıkamayı, rahat ettirmeyi savsakladığını görürsek, sevgisinin içtenliğine göstereceği tüm kanıtlar bizi doyurmaz. Bizi, çocuğuna ilgi gösterirken gördüğümüz annenin sevgisi etkileyebilir. Çiçeklere ya da hayvanlara duyulan sevgi için de durum farklı değildir. Bize çiçekleri sevdiğini söyleyen bir kadının, çiçekleri sulamayı unuttuğunu görürsek, onun çiçek sevgisine inanmayız. Sevgi, sevdiğimiz şeyin büyümesi ve yaşaması için gösterdiğimiz etken ilgidir. Bu etken ilginin bulunmadığı yerde sevgi de yoktur. Kişi, uğruna emek harcadığı şeyleri sever ve sevdiği şeyler için emek harcar,"* diyerek kitabı kapatan Sergen ağır ağır konuştu. "Yaaa! İşte böyle Mecnun! Bence de sevgi emek ister."

Mecnun kitabı eline aldı: *Erich Fromm / Sevme Sanatı*. Kitabı hafifçe aldığı yere fırlatırken gülerek sordu arkadaşına. "Sevmenin sanatı mı olur oğlum?"

Adama zaten kızgın olan Ece hemen araya girdi. "Neden olmasın? Her şeyi sanat haline getirebilir insan! Giyinmek de bir sanattır, yerine göre konuşmak da, sevmek de!" Gülümseyerek baktı Mecnun'a. "Bahçe yapmak da!"

"Katılıyorum," dedi Sergen.

Mecnun kaşlarını kaldırdı. "Haaa o açıdan yani. O zaman tek bir sanat olur, o da yaşama sanatıdır! Sevmek de, diğer şeyler de bu sanatın sadece bir parçası olabilir."

Sergen hemen atıldı. "Elbette ama adam çok güzel açıklamamış mı sevginin nasıl bir emek istediğini?"

Mecnun şöyle bir düşündükten sonra başını iki yana salladı. "Cık!"

Sergen yüzünü buruşturarak cevap verdi arkadaşına. "Sen de! Hep böylesin! Kitap düşmanı!"

Mecnun güldü. "Niye kitap düşmanı olayım oğlum! Şu okuduğunda beni etkileyecek bir şey yoksa suç benim mi? Yok anne çocuğuna ilgi göstermezse, rahat ettirmezse, iyi beslemezse, sevgisinin içtenliğini gösterecek tüm kanıtlar bizi doyurmazmış... Bak bak bak! Her bir şey insanın doyurulması üzerine! Ne şimdi bu! Kullanılan tüm kavramlar göreceli! Çocuğu rahat ettirmek ne bir kere? Sınırı ne? Saygı, ilgi, sorumluluk, bilgi, sevginin temeliymiş. İyi güzel de bu kelimeler yetersiz. Kime göre saygı? Neye göre ilgi ya da bilgi? Biri kitap okuyan insanı bilgili bulur, biri hiç okumayanı! Hem bilginin sevgiyle ilgisi ne? Hangi bilgi? Mesela eşi ölünce kendisi de ölen kuşlar var. Bu kuşların bilgisi nedir? Bilgi deyince ne anlıyoruz? İlgiden ne anlıyoruz?" Doğrudan Sergen'e bakarak gülümsedi. "Çocuğunun hayatını kendi hayallerini gerçekleştirmek için kullanan ana babalara da sorsan, çok ilgileniyoruz çocuğumuzla derler. Hangi ilgi? Söyleyin hadi!"

Sergen afalladı birden. "Yok. Yani burada temel şeylerden bahsediyor. Rahat ettirmek işte! Çocuğu doyurursun, yıkarsın, uyutursun."

"Ben imkânı olduğu halde çocuğunu aç bırakan, bezini boklu bırakan, çocuk uyurken uyandıran bir anne tanımıyorum, siz tanıdınız mı?"

"Tanımadım ama vardır yani..." dedi Ece. "Yani varsa diye söylemiş adam."

"Varsa öyle biri, o insan olarak sorgulanıp değerlendirilir önce, anne olarak değil. Şimdi diyelim bir anne, bir gün çocuğun bezini değiştirmeyi unuttu. Bu şimdi o annenin başka hareketlerinde içten olmadığını mı gösterir? Ne bu? Lak lak lak, laf üretimi..." Ece'ye dönerek konuşmasını sürdürdü. "Bak bak bir de ne diyor..." Kitabı eline alıp ilgili bölümü buldu ve okudu. "Bize çiçekleri sevdiğini söyleyen bir kadının, çiçekleri sulamayı unuttuğunu görürsek, onun çiçek sevgisine inanmayız diyor. Laf! İnsan unutur... İnsana unutmayı yasaklıyor bu adam yaaa!"

Ece serada yaşadığı olayı hatırlayınca duraksadı. "Canım insan unutur tabii."

Sergen araya girdi. "Burda durmadan unutmaktan söz ediyor."

Mecnun kitabı göstererek güldü. "Öyle bir şey demiyor uydurma! Ki durmadan da unutabilir bazı insanlar."

Sergen yine şaşkın şaşkın bakarak boynunu büktü. "Ben öyle anladım."

Mecnun ellerini ensesinde kenetleyerek sakin bir şekilde konuştu. "Sorun bu zaten. Sorun hep bu! Herkes her şeyi *istediği* gibi anlıyor. Yaaa okumaya karşı değilim ben ama şimdi şu okuduğun kısacık bölümde bile ne olduğunu göremiyorsun aslanım! Ve sen yıllardır felsefe okursun."

"E sen anlat o zaman! Neymiş benim göremediğim?" diye sordu Sergen sakin bir ifadeyle.

"Adam bir insana veya sevgiye verilen emeği ticaret koşullarına bağlamış. Kanıtlı manıtlı sevgiden bahsediyor! Böyle sevgi mi olur?"

Sergen şöyle bir düşündü. Karısının ticari yaklaşımı kendisini çok yaralamıştı ama şimdiki dünyada herkes bu hale geliyordu işte. "Herkes böyle! İdil'i ele al! Ona verdiğim milyonluk hediyeyi vermemesi tüccar mantığı değil mi?"

Mecnun kelimeye vurgu yaparak doğrudan sordu: "*Hediye* nedir Sergen?"

Adam bu soruyla afallayarak hemen savunmaya geçti. "Tamam, haklısın, insan hediye ettiği şeye dönüp bakmaz ama o evlilik hediyesi. Evliliği bozan da o!"

Mecnun güldü. "*Evlilik* ne Sergen? Sen zaten ticari bir anlaşma içindeydin İdil'le. Anlaşmadır evlilik, değil midir? Yazılı anlaşma!"

Ece konuşmayı dikkatle takip ediyor ve Sergen'in vereceği yanıtı merakla bekliyordu.

Adam bir süre düşündükten sonra, "Doğru, haklısın ama evliliği bozan o!" dedi. "Boşanmak isteyen o! O zaman bu anlaşma sebebiyle aldığı hediye artık hediye olamaz."

Mecnun bu açıklamaya gülümsedikten sonra ciddi bir tavırla sordu: "Sana şimdi bir şey soracağım ama doğru cevap istiyorum."

Sergen gülümseyerek başını salladı. Mecnun'u sevmesinin yegâne sebebi, yanında doğruları söyleyebildiği tek arkadaşı olmasıydı. "Elbette! Sana yalan atmam bilirsin."

"İdil neden boşanmak istiyor?"

Sergen başını kaşıyarak düşündü bir süre. "Yaaa biz Çeşme'de bir akşam arkadaşlarla bir kulübe gitmiştik," diye başlayarak yarım saat durmadan anlattı. Kulüpte bazı kadınlarla sarmaş dolaş fotoğraf çektirmesi, o kadınlardan birinin bu fotoğrafları Facebook hesabında yayınlaması, İdil'in bir arkadaşının dıdısının dıdısının Facebook hesabında bu fotoğrafları görmesi... Hepsi ama hepsi kaderin Sergen'e kötü bir oyunuydu. Konuşurken yaşadığı olayı rasyonalize etmek ve kendini haklı görmek için kullandığı üslup, yüz ifadesi, her şey ama her şey o kadar komikti ki Ece ve Mecnun onu dinlerken gülme krizine girdiler. Adam tüm yaşananlara rağmen karısı tarafından suçlanmaktan dolayı ziyadesiyle şaşkındı. "Yani Mecnun... Oğlum, içmiştik! Öyle bir iki sarılmışım, öpmüşüm falan. Yatmadım bile lan! Yatsam gam yemeyeceğim. Adım zamparaya çıktı! Sen biliyorsun beni! Ben bir kadını sevdim mi köpekler gibi sadık olmam mı? Ne dedim, neler ettim, nasıl özürler diledim bi bilsen! Iıh olmadı, kıramadın inadını!"

"Sergen?" dedi Mecnun arkadaşına şefkatle bakarak.

"Efendim?"

"Ne zaman mutlu olacaksın oğlum sen?"

Sergen güldü. "Ben mutluydum oğlum."

"İdil'leyken mi?"

"Evet!"

"Bırak artık şu birilerine bağlı mutluluk durumlarını. Unut gitsin. Bak hatayı yapan sensin."

Sergen derhal savunmaya geçti. "Ben bir şey yapmadım!"

"Peki o zaman şöyle söyleyeyim. İdil'in bir erkekle sarmaş dolaş fotoğrafını görseydin ne yapardın?"

"Boşanırdım tabii!"

Sergen'in huyunu bilen Mecnun güldü. "Boşanmakla kalsan iyi, o adamı gebertirdin lan!"

Sergen gülerek cevap verdi. "O kadar değil de... Ağzını yüzünü dağıtırdım yalan yok!"

"E oğlum, sana yapılınca asla kabul etmeyeceğin bir şeyi, başkası kabul etmeyince neden sinirleniyorsun?" Kitabı işaret etti. "Kendindeki bu basit çelişkiyi düzeltemezken oturmuş kitaplardan sevme sanatını öğrenmeye çalışıyorsun! Sevmek kiiim sen kiiim oğlum, adil bir bakış açın yok bir kere!"

Sergen Ece'ye dönerek savunmasını yaptı. "İdil'i çok seviyordum ben Ece! Bu adam anlamaz aşktan meşkten, bir damla gözyaşı dökmemiştir bir kız için daha!" Önündeki kâğıt peçeteyi Mecnun'a fırlattı. "Duygusuz herif n'olacak!"

Mecnun kaşlarını kaldırarak alaycı bir ifadeyle konuştu. "Hıı... Çok sevdiğinden oldu bunlar." Ece'ye dönerek açıkladı. "Sergen şimdiye kadar yedi-sekiz kadını çok sevdi. Hepsi de tesadüfe bak ki moda dergisinden fırlamış gibiydi." Sergen'e dönerek güldü. "Bi kere de doksan iki-altmış-doksan bir kadın sevdiğini görmedik nedense! Hepsi doksan-altmış-doksan, hepsi yapma veya doğal sarışın, kısacası hepsi vitrinlik!"

Sergen sırıtarak araya girdi. "N'apayım oğlum hep güzelleri denk geliyorsa!"

Mecnun söylenmeye devam etti. "Sevmekmiş! Yerim lan ben senin sevgini! İdil paramı sevmiş demek diye ağlama şimdi. Sen onu güzel bulduğun için evlenmedin mi? Fark ne?" Ece'ye dönüp gülümsedi. "Ama iyi ağlar bak! Tabii es kaza biri tarafından terk edilirse ki genellikle bu mal mülkle, bu tiple, pek terk edilmez!"

Sergen Ece'ye dönerek açıkladı. "Demedim mi? Hiç hoşuma gitmeyen saptamaları vardır hep."

Hepsi güldükten sonra Sergen ciddi bir tavırla sordu arkadaşına. "Evi bırak diyorsun yani?"

Mecnun, "Bırak tabii! Anlaşmayı bozan sensin zaten. Sana yüz kere evlenme diyorum. Ev-len-me! Daha otuzundasın iki kere evlendin be!" deyince Ece bu duruma çok şaşırdı.

Sohbet bir süre daha Sergen'in hayatıyla ilgili devam ettikten sonra konu kitaplara geldi. Ece ve Sergen koyu bir sohbete daldılar. Mecnun lafa hiç karışmadan ilgiyle onları dinlemeye başladı.

*

Havaalanına giderlerken takside pek konuşmayan Ayça cam kenarına oturup uçak daha havalanmadan uyuyakalmıştı. Handan onun yüzünü seyrederken hüzünlendi. Ablasının ölümüyle baş edemediği açıkça ortadaydı. Keşke beş-altı ay görüşmeyelim Handan abla dediği zaman bu öneriyi kabul etmeseydim, diye düşündü. Ama olan olmuştu artık. Aslında bu öneri o zaman ona da mantıklı gelmiş ve bu konu üzerine pek kafa yormamıştı. Beraber olsalardı durmadan Güneş'ten bahsedip ağlayacaklardı. Acıya genel yaklaşıma teslim oldum, diye geçirdi içinden. Oysa şimdi duruma bak! Güneş'ten bahsedememek değil, özellikle bahsetmemek boğmuştu Ayça'yı... Kim bilir neler yaşamıştı içinde? Offf keşke görüşseydik! Keşke her gün konuşsaydık telefonda! Aklım neredeydi acaba? Çantasındaki defterine uzanırken, müzik dinlemekte olan Yannis kulaklığını çıkardı ve Ayça'yı rahatsız etmemek için fısıldayarak sordu: "Bana bir masal daha mi okuyacaksin?"

Handan gülümseyerek alçak sesle cevap verdi. "Yok. Aynı masalı bir daha okuyacağım, müzik dinlemene bak sen."

"Olmaz, aramiza koy beraber okuyalim."

Masalı beraber okudular. Handan defteri kapadıktan sonra çantasına koydu. On beş dakika kadar düşündükten sonra müzik dinlemeye devam eden Yannis'in kulaklığını çıkarıp fısıldayarak sordu: "İnsanın ölümle arasını feci bozmuşlar, farkında mısın? Bu büyük bir sorun."

Yannis güldü. "İnsanin hayatla da arasi pek iyi sayilmaz. Ve bu daha büyük bir sorun."

Handan güldü ve kulaklığın birini kendine çekti. "Ne dinliyorsun bakalım sen? Beraber dinleyelim!"

Yannis başını Handan'a yaklaştırdı ve el ele *Malia Feat, Eric Truffaz*'dan *Yellow Daffodils* adlı parçayı dinlemeye koyuldular. Tatlı bir acı vardı şarkıda. Handan kendini trompetin sesine bırakarak Güneş'li günlerine gitti.

★

Saat epey geç olmuştu, sıcaklığın pek hissedilmediği rüzgârlı bir geceydi. Aysel seyrettiği film bitince televizyonu kapadı. Uykusunun geldiğini hissetti. Morali düzelmişti. Çay içerlerken Uğur'la epey sohbet etmişlerdi. Son günlerde kafasına taktığı ticari işler üzerine birçok soru sormuştu kocasına.

Uğur tüm soruları uzun uzun cevapladıktan sonra meraklanıp, "Bir iş mi planlıyorsun Aysel?" demişti.

"Bakalım. Bir düşüncem var. Netleşince anlatırım," diye kestirip atmıştı Aysel ve bunun üzerine kocası daha da şaşırmıştı.

Dergiye dalmış olan adama bakarken içinden gülerek konuştu: Ahhh Uğur! İnan bana, sen benim kendime şaşırdığım kadar şaşırmıyorsundur bendeki bu değişime! Kalktı ve aklına bir şey gelince tekrar oturdu. "Uğur, sana bir şey daha soracaktım. Kaç gündür aklıma takılıyor." Kocası merakla bakınca konuşmasını sürdürdü. "Hani biz seninle... Şeyden önce..." Bu konuyu o an açtığına pişman olarak sustu.

Cümlesine devam etmeyince Uğur meraklandı. "Sor Aysel!"

Aysel tereddüt ederek konuşmaya devam etti. "Meriç ölmeden önce tenis oynadık ya..."

"Evet?"

"Onu soracaktım."

"Neyi?"

"O olayı anlayamadım ben. Yani geldin, tenis oynamaya gittik. Haftada birkaç kez gideriz dedin ama sadece bir ders aldık. On beş-yirmi saat olacaktı hani? Sonra da hiçbir şey demedin."

"Haaa! O mu?" Uğur daldı bir süre ve Meriç'in başına gelenleri düşündü. Aysel'le tenis dersine gittiğini tamamen unutmuştu. Karısının gözünden bakınca gerçekten tuhaf bir durumdu bu. Yavaş yavaş açıkladı. "Oynarız yine! Hoşuna gittiyse oynamaya gideriz. Özellikle kışın çok hareketsiz kalıyoruz."

Aysel hemen cevap verdi. "Hoşuma gitti tabii. Gidelim."

"Tamam. Ben ayarlarım yine."

"İyi. Ben yatıyorum, hadi iyi geceler."

"Sana da iyi geceler.

*

Ece yatağına uzanmış, Sergen'le geçirdikleri akşamı düşünüyordu. Çok güzel vakit geçirmiş ama yorulmuştu. Gelir gelmez de Mecnun'a iyi geceler dileyerek kendini yatağa atmıştı. Adam daha yatmamıştı ve serada bir şeylerle meşguldü. *No Blues*'tan *Black Cadillac* şarkısını duyunca gülümsedi. Mecnun birkaç gün önce bu şarkıyı dinletip ona tembih etmişti: "Aman Ece, bak ben burda olurum olmam. Aman diyeyim, çok dikkat et. Bu şarkıyı arada aç dinlet çiçeklere. Özellikle sardunyaları bu arabayla gezdirmezsen pek üzülüyorlar. Diğerleri lüks aramaz ama sardunyalar araba konusunda çok hassas."

Deli bu adam! Gerçekten deli!

Sonra aklı bir süre Sergen'e takıldı. Adamın felsefe okuyamamasına, annesinin zoruyla sayısalcı olup eğitim aldığı konuyla ilgisiz bir işte çalışmasına gerçekten çok üzülmüştü. Hepimiz gibi, diye düşünerek iç geçirdi. Aslında konuştukça adamın hayatını tamamen annesinin yönlendirdiği ortaya çıkmış ve Ece dayanamayarak lafa girmişti. "Sergen, sen de hiçbir konuda ısrarcı olmamışsın ama hep annenin isteği, hep annenin isteği!"

Adam, "Sen annemi bilmezsin Ece," diyerek yardım isteyen gözlerle arkadaşına bakınca, Mecnun üst dişlerini alt dudağına geçirerek başını sallamış ve "Ninja Şule! Aman aman! O konuyu açacaksak beş gün burdan kalkamayız haaa!" diyerek herkesi kahkahaya boğmuştu.

O da çok karıştırmış canım annesini her şeye, diye düşünür düşünmez kendi annesiyle yaptığı telefon görüşmesi geldi aklına hemen. Canı yine sıkıldı. Yok efendim neymiş, bir erkekle aynı evde yaşayamazmış! Bir şey yaptığımız olsa bari! O da yok! Bir kadınla bir erkeğin aynı evde, cinsellikten uzak yaşayabilmesine inanmak neden bu kadar zor geliyordu ki insanlara? Annesini, babasını ve çevresindekileri düşündü bir süre. Nesilden nesile geçen bu bakış açısının kırılması çok ama çok zordu. Mecnun'un en sevdiği ve sık sık kullandığı ifadede yatıyordu açıklama: *Kişi kendinden bilir işi.*

★

Yannis arabayı kapıda durdurdu ve Ayça'nın valizlerini Handan'ın evine taşıdıktan sonra İzmir'e indiği andan beri somurtup tek kelime etmeyen kıza iyi geceler dileyerek dışarı çıktı.

Handan bahçe kapısına kadar onun peşinden gitti. "N'olur kusura bakma," dedi onu öperken.

Yannis gülümsedi. "Hadi artık bir güzel uyuyun. Çok yoruldunuz."

"Teşekkürler."

"Niye?"

"Yanımda olduğun için."

Yannis gülümsedi. "Asil ben tesekkür ederim."

Handan biraz sinirden biraz da yorgunluktan kahkaha attı. "O niye?"

"Beni yanina aldiğin için."

"Handan abla geliyor musun? İçeri sinek giriyor!" diye bağırdı Ayça tam o sırada kapıya çıkarak.

Handan gülümseyerek fısıldadı. "Eyvah eyvah! Bu bizi görüştürmeyecek."

Yannis arabaya binerken ona el salladı. "Merak etme ben seni görmenin yollarini bulurum."

Handan içeri girip kapıyı kapadı ve kanepeye uzanmış olan Ayça'nın karşısına oturdu. "Eee? Evimi nasıl buldun?"

"Bilmem. Alıcı gözle bakmadım daha. Yorgunum."

Handan eve vardıklarında onunla biraz konuşabileceğini düşünmüştü ama şu an zamanı değildi. Kalkıp yatak odasına giderken, "Tamam, ben senin yatağın çarşaflarını değiştireyim, hemen uyuyalım," dedi ve bir an önce bir tiyatro oyunu ayarlamalıyım diye düşündü içinden.

sessizce sordum
çocukların terk ettiği dut ağacına:
ne zamandır rüya görmez sevda
ve ne zaman ölmüştür dua?

4

Aradan on gün geçmişti, bayramın son günüydü. Taylan kahvaltıdan sonra Mecnun'un da dahil olduğu birkaç eski arkadaşıyla buluştu, saatlerce sohbet edip yüzdüler. Temmuz ayında tatile çıkamadığı için ancak üç hafta kadar izin alabilmişti, sayılı gün çabucak geçmiş ve geri dönüş zamanı gelmişti. Ertesi gün Kanada'ya uçuşu vardı, sabah erkenden Foça'dan ayrılacaktı.

Saat dört gibi arkadaşlarıyla vedalaşıp kahveye gitti. Akşam olmadan babasıyla biraz sohbet edebilmeyi ümit ederek içeriye geçti. Kalabalıktı. Uğur epeydir görmediği arkadaşlarıyla bayramlaşmaktan başını bir türlü alamıyordu. Taylan onu beklerken çantasından çıkardığı CD'yi elinde evirip çeviriyordu. Düşünceliydi. Aslında üniversitede okumak üzere Foça'dan ayrıldığından beri hiçbir tatili bu kadar huzurlu geçmemişti. Öte yandan özellikle annesindeki değişim aklını çok karıştırmıştı. Bu durumun iyi mi kötü mü olduğuna bir türlü karar veremiyordu.

"Bir kahve içer miyiz şöyle karşılıklı?"

Karşısına oturan babasının sesiyle düşüncelerinden sıyrılan Taylan gülümsedi. "İçelim tabii. Benimki sade olsun bu sefer."

Uğur Mete'ye kahveleri söyledikten sonra merak ederek sordu: "Dalmıştın... Hayırdır? Yol gözünde büyüyor, değil mi?"

Taylan kaşlarını kaldırdı. "Iıh... Yola alıştım. Aklım karışık... Sana soracaklarım var."

"Hangi konuda?"

"Annem... Çok değişmiş baba! Farkındasındır sen de."

Uğur başını salladı. "Farkındayım. Farkında olmam mı?"

Kısa bir sessizliğin ardından Taylan kelimelerini özenle seçerek, "Bu kadar kısa sürede nasıl oldu bu?" diye sordu. "Benim... Yani benim durumum yüzünden mi?" Boğazını temizledi. Babasının keyfini kaçırmamak için çok merak ettiği halde Meriç konusunu bu zamana dek gündeme getirmemişti ama şimdi sormak zorundaydı. "Yoksa... Meriç meselesi mi?"

Mete kahveleri bırakırken Uğur bir süre düşündü. "Bilmem. İkisi de olabilir ama bence..."

"Sence?" dedi Taylan babası cümlesini tamamlamayınca.

"Emin değilim ama hastanede tam dört gün konuşmadı, durmadan ağladı. O sırada neler düşündü, içinde neler yaşadı bilmiyorum ki. Sonra eve geldik. Öfkeliydi bir süre. Ne desem söyleniyordu. Senin mektubun, senin durumun üzerine konuşmayı reddetti. O süreçte eski Aysel'di sanki... Sonra yavaş yavaş, birçok şey oldu. Değişti işte... Senin kafanı karıştıran nedir?"

Taylan bu soruya cevap vermeden önce bir süre düşündü. "Ben... Nasıl desem bilmiyorum. Eskiden şikâyet ettiğim ya da memnun olmadığım huylarından eser yok artık."

Uğur gülümsedi. "E iyi ya işte. Buna sevinmen lazım. Benim hoşuma gidiyor böyle olması."

"Ama..."

"Ama?"

Taylan biraz sıkılarak cevap verdi. "Ama... Bana karşı yakınlığı da kalmamış sanki. Bu sabah evden çıkarken akşama şöyle güzel bir barbunya yerim gitmeden değil mi diye sordum. Biliyorsun, neler neler pişirip bana zorla yedirirdi, elinden gelse bavulu bile yiyeceklerle doldururdu ama bu sefer öyle olmadı. Canım yemek yapmak istemiyor bugün, babanla konuştuk, dışarda yiyeceğiz dedi!"

Uğur oğlunun yüzündeki ifadeye güldü. "Haaa sen annem bana artık hizmet etmiyor diye üzülüyorsuuun."

Taylan bu tespite güldü ama yanlış anlaşılmak istemiyordu. "Hayır, ben o örneği sadece annemin ne kadar değiştiğini anlatmak için verdim. Sadece bu da değil! Bayramdan önce İzmir'e alışveriş yapmaya gittiğimizde her şey çok değişikti. Hem kendi gitmek istedi alışverişe hem de hiçbir şey almadı! Annemi bilmez misin baba? Ne aldığının önemi olmazdı, alışverişin kendisi onu mutlu ederdi. Hiçbir şey almadı! İnanamadım." Gülümsedi. "Bir çarşaf dahi almadı."

Aysel'in her alışverişte mutlaka bir nevresim takımı alma huyunu bilen Uğur güldü. Karısı aldıklarının çoğunu sağa sola hediye ediyor olsa da evde birkaç aileye en az otuz yıl yetecek nevresim takımı stoklanmıştı. Kısa süreli bir sessizlikten sonra yavaş yavaş konuştu. "Sadece bunlar değil. Beni asıl düşündüren artık konuşmaması. Hiç dedikodu yapmıyor. Hiç! Belki de senin gey olman bunu durdurdu."

Bu açıklama Taylan'ın aklına takılan başka bir şeyi hatırlamasına neden oldu. "Bir de... Kaç gündür sanki bir şey demek istiyor bana ama diyemiyor gibi."

"Nasıl?" dedi Uğur merakla.

"Birkaç kez oldu. 'Taylan, sana bir şey söyleyeceğim' diye lafa başladı ama sonra öylece yüzüme bakıp alakasız şeylerden bahsetti." Düşünceli bir şekilde sürdürdü konuşmasını. "Keşke annem de senin gibi anlayabilseydi durumumu. Öfkelenmeden, bu kadar değişmeden anlayıp kabullenebilseydi."

Uğur kaşlarını kaldırarak araya girdi. "Orda dur Taylan... Ben senin durumunu anlamış değilim hâlâ." Oğlunun şaşkın bakışlarına karşın sözlerini sürdürdü. "Ben sadece duygunu anladım. Kabullenmeye gelince... Dışarıdan sakin bir şekilde bu durumu kabullenmiş gibi görünebilirim ama içten içe buna ben de öfkelendim. Annenle en belirgin farkımız da bu... Ben öfkemi..." Bir süre düşündü. "Aslında hiçbir duygumu açıkça ifade edebilen biri olmadım yıllardır. Aynı anda birçok şey düşünüyordum hastanede. Annenin üzüntüsü, Meriç... Kafam doluydu. Eşcinsellik anladığım bir şey değil! Doğal gelmiyor bana. Öyle olmadığım için belki de hiç anlayamayacağım ama sen mektubunda çok nettin, kendini çok iyi ifade etmiştin. Duygunu anladım ben." İç geçirdi. "Aşkı biliyorum az çok."

Taylan babasının açıklaması üzerine düşünürken tek kelime etmedi.

"Ayrıca," dedi Uğur kısa süreli bir sessizliğin ardından. "Korktuğun gibi bir şey söz konusu olamazdı zaten! Bizi hiç mi tanımıyorsun oğlum? Bu durumu saklaman saçmaydı. Annen ya da ben, bu nedenle seninle konuşmayacağız falan. Bunları düşünmen saçmalık! Ama kabul etmeye gelince... Ben birçok erkeğin yapacağını yaptım." Duraksadı. "Durumu sorguladım, okuduklarımı düşündüm. Biliyorsun zaten önyargıyı sevmem ama tekrar ediyorum bu durumunu doğal bulduğum anlamına gelmiyor."

Taylan tam olarak anlayamadığı için araya girdi. "O zaman nasıl kabul ettin?"

Uğur omzunu silkti. Yıllar evvel Meriç'le ayrılmasını hatırlayarak cevap verdi. "Her zamanki ben! Duruma razı oldum. Benim doğal bulmam ya da bulmamam önemli değil ki. Durum bu! Değiştirebilir miyim bu durumu? Hayır! Ben de kabul ettim. Şunu anlamalısın: Çaresiz olduğumu düşündüğümden ve duygunu anladığımdan kabul ettim. Annense..." Düşüncelerini toparlamaya çalışırken kahvesinden bir yudum aldı.

Sessizlik uzayınca konuşmayı ilgiyle dinleyen Taylan sabırsızlandı. "Annemse?"

"Annen bence durumunu da anlamadı, duygunu da. Belki çok üzüldü başlarda, kabullenememiş gibi göründü ama bunun senin durumunla ilgili olduğunu sanmıyorum. O üzüntü tamamen kendisini ilgilendiriyordu. Torun beklentisi ya da etrafa ne derim telaşı. Ama iş *sana* gelince, yani bunun *oğluna* ait bir durum olduğunu anlayınca... Bence sorgusuz sualsiz kabul etti durumunu. Annelik içgüdüsüyle ve sadece sana olan sevgisiyle kabul etti."

Taylan başını salladı. "Sonra da tüm bunlar... Benim durumum, senin durumun... Onu değiştirmeye mi başladı? Hayatı sorgulamasına mı sebep oldu? Genel olarak yani?"

Uğur başını salladı. "Hem de ne değişiklik!"

"Peki daha iyi olacak mı baba?" diye sordu Taylan. "Annem eski neşesine kavuşacak mı? Çünkü huylarına ne kadar kızsak da neşeliydi eskiden. Dedikodu yapsa bile canlı canlı yapardı! Yemek yaparken ya da ev temizlerken de kendini yaptığı işe verirdi. Şimdi hep düşünceli sanki. Yani bir geçiş dönemi mi bu? Bilmiyorum ki! Eski neşesi geri gelecek mi dersin?"

Uğur omzunu silkti. "Bilmem. Yaşayarak göreceğiz."

"Oooo baba oğul ne kaynatıyorsunuz bakalım?"

Gülümseyerek Ekrem'i masaya buyur ederlerken Taylan'ın aklı babasının açıklamalarındaydı.

★

Secret Garden'dan *Adagio* dördüncü kez çalmaya başlayınca Handan elindeki kitabı başucundaki sehpaya bırakıp sırtüstü uzandı ve gözlerini tavana diktiğinde Güneş'le bu parça üzerine son tartışmalarını anımsadı...

"Yaaa Güneş... Bula bula bunu mu buldun yine? Değiştir şunu!" Gülümsedi. "Hüzünlenerek nasıl çalışabilirim?"

Vakit gece yarısına yaklaşmıştı ve Güneş'in evinde bir dava üzerine çalışıyorlardı. Güneş CD çaların kumandasını ararken gülerek sordu: "Özellikle mi ayarladım be! CD sırayla çalıyor işte!"

"Bıkmadın yıllardır şunu dinlemekten!"

"Ne alıp veremediğin var bu parçayla anlamadım gitti! Ben seviyorum."

"Çok hüzünlü!"

Güneş bu açıklamayı duyunca kahkaha attı. "Duyan da hüznün kadim dostun olmadığını sanır. Yeşil Yol filmindeki şu iri yarı siyahi adamın 'Ben karanlıktan korkarım' dediği sahneyi izleyip izleyip ağlayan sen değilsin sanki! Hüzün kelebeği seniii..."

Handan hemen savunmaya geçti. "Bi kere o sahne çok hüzünlü! Hem de çok!"

Güneş güldü. "Peki ya Ölü Ozanlar Derneği'ndeki o sert, disiplin manyağı babanın yatarken terliklerini yan yana koyduğu sahne? Herhalde senden başka ağlayan yoktur o sahneye şu koca dünyada! Ya da Piyanist filminde onca sahnede sağlam durup adamın hayalinde piyano çalışına zırlayan kaç kişi vardır senin gibi?"

Handan gülümseyerek omzunu silkti. "Acı, hüzün ve keder anlayışım değişik demek ki. Ne yapabilirim?"

Güneş, Babam ve Oğlum filmine gönderme yaparak, "Evlencez tabii ya Sadık, evlenmez mi insan?" dedi gülümseyerek.

Handan da gülmeye başladı. "Ama o sahne hepsinden hüzünlüydü yaaa! Kabul et!" Arkadaşının başını iki yana sallayarak gülmeye devam ettiğini görünce tane tane açıklamaya karar verdi. "Tamam, ben hüzne karşı değilim. Belki de dediğin gibi seviyorumdur ama ben daha çok... Tatlı hüzünleri seviyorum. Bu şarkıdaki hüzün çok ama çok acı geliyor bana... Acıtılmış yani, anlıyor musun? Sanki hiç mavi yok bu hüzünde. Hüznü gözüne sokuyor insanın. Sinir oluyorum!"

Güneş omzunu silkti. "İnsanın ruhu, hayat algısı nasıl oluşuyorsa... Garip, çok garip. Bu parça bana hiç öyle gelmiyor! Bana sorarsan bu şarkıdaki hüzün tam kıvamında ama bak, değiştirdim işte! Bu sana uydu mu?"

Carmen Mcrae'den Don't Explain parçası başlamıştı. Handan gülümseyerek önündeki dosyaya dönerken, "Caz her daim uyar bana," diye cevap verdi.

Bir süre tek kelime etmeden çalıştılar. Konuşmalarını düşünürken aklına bir şey takılınca Güneş doğrudan sordu: "Handan?"

"Efendim Güneş?" dedi arkadaşı başını dosyadan kaldırmadan.

"Şu dün aldığımız... Para almadan bakacağımız dava..."

Handan kafasını kaldırıp merakla baktı arkadaşına. "Evet? Rahatsız olduğun bir şey mi var? Hemfikir olduğumuzu düşünüyordum."

"Yok bir şey," dedi Güneş elini havada savurarak. "Hemfikiriz zaten de bir şeyi merak ettim."

"Neyi?"

"Kadında ne etkiledi seni? Yani fakir olması mı? Küçücük bir toprak için abileri tarafından aldatılması mı? Öyle köyden çıkıp gelmiş, kimsesi yok falan... E yaşlı da sayılır... Neden etkilendin?"

"Iıh... Hiçbiri değil."

"Ne peki?"

"Çantası."

"Çantası mı?"

"Kadın derdini anlattı ya..."

"Evet?"

"Davaya bizim bakmamıza karar verdikten sonra 'Danışmanlık paranızı vereyim' diyerek çantasını çıkardığında fark ettim. Aşınmış,

nerdeyse yırtılacak duruma gelmişti. Bütün o markalı, son derece pahalı çantalarla gelen insanlar geçti bir anda gözümün önünden... Kaçı danışmanlık ücretinden söz ediyor? Çoğu davayı alıyorsunuz işte, danışmanlık parası da nerden çıktı havasında değil mi?"

Güneş başını salladı. "Evet."

"Yani... O kadın..." Duraksadı. "Neyse adım hüzün kelebeğine çıkmışken konuşmayayım daha fazla," dedi gülümseyerek.

"Anlatsana n'oldu?" dedi Güneş.

"Dün gece uyumadan önce... Kadının 'Danışmanlık paranızı vereyim' diyerek çantasını karıştırmasını, çantasının halini düşündüm ve..." Gülümsemeye çalışarak sürdürdü konuşmasını. "Yarım saat falan ağladım zihnimde dönen o görüntü üzerine."

Güneş kendini işaret ederek gülümsedi.

Handan şaşırarak ve gülümseyerek sordu: "Sen de mi aynı şeye ağladın?"

Arkadaşı başını iki yana salladı. "Aslında ben çantasına dikkat etmedim ama söyledikleri, emeğe verdiği değer aklıma geldikçe gözlerim doldu. Tam olarak ağlamadım ama."

Handan kahkaha attı. "Aferin! Tam ağlamama başarından ötürü seni tebrik ederim! Çok etkilendim bu sert duruşundan."

Aynı parçanın tekrar çalmaya başladığını fark eden Handan yataktan kalkarken, "Offf Ayça, ne yapıyorsun seeen?" diye söylenerek salona gitti.

★

Nurcan mutfaktan salona geçti ve burnunu çekerek ağlayan Aysel'in önüne diz çökerek oturduktan sonra biraz öne eğilip fısıldadı. "Artık ağlamayı kesmen lazım."

Aysel birinin geldiğini düşünerek salonun kapısına baktı ve merakla sordu: "Niye?"

Nurcan elindekileri sallayarak arkadaşının önündeki sehpaya bırakırken sakin bir şekilde cevap verdi. "Peçete bitti." Aysel'in gülümsediğini görünce yerine geçti. "Ha şöyle... Yeter! Şiştim... Bir saattir ağlıyorsun!"

Aysel boş boş baktı arkadaşına. "Ne yapayım Nurcan? Üzülüyorum! Elimde değil!"

Nurcan kapıyı gösterdi. "O zaman git biraz da evinde ağla. Peçetelerimi bitirdin."

Aysel onun yüzündeki ciddi ifadeyi görünce tekrar gülmeye başladı ve kısa süreli bir sessizlikten sonra arkadaşına çekinerek ama samimiyetle sordu: "Sen olsan... Yani sen çocuğuna 'keşke ölseydin' desen üzülmez miydin Nurcan?"

Nurcan buna hemen karşı çıktı. "Sen öyle demedin Aysel! Yüzüne demedin yani. Aaa! Bunu düşündün sadece!"

Bu fikri mantıklı bulan Aysel birkaç saniye düşündükten sonra kaşlarını çattı. "Ne farkı var?"

"Çok farkı var! Taylan, senin ona öyle dediğini bilmiyor!"

"Ama ben biliyorum. Ben biliyorum! Ben ne biçim bir insanım? Ne biçim bir anneyim? Nasıl düşünebildim bunu?" deyip yeniden ağlamaya başladı Aysel.

Nurcan bu başlangıcın uzun bir nöbete dönüşmesine fırsat vermeden hemen araya girdi. "Bir dakika Aysel, bir dakika! Biraz sus! Aklıma bir şey geldi. Sus da halledelim şu meseleyi. Sana bir şey soracağım."

"Ne?" dedi Aysel merakla.

"Şimdi sen... Kötü bir şey düşündün ve bu yüzden kendini suçluyorsun ya?"

Aysel başını salladı. "Evet."

"Bu çok saçma ama!"

"Neden?"

Nurcan biraz düşündükten sonra cevap verdi. "Çünkü insanız! Her şey geçer aklımızdan. Buna göre ben mesela..."

"Evet?"

"Bu mantığa göre katilim yani. Kaç kere Rıza'nın kafasını patlattım. Kaç kere saçlarını yolarak işkence ettim Sevim'e." Gülümsedi. "Ay inanmazsın, ikisini düdüklü tencerede pişirmeyi bile düşündüm!" Bu sözler üzerine ikisi de kahkahalara boğuldu. Nurcan derin bir nefes alarak sürdürdü konuşmasını. "Yanımda her hapşırdığında yüzüne 'çok yaşa' deyip içimden 'geber' diye isyan ederim kadına. Canımı her yaktıklarında kötü şeyler düşünürüm. Ohooo... Şimdi aklıma gelmiyor ama herkes böyle şeyler düşünür! Şimdi ben kendimi suçlayıp ağlayayım mı senin gibi?"

Aysel şöyle bir düşününce bunun makul bir açıklama olmadığına karar verdi. "Aynı şey değil ama Nurcan!"

"Neden değil?"

"Çünkü sen, senin canını yakan, sevmediğin, hatta nefret ettiğin insanlardan bahsediyorsun. Bense canım ciğerimden, çocuğumdan!"

"Ama sen de durup dururken öyle şeyler düşünmedin ki! Canın yandı. Canın yandığı için düşündün."

Bu açıklama Aysel'in aklına yattı. "Doğru! Canım yanmıştı! Çok üzülmüştüm Nurcan! Ondan öyle düşündüm!"

"Tabii ki! Yoksa durup dururken olmadı ki bu!"

Birkaç dakika konuşmadılar. Aysel arkadaşının sözlerini kafasında evirip çevirdikten sonra sordu: "Peki Taylan benim canımı yakacak ne kötülük etti bana?"

Nurcan biraz düşündü. "Canım, elbette o sana kötülük etmedi ama onun durumu yüzünden senin canın yandı. Boş ver! Düşünüp durma bu mevzuyu, unut gitsin!"

Aysel ayağa kalktı. "Olmaz! Ben bu suçluluk duygusundan kurtulamayacağım! Bunun tek bir yolu var. Daha önce dedim sana! Benim Taylan'a bunu anlatıp özür dilemem lazım."

Nurcan hemen itiraz etti. "Konuşamadın işte Aysel! Yarın gidecek çocuk, vakit mi kaldı? Unut gitsin! Çocuğu da giderayak üzme!"

"Çok üzülür, değil mi?" dedi Aysel yüzünü buruşturarak.

Nurcan başını öne eğdi. "Bence üzülür Aysel, yapma."

Arkadaşı antreye doğru yürürken iç geçirdi. "Artık üzülürse de yapacak bir şey yok... Çünkü ben, oğlum beni affetmeden yaşayamam Nurcan." Kapıda durdu. "Gerçekten yaşayamam, bilsen, bunu düşündüğümde, her aklıma geldiğinde..." Göğsünü gösterdi. "Burası cayır cayır. Bana dua et! Bu akşam yemekte ya da gece yatmadan konuşacağım onunla!"

Nurcan çaresiz bir halde boynunu eğdi. "Peki o zaman."

*

Ece bütün gün yalnız başına çalışmıştı serada. Akşamüzeri, çayın demlenmesini beklerken Mecnun geldi. Serada şöyle bir dolaştıktan sonra teşekkür etti ve çayları getirmek üzere mutfağa geçti. Genç kadın düşünceli bir şekilde onun arkasından bakarken, işimi hiç kolaylaştırmıyorsun Mecnun, dedi kendi kendine.

Son on günde genellikle çalışmışlar, çok yorulmuşlardı ama duruma nereden bakarsa baksın kendini serada çok iyi hissediyordu Ece. Bir kere, yatar yatmaz uyuyordu ki bu yıllardır büyük bir sorun olmuştu onun için. Toprakla uğraşmaya da alışmıştı ve bundan gerçekten zevk alıyordu. İstediği zaman işi bırakıp kitap okuyabiliyor veya resim yapabiliyordu. Seraya gelen insanlar ve hikâyeleri ona çok ilginç geliyordu. İstanbul'daki yaşantısında yaşlı insanlarla ve hikâyeleriyle gerçek anlamda hiç karşılaşmadığını fark etmişti. Handan, Yannis, Mecnun'un arada uğrayan bazı arkadaşları da günlerin keyifle geçmesini sağlıyordu.

Oysa son günlerde bu hoşuna giden yaşamdan ayrılma zorunluluğu hissiyle sık sık huzursuzlanmaya, sonra da huysuzlanmaya başladığını fark etmişti. Sinir oluyordu bazen Mecnun'un o her zaman sakin ve neşeli haline!

Ece ne yapmaya çalıştığını sonradan fark etmişti: Adamla tartışmaya, hatta kavga etmeye çalışıyordu zaman zaman. Böylece seradan ayrılmak için mantıklı bir sebebi olabilirdi. Ancak bu girişimi her seferinde başarısızlıkla sonuçlanıyordu. Bir tartışmada onu istediği noktaya çekemediğini düşünmüştü önce, sonra bir akşam bunun yalnızca Mecnun'un genel tavrı olduğunu anlamıştı.

Handan, Yannis ve Ayça bir akşam gelmişler, epey oturmuşlardı. O akşam Ayça'nın tavırları, özellikle Yannis ve Mecnun'u durmadan bozmaya çalışması, suratını asıp oturması, Handan'ın araya sıkıştırmaya çalıştığı tiyatro oyununun gerçekleşmemesi için elinden geleni yapması, herkes gülerken gülmemek için yüzünü kasması Ece'yi sinir etmişti. Handan arada Ayça'ya ters ters baksa da, ne Mecnun ne de Yannis kızla tartışmıştı.

Onlar gittikten sonra Ece, "Ne derdi var bu kızın anlamadım, resmen kavga çıkarmaya çalışıyor," deyince Mecnun gülmüş ve "Vardır bir derdi elbet, takma kafana, düzelir zamanla," deyip geçmişti. Oysa konu dönüp dolaşıp Mecnun'un daima mutlu ve neşeli olmasına geldiğinde Ayça, "Sadece aptallar sürekli mutlu olur," diyecek kadar ileri gitmiş ve adama resmen aptal demişti. Mecnun ise ona gülmüş, "Eyvallah! Mutlu bir aptal olmaktan yana bir derdim yok benim," diyerek konuyu kapamıştı.

Ayça bir kez de öğleden sonra Handan'la birlikte gelmişti seraya. Yine surat asıp oturmuş, herkesin denize gitme isteğine karşı çıkmıştı. Tamam, ablası ölmüş, zor bir durum ama başkalarının suçu ne, diye düşünen Ece kızı tavırlarından dolayı eleştirirken, onun kadar olmasa da son günlerde kendisinin de benzer tavırlar sergilediğini fark etmiş ve kendine kızmıştı. Öte yandan bu durumun elinde olmadığını düşünüyordu. Annesi günaşırı telefon edip baskı yapıyordu. En iyisi elbette Mecnun'la açıkça konuşmasıydı ama onun gözünde 'özgür ve kendi ayakları üzerinde durabilen güçlü Ece' imajının bozulmasını hiç istemiyordu. Bir yandan da nedense bu konuyu açarsa, onun kendisine ilgi duyup duymadığını anlayabileceğini düşünüyordu.

Mecnun neşeyle, "Hopppsiii! Çaylar geldi!" diye bağırarak çayları taş masaya bırakırken Ece de düşüncelerinden sıyrıldı. "Beni arayan soran oldu mu bugün?" diye sordu adam otururken.

Ece çayını alırken cevap verdi. "Hani bayramın ilk günü gittiğimiz yaşlı adam vardı ya... Adını unuttum..."

"Hangisi Ece?" diye sordu Mecnun merakla, sonra da gülerek sürdürdü konuşmasını. "Elli yere gittik o gün! Hepsi de yaşlı!"

"Hani şu hafif topallayan adam."

"Haaa Naci amca! Niye gelmiş? Kim getirmiş?"

"Taksiyle geldi. Bir ay önce uğrayacağına söz vermişsin. Uğramamışsın."

Mecnun kahkahayı patlattı. "Hadi yaaa! Hatırlamıyor mu?"

Ece gülerek başını salladı. "Iıh. Beni de hatırlamadı."

"Hadi canım! Gittikçe kötülüyor desene," dedi Mecnun gülümsüyor olsa da içten içe endişelenerek.

"Öyle gibi."
"Çok kaldı mı?"
"Yarım saat falan sohbet ettik. Soda içti. Sonra da yine taksi çağırıp gitti." Kısa süreli bir sessizlikten sonra sordu: "Çok fazla yaşlı arkadaşın var. Zor olmuyor mu senin için?"
Mecnun güldü. "Yooo. Severim ben yaşlıları... Yaşlandıkça masumlaşır insanoğlu. Sadece..."
"Sadece?"
"Bazen anlattıklarını unutup tekrar anlatırlar aynı şeyi. Bu sıkıntı verir çoğu insana ama iyi bir tarafı da var bu unutkanlığın."
"Nedir?"
Adam, "Çoğu zaman lafın ortasında anlattıkları konuyu unutup susarlar. Uzatmazlar öyle gençler gibi her lafı," deyince kahkahalara boğuldular. Mecnun çayını bitirdikten sonra sordu: "Akşam Handan'a gideceğim, sen de gelir misin? Biraz önce telefon etti. İyice sıkıldı herhalde."
Ece şöyle bir düşündü. Yine Ayça'nın suratını çekmek istemiyordu ama Maral birkaç gün önce telefon edip bir akşam uğrayacağından söz etmişti. Onunla olmaktansa gitmeyi tercih ederdi. Gülümseyerek cevap verdi. "Tabii. Gidelim."

*

Taylan'ın elinde evirip çevirdiği CD'ye gözü takılan Ekrem lafını bitirince sordu: "O nedir Taylan? Durmadan elinde çeviriyorsun."
Düşüncelerinden sıyrılan genç adam omuzlarını dikleştirip cevap verdi. "Bu," dedi gülümseyip babasına bakarak. "En az sizin kadar merak ettiğim bir arya, bir operadan. Babamın isteği üzerine doldurdum."
Ekrem şaşkınlıkla baktı Uğur'a. "Sen? Arya?" Gülümsedi. "Kıyamet yaklaşıyor diyorlar da inanmıyorum! Bırak aryayı, sen klasik müzik bile dinlemezsin yahu!"
Uğur bu iğnelemelere alışması gerektiğini düşünerek gülümsedi. Ne de olsa kırk yıla yakın bir süredir sanat müziği ve türkü dinlemeye mahkûm etmişti bütün müşterileri. Bazen

gençler farklı müzik istediklerinde son zamanlarda diline doladığı bir kelimeyi kullanarak cevap verir olmuştu: "Sizin deyiminizle kahvenin *konseptine* uymaz gençler!" Bazen de CD getirenler oluyordu. Gönülleri olsun diye bir-iki saat çalmakta sakınca görmüyordu ama bu geçici durumu kalıcı hale getirmeye hiç niyet etmemişti.

Oysa Meriç öldüğünden beri Handan'ın telefonuna yüklediği, Meriç'in sevdiği şarkıları defalarca dinlemiş ve bir rock sever olup çıkmıştı. Demek ki insan birçok müzik türünü sevebiliyordu kulağı alışınca. Kahvede unutulan bir dergiyi karıştırdığında da Taylan'dan özellikle bu aryayı istemişti.

Gençliğinden beri özellikle sabahları klasik müzik dinlemeye alışkın olan Ekrem, "Bir bakayım neymiş," diyerek CD'yi alıp üzerini okudu. "*E Lucevan Le Stelle - Tosca Operası.*" Soran gözlerle arkadaşına bakınca Uğur'un kitaplığın bir bölümünde duran dergileri işaret ettiğini gördü.

"Bir dergide okudum," dedi Uğur. "O zamanlar Ankara Devlet Konservatuvarı'nda yaylı sazlar bölüm başkanı olan Remzi Atak anlatmış. Köşktelermiş... 1934 veya 1935 yılında bir akşam... Çok hüzünlü, çok içliymiş o gece Atatürk. Sohbet ederlerken oradakilere *Tosca Operası*'nı Avrupa'da hangi koşullar altında dinlediğinden, o zamanki dünya durumundan, kuşkularından, zevklerinden bahsetmiş uzun uzun. Sonra Remzi Atak'tan kemanla bu operayı çalmasını istemiş. Adam çok heyecanlanmış tabii. Daha önce de çalmış, bu isteğin geleceğini bildiğinden hazırlıklıymış. Notaları çıkarmasını istememiş Atatürk. 'Notasız çal,' demiş ve çalarken onu yakınına çağırmış. Çok eski zamanlara ait bazı hatıralara gömülmüş gibi dinliyormuş. Sonra, 'Kemanının sapını omzuma daya ve o vaziyette en sevdiğim melodiyi çal,' demiş. Remzi Atak o vaziyette bu aryayı on-on beş kez tekrar etmiş, bu sırada sesiyle melodiye eşlik eden Atatürk'ün yanaklarından sicim gibi yaşlar akıyormuş... İşte böyle... Ben de merak ettim bu melodiyi."

"Vayyy be!" dedi Ekrem ve arkadaşı sözlerini bitirince CD'yi işaret ederek merakla sordu: "Şimdi bunun içinde mi bu arya?"

"Evet," dedi Taylan. "İnternetten indirdim, birkaç opera sanatçısı vardı söyleyen. Ben de hepsini kaydettim babam isteyince."

Ekrem arkadaşına döndü. "E hadi çalsana, merak ettim. Dinleyelim."

Uğur dışarıdaki masalara doğru bakarak güldü. "Kimler var dışarda? Uğur'un kahve Uğur'un kahve olalı böyle zulüm görmedi demesinler sonra!" deyince hepsi kahkahayı bastı.

Uğur Melih'i çağırıp CD'yi çalmasını istedi ve herkes dikkatle *Tosca Operası*'ndan *Cavadarossi*'nin aryası *E Lucevan Stella*'yı *Roberto Alagna*'nın sesinden dinlemeye başladı.

*

Handan Ayça'yla hiçbir şekilde konuşamayacağını anlayınca odasına çekilip biraz daha kitap okudu. Sıkılınca Mecnun'u ve Yannis'i arayıp konuştu, sonra biraz daha kitap okudu. Ayça hâlâ bangır bangır müzik dinlemeye devam ediyordu. Geldiğinden beri aşağı yukarı aynı şeyleri yapıyordu. Öğlene doğru uyanıyor, doğru dürüst kahvaltı etmiyor, bütün gün sigara içerek müzik dinliyordu. Geceleri ise bazen saatlerce hıçkıra hıçkıra ağlıyordu.

Handan'ın onunla sohbet etme çabası işe yaramıyordu çünkü konu ne olursa olsun Ayça'nın iğnelemeleriyle son buluyordu. Handan onun birkaç gün içinde açılacağını düşünmüş ama yanılmıştı. Ayça hiçbir şekilde Güneş'ten söz etmek istemiyor, ısrar edilince odasından dışarı adım atmıyordu. On gündür hiçbir şey değişmemişti. Birkaç kez Handan'ın zorlamasıyla dışarı çıkmışlardı ama bu bile kızın ruh halinde en ufak bir değişiklik yaratmamıştı.

Handan iyice bunaldığını hissetti. Yine Güneş'in çok sevdiği şarkılardan biri çalıyordu: *Teoman*'dan İstanbul'da Sonbahar. Kendi kendine söylendi: Akşama kadar Güneş'in sevdiği şarkıları dinle! Durmadan Güneş'i düşün ama ondan hiç bahsetme! Nedir bu! Şeytan diyor, çek git evden, ne yaparsa yapsın! Offf! Saçmalama Handan! Ya yine ilaç milaç içmeye kalkarsa! Acı çekiyor görmüyor musun? Sabret!

Mecnun'la Ayça'yı tanıştırmadan evvel, Mecnun'un anne

ve babasının da ölmüş olduğundan bahsedecekken son anda vazgeçmişti. Nasıl olsa konu açılır, Mecnun bahsederse kendi öğrenir, diye düşünmüştü. Ayça'nın onu seveceğinden emindi. Mizah anlayışını biliyordu ama o tahmini de boşa çıkmıştı. Sanki bambaşka bir insan olmuştu Ayça... Kesinlikle tanımadığı bir insan! Mecnun'u 'gereksiz derecede neşeli', Ece'yi ise 'gerçek olamayacak kadar hanım' bulmuştu. Handan sonradan bu tanımlamalara çok gülmüştü, ancak kızın kiminle tanışırsa tanışsın suçlamaya eğilimli olduğunu anlayınca tekrar eve kapanmışlardı.

İstanbul'dan döndüklerinden beri en uzun konuşmayı Ayça'nın ev arkadaşı Çiğdem hakkında yapmışlardı, fakat Handan o değerlendirmeleri yapan kişinin yeni Ayça olduğundan emindi artık: İyi işte. Anlaşıyoruz, sorun yok. Öyle kendi halinde, ne akan ne kokan insanlardan biri. İşi gücü ders. Ah evet, genelde neşeli. Niye olmasın ki? Hiçbir yakını, hatta uzak bir tanıdığı dahi ölmemiş.

Handan onun söylediklerini gözden geçirip aklında kalanlara bakınca, kızın hayata dair ne varsa, herkese ve her şeye karşı öfkeli olduğunu anlıyor ama bunun nasıl düzeleceği konusunda hiçbir fikir yürütemiyordu. İnsanları zorlama huyum olsa şimdiye kadar bir şeyleri halledebilirdim, diye düşünüyordu sık sık ama ne yazık ki böyle bir huyu yoktu. Dolayısıyla Ayça'nın kurallarına göre yaşıyorlardı. Handan da şimdilik onun her türlü kaprisine, 'en iyi ben bilirim, en iyi ben acı çekerim' tavrına sabrediyordu. Bir keresinde, "Sen de çok çabuk adapte olmuşsun yeni hayatına! Eee giden gittiğiyle kalıyor," şeklinde kocaman bir iğne bile yemişti.

Bütün bunlara aldırmıyordu aslında. Kavga etmek ya da bağırıp çağırmak bu durumdan daha iyi olabilir, diye düşünmüyor değildi ama bu konuda herhangi bir strateji geliştirememişti henüz. Sadece izliyordu. Bu arada Yannis'i çok özlüyordu ama hal böyleyken onu da pek sık göremiyordu.

Emel mesafeli tavrını koruduğu için arada babasıyla konuşuyordu ama görüşmeleri şimdiye dek hep Ayça yanındayken gerçekleştiğinden yaşananlar hakkında pek bilgi verememişti.

Ve tabii her akşam bir yolunu bulup Münevver'i arıyor, kadını rahatlatmaya çalışıyordu.

Mecnun ve Ece'nin gelmek üzere olduğunu düşünerek salona geçti. Ayça'nın gözlerini tavana dikmiş kanepede uzanmakta olduğunu görünce CD çaları kapatıp onun karşısındaki koltuğa oturdu.

"Rahatsız mı etti müzik?" dedi Ayça hemen ona bakmadan.

"Evet."

Ayça bağdaş kurarak oturdu. "Dedim ben sana. Bundan sonra böyleyim ben Handan abla. Bırak Ankara'ya evime gideyim en iyisi."

"Okul Ekim'de. Ne yapacaksın orda bir ay?"

"En azından kimseyi rahatsız etmeden müzik dinleme özgürlüğüm olur."

Handan gülümsedi. "Hayır Ayçacım. Burda kalacaksın. Burda her zaman müzik dinleme özgürlüğüne sahipsin."

Ayça omzunu silkti. "Kendine işkence etmeyi seviyorsan neden olmasın."

Handan sakin bir şekilde cevap verdi. "Evet. Çok severim."

Ayça kalkıp sehpadan bir sigara alırken, "Zeytinyağlı fasulye yaptım. Midene bir şeyler girsin istemez misin?" diye sordu Handan.

Kız sigarasını yakıp, "Yok, kalsın. İyi böyle. Ben biraz internete gireceğim," diyerek masaya geçti ve dizüstü bilgisayarı açtı.

Handan kendine bir tabak yemek alıp tepsiye biraz domates, ekmek ve su alarak bahçeye çıktı. Yemeğini yedikten sonra mutfağa gitti, çay demledi ve bulaşık yıkadı.

Ayça puflayarak bilgisayarı kapatırken aklındakileri açıkladı. "Sen niye benimle olmak zorunda hissediyorsun kendini? Cidden anlamıyorum Handan abla!"

"Öyle uygun görüyorum," dedi Handan ellerini kurularken.

"Canım intihar etmek isterse sen evdeyken de yapabilirim bunu, biliyorsun değil mi?" dedi Ayça öfkeyle.

Handan kaşını gözünü şekilden şekle sokarak şöyle bir düşündü. "İntihar... Üzümlü kek yapmaya benzemez."

Ayça istemsizce gülümsedi. "O ne demek şimdi?"

Handan onun karşısına geçip oturdu. "Yani canım istedi deyip intihar etmez hiç kimse. Sanmam."

"Yok ya! Nasıl eder?"

"O havaya girmenin şartları var bana kalırsa. Bunalacaksın, kendine acıyacaksın... Dünya gözüne kapkara görünecek falan..."

Ayça kafasını geriye atarak sordu: "Bak seeen! Kaç kere intihar girişimin oldu bakalım?"

"Sıfır. Aklıma bile gelmedi. Henüz."

"O zaman nerden biliyorsun nasıl olacağını?"

Handan omzunu silkti. "Okuduklarımdan. Unutma ki ben iyi bir *Virginia Woolf* okuruyum."

Ayça şöyle bir düşündü. "O ruhsal bunalıma girdi."

Handan güldü. "Ben durup dururken intihar eden duymadım. Herkes bunalıma girer önce."

"Ben bunalımda falan değilim," diyerek itiraz etti Ayça.

Handan doğrudan sordu: "Niye içtin o hapları o zaman?"

Ayça dudakları titreyerek açıkladı. "Siz... Annem, sen, hepiniz... Benim... Ablamın ölümünü kaldıramadığımı sanıyorsunuz ama asıl neden bu değil."

Handan sakin bir şekilde konuşmaya özen gösterdi. "Ben bir şey sanmadım canım. Sen bana öyle söylemedin mi hastanede? Bitmek istedim, ablamın ölümünü koyacak yer bulamadım, demedin mi?"

Ayça hemen toparladı. "Haaa! Evet!"

Mecnun ve Ece bu sırada içeri girince kızın müthiş bir rahatlama hissetmesi Handan'ın gözünden kaçmadı.

Ayça, "Aaa! Hoş geldiniz!" diyerek samimi bir tavırla onlara yönelince herkes şaşırıp kaldı.

*

Aysel ve Taylan yemeğe gitmek üzere hazırlanmışlardı. Uğur odaya girip, "Hadi, ben de hazırım," dediğinde telefon çalmaya başladı.

Taylan telefonu açtı hemen. "İyiyim, siz nasılsınız? / Evet, yarın gidiyorum. / Teşekkür ederim, Rıza amcaya selamlar," dedikten sonra telefonu annesine uzattı. "Nurcan teyze."

Aysel merakla aldı ahizeyi. "N'oldu Nurcan?"

"N'apıyorsun?"

"E yemeğe çıkıyoruz. Dedim ya sana bugün."

"Haaa... Tabii ya. Hadi ben seni tutmayayım. Ben şey için aramıştım..."

"Ne için?"

"E bugün geldin, ağladın ağladın gittin..."

Aysel kocasıyla oğluna sırtını döndü. "Eee?"

Nurcan ofladı. "Gelmeden önce telefon açıp ne dedin bana? Çok önemli bir iş şeyi konuşacağım seninle demedin mi?"

"İş projesi!" dedi Aysel hemen arkadaşını düzelterek.

"E niye hiç konuşmadık? Aklıma gelince bi sorayım dedim. Neydi o?"

Aysel gözlerini devirerek açıkladı. "Öyle bir sorayım deyip de ayaküstü konuşulmaz o mesele Nurcan!" Sesini biraz yükselterek tamamladı cümlesini. "Koskoca iş projesi!"

Nurcan arkadaşının vurgusuna güldü. "Aman! O kadar kocaman ki aklına gelmedi ayol!"

Aysel ona hak verdi. "Haklısın. Ama..." Arkasına dönüp konuşmayı dinleyen Taylan ve Uğur'a bakarak sürdürdü konuşmasını. "Bu proje gerçekten önemli. Uzun uzun konuşmamız lazım. Yarın bana gelirsin... Yooo sen bana gelme... Biz bunu yarın öğlen iş yemeğinde konuşalım." Kocasıyla oğluna bakıp kafasını öne doğru eğdi. "Harika! Yarın öğlen iş yemeğine çıkıyoruz Nurcan! Hazır ol!"

Nurcan gülerek, "Tamam," dedikten sonra birbirlerine iyi akşamlar dileyerek telefonu kapadılar.

Aysel antreye geçip ayakkabılarını giyerken Taylan sordu: "Anne, ne projesi bu Allah aşkına?"

"İş projesi dedim ya Taylan! Duymadın mı?"

Uğur araya girdi. "Nasıl bir iş bu?"

Aysel birkaç saniye ikisine baktıktan sonra, "Zamanı gelince öğrenirsiniz. Durun bakalım, olgunlaşsın önce. Ne kadar da meraklı oldunuz birden böyle!" deyip dışarı çıktı.

★

Rafet bıkkın bir şekilde Yannis'in yemek yediği masaya gidip adamın tam karşısına oturdu. "Offf! Allah günah yazmasın. Sevmiyorum artık bayramları! Ne bu kalabalık canım! Bayram mayram yok artık, herkes tatile çıkıyor."

Yannis lokmasını yutarken güldü. "Ama müsteri çok. Para kazaniyoruz."

Rafet elini havada savurdu. "Peşin peşin Allah günah yazmasın dedim ya!"

Yannis kadına şöyle bir baktı. "Bunun bayramla ilgisi yok!"

"Neyle ilgisi var ya? Yoruldum Yannis. Ben senin gibi kırkımda değilim, altmışıma merdiven dayadım oğlum!"

Yannis kaşlarını kaldırdı. "Iıh! Sen Atlas gidince böyle oluyorsun."

Rafet suçüstü yakalanmış gibi güldü. "Oyyy! Yesin onu babannesi. Özlüyorum tabii."

"Ama onun pesinde... Ona dikkat ederken daha çok yoruluyorsun."

Rafet başıyla onayladı. "Evet! Ama o tatlı yorgunluk. İnsan sevdiği bir şeyi yaparken hiç yorgunluk hissetmez ki!"

Yannis gülümsedi.

"Ayça hâlâ çıkmıyor muymuş?" dedi Rafet kısa süreli bir sessizlikten sonra.

Yannis başını iki yana salladı. "Hayir."

Rafet iç geçirdi. "Kuzuuum. Zor tabii. Hâlbuki gelse şuraya, bak bugün ne kadar neşeliydi Danimarkalı grup! Çaldılar söylediler! İngilizcesi de vardır onun, konuşur arkadaş olurlardı. Ben bile şu yarım yamalak Almancamla dünyaya açıldım." Gülümsedi. "Sen de yavuklunu görmüş olurdun."

Yannis güldü. "Sesini duyuyorum... Sorun yok."

Rafet ortağını şöyle bir süzdü. "Yahu herkes sevgilisinden bahseder, durmadan aşkını anlatır falan. Sen ne ketumsun böyle! Ağzından cımbızla laf alıyorum! Biraz konuşkan ol böyle mevzularda!" Yannis'in olumsuz anlamda başını sallayarak güldüğünü görünce dayanamayarak sordu: "Niye?"

Yannis şarabından bir yudum aldı. "Sana baska bir hikâye anlatayim mi ben?"

Rafet arkasına yaslanıp başını salladı. "Anlat!"

"Ama kisa. Çok kisa!"

"Olsun."

"Beyaz Adam, Hopi Kizilderilisine sormus: Neden sizin insanlarinizin sarkilari hep yağmur üzerine? Hopi Kizilderilisi söyle cevap vermis: Bizim buralarda çok az yağmur yağar da ondan. Pekiii Beyaz Adam... Sizin sarkilariniz neden hep ask üzerine?"

Rafet bir süre gerisi gelecek diye gülümseyerek baktı adama. Yannis devam etmeyince birden anladı. "Haaa... Ondan konuşmuyorsun seeen!"

Yannis onun yüz ifadesine gülmeye başladı.

★

Aysel kalamarın üzerine şarabı lıkır lıkır içince Uğur biraz tedirgin oldu. Balıkları biteli epey olmuştu ama karısı önce yavaş yavaş içerken son on beş dakikada ikinci kadehi su gibi dikmişti kafasına. Tedirgindi çünkü Aysel normalde içki içemezdi. Son günlerde sık kullanılan ifadeyle sosyal içici bile değildi. Ortama ayak uydurmak zorunda kaldığında bir-iki yudum alır, onun şarabını çoğunlukla Uğur bitirirdi. Ailecek güzel bir yemek yemişlerdi. Sohbet güzeldi. Hep birlikte keyifli bir akşam geçiriyorlardı ama son dakikalarda kadın sebepli sebepsiz gülmeye başlamıştı.

Onun bu kadar içmesine bir anlam veremeyen Uğur şarap şişesini göstererek gülümsedi. "Bir şişe şarabı devirdin Aysel. Yavaş git istersen, dokunabilir."

Aysel'in içinden durmadan gülmek geliyordu. "Dokunursa dokunsun," diyerek bir kahkaha atınca baba oğul birbirlerine bakıp gülümsediler.

"Yarın gidiyorum diye içiyorsun anladım da sevinçten mi içiyorsun üzüntüden mi onu çözemedim işte," dedi Taylan annesine takılarak.

Aysel oğlunun söylediklerini ciddiye alarak birden kızdı. "Niye sevineyim sen gidiyorsun diye? Aaa! Patavatsıza bak!"

"Tamam anne! Tamam. Bir şey demedim!" dedi Taylan kendini suçlu hissederek.

Aysel onun bu haline üzüldü ve yumuşacık bir sesle sordu: "Taylan? Sana bir şey anlatayım mı? Geçen gün Nurcan anlattı bana. Ona da Selma anlatmış... Neyse..." Kocası ve oğlu aynı anda gülümseyince sözlerine devam etti. "İlk göz ağrısı diye bir deyiş var. Duydunuz değil mi?" Uğur ve Taylan başını sallayınca yavaş yavaş anlatmaya başladı. "Eskiden savaşlar şimdikinden çok daha fazlaymış. Böyle olunca, Anadolu'nun hemen her köyünden, her hanesinden şu veya bu cephede savaşan bir asker olurmuş. Tabii bu askerlerin de geride kalan anaları babaları, kardeşleri, eşleri, nişanlıları ve sevgilileri olurmuş... Sevgiliye de yavuklu denirmiş o zamanlar. Bütün bu insanlar vatanı korumak için cephe cephe koşan yiğitleriyle elbette gurur duyarlarmış ama ağlamadan, gözyaşı dökmeden de tek bir günleri geçmezmiş... Bazen açık açık, bazen gizli gizli ağlayan genç kızların, gelinlerin göz pınarları kuruyup gözleri çapaklanmaya ve ağrımaya başlarmış. Birbirleriyle konuşurlarken - tabii o zamanlar 'yavuklun, kocan' falan demek ayıpmış - nişanlılarından, kocalarından ya da sevgililerinden bahsederlerken hep 'benim göz ağrımdan hiç mektup gelmiyor, seninkinden haber var mı?' derlermiş... Sonra bu deyim 'en sevdiğimiz' anlamında kullanılmaya başlanmış ve anneler babalar, çocukları için kullanmaya başlamışlar... Taylan, sen benim ilk göz ağrımsın, biliyor musun?" Sesi titremeye, gözleri dolmaya başlamıştı.

Taylan da duygulanmıştı. Annesinin ağlamasını önlemek istercesine seri bir şekilde cevap verdi. "Biliyorum tabii annecim, bilmem mi?"

"Anneler çocuklarını çok ama çok severler, bunu da biliyor musun?" Taylan'ın başını salladığını görünce sürdürdü konuşmasını. "Ama ben... Mektubunu okuyunca hastanelik oldum... Bunu da biliyor..." Gözlerinden yaşlar süzülmeye başlayınca cümlesini tamamlayamadı.

Taylan'ın hem üzüldüğünü hem de gerildiğini fark eden Uğur karısının konuşmasının nereye varacağını merak ederek endişeyle araya girdi. "Ayselcim. Üzme kendini."

Tam o sırada Aysel masaya doğru eğildi ve Taylan'ın gözlerinin içine bakarak, "O hastanedeyken öylesine canım yandı ki Taylan... Ben seni düşünürken orda... Sana... İlk ve son göz ağrıma 'keşke ölseydin!' dedim. Beni affet... Artık gülemiyorum bile! Beni affet yoksa öleceğim!" diye fısıldadı ve hüngür hüngür ağlamaya başladı.

mavi benden
yeşil senden
hadi bahar olalım

5

Handan çay servisi yaparken Ece ve Ayça *Abidin Dino*'dan *Johannes Vermeer*'e kadar birçok ressamdan bahsettikleri koyu bir sohbete dalmıştı. Mecnun da sohbeti dikkatle dinliyordu.

Ayça'nın bilim ve sanat insanlarının hayat hikâyelerine merakını bilen Handan, günlerdir süren tedirginliğinden tam olarak kurtulamasa da oldukça büyük bir ferahlama hissederek yerine geçti. Bazı ressamların adını hiç duymamıştı ve sohbet ona da ilginç gelmiş olmasına rağmen odaklanamıyordu. Mecnun ve Ece geldiğinden beri çok güzel vakit geçirmişlerdi. Ayça huysuzluğuna sebep olan bunalımını bir tarafa bırakmış, tamamen eski haline dönmüş gibiydi. Mecnun'un anlattıklarına kahkahalar atmış, onları daha yakından tanımak için pek çok soru sormuştu. Mecnun'un anne ve babasının bir kazada öldüğünü duyunca bir an yüzü bulutlanmıştı ama adamın anlattığı konuya neşeli bir şekilde devam etmesiyle Handan bu etkinin yok olduğunu hemen fark etmişti. Hatta bir ara Ankara'daki yaşantısından bahsederken 'ablam öldükten sonra' diye başlayan bir cümle bile kurmuştu.

Handan caz dinlemekten sıkılınca ayağa kalkıp CD değiştirdi. *Kardeş Türküler*'in söylediği *Kara Üzüm Habbesi* türküsü çalmaya başlayınca Ayça ve Ece'yi dinlemekte olan Mecnun omuzlarını oynatarak yerinden fırladı ve sehpaya uzanıp bir peçete alırken, "Sohbetinizi bölüyorum kızlar ama halay bu!" dedi. Durduğu yerde yaylanarak oynarken kaşlarını kaldırarak ciddiyetle açıkladı. "Acıya benzer... Kurtulmak istiyorsan çekeceksin, çekmezsen öyyyle sağında solunda bekler. Tövbe gitmez." Gülümseyen Handan'a elini uzattı ve koltuğun arkasındaki genişçe alana geçip beraberce halay çekmeye başladılar.

Ayça ve Ece onları rahatça seyretmek üzere tekli koltuklara geçince Handan oynarken eliyle yanlarına gelmelerini işaret etti.

Ece teklifi ikiletmezken Ayça başını kaldırarak, "Oynayın siz," dedi.

Bir dakika kadar ayak hareketlerini birbirlerine uydurmaya çalıştılar, fakat Mecnun arada zeybek figürleri yapınca hepsi gülmeye başladı ve bir üçlü olarak uyumla halay çekmeyi başaramadan parça değişti. Gülerek yerlerine otururlarken, "Başa alayım mı?" diye sordu Handan.

Mecnun güldü. "Yok yok." Ece ve Ayça'ya döndü. "Siz devam edin sohbete ama şu ressamları atlayın artık. Yok on yedinci yüzyıl, yok on dokuzuncu yüzyıl. Uykum geldi."

Ece gülümsedi. "Yalana bak! Mecnun, dikkat ettim de sen ne konuşursak konuşalım, oturduğun yerde bir saatten çok oturamıyorsun! Bunun konuyla monuyla alakası yok."

Handan onayladı. "Doğru."

Mecnun Ayça'ya dönerek Ece'yi gösterdi. "Tanıştırayım, bu arkadaş İstanbul'dan geldi. Bozacı." Handan'a dönerek sürdürdü konuşmasını. "Bu arkadaş da Ankara'dan. Şıracıdır kendileri."

Ayça kahkaha atınca Handan gülümseyerek elindeki peçeteyi ona fırlattı. "Çok mu komik?"

Ayça tekrar güldü. "Evet çok komik. Senden daha hazırcevap biriyle karşılaştığında yüzünün aldığı şaşkın ifade beni hep güldürüyor," diyerek Ece ve Mecnun'a döndü ve Ankara'da bir dükkânda başlarından geçen bir olayı anlatmaya başladı.

Handan onu gülümseyerek dinlerken içinin iyice ferahladığını hissetti. Ayça bu akşam kahkaha atmış, bir cümlede de olsa Güneş'ten bahsetmişti. Aklından bunlar geçerken *Depeche Mode*'dan *Little Fifteen* parçası çalmaya başlayınca birden sıcakladı. Eyvahhh, diye söylendi içinden. Ayça'ya bakmamaya çalışarak hemen kumandayı aramaya başladı ama artık çok geçti.

Ayça birden susup ayağa kalktı ve Handan telaşla, "Ben..." diye söze başlamışken onu bir el hareketiyle durdurdu. "Ben biraz dışarı çıkacağım."

"Tamam. Hep beraber çıkalım Ayçacım," dedi Handan hemen. "Biz de yürüyelim biraz."

Ayça sakin ve yalvaran bir ses tonuyla, "Lütfen Handan abla," dedi. "Yalnız kalmak istiyorum. Merak etme fazla uzaklaşmam." Dışarı çıkarken Ece ve Mecnun'a döndü. "Çok güzel bir akşam geçirdim sayenizde." Gülümsemeye çalıştı. "Görüşürüz."

Ece ve Mecnun sadece başlarını sallayabilmişlerdi. Ece merakla sordu: "N'oldu şimdi?"

Handan CD çaları işaret ederek yerine oturdu. "Bu şarkı. *Little Fifteen.*" İç çekerek konuşmasına devam etti. "Ayça on beşinci yaş gününde Ankara'daydı. Biz... Güneş ve ben... Ona on beş tane küçücük pasta yaptırmış ve her birinin üzerine bir mum dikmiştik." Gözlerini tavana dikti ve hafifçe gülümseyerek o ana gitti. "Onu salondaki koltuğa oturtup şarkıyı açtık ve Güneş'le bağıra bağıra şarkıyı söylerken parçada geçen her *Little Fiffteen*'de mutfaktan pastaları getirip önündeki sehpaya koyduk. Parça bitimindeki en sonuncu *Little Fifteen*'de ise 'hadi hep beraber' diye bağırarak mumları söndürdük. O yıl yoğun bir programla İngilizce öğrenmeye başlamıştı. Şarkılar dil öğrenimine çok faydalı, diye düşünüyorduk biz de. Tahmin ettiğimiz gibi de oldu. Ayça bu kutlamayı ve şarkıyı o kadar sevdi ki bir hafta sonra hem parçada geçen bütün kelimeleri, hem de cümlelerin anlamını ezbere biliyordu."

Sessizliği Ece bozdu. "Ne güzel bir hatıra..."

Handan başını salladı. "Öyle ama..."

"Ama?" dedi Mecnun.

Handan ofladıktan sonra kapıyı işaret etti. "Aması bu işte! Kız dağıldı."

Mecnun omzunu silkti. "Dağılmak onun seçimi. Bak sen dağılmadın. Bu şarkının hatırasını anlattın güzel güzel."

Ece birden bu yoruma kızdı. "Offf Mecnun! Sen de çok..." dedi ve birden sustu.

Adam gülümsedi. "Bu akşam da cümleyi yarım bırakmak

moda oldu. Ben de çok ne?" Gülerek eliyle devam etmesini işaret etti. "Söyle söyle. Öksüz ve yetimim diye çekinme. Sen de çok acımasızsın, çok ruhsuzsun de. Bunlar duymadığım şeyler değil, hatta annemle babam öldüğünde, bir yıl boyunca en çok duyduğum şeyler."

"Canım tabii ki öyle değilsin ama herkes senin gibi olmak zorunda değil," dedi Ece sıkıntılı bir ifadeyle.

"Herkes benim gibi olsun dediğimi hatırlamıyorum. Ben yalnızca bir saptamada bulundum. Güneş öldü..." Handan'ı işaret etti. "Bu arkadaşın en iyi dostu, Ayça'nın da ablasıydı. İkisi de aynı anları hatırladı ama farklı tepkiler verdi, ben bundan bahsediyorum."

Handan araya girdi. "Bir duruma veya olaya tepkilerimiz, her zaman seçimimiz midir?"

"Peki nedir?" diye sordu Mecnun bir kaşını kaldırarak.

Handan biraz düşündükten sonra kafasını salladı. "Doğru. Kendi seçimimizdir aslında."

Ece hemen karşı çıktı. "Olur mu canım? İnsanlar neden üzülmeyi seçsinler ki?"

Mecnun omzunu silkti. "Çünkü öyle öğretilmiş. Öyle öğrenmişler. Öğrendiklerini sorgulamamışlar."

Ece yüzünü buruşturarak sordu: "O kadar kolay demek? Peki söyle bakalım, neymiş milletin sorgulamadığı?"

"Başımıza bir şey geldiğinde neden üzülürüz veya neden seviniriz, ölümü kabul ediyor muyuz etmiyor muyuz, falan filan işte."

Ece bu sözlere itiraz etti. "Tam aksine ölümü sorguladığı için üzülüyor insanlar."

"Ölüm sorgulanacak bir şey mi ki?" diye sordu Mecnun doğrudan.

Epeydir Mecnun'un bu konuya nasıl baktığını net bir şekilde anlamak isteyen Handan araya girdi. "Değil mi sence?"

"Değil tabii. Canlılar doğar ve ölür. Ölüm sadece kabul edilir, doğum gibi. Sorgulanamaz! Yani ben sorgulamam çünkü bir yere varamazsın. Sorgulama dediğin, ölüm kavramını kabul etmeyen insanların işi."

Ece sinirli bir şekilde gülümsedi. "Ha yani, onca filozof, onca edebiyatçı yanlış yapmış diyorsun."

"Mecnun biraz haklı gibi," dedi Handan. "Filozof ve edebiyatçıların genel olarak sorguladığı ölümün kendisi değil aslında, daha çok ölüm sonrası, ölümün neden var olduğu falan."

Ece bu açıklamayı düşündü ve sözlerini doğrudan Mecnun'a yöneltti. "Bu konuda haklı olsan bile ben şu seçim konusunda sana katılmıyorum. Herkes ama herkes bir yakını, sevdiği öldüğünde üzülür Mecnun! Annem babam öldüğünde üzülmedim deme bana!"

Mecnun başını iki yana sallayarak güldü. "Yaaa elbette üzüldüm. Kendin söyledin, evet, her insan sevdiği öldüğünde üzülür ama sen ne söylediğinin farkında değilsin. Anahtar kelime: Öldüğünde. Öldüğü zaman. O zaman ben de üzüldüm, hem de dolu dolu tam üç gün! Ondan sonra niye üzüleceğim? Yani bunu bana biri açıklasa..." Kısa süreli bir sessizlik olunca kafasındakileri tam olarak nasıl açıklayacağını düşündü. "Şimdi biri doğunca seviniyoruz ya Ece?"

Ece başını salladı. "Evet?"

"O kişinin doğduğuna haftalarca aylarca seviniyor muyuz? Ben beş-altı yaşımdayken falan... Aaa bak bak oğlumuz doğdu, demiyordu annem babam kimseye sevinçle. Hiç hatırlamıyorum böyle bir şey!"

Mecnun'un mantığına Handan gülümserken Ece kahkaha attı ve tartışmayı noktalamak istedi. "Sen delisin Mecnun."

"Neden? Açıklarsan kabulüm," dedi Mecnun inatla.

Ece bir süre düşündü. "Yakınımız... Sevdiğimiz insanlar ölünce, yani onların arkasından uzun bir süre, bazen bir ömür boyu üzülürüz Mecnun çünkü onları artık göremeyeceğimizi biliriz! Beraber olamayız ve özleriz. Çok özleriz. Bu kötü ve çok acı bir durum!"

Mecnun omzunu silkti. "İyi işte! Özleyelim! Ne güzel! Özlemek fiilinin nesi kötü, nesi acı, bunu anlamıyorum ki?"

Çocukluğundan beri anneannesinin aşılamış olduğu bu bakış açısının formülünü kelimelere dökemeyen Handan birden heyecanlandı ve Ece'ye dönerek soruyu tekrarladı. "Evet! Sevdiklerimizi özlemenin nesi kötü ya da acı Ece?"

Genç kadın birden ne diyeceğini bilemedi. Bir dakika kadar düşündükten sonra cevap verdi. "Kötü tarafı, acı tarafı... Yani düşünsenize... Ayça ya da sen... Güneş'le bir şey paylaşmak istesen paylaşamazsın. Konuşmak istesen konuşamazsın. Sarılmak istesen sarılamazsın."

Handan nihayet formülü kelimelere dökmenin rahatlığını hissederek konuştu. "Bak hep istemek fiilini kullandın. İnsan ve istekleri... Demek ki aslında acı veren özlemenin kendisi değil! Yani şunu isterim yapamam, bunu isterim yapamam... İstediğim olmadı diye de acı duyarım. Demek ki insana acı veren istekleridir."

Mecnun başını salladı. "Aynen! Her zaman. Her konuda."

Kısa süreli bir sessizliğin ardından Ece biraz çekinerek Mecnun'a sordu: "Sen hani... Arada bilgisayarı açıp annenin ve babanın fotoğraflarına bakıyorsun ya?"

Adam başını salladı. "Evet?"

"Fark ettim de hep gülümseyerek bakıyorsun. Sahiden... O fotoğraflara bakarken hiç acı duymuyor musun?"

Mecnun başını iki yana salladı. "Iıh. Tam aksine gerçekten mutlu oluyorum o zamanları hatırlayınca."

"Yani artık hiç göremeyeceğim diye en ufak bir üzüntü duymuyor musun?"

"Hayır," dedi Mecnun gülümseyerek. "Tam aksine iyi ki bir zamanlar gördüm, iyi ki onlar benim annem babamdı, iyi ki beraber o anları yaşadık diye geçiyor aklımdan."

Handan gülümsedi. "Benim de! Hem ananem hem de Güneş için bunu hissediyorum her seferinde."

Ece başını eğdi. "Tuhaf... Belki de doğru yaklaşım bu ama ne bileyim... Çok zor."

Mecnun gülerek sordu genç kadına. "Nesi tuhaf Ece? Sen kazık çakmayı mı planlıyorsun? Ya da sevdiklerine kazık mı çaktıracaksın?"

"Ben galiba... Sanırım ölüm kavramını henüz kabul etmemişim," dedi Ece düşünceli bir şekilde.

★

Aysel neredeyse bir saattir yattığı yerden tavana bakıyordu ve kendini birden, değişik bir ortamda tanışmış olsak Meriç'i sever miydim acaba, diye düşünürken yakaladı. Önceki akşam hayatında ilk defa sarhoş olmasını, eve girince Taylan'a sarılıp sarılıp ağlamasını, oğlunun durmadan 'üzülecek bir şey yok annecim, inan bana kırılmadım ben sana, ağlama artık' diye tekrar etmesini, kustuktan sonra Uğur'un şaşkın bakışları altında yatağa gitmesini hayal meyal hatırlıyorken düşüncelerinin Meriç'e kayması ne kadar tuhaftı.

Baba oğul sabahın köründe İzmir'e gitmek üzere hazırlanmışlar, Taylan onun kalkmasını istememiş ve 'biz çıkıyoruz zaten, sen kalkma bu sefer' diye sarılarak vedalaşmak istemişti. Ama Aysel kalkıp kapıya kadar gitmiş, oğluyla vedalaşmış ve her zamanki gibi arkasından su dökmüştü. Başı zonklayarak yatağa döndüğünde ağzının içi zehir gibiydi. Bundan rahatsızlık duysa da Taylan'ın teskin edici sözlerinin ötesinde aslında ne hissettiğini, kırılıp kırılmadığını düşünürken uyuyakalmış, saat onda gözünü yeniden açtığında baş ağrısının dindiğini fark etmişti.

Saate baktı, on bire beş dakika kaldığını görünce telaşlandı. Duşa girip hazırlanmadan önce Nurcan'a telefon etmeye karar verdi, zira iş konusunda ne kadar ciddi olduğunu arkadaşının anladığından emin değildi.

"Alo, buyrun."

"Bakıyorum neşelisin."

"Aaa Aysel sen misin?"

Aysel gözlerini devirerek ciddiyetle cevap verdi. "Yok, ben Sevim. Ağzından laf almak için Aysel taklidi yapıyorum."

Nurcan kıkırdadı. "Ay yok, biz de senden bahsediyorduk da onun için. Yani ben aslında Aysel sen misin derken senin olup olmadığını sormadım. Anladım ben sesinden sen olduğunu."

Aysel bu abuk açıklamaya güldü. "Kimle bahsediyordunuz benden? Rıza'yla mı?"

"Ay yok ayol. Bu saate Rıza mı kalır evde? Necla Hanım var. Kahvemizi içtik fal bakacağız, hadi sen de gel! Sen de bir kahve içersin."

Aysel kızgınlığını sesine yansıtmamaya çalışarak konuştu.

"Nurcan ne kahvesi Allah aşkına! Dün biz sözleşmedik mi? Öğlen iş yemeğine çıkacağız demedik mi?"

"Sözleştik ama ben daha acıkmadım," dedi arkadaşı.

Aysel sabırla açıkladı. "Nurcan, insanlar iş yemeğine çıkarken hep beraber acıkmayı beklemezler. Hatta acıkmaları bile gerekmez. Görmedin mi filmlerde? Bir de o kadar film izlediğini söyler durursun."

Nurcan güldü. "Ay ama onlar... Büyük, ciddi işler yapıyorlar."

"Haaa! Yani biz gidip şakadan yemek mi yiyeceğiz sandın? Demek ki sen benim iş kurma fikrimi ciddiye almadın!"

Nurcan hemen arkadaşını yumuşatmaya çalıştı. "Almadım değil de... Offf ne bileyim Aysel..." Sesini alçalttı. "Misafir geldi diyorum Aysel... Neyse, sen nasılsın onu söyle önce."

Aysel bu soruyu bekliyordu. Yıllardır orada burada duyduğu bir cümleyi deneyimlemiş, sonunda bu cümleyi kurmak ona da nasip olmuştu. "Ben akşamdan kalmayım."

Nurcan kıkırdadı. "Aaa! İçtin mi sen?"

"Evet, sarhoş bile oldum ama sonra anlatırım. Şimdi bir saatin var Nurcan. Necla'ya ne dersin onu nasıl yollarsın bilmem ama tam bir saat sonra şıkır şıkır giyinmiş ve makyaj yapmış bir halde hazır olacaksın!" Derin bir nefes aldı. "Söz verdin. Bir işe nasıl başlarsan öyle gider." Ödün vermeyen, kararlı bir ses tonuyla, "Böyle gayriciddi ortak istemem ben!" deyip telefonu çat diye kapadı.

Nurcan ahizeye bakakaldı. Gülümseyerek yerine otururken Aysel'in sert konuşması içinde geçen 'ortak' sözcüğünün içine bir sıcaklık ve sevinç yaydığını hissetti.

★

Maral koltuğunu döndürürken başını sallayarak, "İnanın bana pişman olmayacaksınız Vahit Bey, size garanti veriyorum. Öğleden sonra dört gibi hazır olurum ben. Görüşmek üzere," dedi ve cep telefonunu kapadıktan sonra masaya bıraktı. O kadar sevinçli hissediyordu ki kendisini, ayağa kalkıp boş koltuğu döndürdü ve masanın önündeki koltuklardan birine oturup çok şık döşenmiş odasını keyifle gözden geçirdi. Burada işe başlamasının hayatını bu kadar renklendireceğini ve bu kadar önemli, başarılı, zengin insanlarla karşılaşacağını hiç düşünmemişti. Zihninden son günlerde sık sık yükselen cümleyi duydu: Süha Bey seninle hiç ilgilenmiyor... Hep mesafeli. Omzunu silkerek düşünmeye başladı: İlgilenmezse ilgilenmesin! Sanki bu dünyadaki tek yakışıklı ve zengin erkek o! Ben işime bakarım! Her hafta birçok insan gelip geçiyor buradan. Hem daha genç adamlar da var! Bu yaşlılar da bir tuhaf oluyor zaten! Ayyy hele geçen günkü mühendislerin toplantısındaki şu Kayserili Ediz denen adam ne yakışıklıydı! Çok kalmadılar ki! İki gün yerine neden on gün yapmazlar ki şu toplantıları? Nasıl da derin bakışları vardı! Hem burada çok para kazanma şansım var artık! Ahhh! Her şey istediğim gibi giderse kısa süre içinde komisyonumu alır, keyfime bakarım. İyi ki geçtim bu otele! İyi ki!

Düşüncelerinden sıyrılıp tekrar masasına geçti, cep telefonunu alıp tuşladı. Bir süre bekledikten sonra son derece sıcak ve içten bir ses tonuyla konuştu. "Merhaba Rafet ablacığım, nasılsın?"

Bahçedeki masada Yannis'le alınacakların listesini yapmakta olan Rafet biraz şaşırarak cevap verdi. "İyiyim Maral, sen nasılsın?"

"Ben de çok iyiyim ablacım. Burası tabii büyük otel. İşim ve sorumluluğum çok fazla. Kusura bakmayın sizi ziyarete gelemedim ama hep aklımdasınız. Atlas nasıl? Ordaki... Arkadaşlar falan?"

Rafet başını salladı. "İyi iyi, herkes iyi, çok şükür."

Maral doğal bir şekilde gülümsemeye gayret ederek sordu: "Yeni resepsiyonist işini iyi yapıyor mu? Beni aratmıyordur inşallah."

İçinden kahkaha atmak gelse de Rafet kısa kesti. "O da iyi. Hayırdır? Neden aradın?"

Maral aldığı cevaba bozulsa da sesine yansıtmadan, samimiyetle sürdürdü konuşmasını. "Aşk olsun Rafet abla! Özledim seni. Çok yoğun çalışıyordum kaç gündür, bayram falan... Bugün şöyle akşamüzeri, seni bir ziyaret etmek istiyorum ama tabii sen de müsaitsen. Seninle sohbet etmeyi özledim gerçekten. Şöyle bir çay içelim mi bahçede? Kurabiyelerini de özledim."

"Tabii burdayım ben. Buyur gel."

Maral boğazını temizledikten sonra o an aklına gelmiş gibi, "A bi de küçük bir iş meselesi var, gelmişken onu da konuşuruz," dedi.

"Nasıl bir işmiş bu?" diye sordu Rafet.

"Gelince konuşuruz. Güzel bir iş," dedi Maral gülerek.

Rafet düşünceliydi ama uzatmadı. "Peki, sen akşamüzeri gelince görüşürüz o zaman. Ben buralardayım." Telefonu kapatıp masaya bırakırken kendi kendine söylendi. "Allah Allah! Maral! Beni görmeye gelecekmiş bugün."

"Neden?" diye sordu Yannis.

Rafet omzunu silkti. "Bilmem... Özledim falan dedi ama sonra bir işten bahsetti. Gelince konuşuruz dedi."

Yannis de şaşkındı. Bir süre sessiz kaldıktan sonra düşüncesini açıkladı. "Müsteri, grup falan getirecek desem, kendi çalistiği yere ayarlar."

Rafet başını salladı. "Benim de aklıma o geldi... Belki de otel doludur. Bu da turlarla falan tanışıp anlaştıysa komisyonunu alıp yer ayarlayacaktır."

Yannis başını iki yana salladı. "Sanmam. Bayram geçti. Eylül'de dolu olmaz kimse."

Rafet gülümsedi. "Neyse... Gelince anlarız. Bakalım bunun altından ne çıkacak!"

★

Handan başını yastığın altına gömmüş yarım saattir mutfaktan gelen gürültüyü, salondan yükselen müzik sesini yok sayarak uyumaya çalışıyordu. Ayça üçüncü kez, "Handan ablaaa! Krepler hazır olmak üzere, hadi kalk artık, öğlen oldu nerdeyseee!" diye bağırınca yastığını başının altına koyarak gözlerini açtı ve gülümsedi. Hiç kuşkusu kalmamıştı: Evet, bu eski Ayça! Erken kalkan, evde kim olursa olsun herkesi uyandıran Ayça! Sabahın körü bile olsa müziğin sesini açan, mutfakta tek başına en az beş kişinin çıkarabileceği gürültüyü çıkarmayı başaran Ayça!

Önceki akşam Ece ve Mecnun biraz daha sohbet ettikten sonra saat on ikiye doğru seraya gitmişlerdi. Onlar çıktıktan yirmi dakika kadar sonra da Ayça eve dönmüştü. Geldiğinde, "Kusura bakma Handan abla, Ece ile Mecnun'a ayıp oldu ama boğulacak gibi hissettim kendimi, yürümem lazımdı," demiş ve Handan akşam boyunca onda gözlemlediği iyileşme halinden o an emin olmuştu. Çünkü Ayça buraya geldiğinden beri normalde çok sık kullandığı 'kusura bakma, affedersin, özür dilerim' gibi nezaket sözlerini neredeyse ağzına bile almamıştı. Handan bunun bir önemi olmadığını, Ece ve Mecnun'un ona selam söylediğini belirtmişti. Sonra da ölüm, özlem, acı çekmek ve insanın istekleri üzerine yaptıkları sohbeti noktasından virgülüne ona aktarmıştı. Ayça on beş dakika kadar düşünmüş, sonra da uyumak istemediğini belirtmişti. İlaçlarını da almamıştı. Kahve içerek bir saat kadar bu konuda sohbet ettikten sonra yavaş yavaş Güneş'ten bahsetmeye başlamışlardı.

Ayça'nın neler hissettiğini rahatça anlatabilmesi için Handan kendi dağılmasını, ağladığı anları, Çetin'den ve Ankara'dan ayrılma sürecini olabildiğince detaylı bir şekilde anlatmış, sonra da kızın Ankara'da neler yaptığını ve neler yaşadığını dinlemiş, anlattıklarında çelişkili ifadeler, boşluklar fark etmişti. Tek sorununun Güneş'in ölümüyle ilgili olmadığını anlamış ama şu an için araya girip soru sormaması gerektiğini düşünmüştü. Ona Yannis'in aldığı resmi göstermiş ve adamın resmi alma hikâyesini anlatmıştı.

Sabah beşe doğru her ikisi de duygusal bir boşalma yaşamış, bir hayli rahatlamış halde yatmaya giderken Ayça Handan'ın odasının önünde durup, "Mecnun gerçekten üç gün mü üzülmüş? Doğru mudur sence?" diye sormuştu.

Handan kaşlarını kaldırarak başını sallamıştı. "Doğrudur. Neden yalan söylesin ki?"

Ayça bir süre düşünmüştü. "Bilmem... İnsan, kendisi öyle olmayınca, anlayamıyor ve karşısındakinin yalan attığını sanıyor galiba. Ama sen anlıyorsun. Çünkü sen de aslında... Yani anlattıklarından çıkardığım kadarıyla sen de öylesin. Yani tepkilerin..."

"Sanırım öyle."

Ayça esnemiş ve "Neyse... Uyuyalım artık, çok yoruldum ben," dedikten sonra odasına geçmişti.

Handan ise onun ağlamadığından emin olmak için yarım saat kadar sessizliği dinledikten sonra uykuya yenik düşmüştü.

Kylie Minogue'un söylediği *Can't Get You Out Of My Head* parçasının sesi yükselince düşüncelerinden sıyrılarak yataktan çıktı. Salona gitti ve Ayça'nın deli gibi dans ettiğini görünce gülümsedi. Kız zıplaya zıplaya yanına gidip onu da ortaya sürüklediğinde ise, "La la la la laaa..." diye bağırarak beraber dans etmeye başladılar.

★

Uğur oğluyla havaalanında vedalaştıktan sonra doğruca Meriç'in mezarına gitmişti. Meriç'in mezar taşı yapılmış, karanfiller etrafa özenle yerleştirilmişti. Mezarın üzerinde dört-beş buket çiçek vardı, bayramda çocukları ziyaretine gelmiş olmalıydı.

Mezarın kenarına oturmuş düşünürken, günlerdir kederli görünmemek için kendisine ne kadar çok baskı yaptığını fark etti ama şu an ağlama isteği de yoktu. Bir saate yakın toprağa ve çiçeklere bakarak kafasının içinde Meriç'le konuştu, konuştu, konuştu...

İki cümlede bir özür dilediği bir konuşmaydı bu. Gün içinde yerli yersiz göğsünün tam ortasına yerleşen ve geceleri ruhunu acıtan yokluk hissiyle mücadelesi, Trabzon'dan geldiğinden beri sürüyordu. Ancak herkes gibi sorumlulukları vardı ve bunları yerine getirebilmek için de en bildiği yolla var oluyordu: Güçlü görünmek. Oğlu Kanada'dan gelmişti, karısı türlü sıkıntı çekiyordu ve hepsinden önemlisi kahveye gelen insanlara üzgün görünmek ona yakışmazdı. Taylan'ı uğurlayınca da hemen Meriç'e koşmuş, içindekileri hiç değilse ona anlatmıştı işte!

Yine geleceğine dair söz vererek ayağa kalkarken gözü kırmızı karanfillere takıldı ve tuhaf bir ürperti hissetti. Sanki Meriç'in kırılmasının tek nedeni, ona bunca yıl kırmızı karanfil yollamamasıymış gibi mezara bakarak hafif bir sesle konuştu. "Sen rahat ol Meriç... Ben ölene kadar mezarından kırmızı karanfil eksik olmayacak!"

Yavaş adımlarla mezarlıktan ayrıldı ve Foça'ya doğru yola koyuldu. CD'lerdeki şarkı ve türkülerin her biri canını yakacakmış gibi gelince bir süre sessizce yol aldı. Foça'ya yaklaşırken radyoyu açmaya karar verdi. *Mustafa Sandal* söylüyordu: *Neredesin.* Şarkının müziği huzur verince sözlerine dikkat kesildi: *Bakıp da güldüğün o anların... Tutamaz yerini hiç kimse... Yerini hiç kimse bilmez... Usulca geçtiğin o yolların... Bilemez yerini hiç kimse... Yerini bilen de dönmez... Yokluğunda çok kitap okudum... Aradım neredesin nerede... Ara sıra resmine dokunup ağladım... Neredesin nerede...*

Yaşadıklarını, başkalarının da yaşamış olması, içindeki yalnızlık ve yokluk hissini biraz hafifletti. Tam Foça'ya girerken Aysel aradı. Sesi telaşlıydı.

★

Aysel keten takım elbisesi ve makyajıyla arkadaşının kapısını çaldığında saat tam on ikiydi. Nurcan kapıyı açınca gözlerine inanamadı. "Aaa kuaföre mi gittin sen?"

Aysel onu eliyle hafifçe iterek içeri girerken söylendi. "Ne kuaförü ay bu sıcakta? Fön makinesiyle kendim yaptım."

Otururlarken Nurcan onun makyajını inceledi, bu arkadaşının becerikli olduğu konulardan biriydi. "Makyajın da ne güzel olmuş! E hadi çıkmayacak mıyız?"

Aysel ona şöyle bir baktı. Kıyafeti fena değildi ama makyajı yine tam bir felaketti. Doğru dürüst kalem bile çekememişti. Allık da yanaklarında top top duruyordu. Kalkıp onu yatak odasına götürdü ve söylene söylene makyajını düzeltti. "Yüz kere dedim Nurcan, şu rimeli düzgün çek."

"Rimelim kötü, ondan!"

"Hayır Nurcan! Rimel çekmek bir beceri işidir. Bak ben çekince nasıl güzel oldu! Önce kirpiklerin ucuna, sonra da dibinden yukarı doğru çekeceksin!"

Nurcan aynadaki görüntüsüne bakınca arkadaşına hak verdi. "Haklısın ama beceremiyorum." Tekrar salona geçip oturdular. "E hadi, acele ettirdin beni o kadar! Necla'yı yolladım! Ayıp oldu valla!"

"Ne ayıbı ayol, sanki üç günlük yoldan geldi. Nasıl olmuş kayınvalidesi? Düzelme var mıymış?"

Nurcan yüzünü buruşturarak başını iki yana salladı. "Aman seksen yedi yaşında ne düzelme olacak Aysel? İyice küçüldü diyor, böbrekleri falan iflas etmiş artık." Düşünceli bir şekilde, kendi kendine konuşur gibi bitirdi sözlerini. "O da epeydir... Gidecek de yolu bulamadı bir türlü."

Aysel kahkahayı bastı. Nurcan bir an şaşırdı ama sonra ne dediğini düşününce kendisi de gülmeye başladı. Gülmeleri bitince Aysel arkadaşının kendisine merakla baktığını gördü ve o an aklına geldi. "Haaa! Gideceğiz. Birazdan gideceğiz. Uğur'dan araba istedim. Taylan'ı bıraktı ya! İzmir'den yeni dönmüş. Biraz sonra gelir Melih bizi almaya."

"Ayol nereye gideceğiz?" diye sordu Nurcan.

Aysel omzunu silkti. "Küçük Deniz'e. Orda bir lokantaya otururuz."

"E yürürdük Aysel. Yirmi dakika sürmez. Ne o öyle araba filan?"

Aysel önce arkadaşına hak verecek gibi olduysa da biraz kızarak açıkladı. "Olmaz Nurcan! Bir iş yemeği bu! Sen de bunun ciddiyetini anlayamadın bir türlü!"

"Ne işi bu? Bir şey anlatmıyorsun ki!"

"Gidince konuşacağız işte! Sabırlı ol."

"E iyi... Taylan'la ne konuştunuz?"

Aysel bir yandan pencereden Melih'in gelip gelmediğini kontrol ederken, bir yandan da önceki akşam olanları özetledi.

*

Yannis duyduklarıyla neşelenmişti. "Tamam o zaman. Hadi hemen gelin. Burda yüzersiniz ama biraz rüzgârli. Serin gibi."

Handan gülümseyerek, "Ayça kesinlikle yüzmek istiyor. Mecnun'la Ece'yi de ararım ben, işleri yoksa belki onlar da gelirler," dedikten sonra vedalaşıp telefonu sehpaya bıraktı.

Ayça gülümsedi ve kahvesinden bir yudum aldıktan sonra, "Çok komiksin Handan abla," dedi.

"Niye?" dedi Handan saf saf.

"Telefonda Yannis'le konuşurken sürekli sırıttın."

"Eee âşık ol seni de görelim bakalım. İnsan ağzını öyle ha deyince toplayamıyor."

Gülüştüler. Ayça rafta duran masal defterini göstererek sordu: "Gülşen'in masallarından bir tane okuyalım mı?"

"Hangisini istersin?" dedi Handan rafa uzanıp defteri alırken.

Ayça buruk bir şekilde gülümseyerek fikrini belirtti. "Ablamın en sevdiği masalı okuyalım mı?"

Handan onun yanına oturup defteri açtı ve yavaş yavaş okumaya başladı:

Bir varmış... Hep varmış...

Artık adı bile bilinmeyen uzak bir ülkede, bir kız yaşarmış...

Şa mutlu ve neşeli bir çocukmuş... O herkesi, herkes de onu çok severmiş...

Ama herkese garip gelen bir huyu varmış... Çok küçük yaşlardan itibaren annesi babası karşı çıksa da yaz demeden kış demeden, her akşam toprağa yatar ve mutlaka en az bir saat gökyüzünü, yıldızları seyredermiş...

Gel zaman git zaman, okula başlamış... En zor problemleri o çözer, en akıl almaz oyunları o icat edermiş... Gittiği her yerde ama her yerde güneş gibi parlarmış... Onun bulunduğu yerde kavga olmaz, insanlar huzur bulurmuş...

Aradan yıllar geçmiş... Şa evlenmiş, önce çocukları, sonra torunları olmuş... Ne ışığından ne de mutluluğundan bir şey kaybetmiş... Ama her akşam toprağa yatıp gökyüzünü, yıldızları seyretmeyi hiç ama hiç ihmal etmemiş...

Onun başarılarını, huzurunu ve mutluluğunu görenler bazen sorarlarmış: Şa, bize sırrını söyle.

Şa bu soruyla karşılaştığında gülümser ve gökyüzünü gösterirmiş... Yıllar boyunca onunla birlikte olan eşi, dostu, arkadaşı ya da henüz tanıştığı birçok insan, onun yaptığını yapıp yıldızları seyretse de ne onun ışığına sahip olabilmiş, ne de onun gibi mutlu olabilmiş...

Elbette birkaç arkadaşı ısrar etmiş: Şa bize sırrını söyle, biz de senin gibi mutlu yaşamak istiyoruz. Biz de senin gibi yıldızları seyrediyoruz, biz de senin gibi hava bulutlu bile olsa gökyüzünü seyrediyoruz ama sana olan bize olmuyor, lütfen sırrını söyle!

Hep şu cevabı vermiş: Söyleyemem... Bu herkesin kendi içinde... Kendisinin bulması gereken bir sır...

Şa bazı arkadaşları onu suçlasa bile bu konuda hiç konuşmamış, sadece gökyüzünü göstermeye devam etmiş...

Bu şekilde yıllar, yıllar geçmiş... Doksan yaşında hastalanıp yatağa düşmüş... Her insan gibi ömründe çok zor zamanlar geçirmiş... Ama onun çektiği zorluklar başkalarına zorlukmuş, Şa'nın yüzünden ışık, hayatından mutluluk bir gün bile eksik olmamış...

Hasta yatağı onu sadece iki gün ağırlamış... Dünyayla vedalaşma vakti geldiğinde kızı kulağına eğilmiş: Annecim, sırrını bize de söyle, ölmek üzeresin demiş...

Şa gözlerini pencereden görünen gökyüzüne çevirmiş, gülümsemiş ve son nefesini vermiş...

Ailesi üzüntü içinde onun cansız bedenini yataktan alınca, yastığının altından bir zarf çıkmış. Oğlu hemen zarfı açmış. Kâğıtta şu yazılıymış: Ben yıldızları seyretmiyordum, seviyordum...

Handan yazar ismini vurgulayarak okudu. "*Pinoşi Yotto.*"

İkisi de kahkaha attı. Birkaç saniye sonra Ayça iç geçirdi. "Ablam bu masalı ne kadar çok severdi. En son bir sınava çalışırken şikâyet ediyordum... Ölümünden birkaç gün önce. 'Ne kadar çalışsam da anlamıyorum bu dersi,' dediğimde 'Sen de o zaman bu dersi çalışma Ayça, sev!' demişti bana."

Handan gülümseyerek başını salladı. "Harika fotoğraflar çekerdi bazen. 'Bu kareyi çok güzel yakalamışsın,' dediğimde 'Ben o anı fotoğraflamadım canım, sevdim,' derdi." Kısa süreli bir sessizliğin ardından kızın omzuna vurdu. "Kalk hadi hazırlanıp yüzmeye gidelim. Yannis bizi bekliyor."

Ayça gülerek ayağa kalktı. "E hadi gidip denizi sevelim."

*

Aysel lokmasını düşünceli düşünceli çiğnerken Nurcan dayanamadı. "Aysel şimdi imdaaat diye bağıracağım ha! Ne işiyse bu, başlayamadın bir türlü anlatmaya! Ne işiymiş bu! Kaçakçılık mı yapacağız, nedir bu saklı gizli havalar? Yarım saattir lafı evirip çeviriyorsun. Ne diyeceksen de artık!"

Aysel arkadaşının tepkisine gülümsedikten sonra cevap verdi. "Ne bileyim ne işi Nurcan? Onun için yemeğe geldik herhalde! Düşüneceğiz taşınacağız, yapacak bir iş bulacağız."

Nurcan hayretle baktı arkadaşına. "Yani sen bir iş falan düşünmedin mi daha?"

Aysel hemen sohbeti kontrol altına aldı. "Canım düşünmez miyim? Kaç gündür kafam bununla meşgul ama..."

"Ama?"

"Uygun bir şey bulamadım henüz. Hem ne iş yapacaksak beraber yapacağız, bu nedenle şöyle dışarı çıkalım, beraber düşünelim istedim. Fikir üretelim, ne diyorlardı buna, bak şimdi aklıma gelmedi."

"Beyin fırtınası."

"Hah! Beyin fırtınası yapalım hadi."

Nurcan şöyle bir düşündü. Ortak olacaklarsa makul bir açıklamaydı bu ama yine de neden bir iş kuracaklarını anlamış değildi. "Aysel biz ev kadınıyız. Millet bizim yaşımızda emekli oluyor, biz işe başlayacağız. Saçma değil mi? Nerden çıktı bu?"

Arkadaşı ona ters ters baktı. "Ev kadınıydık! Ne demekse! Yıllarca oturduk oturduk, çocuk doğurduk, yemek pişirdik, ev temizledik. Sonra n'oldu?"

Nurcan merakla sordu: "N'oldu?"

Aysel onun bu saflığıyla nasıl başa çıkacağını düşünerek açıkladı. "Senin kızlar çekti gitti. Taylan desen öyle. Herkes kendi keyfinde. Bütün bu yıllar boyunca, benim adam başkasına âşıkmış! Seninki desen, kardeşinin emrinde. Ne işe yaradık biz Nurcan? Anlatacak neyimiz var? Anca oturup oturup dedikodu yaptık, yalan mı?"

"Doğru ama... Çalışan kadınlar da dedikodu yapıyor Aysel!"

Aysel bayılacakmış gibi hissetti kendini. "Offf Nurcan, mevzu bu değil... Bak Handan'ın annesine!"

"Emel Hanım'a mı?"

"Evet!"

"E o da dedikodu yapıyor."

Aysel gözlerini devirdi. "Tamam o da dedikodu yapıyor ama arada da... O gün... Hatırlasana! Öğrencileriyle ilgili hatıraları var kadının. Yapmış olduğu bir şey var! Bir şey yapalım diyorum, yoksa daha az dedikodu yapmak için iş kuralım demiyorum!"

Nurcan biraz düşündükten sonra umutsuz bir sesle, "Rıza bana izin vermez," dedi.

Aysel öfkelendi. "Ondan izin istemeyeceksin zaten!" Yumuşak bir tonla devam etti sözlerine. "Biz ne yapacağımıza karar verelim önce. Uğur onu ikna eder. Para çıkmayacak ki cebinden."

"O da var tabii. Bütün parayı Uğur abiden alacağız, o zaman ben nasıl ortak oluyorum? Olmaz ki! Haksızlık!"

Aysel buna hemen karşı çıktı. "Niye Uğur'dan alalım Nurcan? Unuttun galiba, benim bir tencere altınım var!" deyince ikisi de kahkahayı bastı.

Nurcan merakını yenemeyerek sordu: "Kız kaç tane oldu, saydın mı?"

"Onu mu sayacağım oturup deli gibi? İşte... Beş litrelik tencerenin yarısını geçti..."

Üç-dört dakika sessizce yemek yediler ama fikir Nurcan'ın aklına bir türlü yatmıyordu. "Peki ne iş düşündün?" diye sordu sonunda dayanamayarak.

Aysel omzunu silkti. "Önce yemek işini düşündüm ama çok var ev yemekleri yapan yer. Sadece makarna yapalım dedim ama herkes rejimde. Sonra belki dedim bambaşka bir şey olur. Bu nedenle burdayız. Sevdiğimiz bir şey olmalı." Arkadaşı cevap vermeyince sordu: "Söylesene Nurcan, şu hayatta en çok ne iş yapmayı seviyorsun? Çamaşır asmayı deme, öyle bir iş kolu yok!"

Arkadaşı gülümsedi. "En sevdiğim iş!"

"Evet, evet, bir düşün... Şöyle yaparken mutlu olduğun başka ne var bu hayatta?"

Nurcan bir süre düşündükten sonra yavaş yavaş konuşmaya başladı. "Aslında ben... Söyleyeceğim ama gülme."

Aysel meraklanmıştı. "Gülmem gülmem. Söyle."

"Afife teyzenin çiftliğinde kocaman bir evi vardı, söylemiştim. Verandası epey genişti, üç masa iki sedir sığardı..."

"Evet?"

"İşte o verandanın zemini... Şu eski karolardandı..." Açıklamakta tereddüt etse de Aysel'in ciddiyetle kendisini dinlediğini görünce sözlerini tamamladı. "Orayı paspaslamayı çok ama çok severdim." Arkadaşı kahkahayı basınca kızdı. "Hani gülmeyecektin?"

Aysel kahkahasını kontrol edemeyince Nurcan da gülmeye başladı. Sakinleştiklerinde Aysel gözlerinden akan yaşları sildi ve "Paspas işi... Hay Allah! Kırk yıl düşünsem aklıma gelmezdi Nurcan! Çok yaşa sen!" dedi.

Nurcan hemen açıkladı. "Evin içini silmekten bahsetmiyorum ama ben! Böyle büyük alan olacak, alacağım paspası elime..." Gözlerini kapatıp eliyle işaret ederek sürdürdü konuşmasını. "Hiiiçbir şey düşünmem o zaman. Geniş geniş sileceğim, çok severim! Bazen bu alışveriş merkezlerine gidiyoruz ya? İzmir'de... Arabaya koymuşlar adamı, arabanın altında uyuz bir fırçayla dolanıyor ortada. Öyle sinirleniyorum ki şöyyyle adamı kenara itip kova ve paspasımla en baştan başlayıp biiir güzel silesim geliyor ortalığı."

Aysel arkadaşının anlatımındaki ciddiyete, el kol hareketlerine ve yüzünün aldığı ifadelere bakıp yeni bir gülme krizine girdi.

*

Rafet bahçe kapısına dalmış bakarken, hemen kapının önünde lüks bir araba durdu. İçinden bir adamla bir kadın indi. Bahçeden içeri girince Maral'ı hemen tanıdı. Masaya yaklaşırlarken ayağa kalktı.

Maral aşırı samimi bir tavırla ona sarıldıktan sonra adamı eliyle göstererek, "Rafet ablacım, bu beyin adı Vahit," dedi. "Otelimizin müşterisidir kendisi. Vahit Bey, bu da benim size bahsettiğim, çok sevdiğim Rafet ablam."

Ellili yaşların başında görünen orta boylu adam nazik bir şekilde, "Çok memnun oldum. Nasılsınız efendim?" dedi.

"Teşekkür ederim, siz nasılsınız? Buyrun buyrun," dedi Rafet sandalyeleri işaret ederek.

Oturdular ve havadan sudan konuşmaya başladılar. Maral hiç durmadan anlatıyordu. Otel müdürü olmak epey sorumluluk gerektiriyordu, başını kaşıyacak vakti yoktu, yoksa çok daha önce gelirdi. Rafet ablasını çok özlemişti ama işte bayramda otel tam kapasite dolmuştu.

O sırada garson çay ve kurabiye servisini yaptı. Rafet adamın kim olduğunu merak ediyor ve Maral'ın bir açıklama yapmasını bekliyordu. Sıkılmıştı. Deniz tarafına doğru bakındı. Yannis, "Ben Handan ve Ayça'yla denizdeyim, Maral gitmeden içeri dönmem," dediğinde ona "Bir ara uğra," demediğine pişmandı. Ancak o da Maral'ın tek başına geleceğini düşünmüştü. Bir taraftan Maral'ı dinliyor, bir taraftan da adamın bir tur şirketi sahibi olduğuna dair fikir yürütüyordu.

Maral bu sırada adama döndü ve gülümseyerek sordu: "Nasıl buldunuz Vahit Bey? Dediğim kadar var mıymış?"

Adam lokmasını yuttuktan sonra kocaman gülümseyerek Rafet'e baktı. "Dediğinizden de güzel!" Kurabiye tabağından bir tane daha aldı. "Bunlar... Elli üç yıldır yediğim en lezzetli kurabiyeler!"

Rafet şaşkındı, gülümsemeye çalışarak başını salladı. "Afiyet olsun."

maviş bir kızdan işittim bu şarkıyı:
kaşlı teyzelerden korkma
baktın dünya çok kara
gözlerini kapa da beyaza boya

6

Yıldız'ın önündeki fincanı göstererek söylendi Nurcan. "Hadi ama Yıldız! Amma nazlandın sen de!"

Yıldız çaresizlik içinde tekrar açıkladı. "Naz değil Nurcan abla, gerçekten bilmiyorum. Hayatımda bir kere bile fal bakmadım ki ben! Bilsem bakmaz mıyım?" Kısa bir süre ne diyeceğini düşündü. Nurcan'ı kırmadan bu işten kurtulmalıydı. Gülümseyerek sürdürdü konuşmasını. "Hem senin gibi bir fal ustasının önünde bence kimse fincanı eline almamalı. Her işin bir bileni var."

Ona hak veren Nurcan omuzlarını dikleştirerek arkasına yaslandı. "Orası öyle tabii. Ama bugün Aysel'le içimizden böyle geçti, değil mi Aysel?" Arkadaşı ona katılarak başını sallayınca Yıldız'ı ikna etmeye çalışarak ekledi: "İnsan kendi falına bakamıyor ki!"

Yıldız şaşırdı. "Ama sen Aysel'in falına bak diye ısrar ediyorsun Nurcan abla?"

Aysel arkadaşına ters ters baktı. O kadar konuşup ayarlamışlardı. Ne zaman başkalarına belli etmeden bir işe kalkışsalar Nurcan mutlaka bir açık veriyordu. Boğazını temizleyerek gülümsedi. "Ha Nurcan ha ben! Biz birbirimizin her şeyini biliyoruz ya, o yüzden. Benim fala bak, sonra Nurcan'a da bakarsın."

Yemekte ne iş yapacaklarına karar vermek şöyle dursun, elle

tutulur tek bir fikir bile ortaya koyamamışlardı. Sonra ikisinin de canı eve gitmek istemeyince Yıldız'a uğramaya karar vermişlerdi. "Acemi falcıların falları çıkar, en iyisi Yıldız'a bir fal baktıralım," diyen de Nurcan olmuştu ama işte genç kadın bir türlü ikna olmuyordu.

"Gerçi bakmasan da olur!" dedi Aysel gülümseyerek. "Fal sonuçta. Eğlence için. Saçma bir şey yani!"

Yıldız şaşırdı. "Aysel abla bunu sen mi söylüyorsun? Sen..."

Aysel onun sözünü kesti. "Biliyorum biliyorum. Fal baktırmayı severim. Haklısın ama bu inandığım anlamına gelmiyor. Biz Nurcan'la eğlence olsun diye fal bakarız, öyle değil mi Nurcan?"

Nurcan bu sözleri son derece ciddiye alarak yaptığı işin eğlence olarak nitelenmesine bozulduysa da belli etmedi. Belli belirsiz gülümseyerek cevap verdi. "Ah tabii canım. Öyle tabii. Bakmasan da olur."

Bir süre sessizlik oldu. Yıldız neredeyse annesi yaşındaki bu iki kadını severdi. Fal bakmayı bilmiyordu ama önce ısrar edip sonra birden vazgeçmeleri içini burkunca fincanı eline aldı. "Tamam. Deneyeyim. Bakalım olacak mı?" Birkaç dakika fincanı elinde çevirdikten sonra kaşlarını kaldırdı. "Ben anlamıyorum, biliyorsunuz. Sadece şekilleri bir şeylere benzetiyorum."

Nurcan merakla başını salladı. "Onları söyle işte!"

Yıldız fincana dikkatle baktı. "Bir aslan var... Yanında şöyle ufak bir kedi var. Sonraaa lamba gibi bir şey var... Abajur gibi."

Aysel genç kadına cesaret vermek için araya girdi. "Evet, devam et! Ne güzel bakıyorsun işte!"

Yıldız gülümsedi. "Kuşlar var! Bu haber demek. O kadarını biliyorum. Bir de olta çıkmış, yani ben oltaya benzettim." Kafasını kaldırınca Nurcan ve Aysel'in koltuklarının ucuna kadar gelmiş dikkat kesildiklerini görünce gülmeye başladı. "Koltuktan düşeceksiniz nerdeyse!"

İkisi de gülümseyerek koltuklarına yerleşirken, "Devam etsene," dedi Aysel.

Yıldız fincanı sehpaya bıraktı. "Bu kadar. Gerisi telve. Bir şeye benzetemedim."

Aysel kaşlarını kaldırarak sordu: "Ama bunlar ne demek şimdi?"

Yıldız gülümsedi. "Bilmem... Siz ısrar ettiniz, ben de benzetebildiğim şeyleri söyledim."

Aysel ağzını açmak üzereyken Nurcan hemen araya girdi. "İyi iyi. Çok önemli bir şey yok ama iyi fal." Arkadaşına baktı. "Ben sana sonra anlatırım."

Aysel hemen mesajı aldı ve ilgiyle Yıldız'a döndü. "Eee Yıldızcım, yaz boyu doğru dürüst görüşemedik, neler yaptın? Çok misafirin gelmiş, Uğur'dan aldım haberlerini..."

★

Rafet, Ece ve Mecnun'un geldiğini görünce büyük bir rahatlama hissetti. Yarım saattir Vahit'in kurabiye yemesini izliyor ve içinde neler olduğuna dair tahminlerini dinliyordu. Adam kurabiyenin lezzetine övgüler yağdırırken Maral'ın durmadan 'söylemiştim ben size' demesi de içini baymıştı. Onun kurabiyeleriyle övünmek Maral'a mı düşmüştü?

Ece ve Mecnun'u karşılamak üzere yerinden kalkıp onları ayaküstü Vahit'le tanıştırdı. Mecnun yüzmeye geldiklerini söyleyerek oturmak istemediğinde ise Maral'ın ağzını açmasına fırsat vermeden hızla araya girdi. "O zaman siz Maral'la birlikte plaja geçin."

Maral hemen itiraz etti. "Aaa olur mu hiç? Benim kıyafetim müsait değil. Vahit Bey'le otele döneceğim ben," dedi adama gülümseyerek bakarken.

Adam başını öne doğru eğerken hafifçe gülümsedi ama kesin bir ifadeyle konuştu. "Otele beraber döneriz Maral Hanım ama bu iş Rafet Hanım'la benim aramda."

Buna çok bozulan Maral ne diyeceğini bilemeyerek ayağa kalktı.

Rafet gülümseyerek adama baktı. "Buradaki her türlü iş ortağımı da ilgilendirir. Bu oteli beraber işletiyoruz. Yannis'i de çağırayım üçümüz konuşalım."

Vahit hemen araya girdi. "Sizi temin ederim konuşacağımız iş sadece sizi ilgilendiriyor."

Rafet gerildi. Hiçbir zaman yalnız başına iş yapmamıştı. Israr etti. "Olsun. Ortağımın da bu görüşmede olmasını tercih ederim."

"Peki o zaman," dedi Vahit gönülsüzce.

Rafet Mecnun'dan Yannis'i yanına çağırmasını rica etti. Mecnun kızlarla otelin içinden plaja geçerken, "Ne işi bu yahu? Rafetcim yay gibi gerilmiş," dedi.

Maral zoraki bir gülümsemeyle bu konunun önemini vurguladı. "Rafet ablayı zengin edecek bir iş ayarladım."

"Niye? Rafet abla fakir mi?" diye sordu Mecnun.

Maral yüzünü buruşturarak etrafı gösterdi. "Zengin de sayılmaz."

Mecnun kaşlarını kaldırdı. "Maral, dünyadaki insanların hangi şartlar altında yaşadığını cidden bilmiyor musun yoksa bilmezden mi geliyorsun?"

Maral cevap vermek yerine yüzünü buruşturdu. Bu sırada plaja gelmişlerdi. Yannis ve Handan güneşlenerek sohbet ediyor, Ayça ise yüzüyordu. Kısa bir selamlaşmadan sonra Mecnun Rafet'in ricasını Yannis'e iletti. Adam giyinip hemen içeri geçti. Ece ve Maral gölgede bir masaya oturup sohbet etmeye başladılar. Mecnun da Handan'la laflamaya karar vererek Yannis'in kalktığı şezlonga yerleşti.

★

Uğur bordo deri kaplı, üzerinde gümüşi harflerle LÂL yazan kalın deftere gözlerini dikmiş bakarken, Melih omzuna dokundu. "Usta, iyi misin sen?"

Adam o kadar dalmıştı ki Melih'in sorusunu on-on beş saniye sonra algıladı ve defterden gözlerini ayırmadan başını sallarken derin bir nefes aldı. "İyiyim iyiyim."

Melih kafasını kaşıdı. "Kimdi o kadın usta? Kötü bir haber mi?"

Uğur tam Melih'i başından savmak için bir şeyler söylemek üzereydi ki genç adamın endişeli bakışlarını fark etti. "Yok. Kötü haber falan yok. Neden öyle söyledin?"

"Kadın gideli yarım saat oldu. Sen hiç kıpırdamadan oturdun öyle taş gibi, merak ettim."

Uğur gülümsedi. "Merak edilecek bir şey yok. Hadi sen bana demli bir çay ver."

Melih, "Derhal," diyerek uzaklaşırken Uğur deftere bakarak Arzu'yla konuşmalarını düşünmeye başladı.

Himmet'le birkaç kez konuşup Meriç'in hastalığıyla ilgili bilgi edinmiş olsa da detayları Arzu'dan öğrenmişti. Yaklaşık bir buçuk saat sohbet etmişler ve kadın onu yargılayıcı en ufak bir imada bulunmamış, fakat Uğur bu süreçte kendini inanılmaz mahcup ve suçlu hissetmişti. Meriç hakkında binlerce sorusu varken, ancak birkaçını sorabilmişti. Kadın da üzgündü ama arkadaşından bahsettikçe rahatlıyor gibiydi. Belki birkaç saat kalır, böylece Meriç'ten bol bol bahsedebiliriz, diye düşünmüştü Uğur.

Keşke şöyle deniz kıyısında sakin bir yere geçseydik, diye söylendi içinden. Ama bu ancak şimdi aklına gelmişti. Arzu gelip kendini tanıttığında tek yaptığı onu içeri buyur etmek olmuştu. Kendini azarladı: Meriç'i biraz olsun yaşamak... Biraz olsun hissedebilmek için yine bir fırsatı kaçırdın!

Melih çayı getirince düşüncelerinden sıyrıldı ve tekrar deftere bakmaya başladı. Cesaretini toplayıp Arzu'ya sorduğu soruyu düşününce gülümsedi: "Defterdekileri okudunuz mu siz?"

Kadın dürüstçe cevap vermişti. "Bir kısmını daha önce okumuştum. Beraber çalıştığımız yıllarda. Ancak diğer kısımları... Defteri size hemen verebilsem okumamış olacaktım ama sizi bulamayınca... Bu kadar süre bende kalınca okudum tabii."

"Ne düşündünüz? Ne hissettiniz?" demişti Uğur.

Arzu derin bir iç geçirmişti. "Hüzünlendim. Ağladım. Kahkaha attım. Meriç'in defteri bu! Meriç on dakika içinde hem kahkaha atıp hem ağlayabilen bir insandı. Ve hem kahkahası hem gözyaşı gerçekti." Duraksadı. "Ama defteri iyi ki okumuşum... Rahatlattı beni... Hatta birkaç yerde öldüğüne sevindiğimi bile söyleyebilirim."

Uğur defteri açmak üzere eline aldı ama açmadan masaya bıraktı. Cesareti yoktu. Meriç'in yazdığı her şeyi ama her şeyi çok merak ediyordu. Ancak... Taylan'ı uğurlamış, Meriç'in mezarını ziyaret etmiş, sonra da Arzu'yla ondan bahsetmişlerdi. Bütün bunlar çok fazla geliyordu yorgun kalbine. Dermanı tükenmiş gibiydi. Şimdi değil, burada değil, diye düşünerek defteri aldı ve çekmecesine kilitledi.

*

Aysel yavaş yavaş okudu. "Tarhana Çorbacı Dükkânı... Offf Nurcan! Aşk olsun! Sen bu işi hiç ciddiye almıyorsun!"

Arkadaşı hemen itiraz etti. "Aaa! Neden ciddiye almayayım ayol? Yaz dedin yazdım işte!"

"Tarhana Çorbacı Dükkânı diye dükkân adı mı olur? Kim gelir böyle bir dükkâna?"

Nurcan birkaç saniye düşünüp arkadaşına hak verdi. "Haklısın! Hemen düzelteyim, ver kâğıdı." Kâğıdı önüne çekip özenle düzelttikten sonra ona geri uzattı.

Aysel yüksek sesle okudu. "Beypazarı Tarhana Çorbacı Dükkânı." Gülmeye başladı.

Ama Nurcan gülmüyordu. Arkadaşının oldukça uzun süren gülme krizinin geçmesini bekledikten sonra sakin bir şekilde sordu: "Niye güldün bu kadar? Bizim oraların tarhanası çok güzel, bilmiyor musun? Ben de çok güzel yapmıyor muyum? Canın çekince burnunu batıra batıra yemiyor musun kaç yıldır? Burda da öyle bir dükkân yok!"

Aysel gülerek açıkladı. "Ayol bari Beypazarı Tarhana Çorbacısı de! Hem her zaman okumakla, kelimeleri bilmekle övünürsün hem de bulduğun işin adına bak!"

Nurcan başını eğdi. "Ha sen ona güldüüün... Tamam, doğru söylüyorsun... Beypazarı Tarhana Çorbacısı olsun." Şöyle bir düşünüp başını salladı. "Doğru. Sen dükkân açalım deyip durunca kafam karıştı ama fikrim güzel, değil mi?"

Aysel başını geriye attı. "Iıh... Kim her gün tarhana çorbası içmeye gelecek ki burda?"

"Herkes! İnsanın içini ısıtır karda kışta!"

Aysel yüzünü buruşturdu. "Hıı... Burda da sık sık bir metre kar yağar ya! O zaman herkes bizim dükkâna koşar."

"Tamam burda kar yağmıyor ama rüzgâr esince n'oluyor? Adamın iliğine kemiğine işliyor soğuk!"

Aysel şöyle bir düşündü. "En çok iki ay! Sonra ne yapacağız?"

"Sen bul o zaman!" dedi Nurcan bir süre düşündükten sonra. "Önerdiğim hiçbir şeyi beğenmiyorsun!"

Aysel gülümseyerek cevap verdi. "Çocuk gibi alınma hemen! Böyle düşüne düşüne bulacağız. Hemen iki günde bulamayız ya! Öyle kolay değilmiş iş açmak." Bu gerçeği kendisinin de henüz anladığını fark ederek kaşlarını kaldırdı. "Düşüne düşüne bulacağız Nurcan!"

Arkadaşı umutsuzdu. "Bulur muyuz dersin?"

"Buluruz tabii! Sen kendin demedin mi gelirken? Yıldız'ın falına göre çok güzel bir iş yapacağız, bol para kazanacağız diye?"

Nurcan gülümsedi. "Falda öyle çıktı! Gerçi kedi yavrusu... Dedim sana ufak bir sıkıntı olacak! Ama büyük değil. Budur işte, işi bulana kadar sıkıntı olacak demek ki."

Aysel başını salladı. "Olacak tabii Nurcan! Sıkıntısız iş olmaz ki!"

"Haklısın, olmaz. Neyse... Limonata var buzdolabında, getireyim mi? Şöyle hem içer hem düşünürüz."

Aysel eliyle işaret etti. "Hadi getir, içelim serin serin. Yemekle içmekle ilgisi olmayan bir şey düşünelim artık, olur mu?"

★

Vahit ve Maral'ı arabaya kadar geçiren Rafet düşünceli bir şekilde masaya dönüp Yannis'e soran gözlerle baktı. Adam bir şey söylemediğinde ise doğrudan sordu: "Ne diyorsun?"

Yannis gülümsedi. "Ne diyebilirim? Senin tarifine talip oldu. Karar senin."

"Biliyorum ama sen benim yerimde olsan n'apardın?"

"Bilemem."

Rafet ortağına öfkeyle baktı. Yannis otelin işlerinde ona ne kadar yardımcı oluyorsa özel hayatıyla ilgili sorunlarda o kadar tarafsız kalıyordu. Yıllardır her türlü derdini Yannis'le paylaşıyordu ama ne zaman fikir almak istese adam hep sessiz kalıyordu. "Hiç akıl vermiyorsun Yannis. Ne kadar değerli aklın var!"

Adam bu değerlendirmeye güldü. "Ben öyle demezdim."

"Ne derdin ya?"
"Tam tersi. Senin aklin değerli."
"Ama ben senin düşünceni merak ediyorum. N'olur sanki fikrini söylesen?"
Yannis ellerini ensesinde kenetleyerek arkasına yaslandı. "N'olacağini söyleyeyim. Vereceğin karar yanlis olur. Etkilenirsin. Oysa senin sartlarini, senin isteklerini, sadece sen bilirsin. Baskasi bilemez ki."
Rafet bu açıklamayı makul buldu ama yine de bir şeyler duymak istiyordu. "Üç yüz bin lira dedi Yannis! Duydun sen de! Üç yüz bin!" Kaşlarını çatarak sordu: "Sence bir kurabiye tarifi için çok değil mi?"
"Duruma göre değisir. Adam koskoca bir pastane zincirinin genel müdürü. Bu tarifle en az bir milyon kazanmayacaksa sana o parayi neden ödesin? Daha çok kazanacaksa bu para az bile. Öte yandan, diyelim senin acilen elli bin liraya ihtiyacin var, o zaman bu para çok. Para lazim değil diyorsan bu para az. Paranin değerini, sartlarimiz belirler, biliyorsun..."
Rafet başını salladı. "Doğru," dedikten sonra bir süre düşündü ve gülümseyerek sürdürdü konuşmasını. "Nerdeeen nereye! Almanya'da can sıkıntısından yıllarca uğraşıp bulduğum bir tarife para vermeleri gerçekten çok ilginç, değil mi? Adam o kadar çok yedi ki sen gelmeden önce durmadan içindekileri tahmin etmeye çalıştı."
Yannis gülümsedi. "Merak etme, bulamaz."
Rafet tedirgindi. "Ama birkaç gün sonra tatlı ve pasta yapan şefi getirecek... Ya o tahmin ederse?"
Yannis güldü. "Ben en az yirmi kez denedim, bulabildim mi?"
Rafet rahatladı. "Bulamadın. O da bulamaz! Çünkü... O eşsiz lezzeti veren şeyi ben yanlışlıkla koydum içine." Gülmeye başladı ve on saniye kadar sonra ne söylediğini fark edince gülüşü soldu. Yıllardır kimseyle, Hüsnü'yle bile paylaşmadığı bu gerçeği, kendine ait hayattaki tek sırrı şimdi nasıl pat diye söyleyivermişti! Birden paniğe kapıldı ve bir şeyler söyleme ihtiyacıyla hızlı hızlı konuşmaya başladı. "Yani yanlışlıkla dediy-

sem o kadar da yanlışlıkla değil. Yani ben koyacağım şeyi hep az koyuyordum ve tekrar denerken şey oldu..."

Kadının sıkıntısını anlayan Yannis onu tek bir el hareketiyle susturdu. "Rafet abla, tamam. Ben duyduğumu unuttum. Kimseye hiçbir sey demem. Tarifi de bir daha denemem. Söz! Tarif senin, sen istersen satarsin, istemezsen seninle mezara gider."

Rafet ona ne kadar güvendiğini unuttuğu için bu kez kendini suçlu hissetti. "Sağ ol Yannis. Sen oğlum gibisin. Hatta bazen oğlumdan daha yakınsın, sağ ol! Biliyorum ama işte..."

★

Ece, Maral gittikten sonra Mecnun ve Handan'ın yanına geçti, beraberce sohbet etmeye başladılar. Ece'nin canı sıkkındı. Handan sebebini merak edip sorunca genç kadın kalacak bir yer bulması gerektiğini ve annesiyle konuşmalarını anlattı. Bu sırada Ayça da denizden çıkmış, kurulanarak sohbeti dinliyordu.

Ece, Maral'a da civarda kalabileceği bir yer olup olmadığını sormuştu. "Bildiğim kadarıyla yok. Sana yardımcı olmak isterdim ama bu aralar çok yoğunum. Yine de bir şey duyarsam haber veririm," demişti arkadaşı.

Handan hem Ece'yi hem Mecnun'un tavrını dikkatle takip ediyordu. Adam bu konuda hiçbir şey söylemeyince Ece'nin üzüldüğünü hissetti. Her ikisinin de birbirinden çok hoşlandığını biliyordu. Hatta Mecnun'un Ece'yi sevdiğinden emindi. Aynı evde kalmalarının zamanla onları yakınlaştıracağını ve aralarında güzel bir ilişki başlatacağını düşünmüştü. Ancak son günlerde kendisi Ayça ile meşgulken, anlaşılan serada değişen pek bir şey olmamıştı.

Handan hiçbir zaman kendini feminist olarak tanımlamazdı. Fakat bu tür durumlarda kadınlarla duygudaşlık geliştirmek her zaman daha kolay ve doğaldı. Konuyu biraz deşmenin kimseye zararı olmaz, belki bir faydası dokunurdu. Bu düşünceyle doğrudan Mecnun'a sordu: "Sen ne diyorsun bu işe? Yani Ece'nin seradan ayrılmasına?"

Adam omzunu silkti. "Ne diyebilirim? Kendi kararı."

Handan bu cevabın Ece'yi ne kadar üzdüğünü yüzünden

okudu ve bir şeyler söyleme ihtiyacıyla konuştu. "Kendi kararı değil Mecnun. Duydun işte." Gülümsedi. "Annesi ensesinde boza pişirmiş."

Mecnun güldü. "Tamam, istek bozacının ama karar Ece'nin." Genç kadına dönüp sordu: "Değil mi Ece?"

Ece onun bu cevabına hem üzülmüş hem de biraz kızmıştı. Sakin olmaya çalışarak konuştu. "Evet Mecnun. Karar benim. Annemi üzmek istemiyorum. Sakıncası mı var?"

"Elbette hayır. Herkesin her kararını kabul ederim. Yarın birkaç yere sorayım ben, uygun bir oda bulmak zor olmaz herhalde."

Ece tek kelime etmeden zihninden hızla akan düşünceleri takip etmeye başladı: Sevmiyor işte! Sevse seradan ayrılmama dünyada razı olmazdı. Tamam, bu iş bitmiştir! Artık sadece arkadaşım! Tutarım kendime bir oda, sabah gider akşam gelirim. Sevmiyorsa sevmiyordur! Zorla güzellik olmaz!

Ece'nin yüzünde beliren ifadeyi gören Handan kendini suçlu hissetti ve ortamı yumuşatmak üzere bir şeyler söylemeyi düşünürken Ayça bir teklif sundu. "Neden Handan ablanın yanına gelmiyorsun? Annen gelince orda kalırsın, gidince seraya dönersin. Böylece herkes mutlu olur."

Ece buna hemen itiraz etti. "Hayır hayır, kimsenin düzenini bozmak istemem."

Handan, "Düzen bozmak değil de..." dedi ve bu sırada Mecnun alaycı bir şekilde gülümseyince Ayça ona, "Neden güldün? Bence herkesi mutlu edecek bir teklif bu," deyiverdi.

Mecnun omzunu silkti. "Yalanı boyama çalışmaları beni hep güldürür. Yalanın karasına, pembesine, beyazına... Hep gülerim nedense. Özellikle de senin dediğin gibi mutluluk adı altında atılan cilaya."

Ayça görüşünde ısrar etti. "Annesi bilmeyecek, böylece mutlu olacak, ne sakıncası var ki?"

Mecnun kaşlarını kaldırarak açıkladı. "Birincisi, Ece bilecek annesini kandırdığını. İkincisi, mutlu etmek için diyorsun, bu kısım bence daha önemli." Birkaç saniye düşünüp kafasındakileri açıklayacak güzel bir örnek bulmaya çalıştı. "Bana göre mutluluk bir çiçektir. Yalan, asittir. İstediğin renk asidi dök toprağa ve bekle, bakalım çiçek açacak mı?"

★

Maral, Süha ve Vahit'le lobide kahve içerek otururken kendini çok iyi hissediyordu. Bu otele geçme kararından dolayı bir kez daha gururlandı. Süha'nın çevresi gerçekten çok genişti! Adam hikâyeyi dinledikten sonra, "Keşke birkaç tane de buraya getirseydiniz," dedi gülümseyerek.

"Keşke! Ama hiç aklımıza gelmedi, ben masada değildim aslında..." dedi Maral ve şikâyet eder gibi sözlerini sürdürdü. "Vahit Bey iş görüşmesini baş başa yapmak istedi."

Adam kafasını salladı. "Prensip meselesi Maral Hanım, üzerinize almayın."

Kadın hemen gülümsedi. "Elbette."

"Eee?" dedi Süha arkadaşına. "Olacak gibi mi?"

Maral dikkat kesilirken Vahit kahvesinden bir yudum aldı. "Bilemem. İyi bir teklifte bulundum. Birkaç güne kadar bizim pasta şefini götüreceğim, bir de o baksın tadına. Sonra bakalım Rafet Hanım ne diyecek?"

Maral adamın ne teklif ettiğini merak etse de diline hâkim oldu. Bu çok yakışıksız kaçardı. Süha'nın teklif edilen rakamı sormasını bekledi ama adam oralı olmamış gibiydi. İki adamın sohbet konusu çoktan değişmiş, bir sergiden bahsetmeye başlamışlardı. Maral onları ilgiyle dinler gibi görünürken, nasıl olsa öğrenirim, diye düşündü.

★

Güneş batmak üzereydi ve kahvede fazla müşteri kalmamıştı. Uğur bir buçuk saattir Hacı Veysel ve Soner'in tartışmasını dinliyordu. Dinlerin dünyaya etkisini tartışan ikili kesinlikle ortak bir noktada buluşamıyordu. Soner bütün söylemlerini felsefecilerin tespitleriyle ve dünyanın mevcut haliyle destekleyerek dinlerin yıkıcı bir şekilde zararlı olduğunu savunuyordu. Hacı Veysel ise bu görüşe şiddetle karşı çıkıyor, tam tersine, dinler olmasa dünyanın çok daha kötü bir durumda olacağını söyleyerek ayetlerden ve mutasavvıflardan alıntılar yapıyordu.

Soner her zamanki gibi bir Kuran ve birkaç felsefe kitabıyla gelmişti tartışmaya. Birçok yerde Veysel'i terletmiş olsa da hitabetin inceliklerine hâkim olan adam usta manevralarla konuyu istediği noktaya çekmeyi başarıyordu. Uğur yıllardır bu gibi sahneler izlerdi. Görüşleri Soner'e yakın olsa da onun tartışma tavrını bir türlü benimseyememişti. Adam kırılmaz darılmaz ve hoşgörülü görünür ama nedense bu tavrı bastırılmış bir şiddet barındırırdı. Uğur'a göre Soner'in savunduğu görüşlerle ters orantılı bir durumdu bu. Bunu incelikle ona açıklamaya kalktığında, Soner kendisiyle ilgili bu gerçeği asla kabul etmez ve tartışırken hararetli olmasını haklı olmasına, haklılığının karşısındaki insan tarafından inatla görülmemesine bağlardı. Tartışmanın konusu ne olursa olsun Uğur, Veysel'in tek isteğinin Soner'e 'Allah var' dedirtmek, Soner'in tek isteğinin ise Veysel'e 'Allah yok' dedirtmek olduğunu bilirdi. Bunu bir kez dile getirmeye kalktığında ikisi de şiddetle itiraz etmiş, Uğur da bir daha bu konunun üzerinde durmamıştı. Ne de olsa iki farklı görüşün çarpışmasından pek çok şey öğreniyordu. Bugün de asıl konu unutulmuş, tartışma 'dinler insana önem vermez' noktasına kadar sürüklenmişti.

Veysel sakin ve vurgularına dikkat ederek açıkladı. "Dinlerin, hele hele İslamın insana değer vermediği doğru değildir. Bakınız bu konuda Pakistanlı büyük İslam âlimi *Muhammed İkbal* der ki: *Sen insana ulaşmadan, Allah'ı nasıl arıyorsun?*"

Soner Kuran'da işaretlediği bir sayfayı açarak açıkladı. "*Muhammed İkbal* öyle der ama burda da... Örneğin Ahzâb Suresi, elli yedinci ayette ne diyor, okuyorum: *Muhakkak ki Allah ve Resûl'üne eziyet edenlere, onlara Allah, dünya ve ahirette lanet etti. Ve onlar için muhin bir azap hazırladı.*" Uğur ve Veysel'e bakarak bilgi verdi. "Muhin alçaltıcı, horlayıcı demekmiş. Yani var olduğuna inandığınız Allah diyor ki bana ve peygambere eziyet ederseniz sizi lanetlerim, size acı çektiririm. İnsan Allah'a nasıl eziyet edebilir, bu da ayrı bir tartışma konusu ya! Asıl meseleye dönersek, ben burda insana verilen bir değer göremiyorum! Siz bu ayeti okuyup da nasıl dinler, hele de İslam insana değer veriyor diyebiliyorsunuz? Böyle birçok ayet okuduk burda. Asarım keserim yakarım diyen, sürekli korku salan bir yaratıcı kavramı var ortada."

Veysel hemen açıklamaya başladı. "Ayetleri bazen zamanına göre değerlendirmek lazım..."

Soner araya girdi. "Ama olmuyor böyle! Ne zaman bir çelişkiyi ortaya koysam, ortada kuyu var deyip yandan geçiyorsunuz. Başka tartışmalarda, Kuran tüm zamanların kitabıyken, çelişkiyi görünce birden belli bir zamanın oluveriyor. Böyle tartışma olmaz!"

Veysel bir süre düşündü. "Tabii bir insan inanmayınca, istediği gibi değerlendirebiliyor. Ayetleri açıklamak için fıkıh bilmek, kelam bilmek lazım. Ben nasıl açıklarsam açıklayayım, siz ikna olmayacaksınız Soner Bey çünkü Allah'a inanmıyorsunuz."

Soner Uğur'a döndü. "Tabii herkes fıkıh, kelam bilir ya! Ne fıkıhı ne kelamı? İnsanlar duaların anlamını bile bilmiyorlar! Kuran'ı anlamak için o kadar çok şey bilmek lazımsa... Demek ki Kuran, okuyanın anlayacağı bir kitap değil." Gülümsedi. "Anlaşılmayınca da kutsallaşıyor tabii."

Veysel derin bir nefes aldı. "Okumak, daha çok okumak lazım. Siz felsefeden başınızı kaldırıp da bu ilimlerle ilgilenmemişsiniz ki."

"Felsefenin nesi yanlış?"

"Nesi doğru? İnsanı Allah'tan uzaklaştırır. Kendisine, ruhuna yabancılaştırır, huzursuz eder. Bakın güzel güzel konuşurken kızıveriyorsunuz. Biraz daha az felsefe, biraz daha çok tasavvuf okumanız lazım."

Soner hemen elindeki notları karıştırdı ve sakin olmaya çalışarak okudu. "*Bir kimse kendi hakikatine arif olursa, hiçbir itikat ile kayıtlı olmaz.* Bu da *Muhyiddin Arabî*'nin sözü! Hadi bakalım, buna ne diyeceksiniz?" Uğur'a dönerek sordu: "Bu cümle... *Kendini, kendi gerçeğini bulan insanın, bir inanç sistemine ihtiyacı yoktur* anlamına geliyor, değil mi? Ben mi okuduğumu anlamıyorum?"

Uğur başını salladı. "Evet. Öyle."

Her ikisiyle de göz göze gelen Veysel hemen açıkladı. "Evet

öyle demek. Ammaaa... İnsan kendi hakikatine baktığında zaten orada İslamı görecektir."

Soner sinirle karışık güldü. "Her yol İslama çıkıyor madem, ben de dindar bir ateistim!"

Uğur onu onayladı. "Öylesin!"

Soner şaşırdı. "Yapma Uğur yahu, sen bari yapma!"

Uğur başını salladı. "Bak açıklayayım. Bunu sana daha önce söylemeye çalıştım ama şimdiki örnek tam yerinde oldu. 'Allah var' dediği ve Allah'ı mutlak gerçek olarak kabul ettiği için Veysel Bey'e kızmıyor musun sen? Hadi kızmak demeyelim... Onaylamadığın, kabul edemediğin nokta bu, öyle değil mi?"

Soner başını salladı. "Elbette! Allah, dinlerin uydurduğu bir kavram. Dinler ise ufak yaştan beyinlere kazınan birer doktrin. Bu nedenle karşıyım!"

Uğur doğrudan sordu: "Peki sen 'Allah yok' demiyor musun? Ve bunu mutlak gerçek olarak kabul etmiyor musun?"

"Ediyorum tabii!"

"Ne farkı var o zaman? Seninki de doktrin. 'Allah yok' ifadesi üzerine geliştirdiğin bir öğretin var. Ateizmi din haline getirmişsin işte. Ha Veysel Bey, ha sen! Farklı şarkılar söylüyorsunuz ama çaldığınız enstrüman aynı."

Soner hemen itiraz etti. "Olur mu canım? Bu duyduğum en saçma şey!"

Veysel düşüncelere dalmışken, Uğur Soner'in omzuna vurdu. "Olur olur, iyice düşün bak sen bunu..."

★

Yemeklerini bitirmiş içki içerlerken Ayça değişim programıyla öğrenci olarak gitmek istediği Fransa hakkında Yannis'ten detaylı bilgi alıyordu. Ece, Mecnun ve Handan Türkçede aynı durumlar için tam tersi anlamda kullanılan ya da kullanıldığı yeri saçma buldukları atasözleri ve deyimler üzerine konuşuyorlardı.

Rafet ise şarabını yudumlarken herkesi dinlemeye çalışıyordu ama aklı teklifteydi. Kurabiyelerinin gördüğü değer keyfini yerine getirmişti nedense. Son birkaç gündür Atlas'ı çok özlediği için yalnız kalmak da istemiyordu. Gruba, "Hayatta bir yere bırakmam, ne zamandır görüşemiyoruz," diyerek rest çekmiş ve hep beraber güzel bir akşam yemeği yemişlerdi. Ece'nin morali de yavaş yavaş düzelmişti.

Rafet ortağına, "Bu işi şimdilik kimseye söyleme," diye sıkı sıkı tembihledikten sonra masaya oturur oturmaz, "Maral bugün neden gelmiş, biliyor musunuz?" diye söze girerek her şeyi anlatmasının pek hoş kaçmadığını hissetmiş ama hemen ardından, aramızda yabancı yok ki biz bizeyiz zaten, diye düşünerek davranışını makul bulmuştu.

Bu gençleri seviyordu. Yannis ve Handan'ın aşkını izlemek, yıllar önce durmadan seyrettiği filmleri aklına getirdiği için özellikle hoşuna gidiyordu.

Kadehini kaldırdı. "Hadi sağlığınıza! En kötü günümüz böyle olsun!" dedikten sonra kıkırdadı.

Kadeh tokuştururlarken Mecnun bu fırsatı kaçırmadı. "Kurabiyelerinin önlenemez yükselişine!"

Rafet yüzünü astı. "Aşk olsun Mecnun!"

Adam kaşlarını kaldırdı. "Ne dedim şimdi ben?" Handan ve Ece'ye döndü. "Bir de bu var bakın! Birileri gücenince, alınınca 'aşk olsun' der. Hani sen bana bunu yaptın, o zaman senin de başına aşk gelsin! Sanki aşk kötü bir şey ya da kötülerin içinde en iyisi bu, bari bunu söyleyeyim anlamında. Beddualarin en iyisi ama yine de beddua." Rafet'e dönerek güldü ve kadehini kaldırdı. "Aşk olsun Rafet ablam ya! Kabul ettim! Kavga, nefret olacağına aşk olsun!"

Rafet elini havada savurup güldü ve içkisinden bir yudum daha aldı. Kısa süreli bir sessizlik oldu. Handan uzun süredir tiyatro yapmadıklarını düşünüyordu. Dışarısı rüzgârlı olduğundan masada oynayabilecekleri ilginç bir şey düşünerek ellerini çırptı. "Hadi bir oyun oynayalım!"

Rafet hemen itiraz etti. "Bu şarap çarptı beni. Başım dönüyor. Bugün sahneye çıkamam."

Herkes gülerken Handan açıkladı. "Sahne yok Rafet ablacım. Hadi hepimiz bir fotoğraf karesi hayal edelim ve ne hayal ettiğimizden bahsedelim."

"Nasıl yani?" dedi Rafet. "Eskiden çektiğimiz bir fotoğraf gibi mi?"

Mecnun kadınla uğraşmaya kararlıydı. "Anladığım kadarıyla çekmediğimiz bir fotoğraf."

Rafet kaşlarını çattı. "Haaa! Tüh! Keşke çekseydim dediğimiz bir kare mi?"

Handan Mecnun'un omzuna vurarak konuyu dağıtmasını engelledi. "Hayır hayır, daha önce gördüğümüz değil! Şimdi hayal edeceğiz hepimiz. Şöyle bir kare olsa ilginç olur, güzel olur diye hayal edeceğiz ve ondan bahsedeceğiz. Anlaşıldı mı?"

Rafet omzunu silkti. "İyi. Kolaymış."

Handan kuralları açıkladı. "Tamamdır! Şimdi herkes hayal etsin. Gözlerinizi kapayın, açın, ne yaparsanız yapın ama bir fotoğraf karesi hayal edin! Bir kare oluşturan sesli bir şekilde 'tamam' desin. Bu arada konuşmak yok."

Bu sözlerin üzerine herkes düşünmeye başladı. Mecnun hariç herkes arada gözlerini kapatıyordu. Rafet gözlerini açınca Mecnun onun gözlerini kapamasını, yüz ifadesini taklit edip kadını kızdırıyordu. On dakika geçmeden, önce Mecnun sonra da Ece 'tamam' dedi. Handan on beş, Yannis ve Ayça ise yirmi dakika kadar düşünüp 'tamam' dediler.

Rafet söylenmeye başladı. "Başta kolay dedim ama zormuş canım! Bulamıyoruuum!"

"Konuşmak yok Rafet abla!" diye uyardı Handan kadını.

"Anladık!" dedi Rafet gözlerini kaparken.

Beş dakika kadar sonra Rafet de 'tamam' deyince 'önce sen söyle' tartışması başladı. Handan duruma hızla el koydu. "Sırayla gidiyoruz. Mecnun, ilk sen 'tamam' dedin, söyle bakalım, nasıl bir fotoğraf karesi hayal ettin?"

"Bir otobüs durağı. Takım elbiseli bir adam solda, pantolon takım giymiş bir kadın ise sağda ayakta duruyor. Her ikisi de dimdik, ikisinin de elinde evrak çantası var. Kadın gözlüklü, kıyafeti gri, adamınki siyah. Durağın içinde iki kişinin oturabileceği bir bank var ama bankta siyah-beyaz bir kedi boylu boyunca uzanmış yatıyor... Bankı tamamen kaplamış ve akşam güneşi tam ona vuruyor." Kimse bir şey söylemeyince gülümseyerek bildirdi. "Bitti."

Ece her akşam aynı saatte aynı masalı dinleyip mutlu olan bir çocuk gibi, "Ne güzeldi!" dedi.

Mecnun gülerek cevap verdi. "Sıra sende. Hadi anlat bakalım."

Ece herkesin dikkatle kendisine baktığını görünce gülümseyerek anlatmaya başladı. "Benim fotoğraf karem seradan... Girişte, benim bazen resim yaptığım yerde tuval duruyor. Karşıda, çiçeklerin ilerisinde gökyüzü ve deniz görünüyor. Çiçekler rengârenk ama hava kötü. Gökyüzü simsiyah bulutlarla kaplı. Deniz kararmış ve dalgalı görünüyor. Tuvalin arkasında bir kız var. Yanına küçük bir sehpa koymuş ve palet onun üzerinde. Kızın üstünde mavi bir kot pantolon ve bir ceket var." Duraksadı. "Ceketi siyah. Arkadan görüyoruz, kızın sol kolu yok. Ceketin sol kolu rüzgârla ileri doğru savruluyor. Kız sağındaki sehpaya eğilip fırçasını boyaya batırırken tuvaldeki resim görünüyor: Çiçekler olduğu gibi aynı renkte aktarılmış ama gökyüzü masmavi... Beş-altı tane de kuş var. Denizse çarşaf gibi ve lacivert... Bu kadar."

Handan onun karesini çok beğendi ve övgüler yağdırmaya başladı. Sonra birden Mecnun'a dönerek gülümsedi. "Seninki de çok etkiliydi."

Mecnun gülümseyerek Ece'ye döndü. "Hoca seninkini daha çok beğendi."

Handan gülümseyerek başını sağa sola sallayınca Yannis elini onun omzuna koydu. "Sira sende."

"Tamam, başlıyorum. Bir bahçe içinde özel bir yere yerleştirilmiş bir yatak var... Etrafı balonlarla, kedi merdivenleriyle, yaldızlı rengârenk süslerle bezenmiş. Üzerinde sünnet kıyafeti olan beş-altı yaşında bir çocuk yatıyor yatakta... Kıyafeti, şapkası falan çok gösterişli. Yastığının ve kıyafetinin ön tarafı, kırmızı ve mavi kurdeleli altınlarla dolmuş... Etrafında dört-beş kadın var, kimi onunla konuşmaya çalışıyor kimi altın takmaya uğraşıyor. Çocuk ise kafasını mümkün olduğunca arkaya çevirmiş, biraz arkada top oynayan yedi-sekiz çocuğa bakıyor... Benim fotoğrafım da bu!"

Rafet hemen şikâyet etti. "Ama bunların hepsi çok güzel. Benimki hiç böyle değil."

Handan onun omzuna dokundu. "Seninki de güzeldir eminim," dedikten sonra o sırada çalmakta olan *Sting*'in *Mad About You* parçasına kısık sesle eşlik eden Yannis'e dönerek gülümsedi. "Seni dinliyoruz Yunanistan!"

Yannis ona bakıp gülümsedi. "Benim fotoğraf çok kisa. Aksamüzeri... Handan denizin içinde..." deyince herkes güldü. Adam gülümseyerek sürdürdü sözlerini. "Gökyüzünde ay belirmis. Günes de batmak üzere. Handan tam ortada, iki kolunu açmis, bir eli aya doğru, bir eli günese doğru uzanmis gibi... Gülüyor."

Ayça Handan'ı dürttü. "Vayyy vaaay! Ben de istiyorum bu markanın aynısından! Modeli biraz daha yeni olsun tabii."

Herkes yine güldü. Handan Ayça'yı işaret etti. "Sıra sende."

Ayça anlatmaya başladı. "Benimki de çok uzun değil... Bir mezarın üzerinde, bir kelebek uçuyor. Mezar taşında yazan doğum ve ölüm tarihinin (1923-2004) arasında uçuşan mor-beyaz, çok güzel bir kelebek..." Hüzünle ekledi: "Benimki de bu kadar. Seksen bir yıllık ömrün üzerinde, üç-beş günlük bir ömür fotoğrafladım size."

Ece ona döndü. "*Rabindranath Tagore* diye bir şair var, hiç duydun mu?"

Kız başını salladı. "Iıh."

"Hintli... Neyse... Bir şiirinde diyor ki: *Kelebek ayları değil, anları sayar... Yeterince de vakti vardır.*"

Bu dizeleri duyan Ayça birden gülümsedi. "Ne güzel söylemiş. Şiir pek sevmem oysa ben."

Bir süre hepsi bu dizeler üzerine konuştuktan sonra Handan sesini biraz yükselterek Rafet'e döndü. "Hadi Rafet ablacım, bir tek sen kaldın... Sen de söyle de bitirelim."

Rafet kararlı bir tavırla kaşlarını kaldırdı. "Hayatta söylemem! Dalga geçersiniz sonra benimle."

"Neden?" diye sordu Handan.

"Yani şimdi sizi dinledikten sonra... Benimki çok kötü. Komik kalacak sizinkilerin yanında. Yani gülseniz de hakkınız var. Iıh! Bu sefer beni geçin." Israr edilince hayal ettiği kareyi anlatmaya karar verdi ama onları uyardı. "Ama bakın, gülecekseniz sonunda gülün. Anlatırken gülerseniz gerisini anlatmam, anlaşıldı mı?" Herkesten söz alınca içkinin de verdiği rahatlıkla elini kolunu kullanarak anlatmaya başladı. "Şöyle büyük bir market var. Uzun, çok uzun bir koridorun olduğu bölümde, raflarda sadece bisküvi ve kurabiyeler duruyor. Otuz-kırk kişi sadece bir bölüme birikmiş. Birbirlerini iterek bir rafa uzanmaya çalışıyorlar..."

Mecnun kahkaha atmamak için alt dudağını ısırarak bardağına su koydu.

Rafet tavana doğru bakıp eliyle tarif ederek, "Böyle yuvarlak, çok güzel renkleri olan teneke kutuları kapmaya çalışıyor herkes! Ve kutuların üzerinde ATLAS KURABİYELERİ yazıyor," deyince herkes kahkahayı bastı.

Mecnun içmekte olduğu suyu zar zor yuttu, gözlerinden yaş gelene kadar güldükten sonra başını sağa sola salladı. "Rafet ablam benim yaaa! Teklif... Üstüne şarap... Uçtun sen uçtun! Bu nasıl bir fotoğraf karesidir yaaa? Direkt iç pazara açılıp kısa metrajlı bir reklam filmi çektin!" Kaşlarını kaldırarak ciddiyetle sordu: "İç pazar dedim ama yoksa bu market Amerika'da mıydı?"

Bu sözler üzerine herkes yeniden kahkahalara boğuldu. Rafet gülerken kesik kesik cevap verdi. "Amerika... Çin... Rusya... Japonya..."

*

Uğur eve yorgun argın gelmişti. Aysel'in de kafası meşguldü. Yemekte pek fazla konuşmadılar. Çay içerlerken kadın belki bir fikir alırım umuduyla iş meselesini Uğur'a açtı. Nurcan'la akıllarına gelen fikirleri sıraladıktan sonra sordu: "Yeme içme dışında bir iş yapalım dedim ben de. Sen ne dersin?"

Uğur şöyle bir düşündü. "Daha değişik bir iş bulursanız ne âlâ ama bence yeme içme konusunu kapamayın."

"Neden?" diye sordu Aysel merakla.

"Nedeni var mı Aysel? İkinizin de en iyi yaptığı iş, en iyi bildiği iş o!"

Kadın bir süre düşündü. Aslında kocası haklıydı. "Öyle mi diyorsun?"

"Öyle tabii."

"Ama bu işi yapan çok yer var. Neden bize gelsinler?"

"E herkesin yaptığı şeyi yapmayacaksınız elbette! Tutup da balık lokantası açmayacaksınız ya da kafe. Değişik olarak ne sunabileceğinizi düşünün. Kimsede olmayan bir şey bulun."

"Kimsenin yapmadığı ne var ki?"

"Ben bilmem. Onu siz bulacaksınız. Aceleniz yok nasıl olsa. Düşünün bakalım, bulursunuz."

Bir süre konuşmadılar. Uğur kitabına dalmıştı, Aysel de tamamen ne iş yapacağı konusuna odaklanmıştı.

Adam elinden kitabı bırakarak karısına döndü. "Söylemeyi unuttum. Bu akşam Trabzon'dan Bekir abi aradı. Bu hafta sonu gelecekler."

Aysel bu habere çok sevindi. "Yaaa! Ayyy çok sevindim. Demek ikna ettin! Hatice nine ve Elif de geliyor, değil mi?"

Kocası başıyla onayladı. "Üçü de geliyor."

Aysel kaşlarını çatarak sordu: "Taylan'ın fikrini daha söylemedin, değil mi?"

Uğur başını iki yana salladı. "Hayır hayır. Önce bir gelsinler, görsünler... Biraz tanısınlar bizi, ondan sonra. Öyle pat diye söylenir mi?"

Aysel çayından bir yudum aldı. "Öyle tabii," dedikten sonra birden telaşla ayağa fırladı. "Ben odaları hazırlamaya başlayayım," diyerek koridora doğru yürüdü.

Uğur gülümsedi. Misafir dendi mi Aysel için akan sular dururdu. Her şey dört dörtlük olmak zorundaydı. Sonucu değiştirmeyeceğini bilse de karısının arkasından seslendi: "Acele etme! Daha vakit var!"

yaşlanmış bir denizden geçiyor yüzün
durdur
mavide kırışmış hüzün yoktur

7

Ayça plaj çantasına *Virginia Woolf*'un *Mrs. Dalloway* adlı eserini yerleştirirken Ece kanepede doğrulup kitabı işaret etti. "*Mrs. Dalloway* çiçekleri kendi alacaktı." Kızın şaşkın şaşkın baktığını görünce gülümseyerek açıkladı. "Kitabın ilk cümlesi. Okumaya başlamadın sanırım?"

Ayça da gülümsedi. "Haaa... Yok... Son üç aydır yanımda gezdiriyorum ama bir türlü okuma havasına giremedim, inşallah bugün başlarım."

"Başla başla... Çok iyi kitaptır."

Ayça kaşlarını kaldırarak sordu: "Ece... Sen böyle... Her şeyi ezberler misin?"

"Nasıl?"

"Şairlerin, yazarların adını, şiirleri, ne bileyim her şeyi ezberden söyleyebiliyorsun şıp diye. Yani şair, şiir falan neyse de... Kitapların nasıl başladığına kadar nasıl aklında tutuyorsun bunca şeyi?"

Ece güldü. "Yok canım o kadar da değil! Özellikle beğendiğim şeyler kolayca aklımda kalır ama hiçbir kitabın ilk cümlesini bilmem. Bunu da *Saatler* filminden biliyorum. İzlemedin mi?"

Ayça başını iki yana salladı. "Yok."

"Aslında kitaptan uyarlama bir film ama o kitabı okumadım ben. Böyle bir huyum var maalesef, kitabı okuduysam filmini izlemem, filmi izlediysem kitabı okumam. O da ödüllü bir kitap, bak hatırlayamadım şimdi yazarının adını ama film çok güzeldi. *Virginia Woolf*'un hayatına, ölümüne göndermeler yapıyor, özellikle de *Mrs. Dalloway*'den etkileşimlerle dolu."

"İzleyeyim o zaman ben de..."

Ece şöyle bir düşündü. "Şimdi izleme istersen, hatta o kitabı da şimdi okuma."

"Neden?"

Ece biraz düşündü ve kelimelerini özenle seçmeye çalışarak açıkladı. "*Woolf* bence müthiş bir yazar ama biliyorsun epey karamsar. Ben, eğer bunalımdaysam, yani canım sıkkınsa... Böyle üzücü, acıklı... Özellikle de ölümün irdelendiği şeyleri okumayı pek sevmem." Hafifçe gülümsedi. "Tabii herkes öyle olacak diye bir şey yok. Sen oku istersen."

Ayça onun bu haline güldü. "Sen zaten bunalımdasın diyorsun yani?"

Ece hemen toparlamaya çalıştı. "Öyle demiyorum da..."

Ayça onu rahatlattı. "İyiyim ben artık, merak etme. İki haftadır falan iyiyim, gerçekten, iyi oldu buraya geldiğim. Handan ablaya biraz kapris yaptım ama..."

Ece gülümsedi. "Olacak o kadar." Etrafı göstererek birkaç gündür aklını kurcalayan şeyi açıkladı. "Eve el koyduk gibi oldu. Sen misafirsin tamam ama benim artık kendime bir yer bulmam lazım. On gün oldu."

Ayça gülümseyerek omzunu silkti. "Handan ablanın Yannis'le kalmaktan şikâyetçi olduğunu hiç sanmıyorum, takma kafana. Uygun bir yer çıkar nasıl olsa. Hadi sen de hazırlan da denize gidelim artık, bugün seraya bu nedenle gitmedin sanıyordum."

"Yok! Denize gidesim de var tabii ama bugün Mecnun Gürkan'la çalışacaktı, benim pek işim yoktu," diyen Ece'nin telefonu çaldı. Arayan Mecnun'du.

Ayça onun adamla konuşmasını izlerken son günlerde epey yakınlaşmalarına rağmen Ece'nin duygusal dünyasından pek bahsetmediğini düşündü. Ailelerinden okullarına kadar hayata dair pek çok şeye değinmişlerdi hâlbuki. Birkaç kez de beraber seraya gitmişler ve çok iyi vakit geçirmişlerdi. Onun Mecnun'dan hoşlandığını düşünüyordu. Ancak Ece adamla beraberken arkadaş olmaları dışında aralarında bir şey yokmuş gibi davranıyordu. Oysa diğer zamanlarda adamla ilgili herhangi bir şeyi anlatırken gözleri parlıyordu.

Ayça, kendisine erkekler hakkında hiç soru sorulmadığından, Mecnun'la ilgili ona soru soramamıştı. Aslında bu gibi konularda kendisi de ketumdu. Güneş ve Handan'la her konuda sohbet etmesine rağmen bu konuya pek girmezdi. O zamanlar böyle bir ihtiyacı da olmamıştı ama şimdi... Yaşadıklarından sonra... Keşke Ece'yle konuşabilseydim ama onu ne kadardır tanıyorum ki, diye aklından geçirirken genç kadının sesini duydu.

"Mecnun'du. Seraya çağırdı. Sanırım bana kalacak bir yer ayarladı. Gelip sizi alayım dedi ama biz dolmuşla geliriz dedim." Plaj çantasını hazırlarken birden Ayça'ya emrivaki yapmış gibi hissetti kendini. "Sen hemen denize gitmek istiyorsan otele geçebilirsin, ben de işimi halledip gelirim."

Ayça kaşlarını kaldırarak cevap verdi. "Yok yok. Beraber geçeriz sonra."

*

Yannis hazırladığı yeşil çayla bahçeye çıkıp fincanı Handan'ın bacaklarını uzatarak oturduğu şezlongun yanındaki sehpaya bırakırken, "Al bakaliiim, sevdiğin gibi, az limonlu," dedi ve kadının burnuna bir öpücük kondurup diğer şezlonga geçti.

Handan gülümsedi. "Teşekkür ederim. Bakıyorum servis ilk günkü zarafetle devam ediyor. Böyle giderse on gün daha kalırım bak, demedi deme!"

"Benim bir itirazim yok."

Handan çayından bir yudum aldı. "Benim de ama..."

"Ama?"

"Annem suskunluğunu bozalı günde üç-dört kez aramaya başladı biliyorsun. Yanılmıyorsam bir haftaya kalmaz gelirler. Teftişe!"

Yannis güldü. "Gelsinler, onlara da çay yaparim."

Handan iç geçirdi. "Çay kesmez artık annemi, düğün istiyor."

"Tamam, sen istersen düğün de yapariz."

Handan derhal itiraz etti. "Yannis, bunları konuşmadık mı? Hani ikimiz de saçma buluyorduk evliliği?"

Adam alt dudağını kıvırarak başını salladı. "Evet, saçma tabii ama annen... Yani durmadan basindaki eti yiyecekse evleniriz."

Handan kahkaha attı. "Başının etini yemek! Başının etini yiyecekse, diyecektin!"

Yannis kafasını sallayarak güldü. "Tamam... Basinin etini yiyecekse."

Handan şöyle bir düşündü. "Hayır efendim! Hayatıma el koymuş bulunuyorum. Benim dediğim gibi olacak bu sefer! Evlilik falan yok."

Bu sırada bir kadın elinde bir tabakla bahçeden içeri girip, "N'apıyor bakalım çifte kumrular bugün?" diyerek neşeyle onlara yaklaştı.

Handan kadını, "Hoş geldiniz Nilgün Hanım," diyerek sıcak bir şekilde karşıladıktan sonra hep birlikte masaya geçtiler.

İkilinin sohbetine Yannis pek katılmadı. Nilgün İzmirliydi. Uzun yıllar terzilik yapmış ve hiç evlenmemişti. Elli beş yaşında, uzun boylu, esmer ve hâlâ çok güzel bir kadındı. Dört yıl önce babası vefat edince işi bırakıp annesiyle Foça'ya yerleşmiş, hasta olan annesi de bir sene sonra vefat edince tek başına kalmıştı.

Handan'dan önce Yannis kadını ancak denk geldiğinde selamlaştığı, adını bile bilmediği bir komşu olarak görüyordu. Oysa son günlerde kadının hayat hikâyesini öğrenmişti Handan'dan, zira ikisi hemen hemen her gün görüşüyordu.

Nilgün Yannis'in daldığını fark edince biraz çekinerek ama doğrudan sordu: "Sizi bahçede görünce... Poğaçalar sıcakken getireyim istedim ama işiniz falan yoktu değil mi?"

Yannis kafasını iki yana sallayarak gülümserken Handan hemen cevap verdi. "Yok yok! Birazdan otele gideceğiz. Annemi çekiştiriyorduk, evlenmemiz için baskı yapmak üzere yakında geleceğini tahmin ediyorum da." Gülümseyerek ekledi: "Nikâhta keramet vardır diye başlayacak yine."

"Haksız sayılmaz," dedi Nilgün gülümseyerek.

Onun evlenmediği için hep şükrettiğini bilen Handan gülümseyerek sordu: "Haklıysa sen neden evlenmedin? Cevapla bakalım."

"Canım, sen bana bakma. Benimki farklı bir durum."

"Nesi farklı?"

"Ben çok yoğun çalışıyordum. İşim her zaman öncelikliydi. Gelin olacağıma gelinlik diktim. Hoşlandığım bir adama âşık olacak kadar vakit ayıramadım kendime, kimse de öyle ısrarcı olmadı, ben ilgilenmeyince her biri çekti gitti. Sizinki öyle mi? Bak Yannis'e!"

Handan uzanarak adamın elini tuttu. "Evet yaaa, ben şanslıyım. Han dediğim yere hamam konduruyor Yannis'im!"

Yannis ona gülümseyerek bakarken kadının söylediklerini düşündü. Bu atasözünü daha önce hiç duymamıştı. "Sen han diyorsun, ben hamam yaptiriyorum? Yani? Ben seni yanlis anliyorum?"

Kadınlar bu sözler üzerine gülmeye başladılar. Handan hemen açıklamaya girişti.

★

"Biraz önce gittiler. Rıza da onları geçirme bahanesiyle çıktı. Akşama yemeğim de var. Ben de sizi çağırayım dedim, hep beraber otururuz işte! Hatice nine yine anlatır, güleriz. Olmaz mı? Kek yapacağım şimdi."

Aysel gülümsedi. Nurcan, Hatice nineyi Afife teyzesine benzetmiş ve çok sevmişti. Tanıştıklarının ertesi günü allem etmiş kallem etmiş, hepsini akşam yemeğine davet etmişti. Sonrasında Rıza'nın kuzeni ve karısı İzmir'den ziyarete gelince iki gündür görüşememişlerdi. Onlar gider gitmez de telefona sarılmıştı işte arkadaşı.

Aysel sakince cevap verdi. "Olmaz. Gelemeyiz."

"Niye? Bugün evdeyiz demedin mi? Hatice nineye bir sorsana önce."

"Soramam. İçerde namaz kılıyor."

"Tamam. Namazı bitince sor."

Aysel gülümsedi. "Sormama gerek yok. Bana mısır ekmeği ve karalahana çorbasının yapılışını öğretecek birazdan. Mutfaktayız yani. Sen buraya gel. Öğrenmek istersen tabii."

Nurcan keyifle başını salladı. "İyi, ben gelirim o zaman. Hemen bir kek çırpıyorum ve pişer pişmez geliyorum."

"Gerek yok, burda da..."

Nurcan hemen araya girip, "Hayır. Ben keki yapıp gelirim, ben gelmeden yemeği yapmaya başlamayın sakın! Bir ya da bir buçuk saate gelirim. Hadi tutma beni," dedikten sonra telefonu kapadı.

Aysel ahizeyi gülerek yerine bıraktı ve mutfağa geçip ocağa kaynatmak üzere su koyduğu sırada Hatice ninenin yanına geldiğini gördü. Ona Nurcan'ın telefonundan bahsedince yaşlı kadın güldü ve "O zaman sadece barbunya fasulyeyi haşlayalım, Nurcan gelince yaparız," dedi.

Aysel başıyla onayladı. "Ben suyu koydum, kaynar birazdan."

Masaya oturdular ve sohbet ederek Aysel'in fotoğraf albümlerine bakmaya devam ettiler. Elif denize gitmişti. Aysel onu da çok sevmişti. İlk dört gün sürekli beraberlerdi. Kıza bol bol şarkı söyletmişlerdi. Sesi hakikaten çok güzeldi. Ev işlerine de yardım ediyor ve hemen hemen kimseye iş bırakmıyordu.

Bir seferinde İzmir'e, Kemeraltı'na gitmişlerdi hep beraber. Hava eskisi gibi sıcak değildi artık. Foça'daki kalabalık da çekilmişti, okullar açılmak üzereydi ve yazlıkçılar evlerine dönmüşlerdi. Gezmek için en ideal zamandı ama Bekir çabuk yorulduğundan, Uğur'un yaptığı bir diğer gezi programını, "Biz sizi görmeye geldik," diyerek kibarca reddetmişti.

O da iki gündür Bekir'i alıp kahveye gidiyor, kadınlar da evde kalıp sohbet ediyorlardı. Elif de mecburen eve kapanmıştı. Etrafta yaşıtı olan kimse yoktu. Aysel bu durumu kendine dert edindiğinden sabah Ceren ve Eylül ziyarete gelince inanılmaz sevinmişti. Kızlar bir saat kadar oturmuşlar, kahve içip sohbet etmişlerdi. Eylül ve Ercüment'in evlenme kararı aldığını duyan Aysel buruk bir sevinç yaşamıştı. Daha sonra Ceren ve Eylül akşamüzeri dönmek üzere Elif'i de alıp denize gitmişlerdi. Hatice nine sıkı sıkı tembihlemişti torununa: Sakın güneşte fazla kalma.

Elif'in okul durumu yüzünden Hatice ninenin de Bekir'in de kafası çok karışıktı. Taylan babasının isteğini yerine getirdiğinde konservatuvar sınav tarihlerinin geçmiş olduğunu öğrenmiş, bunun üzerine kızın Kanada'da ne tür bir eğitim alabileceğini araştırmıştı. Gidince işi bu okullara uğrayıp bilgi edinmekti.

Elif sınav sonucuna göre Trabzon'da bir öğretmenlik bölümüne yerleşmişti. Annesi ve genel olarak bütün akrabaları orada okusun, öğretmen olsun istiyordu. Elif ise bu tercihi ailesinin isteğiyle yapmıştı ve müzik eğitimi almayı arzu ediyordu.

Önceki gün Taylan aramış ve Uğur'a detaylı bilgi vermişti. Kanada'da çok iyi eğitim veren iki konservatuvarla görüşmüştü. Yetenek sınavları bahar aylarında yapılacaktı. Ancak stüdyo kaydı yollanırsa Elif'in burslu olarak kabul edilmesi olasıydı. Alsancak'ta bir stüdyoyla görüşüp her şeyi ayarlamıştı, fakat Hatice nine ve Bekir'i ikna etmek Aysel ve Uğur'a düşüyordu.

Uğur durumu sakin bir şekilde ve biraz çarpıtarak açıklamıştı. Bütün masrafları okul karşılayacakmış gibi konuşmuştu. Okul dışındaki giderleri ise bizzat halledecekti.

Torunlarını İstanbul'a ya da Ankara'ya göndermeye bile sıcak bakmayan Hatice nine ve Bekir'in Kanada ihtimaline onay vermesi mümkün müydü? Kendi aralarında konuşup bunun 'imkânsız' olduğunu düşünmüşler ama kızın hevesini görünce mevzuyu hemen kestirip atmamışlardı.

★

Emprimeden, kahve ve mavi tonlarında, torununun en beğendiği elbisesini giymiş olan Rafet bahçedeki masaya oturmuş gazete okumaya çalışıyordu. Ama kendini bir türlü okuduklarına veremiyordu. Rüzgârdan ürperince şalını üzerine aldı ve hissettiği heyecanın çocukken bayramlarda yaşadığı heyecana benzediğini fark edince, "Torun, bayram işte!" diye mırıldanarak gülümsedi. Oysa her gün telefonda konuşmuşlardı. Atlas ona okul alışverişini heyecanla anlatmış, annesinin aldığı defterlerden, babasının aldığı kıyafetlerden bahsetmiş, 'sana bir sürprizim var babanne' deyip durmuştu.

Bana da yine bir tişört aldı herhalde, diye düşünen Rafet tam o an Atlas'ın bahçe kapısından koşarak içeri girdiğini görünce gülümsedi. Sonra birden donup kaldı. Gördüklerini, beyninin algılaması zaman aldı. Atlas kucağına atlayıp onu öpücüğe boğarken Rafet bir yandan ona sarılıyor, bir yandan da el ele yanlarına doğru gelen Gökhan ve Gamze'ye bakıyordu.

Kendini toparlayıp ayağa kalktığında kekeleyerek, "Hoş... Hoş geldiniz..." dedi ve oğluyla gelinini öptükten sonra beraberce masaya oturdular.

Atlas babaannesinin sol bacağına oturup hemen onu bilgilendirdi. "Gökhan'la Gamze artık küs değil."

Herkes onun bu açıklamasına gülümserken Gökhan oğlunun saçlarını karıştırdı.

Rafet çocuğun yanında konuşmanın uygun olmayacağını düşünerek kafasında dolaşan onlarca soruyu bir kenara bırakıp torununa sımsıkı sarıldı ve gülümsedi. "Demek sürprizin buydu?"

Atlas dünyada bundan saçma bir şey duymamış gibi baktı babaannesine. "Hayıır! Bu niye sürpriz olsun ki? Ben sana sürprizim var dedim. *Sana!*" Babasının elindeki poşeti işaret etti. "Versene baba."

Gökhan poşetten iki kutu çıkarıp ciddiyetle babaannesine uzattı. "Zayıflama çayı."

Rafet kutuları eline alıp incelerken şaşkındı. "Aaa! Ben de bu çaydan alacaktım! Sen nerden biliyorsun bu çayı istediğimi?"

Atlas omzunu silkti. "Sen bir teyzeyle konuşurken duydum. Teyze sana bu çaydan bahsedince çayın adını arabalı resmimin arkasına yazdın, unuttun muuu?" Etrafa göz gezdirip, "Ben Şeftali'ye bakayım, beni çok özlemiştir," diyerek fırladı yerinden.

Rafet çay kutularını masaya bırakırken şaşkındı. "Bir müşteriyle konuşuyorduk, çoktan unutmuşum. Doğru! Resim yapıyordu, hemen o kâğıda yazıvermiştim çayın adını. Aaa! Bu çocuk ne âlem!"

Gökhan ve Gamze gülümsediler.

Rafet torunu yokken hemen sadede gelmeye karar verdi. "Eee? Hayırdır? Suskunluğu bozmuşsunuz?"

Gamze biraz çekinerek başını salladı. "Evet. Öyle oldu."

Rafet detayları istiyordu. "Nasıl oldu?"

Gamze kocasına bakarak açıkladı. "Gökhan Bey gelip özür

diledi. Bir ilişkinin temelinin, konuşarak sorunları çözmek olduğunu anlamış. Konuşmanın faydalı olabilmesi için de karşısındakini dinlemenin önemli olduğunu fark etmiş nihayet! Özellikle beni kızdıran konularda bir daha asla üzerime gelmeyeceğine dair söz verdi."

Rafet bu açıklamayı içinden tekrar etti ama pek bir şey anlayamadı. Nedense oğlu ve gelini arasındaki sorunun bir aldatma meselesi olduğunu düşünmüştü. Gökhan evlenene kadar peşinde birçok kadın vardı, bunu biliyordu. Bir kadının kocasıyla hiç konuşmamasını gerektirecek ne olabilir, diye düşündüğünde hep bu sonuca varmıştı. Meraklı görünmek istemiyordu. Boğazını temizleyerek sordu: "Şey... Ben tam anlayamadım. Seni nasıl kızdırıyordu?"

Gamze gülümseyerek cevap verdi. "Hemen aklıma gelen bir-iki örnek vereyim. Akşam eve gelince, oturduğu yerde çıkarıp birbirinin içine sokarak top yaptığı kirli çorapları kanepenin altına koymaktan vazgeçmiyordu mesela. Ya da arkadaşlarımızla bir araya geldiğimizde 'ben milliyetçiyim' diye başlayıp ırkçılığa varan nutuklar atmaktan! Son zamanlarda... Yani ben susmaya karar vermeden önce ak dediğime kara demekten zevk aldığını düşünmeye bile başlamıştım. Bunun gibi daha birçok şey. Bakalım, hatasını anlamış güya."

Rafet kendisini de yıllarca kızdıran, oğlunun bu huylarını gayet iyi biliyordu. Gökhan çocukluğundan beri inatçıydı. Düşünceleri bir an Almanya'ya kaydı. Kocasıyla Türkiye'ye dönme kararına neden olan olayları hatırladı. Gökhan on beş yaşına geldiğinde söylemleri ve eylemleri aşırıya kaçan birtakım Türk gruplarla takılır olmuştu. Annesi ve babasının Almanlarla arkadaş olmasını, komşularla kurdukları samimiyeti eleştirmeye başlamıştı. Rafet ve Hüsnü ne yapacaklarını şaşırmışlardı. Orada kalırlarsa Gökhan'ın önüne geçemeyecekleri bir hayat tarzının içine çekilmesinden korkmuşlardı. İyi etmişlerdi dönmekle. Türkiye'de her şey yavaş yavaş yoluna girmişti. Oğulları körkütük âşık olup Gamze'yle evlenmişti. Gökhan'a bakarak sordu: "Sen bir şey demiyorsun?"

Gökhan gülümsedi. "Ne diyebilirim? Gamze haklı ama...

Ne bileyim, bir akşam duş aldıktan sonra kirli sepetine koymadığım, yerde bıraktığım çamaşırlar yüzünden karımın susuvereceği hiç aklıma gelmemişti!"

Gamze kocasını düzeltti. "O akşam Enver ve Ceylin'e yaptıklarını da unutmayalım." Rafet'e dönerek bilgi verdi. "Ceylin'in annesi Rus. Kıza üstün Türklük nutuğu attıktan sonra yarım Türk olmanın sadece Rus olmaktan iyi olduğunu falan söyledi! Böyle saçma sapan şeyler işte."

Rafet öfkeyle oğluna baktı. "Biliyorum! Arada Yannis'e de yapar böyle patavatsızlıklar."

Gökhan hemen savunmaya geçti. "Yaaa siz de abartıyorsunuz! Takılıyordum ben." Annesine dönerek sordu: "Yannis'i ne kadar sevdiğimi bilmiyor musun? Tamam, biraz aşırıya kaçmış olabilirim. Tamam, özür diledim, anladım ben hatamı."

Gamze ellerini kaldırarak kesin bir tavırla konuştu. "Bilemem Gökhancığım. Son kez konuştuk her şeyi. Umarım anlamışsındır."

Rafet bu konuyla ilgili olarak oğluyla enine boyuna konuşması gerektiğini düşündü. Şimdi sırası değildi elbette ama ilk fırsatta bu konuya el atacaktı. Kısa süreli bir sessizlikten sonra karı koca, Atlas'ın okuluyla ilgili konuşmaya başladı. Gamze oğlunun aldıklarını gösterirken gülümseyerek onu izleyen Rafet birden kaşlarını çatarak Gökhan'a döndü ve hafifçe bağırarak söylenmeye başladı. "Atlas'ı örnek al biraz! Ne o öyle kirli çamaşırları yerde bırakmalar falan? Hizmetçin mi var senin? Ha ama senin suçun yok ki! Kabahat bende! Aman ders çalışıyor odasını topla, aman unutmuştur kirlisini topla, çocuk yorulmuştur yemeğini hazırla! Olacağı buydu tabii!"

Karı koca gülmeye başladı. Rafet öyle kızmıştı ki onlara aldırmadan seri bir şekilde söylenmeye devam etti.

*

Ayça ve Ece seranın kapısında durdular. Çok yüksek bir tonda *Kubat*'ın söylediği *Fidayda* çalıyordu. Seranın ortalarında, güllerin olduğu bölümde Mecnun, Gürkan ve yaşlıca bir kadın, sırtları kapıya dönük vaziyette neşeyle oynuyordu.

Ece dikkatle bakınca kadının Sevinç olduğunu gördü. Mecnun zeybek figürleriyle omzunu güllere doğru eğerken, "Hadi güllereee... *Fidaydaaa...*" diye bağırıyor ve hepsi aynı anda omuzlarını güllere doğru eğiyordu.

Ayça bir gün Seymenler Parkı'nda, bir folklor grubundan izlediği oyunun figürlerinin, kadının figürleriyle birebir aynı olduğunu fark etti. Gürkan ise ayak hareketlerini beceremiyor, sadece omuzlarını oynatıyordu.

O sırada, "Hopppsiii!" diye bağıran Mecnun onları gördü ve elini sallayarak yanlarına gelmelerini işaret etti.

İkisi de bu daveti bekliyormuş gibi hemen onların yanına gidip oynamaya başladı ama kısa süre sonra parça bitti ve *Tom Waits*'in *Hold On* isimli şarkısının melodisi duyuldu. Mecnun sesi kısmak üzere CD çalara giderken gülerek söylendi. "Yapma be Kontes! *Fidayda*'dan sonra çalan parçaya bak! Gaza basmış iki yüzle giderken yirmiye düşülür mü?"

Ayça güldü. "Kontes karmaşayı sever."

Gürkan, "Ben işimin başına geçiyorum," diyerek seranın arka tarafına yönelirken diğerleri taş masanın etrafındaki taburelere oturdular.

Sevinç nefes nefese sordu: "Kim bu Kontes?"

Mecnun güldü. "Benim gibi bir çatlak. Duymadın mı? Faytonla gezeriz arada." Sevinç'in dudaklarını büzerek başını iki yana salladığını görünce kısaca bilgi verdi ve yaşlı kadını Ayça'yla tanıştırdı. Bu sırada Ece'nin mutfaktan getirdiği limonataları içmeye başladılar.

Kısa süreli bir sessizlik olunca Ece soran gözlerle Mecnun'a baktı. Adam onların neden geldiğini hatırlayarak gülümsedi. "Haaa. Ece, Sevinç teyzeyle tanışıyorsunuz zaten ama anlaşırsanız yeni ev arkadaşın olacak."

Ece biraz şaşırarak kadına sordu: "Aaa! Siz kiracı mı arıyordunuz?"

Sevinç başını geriye atarak cevap verdi. "Yooo." Gülümsedi. "İşin güzelliği burda! İnsana bir şey lazım olunca, ararsa ve bulursa, o yaramaz. İyi olmaz. Aramazken bulursa iyi olur. Ben de kiracı aramazken seni buldum."

*

Hatice nine fotoğrafı işaret ederek sordu: "Burda kaç yaşında?"

Aysel fotoğrafa baktı. Taylan deniz kenarında elini annesinin omzuna atmıştı. Şöyle bir düşündü. "Yirmi. On yılı geçmiştir... O zaman üniversiteye gidiyordu. Ben de ne kadar değişmişim, yaşlanmışım resmen!"

"Maşallah! Ne kadar yakışıklı. Sen de pek değişmemişsin. Yaşlıymış! Bak ben seksene merdiveni dayadım, tırmanırım ama hiç de yaşlı değilim."

Aysel gülümsedi.

Hatice nine fotoğrafa bakarak içini çekti. "Ne çabuk geçiyor zaman, değil mi? Bir bakmışsın evleniveriyorlar."

Aysel bu sözleri duyunca kızardı. Hatice nineyi görür görmez çok sevmişti. Günlerdir oradan buradan bahsedip çok neşeli sohbetler etmişlerdi. Bazen de hüzün olmuştu tabii. Kadın ölen oğlunu ve yaşadıklarını anlatırken çok üzülmüştü. Onda Aysel'e huzur veren bir taraf vardı. Nurcan da aynı şeyi söylemişti.

Hatice nine bütün hayatını dürüstçe anlatırken Aysel oğlundan tam anlamıyla bahsedememiş, bu da kendini kötü hissetmesine yol açmıştı. Oğlundan utanmıyordu! Asla! Ancak Elif'in Kanada'ya gitmesi söz konusuydu ve bu aşamada bu tür bir bilgiyi Hatice nineyle paylaşmak yanlış olur diye düşünüyordu. Sonuçta o köylü bir kadındı ve anlayamazdı. Aklından geçen son düşünceyle kendine kızdı: Sen köylü değilsin ama oğlunun başına gelmese sanki çok anlardın!

Bir dakika kadar süren sessizliğin ardından Hatice nine fotoğraflara bakarken kendi kendine konuşur gibi kısık bir sesle, "Evlenirler... Sonra torun gelir, nine oluverirsin... Sonra da..." deyip iç çekti. "Neyse... Bunlar güzel şeyler. Hayırlısı! Her şeyin hayırlısı. Sana da nasip olur inşallah."

Aysel istemsizce cevap verdi. "Iıh!" Hatice ninenin anlamayan gözlerle baktığını görünce toparlamaya çalıştı. "Yani sanmam! Bana torun nasip olmaz."

"Niye?"

Aysel uygun bir şeyler söylemeyi düşünürken aniden dünyayı sırtında taşıyormuşçasına yorgun hissetti kendini ve "Benim oğlum gey!" deyiverdi.

"Ney ney?"

"Gey." Hatice ninenin yüzüne boş boş baktığını görünce başını öne eğerek açıkladı. "Gey. Yani... Kadınlardan hoşlanmıyor, erkeklerden hoşlanıyor." Tek kelime etmeyince kadının ne düşündüğünü anlayamadı ve açıklama yapma ihtiyacı duydu. "Erkeklere âşık oluyor... muş. Nasıl oluyorsa! Yani öyleymiş. Biz de bilmiyorduk! Hep saklamış. Birkaç ay evvel söyledi. Biliyorum... Bu çok yanlış! Ben de biliyorum, bu çok günah ama öyle. Allah affetsin! Bizim yapabileceğimiz hiçbir şey yok. Küsmedik biz... Babası da küsmedi... Evladımız."

Hatice nine kalkıp ocağa gitti ve haşlanan barbunya fasulyeleri süzerken, "Bunlar olmuş. Bu kadar haşlandığı yeter," dedi.

Aysel anlattıklarını kadının anlayıp anlamadığını merak etti ama bir şey demedi.

Yaşlı kadın yerine geçip oturunca Aysel'in yüzüne baktı ve sonra bakışlarını masaya dikti. "Senin oğlun geymiş... Benimki de ölü..." dedi.

Aysel bunu duyunca bir sinir boşalması yaşadı ve kadına hastaneyi, orada düşündüklerini, sonrasında çektiği vicdan azabını anlattı ağlayarak. Gözyaşları yavaş yavaş dinerken masanın üzerindeki kâğıt peçeteyi didiklediğini bile fark etmedi.

Hatice nine güneşten yanmış, kırış kırış nasırlı elleriyle onun ellerini avcuna alarak, "Sana şimdi, şu anda... Bu dünyada benden başka kimsenin bilmediği bir hikâye anlatacağım. Daha evvel anlattığım neşeli fıkralara benzemez, kulak ver!" dedi. Aysel'in başını öne eğip dikkat kesildiğini görünce gözlerini tavanda bir noktaya dikti. "Biz dört kardeştik. İki ablam vardı, bir de benden üç yaş küçük uşağımız Mehmet... Anam da babam da çok iyi insanlardı. Herkesin anası babası iyidir ama bizimkiler başkaydı! Köy yeri... Biz, kızlar, ilkokuldan sonra okumadık... O zamanlar böyle her yerde okul olmazdı. Dedim ya, köy yeri. Kızlar on altı, on yedi, en geç on sekizinde evlenirdi... Yirmisine gelen kıza evde kalmış derlerdi. Ben on yedimdeyken, Meliha ablam yirmi, Kıymet ablam yirmi iki yaşındaydı. O zamanlar aileler kızlarını zorla evlendirirlerdi... Anam da babam da bizi hiç zorlamadı ama âdetti: Büyük evlenmeden küçük kız verilmezdi. Kıymet ablamın bütün arkadaşları tek tek evleniyordu. O çok güzeldi! Bi görseydin! İsteyeni pek çoktu. Neyse... İşte o yaz, Meliha ablama da pek çok görücü geldi. O da Kıymet evlenmeden evlenmek istemiyordu... Kıymet ablamın bekâr kalan son arkadaşı Sabiha da evlenmişti üstelik. Sıramı sana verdim dediği halde, Meliha inat edip görücüleri her seferinde geri çeviriyordu. Konu komşu herkes Kıymet'in üzerine gidiyordu... Köyü bırak, taaa Trabzon'dan kimler geliyordu onu istemeye... O zamanlar böyle üniversite mezunu falan nerdeee? Yok denecek kadar az! Ama bir öğretmen, bir de tapu memuru bile istedi Kıymet ablamı! O ise her gelene hayır diyordu. Bizimkiler bizi zorlamıyorlardı ama babam arada anama soruyordu: Sevdalısı mı var? Varsa söylesin söz keselim, diyordu. İşte o yaz, o kadar üzerine vardılar ki... Kıymet ablam hasta oldu. Çok neşeliydi! Kahkahasını duysan bülbül şakıması zannederdin! Önce neşesi soldu. Sonra da kış başlayana kadar doğru dürüst konuşmamaya, yemek yememeye başladı... Gözümüzün önünde eriyordu. Bi de fena halde öksürüyordu! Şehre götürdüler. Bir ay hastanede yattı, geri geldi, yine kötüledi. Zatürre dediler, zafiyet geçiriyor dediler. Arkadaşlarını da görmek istemiyordu artık. Bahar geldi... Mayıs ayının başlarıydı. Evdeki herkes bahçede çalışmaya gitmişti o gün. Nöbet sırası bendeydi. Ablam yatakta küçücük kalmıştı... Uyuyordu. Öksürerek uyandı, ona biraz su verdim. Bir ya da iki yudum içip gözlerini kapadı. Çok uzun süredir hiiiç konuşmuyordu. Yatakta küçücük kalmıştı... O güzel yüzü uçup gitmişti, iki kemik... Çukurda iki göz. Ben de, 'Ablacım n'oldu sana? Neden bu kadar üzüldün? Sana kimse evlen demedi ki! Meliha ablam bir şey demedi ki! Sen niye üzüldün bu kadar?' diye konuşuyordum kendi kendime..."

Hatice nine kalkıp bir bardak su koydu kendine ve bir süre hiç konuşmadı. Aysel onun çok yorulduğunu görebiliyordu, tam bir şey söyleyecekken kadın yerine geçip hikâyeyi anlatmaya devam etti.

"İşte ben böyle kendi kendime konuşurken birden Kıymet ablamın, 'Ondan değil,' dediğini duydum. Kulaklarıma inanamadım! Haftalardır ilk kez bir şey söylemişti. Hemen yanına koştum, elini tuttum. O kadar sevinmiştim ki iyileşiyor sandım. Usulca, 'Peki neden?' diye sordum. Gözlerini açtı. Zannedersin yüzünde iki kuyu açmışlar. Işıltısını yitirmiş gözlerini açtı. 'Ben Sabiha'ya sevdalandım,' dedi." Derin bir iç geçirdi. "O an ona nasıl baktıysam! Yüzüm ona ne dediyse! 'Hatice, haklısın. Ben kötüyüm... Ama sen bizim Sabiha'yla sevdamızı bilsen! O kadar güzel ki!' dedi zorlukla. Sonra da, 'Kimseye deme,' diye ekledi. İşte bunlar Kıymet ablamın son sözleriydi. Bir haftaya kalmadan... Annemin nöbetinde öldü."

Hatice ve Aysel birkaç dakika konuşmadılar. İkisi de gözlerinden süzülen yaşları sildi. Sonra Hatice yerinden kalkıp buzdolabına gitti ve dolaptan çıkardığı karalahanaları işaret ederek sordu: "Bunları hazırlayalım mı artık? Nerde doğrayalım?"

Aysel hikâyenin etkisinden kurtulamamıştı henüz. Gözlerini kırpıştırarak ayağa kalktı ve lavabonun altındaki kapağı açtı. Büyük bir kesme tahtası çıkardı. "Burda," dedi tahtayı tezgâha bırakırken, sonra da soran gözlerle Hatice nineye baktı. "Sabiha'ya n'oldu? Onunla hiç konuştun mu?"

Hatice başını iki yana salladı. "Hayır! Hiç! Onun dört çocuğu oldu. Herkes çok mutsuz olduğunu söylerdi. Hiç yüzü gülmezmiş. Ben hiç evine gitmedim. Ablam öldükten on sene sonra falandı... Bir kere ablamın mezarının başında gördüm. Saklanıp bekledim gidene kadar. O epey yaşadı, torunları oldu... Sekiz-dokuz sene evvel öldü."

Aysel kalkması yasakmış gibi kıpırdamadan oturmaya başladı ve sessizlik giderek uzadı.

Hatice lahanaları doğruyordu. Birden bıçağı bırakıp Aysel'e döndü. "Hani sen, geldiğimden beri yanımda huzur bulduğunu... Hiç kötü kelam etmediğimi... Hiç yargıçlık yapmadığımı söylüyorsun ya!"

Aysel başını salladı. "Evet?"

"İşte ben o gün ona nasıl baktıysam, 'Kötüyüm,' dedi ablam. Sonrasında çok düşündüm, çok kızdım kendime. O kadar şaşırmıştım ki hiçbir şey diyemedim! Kulağına eğilip güzel bi laf etmedim... Bir ömür yetecek kadar yargıçlık yaptım belli ki o gün! Toydum, bilmiyordum... İstemeden, şaşkınlıktan öyle bakmışımdır, dedim kendi kendime ama bunların, bu mazeretlerin hiçbiri yıllardır içimin sızısını almadı. Kim kötü? Kim günahkâr? Allah mıyız biz? Tövbe tövbeee! Bize n'oluyor? Ablam olmasını geçtim! Sevdadan canı çıkan bir insana nasıl baktım ben? Sevdaya kim karar verebilir ki? Ben buna sevdalanacağım deyip de sevdalanan mı var?" İçini çekerek ekledi: "Ama bunun bana tek bir faydası oldu..."

"Nedir?" diye sordu Aysel merakla.

"Bir daha da kimseye, hiç kimseye, hiçbir şey için yargıçlık taslamadım. Ne zaman bir şeyi, birini kötü diye düşünecek olsam içimden bir ses hep dedi ki: Dön de kendine bak sepet kafalı Hatice, dön de kendine bak!"

*

Uğur dışarıdaki masalardan birinde Bekir ve Rizeli Halil'le sohbet ediyordu. Halil yıllar önce Foça'ya yerleşmişti ama her yaz mutlaka Rize'ye giderdi. Memleketiyle bağını hiç koparmamıştı. Kahvedeki en güzel fıkraları o anlatırdı ve herkesi en çok güldüren adamlardan biriydi. Bekir'le hemşehri yakınlaşmasıyla koyu bir sohbete dalmışlar, Karadeniz ve Ege'yi kıyaslayarak fıkralar anlatıp bol bol gülmüşlerdi. Çok geçmeden Soner geldi ve şöyle bir bakındıktan sonra adama işaret edince Uğur izin isteyerek masadan kalkıp onunla içeriye geçti.

Soner doğrudan sordu: "Bugün Veysel uğramadı mı?"

Uğur gülümseyerek cevap verdi. "Uğradı uğradı. Biraz oturdu, bir saat evvel de gitti. Geç kaldın sen bugün. Belki akşama doğru uğrar yine."

"İşim vardı bugün. Ben de... Şu geçen günkü sohbet, söylediklerin aklıma takıldı. Çok düşündüm. Bu konuyu üçümüz bir daha... Daha detaylı konuşalım istedim. Bazı kitapları inceleyip notlar aldım ama geç kalmışım bak."

Uğur omzunu silkti. "Konuşuruz, Allah'ın günü bitmedi ya!"

"Ne bileyim. Bir an önce konuşmak istedim." Sıkıntılı bir şekilde gülümsedi. "Bana Müslüman ateist demen fena koydu."

"Ben öyle demedim ki! Sen dindar bir ateistim dedin, ben de öylesin dedim."

Soner elini havada salladı. "Neyse, aynı şey!"

Uğur gülümsedi. "Aynı şey değil! Ama konuşmayı böyle hatırlaman, bir gerçeği işaret etmesi bakımından önemli."

"Neymiş o?"

"Sen Veysel'le tartışırken, her din dediğinde İslamı anlamasından, din kelimesini İslama eşitleyerek açıklamalar yapmasından ve konuyu saptırmasından dert yanarsın ya?"

"Evet?"

"Dünya görüşümüz ne olursa olsun, ne kadar çok okursak okuyalım, çoğumuzun kafa aynı işliyor işte."

Soner ifadesiz bir şekilde baktı adamın yüzüne. "Yaaa?"

Uğur gülümseyerek cevap verdi. "Yaaa."

*

Sevinç, Mecnun'un onları arabayla götürme önerisini reddetti ve ustaca bir manevrayla Ayça'yı da serada bıraktı. "Biz şurdan dolmuşa biner gideriz, sonra da Ece o dolmuşla buraya döner, böylece nasıl gidip geleceğini öğrenmiş olur. Hadi hepinize iyi günleeer."

Yolda sohbet ettiler ve Sevinç kendince önemli bulduğu bilgilere ulaşmak için aklından geçen bütün soruları sordu: Nerelisin? Aslen nerelisin? Kaç kardeşsiniz? Baba ve anne mesleği? Sinirli misin? Dağınık mısın? İstanbul'da ev işi yapar mıydın? Sigara içmiyorsun değil mi? Resim bölümü harika! Gece geç saatlere kadar oturma huyun var mı? Televizyon izlemeyi sever misin? Ne izlersin?

Sorgulama eve varana kadar sürdü. Ece son soruya da cevap verdi: "Yok, öyle uzun kalmam banyoda. On, en fazla on beş dakika sürer duş almam."

Sevinç kapıyı açıp, "Hoş geldiiin," derken anahtarı ayakkabılığın üzerindeki çanağa koydu ve gülümsedi. "Pekiii... Son soru! Mecnun'a âşık mısın?"

Ayakkabısını çıkarmakta olan Ece yüzüne ateş bastığını hissetti. "Yooo! Yani bu sorunun nedenini... Kiracı olmamla ilgisini..."

Sevinç gülümseyerek ona salonu işaret etti. "Geç bakalım şöyle. Anladım, Mecnun'a âşıksıın. Burası salooon, şurda da bir oda var..." Ece'nin omzuna hafifçe vurarak mutfağı gösterdi. "Burası da mutfaaak. Şimdi yukarı çıkalım, odanı gör!"

★

Ayça Sevinç'i merak etmişti ve Mecnun'la onun hakkında konuşuyorlardı. Mecnun kadınla ilgili mizahi açıklamalar yapıyor ve onu güldürüyordu. Ama Ayça'nın aklına takılan bir şey vardı: Demek kocası ölmüştü! Biraz düşündükten sonra Mecnun'a sordu: "Herkesin hayatında ölümler var. Bak Sevinç Hanım'ın da kocası ölmüş. Ama en azından yaşlanmış, yani genç ölmemiş o kadar."

Mecnun kaşlarını kaldırdı. "Öyle. Ölüm sırayla değil."

Ayça adamın kayıtsızlığına gıpta ederek gülümsedi. "Ne güzel! Keşke bende de sendeki gibi... Bir tür balık hafızası olsaydı ablamı hatırlayınca. Yani sen üzülmüyormuşsun ya..." Biraz ileri gittiğini düşünerek güldü. "Yani ben beceremiyorum da."

Mecnun on-on beş saniye kadar Ayça'nın yüzünü inceledi, sonra da serada asılı olan çiçekleri işaret etti. "Ayça sence şu askıdaki çiçeklerle..." Arkasını dönüp evin giriş kapısını gösterdi. "Şu kapı arasındaki mesafe nedir?"

Ayça bir süre düşündü. "Yirmi beş ya da en fazla otuz metre."

"Iıh! Otuz üç metre. Bir gün ölçtüm metreyle."

Ayça bu mesafe muhabbetiyle adamın nereye varmak istediğini merak ederek sordu: "Niye?"

Mecnun yavaş yavaş konuşarak açıkladı. "Annemle babam... Öldükleri gün sabahın yedi buçuğunda Bayındır'a çiçek almaya gitmişlerdi. İzmir'den sonra bir saat kadar bir yol var oraya. Neyse... Öğleden sonra saat dört falandı." Parmağıyla askıdaki çiçeklerin olduğu yeri işaret etti. "Tam ordaydım. Cep telefonum çaldı. Telefonu elime alana kadar yedi-sekiz kez çaldı... Baktım, ekranda ANNEM yanıp yanıp sönüyor. Öğlen de aramıştı. Öğle yemeğini ısıtıp yedin mi diye sormuştu. O an mutfak tezgâhında duran sütlaç dolu kâseler geldi aklıma. Sabah yapıp gitmişti... Soğuyunca dolaba koy onları diye tembih etmişti ve ben daha dolaba koymamıştım." Ayça onu dikkatle dinliyordu. "Neyse... Telefonu açarken lafı ayarlamıştım kafamda, direkt 'unuttum Kadriyecim unuttum, hemen eve gidiyorum, sütlaçları dolapta bil' diyecektim. Telefonu açtım ve bir adamın şöyle dediğini duydum: 'Öldüklerini söyleme! Hastanedeler de!' Hemen ardından bir polis memuru kendini tanıttı ve annemle babamın kimlik bilgilerini verip benim yakınlık derecemi, nerde olduğumu sordu... Sonra onların bir kaza geçirdiğini ve hangi hastanede olduklarını açıkladı. Telefonu kapadıktan sonra ben ordan bu eve - ki sonra ölçtüm otuz üç metre - yürüdüm cüzdanımı almak için ama... Git git git... Yürü yürü yürü... Bitmedi bu mesafe inanır mısın? O kadar uzun yürüdüm ki... Otuz-kırk adım değil! Bana sorsan binlerce adım attım!" Eliyle işaret etti. "Şu ara bitmedi diyorum sana! Sonra cüzdanı tamamen unuttum, mutfağa geçtim... Sütlaç kâselerinden birini alıp duvara patlattım. Yere oturdum... Ne kadar oturdum hiç bilmiyorum... Sonra annemle konuşmamı hatırladım ve o altı-yedi kâse sütlâcı dolaba yerleştirdim... Cep telefonunu alıp bir arkadaşımı aradım ve sadece 'buraya gel' deyip kapadım. Gerisini, sonraki üç günü pek hatırlamıyorum. Dumanlı yani... Durup durup ağladım falan ama hep dumanlı... Sonra o üç günün sonunda kabul ettim: Annemle babam öldü! Bu ger-çe-ği ka-bul et-tim!" Gülümsedi. "Kabul ettikten sonra da bir daha hiç üzülmedim! Sence ben manyak mıyım?"

Duydukları Ayça'yı ani ve keskin bir şekilde sarsmıştı. Hem Mecnun'u dinlemiş hem de aynı anda zihninden geçen birçok anının izini sürmüştü: Güneş'in evdeyken anahtarı kapının arkasına takma huyu... Handan'la çilingir çağırmaları, içeri girdiklerinde karşılaştıkları manzara... Handan'ın ambulans çağırması. Ayça için de her şey dumanlıydı. En çok aklında kalan ise tüllerden gelen deterjanla klor karışımı o kesif kokuydu. Yaşadığı sürece o kokudan nefret edeceğini biliyordu. Mecnun'a baktı. Bir an onu kendisine dünyadaki herkesten daha yakın hissetti. Gülümsemeye çalışarak cevap verdi. "Ya sen manyaksın ya da ben! Çünkü ben o anları düşünüp düşünüp keşke diyorum aylardır. Keşke şöyle olsaydı, keşke böyle olsaydı! Ve üzülmeye devam ediyorum. Ama dünyadaki birçok insanın benim gibi yaptığını düşünürsek... Sanırım manyak olan sensin. Ben ölümü isteyecek kadar çok üzüldüm biliyorsun!"

Mecnun dudağını kıvırarak düşünceli bir şekilde başını salladı. "Ha bir de o var! Sen ya da bir başkası! Hiç kimse sevdiği biri öldü diye intihar etmez bence. Onun başka bir sebebi vardır."

Ayça onun bu tespitine kızsa da merak ederek sordu: "Yaaa! Peki insan neden intihar eder?"

"Bilemem. Neden ettiğini bilemem. Birçok neden olabilir. Ben sana neden intihar edilmeyeceğini söylüyorum. Başkası öldü diye intihar edilmez! Bu sana normal gelebilir ama doğal değil! Sevdiğin bir insanın ölümü sebebiyle intihar etmek için mantıken insanın bu dünyada bir tek kişiyi sevmesi lazım. Sevdiği ikinci bir kişi yoksa hadi biraz mantıklı ama aksi mümkün değil! Kimse şu dünyada tek bir kişiye sevgi duyarak yaşamaz."

Ayça ısrar etti. "Anladım ama neden intihar eder insan? Birkaç sebep söyle bakalım o zaman..."

Mecnun şöyle bir düşündü. "İnsanların ezici çoğunluğu kendini tanımaz. Acı çekmeyi beceremez. Kendini tanımadığı için beceriksizliklerine, mesela acı çekmedeki beceriksizliklerine bir dolu kılıf bulur. Üzüntü adı verir. Kimi kendini alkole verir mesela. Adını şey koyar: Unutmak için içiyorum. Asıl sen manyaksın Güneş'i unutmaya çalışıyorsan! İnsan ablasını niye unutmak ister? Ha diyeceksin ki ben onun öldüğünü unutacağım... Yok böyle bir şey kardeşim! Ölümü unutmak, ölümü düşünmemek, ölümü bilmem n'apmamak! Yok böyle bir şey! Ölüm kelimesi bir fiille kullanılacaksa o fiil sadece ve sadece kabul etmektir. Sen ablanın öldüğünü kabul et önce! Çünkü kabul etmezsen gidip içersin, başka türlü birçok yol bulursun zırvalayacak. Ama ne faydası var? Güneş öldü." Kızın titremeye başladığını fark edince yumuşak bir sesle sordu: "İyi misin sen? Kapatalım bu konuyu istersen."

Ayça başını iki yana sallayarak titrek bir sesle cevap verdi. "Ben İstanbul'da... Buraya gelmeden bir partiye gittim... Annemin zoruyla yani. Ve daha önce sadece iki kere gördüğüm... Doğru dürüst tanımadığım bir adamla yattım, biliyor musun?"

Mecnun ayağa kalktı. Biraz ileride güneşin altında üç tane yavru tekir oynaşıyordu. Birini alıp Ayça'nın kucağına koydu. "Hele bir derin nefes alıp ver sen. Şu kediyi sevedur... Ben çayları getireyim, demlenmiştir."

★

"Yaaa işte böyle! Hayat sürprizlerle dolu. İyi ki adli tatile denk gelmiş dilekçe," dedi Rafet neşeyle gülümseyerek.

Handan uzanarak kadının elini sıktı. "Çok sevindim Rafet abla..."

Yannis de gülümsedi. "Ben de."

Rafet başını salladı. "Sağ olun, sağ olun! Bir rahatladım ki sormayın! Meğer ne büyük yükmüş bu küslük benim omzumda."

Handan biraz ileride Şeftali ile oynayan çocuğu işaret ederek sordu: "Atlas ne diyor bu işe? O da sevinmiş mi?"

Rafet kahkaha attı. "Yok. Umrunda değil! Onlar gittikten sonra biraz ağzını arayayım dedim. Öyle laflar etti ki şaşırdım kaldım."

Yannis merak etti. "Ne dedi?"

Rafet hemen açıkladı. "Annenle babanın tekrar konuşmasına sevindin değil mi diye sordum ama emindim elbette diyeceğinden! Suratıma şöyle bir bakıp omzunu silkerek, 'Yooo...' dedi. Ben de tabii üstüne gittim. Niye sevinmedin diye sıkıştırdım. 'Onlar kocaman insanlar, ister konuşurlar, ister konuşmazlar! Konuşmuyorlarsa kendi bilecekleri şey. Bunda üzülecek bir şey yok,' dedi bana! Benim ona önceden dediğim lafları ezberlemiş! Ben gülünce o da güldü ve aynen şöyle dedi: 'Onlar konuşmadığında üzülmedim. O zaman onlar konuşunca niye sevineyim ki? Kocaman insanlar!" Yannis ve Handan gülerken ekledi: "Hiçbir söylediğimi unutmuyor bu çocuk! Mantığına bak! Üzülmediyse sevinmezmiş! Şaştım kaldım!"

Biraz daha Gamze ve Gökhan'dan bahsettiler, bu sırada Yannis'in aklına bir şey takıldı. "Gökhan'a tekliften bahsettin mi?"

Rafet başını geriye attı. "Iıh! Bahsetmedim."

"Neden?" diye sordu Handan merakla.

"Kabul etmemeye karar verdim."

Yannis ona şefin kurabiyelerin tadına bakmasından sonraki teklifi hatırlattı. "Dört yüz elli bine çiktilar!"

Rafet omzunu silkti. "N'apalım? İsterlerse bir milyona çıksınlar!" Handan'a dönerek kızgınlıkla sürdürdü konuşmasını. "Neymiş? Kurabiyelerin adına karışamazmışım! Atlas olamazmış! Tonla para alınca tüm haklarını satmak zorundaymışım! Şirket politikasıymış! Mış mış mış... Satmıyorum işte!"

ey hayat!
saat yedi
insan bir olunca
buluşalım

8

Sevinç saate bakarak ocağı kapadı. Tam on dakika kaynattığı çayı süzerek iki fincana doldurdu ve bir tepsiye koyup salona gitti. Ece'nin koltuğun ucunda büzüşmüş oturduğunu görünce bir kahkaha patlattı. "Höt desem kaçacakmışsın gibi oturmasana! Anlaşırsak bu ev senin de evin olacak."

Ece gülümsedi ve koltuğa rahatça yerleşirken fincanını alıp sehpaya bıraktı. "Ne çayı bu?"

"Isırgan otu. İç, kanın temizlensin. İdrar söktürür, iltihabın falan varsa söker atar. Midene de iyi gelir. Binbir faydası var."

Ece çaydan bir yudum aldı. "Hmmm. Nane tadı aldım sanki."

Sevinç güldü. "Tek başına sevmiyorum ben bu otu. Biraz nane ve kekik ekledim. Neyse... Odanı beğendin madem, şimdi pazarlık edelim artık."

"Tabii," dedi Ece başını sallayarak.

Sevinç gülümsedi. "Ayda beş yüz lira kira isterim."

Ece serada hiç para ödemeden kaldığı için bu miktarı biraz fazla buldu. Hızlı bir şekilde düşündü. Eve yolladığı paranın miktarı düşecekti ama bu şartlar altında fazla seçeneği de yoktu, hem zaten buraya gelirken umduğundan daha iyi maaş alıyordu. Başını öne doğru eğdi. "Tabii."

"Öyle hemen tabii deme!" diyen Sevinç bir kahkaha attı. "Hey Allah'ım! Sen hakikaten gençsin, değil mi? Gençken ben de senin gibiydim. Pazarlık yapmayı hiç bilmezdim! Yıllar evvel

Kayserili bir arkadaşımla alışverişe çıktık. Ankara'da. Kadın iki yüz seksen beş milyon liralık bir saate - o zamanlar milyonlarca paramız vardı - öyle bir pazarlık yaptı ki!" Duraksadıktan sonra sordu: "Sence pazarlık yapıp saatin fiyatını kaça düşürmüştür?"

Ece şöyle bir düşündü. "İki yüz elli?"

Sevinç güldü. "O zamanlar ben de senin gibiymişim demek. Ben de iki yüz elli milyona düştüğü an, hah şimdi alır diye düşünmüştüm. Ama kadın gözlerimin önünde tam yarım saat pazarlık yaparak fiyatı yüz on milyona kadar düşürdü, inanır mısın?"

Ece şaşkınlıkla gözlerini açtı. "Yaaa!"

Sevinç başını salladı. "Yaaa! Ve yüz on milyona da almadı, biliyor musun? İnat etti. Yüz milyona alacağım diye tutturdu ama satıcı da inat etti ve daha fazla inmedi. Pazarlıktan içim daraldı. Utandım. Ateş bastı ve arkadaşımın kulağına eğilip, 'Al şunu, on milyonu ben vereceğim,' dedim. 'Sen sus,' dedi bana ve iyi günler dileyerek dükkândan çıktık. Sonra da gözlük, saat gibi kâr marjı yüksek mallarla ilgili bana uzun bir nutuk attı. Pazarlığın püf noktalarını anlattı. Maddi durumları da çok iyiydi ha! Kocası Kayserili bir iş adamıydı - ondan öğrenmiş zaten. 'Ben o dükkâna yarın gidebilirsem, o saati yüz milyona alırım,' dedi ama sonra uğrayamamış. İşte böyle... Kayserililer bu konuda hakikaten çok iyiler!"

Ece dudağını büzdü. "Ben iki yüz elli liraya alsam kâr ettim derdim. Çok büyük indirim." Gülümseyerek ekledi: "Ben hayatta böyle pazarlık edemem."

"İşte bu nedenle senin yerine kira pazarlığını ben yapacağım kendimle! Şimdi sen sorularımı 'evet' veya 'hayır' diyerek cevapla bakalım," dedi Sevinç gülümseyerek.

"Peki," dedi Ece gülümseyerek karşılık verirken.

"Söyle bakalım, yemekte salata yemeyi sever misin?"

Ece bir an afalladı ama kadının konuyla alakasız görünen konuşma tarzına yavaş yavaş alışmaya başladığını hissetti. "Çok severim."

"Yapmayı sever misin?"

"Evet."

"Güzel. Ben salataya bayılırım ama yapmayı hiç sevmem. Bu durumda akşam yemeklerinde, evde olduğunda yani, salatayı sen yapar mısın?"

"Elbette."

"Kahvaltı hazırlayıp bırakır mısın bana her sabah? Çayı demlenmeye hazır şekilde? Yumurta katı pişmiş? Sabahları dokuzdan önce uyanmam ve kahvaltı hazırlamayı da hiç sevmem."

"Tabii. Olur."

"Pekiii... Ben toz alırım ama haftada bir evi süpürüp silebilir misin?"

Ece gülümsedi. "Evet."

"Güzel! Ben yapamıyorum, sırtım ağrıyor. Doğru dürüst bir yardımcı da bulamıyorum. Çamaşırı ben hallederim ama."

"Onu da yaparım, sorun değil."

Sevinç buna hemen itiraz etti. "Olmaz! Çamaşırı severim. Yemek yapmayı da severim. Onları ben hallederim!" Kaşlarını kaldırarak sesli düşündü. "Bu durumda salata ve kahvaltı için ayda yüz düşelim. Temizlik için iki yüz. Çarşı pazar işini de sen yaparsın çoğunlukla, ordan da bir yüz düşersek... Sen bana ayda yüz lira ödesen yeter."

Bu hesap Ece'nin aklını karıştırdı. "Ama yüz lira çok az. Yani ben de bu evde yaşayacağım. İnsan yaşadığı evin işini parayla mı yapar? Olur mu hiç?"

Sevinç başını salladı. "Olur olur."

Ece biraz düşündükten sonra gülümseyerek sordu: "Olursa... Siz de çamaşırı, yemeği falan halledeceksiniz, onları neden hesaba katmıyorsunuz?"

"Her şeyi her zaman mantığa mı vurursun böyle?"

Ece başını hafifçe yana eğdi. "Genellikle."

"Ayda yüz liraya anlaştık, tartışma bitmiştir. Pişirdiklerimi yediğinde ne kadar adil bir anlaşma yaptığımızı anlayacaksın," diyen Sevinç kahkaha atarak sözlerini tamamladı.

*

Ayça çayını karıştırırken kedilerle ilgili deneyimlerini anlatmaya devam ediyordu. Yirmi dakika içinde üç bardak çay içmiş ve neredeyse nefes almadan kediler hakkında konuşmuştu. Bu arada bacak bacak üstüne atmıştı ve topuğunu durmadan yere vurarak dizini sallıyordu.

Mecnun onun dizini işaret ederek gülümsedi. "Otomatiğe mi bağladın? Dur biraz, yoruldum."

Ayça bacağına baktı ve birden durup gülmeye başladı. "Ben de neden yoruldum diyorum kendi kendime."

Mecnun gülümsedi. "Eee... Kolay değil, yarım saattir."

Ayça çay bardağını inceleyerek yavaş yavaş konuştu. "Kusura bakma. Sinirlerim boşaldı sanırım. Biraz da utandım. Sana yaşadıklarımı anlatmamalıydım. Yani sana güvenmediğimden değil. Herkes senin ne kadar güvenilir bir insan olduğundan bahsediyor zaten ama konu bu değil. Bunlar özel şeyler..." Adam herhangi bir yorumda bulunmayınca bardağıyla sohbet ediyormuş gibi konuşmasını sürdürdü. "Yani... Çok utanç verici..."

Onun hareketlerini dikkatle izleyen Mecnun doğrudan sordu: "Nedir utanç verici olan?"

Adamın varlığını unutmuş gibi görünen Ayça bu soruyla irkilip şaşkın gözlerle ona baktı. "Ne olacak? Tabii ki yaptıklarım! Bir de çok matah bir şeymiş gibi gelip sana anlattım... Ama işte öyle ölümden falan bahsederken çıkıverdi birden ağzımdan..."

"Yaptıklarını neden utanç verici buluyorsun?" diye sordu Mecnun tek kaşını kaldırarak.

Ayça bu soruyu saçma bulsa da ona karşılık verdi. "İnsan hiç iki kere gördüğü biriyle yatar mı? Üstelik..."

"Üstelik?"

Ayça çayını yudumlarken hızla düşündü. Nasıl olsa başlamıştı anlatmaya, bir eksik bir fazla, ne fark ederdi ki? "Üstelik ilk kez biriyle beraber oluyorsa! Normal mi sence?"

Mecnun ellerini ensesinde kenetleyip omzunu silkti. "Bence normal ama benim bunu utanç verici ya da normal bulup bulmamamın hiçbir önemi yok. Senin ne düşündüğün önemli. Olayı yaşayan sensin."

Ayça bu sözler üzerine rahatlayıp aklına geleni çabucak söyleme ihtiyacı hissetti. "Anladım, anladım. Sen beni rahatlatmak için böyle söylüyorsun."

Mecnun güldü. "Sana güvenilir bir adam olduğumu söyleyenler benim her zaman, her koşulda fikrimi dile getirdiğimden bahsetmediler mi? Kimseyi rahatlatmak için konuşmadığımı? Hatta söylediklerimle karşımdakini gıcık ettiğimi?"

Ayça hafifçe gülümsedi. "Söylediler ama..." Duraksadı. "Bunu nasıl utanç verici bulmazsın? Yani ahlaki değerler var. Hadi onu geçtim, ben böyle bir şeyin her zaman çok özel olacağını düşünürdüm. Yani, öyle yetiştirildik. Tam olarak bilmiyorum ama ablam da böyle düşünürdü sanırım. O öldükten sonra..." Derin bir nefes alıp kendi kendine konuşuyormuş gibi anlatmaya devam etti. "Okulda, hoşlandığım bir çocuk vardı. Birkaç kez çıkma teklif etti, kabul etmedim. Sonra da gidip bu haltı yedim!"

Mecnun onun kendisine kızmaya başlamasına fırsat vermeden araya girdi. "Neden kabul etmedin?"

"Bilmiyorum. Ablam ölmeden birkaç hafta önce tanışmıştık. Somut bir şeyler olmadan ablama anlatmak istememiştim. O... Ablam öldükten sonra bana çıkma teklif etti. Öncesinde olsa belki çıkardım ama sonra... Bilmiyorum... Hem hoşlanıyordum hem de... Nasıl anlatacağımı da bilmiyorum aslında. Çıkarsak hemen ayrılacakmışız gibi geldi, ben de hep hayır dedim ama arkadaştık. Hâlâ arkadaşız. Grup arkadaşı tabii." Gülümseyerek ekledi: "Hatta dün bana çok güzel bir video yollamış, kedilerle ilgili, çok komik."

"Peki bu İstanbul'daki olay nasıl oldu?" diye sordu Mecnun. "Yani neden o adamla beraber oldun?"

Ayça bir süre düşündükten sonra omzunu silkti. "Bilmiyorum."

Mecnun güldü. "Farkında mısın? Kendinle ilgili hiçbir şey bilmiyorsun."

Ayça da güldü. "Sanırım haklısın ama gerçekten bilmiyorum."

"Düşün biraz! Neler hissettiğini, neler düşündüğünü hatırla."

Ayça bir dakika kadar düşündükten sonra çayını içti ve yavaş yavaş konuştu. "Herkes, özellikle annem ve bazı arkadaşlarım, normal hayatıma dönemediğimden şikâyet ettiler sürekli. Haklıydılar. Bazı derslerden kaldım. Yok eğlenmiyormuşum, yok gülmüyormuşum falan! O akşam da... O doğum gününe, annemin ve arkadaşlarımın zoruyla gittim. Aslında evde oturup internetten dizi izlemek istiyordum o gün. Neyse işte... Açılırsın, eğlenirsin dediler. Ben çok içmem aslında ama ortam... O da... Hasan... Dans ederken sarılınca falan..." Biraz çekinerek ekledi: "Öpüştük falan, bir yakınlık oldu. Güneş'in ölümünü unuttum gibi oldu. Hayata dair bir şeyler hissettim sanki... Sonra da bir arkadaşın evine gittik beraber..."

"Sabah olunca da kendini berbat hissettin."

"Hem de ne biçim! Tarif etmem imkânsız! Nasıl desem..."

Onu ilgiyle dinleyen Mecnun, "Suçluluk duygusu mu?" diye sordu.

Ayça başını birkaç kez salladı. "Evet! Evet! Suçluluk duygusu tabii."

Mecnun düşünüyor ve aklından geçenleri en doğru kelimeleri kullanarak ifade etmek istiyordu. "Böyle hissetmen doğal. Çünkü... Çünkü sen bir tür tecavüz yaşamışsın."

Ayça elini kaldırarak hemen itiraz etti. "Hayır! O hiçbir şeye zorlamadı beni! Yani... Biliyorum... Sen... İntihara kalkıştığım için beni suçsuz göstermeye çalışıyorsun!"

Mecnun elini kaldırarak araya girdi. "Ayça bi sakin ol... Bi dinle beni..."

"Peki," dedi Ayça başını yana doğru eğerek.

Mecnun gayet sakin bir ses tonuyla açıklamaya başladı. "Ben, Hasan sana tecavüz etti demedim! Tecavüz kelimesini kullanmam tam olarak doğru mu bilmiyorum. Şiddetli taciz anlamında kullanıyorum. Seksle ilgisi yok bu kelimenin. Olayları gözden geçirince buradaki tecavüz sana ait. Kendini taciz etmişsin sen. Bence."

"Nasıl yani?" dedi Ayça şaşkın bir ifadeyle.

"Şöyle: Sen şimdi şu okuldaki adamdan... Adı neydi onun?"

"Berk."

"Berk'ten hoşlanmışsın ama onunla çıkmamışsın. Doğru mu?"

"Doğru."

"İşte o noktada doğal gidişatı durdurdun mu? Durdurdun." Ayça'nın başını salladığını görünce açıklamaya devam etti. "Bu doğallığı bozarken neyle ilişkilendirdin? Ablanın ölümüyle. Oysa iki olayın birbiriyle hiç alakası yok. Ama hadi diyelim ki birtakım sebeplerle bu oldu. Sevdiklerini kaybetme korkusu falan... Sonra... Doğru ya da yanlış ama bir yol tutturmuşsun, bir üzüntü yolu. Bir şekilde üzülüp eğlenmeyerek yaşıyormuşsun. İçinden gelmiyormuş yani eğlenmek. Bu da doğru mu?"

"Doğru."

"E şimdi sen, beni annem ve arkadaşlarım zorladı, ben dizi izlemek istiyordum demedin mi? E be Ayçacık! Sen niye istediğin şeyleri duymazdan gelip canının istemediği şeyleri birilerinin zoruyla yapıyorsun ki?"

"Annem ve arkadaşlarım için! Onlar benim iyiliğimi istiyorlar!"

Mecnun gülümsedi. "Hep öyledir zaten! Tamam, seni sevenler elbette senin iyiliğini isterler ama ne istediğini ya da ne istemediğini senden başkası nasıl bilsin? Sen zaten karışıkmışsın. Karışıklığının nedeni de ne istediğini bilmemenmiş. İnsan kendiyle konuşmayı bırakmamalı! Kendine kulak vermezsen ne istediğini bulamazsın, sonra da böyle zora sokarsın kendini."

"Ne ilgisi var? Annemin ya da arkadaşlarımın istediğini yapmadım ki ben. Onlar sadece benim biraz iyi vakit geçirmemi istediler. Bütün hata benim."

"Evet ama senin hatan biriyle seks yapmak değil! Canın istediği halde Berk'le çıkmadığın için hatalısın. İstemeden... Zorla eğlenceye gittiğin için. Kendine tecavüz budur işte! Bunun cinsellikle falan ilgisi yok. Kafana takacaksan, ille de kendine kızacaksan, kızman gereken tek nokta bu. Yoksa biriyle yatmak değil! Ne var? İyi tanımadığın biriyle yatmışsın." Korkmuş gibi gözlerini kocaman açıp ellerini havada salladı. "Aman ne korkunç! Dünyanın sonu geldi!"

"Tabii, erkek olsam ben de önemsemezdim," diye söylendi Ayça onun bu haline gülerken.

"Ne ilgisi var?"

"Namus kavramından haberin yokmuş gibi konuşuyorsun!" Birdenbire kızarak devam etti sözlerine. "Ama dedim ya, sen erkeksin. Senin için hava hoş. Yaaa ben seni anlamıyorum! Çok tuhafsın. Benim yaşadığım açık. Hatam açık. Neden ölmek istediğim açık. Sen taaa nerelerden bakıyorsun konuya."

Mecnun gülümsedi. "Madem her şey o kadar açık, neden seninle ilgili sorduğum her soruya 'bilmiyorum' diye cevap veriyorsun?"

Ayça bir süre düşündü. Durumunun anlaşılmasını istiyordu. "Yerimde olsan n'apardın? Hiç üzülmez miydin? Hiç tanımadığın, hiçbir duygu beslemediğin biriyle beraber olmak! Bu berbat bir şey değil mi?"

Mecnun omzunu silkti. "Yooo. Yetişkin iki insan bunu istiyorsa ne sakıncası var? Ama bu 'istiyorsa' kelimesine dikkat buyur! Birtakım üzüntülerden, sorunlardan kaçmak için istemiş numarası yapmaktan değil, bilinçli bir şekilde istemekten bahsediyorum."

Ayça ofladı. "Sen hiç tanımadığın biriyle beraber oldun mu?"

Mecnun başını salladı. "Bir kere."

Bu cevabı beklemeyen Ayça merakla sordu: "Berbat! Değil mi?"

"Yooo..." dedi Mecnun omzunu silkerek.

"Peki berbat değilse neden bir daha yapmadın?"

"Çünkü bir kere oldu. Bir kere öyle bir isteğim oldu. Öyle bir şeyi bir daha istemedim. Bu hiç olmayacak anlamına gelmez! Bak... Bunlar hesabını kitabını yapıp bir köşeye formül olarak koyacağın şeyler değil ama istemediğin halde biriyle seks yaptın mı dersen cevabım 'hayır' ve senin kendini berbat hissetmene neden olan da bu! Yoksa ortada sorun falan yok! Sensin sorunu yaratan."

Ayça rahatladığını hissetti, sonra da bu histen rahatsızlık duyup gülerek isyan etti. "Aman Mecnun yaaa! Sana göre hiçbir şey sorun değil zaten! Ben sana kendimi kötü hissettim, ahlaksız hissettim, ölmek istedim diyorum, sen bunda hiçbir sorun göremiyorsun."

"Ohooo! Sen beni dinlemiyorsun ki! Ben sana, seni bu noktaya getiren asıl derdi göstermeye çalışıyorum, sen sekse takılıp kalıyorsun. Yok ahlak, yok namus! Herkesin içini keyfine göre doldurduğu kelimeleri sürüyorsun önüme! Bu kavramları istersen sonra tartışırız ama şimdi beni dinle! Bak ne diyorum: İnsanın istemeden yediği yemek bile bünyesine dokunur."

O sırada Ece'nin seraya girdiğini fark eden Ayça fısıldadı. "Konuştuklarımız lütfen aramızda kalsın."

"Ne konuştuk ki?" dedi Mecnun gülümseyerek ve çay bardaklarını alıp ayağa kalktı.

★

Aysel ve Nurcan hiçbir şey söylemeden çorbayı içmeye devam edince, "Beğendiniz mi?" diye sordu Hatice nine.

Aysel başını sallarken lokmasını yuttu ve "Eline sağlık! Ben çok beğendim. Biz burda sebzeye de ota da bayılırız zaten," dedikten sonra arkadaşına baktı. "Değil mi Nurcan? Sen de beğendin mi?"

Nurcan, "Şey..." dedikten sonra bir yudum su içti. "Bilemedim. Fena değil ama renksiz biraz."

"Hasta gibi mi?" diyen Aysel kahkahayı patlatıp Hatice Nine'ye döndü. "Salça çok az ya! Bunlar alışmış yemekte salçaya. Biz de zeytinyağlılara salça koymayız. Bir gün yeşil fasulye pişirdim... Yerken, 'Böyle fasulye mi olur, beti benzi atmış,' diye tutturdu ama sonra alıştı, artık o da zeytinyağlılara salça koymuyor."

Nurcan hemen araya girdi. "Otlara koymuyorum. Fasulyeye de bol domates koyuyorum." Dönüp Hatice ninenin gönlünü almak istedi. "Ama mısır ekmeği çok güzel. Ellerine sağlık."

Biraz daha yemek üzerine sohbet ettiler. Aysel misafirleri salona yolladıktan sonra bulaşıkları makineye yerleştirdi, kahveleri pişirirken çayı demledi. Kahvelerini içerken herkes ailesinden ve akrabalarından bahsetti. Bekir'in en küçük kardeşi Selim'in hayat hikâyesi Aysel ve Nurcan'ın epey ilgisini çekti: Adam otuz yaşında İstanbul'da inşaat işine girip büyük paralar kazanmıştı. Karısı ve iki oğluyla on beş yıl boyunca lüks bir hayat sürmüş, borsada battıktan sonra da ailesiyle Trabzon'a dönmüştü. Çocukları evlenip kendi hayatlarını kurmuşlardı. Ellerinde üç ev kalmıştı. Birinde oturup ikisinden kira alıyordu karı koca. Emekli aylıkları da vardı. Ancak o eski lüks hayatına özlem duyan Selim son on yıldır yavaş yavaş delirmeye başlamıştı. Ruhsal tedavi görüyordu.

Nurcan adama kızdı biraz. "Para için sağlığı kaybetmeye değer mi? Ben hep derim: Azıcık aşım ağrısız başım."

Hatice derin bir iç çekti. "Hep dedik ama dinler mi? 'Ben o paraları ne zorlukla kazandım,' deyip durdu. Birkaç yıl evvel uykusuzluk çekmeye başlamıştı. Şimdi de hayaller görüyormuş. Her şeyden korkar olmuş."

Nurcan adamın mantığını anlayamadı. "Madem zorlukla kazandı paraları, o zaman niye borsaya koydu?"

Aysel arkadaşını bilgilendirdi. "Daha çok kazanmak için Nurcan." İki kulağını çekiştirip parmaklarını sehpaya vurdu. "Şeytan kulağına kurşun! Şu bizim Necati de Uğur'u zorladı borsaya para koy diye ama mani oldum ben. Kaç kişi battı öyle! Olan para neyimize yetmez Allah aşkına? Aklım ermez benim borsaya morsaya! Kumar işte! Açgözlülük!"

Hatice başını salladı. "Öyle! Az, adama yeter. Çok, hiç yetmez."

Maddi anlamda fakir denebilecek yaşlı kadının ağzından çıkan bu sözler Aysel'i bir an sarstı ve üzdü. Kısa süreli sessizliğin ardından Nurcan'ın da düşüncelere dalmış olduğunu gördü ve aklından geçenleri merak etti. "Doğru söyledin yine Hatice nine. Az, adama yetiyor." Bir an hayat aynasında kendini görerek sürdürdü sözlerini. "Ama çoğumuz çok olsun diye neler yapıyoruz neler. Sonunda da böyle, Selim gibi, hayali korkularla kafayı yiyoruz işte. Senin hiç korkun yoktur. Ne güzel!"

"Yoook. Hiç korkum yok evelallah! Ormandaki maymunum ben," diyen Hatice bir kahkaha patlattı. Aysel ve Nurcan'ın gülümseyerek ama ne demek istediğini anlamayarak kendisine baktığını gördüğünde ise anlatmaya başladı. "Bi gün, bi ormana maliyeciler gelmiş. Bunu gören tilki koşarak ormandan kaçarken kaplumbağa ile karşılaşmış... Kaplumbağa, tilkinin acelesini görünce sormuş: 'Hayrola tilki kardeş? Böyle aceleyle nereye gidiyorsun?' Tilki de demiş ki: 'Ormana maliyeciler gelmiş, duymadın mı? Onlardan kaçıyorum.' Kaplumbağa bunun üzerine merakla sormuş: 'Niye kaçıyorsun maliyecilerden? Gelirlerse gelsinler! Seninle ne ilgisi var bunun?' Tilki hemen cevap vermiş: 'İlgisi olmaz mı? Bende kürk, hanımda kürk, çocukta kürk!' Aysel ve Nurcan'ın gülümsediğini görünce sözlerini sürdürdü. "Bunu duyunca kaplumbağa da kaçmaya başlamış... Kaçarken leylekle karşılaşmış. Leylek sormuş: 'Hayrola kaplumbağa kardeş, nereye böyle aceleyle?' Kaplumbağa cevap vermiş: 'Ormana maliyeciler gelmiş, duymadın mı? Onlardan kaçıyorum.' Leylek şaşkınlıkla sormuş: 'İyi ama bunun seninle ne ilgisi var?' Kaplumbağa demiş ki: 'Olmaz olur mu? Bende ev, hanımda ev, çocukta ev!' Sonra leylek de kaçmaya başlamış... Kaçarken maymunla karşılaşmış. Maymun onun maliyecilerden kaçtığını öğrenince merakla sormuş: 'İyi ama seninle ne ilgisi var?' Leylek cevap vermiş: 'Olmaz olur mu? Bende yazlık, hanımda yazlık, çocukta yazlık!' Bunu duyan maymun da paniğe kapılmış tabii. Ormanı terk etmek için koşmaya başlamış. Bir vakit sonra yavaşlamış ve kendi kendine söylenmiş: 'Yahu ben niye koşuyorum ki! Benim kıçım açıkta, hanımın kıçı açıkta, çocuğun kıçı açıkta!'"

Herkes kahkahalara boğulurken Nurcan nefes nefese kendisini işaret edip, "O zaman ben de ormandaki maymunum," dedikten sonra kaşlarını çatarak diğer ikisine merakla baktı. Aklından geçenleri söyleyip söylememekte tereddüt etse de nihayet söylemeye karar verdi. "Ama leyleği tam anlamadım ben. Leyleğin sırtında evi yok ki!"

*

"Bunlar olağan şeyler Rafet ablacım, niye başka sebep arıyorsun ki? Anlatmıştım ya sana bir müvekkilimi! On yıl boyunca hiç konuşmadan yaşamış kocasıyla aynı evin içinde diye?"

Rafet başını sallayarak kaşlarını kaldırdı. "Evet ama bunlar bana sudan sebeplermiş gibi geliyor."

Yannis güldü. "Çünkü sen böyle yapmazdin."

"Tabii yapmazdım. Mantık işi mi şu? Küstüysen barışırsın. Barışmıyorsan boşanırsın. Aynı evde yıllarca hiç konuşmadan kös kös yaşanır mı canım?"

Handan elini kadının omzuna koydu. "Yaşamışlar işte! Geldiğimizde barışmalarına sevinmiştin. Neşeliydin. Düşüne düşüne hangi noktaya geldin bak! Boş veeer! Olmuş bitmiş işte! Sonuçta barışmışlar. Keyfini kaçıracak şeyler getirme aklına."

Rafet düşünceliydi. "Ya bir daha küserlerse?" Kaşlarını kaldırdı. "Olmaz! Benim Gökhan'la bir an önce konuşmam lazım!"

"Konusursuuun..." dedi Yannis.

Rafet tam o an bahçe kapısından Maral'ın hızla girdiğini gördü. "Hayırdır inşallah! Ne işi var bunun burda şimdi?"

Handan ve Yannis de o tarafa bakarken Maral sıcak bir sesle, "Merhabalaaar," diyerek masaya yaklaştı.

Rafet boş sandalyelerden birini işaret ederken, "Buyur," dedi.

Handan kıza, "Merhaba," derken Yannis başıyla selam verdi.

Rafet Maral'a bakarken doğrudan sordu: "Hayırdır? Hangi rüzgâr attı seni buraya?"

Maral, Handan ve Yannis'in yanında konuşmak istemiyordu. Gülümsedi. "Özel bir konu. Mümkünse yalnız..."

Rafet kızgın bir ses tonuyla ama sakince cevap verdi. "Maral, bizim seninle ne tür bir özel konumuz olabilir ki?"

"Şey... İşle ilgili Rafet ablacım."

"İşi burada konuşabilirsin. Yannis ortağım. Handan da bütün işlerimizi biliyor."

Maral bu sözlere bozulsa da belli etmedi. "Tabii... Şey... Ben şey için geldim Rafet abla. Şimdi duydum, tarifi satmam demişsin! Çok şaşırdım! İnsan iki yüz bin liraya hayır der mi? Vahit Bey çok üzülmüş..." Söyleyeceklerinin sonradan başına iş açmasını istemiyordu. Gelirken neler söyleyeceğini planlamıştı. Kısacık bir an planını aklından geçirdikten sonra sebeb-i ziyaretini açıkladı. "Vahit Bey aradı da. Aman Maral, n'olur git Rafet Hanım'la bir konuş, ikna edersen çok sevinirim gibi şeyler söyledi."

Yannis bu yalana birden çok sinirlendi ama sohbete katılmak istemiyordu. Ayağa kalktı ve "Ben mutfağa bir bakayım," dedikten sonra içeri geçti.

Handan onun peşinden gidip gitmemekte tereddüt ederken Rafet'in sesini duydu. "Handan bak ne kadar doğru karar vermişim. Yalancıymış bu adamlar! Bana en son dört yüz elli bin lira teklif ettiler, Maral'a iki yüz bin demişler."

Maral kıpkırmızı oldu ve bir an ne diyeceğini bilemedi. Hızla düşündü: Vahit yalan atmıştı demek. Rafet'le görüşmeye gelmeden önce tarif çok iyiyse iki yüz bin teklif edeceğini, ona da yüzde beş civarında bir komisyon ödeyeceğini söylemişti. Maral on bin lira kazanamadığına üzülürken demek aslında kaybettiği para yirmi-yirmi beş bin civarındaydı! Ahhh ne kadar saf bir insanım ben, diye geçirdi aklından ama Rafet'e çoktan iki yüz bin liradan bahsetmişti. Bundan daha sonra pişmanlık duymaya karar vererek çabucak lafı değiştirdi. "Ben... Ben yanlış anladım demek ki. Telefonda görüştük. O belki dört dedi, ben iki anladım."

Rafet güldü. "Tabii. İki ve dört dendiğinde herkes karıştırır."

Maral bu noktada, Rafet ve Vahit'in bir daha hiç görüşmemesini kendi geleceği açısından daha hayırlı buldu. Gülümsemeye çalışarak konuştu. "Haklısınız. Dürüst değilmiş demek ki." Başını salladı. "Ama merak ettim, neden anlaşamadınız? Gerçekten isim yüzünden mi?"

Rafet soruyu cevaplamak yerine gülümsedi. "Sen şimdi boş ver kurabiye meselesini! Bir yerlerde mi okudum, birinden mi dinledim unuttum ama birden aklıma geldi. Sana da anlatayım mı? Çok ilginç bir hikâye."

Maral hemen gitmek istiyordu ama bu kabalık olurdu, daha doğrusu bu tavrının Rafet'i kızdıracağından emindi. "Elbette! Hikâyeleri çok severim."

Handan ilgiyle onları dinlerken Rafet yavaş yavaş anlatmaya başladı. "Mısır'da, Süveyş Kanalı'nın ağzında bir liman varmış... Dimyat adında. Eskiden Mısır'ın meşhur pirinçlerini ince hasırdan örülmüş torbalara koyarlarmış. Buradan da Anadolu'ya getirirlermiş..."

Maral ellerinin titremesi belli olmasın diye iki elini de bacaklarının altına sokarak kadına gülümsedi ve dinlemeye devam etti.

"Bir Türk tüccarı Dimyat'a pirinç almak için giden bir gemiye binmiş. Gemide korsanlar varmış. Soymuşlar gemiyi. Aksiliğe bakın ki bizim Türk'ün de dünya kadar altını varmış. Bütün altınları yanındaymış! Soygunda hepsini kaybedince İstanbul'a zar zor dönmüş. İflas edince de mecburen memleketine gitmiş... Karaman'a. O sene de tarlasından topladığı buğdaylarla bulgurları tüccarlara satmış tabii. Ev halkına o kış bulgur mulgur kalmamış! O gün bugündür..."

Tam o an Mecnun'un sesini duydular. "Atlas'ım nerdeee?"

Bahçe kapısına döndüklerinde adamın Ece ve Ayça'yla birlikte geldiğini gördüler. Handan onlara el sallarken Maral adamı gördüğüne hiç bu kadar sevinmediğini hissetti. Aceleyle kalkarken yüzünü neredeyse tamamen kaplayan güneş gözlüğünü taktı ve iyi günler diledi. Diğerlerini başıyla selamladı. Ece'ye, "Çok işim var, sonra görüşürüz," diyerek hızla bahçeden çıktı.

Masaya varan Mecnun eliyle yüzüne kocaman gözlük işareti yaparak sordu: "Niye gelmiş arkadaş? Kaynak işi mi vardı?"

★

Bekir ve Halil'in sohbet ettiği masaya dönen Uğur konuşmalara kendini vermeye çalıştı ama aklı defterdeydi. Birkaç saat önce Meriç'in yazdıklarını okumak için dayanılmaz bir istek duymuş, Bekir'i kahvede bırakıp defteri alarak uzaklaşmak istemiş ama yapamamıştı.

Misafir ağırlamayı severdi. Özellikle de Hatice nine ve kocası onun için özel insanlar olmuşlardı. Ancak son zamanlarda her şey o kadar üst üste gelmişti ki bazen boğuluyormuş gibi hissediyordu. Sanki bütün hayatı birtakım sorumluluklardan ve zorunluluklardan ibaretti. Hep bu şekilde yaşamıştı. Hep bu şekilde yaşadığının ise Meriç'in ölümüyle farkına varmıştı ne yazık ki.

Kendi kendine düşündü: Şimdiye kadar böyle gitti, bundan sonra da böyle gitsin, ne olur ki? Meriç'e ulaşamamışım, yazdıklarına da geç ulaşayım, ne fark eder ki?

Masada duran telefonu çalmaya başlayınca ekrana baktı. "Oğlum arıyor," diye gülümsedikten sonra adamlardan izin isteyerek içeri geçti. "Alo," derken yerine oturdu.

"Alo, baba nasılsın?"
"İyiyim oğlum, sen nasılsın?"
"Ben de iyiyim. Sana dün bahsettiğim işi hallettim."
"Öğretmenlerle bizzat görüştün mü? Ne dediler?"
"Bir opera, bir de caz parçası kaydetmesini tavsiye ettiler. Söylemesi kolay parçalar olmayacakmış."

Uğur bir an düşündü. "Keşke sen burda olsaydın Taylan. Ben hiç anlamam ki oğlum!"

Taylan güldü. "Merak etme ben onu da hallettim. Biraz önce Handan'la konuştum, durumu anlattım detaylı bir şekilde. O seçecek parçaları. Yarın sabah bize geçip Elif'i alacak. İki gün akşama kadar çalıştıracak. Handan müzikten anlıyor, sen merak etme."

Uğur başını salladı. "Tamam o zaman. Ben stüdyoya götürürüm."

"Handan, ben hallederim dedi ama isterseniz beraber gidin."

"Tamam oğlum tamam. Biz ayarlarız gerisini. Sağ ol. Seni de yordum kaç gündür. O şehirden bu şehre koşturup durdun."

"Olacak o kadar. Bana da iyi oldu. Görmemiştim bu okulları. Çok güzellermiş!"

*

Nurcan eliyle arkadaşını işaret edip, "Sonra da olmaz dedi bu bana," deyince Aysel gülerek araya girdi. "Nurcan beni çocuk gibi Hatice nineye şikâyet ediyorsun farkında mısın?"

"Ederim tabii! Hiçbir dediğimi kabul etmiyorsun, n'apayım?"

"Aysel haklı," dedi Hatice nine. "Çorbacı dükkânından para kazanılmaz. Gezdim oraları. Ev yemeği yapan pek çok yer var."

Nurcan hayal kırıklığına uğradı. "Ne yapacağız o zaman? Sen olsan ne yaparsın Hatice nine? Hadi bize bi akıl devşir."

Hatice düşüncelere dalarak dudağını büzdü. "Bilmiyorum ki. Kilim dokunuyor mu buralarda?"

Aysel'le Nurcan birbirine baktı. İkisi de başını iki yana sallarken Nurcan açıkladı. "Bu civarda yok galiba ama Uşak tarafında köylerde falan dokuyorlar. Pek de güzel dokuyorlar ama o iş olmaz."

"Niye?" diye sordu Hatice.

Nurcan şöyle bir düşündü. "Çok meşakkatli bir iş o. Dokuyanların canı çıkıyor. Onlara az para ödüyorlar. Fabrikalardan adamlar gelip köylülere yaptırıyorlar. Dükkânlarda da ateş pahası! Turistik yerlerde satıyorlar. Buralarda duymadım ben."

Hatice ellerini iki yana açtı. "Bizim oralarda da dokunmuyor artık. Ben gençken çok kilim dokudum. Bizim köyde, o zamanlar hepimiz bilirdik. Ammaaa hakkımızı alırdık. İyi para kazanırdık! Son senelerde..." Gözlerini tavana dikip içinden bir hesap yaptıktan sonra sürdürdü konuşmasını. "Yirmi yıl evvel fabrika işi halılar çıktı. Daha ucuz. Yine dokuyan yerler var ama pek azaldı. Bizim oralarda da azaldı, doğru dedin! Ben torunlara öğretemedim..."

Aysel o an sesli düşündü. "Sen burda olsaydıın açardık bir yer! Sen de bize kilim dokumayı öğretirdin."

Hatice gülümsedi. "He öğretirdim valla. Pek çok kişiye öğrettim ama buralarda yaşayamam ki."

Aysel telaşlandı. "N'oldu? Beğenmedin mi buraları Hatice nine? Canın mı sıkıldı?"

"Beğenmem mi? Pek güzel! Her gün güneşli. Kemiklerim gevredi. Biz Karadeniz'de yosun tutuyoruz ammaaa yayla başka. Ben yemeği ocağa koydum mu hemen dışarı çıkıyorum. Çimene basıyorum. İneklerim var, daralıyorum ben böyle evlerde."

Nurcan kadına hak verdi. "Doğru valla! Alışana zor. Biz alıştık böyle eve tıkılmaya. Bak ne iş tutacağımızı bile bulamıyoruz."

Bir süre konuşmadan çay içip kek yediler. Hatice ağır ağır lafa girdi. "Yemek işi yapacaksınız yine. Dikiş nakış bildiğiniz yok. Mal alıp mal satmak da size uymaz! Yine yemek olacak ama ne pişireceksiniz? Onu bulmak lazım."

Aysel onu onayladı. "Uğur da öyle dedi! Anladığınız başka iş yok dedi."

Nurcan buna itiraz etti. "Kendi adına konuş Aysel. Ben kumaş boyamaya düzenli olarak gidiyordum. Az kalsın öğrenecektim."

Aysel kızdı birden. "Ha sen tam öğrenecekken elini mi tuttum?"

"Elimi tutmadın ama oyunbozanlık ettin."

"Neler geldi başıma Nurcan, sanki bilmiyorsun! Aşk olsun sana!"

Nurcan bu konuşmayı gülümseyen gözlerle takip eden Hatice'nin yüzünde birden endişeli bir ifade belirdiğini fark etti. "Canım öyle tabii. Kusura bakma, boş boş konuşuyorum işte."

Hatice rahatlayarak sordu: "Beraber olunca... Her gün berabersiniz madem, gezmeye falan gidiyor musunuz? Neler yapıyorsunuz?"

Aysel hemen açıkladı. "Arada gezmeye de gidiyoruz tabii. Onun dışında, eskiden oturup konuşurduk... Ordan burdan." Nurcan'ın gülmeye başladığını görünce ekledi: "Dedikodu falan yapardık yani..."

Nurcan onu iğneleyerek vurguladı. "Eskiden!"

Aysel elindeki peçeteyi ona fırlatırken gülümsedi. "Eskiden tabii... Üç-dört aydır hiç yaptık mı?"

Hepsi gülmeye başladı. "Allah affetsin bizi. Dedikodu günahımız pek çok Hatice nine," dedi Nurcan sonunda.

Hatice nine başını salladı. "Affeder inşallah. Siz dua edin yeter!"

Nurcan iç geçirdi. "Bilmem ki..." Düşünceli bir şekilde sürdürdü sözlerini. "Artık... Ölünce göreceğiz."

Aysel gülümseyerek onun omzunu dürttü. "N'oldu kız? Yoksa korkuyor musun?"

Nurcan samimi bir şekilde itiraf etti. "Korkuyorum tabii Aysel! Bi dolu günahımız vardır. Kim bilir başımıza ne gelecek?"

Hatice nine bir kahkaha patlatıp, "Düşündüğün şeye bak!" dedi Nurcan'a bakarak. Eliyle sırtını göstererek, "At buraya," dedi ve kadınların meraklı bakışları arasında anlatmaya başladı. "Fıkra bu ya! Dünyanın sonu gelip çatmış... Mahşer günü... Heeerkes dirilmiş. Ahrette görevli melekler, milleti toplamış ve demiş ki: Herkes günahlarını yanına alıp gelsin, hesap göreceğiz, tek tek. Kimi bir çantaya doldurmuş günahını. Kimi büyükçe bir bavula. Kimi cebine. Hepsi hesap yerine doğru başına ne geleceğini merak ederek sıkıntılı bir şekilde kara kara düşünerek yürüyormuş. Adamın birinin de günahı pek çokmuş... O kadar çokmuş ki ne çantaya sığmış ne bavula! Bi traktörün arkasına doldurmuş mecburen ama yine de pek neşeliymiş. Traktöre binmiş, ıslık çala çala, şarkı söyleye söyleye... Yavaş yavaş hesap yerine doğru ilerlemeye başlamış. Yolda bir bakmış bir adam ağlaya ağlaya yürüyor. Traktörü durdurup, 'Niye ağlıyorsun hemşeriiim?' diye bağırmış adama. Ağlayan adamın elinde küçücük, para kesesi gibi bir şey varmış..." İşaret ederek sürdürdü konuşmasını. "Burnunu çekip şööööyle koluna sürmüş adam. 'Bunlar benim günahlarım," diyerek elindeki küçücük keseyi göstermiş. 'Bunların hesabını nasıl vereceğim?' diye ağlıyorum demiş. Bizimki kahkahayı patlattıktan sonra demiş ki: 'Amaaan üzüldüğün şeye bak Allah aşkına!' Gülerek traktörün arkasını işaret etmiş. 'Şunlar da benim günahlar... Atıver üstüne!'" Kadınlar katıla katıla gülerken eliyle Nurcan'a 'boş veeer!' işareti yaptı.

★

Rafet restoranın denize bakan tarafındaki masalardan birinde gazete okuyordu. Üçüncü köşe yazısını da okuyunca gazeteyi katladı ve uçmasın diye üzerine kül tablasını koydu. Ece ve Ayça biraz ileride, şemsiyenin altındaki şezlonglarda bacaklarını güneşe vermiş uzanıyorlardı. Üzerlerinde güneşten ziyade rüzgârdan korunmak için tişört vardı. Ayça kitap okuyordu.

Rafet şalına sarındı. Ece'nin nereye baktığını göremiyordu ama deniz kıyısında Atlas'la kocaman bir kale yapan Mecnun'u izlediğinden emindi.

Mecnun'un Ece ile evlenmesini çok istiyordu. Bunu düşünüp uykuya dalamadığı zamanlarda birçok plan yapmıştı ama şu an bunları uygulaması imkânsızdı. Bir yanı 'sakın gönül işlerine karışma' derken diğer yanı Mecnun'un evlenip çoluk çocuğa karıştığını görmek istiyordu. Bunu görebilirse içi çok rahat edecekti. Onun Atlas'la ilişkisine hayran olması, bu konuda ona minnet duyması bir yana, annesiz ve babasız olduğu için adama karşı bir tür sorumluluk hissediyordu. Bütün tersliklerine rağmen seviyorum bu çocuğu, diye geçirdi içinden. Annesi sağken, kılığı kıyafeti daha derli topluydu sanki. Düşünceleri yine aynı noktaya kaydı: Bu çocuğun kendini toparlaması için evlenmesi şart.

"Biz geldiiik!"

Handan kadının sıçradığını görünce kendini suçlu hissetti. Yannis'le birlikte masaya otururken, "Korkuttum mu seni?" diye sordu.

Rafet gülümsedi. "Yok... Önemli değil... Dalmışım... N'aptınız? Buldun mu şarkıları?"

Yannis başını öne eğdi. "Evet! İnternetten indirdik... Handan'in telefonunda."

Rafet gülümsedi. "Bak! İşim yok diye üzülme! Şimdi de müzik öğretmeni oldun."

Bu sırada Mecnun ayağa kalktı ve masaya doğru gelirken *Eleni Karaindrou*'dan *To Vals Tou Gamou* çalmaya başladı. Ece, "Bayılırım buna," diye hafifçe bağırdığında ona elini uzattı ve ikili kumsalda dans ederken herkes onları beğeniyle izlemeye koyuldu.

Handan dans ederken genellikle milleti güldürecek figürler yapan Mecnun'un ciddi bir şekilde vals yaptığını görünce, "Yannis! Mecnun vals yapıyor! Yani gerçekten yapıyor. Yani kurallarına göre..." dedi heyecanla.

Yannis güldü. "Biliyorum." Rafet ve Handan'ın şaşkın ifadesini görünce açıkladı. "Biz geçen sene beraber dans dersi aldik. Vals ve salsa."

Handan, Mecnun ve Ece'den gözlerini ayırmadan sordu: "Ne zaman? Nerde? Kimden?"

"Karşiyaka'da bir dans okulunda."

Rafet o kadar büyük bir şaşkınlıkla bakıyordu ki Yannis kahkaha attı. "Dans dersi aldik dedim. Adam öldürmedik."

Rafet şaşkınlıktan açık kalan ağzını toparladı. "Haaa! Siz hani iş güç için gidiyordunuz?"

"Öyleydi. Arada da vals öğrendik."

Handan gülümseyerek araya girdi. "Benim elbiselerime ne de yakışır bu dans, hiç aklına gelmedi mi? O okula gidiyoruz ve beraber dans dersi alıyoruz Yannis!"

Adam gülümseyerek kolunu onun omzuna attı. "Bana uyar."

Ece ve Mecnun dansı bitirince herkes alkışladı. Atlas oyununa dönerken Ayça ayağa kalktı ve hep beraber masaya geçtiler. Mecnun Rafet'in yanağından makas alarak sordu: "Nasıl vals yapıyorum? On numara! Mübarek Viyanalı mıyım neyim bilemedim... Sen çıkarabildin mi nereli olduğumu?"

Diğerleri gülerken Rafet yüzünü buruşturdu. "Otur şuraya! Zevzek! Ne o öyle? Gizli gizli dans dersi almalar?"

Mecnun Yannis'e bakarak güldü. "Senin haberin olmayan bir şey yapınca gizlemiş mi oluyoruz?"

Rafet soruyu duymazdan gelerek Ece'ye döndü. "Sen de güzel dans ettin."

Genç kadın gülümsedi. "Yok yok, Mecnun idare etti."

Bir süre aldıkları dans dersinden bahsettikten sonra konu döndü dolaştı Maral'ın o günkü ziyaretine geldi. Ayça o kadar merak etti ki Handan ona durumu hızla özetledi. Rafet'in Maral'a öfkesi dinmemişti. Aslında giderek daha da artıyordu. Kızgınlıkla söylendi. "Bir yolunu bulsam da şu kızı..."

"Parça pinçik etsen?" dedi Mecnun.

Herkes gülünce Rafet başını geriye attı. "Yok! Buraya gelmekten vazgeçirsem."

Handan onu yatıştırmaya çalıştı. "Abartma Rafet abla!"

"Ne abartması? Tek ayak üstünde kırk yalan atıyor!" Ece'ye dönüp ekledi: "Senin de arkadaşın ama..." Ece başını öne doğru eğince bu kez ortağına döndü. "Yannis'e sorun, o beni bilir. Ben kolay kolay kızmam ama bu kız çok oluyor artık! Eskiden herkeste iyi bir taraf vardır, diye düşünürdüm. Ama bu kızda iyi bir taraf göremiyorum... Bizi ortalıkta bırakıp gitti, bir şey demedim! Şimdi de gelmiş... Yok efendim, Vahit Bey ona, git de Rafet'i ikna et demişmiş! O hiç karşılıksız bir şey yapar mı? Görülmüş şey mi? Belli! Para verecekler buna herhalde... Gelmiş beni kandırmaya çalışıyor!"

Mecnun kaşlarını ve ellerini kaldırıp sesini kalınlaştırarak ciddiyetle, "Bu mümkün mü?" diye sorunca diğerleri güldü.

Rafet de ellerini havaya kaldırıp gülümsedi ve Handan, "Şimdiii..." der demez itiraz etti. "Şöyle oyun oynayalım, böyle tiyatro yapalım deme sakın bana! Sinirliyim bugün."

Handan sinmiş bir ses tonuyla, "Ananemden bir masal okuyacaktım," diye fısıldayınca herkes kahkaha attı.

Rafet gülümserken eliyle işaret etti. "Oku bakalım ama dur! Atlas'ı da çağıralım mı?" Kimsenin bir şey demesine fırsat vermeden devam etti sözlerine. "Yok yok! Böyle okunduğunda çocuk etkilenmiyor. Ben o masalları senden alıp Gülşen gibi yeri geldikçe okuyacağım ona."

Mecnun onu düzeltti. "Gülşen yeri geldikçe okumuyor, uyduruyormuş yalnız!" Rafet ona ters ters bakarken sözlerini tamamladı. "Yanlışlık olmasın diye şey yaptım... Aradaki farkı yani... Neyse oku bakalım Kontes."

Handan birkaç saniye bekleyip tartışmanın bittiğine kanaat getirince masalı okumaya başladı:

Bir zamanlar, sihirli bir ev varmış... Öyle böyle değil, çok sihirliymiş...

O eve giren insanlar değişerek çıkarlarmış... Örneğin biri çok kavgacıysa ve bu eve girerse, o evden pamuk helva kıvamında çıkarmış. Nice kibirli insan alçakgönüllü çıkmış bu evden. Hırslı insanlar... Cimri insanlar... Kötülükten başka hiçbir şeye kafası çalışmayan insanlar... Hepsi ama hepsi, tam tersi bir vaziyette çıkıyormuş o evden...

Çoook büyük bir kasabadaymış bu ev! İnsanlar evle ilgili hikâyeyi duyunca sırf meraktan oraya gidiyormuş ve değişiyormuş...

Birkaç yıl sonra o kasabada ne kin, ne nefret, ne kötülük kalmış... Herkes mutlulukla yaşamaya başlamış...

Bu evin, insanlar üzerinde nasıl olup da böyle bir etki yarattığını, kimse bilmiyormuş...

Aslında bu evi sihirli kılan, yıllar önce ev sahibinin aldığı akıllı bir saatmiş... Daha doğrusu guguklu saatteki kuş...

Bir zamanlar, bir çocuğun attığı sapanla vurulan ama ölmeyen bir kuş takmışlar saate... İnsanların nasıl yaratıklar olduğunu çok iyi bilen bu kuş, bir gece herkes uyuduktan sonra evdeki bütün saatleri acil toplantıya çağırmış ve onlarla biraz sohbet etmiş...

İki tane masa saati, dört tane kol saati, kendisi hariç üç tane de duvar saati katılmış bu sohbete... Onlara sormuş: İnsanlardan şikâyetiniz var mı?

Kimi tozlu bırakıldığından şikâyetçi olmuş, kimi her yere fırlatıldığından... Sonra onlar sormuş kuşa: Sen neden şikâyetçisin? Şimdi sen söyle bakalım...

Guguklu saatin kuşu demiş ki: Ben bunların hiiiç birinden şikâyetçi değilim... Ama ben bir zamanlar kuş olduğum için insanları sizden daha iyi tanıyorum... Bir saatin içinde kuş olunca fark ettim ki insanlar kendilerine sorması gereken soruyu bize soruyorlar...

Kol saatlerinden biri sormuş: Daha iyi açıkla... Aklım karıştı... Bozulurum sonra...

Kuş hemen açıklamış: İnsanlar hep bize 'saat kaç' diyerek gelmiyorlar mı?

Diğer saatler yelkovanlarını sallayarak hep bir ağızdan bağırmışlar: Eveeet!

Kuş açıklamasına devam etmiş: Örneğin dün, evin babası benim yanıma beş kere geldi. İlkinde sakin bir insandı... İkincisinde öfkeli bir iş adamıydı... Üçüncüsünde içi nefretle dolu bir evlattı... Dördüncüsünde kurnaz bir arkadaştı... Beşincisinde cömertmiş gibiydi ama kalbi cimrilikten durmak üzereydi... Dayanamadım ve tüylerim ürpererek bağırdım: İnsan kaaaç?

Tabii o beni duymadı ama varlığı duydu... Bir günde kaç kılığa girdiğini hissetti... Ve varlığından cevap geldi: İnsan bir!

Ondan sonra adam tamamen değişti... Bugün üç kere geldi ve üçünde de birdi... Bir olduğu için de ne kızgınlık, ne öfke, ne hırs vardı...

Masa saati hayret etti: İnanılmaz bir hikâye bu... Ama bizim ne yapmamızı istiyorsun?

Kuş cevap verdi: Sizden ricam, bu insanlar 'saat kaç' diye her yanınıza geldiğinde, onlara bütün gücünüzle 'insan kaaaç' diye bağırmanız... Nasıl olsa sizi duymayacaklar... Ancak varlıkları duyacak...

Bunu yapabilirseniz belki her insan bir olduğunu hatırlar... Hep beraber daha çok kişiye ulaşırız ve bunu başarırsak çok mutlu bir hayat başlamaz mı?

Bütün saatler akrep ve yelkovanlarını oynatarak kuşu alkışladı...

İşte o günden sonra ev sihirli hale gelmiş... Derken bu evin ünü şehirlere ulaşmış... Şehirlerden insanlar gelmeye başlamış... Sonra başka ülkelerden...

Tam bütün dünyada insan 'bir' olacakken... Çok zengin bir iş adamı bütün parasını verip bu evi satın almış...

Eve girenlerden para alacağı için biraz değişiklik yapmaya karar vermiş... Evdeki bütün eşyaları atmış... Saatler de çöpe gitmiş...

Evdeki sihir gidince zengin adam da batmış... Kimse 'insan kaç' diye sormaz olunca... İnsan, birliğini unutmuş...

Maalesef dünya tekrar eski haline dönmüş... Kibirli... Hırslı... Açgözlü... Bencil insanlarla dolmuş yeniden... Ve savaşlar başlamış...

Handan gülmemeye çalışarak okudu. "*Biroco Binoko.*"

zorluk vaktiyse şimdi
yok mudur
nazımızın geçtiği bir mazi?

9

Rafet saatine bakarak söylendi. "Hadi artık Atlas! Saat on buçuk oldu. Yatağa!"

"Yarım saat doldu mu?" diye sordu çocuk ekrandan gözünü ayırmadan.

Rafet 'evet' diyecekken duraksadı. Yarım saatin dolmasına henüz on dakika vardı. Yalan söylemese iyi olacaktı. "Hayır, daha on dakika var ama yatman lazım artık. Okula başlayacaksın."

Atlas klavyenin üzerinde sağa sola eğilerek yarış arabasıyla yoldan çıkmamaya çalışırken, "O zaman niye yarım saat oyna dedin?" diye sordu.

Rafet çaresiz bir halde iç geçirdi. Bu çocuğa laf yetiştirmek giderek zorlaşıyor, diye düşündü. "Tamam. On dakika daha bekliyorum o zaman!"

Atlas birkaç dakika sonra bilgisayarı kapatıp babaannesinin kucağına çıktı.

Rafet bazı düşüncelerden bir türlü kurtulamıyor, kurtulamadığı için de korkuya kapılıyordu. "Atlascım?" dedi torununa sarılarak.

"Efendim babanne?"

"Burda... Benim yanımda... Foça'da mutlu musun?"

Çocuk oflayarak yüzünü buruşturdu. "Sen de hep bunu soruyorsun."

Rafet hemen kendini savundu. "Aaa! Ne zaman sordum?"

Atlas gülümseyerek cevap verdi. "İzmir'e gidiyorum ya! Gelince hep böyle söylüyorsun."

Bu sözlere şaşıran Rafet en makul açıklamayı bulmaya çalışarak yumuşak bir ses tonuyla konuştu. "Çünkü İzmir büyük bir şehir. Orda her şey var. Parklar, alışveriş merkezleri, oyun alanları. Sonra... Annenle babanın arkadaşları. Onların çocukları. Sitedeki akranların..."

"Akran ne demek?" diye sordu Atlas araya girerek.

"Yaşıtın demek. Seninle aynı yaşta olan."

"Ama burda da akranlarım var."

"Burda da var ama çok değil! Orda daha çok arkadaşın var."

Atlas omzunu silkti. "Okul başlayacak ya! Burda da çok arkadaşım olacak. Çok arkanım olacak."

Kadın gülümsedi. "Arkan değil akran. Ak-ran."

Atlas kelimeyi birkaç kez alçak sesle tekrar ettikten sonra doğrudan sordu: "Babanne, sen beni istemiyor musun? İzmir'e gitmemi mi istiyorsun?"

Rafet ona sımsıkı sarıldı. "Aaa! O da nerden çıktı? Ben bu soruları soruyorum çünkü... Çünkü senin burda mutlu olduğundan emin olmak istiyorum."

Atlas kadının kucağından yere zıplarken, "Emin ol!" dedi ve şortunu çıkarıp yastığının altından pijamasını alırken babaannesine döndü. "Gitmek istersem sana söylerim."

★

Uğur önündeki sehpadan boş çay bardağını alan Aysel'e, "Yeter, koyma artık. Eline sağlık," dedikten sonra Bekir ve Hatice'ye dönerek açıklamasını tamamladı. "Elif'in sesini dinledikten sonra birkaç hafta içinde kararı bildirirlermiş. Kararları olumlu olursa bir sonraki dönem mi olur yoksa hemen mi çağırırlar bilmiyorum. Taylan o konuda bir şey söylemedi."

Elif'in konuşmayı heyecanla ve gülümseyerek dinlediğini gören Hatice, "Hayırlısı olsun. Her şeyin hayırlısı," dedi kısaca.

"Sağ ol Uğur. Çok uğraştın bu iş için ama olmayacak duaya amin denmez," diyerek araya girdi Bekir.

Elif'in yüzündeki hayal kırıklığını gören Hatice kocasına hafifçe kızarak konuştu. "Olmayacak dua olmaz! O zaman o dua mı olur? Dur bakalım ne olacak?" Uğur'a dönüp dert yandı. "Benim adam hep böyle tez canlı." Sesini yumuşatarak tekrar kocasına baktı. "Bakalım ne diyecekler? Beğenip de kızı hemen uçağa koymadılar ya! Ne diyeceklerini bi işitelim evvela!"

Bekir cevap vermek yerine kafasını iki yana sallayarak Uğur'a gülümsedi. Aysel araya girip konuyu değiştirdi. Saat on bire doğru herkes odasına çekildi.

Aysel kocasının düşünceli halini görünce, "Uğur, bu işe giriştin," diye fısıldadı. "Tamam, giriştik ama Bekir abi hiç istemiyor sanki. Aralarında tatsızlık çıkmaz inşallah!"

Uğur da kısık sesle cevap verdi. "İnşallah."

"Elif de çok umutlandı."

"Gördüm, gördüm! İzin vermezlerse en çok onun hayal kırıklığına uğramasına üzüleceğim."

Bu sırada Bekir de Hatice'yle konuşuyordu. "Bi de bakalım ne diyecekler diyorsun! Ne diyecekleri belli Hatice! Bülbül gibi sesi var! Hadi buyur dediklerinde ne diyeceğiz? Yollayacak mıyız sanki?"

Hatice bir süre düşündü. "Bilmiyorum ki. Belki gider."

Adam kızgınlığını sesine yansıtmamaya çalıştı. "Sen iyice delirdin kadın! Nasıl yollarız?" Karısı cevap vermeyince kısa süreli bir sessizlik oldu. "Haticem. Bilirim, sen en iyisini en hasını istersin Elif için. Ben de öyle isterim."

"En iyisini istiyorsan niye olmaz diyorsun?" diye sordu Hatice.

Adam çaresizlik içinde açıklamaya çalıştı. "Bak, biliyorum, Uğur da Aysel de pek iyi insanlar ama Elif daha çocuk! Daha bizden ayrı başka bir şehre bile gitmedi! Memlekette okul tutturdu işte, okusun orda."

"Kızın hevesini görmedin mi Bekir? Belli! Şarkı söylemek istiyor."

"E senin yüzünden! Heveslendiriyorsun kızı."

Kadın tartışmak istemiyordu. "Dur bakalım, sabah ola hayrola!"

Bekir kısık sesle söylendi. "Offf Hatice! Ne inatçı kadınsın! Kafana taktın belli! Yollayacaksın kızı yaban ellere. Başına bir şey gelirse vebali senin boynuna, ona göre!"

Hatice gülümsedi. "Burda kalırsa ve başına bir şey gelirse, o zaman vebali kimin boynuna?"

Bekir açıklamaya çalıştı. "Anladın sen benim ne dediğimi." Çaresiz bir ses tonuyla ekledi: "Bizim bi ayağımız çukurda, anasının durumu belli! Oralarda kızın başına bi hal gelse peşinden kim gidecek? Bizim gücümüz ne?"

Hatice dirseğinin üzerinde doğrulup yüzünü kocasına çevirdi. "Allah gitsin peşinden Bekir, sen ben gitsek n'olacak? Az tevekküllü ol! Az rahat ver gönlüne daaa!" Pikeyi üstüne çekerek diğer tarafa dönerken sözlerini sürdürdü. "Hadi uyuyalım artık. Allah rahatlık versin."

★

Ece içeri girip ışığı açarken Ayça hafifçe sendeleyerek kanepeye yöneldi ve "Beraber son gecemiz ha?" dedi.

Ece tekli koltuklarından birine otururken gülümsedi. "Evet! Yarın yeni evime geçiyorum ama sen daha burdasın değil mi?"

Ayça başını salladı. "İki hafta daha. Sonra İstanbul'a gidip annemi görürüm. Toparlandıktan sonra da ver elini Ankara."

"Sana kahve yapayım mı?" diye sordu Ece ayağa kalkarken.

"Otur otur. Sarhoş değilim," diyerek gülümsedi Ayça.

Ece tekrar otururken niyetini açıkladı. "İki kadeh şarapla sarhoş olunmaz zaten ama miden rahatlardı."

Ayça gülümsedi. "Midem iyi. Tam çakırkeyif oldum." Biraz düşündükten sonra sordu: "Saat kaç?"

Ece cebinden telefonunu çıkarıp baktıktan sonra ona cevap verdi. "On bir."

Ayça sehpaya bıraktığı çantasını karıştırırken, "Böyle zamanlar için bir şarkım var ama biraz yüksek sesle dinlemeyi severim," dedi.

"Nedir o?"

"*Mahur Beste.*"

"*Ahmet Kaya.*"

"Sever misin?"

"Protest müzikte tek isim bence ama bütün şarkılarını severim diyemem. Siyasi olanları ya da sözlerini ağlak bulduklarımı pek dinlemem ama sevdiklerim de var." Kızın merakla kendisine baktığını fark edince ekledi: "*Mahur Beste*'yi ben de çok severim." Ayça'nın çantasından çıkardığı hafıza kartını müzik çalara taktığını görünce sordu: "Peki sen bu şiiri *Atilla İlhan*'ın nasıl yazdığını biliyor musun?"

Ayça kumandayla şarkıyı ayarlamaya çalışırken başını salladı. "Deniz, Yusuf ve Hüseyin asıldıktan sonra İzmir'de Karşıyaka vapurunda yazmış." Ece'nin şaşkın ifadesini görünce gülerek sürdürdü konuşmasını. "E biz de okuyoruz bazen... *Gülünün Solduğu Akşam*."

"*Erdal Öz*."

"Evet. Bilmeme şaşırdın mı?"

"Yok şaşırmadım da bizim dönemden bile çoğu kişi o olayları detaylı bilmez." Gülümseyerek ekledi: "Taaa annelerimizin, babalarımızın gençliğinde olan şeyler." Açıklamasında bir çelişki hissetti. "Yani evet şaşırdım biraz. Siyaseti sevmiyorsun gibi geldi bana. Hoş, ben de sevmem!"

Ayça omzunu silkti. "Hiç sevmem ama elbette dünyada ne olup bittiğini bilecek kadar okuyorum. Aslında ablam politika okumam konusunda çok ısrar etti ama 'hayatta olmaz' dedim. Yine de bu şarkıyı ablam dinlerken ilk duyduğumda, nasıl desem, ılık ılık geldi. Hüzünlendim. Aynı zamanda umutlandım. Şiirin hikâyesini öğrenip kendi başıma dinlediğimde ise *güneşten ışık yontarlardı sert adamlardı* kısmında gözyaşı dökmeye başladım. Ama tamamen rahatlık veren türde." Gülümsedi. "Hâlbuki ölmüşler. Asılmışlar bitmiş! Ama öyle değil işte! Bu şiir bambaşka! Bu olay daha asil anlatılamazdı. Sanki ölüm değil hayat anlatılıyor. Bestesiyle de müthiş uyumlu. E *Ahmet Kaya*'nın sesi, dinlerken zaten boşluk bırakmaz insanda. Şarkıyı ne zaman çakırkeyif olsam dinlerim ve aynı duyguyu hissederim. Azıcık ağlayıp rahatlarım."

Ece eliyle işaret etti. "E hadi çal da dinleyelim."

Ayça kumandanın tuşuna bastı ve başını kanepenin arkasına

yasladı. Gözlerini tavana dikip şarkıyı dinlemeye başladı. Hafif bir sesle şarkıya eşlik ediyordu: Şenlik dağıldı bir acı yel kaldı bahçede yalnız...

Ece onun şarkıya kapıldığını görebiliyordu. *Müjgan'la ben ağlaşırız* kısmını duyduğunda istemsiz bir şekilde gülmeye başladı. Kendini kontrol etmeye çalıştı ama artık çok geçti.

Girdiği duygusal havadan çıkan Ayça şarkının sesini kısıp sordu: "N'oldu şimdi?"

Ece gülüşünü bastırmaya çalışarak kesik kesik konuştu. "Üniversitedeyken bir arkadaşım vardı. Sosyoloji okuyordu. Karslı. Naci. Azeriydi..." Kısa süreli sessizliğin ardından kızın 'ne var bunda' anlamında göz kırptığını görünce anlatmaya devam etti. "Bu lisedeyken bir kıza âşık olmuş. Kız da buna. Bunlar Şafi mezhebinden..." Duraksadı. "Unuttum şimdi Şafi miydi Şii miydi işte ondan. Âşık olduğu kız da Kürt ve Aleviymiş. Tabii sadece gizli gizli mektuplaşıyorlarmış. Aileler öğrenince kıyamet kopmuş, ayrılmak zorunda kalmışlar. Klâsik aşk hikâyesi. Üzerinden beş yıl geçti ama hâlâ unutamadım, demişti bana."

Hikâyenin şarkıyla bağlantısını merak eden Ayça merakla sordu: "Sonra?"

"Sonrası... Kızın adı Müjgan'mış. Naci bana aşk hikâyesini anlatırken, '*Mahur Beste* bizim şarkımızdı. Ahmet Kaya'yla ortak yanımız. O da bir Müjgan'a vurulmuş, ben de...' demesin mi?"

Ayça kahkaha attı. "Hadi yaaa? E yuh! O kadar dinliyormuş da kimse söylememiş mi?"

"Iıh! Naci ülkücüydü. Ortak arkadaşlarımız vardı. Bana bu hikâyeyi anlattığında, 'Sakın *Ahmet Kaya* dinlediğimi kimseye söyleme,' diye rica etti. Yani öyle herkesin içinde dinlediğini sanmam."

Ayça yüzünü buruşturdu. "Ne saçma!" Birkaç saniye düşündükten sonra sordu: "Sen düzelttin tabii? Yani şarkının anlamını açıkladın? Şiiri falan?"

Ece başını iki yana salladı. "Hayır."

"Neden?"

Ece bir süre sessiz kaldıktan sonra açıkladı. "Naci çok iyi

ve çok zeki bir çocuktu aslında ama bu şarkıyı hep aşk şarkısı olarak dinlemiş. Öyle ki *Müjgan'la ben ağlaşırız* kısmıyla bütünleşmiş. Düzeltip de hayallerini yıkmak istemedim ama ne yalan söyleyeyim içimden çok güldüm."

Ayça gülümseyip, "Ben olsam hemen düzeltirdim!" dedikten sonra şöyle bir düşündü. "Ama sen de haklısın! Anladığım kadarıyla çocuğun aşkından geriye bir tek bu şarkı kalmış." Kafasını salladı. "Onu da elinden almak olmaz. İyi olmuş düzeltmediğin!"

*

Yannis ve Handan yatağa uzanmış, gün içinde olanlardan bahsediyorlardı. Rafet'in aklına geldikçe Maral'a kızmasına epey güldükten sonra, "Sen de Rafet abla gibi Maral'ı tehlikeli buluyor musun?" diye sordu Handan başını adamın göğsüne yaslayarak.

"Iıh! Maral sadece..."

Maral konusunda onun ne düşündüğünü çok merak eden Handan, "Sadece?" diyerek Yannis'i cesaretlendirdi.

"Hirsli."

"Hırs, tehlike değildir diyorsun?"

Yannis gülümsedi. "Tehlike elbette ama sadece insanin kendine."

Handan kısa süreli sessizliğin ardından aklından geçenleri dile getirdi. "Sen olsan, yani tarif senin olsa, satar mıydın?"

"Satardim tabii. N'apacağim? Tarifin tursusu kurulur? Satardim! Herkes bol bol yerdi."

Handan başını kaldırarak adamın yüzüne bakarken gülümsedi. "O kadar paraya 'hayır' demem diyorsun yani?"

"Paradan değil! Aslinda paranin olmasi da iyi ama ben böyle bakiyorum. Ben, Yannis. Rafet için durum farkli. Atlas'la ilgili."

"Biliyorum biliyorum. Gerçi ben de satardım!"

"Yaaa? Parayi ne yapardin?"

"Burdan kocaman bir ev alıp tiyatro atölyesine dönüştürürdüm ve hemen çalışmalara başlardım." Yannis bir şey demeden uzanıp saçlarını karıştırınca aklından geçenleri anlatmaya devam etti. "Ankara'daki evle ofis satılınca bu fikrimi hemen uygulamaya koyacağım zaten!"

Yannis merakla sordu: "Nasil? Dersi sen mi vereceksin?"

Handan güldü. "Beğenemedin mi?"

"Beğendim ama anlamadim. Nasil olacak bu is? Yani ders vermek için yeterli misin?"

"Değilim tabii ki. Ama İzmir'de araştırırım bulurum ders verecek birini. Bazı günler o gelir. Diğer detaylarla da... Sporudur, kostümüdür, provasıdır ben ilgilenirim. Bilmiyorum... Amaaan Yannis! Detayları düşünmedim daha. Hele bi para gelsin de!" Dirseğinin üzerinde doğruldu ve adamın gülümseyerek kendisine baktığını görünce, "Eee ne diyorsun?" diye sordu.

Yannis cevap olarak onu kendine çekip öptü.

★

Mecnun seraya döndükten sonra bir saat kadar hayvanlarla ilgilendi. Handan'la atları ve fayton konusunu konuştuktan sonra hayvanları rahat edecekleri bir çiftliğe yerleştirmek için Halil'i aramış ama henüz bir cevap alamamıştı. Köpekleri ve kedileri kontrol ettikten sonra çiçeklere göz attı. Ertesi gün epey işi vardı ama Ece'ye yeni evine alışması için birkaç gün izin vermişti. Seradaki ışıkları söndürüp sadece evin kapısının üzerinde bulunan ışığı açık bıraktı ve taş masanın yanındaki şezlongu karanlığa doğru çevirip uzandı.

Rüzgârlı bir geceydi ama gökyüzü berraktı. Ellerini ensesinde kenetleyip yıldızları seyretmeye başladı. Birkaç senedir Büyükayı takımyıldızını seyretmeyi âdet haline getirmişti. Okulda cezveye benzediği söylenmişse de düz bir tavaya benzettiği bu takımyıldızındaki yıldızları Nisan ayından başlayıp her ay birine odaklanarak bazen saatlerce seyrediyordu. Sıralama hep aynıydı. Nisan ayında tavanın sapındaki ilk yıldızdan başlıyordu: Alkaid. Sonra sırayla Mizar, Alioth, Megrez, Fekda, Dubhe geliyordu. Eylül ayı boyunca da Merak adlı yıldızı seyrederek döngüyü tamamlıyordu. Son iki senedir ise internette bu takımyıldızın ilişkilendirildiği Callisto efsanesinden her bir yıldızın mitolojik öyküsüne kadar birçok okuma yapmıştı.

Astronomi aslında son iki yıldır bitkilerden ve çiçeklerden sonra en çok araştırma yaptığı konuydu. Bir ara 'işletme' okumayı bırakıp 'uzay bilimleri' eğitimi almayı düşündüyse de mezun olmasına bir buçuk yıl kaldığı için bu fikirden vazgeçmişti. Ama üniversitenin gözlemevini sık sık ziyaret etmeyi ihmal etmemişti. Yaz bitmeden Antalya'da bulunan TÜBİTAK Ulusal Gözlemevi'ne gitmeyi kafasına koymuş ama gelişen olaylardan vakit bulamamıştı. Ekim ayında giderim belki, diye geçirdi içinden. Şu teleskop işini de bir an evvel halletse iyi olacaktı. Sera nispeten ışık kirliliği az olan bir yerdeydi ve teleskop kullanımı için oldukça uygundu.

Mecnun heyecan verici bu düşüncelerle Merak yıldızında kaybolmak üzereyken seranın kapısında bir araba sesi duydu ve başını çevirdi. Karanlıkta yaklaşan siluete bakarak ayağa kalktı. Tekerlekli bavulunu çeken kadını tanıdığında ise gülerek kollarını açtı. "Vaaay! Pır Pır Ranaaa! Nerden çıktın kız?" diyerek ilerledi ve onu kucakladı.

Orta boylu, beyaz tenli, ince yapılı bir kadın olan Rana zeytin yeşili gözlerini yumarak güldü. "Tokat'tan."

Mecnun ona taş masadaki taburelerden birini gösterirken sordu: "Yine mi?"

Kadın çantasını masaya bırakıp oturdu. "Şöyle deme Mecnun! Sen bari deme! Bıktım bunu duya duya!"

Mecnun üniversiteden arkadaşı olan genç kadına dikkatle baktıktan sonra kaşlarını kaldırıp ciddiyetle konuştu. "Gerçekten bıkmışsın... N'oldu? Anlatsana."

Kadın omzunu silkti. "N'olacak? Dördüncü kez terk-i Tokat yaptım. Bu sefer bitti!"

"İnanayım mı?" diye sordu Mecnun bir gözünü kısarak.

"İnan inan. Bu sefer çok kararlıyım! İki senedir, altı ayda bir deliriyorum. Demek ki benim dayanma sürem bu!"

"Boş ver! Sen... Şimdi nasılsın? Onu söyle."

"Nasıl olayım? On gün önce Birhan'la yine büyük bir kavga ettik. Bu sefer annesi de işe karıştı. Kadın bi saydırdı, inanamazsın! Meğer ne doluymuş. Birhan da 'sus' diyemedi tabii! Kapıkulu! Ben de hemen bilet alıp İstanbul'a gittim. Kuzenimde kaldım biraz. İki gündür de Çanakkale'de Nevin'deydim. Bizim dönemden, hatırlar mısın bilmem."

Mecnun başını salladı. "İzmir'i bulamadım diyorsun yani?"

"Ne kadar gecikirsem kârdır. Babam günde on kez arayarak tepemi yeterince didikliyor zaten. Tek derdi boşanma davası açıp açmamam. Offf! Bir-iki gün de burada takılayım dedim." Ellerini havaya kaldırdı. "Sürpriz!"

Mecnun gülümsedi. "İyi ettin. Aç mısın?"

"Açım valla! Bi menemen yapsana!" Çantasından bir poşet çıkarırken açıkladı. "Bu saatte belki ekmek yoktur diye yoldan aldım."

Mecnun ayağa kalktı. "Hemen yapıyorum! Hadi sen de yerleş, duş falan al istersen." İçeri girerlerken gülerek sözlerini sürdürdü. "Bu sefer şanslısın. Düzgün bir evim var artık."

★

"Bir fincan daha çıkar, ister misin?" diye sordu Ece kahve makinesini kaparken.

Ayça esnerken cevap verdi. "Yok, yeter. Yatalım artık. Çok güzel bir gündü." Ece'nin tepkisini merak ederek sözlerini sürdürdü. "Sen yeni evine gittiğinde Mecnun'la epey sohbet ettik. Benim için gerçekten çok faydalı oldu."

Ece kahve fincanlarını yıkarken, "Ah evet Mecnun'un sohbeti iyidir," dedi ve merakına yenik düşüp gülümseyerek ekledi: "Çiçeklerden mi bahsettiniz?"

"Yok! Ölümden bahsettik. Bana annesinin babasının nasıl öldüğünden, o dönemde neler hissettiğinden bahsetti."

Ece birden kendini yapayalnız hissetti. Onca zaman aynı evde yaşamış olmalarına rağmen Mecnun bu konudan hiç bahsetmemişti! Adamla arasındaki mesafe kapanmayacak kadar açılmıştı sanki. Bir süre konuşmadan bulaşık yıkamaya devam etti. Zihnindeki düşünceler birbirini izledi ve sonunda kendini ona yeniden yakın hissedeceği mazereti buldu: Bu konuyu Ayça ile konuşması normaldi. Onun da ablası ölmüştü. Hem zaten Mecnun durup dururken kendinden bahseden bir adam değildi. Hem ona bu konuyu hiç sormadım ki, diye aklından geçirip adama hak verdi. Muhtemelen Ayça türlü sorular sormuştu. Acaba tam olarak ne konuşmuşlardı. Kanepedeki Ayça'nın yanına otururken sordu: "İlginç bir konuymuş. Nasıl olmuş? Yani neler hissetmiş?"

Ayça onun Mecnun'la ilgili konuşmasından memnundu, bu yüzden hemen anlatmaya başladı.

Ece onu ilgiyle dinledi ve yirmi dakika kadar sonra, "Hadi artık uyku vakti," diyerek ayağa kalktı.

Onun Mecnun'la ilgili duygularından bahsedeceğini düşünen Ayça hayal kırıklığına uğradı. Ondan hoşlanıyordu işte! Peki neden bu konudan hiç bahsetmiyordu? Dayanamayarak doğrudan sordu: "Ece... Sen Mecnun'a âşık mısın?"

Bu soruyu aynı gün içinde ikinci kez duymayı beklemeyen Ece kalktığı yere oturdu. "Yok! Neden böyle bir soru sordun?"

"Ondan hoşlanıyor gibisin. Kaç gündür beraberiz ama sen hiçbir şey demeyince..." Omzunu silkti. "Merak ettim."

Ece gülümsemeye çalıştı. "Yok öyle bir şey. Yani Mecnun iyi bir adam. Birlikte çalışıyoruz. Arkadaş olarak gerçekten çok iyi. O kadar."

"Emin misin?"

"Eminim. Biz ikimiz... Yani... Biz o anlamda... Duygusal olarak uygun bir çift değiliz. Olmaz!"

"Neden?"

Ece, "Çünkü..." dedikten sonra susup düşüncelerini toparlamaya çalıştı. "Çok farklıyız. Hayatlarımız, hayata dair düşüncelerimiz çok farklı."

Ayça bu açıklamadan hiçbir şey anlamayınca güldü. "Hayatı ve düşünceleri aynı olan insanlar mı birbirinden hoşlanır?"

"Tabii ki hayır! Ben şey demek istedim..."

"Ne?"

"Mecnun çok farklı. Aşırı farklı yani! Sanırım onun düşünme şeklini anlayamıyorum. Anlasam bile alışık değilim çünkü ben hiç o şekilde düşünmedim, etrafımda da öyle düşünen insanlar olmadı. Neyse... Zaten o da beni arkadaş olarak görüyor." Gülümsedi. "Sorun yok yani."

Romantik bir hikâye beklerken gelen bu genel ifadelerden

pek bir şey anlamayan Ayça konuya ilgisini kaybetti. Üstelik çok uykusu gelmişti. Tekrar esnedi. "Ben de seni âşıksın zannettim. İyi olurdu... Mecnun'u sevdim ben. Biraz paldır küldür ama sağlam biri. Neyse... Hadi yatalım artık."

★

Handan sekize on kala Uğur'un kapısını çaldı. "Sözleştiğimizden on dakika erken geldim," diye söze başlamıştı ki kendisini bir anda salonda çay içerken buldu. Bekir Uğur'la kahveye gitmişti ama Hatice ve Elif'le tanıştı. Biraz sohbet ettiler. Elif'le birlikte eve döndüğünde saat sekiz buçuktu. Ece bavulunu toplamış gitmeye hazırdı. Ayça ise hâlâ uyuyordu.

Handan kızın yere göğe sığdırılamayan sesini duymak için can atıyordu. Ankara'yla yürüttüğü yoğun telefon trafiğinin sonucunda, konunun uzmanı tarafından önerilen opera parçasını kaydetmişti ve kızın bu parçayı en iyi şekilde okumasını sağlamakla yükümlüydü. İki günlük bir çalışma yeter de artardı ama bir an önce işe koyulmaları gerekiyordu.

Dizüstü bilgisayarı açtı ve opera videosunu ayarladı: *Tristan und İsolde* operasından *Liebestod* adlı parçayı *Waltraud Meier* söylüyordu. Elif'e bu videoyu dikkatlice izlemesini tembihleyip oteldeki yazıcıdan çıkardığı parçanın sözlerini kızın önüne bıraktı.

Ayça'yı uyandırdı. Hayır! Kahvaltı edecek vakit yoktu. Akşamdan sözleştikleri gibi onu bütün günü plajda geçirmesi için otele, Ece'yi de Sevinç'in evine bırakıp hızla geri döndü. Değişik işler yapmak Handan'ı her zaman heyecanlandırırdı. Elif'le çalışmanın kendisi için de değişik ve zevkli bir tecrübe olacağından emindi. Neşe içinde eve girdi ve Elif'in yüz ifadesini görünce önce şaşırdı sonra telaşlandı.

Birkaç saat önce tanıştığı neşeli kızdan eser yoktu. Elif'in yüzü düşmüştü ve ekrana bakan gözleri en hafif tabirle 'dehşet' saçıyordu. Sakin ve cesaretlendiren bir ses tonuyla konuşmaya çalıştı. "Güzeeel! Dinlemeye başlamışsın."

Elif ürkek bir şekilde başını salladı. "Evet."

"Zor görünüyor biliyorum ama defalarca dinlersen söyleyebileceğinden eminim."

Gözleri dolan Elif başını iki yana sallarken, "Ben bunu söyleyemem. İmkânsız!" dedi sesi titreyerek. "Ben opera bilmem. Hem de hiç! Dinlemedim. Söylemedim. Almanca ise çok az biliyorum. Hatta hiç bilmiyorum sayılır!"

Handan kanepeye otururken ona işaret etti. "Gel şöyle oturup konuşalım biraz." Bu sırada hızla düşünüyordu: Taylan konuyu anlatırken kızla ilgili çok fazla bilgi vermemişti. Yoksa vermişti de kendisi mi dinlememişti? Sonuçta seçtiği parça kıza çok ağır gelmişti. Kızın özgüveninin sarsılmasına neden olduğu için kendine kızdı. Üstelik henüz onun sesini bile duymamıştı. Gülümseyerek söze girdi. "Elif. Bu benim işim olmadığı için yanlış bir parça seçmiş olabilirim. Şimdi sen o operayı unut! Ben önce senin sesini dinleyeyim. Sonra da uygun bir parça bulalım birlikte, ne dersin?"

Elif başını salladı. "Olur. Ne söyleyeyim?"

Handan onu rahatlatmak için kontrolü tamamen ona bırakmaya karar verdi. "Ne istersen."

Elif gülümseyerek sordu: "*The Cranberries*'in *Zombie* isimli bir parçası var, biliyor musun?"

"Evet! Çok severim. Hadi onu söyle!"

Elif ayağa kalkıp kanepenin köşesine tutunarak bir süre melodiyi mırıldandı, sağ eliyle bacağına vurarak tempoyu yakaladıktan sonra da şarkıyı söylemeye başladı.

Parça bittiğinde Handan kızın sesinin güzelliğini sindirebilmek için bir süre bekledi, sonra da iki elini çırparak ayağa kalktı. "Sesin muhteşem! Oturup şurda bir saat sesini övebilirim. İnan bana harika! O stüdyoda türkü bile söylesen sesini dünyadaki her okul kapar! Hiç endişen olmasın! Operayı boş verelim şimdi!"

Elif'in yüzünde mahcup bir gülümseme belirdi. Handan ona peşinden gelmesini işaret ederek masaya geçti. Dizüstü bilgisayarın karşısına, yan yana oturdular. Handan sesli düşünüyordu. "Bir caz parçası bulalım. İngilizcen iyi... Daha önce hiç söylememiş olsan bile..."

Elif araya girdi. "On tane falan caz parçası biliyorum ezbere."

"Yaaa? Demek caz dinliyorsun?"

"Münire Öğretmen. Lisedeki müzik öğretmenim sevdiği birkaç parçayı ezberletmişti bana. Derste sık sık söylememi isterdi."

Handan yetkin bir görüşten faydalanmaya karar verdi. "Peki en sevdiği hangisiydi?"

"*Mack The Knife*! *Ella Fitzgerald* söylüyor. Yani ben ondan dinleyerek öğrendim."

Beraberce parçanın videosunu izledikten sonra Elif tekrar ayağa kalkıp şarkıyı söyledi.

Handan çantasından telefonunu çıkarıp, "Stüdyoyu arayıp parçayı bildireceğim. Yarın sabahtan mı gitmek istersin yoksa öğleden sonra mı?" Gülümsedi. "Daha iyi şarkı söylüyorum dediğin bir saat var mı?"

"Benim için fark etmez."

"O zaman öğlene doğru on bir diyelim mi? On birde stüdyoda olacağız."

Elif başını yana eğdi. "Olur."

Handan stüdyo ile konuştuktan sonra kıza dönerek gülümsedi. "Şimdiii... Çalışmakla geçireceğimiz koca bir gün bize kaldığına göre denize gitmek ister misin? Ayça'nın yanına, otele gidelim mi?" Elif'in ne diyeceğini tahmin ederek seri bir şekilde planını açıkladı. "Eve uğrayıp üstünü değiştirirsin, sonra da otele geçeriz."

*

Sevinç lokmasını yuttuktan sonra roka, nane ve maydanoz dolu tabağı Ece'nin önüne itti. "Yesene! Limon da sıktım. Çok lezzetli. Bahçeden."

"Öyle ama yeterince yedim. Teşekkür ederim."

"E iyi o zaman. Israr etmeyeyim. Israr ederken yoruluyorum. Burası senin de evin artık."

Ece sadece gülümsedi.

Sevinç onun yüzünü inceledikten sonra sordu: "İşe gitmeyecek misin? Saat onu geçti."

"Aslında bir-iki gün izinliyim." Gülümsedi. "Mecnun, yeni evine alış, dedi. Ben de bugün biraz yerleşirim, temizlik falan yaparım diye düşündüm."

Sevinç buna hemen itiraz etti. "Anaokulu çocuğu musun sen? Ev işte! Nesine alışacaksın? Hem ev temiz sayılır. Hadi sen işine git! N'apacaksın evde bütün gün?"

Ece gece pek uyuyamamıştı. Ayça'yla konuştuklarını düşünmüştü. Sabah kalkınca da hemen seraya gitmeyi geçirmişti aklından. Mecnun'a karşı yeniden yakınlık hissetmiş ve onu görmek istemişti ama bu pek uygun olmayacaktı. Sevinç'in söyledikleri arayıp da bulamadığı fırsatı ayağına getirmişti. Gülümsedi. "Haklısınız. Hem biraz yardım ederim, hem de birkaç kitap alacaktım, onları alırım."

★

Uğur, Bekir'le ateşli bir siyasi tartışmanın yaşandığı sekiz kişilik bir masada oturuyordu. Herkesin aynı anda konuştuğu bir anda kimi takip edeceğini şaşırıp konudan kopunca, Bekir'e baktı. Misafirinin güzel vakit geçirdiğini görünce içinin rahatladığını hissetti.

Sabah kahveye geldiklerinde muhasebecisini görmesi gerektiğini söyleyerek beraber gitmeyi önermiş ama adam teklifi kibarca reddetmişti. Uğur da defteri okumaya başlamak için bu durumu fırsat bilmişti. İşi tahmininden uzun sürmüş olsa da kahveye dönmeden önce arabada rastgele bir sayfa açıp okumuştu. Masada konuşulanları dinler gibi görünürken hayal kırıklığı içinde aklından geçenlere kulak verdi: Ne sanmıştın? Her sayfada senden bahsedeceğini mi? Onun da bir hayatı vardı!

Okuduğu sayfada, Meriç, komşusunun yardımıyla acil servise getirilen, yalnız yaşayan yaşlı bir kadından bahsetmişti ve Uğur etkilendiği satırları ezberine aldığının farkındaydı: *Elbette adamın yardımı büyüktü... Hemen getirmese kadın kan zehirlenmesinden ölebilirdi ama iki gün içinde bütün hastane personelinin bu yardımdan haberdar olması gerekli miydi? Minnet bekleyen bir merhamet ne kadar çirkin bir merhamettir!*

★

"Bilmiyorum! Her şey karman çorman oldu! Birhan'ı sevip

sevmediğimi bile bilmiyorum ama bir şeyden eminim: Tokat'a asla dönmeyeceğim."

Mecnun çayından bir yudum aldıktan sonra güldü. "Pır Pıır! Bir kere de değişik bir şey söyle."

"İnanmıyorsun değil mi?" diye sordu Rana hafifçe gülümseyerek.

"Yaaa beni boş ver! Kendin inanıyor musun şu söylediğine?"

"Bu sefer başka."

"Nedir başka olan?"

"Yapamıyorum Mecnun! Tokat'ta yaşamak bana göre değil! Durmadan akraba ziyareti, durmadan lüzumsuz muhabbetler! Beyimizin işi iş tabii, akşama kadar fabrikada! Ya ben?"

"Böyle olacağını bilmiyordum deme!"

Rana derin bir nefes alıp verdi. "Az çok tahmin ediyordum tabii ama... Offf! Son zamanlarda çok sık kavga ediyorduk. Tartışma değil kavga!"

"Yahu siz daha evlenmeden en az otuz kez ayrılıp barıştınız benim bildiğim."

Kadın elini havada savurdu. "Offf! Seninle de konuşulmuyor! Bir kere de hak ver bana!" Gülümsedi. "Ne biçim arkadaşsın sen!"

Mecnun bir gözünü kısarak sordu: "Bundan önceki bırakıp gelmelerinde... Neden geri döndün?"

"Yaaa bir taraftan da seviyordum onu, biliyorsun, âşıktım. Kokusunu özlüyordum. Anlaması o kadar zor mu?"

Mecnun, "Koklaya koklaya otursaydın o zaman," deyince kadın kahkaha attı.

"Koklaya koklaya oturdum zaten. Ama nereye kadar? Ben evde oturup akşama kadar onu mu bekleyeceğim hayatım boyunca? Akşam olup eve geldiğinde o kanaldan bu kanala geçmesini mi izleyeceğim? Fenerbahçe ne yemiş, Galatasaray ne içmiş! Saçma sapan futbol muhabbetleri. Offf... Ben evde çürüyecek insan mıyım yaaa?"

Mecnun gülümsedi. "Olur mu hiç? Değilsin tabii! Sana boşuna Pır Pır demedik, üç kulüpte çalışıp günde beş semte uğramazsan rahat edemezsin sen." Kaşlarını kaldırarak sordu:

"Birkaç ay önce konuştuğumuzda, dükkân açacağım falan diyordun?"

"Yok iplikçi yumakçı dükkânı, yok çantacı dükkânı! Ne iş yapacağıma bile onlar karar vermeye kalktı. Para onlarda ya!"

"Remzi amca ne diyor?"

"Ne desin? Biliyorsun, evlenmeme karşıydı. Herkes torun bekler, o bir an önce boşanayım diye gözümün içine bakıyor." Bir an duraksadı. "Annemin emaneti olarak baktı bana hep. Birhan ya da bir başkası, fark etmez. Ona kalsa, kimseyle olmasam da olur."

"Ne yapacaksın peki?"

"Bilsem! Ama bu sefer geri dönmeyeceğim. Birhan beni seviyorsa bu tarafa gelir. Ailesi de onu seviyorsa buna destek olur!" Bir süre sessiz kaldıktan sonra derin bir nefes aldı. "Evlenmeden ne kadar kolay geliyordu. Seviyorsan her şartta onunla olursun gibi... Ama olmuyor işte!" Mecnun kollarını göğsünde kavuşturup bir şey demeyince başını sallayarak gülümsedi. "Biliyorum sen söylemiştin! Aklına hiç yatmamıştı bu evlilik fikri. Birhan'a da söylemiştin, hatırlıyor musun?"

Mecnun güldü. "Ama bu fikir sizin aklınıza yattı. Hatta yatmakla kalmadı, uyudu bile! Sonra da... İşte şimdi horluyor..."

Rana bir kahkaha daha attı ve bir süre düşündükten sonra omzunu silkti. "Amaaan! Neyse ne! Kimin derdi yok ki şu hayatta?"

Mecnun hemen atıldı. "Benim!"

Rana ve Birhan, Mecnun'dan iki sene önce okula başlamışlardı. Mecnun'un okula başladığı sene bir grupta tanışıp arkadaş olmuşlardı. Adamın yaşadıklarını az çok bilen Rana hemen itiraz etti. "Uydurma!"

Mecnun kaşlarını kaldırarak açıkladı. "Dert dediğin, karşılaştığın sorunlar, değil mi?"

"Öyle tabii!"

"İşte seninle farkımız şu kiii..."

Rana onun konuşma tarzına güldü. "Neymiş farkımız söyle bakalım."

"Şimdiii... Ben dertle samimi olmam!" Eliyle ileriyi işaret

etti. "O orda durur, ben burda." Gülümsedi. "Dertle arana mesafe koyacaksın. Samimi olmayacaksın. Sahip çıkmayacaksın. Orda öylece yalnız bırakacaksın. O zaman bekler bekler... Şımaracağı kucak bulamayınca çekip gider! Siz öyle değilsiniz ki! Kucağınıza alıyorsunuz, şımardıkça koynunuza sokuyorsunuz. Sizden dert gider mi? Gitmez!"

Rana adamın mimiklerine kahkahalarla gülerken onları bir süredir seranın kapısından izleyen Ece hızla geri döndü.

*

"Çok teşekkürler Handancım. Elif sen de öğlen vakti güneşte kalma kızım. Hadi güle güle," dedikten sonra kapıyı kapatan Aysel salona geçip duyduklarından memnun bir halde Hatice ve Nurcan'a gülümsedi. "Duydunuz mu? Ne kadar da beğenmiş Elif'in sesini." Koltuğuna otururken Uğur'u bir kez daha takdir etti. "Uğur sesten, musikiden anlar!" Kimse bir şey demeyince rahatsız oldu. Dedikodu yapmamaya karar verdiğinden beri fark etmişti ki iki insanın olduğu yerde biten sessizlik, gerçekten sinir bozucuydu. Bu yüzden bazen dedikodu yapmayı özlüyordu zira sessizlikle başa çıkmak çok zordu. Sonunda dayanamayarak Nurcan'ın önündeki sehpada duran fincanı işaret etti. "Bitirdin mi falı?"

Arkadaşı irkildi. "Hıı! Bitti bitti."

Aysel fincanları mutfağa götürdü ve salona geri döndüğünde Nurcan'a sordu: "Bugün n'apalım? Hatice nineyi de alıp şöyle yavaş yavaş yürüyerek Yıldız'a gidelim mi öğleden sonra? Üç gibi falan?" Misafirine baktı. "İster misin Hatice nine? Yıldız çok tatlı bir kadındır. Genç bizden ama hoşsohbettir."

Hatice başını geri attı. "Yooo. Kusura bakmazsanız öğleni kılınca biraz uzanacağım. Vücudum biraz kırık, siz gidin."

Aysel hemen itiraz etti. "Yok canım, biz de gitmeyiz! Ben senin için demiştim. Sıkıldıysan diye. Sen uzan tabii." Arkadaşına döndü. "Biz otururuz, değil mi Nurcan?" Gülümsedi. "İş bulmaya çalışırız."

Nurcan biraz çekinerek, "Şey... Ben de sana kuaföre gider miyiz diyecektim. Boyam geldi." Saçını işaret etti. "İyice bozuldu bu ara, tüy tüy oldu. Uzamıyor bir türlü."

Aysel konuya derhal bilimsel bir açıklama getirdi. "Mevsimden! Bir de şu yeni gelen çocuk kesmişti en son senin saçını, değil mi? Onun elinden! Bazı adamın elinde saç uzamaz!"

Hatice nine gülümsedi. "Öyle derler." Nurcan'a döndü. "Benim saçım da... Oğlan vefat ettikten sonra yoluk yoluk olduydu. E tabii, canın çağlayacak ki saçın çağlasın. Uzamıyordu! Kıraç toprak otu gibiydi! Trabzon'da bir komşum vardı, bana bi ilaç yaptı da pek iyi geldi."

Nurcan umutla sordu: "N'aptı? N'aptı?"

"B vitamini aldık eczaneden. Üç tanesini havanda dövdük bi güzel. Un gibi oldu. Üzerine de iki kaşık zeytinyağı ve..." Parmağıyla gösterdi. "Şöyle fındıktan büyük, cevizden ufak, az tereyağı kattık. Azıcık da bal, bir kaşıktan az. İyice karıştırıp saçımın dibine sürdüm. Önce iki-üç günde bir yaptım. Sonra baktım saçım çok hızlı uzuyor, azalttım, iki haftada bire düşürdüm."

Kadını merakla dinleyen Aysel konuya hemen açıklama getirdi. "Vitaminden uzuyordur saç. Ben günü geçmiş vitaminleri çiçeklerin toprağına koyup suluyorum, azman oluyorlar!" Gözlerini açarak vurguladı. "Biz zaten zeytinyağlı sabun kullanıyoruz ama bunu da bi deneyelim." Nurcan'a döndü. "Tereyağı da var, unutma!"

Hatice araya girdi. "Bir saate yakın tutun kafanızda, sonra ıslatmadan sabun sürün veya şampuan dökün. O zaman çabuk arınıyor."

Nurcan işini şansa bırakmak istemiyordu. Aysel'den kâğıt kalem istedi ve Hatice'ye tekrar ettirip tarifi detaylarıyla yazdı. Şöyle bir düşündükten sonra sordu: "Peki bu... Saç da çıkarıyor mu? Dökülen saçları?"

Hatice kaşlarını kaldırarak gülümsedi. "Saç çıkmasını istiyorsan sarımsak dövüp katacaksın ama o kokar." Şöyle bir düşündü. "Eskiden karanfili kaynatıp suyuyla saç diplerini ovarlardı. Kınaya da katarlardı. O da saç çıkarır, hem de koyu renk saç. Deneyin bakalım."

Nurcan heyecanlandı. "Aaa! Deneyelim Aysel!"

Tam o an Hatice başka bir şey daha hatırladı. "Samsun'da

Lâdikli bir komşumuz vardı, biz gençken. Ellisindeydi... O kadın bir ilaç yapardı, saç çıkaran bir ilaç! Yanlışlıkla tenine, eline, koluna değse ordan bile saç çıkardı. Görenler anlatırdı. Kuvveti bir şeymiş. Ben bir kere denk geldim, birinin kafasına sürüyordu. Rengi koyuydu."

Tarifi bekleyen Nurcan kadın susunca merakla sordu: "Evet? Nasıl yapardı? Ne koyardı içine?"

Hatice omzunu silkti. "Bilmem. Kimse bilmezdi! Tarifi kimseye vermezdi, mezara götürdü zahir..."

Aysel kızdı. "Allah Allah! N'oluyor böyle tarif saklayınca anlamıyorum ki! Madem böyle bir ilaç yapıyorsun, söylesene herkes bilsin! Veya sat yapan birine, herkes faydalansın! Niye saklıyorsun tarifi, değil mi?" Söylediklerinin onaylanması için diğerlerine baktı.

Hatice başını sallayarak onu onaylarken Nurcan birden bağırdı. "Rafet! Kurabiyeler!" O kadar heyecanlanmıştı ki elini Aysel'e doğru sallayarak neredeyse çığlık attı. "İş! İş!"

mücevherlerini parlat dur bakalım
tabutta kalandır insanın darası
boşuna mı aşka eğik asi başım
hayat dediğin kundak-kefen arası

10

Ece üst kattaki son odanın camını silerken kendisiyle kavga etmeyi sürdürüyordu: Dengesizsin Ece! Den-ge-siz-sin! Onlarca karar verip birini bile uygulayamıyorsun! Bir öylesin bir böyle! Ayça'ya Mecnun'la arkadaş olduğunu söylemenin üzerinden yirmi dört saat geçmeden yine kırıldın, yine üzüldün! Üstelik kızgınsın! Niye? Çaresiz bir şekilde iç geçirdi: Demek ki beklentilerim var hâlâ. Kendi kendimi ne kadar inandırmaya çalışsam da Mecnun'u sadece arkadaşım olarak görmüyorum demek ki! İyi de... Bu benim meselem! Böyle hissettiğim için ona neden kızıyorum? Ona neden kırılıyorum? Offf! Acaba o kadın kimdi? Keşke içeri girip 'merhaba' deseydim! Ama demedim işte! Şimdi de merak ediyorum kimdi diye! Her kimse, bana ne? Tavşan dağa küsmüş, dağın haberi yok!

"Börülce yaptım, pişmek üzeredir, sen de yer misin biraz?" diye sordu Sevinç ve kızın irkildiğini görünce kendini suçlu hissetti. "Seni korkuttum mu?"

Ece gülümsemeye çalıştı. "Şey, yok... Geldiğinizi duymadım da."

Sevinç pırıl pırıl olan cama baktı. "Çok güzel olmuş, eline sağlık ama bu odaya kimsenin girdiği yok. Temizlemesen de olurdu. Dedim sana."

Ece sildiği camı kurularken başını yana eğdi. "Olsun. Başlamışken hepsini yapayım istedim, bitti işte!"

Kızın bezleri toplamaya başladığını gören Sevinç eliyle işaret etti. "Bırak şimdi! Sonra toplarsın. Bir şeyler yiyelim. Saat ikiyi geçti."

Ece kadını takip ederken başını salladı. "Evet, ben de acıktım biraz."

Mutfağa gittiler. Bir süre sessizlik oldu. Sevinç yemeği tabaklara koyarken sordu: "Bugün canını sıkan bir şey olmadığından emin misin?"

Masadaki yerini alan Ece gülümsemeye çalıştı. "Yok yok! Dedim ya, dolmuşta giderken vazgeçtim. Temizlik yapmak için geri döndüm."

Sevinç yerine geçerken hayıflandı. "Tüh! Canını sıkan bir şey olsa, iyi olacaktı."

Ece güldü. "Neden öyle dediniz?"

"Niye olacak? Sık sık canını sıkardım, etraf pırıl pırıl yaşardık." Kahkaha attıktan sonra bir süre düşündü. "Bazı insanlar öyledir. Gençken ben de öyleydim. Canım sıkılınca temiz evi bir daha temizlerdim. Şimdi canım sıkılınca yatıyorum."

★

Aysel ve Nurcan balkonda alçak sesle konuşarak çay içerken Hatice kapıda belirdi. "Ne konuşuyorsunuz fısır fısır, dükkânı açamadınız mı hâlâ?"

Aysel gülümseyerek kadına sandalyeyi işaret etti. "Açamadık ama sen de daha yeni uzanmıştın?"

Balkonun kapısında dikilen kadın başını geriye attı. "E işte on-on beş dakika uyumuşumdur, yeter, dinlendim." Aysel yeniden sandalyeyi işaret edince itiraz etti. "Ben bu rüzgârda oturursam yarına doğrulamam. Siz oturun, ben içerdeyim."

Nurcan ve Aysel sözleşmiş gibi çaylarını alıp onun peşinden salona geçerken, "Haklısın. Buranın rüzgârı çarpar adamı. Bize dokunmuyor ama Uğur da senin gibi, rüzgârda kaldı mı her yeri tutuluyor," dedi Aysel ve gidip Hatice'ye açık limonlu bir çay getirdi. Yerine otururken arkadaşına bakarak söylendi. "Nurcan işi yokuşa sürmese, her dediğime itiraz etmese, şimdiye kadar açardık zaten bi iş amaaa..."

Nurcan kaşlarını çatarak cevap verdi. "Neye itiraz ediyorum Aysel?" Onaylanmak için Hatice'ye dönerek açıkladı. "Git Rafet'le sen konuş diyor! Madem ikimizin işi, neden ben gidip konuşuyorum?"

Hatice araya girdi. "İkiniz beraber gidip konuşun. Bu Rafet, zaten sizin arkadaşınız değil mi?"

Aysel başını yana eğdi. "Şey... Pek sayılmaz... Yani..."

"Tanışmıyor musunuz?"

Nurcan cevap verdi. "Sadece merhaba merhaba. Aysel benden iyi tanır. O kocasıyla onun oteline çok gitti yemek yemeye!" Arkadaşına döndü. "Ben toplamda beş kez bile gitmemişimdir Aysel! Sen daha iyi tanıyorsun kadını. Hem kocan da tanıyor. Tutturdun sen konuş diye ama..." Başını iki yana sallayarak kararını bildirdi. "Olmaz! Benim konuşmam yakışık almaz, sen konuşacaksın."

Aysel derhal itiraz etti. "Olmaz!"

"Niye olmaz?" diye sordu Nurcan.

"Olmaz da ondan!"

Hatice merak etti. "Allah Allah! Niye olmaz?"

Aysel bir süre sessiz kaldıktan sonra düşüncelerini sıraya koyup duruma en makul şekilde açıklama getirdi. "Bu Rafet'in bir arkadaşı var... Ayşen..." Nurcan'a döndü. "Hani benim Şadiye'nin grubuyla bi altın günüm vardı ya iki-üç sene önce ama sen katılmamıştın?"

Arkadaşı başını salladı. "Hıı."

"İşte Ayşen de vardı o günde. Bazen... Öyle konuşurken, yani havadan sudan... Belki Rafet hakkında bir şeyler söylemişimdir. Yani dedikodu değil de... Öyle düşünmeden konuşurum ya ben bazen..." Diğerleri bir şey demeden yüzüne bakınca konuyu açıklığa kavuşturmak istedi. "E Ayşen de Rafet'in samimi bi arkadaşıymış. Tabii ben bilmiyordum ama öyleymiş. Sonradan öğrendim. İşte... İleri geri konuşuyordum yani... Artık çok dikkat ediyorum ama işte o zamanlar... Dikkatsizdim."

Nurcan gülerek sordu: "Kız, ne dedin de şimdi böyle çekiniyorsun?"

Aysel tavana bakarak cevap verdi arkadaşına. "Öyle kötü bir

şey söylemedim aslında. Allah'ın Almancısı geldi burada otel patroniçesi oldu falan gibi şeyler." Nurcan'a bakarak kaşlarını çattı. "Ne bileyim Nurcan? Kime ne dediğimi ezberleyecek değilim ya!"

Hatice ciddi bir ifadeyle başını salladı ve "Akşam yediğin hurmalar..." deyince hepsi kahkahayı bastı. Kısa süreli bir sessizliğin ardından ellerini iki yana açıp söze girdi. "Madem bu işi ikiniz yapacaksınız, gidip beraber konuşacaksınız! Başka çaresi yok."

Aysel bir süre düşündükten sonra Nurcan'a merakla sordu: "Sen Rıza'yla konuşmadın mı hâlâ bu iş meselesini?"

Nurcan kocasıyla birkaç kez konuşmak istemişse de adam onu ciddiye almamıştı. Lafı geçiştirmeye karar verdi. "Dur bakalım, işin adı belli olsun da konuşurum."

Aysel kızdı. "Adı da belli oldu işte! Hani konuşacaktın şimdiye kadar? Uzatma bu işi! Bu akşam hemen konuş. Yoksa konuştun mu? Hayır mı dedi?"

Nurcan boynunu büktü. "Yok, enine boyuna konuşmadım ama sıcak bakmıyor."

"Ayol onun sıcak bakmasını beklersen ooo! Rıza kardeşinden başka kime ya da neye sıcak bakmış şu hayatta?" Yardım istercesine Hatice'ye döndü. "Şimdiye kadar konuşmalıydı, değil mi?"

Nurcan araya girdi. "Tamam konuşacağım ama ne diyeceğini biliyorum."

Aysel kaşlarını çattı. "Ne diyecek?"

"Ne desin? Gülecek! Ve bu yaşta iş miş yapamazsınız diyecek."

"Yaşınızda ne var?" diye sordu Hatice merakla.

"Elliyi geçtik," dedi Nurcan.

Hatice ciddiyetle sordu: "Peki, öldünüz mü?"

Nurcan hafifçe gülümsedi. "Ölmedik tabii ama o da haklı bi yerde..."

Hatice gülümseyerek araya girdi. "Ben bu yaşta torunumla *plesitişın* oynuyorum da siz niye iş yapamıyorsunuz?"

Kadınlar duyduklarını aynı anda anlayıp gülmeye başladılar. Aysel gülmeye devam ederken eliyle işaret ederek sordu: "Seeen?"

Hatice gülerek açıkladı. "Ben tabii! Trabzon'a gittik mi otururum başına." Elinde tüfek varmış gibi nişan aldı. "Şöyle uzaylılara ateş etmeye bi başladım mı..." Aysel ve Nurcan kahkahalarla gülerken sözlerini sürdürdü. "Bazen namazım bile kazaya kalır."

★

Rafet otelin bahçesindeki masada Elif'le sohbet ederken, Handan neden bu kadar sıkıntılı, huzursuz ve sinirli olduğunu düşünüyordu. Yataktan kalktığından beri Yannis dahil karşılaştığı herkese sakin davranabilmek için olağanüstü bir çaba harcamış, dişlerini sıktığını da çenesindeki ağrıyı hissedince fark etmişti. Elif'le çalışma fikriyle heyecanlanmış olsa da çalışmanın kısa sürede sona ermesine bir o kadar sevinmiş ve bu durumunu birkaç aydır süren âdet düzensizliğine bağlamıştı. Hayır! Annesinin genel tutumu, onunla yaptığı uzun ve yorucu telefon konuşmaları, üzerinde artık bir baskı oluşturmuyordu, bundan emindi. Evet! Bu düzensiz kanamalar gösteriyordu ki ruh hali tamamen hormonlara bağlıydı. Hiç hoşuma gitmese de bir kadın doğum doktoruna gitmeliyim, diye düşünürken Rafet'in sesini duydu.

"Değil mi Handan? Elif bir şarkı söyleyip öyle gitsin Ayça'nın yanına." Gülümsedi. "Deniz kaçmıyor ya!"

Handan gülümseyerek Elif'e baktı. Genç kız bu tür isteklere alışkın gibi görünüyordu ama yine de sormak istedi. "Ne dersin? Bir şarkı dinleme şansımız var mı?"

Elif başını sallarken gülümsedi. "Olur. Ne söyleyeyim?"

Rafet, "İstediğini söyle, benim sevdiğim şarkıları bilmezsin sen," dedikten sonra duraksadı. Cümlesini çok ukalaca buldu ve hemen toparladı. "Bilmezsin çünkü sanat müziği! Eski... Benim gibi."

Elif hemen atıldı. "Ben çok eski bazı şarkıları biliyorum. Mesela şey var..." Kısa bir süre düşündü. "*Madem Ki Gidiyorsun.*"

Rafet hayretle gülümserken başını salladı. "*Bırakıp burda beni...* Çok severim ben onu! *Nesrin Sipahi* söylerdi."

Elif şarkıya başladı. Rafet başını sağa sola eğip gözlerini yumarak içinden ona eşlik ediyordu. Handan yüz ifadesinden onun geçmişte gezindiğini görebiliyordu. Şarkı bittikten sonra Elif'e övgüler yağdırdılar ve Handan onu plaja, Ayça'nın yanına götürdü. Onlarla biraz sohbet etti. Atlas kendinden yaşça biraz büyük bir arkadaş bulmuştu. Gölgede legolardan bir kale yapmaya çalışıyorlardı.

Handan restoran kısmından lobiye doğru yürürken telefonunun çaldığını duydu. Ekranda yanan ismi görünce masalardan birine oturdu ve telefona gülümseyerek cevap verdi. "Evi ve ofisi, değerinin beş misline almak isteyen biri çıktı de!"

Nihal güldü. "Keşkeee! Değerini veren bulsam hemen müjdeleyeceğim sana. N'aber?"

"İyi. Senden n'aber?"

"Keyifsiz gibisin bugün?"

"Evet yaaa, sinirliyim. Hormonal!"

"Hâlâ gitmedin mi doktora?"

Handan bir hafta önce görüştüklerinde ona doktora gideceğini söylediğini hatırlayarak hemen konuyu değiştirdi. "Giderim giderim, o kadar acil değil. Sende ne var ne yok? Her şey yolunda mı?"

"Yolunda yolunda. Bildiğin gibi, iş güç. Birkaç gün önce bir şeyler oldu ve dün akşam Gürcan bir şey anlattı da... Onu söylemek için aradım." Gülümsedi. "Bu bir dedikodu telefonu."

Handan meraklandı. "Hımmm. Ne anlattı bakalım kocan?"

"Gölbaşı'na iş yemeğine gitmişti birkaç gün önce, şu her zaman gittikleri yere. Orada Çetin'i görmüş, yanında da bir hatun varmış."

Handan yüzünü buruşturdu. Çetin'le ilgili hiçbir şeyi merak etmiyordu doğrusu ama arkadaşının sözünü kesmek istemedi. "Bak seeen! Sevindim bu işe! Çabuk toparlanmış."

"Gürcan masalarında oturmuş beş-on dakika. Biraz sohbet etmişler. Nişanlanmışlar."

Handan güldü. "Bu habere daha da çok sevindim! Her zaman dediğim gibi: Kimse unutulmaz değildir, Handan mı unutulmayacak? Elbet biriyle tanışacaktı."

"İşin ilginç kısmı orası işte! Suna... Kadın yani... Dört yıldır beraber olduklarından bahsetmiş."

Handan duraksadı. "Yalandır!" Gülerek başını iki yana salladı. "Çetin'in intikam planıdır, nişanlı bile olmayabilirler."

Nihal arkadaşının Yannis'le ne kadar mutlu olduğunu biliyordu ve onun gülerek konuşmasından cesaret alarak sürdürdü konuşmasını. "Nişanlılarmış. Gürcan ortak arkadaşlardan soruşturmuş da dün... Gerçekten de dört yıldır beraberlermiş."

Handan birkaç saniye sessiz kaldıktan sonra aklından geçenleri dile getirdi. "Yani biz çıkarken? Evlilik hazırlıkları yaparken?"

Nihal onun ses tonunu duyunca söylediklerinden pişmanlık duydu. Gerçi kimsenin ciddiye aldığı yoktu ama Çetin'in önüne gelene 'Suna'dan vazgeçemedim, Handan da bunu öğrenince buraları terk etti' dediğini söylemek istemedi ve lafı çevirmeye çalıştı. "Şey... Öyle demiş ama ne kadar doğrudur bilemeyiz."

Handan arkadaşının aklını okudu. "Beni teselli etmeye çalışma şimdi! Gürcan emin olmadan bir şey anlatacak adam değildir. Biliyorsun."

"Emin ama ben bu habere güleceğini düşünmüştüm, kusura bakma pat diye söyledim."

Handan kısa bir süre düşündükten sonra gülümsedi. "Komik aslında... Yani düşünsene... Ben bu adamla evlenmek üzereydim. İlgisini düşününce de... Peşimden buraya gelmesi falan. Sadakatinden eminmişim demek ki... Sanırım buna biraz şaşırdım. Çetin'e değil yani kendime!"

"Boş ver! Bunun bir önemi var mı?"

"Elbette yok ama ondan ayrılırken yaptığı edebiyat... Yani... Biraz kendimi suçlamadım değil. Ya bir de evlenseydim? Boynuzlarım duvağı delecekmiş de haberim olmayacakmış," dedi Handan ve bir kahkaha attı.

Nihal gülümsemeye çalışarak hızla konuyu değiştirdi. Ortak arkadaşlarından bahsettiler ve vedalaşarak telefonu kapadılar. Handan bir süre oturduğu yerde düşüncelere daldı. Vayyy beee, dedi birkaç kez kendi kendine. Aydın'dan sonra bir de Çetin felaketi yaşayacaktı demek? Kalktı ve lobiden geçerek Rafet'in yanına giderken kendini sorgulamaya devam etti: İyi de ben nerede hata yapıyorum her seferinde? Bütün arızalı tipleri bulup kendime çekmemin sırrı ne acaba? Ben insanları ne zaman tanıyacağım? Yüz yaşına geldiğimde mi? Aklına gelen bu son düşünceyle gülümsedi: Neyse ki Yannis bambaşka!

*

Rana serada kalmak istemedi. Kendi başına adaları gezip yüzmek istediğini söyleyerek öğlene doğru evden ayrıldı. Mecnun ise Gürkan'la beraber Menemen'de büyükçe bir bahçe yapıyordu. Aslında serada yapılması gereken işler vardı ama o sabah babasının çok yakın bir arkadaşı olan Kenan arayınca hayır diyememişti. Adam yapımı neredeyse yedi yıl alan evine kavuşmuştu sonunda ve bahçesinde sebzeyle çiçek yetiştirmek istiyordu. Nar, zeytin, ayva ve limon ağacı da olmalıydı mutlaka.

Mecnun, Gürkan'la birlikte yaklaşık iki saattir bahçeyi belliyordu. Serada yapılacak acil işler için Ece'ye telefon etmeyi aklından geçirmiş olsa da 'yeni evine alışması gerek' diye düşünerek onu rahatsız etmek istememişti. Efe'yi çağırmış ve Gürkan'la seradan ayrılmıştı. Tişörtüne terini silerken Ece'yi özlediğini hissederek gülümsedi.

Onda gördüğü irade, azim ve gücü kızın ne zaman fark edeceğini merak ediyordu doğrusu. Ece ailesinin ve arkadaşlarının onaylamadığı bir yerde, onay görmeyen bir işe başlama konusunda bir şahin kadar yırtıcıyken, konu nerede kalacağına varınca ürkek bir serçeye dönüşüvermişti. Bu Mecnun'un insanlarda çokça gözlemlediği bir durumdu. Geleneksel ve çevre merkezli bakış açısından tamamen kurtularak yaşayan o kadar az insan tanıyordu ki...

Ece işi benimsemişti ve çalışırken gerçekten zevk alıyordu. Bitki ve çiçeklere ait öğrendiği her şey ama her şey ona heyecan veriyordu. Bazen yüzünde sabahki neşesinden eser kalmıyordu. Mecnun bunun nedenini doğrudan sorduğunda, "Bilmem," yanıtını almıştı. Uzun bir süreye yayılan sohbetlerinden anladığı tek şey kızın ailesinin ve arkadaşlarının yaptığı işi onaylamamasıydı. Son bir ayda, İstanbul'da iki ayrı şirkette, diplomasına uygun bir iş bile bulmuşlardı. Ece ise içinden gelen sesi dinleyerek yaşamaya devam ediyordu şimdilik.

Mecnun onu ilgiyle takip ediyordu. Acaba bir gün bu dış sesler, kadının içinden gelen sesi bastırabilecek miydi?

Beli bıraktı. Biraz ileride duran çantasından matarasını çıkarıp su içti. Bu sırada cebindeki titreşimi hissedince telefonuna baktı. Arayan İstanbul'daki evin kapıcısı İlhan'dı. "Buyur İlhan abi."

"Mecnun. Abicim şimdi konuşmaya vakit yok. Haber vermek için aradım. Şu senin karşı komşun Ahsen Bey var ya?"

"Evet?" Gülümsedi. "Ölmedi değil mi? Çok sevdim onu ben! Daha tavla oynayacağız, sözüm var."

"Ölmedi ölmedi. Niye ölsün adam durup dururken?"

"Durup dururken olur mu? Adam üç bin yaşında!"

İlhan kahkaha attı. "Tövbe tövbe! Kasımda seksen sekiz olacak daha, ne üç bini? Neyse, oyalama beni. Şimdi onun oğlu seni arayacak, biraz önce telefon numaranı aldı benden. İki numaradaki kadının kızı boşanıp geldi de... Kızı dediysem o da ellisinde var. Ahsen Bey'in oğluna yarım saat senin kiracıları şikâyet etti. Haberin olsun diye aradım."

Mecnun kaşlarını kaldırarak sordu: "Neyi şikâyet etti? N'aptı benim kiracılar?"

"Hiiiç! Ama ben sana demiştim sorun çıkar diye! Biliyorsun işte! İstemiyor kadın. Geleli bir ay oldu. On beş gündür bu işle meşgul. Kafaya taktı bir kere! Şimdi de Ahsen Bey'in oğluna şikâyet etti. Adamın adı Çağan. Ben de haber vereyim dedim."

"Aramaya başladı bile! Tamam abi, sağ ol haber verdiğin için. Ararım sonra konuşuruz, hadi eyvallah."

Mecnun yere oturdu ve adamın tekrar aramasını beklerken ne tür bir sorun çıkmış olabileceğini merak etti. Beş dakika geçmeden telefonu çalınca hemen cevap verdi. "Alo."

Son derece tok ve kibar bir ses duydu. "Merhabalar efendim. Mecnun Bey'le mi görüşüyorum?"

"Evet, buyrun!"

"Öncelikle rahatsız ettiğim için özür dilerim efendim." Boğazını temizledi. "Bendeniz, İstanbul'daki komşunuz Ahsen Bey'in oğlu, Ahçaser Holding ortaklarından Çağan Haksever."

Kısa süreli bir sessizlik olunca Mecnun içinden güldü. Acaba ben de kendimi Foça Bahçeler ve Parklar Serbest Holding hizmetlilerinden yetim ve öksüz deli Mecnun olarak mı tanıtsam, diye düşünürken tekrar adamın sesini duydu.

"Sizinle tanışmadık. Acaba siz ne işle meşgulsünüz?"

"Bahçıvanım."

Adam şaşkınlıkla tekrarladı. "Bahçıvan mı?"

"Evet. Bahçe yaparım. Çiçek... Sebze..." Karşıdan ses gelmeyince ekledi: "Domates, biber..."

"Anlıyorum... Ben sizi kiracılarınız için aramıştım."

"Evet?"

"Yanlış anlamayın rica ederim. Dedeniz beyefendi yıllarca son derece iyi, son derece seçkin insanlara kiraladı bu evi ama sizin kiracılarınız biraz... Sorunlu. Sizi bu yüzden aradım. Eminim konuşarak bu sorunu çözebiliriz."

Mecnun başını sola doğru eğerken gözlerini yumdu. "Konuşalım. Ne gibi bir sorun var?"

Çağan tekrar boğazını temizledi. "Öğrenciler! Biliyorsunuz burası bir aile apartmanı. Beş kişiye kiraya vermişsiniz anladığım kadarıyla ama zaman zaman on kişi geliyormuş eve. Yani siz de takdir edersiniz ki bu... Böyle bir apartmanın yapısına uymaz. Gürültü falan ediyorlarmış, komşular rahatsız!"

Mecnun Gürkan'a baktı, harıl harıl çalışıyordu ve daha yapılacak çok iş vardı. Doğrudan sordu: "Çağan Bey, şimdi şu mış muş olayını geçiniz. Polise intikal eden bir şikâyet var mı? Polisin tespit ettiği bir durum var mı?"

Adam bir an afalladıktan sonra sakin bir şekilde konuşmaya çalıştı ama sesi giderek yükseliyordu. "İlle de polise intikal etmesi gerekmez. Komşularınızın rahatsızlığına sebebiyet vermek istemezsiniz herhalde! Sonuçta Bebek'ten bahsediyoruz. Seçkin insanların yaşadığı denize nazır bir apartmandan bahsediyoruz! Biz apartman sakinleri olarak bu konuya sıcak bakmıyoruz!"

Mecnun bu cevap karşısında ciddiyeti elden bırakmaya karar verdi. "Siz? Siz orda oturmuyorsunuz bile! Babanız ve ona bakan hemşireden başka kimse görmedim ben orada. Ayrıca Ahsen Bey'in bu olaydan haberdar olmadığına bahse girerim.

Sınıfsal sorunları olmayan, candan bir adam o. Kiracılarımın da kanunları çiğnediği yok. Bu durumda ben herhangi bir sorun göremiyorum."

"Mecnun Bey! Her işin, her yerin bir sistemi var. Her şey kanunla olmaz!" Birden kızdı. Artık nazik konuşmuyordu. "Bir mirasyedisiniz diye... Görgüsü ve durumu çevreye uygun olmayan öğrencilere kiralayamazsınız evinizi. Oturmuş bir sistem var burda. Yapmayın rica ederim!"

Mecnun güldü. "Her sistem değişebilir. Bakın, niyetim sizinle tartışmak değil. Burda benlik bir durum yok. Ayrıca... Bir de şöyle düşünün: Ben evi kiraya vermeden önce apartmandaki yaş ortalaması yüz falandı. Ben bu ortalamayı en az elliye indirdim. Bunun size de faydası var! Üç tane komşuyla tanıştım, üçü de yaşlı ve hasta. Bir tanesi torunu ve bakıcısıyla yaşıyor, diğer ikisinin sadece bakıcısı var. Bu gençlerin onlara zararı değil zor bir durumda faydası olur. Olayı değerlendirirken şiddet üretmeyin. Onlar da bu dünyalı insanlar. Benim gibi, sizin gibi!"

Çağan birkaç saniye düşündükten sonra iç geçirdi. "Anlamıyorsunuz. Herkesin dolarla evini kiraya verdiği yerde böyle bir evi üç yüz elli lira gibi komik bir rakama kiraya vermeniz herkesin dilinde ve bu da çok rahatsız edici bir durum! Her mülkün bir rayiç bedeli var! Özellikle bazı komşular bu durumdan çok rahatsız. Haberiniz olsun. Yasal yollara başvurabilirler."

"Buyursun vursunlar."

"Son sözünüz bu mu? Bence durumu tekrar değerlendirin. Satmak isterseniz burayı derhal satın alacak insanlar var! Düşünün lütfen, yasal yollara başvurulmasın. Rahatsızlık duyan insanlar, güçlü insanlar! Bu işten zararlı çıkabilirsiniz."

"Ben hiçbir işten zararlı çıkmam. Sizin de dediğiniz gibi o ev bana miras! Ve ben de şimdilik bu şekilde yemeye karar verdim! Yarın, bakarsınız başka insanlara kiraya veririm, bilmiyorum. Ama bildiğim bir şey varsa bu telefonun sebebi kiracılarımın verdiği herhangi bir rahatsızlık değil."

"Nedir peki?"

"Birilerinin geçirdiği sınıfsal histeri. Şimdi kapamam lazım müsaadenizle. Toprak beni bekler... İyi günler."

"Size de!"

Mecnun telefonu cebine koyarken kendi kendine söylenmeye başladı: Haksevermiş! Soyada bak! Bir de armut dibine düşer derler! Al sana yanlış bir atasözü daha! Nerede Ahsen, nerede Çağan! Toprağı bellerken kendi kendine güldü. Ulan on kişi kalsa ne olur sanki, oda başına iki kişi düşer. Hasta bu millet yaaa! İşi gücü yok, ilgilendiği konuya bak! Bi de holding bilmem nesiyim diyor! Lan senin holdingin olsa ne olur, beynin yok beynin!

Aslında kiracıların sadece birini tanıyordu. Hatay'dan, bir asker arkadaşının kardeşiydi. Diğerleri de onun arkadaşlarıydı. Hepsi de üniversite sınavında derece yaparak Anadolu'nun çeşitli şehirlerinden İstanbul'a okumaya gelmişti.

Mecnun'un içi cız etti. Mezun olduklarında muhtemelen böyle bir holdingte, sevmedikleri bir işte, akıllarını, zekâlarını ve emeklerini yüksek bir maaş karşılığında böyle bir adama satacaklardı. Sonra da kendilerini mutlu olduklarına ikna etmeye çalışarak ömürlerini tüketeceklerdi. Bunun öyle çok örneğini görmüştü ki! Son tahlilde üniversiteyi derece yaparak kazananla açıkta kalıp üzülenin ortak yönü bu iğrenç sistemi oluşturan derin uyku değil miydi? Kendini bilmezliğin, kendini unutmuşluğun, kendine hiç ulaşamayacak olmanın derin ve acıklı uykusu! Korkularla mayalanan o derin uyku! İnsanı paraya, mevkiye ve bütün o allı pullu sıfatlara yakınlaştıran ama bizzat kendine uçurum eden sistemin anlaşılmaması için görevini asırlardır mükemmel bir şekilde yapan o sefil uyku! Bir de 'insan düşünen bir hayvandır' sözüne köpürmezler mi? Düşüne düşüne dünyayı getirdiğiniz yere bakın be! Hiçbir hayvan, insan kadar şahane ve derin uyuyamaz! Mutlaka fark eder! Üstelik bu uykusunu da korkularını taze tutan düşünme yetisine borçludur! İnsana hayvan denmesine kızacağınıza düşüne düşüne kanıksadığı korkulara, korkularla mayaladığı uykuya kızın! Hay canına yandığımın düzeni! Bu çocuklar bunlara köle olabilmek için mi okuyorlar? Olmasınlar! Açlıktan ölünmez! Hele bu topraklarda hiç ölünmez! Köylere gidin köylere!

Zihnindeki monologtan yorulduğunu fark ederek gülümsedi ve toprağı bellemeye devam etti.

*

"İşte adam, bunlar da benim günahlar, atıver üstüne deyip traktörünün arkasını gösterince diğeri elindeki içi günahla dolu keseyi oraya atmış. Hesap görülürken Allah ikisinin de tüm günahlarını affetmiş çünkü adamın çok günahı varmış ama üzülen birine karşılık beklemeden yardım etmiş," diyerek sözlerini bitirdi Nurcan.

Karısını gülümseyerek dinleyen adam son lokmasını çiğnedikten sonra, "Hikâye bu! Fıkra! Öyle şey olmaz! Böyle şeyler uydurup insanları günaha teşvik ediyorlar," dedi.

Nurcan şaşırdı. "Aaa! Benim çok hoşuma gitti bu!"

Rıza kendinden emin bir şekilde açıkladı. "Ne diyor bu hikâye? Sen günah işle işle, sonunda da iyilik yapıp kurtul! Günah böyle şeyler günah!"

Nurcan'ın kafası karıştı. Hatice nine anlattığında hiç böyle düşünmemişti ama kocasının söylediği de mantıksız değildi. Omzunu silkti. "Bilmem. Belki de öyledir."

Rıza sofradan kalkarken akşamın geri kalanı için yaptığı planı açıkladı. "Birazdan maç seyredeceğim ben, bugün hararetim var. Çayı hemen yap."

Nurcan bu emir cümlelerine evlendikleri ilk günden beri sinir oluyordu. İlk birkaç sene onun bu 'doğal' konuşma tarzını değiştirmeye çalışmış, adama doğallıkla hödüklük arasında bulunan o ince çizgiyi göstermeyi başaramayınca da konuyu kapamıştı. Sakin bir şekilde cevap verdi. "Tamam. Kahve istemiyor musun?"

Rıza mutfaktan çıkarken başını salladı. "Yap yap. Biraz şekerli olsun."

Nurcan kahve yaparken iş konusunu maçtan önce konuşmaya karar verdi. Maç başladı mı ses istemezdi kocası. Kahvesini ve bir bardak suyu sehpaya bıraktıktan sonra adamın yanındaki koltuğa oturdu. Gözlerini kapatarak güç toplamaya çalıştı. Öğrenciyken es kaza ödevini yapmadan okula gittiğinde içinde oluşan korkunun, yıllar hiç geçmemiş de yine dokuz- on yaşındaymış gibi içine çöreklenmesine her defasında şaşırıyordu. Ancak ne zaman kocasının karşı çıkacağını bildiği bir konuyu konuşması gerekse aynı korku, aynı titreşim ve şiddetle aynı yerde yükseliyordu işte! "Rıza, ben seninle şu iş meselesini konuşmak istiyorum."

Adam ona ters bir bakış attı. "Hangi iş meselesi Nurcan?"

"Hani geçen bahsediyordum ya. Biz Aysel'le gerçekten bir iş yapmak istiyoruz."

"Yine o saçma sapan konu mu?"

Nurcan sakin olmaya çalışarak konuştu. "Neden saçma olsun? Dinlersen..."

"Neyini dinleyeyim? Sermayen var mı onu söyle!"

"Yok ama..."

"O halde dinlenecek bir şey yok! Ortak işte, eşit sermaye olur."

"Parayı Aysel koyacak ama beraber çalışacağız."

Adam başını geriye attı. "Olmaz öyle saçma şey! Yıllardır muhasebecilik yapıyorum. Böyle ortaklık olmaz!"

"Neden olmasın?"

Rıza karısına alaycı bir ifadeyle baktı. "Parayı o verecek, sen de besleme gibi ortalıkta mı dolaşacaksın?"

Kadın bu ifadeye çok sinirlendi. "Ne beslemesi yahu? Daha ne iş yapacağımızı bile bilmiyorsun."

"İşi bilmem gerekmez. Seni tanıyorum. Besleme ruhu var sende!"

Nurcan ne diyeceğini bilemedi. Eli ayağı titremeye başlamıştı. "Ne diyorsun sen? Ağzından çıkanı kulağın duysun!"

Adam sırıttı. "Yalan mı? Buraya taşındığımızdan beri Aysel'in peşinde geziyorsun. Her Allah'ın günü ondasın! Yok yemeğine yardım, yok hasta olur işine yardım... Zenginler ya! Sen benim Uğur'la hiç o kadar samimi olduğumu gördün mü? Köle ruhu var sende!"

Nurcan kulaklarına inanamıyordu. Kocası daha önce de bu tip imalarda bulunmuştu ama şu an söyledikleri yenilir yutulur cinsten değildi. "Rıza ne diyorsun sen? O benim en iyi arkadaşım! Dostum o benim! Sanki ben ona hasta olunca hizmet ediyorum da o bana etmiyor! Ne biçim konuşuyorsun böyle!"

Adam kahvesinden bir yudum aldı. "Haaa! Kırk kere sen, bir

kere o... Dostmuş! Ne demiş atalarımız? Davul bile dengi dengine! Zenginle fakir dost olmaz!" Şöyle bir düşündükten sonra açıklamasını değiştirmeye karar verdi. "Zengin ve orta gelirli de dost olmaz! Hıh! Külahıma anlat sen bunu! Aysel'le beraber iş yapacağız demek, ben Aysel'in kölesi olacağım demektir! Bunu bil önce!"

Nurcan tartışamayacak kadar incinmişti. Ayağa kalktı. "Ben... Ben sadece senin fikrini alacaktım."

"Fikrimi duydun işte! Benden söylemesi..."

Nurcan kararlı bir şekilde konuştu. "Biz Aysel'le iş kuracağız ve sen de bu söylediklerinden utanacaksın. Gör bak!"

Maç başlamak üzereydi. Rıza gözlerini ekrana dikti. "İyi! N'aparsanız yapın. Evin işini, yemeği aksatma da! Benim huzurumu kaçırma. Düşün taşın. Hepsini becerebileceksen ne âlâ!"

Nurcan sinirden titreyerek odasına gitti ve yatağa oturdu. Ağlamamak için dudağını ısırarak yemekten önce topladığı çamaşırları katlamaya başladı.

★

Handan anahtarı masaya fırlatıp doğruca kanepeye uzandı. Ayça tekli koltuklardan birine oturup hayretle karışık bir gülümsemeyle sordu: "N'oldu?"

Handan gülümseyerek elini havada savurdu. "Yok bir şey! Böyle olur arada, sanki hiç görmedin!"

"Ben gördüm de... Yannis'le Rafet teyze biraz şaşırdılar."

Handan gülümsedi. "Yannis biliyordu bugün sinirli olduğumu. Rafet ablaya da hormonal olduğunu söyledim ya! Aman! Offf! Bugünün bittiğine sevindim. Canım burnuma geldi derler ya!"

"Cidden çok huysuzlandın. Yannis'i her fırsatını bulduğunda tersledin, farkında mısın?"

"Evet. Offf bilmiyorum! Canım sıkkındı işte!" Biraz düşündükten sonra kahkaha attı. "Atlas'ı duydun mu? 'Handan bugün cadı olmuşsun,' dedi bana!"

Ayça güldü. "Haksız değil çocuk." Şöyle bir düşündü. "Üç kere yemeği, bir kere de salatayı geri yolladın. Sevgilin aşçı olmasa şımaramazdın böyle, atarlardı seni o mekândan."

"O da beni sinir etti."

"Yannis mi?"

"Evet!"

Ayça şaşırdı. "N'aptı adam yaaa?"

"Sen olan biten her şeyi bilmiyorsun. Öncelikle benimle bugün denize girmedi, bu yüzden ben de girmedim. İşi vardı. Sonra... Yarın İzmir'e, Elif'le stüdyoya gideceğiz ya?"

"Evet?"

"Gelmesi için ısrar ettim. Yine grup yemeği varmış, gelemezmiş." Yannis'i taklit ederek sürdürdü konuşmasını. "Bu gece de on kisilik bir Alman grubu gelecekmis, öğlene de yemek çikarmasi lazimmis! Hayır yani! Yardımcısı var, bıraksın ona gelsin!"

"Ama adamın işi bu. Hem dedi ya Rafet teyze..."

"Ne dedi?"

"'Yaz sonu bu grup yemekleri olmasa batarız, kışın hemen hemen hiç iş olmuyor,' dedi ya!"

Handan şöyle bir düşündü. "Tamam canım, bir şey demedim! Biliyorum saçmaladığımı ama... Yarın beraber olalım istedim. Elif en az dört-beş saat kalır stüdyoda. O arada gezerdik."

Ayça buraya geldiği günlerde Handan'ın kendisine söylediği bir cümleyi kelimesi kelimesine onun ses tonuyla yineledi. "Bu yaptıkların, söylediklerin, konuşma şeklin... Sözlüklerde 'bencillik' kelimesinin açıklamasına örnek olarak konabilir, biliyorsun değil mi?"

Handan kahkaha attı. "Çok uğraştın mı ezberlemek için?"

Ayça da güldü. "Evet."

Bir süre konuşmadılar. Ayça düşünceliydi. Üçü sohbet ederken ablasının bazen dile getirdiği ve Handan'ın asla kabul etmediği bir tespiti hatırladı: *Handan sen kendini kandırma konusunda tam bir uzmansın.*

Sakin bir sesle sordu. "Handan abla?"

"Efendim?"

"Sadece sinirli değil, sanki üzgünsün de. Gerçekten sebep sadece âdet düzensizliği mi?"

Handan bir an, kısacık bir an Nihal'le konuşmasını hatırladı ve kendi kendine güldü. Yok canım! Bu konuyu şimdi anlatmaya bile değmez! Çetin'den bana ne! Onunla hiçbir ilgisi yok! Kızın sorusuna gülümseyerek cevap verdi. "Evet! Eminim!"

*

Melih yeniden çay demlerken dışarıda, Soner ve Veysel'in masasından ara ara yükselen seslere kulak verdi.

"Ben öncekiler hata yapmadı demiyorum! Bu ülke diyorum, hiçbir dönemde bu kadar kötü yönetilmedi! Doğa hiçbir zaman böyle yağmalanmadı diyorum! "

"Yağmalandı yağmalandı. Şöyle bir düşünürsek, öncekiler yağmalamasa, kötü yönetmese, bugünlere gelinmezdi, değil mi?"

Melih siyaset ve futbol tartışmaları olduğunda kahvede yalnız olmayı hiç sevmezdi. Çok sakin bir mizacı olmamasına rağmen yıllardır arkadaş olan insanların bu iki konu sebebiyle birbirlerine düşman gibi konuşmasından hoşlanmıyordu. Sesler yükselmeye başladığında Uğur o masaya gidip oturur, ne yapar ne eder masadaki sesi kısardı. Melih'in ise bunu yapmak için ne yaşı müsaitti ne de bilgisi.

Doldurduğu çayları dışarıdaki masalara dağıtmaya giderken bir arkadaşıyla oturan Kaf Kaf Mustafa'yı gördü. İyi ki Göztepeli Caner yok bu aralar ortada, diye düşündü. Foça, özellikle yaz aylarında genelde Karşıyakalılarla dolu olduğu için otuz beş buçuk plakanın ağırlığı hissedilirdi. Göztepeli Caner çoğunlukla tek başına olsa da güzel tartışmalara imza atardı. Ancak harareti düşüren kişi yine Uğur olurdu.

Melih çayları bıraktı ve kapının yanında dikilirken Soner'in elini havada savurarak konuştuğunu gördü.

"Kim dışarda onu söyle! Dışarda bir sen bir ben kaldık nerdeyse! Sorgu yok, sual yok, suçlama yok! Herkesi içeri tıktılar! Ülke tarihi bu kadar haksızlık gördü mü?"

Veysel itiraz etti. "Seksen darbesini unuttun herhalde?"

Soner güldü. "Şimdi karşıma geçip devrimcilere yapılan haksızlıklara üzüldüğünü söyle de tam olsun!"

"Yahu ben ne diyorum, dinlesen! Sen durmadan şu andan yakınıyorsun. Ben de haksızlık, adaletsizlik hep vardı, bugün ortaya çıkmadı diyorum! Kötü bir şey mi diyorum?"

Soner kendi kendine konuşur gibiydi. "Ben de haksızlığın kitabını bunlar yazdı, diyorum! Eee referans din olunca, müşterisi çok oldu tabii! Hz. Ömer adaletiyle başladık hatırlarsan bu tartışmaya, yedi-sekiz yıl evvel. Geldiğimiz noktaya bak! Hz. Ömer adaletiymiş! Peh!"

Veysel sürekli savunmadaydı. "Canım, Hz. Ömer adaletinden bahsettiler tamam! Çok adaletsizlik yaptılar, kabul ama bu hiç adil şeyler yapmadıkları anlamına gelmiyor ki!"

Soner çenesini kaldırarak sordu: "Ne mesela? Ne? Hadi söyle. Hz. Ömer adaletini andıran tek bir örnek söyle bakalım."

Tam o an yan masada oturan Mükerrem Veysel'e seslendi. "Veysel Bey! Hz. Ömer adaletiyle ilgili bir şey okudum geçenlerde, çok etkiliydi. Okuduğum olaydaki adaleti düşünürsek Soner haklı gibi bu konuda. Ben okuduğum hikâyeyi aklımda kaldığı kadarıyla anlatayım size."

Diğer ikisi başını sallayınca Mükerrem çayını alıp sandalyesini çekerek onların masasına geçti. Melih kulak kesildi. Burada en sevdiği şey böyle hikâyeler dinlemekti. Bir hikâye veya fıkra duymadan gün geçmesi pek nadirdi. Son zamanlarda okumayı yavaş yavaş sevmeye başlamışsa da hikâye dinlemek daha kolay, daha akılda kalıcıydı.

Mükerrem yavaş yavaş anlatmaya başladı. "Hz. Ömer zamanında Şam Valisi kente büyük ve güzel bir cami yaptırmak istemiş. Amacı Şam'daki Müslümanların hep beraber ibadet etmesiymiş... O zamanlar orda bütün Müslümanların bir araya gelebileceği bir yer de yokmuş. Bu nedenle yapılacak caminin kentin merkezi bir yerinde inşa edilmesi gerekiyormuş. Şam Valisi inşa edilecek olan cami için en uygun yeri belirlemek üzere bir ekip görevlendirmiş, onlar da şehrin her köşesini incelemişler... Günler süren keşiften sonra cami inşası için en uygun yeri belirlemişler, sonra da hiç vakit kaybetmeden toprağa ilk kazmaları vurup inşaata başlamışlar. Şam'daki Müslümanlar cami projesine öyle hevesli bakmışlar ki ileriyi geriyi düşünmemişler. Neyse işte... Arsanın bir sahibi varmış tabii ve adam bir Yahudi imiş. Ama adam bir süredir Şam dışında olduğundan bütün bu olanlardan habersizmiş ve cami inşaatı nerdeyse bitmek üzereyken çıkagelmiş... Tabii arsasında kocaman bir cami görünce hayretler içinde kalmış. İtiraz etmek için valinin kapısına dayanmış. Toprağının gasp edildiğini söyleyen Yahudi, cami yapımının durdurulmasını istemiş. Şam Valisi adamın şikâyetlerine hak verse de bu kadar emek ve masraf harcanmış olan bir inşaatın durdurulamayacağını söyleyerek bu talebi reddetmiş. Demiş ki Yahudi'ye: 'Arsanın değerinden fazlasını ödeyelim, sat bize bunu.' Yahudi kabul etmemiş. Fiyatı daha da yükseltmişler ama Yahudi inat etmiş, satmam diye tutturmuş. Vali bu duruma çok bozulmuş. Nerdeyse bitmiş bir camiden vazgeçmek mümkün değil, diye düşünmüş. Yahudi sunulan her teklifi reddetmeye devam etmiş. Vali de işi tehdide dökmüş. İkna olsun diye adama eziyet etmeye başlamışlar... Topraklarının zorla gasp edildiğini, hakkını geri alamayacağını düşünen Yahudi valiye haber göndermiş: 'Sizi Halife Ömer bin Hattab'a şikâyet edeceğim, hakkımı almak için taaa Medine'ye gideceğim. İslam halifesi Ömer adaletli bir yöneticidir. Onun beni gözeteceğine inanıyorum.' Yahudi yollara düşmüş, Medine'ye varmış ve Şam'da olan biteni başından sonuna kadar Hz. Ömer'e anlatmış... Yahudi'yi sükûnetle ve büyük bir dikkatle dinleyen Hz. Ömer hiçbir şey söylememiş. Sonra da yardımcılarına, 'Çabuk bana ölmüş bir hayvanın kemiğini bulup getirin,' demiş. Dışarı çıkan Müslümanlar bir süre sonra ellerinde bir kemikle geri gelmişler ve kemiği büyük bir merakla Ömer'e vermişler... Halife Ömer kemiğe bir şeyler yazıp Yahudi'ye vermiş, sonra da demiş ki: 'Bu benim Şam Valisi'ne mektubumdur. Bunu götür ve kendisine ver!' Yahudi kemiği alıp günler süren bir yolculuktan sonra Şam'a geri dönmüş. Döner dönmez de valinin huzuruna çıkmış... Vali onun Halife Ömer'in yanından geldiğini bildiğinden merak içinde bekliyormuş. Ömer'in ne dediğini sormuş hemen. Yahudi cevap vermiş: 'Ömer bana tek kelime bile etmedi, hiçbir şey söylemedi. Sadece size şunu gönderdi,' diyerek elindeki kemiği valiye uzatmış. Vali merakla kemiği eline alıp yazıyı okumuş. Şaşkınlıktan gözleri kocaman açılmış. Kemiğin üzerinde aynen şunlar yazılıymış: VALİİİ! VALİİİ! CAMİYİ YIK AMA ADALETİ YIKMA."

Soner alaycı bir tavırla Veysel'e baktı. "Vayyy be! Adalete bak sen! Şimdiii... Böyle bir adalet var mı etrafta? Herhangi bir konuda? Ama kendini Ömer'e benzeten çoook! İşte bu hikâyeleri bilmeyen, Allah ve Hazreti demeyi sevap sanan çoğunluk da hakikaten adalet olduğuna inanıyor."

Mükerrem konuyu genişletmek için araya girdi. "Geçenlerde okuyordum... Kimdiii... Hıh... *Limon Luce* diyor ki: *Kuvvetsiz adalet ve adaletsiz kuvvet iki büyük felakettir.* Tabii şimdi, bu hikâyede kuvvetli bir adalet var."

Soner hemen Veysel'e döndü. "Bugünse bizim ülkemizde adaletsiz bir kuvvet var!"

Veysel de onu sıkıştıracağı bir nokta buldu. "Ama sen dine karşısın! İşte benim sana anlattığım din bu! Ömer'in Müslümanlığı... Doğru olan bu!"

Soner güldü. "Etrafta gördüklerimizin hepsi Şam Valisi ama n'aber? Hem bu hikâyede din yok dikkat edersen, adalet var."

Son konuşmaları dinlemeyen, Mükerrem'in anlattığı hikâyeyi düşünen Melih masaya yaklaştı. Çay bardaklarını tepsiye koyarken biraz çekinerek, "Demek ki adaletsiz güç, güçlü adaletin köpeği oluveriyor," dedi. Adamların üçü de şaşkın bakışlarla ona dönünce, "Değil mi? Öyle anladım ben. Güçlü adalet, adaletsiz güce kemik attı," deyip çay ocağına geçti.

★

Elif stüdyoda yaklaşık bir saattir vokal eğitmeni ile çalışıyordu. Handan ve Ayça da stüdyonun sahibi Kağan'la kahve içiyordu. Kağan otuz beş yaşında, üniversiteyi bitirdikten sonra Amerika'ya gidip sosyoloji alanında doktora yapmış ve bir sene öncesine kadar da orada yaşamıştı. Liseden beri gitar çalıyordu ve babası vefat edince, annesinin ısrarıyla İzmir'e geri dönüp bu stüdyoyu açmıştı.

Handan adamın sohbetinden hoşlanmıştı. Müzik, adamın hobisiyken, şimdi işi olmuştu. Ayrıca motosiklet grubu vardı ve sık sık kamp yapıyordu. Handan da kendi hayatından bahsetti biraz. Tiyatroya ilgisi, adamı heyecanlandırdı. Motosiklet grubundan, amatör ve sokak tiyatrosu yapan dört-beş arkadaşı olduğundan bahsetti. Kordon'da takıldıkları bir mekân vardı. Genellikle akşamüzeri toplanıyorlardı. İsterse Handan'ı onlarla tanıştırabilirdi.

Ayça pek katılmadan sohbeti dinliyor ve kahvesini içiyordu. Handan, Uğur'u aradı, Elif'in işi bitince onu alabilir misiniz diye sordu, kendisi Ayça'yla İzmir'de kalacaktı.

Hatice, Bekir ve Aysel'le bir alışveriş merkezinde dolaşan Uğur, tabii deyince, Elif'e bilgi verdiler ve Alsancak'ta bulunan stüdyodan ayrılıp Kordon'a yürüdüler. Kağan arkadaşlarının uğradığı mekâna baktı, henüz gelmemişlerdi. Orada oturup sohbete devam ettiler. Bir saat sonra grup toplandı. Handan tiyatro yapan Nil ve Alaz'la uzun uzun sohbet etti. Tomris bir bankada müfettişlik yapıyor ve her zaman İzmir'de olmuyordu ama o da motosiklet grubundandı. Haldun ve Efecan da felsefe mezunu, gayet renkli kişiliklerdi.

Sohbet akşama kadar sürdü. Ayça sıkılmaya başlayınca İzmirli bir arkadaşı Yeşim'le mesajlaşıp buluşma ayarladı. Handan'a gece İzmir'de kalabileceğini söyleyerek herkesle vedalaştı. Akşam yemeğini orada yiyen Handan sonrasında aynı grupla bir bara gitti. Uzun süredir kendini hiç bu kadar canlı hissetmemişti. Sohbet aralıksız devam ediyor ve masadaki herkes genelde onu dinliyordu. İçtiler, dans ettiler ve gece iki civarında bardan ayrıldılar.

Yannis'e gündüz mesaj çekerek yeni arkadaşlar edindiğini ve iyi vakit geçirdiğini söylemişti. Bardan çıkınca telefonuna baktı, Yannis'ten mesaj vardı: Keyfine bak canım, öpüyorum. Burası da çok yoğun.

Nedense bu mesaj canını sıktı ve alkol aldığı için araba kullanmak istemediğinden Tomris'in davetini kabul ederek geceyi onun evinde geçirdi.

Ertesi gün öğlene doğru yeniden toplanıp dışarıda kahvaltı ettiler. Handan, Nil ve Alaz'ın tiyatro provasını izlemek isteyince hep beraber oraya gittiler. Akşam yemeğini yedikten sonra Handan arabasıyla Foça'ya dönmek istedi. Ayça da gelmişti. Gruptakilerle vedalaşırken, "Hadi atlayın motorlara da size bahsettiğim otele gidelim, bir şeyler içeriz," deyince hep beraber Foça'ya doğru yola koyuldular.

Ayça arabada durmadan konuştu ve Kağan'ın Handan'a kibarca asıldığını vurguladı. Handan onu gülerek ve "Her şey kontrolüm altında," diyerek geçiştirdi. Saat on buçuk civarında otele vardılar ve Handan grubu bahçedeki masaya oturttu. Rafet Atlas'ı uyutmuştu. Odadan lobiye çıkınca Handan'la karşılaştı. Genç kadın onu elinden tutup masaya yönlendirdi. "İşte bu size bahsettiğim Rafet abla! Bunlar da İzmir'deki yeni arkadaşlarım," diyerek herkesi birbiriyle tanıştırdı.

Herkes ayrı ayrı sohbete daldığı için masa epey gürültülüydü. On dakika kadar sonra Yannis geldi. Handan oturduğu yerden gülümseyerek onu da herkesle tanıştırdı. "Bu arkadaşımız da otelin şefi Yannis. Çok güzel yemekleri vardır," dedikten sonra masadakilerin tek tek isimlerini saydı.

Yannis herkesle tokalaştı ve Handan'a şöyle bir baktıktan sonra gülümsedi. "İzninizle isim çok," dedikten sonra içeri gitti.

Handan onun neden oturmadığını düşünürken biri bir şey sorunca bu konuyu anında unuttu.

Bir saat kadar sonra gruptakiler İzmir'e dönmek üzere kalktılar. Handan da Ayça'yla kalktı ve Rafet'e veda ederek eve gittiler.

Handan kendini kanepeye atarken Ayça sordu: "Neden Yannis'le vedalaşmadık?"

Genç kadın elini havada savurdu. "Saat birden önce çıkamaz o bu gece." Gülümsedi. "Çıkar çıkmaz buraya gelir nasılsa. Offf! Çok karnım ağrıyor nedense."

"Üşüttün mü acaba?"

"Bilmem ki."

Ayça esneyerek ayağa kalktı. "Ben duş alıp yatacağım."

O duştayken Handan Yannis'e mesaj attı: Özledim seni. Çabuk gel :)

Ayça yatarken Handan telefona bakıyordu. Mesaj sesini duyunca rahatladı. Gülümseyerek telefonu aldı ve mesajı okudu: Yorgunum. Otelde kalacağım. Size iyi geceler :)

evvelinde hep çoraksa tarlaların
ahirinde yağmuru anlayamazsın...

11

Ayça bavuluna eşyalarını koyduktan sonra odaya göz gezdirdi. Tamam, bir şey unutmadım, diye düşünürken Handan'ın sesini duydu.

"Ayçaaaa hadi! Çayın soğuyor."

Hemen cevap verdi. "Geliyoruuum!" Salona girerken kararını açıkladı. "Ben zeytinyağını, zeytinleri falan bavula koymam! Şimdi akar makar," diyerek koltuğa oturdu.

Handan dizüstü bilgisayarı kapatıp sehpaya koyarken kaşlarını kaldırdı. "Ne güzel paketledik işte! Bir şey olmaz."

Ayça çayından bir yudum aldıktan sonra yüzünü buruşturarak sordu: "Şart mı bunları taşımam? Sanki İstanbul'da yok!"

Handan güldü. "Tabii yok! Nerden bulacaksın böyle zeytini, zeytinyağını İstanbul'da? Âdet bunlar, öğren. Çanakkale'ye gittin mi domates salçası, Adana'dan, Hatay'dan biber salçası, Ege'den zeytin ve zeytinyağı taşıyacaksın. Karadeniz'e gidersen de..."

Ayça gülerek araya girdi. "Anladım anladım, nerenin neyi meşhursa alıp taşıyacağım."

Handan gülümsedi. "Ha şöyle! Milli bir gelenek bu! Münevver teyzenin yolladığı kolileri açıp sarmaları, dolmaları ve börekleri nasıl lüpletiyorsan, şimdi de sen ona bunları götüreceksin."

Ayça düşünceliydi. "Şimdiii... Uçakla gidersem ordan oraya atarlar bunları. Dökülür, her şey berbat olur. En iyisi otobüsle gitmek." Eliyle bilgisayarı gösterdi. "Aç da otobüs bileti bakalım. Yarın akşama falan da olur."

Handan gülümseyerek sordu: "Uçağa binmekten korkuyorsun değil mi?"

"Yooo! Nerden çıkardın?"

"Sabahtan beri bin dereden su getirdin! Korkuyorum deyip itiraf et, sen de kurtul ben de kurtulayım. Ne var bunda?"

Ayça başını yana doğru eğerek alçak sesle açıkladı. "Korkmuyorum da... Yani... Biriyle olursam korkmuyorum da yalnız olunca... Düşünüyor insan... Ne bileyim! Korkunç bir olay aslında. Böööyle tenekeden bir şeyin içinde. Desteksiz falan... Tabii bir şey olacaksa her yerde olur. Sorun şu ki yalnız olunca kafamda kuruyorum durmadan ve geriliyorum."

Handan bir dakika kadar düşündükten sonra gülümsedi. "Bak sana ne diyeceğim! Ben de geliyorum seninle İstanbul'a!"

Ayça'nın yüzünde güller açtı. "Sahi mi? Ciddi misin?"

Handan omzunu silkti. "Evet! Kalırım birkaç gün. Münevver teyzeyi de görürüm. Arkadaşlarımı falan ararım! Evet yaaa! Ben de geliyorum!"

Ayça kaşlarını çattı. "Ama hani yara dondurmak öyle bir kerede olmuyordu? Bir daha gideceğim doktora demedin mi?"

"Gideceğim ama on gün sonra. Sorun yok."

"İyi o zaman. Yani... Başka bir işin falan yoksa..."

"Ne işim olacak Ayça? Önce sevinip sonra mırın kırın ediyorsun!"

Ayça yanlış bir şey söylemek istemiyordu. Kelimelerini özenle seçerek açıkladı. "Mırın kırın değil de... Yani sen ve Yannis..."

"N'olmuş Yannis'le bana?"

"Nerdeyse iki haftadır hiç görüşmediniz. Umrumda değil falan deme bana! Aklına takıldığını biliyorum. Şimdi bir de İstanbul'a gelirsen aranıza iyice soğukluk girmeyecek mi?"

Handan omzunu silkti. "Girerse girsin! Ben sokmadım ya bu soğukluğu aramıza." Gülümsemeye çalıştı. "Sandığın kadar umrumda değil benim. Bunca şey yaşadıktan sonra giden ağam gelen paşam. İşte sen de gördün! Aşkım aşkım diye peşimde dönerken birden kendini çekiverdi beyimiz. Keyfi bilir! Evde oturup onu mu bekleyeceğim?"

"Elbette evde oturup onu beklemeyeceksin de ne bileyim...

Yani ne oluyor, neden böyle davranıyorsun falan diye konuşman gerekmez mi?"

"Konuşmak istese iki haftadır konuşurdu değil mi?"

"Biz doğru dürüst Foça'da durduk mu? Hep İzmir'deydik! Belki de gelmiştir."

"Telefon diye bir şey var Ayça!"

"Aradı dedin ya iki kere."

"Aradı. Nasılsın iyi misin, diye sordu o kadar."

"Sen ne dedin?"

"Ne diyeceğim, gayet iyiyim dedim. Çok iyi vakit geçiriyorum dedim. Gerçeği söyledim yani..."

"Hiçbir şey sormadın mı?"

Handan gülümsedi. "Sormadım Ayça! Ben böyle şeyler sormam! Hele böyle dengesizliğe hiç gelemem! Hem erkekler böyledir çoğunlukla, yandım bittim diye peşinden gelirler... Tam her şey güzel dersin, bu adam farklı dersin... Sonra böyle saçmalarlar. Yannis de saçmaladı işte!" Ayça bir şey demeyince sordu: "Haksız mıyım?"

"Bilmiyorum. Yani aranızda ne oldu bilmiyorum ki!"

"Ne olacak? Sen de gördün işte. Çekti kendini birdenbire. Saçmalamak değilse ne bu?"

"Tamam, Yannis saçmalıyor olabilir ama..."

"Ama?"

Ayça birkaç saniye tereddüt ettikten sonra, "Boş ver gidelim biz İstanbul'a en iyisi," diyerek gülümsedi.

Handan ısrar etti. "Söyle söyle. Benimle her şeyi konuşabileceğini biliyorsun, değil mi? Ne diyecektin? Söyle hadi."

"O saçmalamadan önce sen epey bir saçmaladın diyecektim."

Handan güldü. "Ben saçmalamadım, kapris yaptım. Nedeni de belliydi."

"Ama sonrasında Kağan'ın grubuyla takıldın! Yani burayla ilgin kalmadı. Belki o da buna bozulmuştur."

Handan şöyle bir düşündü. "Hayır. Yannis öyle şeylere bozulmaz. Buna hakkı da yok zaten! Ben de bozulmam. Yani benden ayrı bir grupla vakit geçirse."

Ayça kaşlarını kaldırarak başını yana doğru eğdi. "Sen? Yani o bir gruba takılsa ve Kağan'ın sana asıldığı gibi ona da bir kadın asılsa bozulmazsın, öyle mi?"

Handan omzunu silkti. "Bozulmam tabii."

"Hiç öyle bir durum oldu mu?"

"Olmadı ama ben kendimi tanıyorum. Öyle bir şeye bozulmam. Aslolan Yannis'in nasıl davrandığı. Burda da benim nasıl davrandığım. Kağan bana asıldı da karşılık alabildi mi?" İçini çekti. "Neyse... Bunları bilmiyor zaten Yannis. Sebep bu olamaz. Bir sebebi olduğunu da sanmıyorum. Çoğu erkek böyledir, bazen kendilerini çekiverirler. Kim bilir neden? Çok arkadaşımın başına geldi."

Bu açıklama Ayça'nın aklına yatmadı. "Saçma! Bir nedeni olmalı. Yani bak İstanbul'da bunalımdaydım biliyorsun. Bir süre ben de ters davrandım Yannis'e ama gerçekten sana âşık yani. E sen de ona âşıksın! Ben olsam gidip konuşurdum."

"Ben konuşmam."

"Niye?"

Handan tek kelimelik bu soruya iki-üç dakika kadar cevap aradı. Bulamayınca da gülümseyerek, "Huyum böyle," dedi.

"E o zaman senin bu huyun da en az Yannis'in tavrı kadar saçma değil mi?"

Handan, "Aaa sen de resmen Yannis'in tarafını tutuyorsun! Güneş hiç böyle yapmazdı!" der demez pişman oldu ve ne desem de konuyu değiştirsem diye hızla düşünürken Ayça'nın gülümsediğini görüp rahatladı.

"Belki de ikinizin sorunu buydu," dedi Ayça gülümseyerek.

Handan şaşırdı. "Neydi sorunumuz?"

"Birbirinizi desteklemek adına birbirinizde olumsuz bir taraf görmemek, daha doğrusu görmezden gelmek. Hatırlarsan... Bunu daha önce de söylemiştim size birkaç defa ama ikiniz de kabul etmediniz."

Handan başını salladı. "Evet hatırlıyorum. Kabul etmedik çünkü bu doğru değil. Tam tersi. Birbirimizde gördüğümüz hataları, olumsuzlukları, birbirimize söylerdik. Hatırlasana! O bana sık sık kendimi kandırdığımı söylerdi. Ben de ona kimseyle çıkmama konusundaki düşünme şeklinin hata olduğunu falan söylerdim! Hatta çoğunlukla Güneş'in sorularıyla nerde hata yaptığımı anlardım."

Ayça çayları tazeleyip koltuğuna otururken, "O kadarını söylerdiniz tabii ama ben ondan bahsetmiyorum," dedi.

"Neden bahsediyorsun?"

"Şimdi mesela ablam burda olsaydı, Yannis'le aranızda olanları bana anlattığın gibi ona anlatsaydın... Saçmaladı, dengesiz falan deseydin, ablam seni haklı bulmaz mıydı?"

Handan başını salladı. "Bulurdu! Haklıyım çünkü."

"Kime göre haklısın?"

"Kendime göre!"

"İşte ben de bunu demeye çalışıyorum. Bir konuda, özellikle bu tip konularda, bir şeye kızdınız mı birbirinizi hep haklı çıkarırdınız. Bu hep böyleydi yani!"

Handan güldü. "Demek ki aynı düşünüyorduk. Bunun sakıncasını anlamadım."

Ayça kafasındakileri doğru bir şekilde aktaramamanın sıkıntısıyla derin bir nefes aldı. "Aynı düşünmek değildi bu. Birbirinize hak verirdiniz ama sonrasında o konuya hiç kafa yormazdınız!"

"Nasıl yani? Şu... Benim Yannis'le yaşadığım olayı örnekleyerek anlat hadi. Olanı biteni biliyorsun. Ben ona kırıldım çünkü saçmaladı. Ama ben sana, saçmaladı dediğimde bana niye hak vermiyorsun?"

"Çünkü sebebi belli değil! Onunla konuşmadın. Neden konuşmuyorsun diyorum, huyum bu diyorsun. Bu bir açıklama değil! Sürekli konuyu, erkeklerin çoğu böyle muhabbetine getiriyorsun. Senin ona kızdığın, kırıldığın şeyler olduysa, belki onun da sana kızdığı, kırıldığı şeyler olmuştur, nerden biliyorsun?"

Handan gülümsemeye çalıştı. "Ne yaptım ben mesela?"

"Ben nerden bileyim? Yannis miyim ben? Bunu ona sorman gerekiyor!"

Handan bir süre düşündü: Yannis'in hatası o kadar açıktı ki Ayça muhtemelen yaşı yüzünden bunu göremiyordu. "Konuşacak bir şey yok. Benim hatam da var tabii. Güneş'in ölümünden sonra enine boyuna düşünmeden paldır küldür buraya geldim. Yannis'in aşkına, romantizmine kapıldım! İlgisinin ömür boyu süreceğinden emindim yani. Ama bak o ne yaptı? Birden yok oluverdi. Nasıl aşksa! Doktora giderken yanımda mıydı?"

"Biliyor muydu?"

"Bilmiyordu ama bilmemeyi kendi seçti."

"İşte bunu diyorum ben de! Hem Yannis'in böyle davranması için sebep yok diyorsun, hem de onunla bu meseleyi konuşmuyorsun. Üstelik bir de hastayken seni yalnız bırakmış gibi adamı suçluyorsun. Adamın haberi bile yok!"

Handan sehpadan bilgisayarı alırken Ayça'yı yanına çağırdı. "Gel bilet bakalım şimdi, boş ver Yannis'i falan."

*

Aysel kahve fincanlarını sehpaya koyduktan sonra koltuğuna oturdu. "Geç yedik bugün Uğur. Bir daha böyle geç kalırsan beklemeyeceğim seni, haberin olsun."

"Bekleme tabii. Sen n'aptın bugün? Nurcan'la konuştun mu? Sıkıntısı neymiş? Söyledi mi?"

"Ne olacak? Rıza! Zorla söylettim. Kadına ileri geri konuşmuş iş meselesini duyunca. Sonra da işte kardeşini falan çağırdı ya geçen hafta yemeğe, onların yanında dalga geçmiş! Nurcan da üzülmüş, ondan tutmuş migreni dört-beş gün..."

"Eee?"

Aysel kahvesinden bir yudum aldıktan sonra elini havada savurdu. "Tamam tamam, hallettim. İkna oldu, beraber yapacağız. Sen Rafet Hanım'ı aradın mı?"

"Aramadım. Siz kesin karar vermeden aramam demiştim sana."

"Ben onu ikna ederim dedim ya Uğur! Neyse... Yarın ara sen, şöyle bir konuş önden. O müsait olunca biz de gidelim detaylıca konuşalım artık, çok uzadı bu iş."

"Tamam konuşurum. Çarşıda da büyük dükkân yok. Neyse... Siz konuşun, Rafet Hanım kabul ederse şu bizim depoyu boşaltırım ben size. Orası çarşıya yakın, kira da vermezsiniz."

Aysel düşünceliydi. "Fırın açmak o kadar kolay mı? Vergisi bilmem nesi..."

"Sen düşünme bunları. Ben halledeceğim dedim ya."

Aysel kocasının bu tavrıyla kendini yeniden suçlu hissetti. Ancak bu gerçekten utanç duyduğu bir konuydu ve ne diyeceğini bilemiyordu. Birkaç kez derin derin nefes alıp verdi ve yeterince güç topladığına karar verince boğazını temizledi. "Uğur?"

Sesi kısık televizyona boş boş bakan adam ona doğru döndü. "Efendim?"

"Bizim işimizle ilgili para pul meselesini... Senin halletmene gerek yok..."

Adam kaşlarını kaldırdı. "Yok mu?"

"Yok! Benim param var... Bir kıyıda biriktirdiğim..."

"Aysel, bu iş kıyıya köşeye attığın parayla olmaz. Bakalım Rafet ne isteyecek? Kolay mı sanıyorsun sen iş kurmayı?"

"Benim yaklaşık iki kilo yedi... Hatta sekiz yüz grama yakın altınım var."

Derin bir sessizlik oldu. Adam sabit ve ifadesiz gözlerle ona bakıyordu.

"Tam, yarım, çeyrek altınlar..." dedi Aysel sonunda dayanamayarak.

Uğur ne diyeceğini bilmiyordu. Karısının yıllardır cebinden neden bu kadar çok para aldığını merak ediyordu ama alışveriş yaptığını düşünmüştü. Biriktirmiş olabileceği hiç aklına gelmemişti. Ona parayla ne yaptığını, neye ne kadar verdiğini hiç sormazdı ki!

"Yani yine senin paran sayılır. Evlendikten... Üç ay sonra başladım ve sürekli cebinden para aldım. Hepsini altına çevirdim."

Bu açıklamayı beklemeyen Uğur şaşkınlıkla kadına baktı. Karısının boynundan yukarısının kıpkırmızı olduğunu görünce başını televizyona çevirdi. Ne söyleyeceğini düşünüyordu: Biliyorum dese... Eski Aysel olsa kıyameti koparırdı. Ama eski Aysel zaten bu itirafta da bulunmazdı. Asla! Karısı gerçekten değişmişti. Bilmiyormuş gibi yaparsa da yalancı olacaktı ve artık yalanlara kapalı olduğunu aklından geçirir geçirmez başını salladı. Karısının daha fazla utanmasını istemiyordu. Televizyona bakarak konuştu. "Biliyordum."

Aysel afalladı. "Ne... Nasıl? Neyi biliyordun?"

"Cebimden para aldığını."

"Yaaa!" diyen Aysel bir süre hiç konuşmadı. O kadar şaşkındı ki! Demek bunca zaman... Bunca heyecan... O kadar korku... Hepsi boşunaymış diye düşündü. Birden kocasına kızdı. "Biliyordun da neden bir şey söylemedin?"

Uğur omzunu silkti. "Ne bileyim, lazım zannettim! Demek ki daha çok para gerekiyor ve isteyemiyor, diye düşündüm. Taylan üniversiteye giderken ona verdiğini falan sandım."

Aysel müthiş bir hayal kırıklığına uğramıştı. Hak ettiği bir zafer elinden alınmış gibi hissediyordu. Başını geriye atarak konuştu. "Yok! Bilsen bile hepsini anlamamışsındır! Mümkün değil!"

Aysel'in tepkisi o kadar komikti ki Uğur başını hafifçe yana eğerek gülümsedi. "Peki. Öyle olsun." Karısının söylediklerini düşününce aklına bir şey takıldı. "O altınlar tek tek satılmıyor mu? Niye tarttılar? Hangi bankada?"

"Ne bankası? Evde tarttım," diyen Aysel onun şaşkın bakışları arasında mutfağa gitti. Birkaç dakika sonra dönüp elindeki tencereyi Uğur'un kucağına bıraktı. "Beş litrelik! Çelik tencere. Paslanmaz. Bozulmaz!" Kocasının gülmeye başladığını görünce gülümseyerek karşılık verdi. "Nasreddin Hoca ne kadar haklıymış! Peşin para adamı sahiden de güldürüyor bak."

★

Ece yemeğini bitirdikten sonra arkasına yaslandı. Maral bir hafta içinde dördüncü kez akşam yemeğine çıkmak isteyince evet demek zorunda kalmıştı.

Karanlıkta uzanan denize bakarken aslında hiç de fena bir akşam geçirmediğini düşünüyordu. Arkadaşı iş yerindeki sıkıntılarından bahsetmişti ama her zamanki gibi hırs dolu konuşmalarıyla onu yormamıştı doğrusu. Hatta biraz durgundu. Ece de Sevinç Hanım'la ev arkadaşlığını, serada yaptığı işleri anlatmıştı ve Maral şaşırtıcı bir şekilde onu dinlemiş ya da dinler gibi yapmıştı.

Onun tabağındaki yemeğe dalmış olduğunu görünce gülümseyerek sordu: "Bitirmeyecek misin yemeğini?"

Maral başını iki yana salladı. "Iıh. Yeter."

"Durgunsun biraz?"

"Böyleyim son günlerde."

"Bir şey mi oldu?"

"Yooo. Bir şey olduğu yok. Sorun da bu galiba."

Ece onu hiç bu kadar sessiz görmemişti açıkçası. İlgili bir ses tonuyla sordu: "Ne olmasını istiyorsun Maral?"

Arkadaşı dudağını büzdü. "Bilmem."

"Bir şey olduğu yok diye dert yanıyorsan beklediğin, istediğin bir şey vardır bence."

Maral derin bir nefes aldı. "Genel olarak dedim. Herkesin beklediği istediği şeyler. Hayatımda birinin olması, evlilik filan."

Ece güldü. "Bunlar olmayınca bir şey olmuyor gibi mi geliyor sana?"

"Herkese öyle gelir Ece! Bence sen bunu kabul etmiyorsun."

"Bana gerçekten öyle gelmiyor. İster inan ister inanma."

"Aşk istemiyorsun yani?"

Ece gülümsedi. "Olsa iyi olur ama bu tip şeyler istemekle olmaz ki! Olunca olur yani."

"Niye bana hiç olmuyor Ece? Ben nerde hata yapıyorum. Söyle bana. Bu sefer seni gerçekten dinleyeceğim."

"Emin misin?"

"Evet."

"Tamam o zaman. Bence senin hatan şu: Kafanda bir şey oluşturuyorsun, şöyle şöyle şöyle bir adam olacak diye. Sonra o özelliklere sahip bir adamla karşılaşıyorsun. O adamı kafaya takıyorsun ama adamı tanımıyorsun bile. Bir de..."

"Bir de?"

"Nedense son zamanlarda yaşça senden epey büyük adamlara kafayı taktın."

Maral şöyle bir düşündü. "Evet! Niye öyle yaptım sence?"

"Bilmiyorum ki. Daha çok mu güven veriyor yaşı büyük olunca anlamıyorum ki."

"Evet! Bana daha çok değer verirler gibime geliyor galiba."

"Öyle oldu mu?"

"Ne gezeeer? İlgilenmediler bile. Yani ben anlamıyorum! Neden bana âşık olmuyorlar ki? Ne eksiğim var herkesten?"

Maral içkinin de etkisiyle iyice üzülmeye başlamıştı. Ece uzanıp onun eline dokundu. "Yaaa bu eksik fazlalık meselesi değil ki Maral. Daha yaşın kaç? Olur bir gün! Buna kafayı takarak yaşama lütfen."

"Ama üzülüyorum."

"Doğru, üzülüyorsun ama bu ortada üzülecek bir şey olduğu anlamına gelmiyor."

"Gelmiyor değil mi? Bak sen de bekârsın, sana da bakan ilgilenen yok ama sen üzülmüyorsun! Ben niye üzüleyim, değil mi?"

Ece içinden güldü. Ahhh ahhh! Kıyaslama yapmadan kendini iyi ya da kötü hissedememe hali! Kıyaslama olmadan kendini tanıyamama hali! Kendi de bu tuzağa ara ara düştüğünden Maral'ı çok iyi anlıyordu. Cesaret veren bir sesle cevap verdi. "Üzülme tabii, niye üzüleceksin? Olacağı varsa olur."

*

Ayça sabah otele uğrayıp Rafet ve Yannis'le, sonra da seraya uğrayıp Mecnun ve Ece'yle vedalaşmıştı. Handan ise evde kalmayı tercih etmişti ama şimdi çok merak ediyordu: Yannis nasıl görünüyordu? Neşeli miydi? Ayça eve gelince hiçbir şey söylememişti. Sorsa mıydı acaba? Önceki akşam kuyruğu dik tuttuğu onca konuşma yaptıktan sonra kız haklı olarak dalga geçerdi şimdi.

Uçak kalktıktan sonra onun rahatladığını gören Handan, Yannis'le ilgili merak ettiklerini değil de uyumadan evvel aklına takılanları sormaya karar verdi. "Ayça ben sana bir şey soracağım ama bana doğruyu söyleyeceksin. Tamam mı?"

"Tamam."

"Hani dün akşam dedin ya... Siz Güneş'le birbirinizin hatasını görmezden gelirdiniz falan. Bu nerden çıktı? Daha net bir örnek versene."

Ayça biraz düşündü. "Mesela geçen sene... Mayıs ayıydı sanırım... Çetin ve arkadaşlarıyla yemeğe çıkmıştık ya?"

"Evet."

"Hani sen bir filmle ilgili konuşuyordun?"

"Hatırlamıyorum şimdi. Sonra?"

"Sen filmi eleştirirken ilginç şeyler söylüyordun. Hiç konuşma olmayan bir sahnenin ne kadar etkili olduğundan falan bahsediyordun."

"Evet?"

"Masada da Nurgül diye bir kadın vardı, hatırladın mı? Benim yanımda oturuyordu?"

Handan zihnini zorladı. "Haaa Güner! Çetin'in arkadaşı. Güner'in nişanlısıydı galiba."

"Kimse işte! Kadını da tam hatırlamıyorum şimdi ama aynı filmdeki figüranların önemi hakkında ilginç bir şey anlatıyordu. Sen kadının sözünü kestin ve yine herkes seni dinlemeye başladı. Sonra herkes seni dinlerken ben kadını dinledim. Ayıp olmasın diye değil, kadının anlattıkları ilginçti. Ama işte... O gece eve döndüğümüzde ablama bunu anlatınca hemen karşı çıktı."

"Ne dedin de karşı çıktı?"

Ayça gülümsedi. "Sana söylemediğim bir şey demedim. Handan abla ayıp etti biraz, herkesin ağzına bakmasına alışmış, Nurgül'ün sözünü kesti falan dedim, kabul etmedi. Nurgül'ün araya girmesini, söylediklerini falan hatırlamadı bile. O seninle sohbet ediyordu, diye tutturdu. Oysa kadın benimle sohbet etmiyordu. Sen onun sözünü kesince bana anlatmak zorunda kaldı."

Handan gülümseyerek ama merakla sordu: "Demek ben herkesin ağzıma bakmasına alışmışım ha?"

Ayça omzunu silkti. "Sanki daha önce demedim? Böyle..." Eliyle işaret etti. "İkili sohbetlerden bahsetmiyorum. Kalabalık bir ortamda biri çok ama çok ilginç bir şey anlatmadıkça dinlemiyorsun bile!"

Handan bu konuyla ilgili Güneş'in de olduğu bir konuşmada Ayça'nın söylediği bir şeyi hatırladı ve yüksek sesle dile getirdi. "İlgi odağı ben değilsem o ortama girmem bile?"

Ayça da konuşmayı hatırlayarak hafifçe gülümsedi ve başını salladı. "Doğru! Ama işte ablama kabul ettiremedim bunu. Ben ne zaman böyle şeyler desem, ikiniz de sen ne anlarsın havasına girerdiniz, yalan mı?"

Handan bir süre konuşmadı. Ayça'nın söylediklerini kafasında tarttı ve kendini haksızlığa uğramış gibi hissetti. "Yok be, sen de biraz acımasızsın bu konuda sanki. Ben başkalarını dinlerim."

Ayça bu sözler üzerine kahkaha attı. "Davayla ilgili falan olursa tamam. Bir de canın konuşmak istemiyorsa."

"Abarttın sen de. O kadar da değil!"

Ayça gülümsedi. "Öyle mi? İki haftadır İzmir'de n'apıyorsun?"

Handan bu soruyla afalladı. Zihni devreye girdi: Ortak ilgimin olduğu insanlarla tanıştım. Tamam çok konuştum ama onlar da konuştu! Sohbetleri aklından geçirince aslında diğerlerinin daha ziyade kendisini dinlediğini kabul etti ve yüksek sesle savunmaya geçti. "Ama insanlarla ilişkim böyle benim. Yani onlar dinliyor ki konuşuyorum değil mi?"

"Çok konuşmak mı sorun, emin değilim. Yani sen sürekli ilgi odağı olmaya alışmışsın. Özellikle erkeklerin. Olamadığın yerde canın sıkılıyor."

Handan hemen itiraz etti. "Hayır, bu doğru değil!"

"O zaman söyle bakalım, Kağan'ın çıkma teklifine hayır dedikten sonra neden hemen beni aradın ve Foça'ya döndük?"

Handan omzunu silkti. "Çıkmak istemediğim için."

"Ama adam ilk günden belli etti sana ilgisini. Sürekli iltifatlar falan. Herkes anladı! Yani demek istiyorum ki çıkalım deyince mi anladın adamın ilgisini?"

"Hayır ama... Resmen bir şey demedikçe... Arkadaş olarak iyiydi yani grup. Böyle şeyler olunca tadı kaçar. İlgi odağı olmakla ne ilgisi var?"

"Şöyle bir ilgisi var: Kağan senden hayır cevabı aldı. Bu durumda artık seni merkeze oturtmayacak. Bu da senin canını sıkmış olamaz mı? Çünkü artık reddedildi, peşinde dolaşıp sana iltifatlar yağdırmaz."

Handan hemen araya girdi. "Yok canım!"

"O zaman niye hemen döndün? Daha iki gün önce bana onlarla - ben İstanbul'a dönünce - Gökçeada'ya kampa gideceğini söyledin. Tomris'in motora binecektin? N'oldu da vazgeçtin?"

Handan bu soruya net bir cevap vermek istedi ama şöyle bir düşündükten sonra yalnızca tek kelime edebildi. "Bilmiyorum."

Ayça gülümsedi. "Belki Yannis'e de ondan kızdın? Sonuçta üzerine titrerken ilgisini kesiverdi. O kadar alışkın değilsin ki bu duruma, neden diye sormuyorsun bile!"

Handan hayretle sordu: "Yaaa?"

*

Rafet telefonu kapadıktan sonra şaşkın bir ifadeyle Yannis'e baktı. "Uğur Bey'di. Karısı Aysel Hanım arkadaşı Nurcan Hanım'la birlikte benimle bir şey konuşmaya gelecekmiş. Hayırdır inşallah!"

"Ne dedin?"

"Buyursunlar dedim, ne diyeceğim?"

"Ne zaman gelecekler?"

"Yarın. Bugünkü yemeği atlatalım da rahat rahat konuşuruz."

Yannis başını öne doğru eğip, "İyi fikir," dedikten sonra gazeteye göz gezdirmeye başladı.

Rafet ona baktı. Iıh... Onun yüzünden, konuşmalarından, tavırlarından bir şey anlamak mümkün değildi. Atlas'ın okula başlamasının yanı sıra, son günlerde otelde o kadar meşguldü ki adamın Handan'la görüşmediğini ancak bir hafta sonra fark edebilmişti. O günden beri birkaç kez adamla bu konuyu konuşmaya çalışmış ama ya araya bir iş girmiş ya da adam kısa cevaplar vererek durumu geçiştirmişti. Bir kere de Handan'ı arayıp konuşmuştu. İzmir'de olduğunu öğrenmiş ama bu konuyla ilgili soru sormaya çekinmişti.

Şu an ortam çok müsaitti ve konuşabilirlerdi. Ama bu sefer de ne diyeceğini bilmiyordu. Şöyle bir düşündü. Emel Hanım'ın etkisiyle ikisinin beraber olmasından tedirginlik duyduğu zamanı hatırladı. Şimdi de beraber olmadıkları için tedirginlik duyduğunu düşününce kendi kendine güldü. Doğal konuşmaya çalıştı. "Ayça'nın vedalaşmaya gelmesine çok sevindim. Çok kibar bir kız."

Yannis gazeteye bakmaya devam ederken, "Evet, sevdi seni," dedi.

Kadın konunun bu şekilde kapanmasına izin vermeyecekti. "Sana da veda etmek istemiş. Düşünceli kız. Handan da gidiyormuş İstanbul'a, haberin var mıydı?"

Yannis gazeteyi katlarken ona gülümseyerek cevap verdi. "Yoktu."

"Aaa! Niye? Benim de dikkatimi çekiyor son günlerde, aranıza kara kedi mi girdi sizin?"

"Yooo."

Bu kısa cevaplardan sıkılan Rafet öfkelendi. "Yok, yooo, evet dışında bir şeyler söylemek ister misin? Aaa, içim şişti ayol. N'oluyor aranızda? Neden görüşmüyorsunuz?"

Yannis onun telaşlı kızgınlığına güldü. "Sen neyi merak ettin?"

"Kavga mı ettiniz? Arıyorsun da telefonlarına cevap mı vermiyor?"

"Yooo."

"Peki sen arıyor musun?"

"Pek değil."

"Niye?"

Yannis derin bir nefes alıp ellerini ensesinde kenetledi. "Bazen öyle gerekir."

"Ne demek şimdi bu? Hani sen ona âşıktın?"

"Hâlâ âsiğim. Konu bu değil."

"Bir şey oldu ki aramıyorsun kızı. Anlat bana!"

"Söyle açiklayayim: Handan'in akli karisik. Kafasi çok dolu. Biraz kendisini dinlemesi gerek. Bunu gördüm ve aramiyorum."

Rafet bu tür konuşmalardan bazen çok yoruluyordu. Bir olay böyle anlatılmazdı ki canım! O bana bunu dedi, ben de ona şunu dedim, diye anlatılırdı. Bu ne anlama geliyordu ki? Handan'ın aklı karışık? Salata mı, dondurma mı bu? Yeni moda aşkları anlamak gerçekten de zordu. İnsan âşıksa âşık olduğuyla evlenip yaşar giderdi eskiden. Şimdi çıkmıştı bunlar: İnsanın aklının karışması... Kendini dinlemesi falan! Eskiden köylerde hayat çetindi. Evlerde su yoktu. Su taşı, yemek yap! Bulaşık elde, çamaşır elde! Tarlaya git, çocuk bak! Yine yemek hazırla... Akşama herkesin pestili çıkardı. Yatmamızla uyumamızın arası bir dakikayı bulmazdı! Şimdi bu kadar iş yok tabii. İş olmayınca da mecburen insanın aklı karışıyor demek ki! Öte yandan Yannis'i tanıyordu, ondan daha fazla bir şey öğrenemeyecekti. En iyisi anlamış gibi yapmaktı. "Hıı..." dedi.

★

Uğur duvardaki saate baktı. İki olmuştu. Gün içinde yapması gereken başka bir şey olup olmadığını düşündü. İçecek işi tamamdı. Melih ocaktaydı, Mete de servise bakıyordu. Rafet'le de konuşmuştu. Birkaç saat sonra döneceğini söyleyerek kahveden çıktı ve arabasına bindi.

Hava rüzgârlı olduğu için dışarıda bir yerde oturup bir şeyler içme fikrinden vazgeçti. Yenifoça'ya doğru deniz kenarında tenha bir yerde arabayı durdurdu. Torpido gözünden defteri çıkardı, direksiyonun üzerine koyup yine ortalardan rastgele bir sayfa açtı. Derin bir nefes alıp bir süre denizi seyretti. Misafirleri Trabzon'a yolladığından beri her fırsatta kahveden çıkıp uygun bir yer buluyor, defterden rastgele bir-iki sayfa okuyordu. Nedense baştan başlamamış ve ilk sayfalara hiç bakmamıştı. Okuduğu sayfalarda Meriç çocuklarından, kocasından, arkadaşlarından, işinden bahsetmişti. Okudukları sıkıcı, iç karartıcı veya acıklı şeyler değildi. Tam aksine birkaçı çok komik hikâyelerdi ve gülümsemekten kendini alamamıştı. Ancak çok fazla okuyamıyordu çünkü okumaya başladıktan kısa bir süre sonra artık Meriç'in olmadığı düşüncesiyle yavaş yavaş, sonsuz ve kara bir kuyunun içine çekildiğini hissediyordu. İçinde oluşan yokluk hissi, bildiği hiçbir duyguya benzemiyordu. Ne olduğunu açıklayamıyor ama bu hisle yorgun düşüyordu. Kendisiyle ilgili bir şey okumamış olmak onu hem mutlu ediyor hem üzüyordu.

Denize dalan gözlerini sayfaya çevirip okumaya başladı:

Lâl, merhabaaa...

Çok komik bir oğlan doğurduğumu sana daha evvel söylemiş miydim? :)

Bugün olanları anlatmak istiyorum:

Hava çok güzeldi. Elâ babasıyla tenise gitmek istedi, ben de Ant'ı alıp çarşıda biraz dolaşayım dedim. Alacaklarım vardı, markete uğradım. O minik elleriyle makarna ve pirinç paketlerini nasıl da büyük bir gayretle alışveriş arabasına koymaya çalıştığını görmeliydin!

Bu aralar büyümeye taktı biliyorsun, yardım istemedi. "Döyt yaşındayım ben," dedi durdu.

Neyse... Marketten çıktığımızda balon satan bir adam gördük... Hangi renk ararsan var. Bu, durdu balonları seyrediyor. Ben de durdum tabii. "İster misin?" diye sordum. "Cık!" dedi. Hayret! O sırada ben biraz ilerledim, elimle buna işaret ederek, "Hadi Ant," deyince yanıma geldi. Yanımızdan geçen bir baba ve oğlunu göstererek sordu: "Bak! Şu çocuk ne dedi, duydun mu?"

Baktım. İki buçuk, üç yaşında bir çocuktu. "Ne dedi?" diye sordum merakla.

"'Tutuncu balon al,' dedi babasına!" Gülümsedi. "O daha çok bebek! Daha tuyuncu bile diyemiyooo! Tutuncu dedi."

Beni aldı mı bir gülme... Yol boyu güldüm.

Tabii Ant, çok komik bulduğum, çok güldüğüm bir konuşmayı bana aktardığı için ayrıca gururlandı :)

Uğur gülümsedi ve başlara doğru başka bir sayfa açtı:

Biricik Lâl'im...

Sen... Doğmadığın için ne kadar şanslı olduğunu biliyor musun?

İnsan, en zor canını taşıyor bazen... Bilemezsin! Hiç bilmeyeceksin... Ne güzel!

Şu hayat dediğimiz, çok kolay değil her zaman...

Dün gece de kolay değildi...

Teoman Bey'lerde yemekteydik. Başhekim olmasını kutluyorduk hesapta. Deniz kıyısında evleri. Bahçedeydik. Öyle güzel şarkılar dinliyorduk ki... Sonra birden müziği duydum... Ardından kendimi çok kötü hissettim...

Suavi'nin sesini duyduğumda alevler canımı çoktan sarmıştı.

Bu nasıl bir ömür yangınıdır Lâl?

Benden önce kimdeydi bu acı?

Kimi kimsesi yok mu bunun? Yuvalandı içime, bir türlü gitmiyor... Hasret Türküsü ha?

Duyduğum an gözlerimdeki nehrin kapısını açan kaç şarkı var ki? Hem müziği hem sözleriyle insanı yıllara ufalayıp atan kaç şarkı var?

Hasret! Öyle sabırla bekler ki ortaya çıkacağı anı... Türküsü de öyleymiş demek ki... Neye uğradığını şaşırırsın! Kimi zaman karşındaki insana gülümseyerek atlatırsın içindeki depremleri... Ama bazen... Tamamen çaresizsindir...

İzin isteyerek kalktım masadan. Çeşme'de bir evin tuvaletine sığınıp yıllar evvel Foça'dan aldığım hasreti ağlaya ağlaya bitirmek istedim...

Bitiremedim Lâl!

Olsa olsa, bir sonraki yangına kadar gariplendim...

Uğur defteri kapadı. Beş dakika kadar okuduklarını düşündü. Telefonunu çıkardı, Handan'ı mı Mecnun'u mu arayacağına karar veremedi önce. Sonra da rehberden 'Mecnun' ismine gelip arama tuşuna bastı. Telefon üç kez çaldıktan sonra açıldı.

"Buyur Uğur abi!"

Adamın neşeli sesi Uğur'un gülümsemesine neden oldu. "Bu neşe ne böyle? Çalışmıyorsun herhalde?"

"Çalışmam mı? Çalıştığımdan neşeliyim," diyen Mecnun bir kahkaha attı. "İşliyorum ışıldıyorum abicim. Şu an toz terime karıştı, sol kaşımın üzerinden sağ yaptı, gözümün içine doğru geliyor. Çok güzel! Herkese tavsiye ederim."

Uğur güldü. "Ben senden bir şey rica edecektim. Bir şarkı..."

"Ne şarkısı?"

"Akşam meyhanede buluşalım mı? Hem şarkıyı kaydedip getirirsin bana, hem de biraz sohbet ederiz?"

"Olur tabii ama ben Menemen'deyim yine! Dokuz gibi buluşsak geç mi olur?"

Uğur başını salladı. "Yok, gayet iyi! Ben de bir eve uğrarım."

"Tamam. Hangi şarkıyı kaydedeceğim, söyle bakalım."

"*Suavi* diye biri söylüyormuş, şarkının adı da *Hasret Türküsü.*"

Mecnun derin bir iç çekti. "Yapma be Uğur abi..."

*

Nurcan, Aysel'in anlattıklarını merakla dinliyordu. Arkadaşı sözlerini bitirdiğinde, çay bardağını elinde unuttuğunu fark ederek bardağın dibinde kalan soğuk çayı bir yudumda içti. İçindeki hissin kıskançlık olmadığını biliyordu. Gülümseyerek konuştu. "Sana çok gıpta ediyorum biliyor musun? Hele son günlerde! Uğur gibi bir kocan olduğu için gerçekten çok şanslısın." Yanlış anlaşılmaktan korkarak aceleyle ekledi: "Zengin diye demiyorum bak! Ama sana hep çok iyi davranıyor Aysel. Hep öyle davrandı. Kabul et!"

Aysel başını salladı. "Biliyorum, biliyorum ne demek istediğini. Doğru! Hep iyi davrandı. Bir kere bile bağırdığını bilmem ama işte... Bu olanlar..."

Kısa süreli bir sessizliğin ardından Nurcan lafa girdi. "Olanlara bir de şöyle bak: Bunlar olduktan sonra konuşmaya, sohbet etmeye başladınız farkındaysan? Sen hep konuşmamasından yakınıp dururdun, birlikte bir yerlere gitmemekten... Bak tenise bile gittiniz! N'oldu o iş? Hani devam edecektiniz?"

"Evet. Hatice nineler gittiğinde gel başlayalım dedi de ben vazgeçtim o işten."

Nurcan kınayan bir ses tonuyla konuştu. "Bak şimdi! Niye?"

"Amaaan! Yıllarca beraber hiçbir şey yapmadık. Şimdi özentiler gibi... Koca koca insanlar! Boş ver!"

"İyi öyleyse."

"Sen nasılsın?"

Nurcan etrafı gösterdi. "Gördüğün gibi. Dağınık. Tozlu. Canım bir şey yapmak istemiyor. Nasıl olayım Aysel? Benim durum belli. Rıza da belli! Böyle geldi, böyle gidecek..."

"Dur bakalım, sen çalışmaya başlayınca değişir belki biraz."

"Ne değişecek?"

Aysel arkadaşına biraz moral vermek istiyordu. "Ne değişecek olur mu? Her şey değişecek. İstediğinde gelip seni evde bulamayacak."

Nurcan yüzünü buruşturarak cevap verdi. "Ha bak özlemime dayanamaz, çok haklısın! Sanki şimdiye kadar eve gele gele öldü de! Ama dükkâna gelir bak! Kurabiye yemek için gelir. Hatırlarsan, günlerimiz olduğunda, sıra bendeyse, erkenden geliyordu eve. Sever boğazını!"

★

Ayça ve Handan akşamüzeri eve vardılar. Münevver kızını o kadar iyi görmüştü ki Handan'a nasıl teşekkür edeceğini bilemedi. Uzun uzun sohbet ettiler, Ayça biraz halasıyla ilgilendi, kadın çok zayıflamıştı. Güzel bir akşam yemeği yediler. Yol yorgunluğunu hissedince saat on bir civarında yattılar.

Handan hemen uyuyamadı. Oysa vücudunun dinlenmeye ihtiyaç duyduğunun farkındaydı. Tabii yaz boyu bu kadar erken yatmadım ki, alışık değilim, diye düşündü. Alışkanlık! Bu kadar güçlü bir kelime olabilir mi? Ne demişti Ayça: İlgi odağı olmaya alışmışsın sen? Var mı böyle bir alışkanlığım gerçekten? Yok canım! Güneş'le birbirimizin hatalarını görmezden gelirmişiz! Cık! Biz her şeyi konuşurduk. O kadar çok konuda anlaşmazlığa düşerdik ki! Tartışırdık yani! Bu doğru değil! Ama Ayça neden böyle düşünüyor ki? Acaba gerçekten onun dediği gibi miydi?

Nurgül'ün sözünü kestiği anı hatırlamaya çalıştı. Çetin zihninde görününce içini kızgınlık kapladı. Zihnindeki çerçeveye Güneş girince gülümsedi. Bir yokluk hissiyle içi burkuldu. Olan biteni ona anlattığını hayal etti. Düşüncelerinin geldiği son noktada, "Yannis'in yaptığı dengesizlik değil mi? Saçmalıyor işte, haksız mıyım?" diye sordu. Arkadaşının her zamanki gibi hafifçe gülümseyen yüzüne bakarken onaylayan ses tonunu duydu. "Haklısın." Zihninde oluşan bu resme keyifle gülümserken birden irkildi. Yoksa Ayça doğru mu söylüyordu? Zihninden pek çok düşünce geçerken biri ses olarak yükseldi: İnsan, sonucunu bildiği ve kendinden memnun olacağı şeyleri neden resmeder ki zihninde?

Gerçeği nasıl bilebilirim, diye düşündü bir süre. Aklına geleni uygulamak üzere yataktaki pozisyonunu değiştirerek sırtüstü uzandı. Biraz nefesine odaklandıktan sonra rahatladığını hissedince aynı sahneyi tekrar zihninden geçirdi. "Yannis'in yaptığı dengesizlik değil mi? Saçmalıyor işte, haksız mıyım?"

diye sorduktan sonra Güneş'in yüzüne baktı. Arkadaşı kaşlarını kaldırarak başını salladı. Gülümsemiyordu. "Elbette haksızsın."

Handan bu görüntüyle birlikte içinde kızgınlıktan öte bir şeyin kabardığını hissetti. Önce bunun hayal kırıklığı olduğuna ikna etmeye çalıştı kendini. Sonra da bu hissin öfke olduğunu kabullendi. Hemen ardından gelen soruyla şaşırıp kaldı.

"Neden öfkelendin?"

Ego ile gerçek arasında duran, kolayca görülemeyen ve başkaları tarafından da kolay kolay gösterilemeyecek olan o belirsiz çizgiyi, hayatında ilk defa bu kadar güçlü hissedip kendi kendine tekrarladı: İnsan, gerçekle ego arasında kaldığında, zihin her zaman egodan yana işliyor. İnsana kendini iyi hissettirecek, egoyu tatmin edecek yolu mutlaka buluyor! Alternatifsiz resimleri, kolaylıkla çizerek! Ne kadar aptalca! İnsan ne kadar tuhaf bir canlı! Egoya düşmeye can atarken gerçeğe gitmek için neden bu kadar ayak sürürüz ki? Sonra da durmadan incinen varlığımıza acırız! Oyuna bak sen! Meğer kurban, katilin ta kendisiymiş!

geçmiş adamın yakasını bırakmaz!
ya da insan geçmişin yakasını bırakmaz!

12

"Biz artık müsaade isteyelim Uğurcuğum... İyi ki burda karşılaştık... Ne güzel oldu... Eskileri yâd ettik," dedi Ender ve ayağa kalkarken gülümsedi. "Ülkeyi yine kurtaramadık ama olsun rahatladım ben." Esmer, orta boylu bir adamdı. Sarılıp Uğur'u öptükten sonra Mecnun'a döndü. "Sen de pek konuşmadın bu akşam deli oğlan ama iyi dinleyicisin. Aferin! Bir gün bir yerde yakalayıp uzun uzun konuşturacağım seni bak, demedi deme!"

Mecnun ayağa kalkarak adamla vedalaşırken gülümsedi. "O iş zor! Politikayla futbola alerjim var benim."

Ender gülerek onun omzuna vurdu ve elini havaya kaldırarak, "Hadi görüşürüz," dedikten sonra kapıya doğru ilerlerken diğer ikisi yerine oturdu.

Uğur rakısından bir yudum alırken gülümsedi. "Evdeki hesap yine çarşıya uymadı be aslanım. Şöyle baş başa, güzel güzel muhabbet ederiz diye düşünmüştüm ama..."

Mecnun gülümsedi. "Meyhane muhabbeti böyle olur Uğur abi! Takma kafana."

Uğur saatine baktı. "Ooo... Saat nerdeyse gece yarısı olmuş. Kalkalım mı biz de? Yani sen..." Gülümsedi. "Durmadan esnedin de."

Mecnun güldü. "Gençlik anılarınız iyiydi de sonrası... Siyaset ve futbol uyku yapıyor bana biliyorsun."

"Eee n'apacaksın? Ben alıştım, mecburen."

"Valla iyi dayanıyorsun Uğur abi! Akşama kadar kahvede hep

bu muhabbetler. Herkes de uzman haaa! Bak Ender abime, üç dakikada tüm detaylarıyla açıklayıverdi fakir ülkelerin neden fakir olduğunu: Halk cahil olduğu için." Gülümsedi. "Yaz bi kenara bu cümleyi! Mesela Afrikalılar çok cahil. Yoksa Belçika, Hollanda, İngiltere, Fransa falan adamların altın, elmas madenlerini ele geçirmiş sömürmüyor yıllardır." Kaşlarını kaldırarak dudaklarını kıvırdı. "Adamlar cahil canım! Madeni nasıl çıkaracaklarını bilmiyorlar ki! Avrupa n'apsın? Zor iş mor iş ama bari biz çıkaralım diyorlar mecburen, sevabına yani."

Uğur gülerken kaşlarını kaldırdı. "Bir de din var, unutma! Herkesin uzman olduğu konular içinde yani."

Sumru Ağıryürüyen'den *Gece Sefası* adlı parça çalmaya başlayınca şarkı bitene kadar ikisi de konuşmadı.

Uğur başını sallarken iç geçirdi. "Vayyy! Müziğe bak sen! Sözlere bak. Duydun mu? Nerden bulup da çalıyorlar bu şarkıları bilmem ki..."

Mecnun güldü. "E millet araştırıyor, buluyor ve dinliyor Uğur abi. Herkes senin gibi ha babam de babam aynı türküleri dinleyerek geçirmiyor ömrünü." Çantasından CD'yi çıkarıp masaya koydu. "Buyur. Bak bunu bile duymamışsın!"

Uğur CD'yi alıp elinde çevirdi. "Kaydettin demek! Bunun için sana ne kadar teşekkür etsem az. Sözlerini de..."

Mecnun eliyle işaret etti. "Sözleri de içinde. İnternetten buldum. Yorumcu *Suavi*, sözler Ümit Sayın."

Uğur kâğıdı çıkarıp gözlüğünü taktı ve dikkatle sözleri okudu.

Mecnun merakla sordu: "*Suavi* diye biri söylüyormuş dedin ya bana telefonda. *Suavi*'yi sahiden tanımıyor musun?"

Uğur sıkıntıyla gülümsedi. "Yani belki tanıyorumdur da... Biliyorsun ben pek televizyon seyretmem. Sen şöyle bir hatırlatsan, belki başka bir şarkısını duymuşumdur."

Mecnun eliyle göstererek açıkladı. "Hani şööööyle upuzun sakalı var, bembeyaz. Sesi çok ilginç, duymamış olamazsın, ben bile biliyorum."

"Haaa onu biliyorum! *Sen de başını alıp gitme* diye bir şarkı söylerdi."

"Hah işte o!"

"Evet. Sesi çok güzel. Adını ezberden bilemedim işte! Ama bu şarkısını..." CD'yi gösterdi. "Bunu hiç duymadım. Meşhur muydu?"

Mecnun başını salladı. "Çok meşhurdu."

"Anlamışsındır... Meriç bahsetmiş bu şarkıdan..." diyen Uğur kısaca defterden bahsedip düşünceli bir şekilde sözlerini sürdürdü. "Peki sen neden ben sana bu şarkının adını söyleyince 'Yapma be Uğur abi' dedin hayıflanarak?" Gülümsedi. "Bilmediğimiz bir aşk hikâyesi mi?"

Mecnun gülerek başını iki yana salladı. "Öyle değil. Annemde karışık bir kaset vardı. Çok dinlerdi bu şarkıyı. Biliyorsun, babasıyla hiç görüşmedi evlendikten sonra." Uğur başını sallayarak onaylayınca konuşmasını sürdürdü. "On beş yaşımda falandım. Bir bayram sabahı yine bu şarkı çalarken, bahçede bir ağlama krizine girdi. İçerdeydim ben. Babam çok uğraştı onu sakinleştirebilmek için. Babama sadece şöyle dediğini duydum: Çok özledim Engin! Ben babamı çok özledim..."

Uğur kâğıda bakarak başını salladı. "Sözlerini okuyunca... Aşk şarkısı ama işte herkese neler neler hissettiriyor."

"Öyle! Hasret kimeyse artık... Yaşadıklarına göre dinliyorsun tabii." Rakısından bir yudum alıp gülümsedi. "Bu nedenle şarkıda söze karşıyım işte."

Uğur güldü. "Karşı olsan n'olur? Acıdan kaçamazsın."

Mecnun gülümseyerek kaşlarını kaldırdı. "Acıdan kaçmak değil ki bu!"

"Ne peki?"

Mecnun zihnindekileri toparlayarak sakin bir şekilde açıkladı. "Bana öyle geliyor ki sizin nesil pek ciddiymiş Uğur abi... Nasıl desem... Böyle bi acıseverlik var sizde. Sebep önemli değil, acıseversiniz. Şöyle söyleyeyim, acıyı, acı çekmeyi bir erdem, matah bir şey gibi görüyorsunuz!"

Uğur bu açıklamayı komik bularak güldüyse de birkaç saniye sonra savunmaya geçti. "Olur mu canım? Kim acı çekmek ister? Acı neden sevilsin?"

Mecnun omzunu silkti. "Bilemem ama durumunuz bu!

Bak! Aynı şarkıda bambaşka sebeplerle acı çekebiliyorsunuz. İşte annem de sen de aynı nesildensiniz."

"Canım tabii ki annen acı duymuştur! Kolay mı insanın babasını ömür boyu görmemesi? Özlemiş işte! Hasret kalmış babasına!"

"E hasret kalmayı kendi seçmiş! Dedemin tutumu yanlış, öyle değil mi? Reddetmiş kızını, konuşmamış falan. Seni ele alalım: Meriç'i deli gibi âşıkken şutlamışsın. Sonra da bol bol acı çekmişsin. Yani duruma bak! Sen Meriç'in babasının istediği olsun diye acı çekmişsin. Annem babasına karşı çıkmış ama yine acı çekmiş! Ne anladım ben bu işten? Sonuçta... Bilemiyorum yani... Çektiğiniz acıları seviyorsunuz. Yalan mı?"

Uğur bir süre düşündükten sonra derin bir nefes aldı. "O kadar basit değil Mecnun! Söylesene bana sen, annenin yerinde olsan karşı çıkmaz mıydın babana?"

"Çıkardım da... Sonra babam istediğim kişiyle evleneceğim diye beni reddederse eyvallah derdim. Acı çekmezdim."

"Başına gelmeden konuşması kolay Mecnun! İnsan bu! Annesini babasını özler, hasret duyar."

"Ben özlemezdim demiyorum ki! Özleyince acı çekmezdim diyorum. İnsan, seçiminde haklıysa, doğruyu yaptığına inanıyorsa... O zaman niye acı çeksin ki?"

Uğur kendi acısını haklı buldu. "Seçimi yanlışsa acı çeker tabii."

Mecnun gülümsedi. "Yooo! O zaman da çekmez. Yani hatasını kabul eder ve içindeki hesaplaşma biter. Bu noktada acı çekecek bir şey göremiyorum ben."

Uğur efkârlanmıştı. Başını birkaç kez sallayarak fısıldar gibi konuştu. "Öyle değil işte! Geçmiş adamın yakasını bırakmaz!"

"Ya da insan geçmişin yakasını bırakmaz!"

Uğur gülümsedi ve kesik kesik konuştu. "Şimdi sen bana, Meriç'i, olanları düşünüp düşünüp acı çekmekten zevk aldığımı mı söylüyorsun?"

Mecnun başını öne eğerek, "Aynen bunu diyorum abicim," dedi.

Uğur buna gülerek karşı çıktı. "Deli miyim ben oğlum?"

Mecnun kahkaha attı. "Keşke deli olsan! Yani bu sadece sana ait bir durum da değil. İnsanların çoğu böyle. Geçmişe yapışıp bırakmaz, sonra da suçu geçmişe atar!"

"Hadi düşünme elindeyse. Sen tabii düşünmem diyeceksin ama bu mümkün değil! Gün boyunca düşünmesen..." Aklına Mecnun'un fikrini çürütecek bir örnek geldiğini sanarak heyecanla sürdürdü konuşmasını. "Söyle bakalım! Bana doğruyu söyle! Diyelim bütün gün çalıştın, akşam yatınca hiç mi bir şey düşünmezsin sen? Uyumadan, saatlerce bir şeyin aklına takıldığı..."

Mecnun gülerek kaşlarını kaldırdı. "Uğur abi. Yatınca en geç iki dakikada uyurum ben."

Uğur gülerek pes etti ve kadeh tokuşturdular. "Anlamıyorum ben seni. Bu nasıl oluyor? İnsan hep düşünür! Ya geçmişi ya geleceği düşünür."

"İnsanın kendine zarar veren, yediği en büyük halt da budur zaten."

"Neden?"

"Dedim ya! Acıseverlikten!" Bir süre düşündükten sonra gülümseyerek yumuşak bir sesle sordu: "Uğur abi, aslında her insan, geçmişinde birçok mutlu an da yaşamıştır, doğru mu?"

"Elbette," dedi Uğur başını sallayarak.

"Peki sen geçmişi düşünüp düşünüp sürekli mutluluktan uçan kimse gördün mü?"

Uğur bu soruya şaşırdı. "Yooo! Yani öyle olmuyor. İnsan... Tabii..." diye geveleyince Mecnun onun haline gülüp, "Yaaa! Bak işte bu insanın acıseverliğinin kanıtı!" diyerek rakısından bir yudum aldı.

Uğur onun söyledikleriyle düşüncelerinin geldiği noktada acı çekmenin insanın seçimi olduğunu, sevdiğinden acı çektiğini kabul etmek istemeyerek itiraz etti. "O kadar da değil! Geçmişi ya da geleceği düşünmek gayet normal. Hem neden o kadar zararlı olsun ki?"

Mecnun ellerini ensesinde kenetledi. "Çünkü insan..." Sıkıntıyla iç geçirdi. "Dünü düşünerek yarını iptal ederken bugünü de imha etmektedir aslında. Bugün! Şu an! Elinde! Tek gerçek zaman ama insan onu hiç yaşamaz. Ve hep böyle olur. Yalan mı?"

*

Yannis yorucu bir akşamın ardından bahçede Rafet'le ertesi günün programını yaparak bir süre sohbet ettikten sonra gece yarısı eve döndü. Dinlenebilmek için önce bir duş aldı. Bir film izlemeyi düşünürken bahçede oturmanın daha iyi bir fikir olduğuna karar verdi. Bir kadeh kırmızı şarap alıp şezlonga uzandı ve gözlerini kapadı. Sessizlik hoşuna gitti. Yumuşak bir rüzgârla gelen çiçek kokularını ayırt etmeye çalıştı... Hanımeli, yasemin, ıtır, lavanta, karanfil ve fesleğenin kokusunu içine çekerken hafifçe başı döndü ve aynı anda varlığından bir minnet duygusunun yükseldiğini hissetti. Gülümseyerek yerinden doğruldu ve şarabından bir yudum aldıktan sonra tekrar uzandı. Gün boyu olanları düşündü. Rafet'in akşam sohbet ederken söylediklerini hatırlayınca gülümsedi.

"Hiç mi film seyretmiyorsun sen? Alırsın bir yüzük, çıkarsın karşısına. Sen bana âşıksın ben de sana, hadi droooğru nikâha dersin olur biter! Ömür boyu mutlu olursunuz işte! Niye yapmıyorsun niye? Anlamıyorum ki!"

Yannis o an gülümseyerek geçiştirdiği soruyu düşününce iç geçirdi ve zihninde cevapladı: Çünkü Rafet abla, aşk başka, ilişki başka. Ve bir ilişkide mutlu olmak için yakamoz güzelliğinden fazlası lazım. Mutluluk hep derinde! Ve bakalım biz, o denizin derinliklerine inebilecek miyiz? Doğrulup şarabından bir yudum daha alırken kaşlarını kaldırarak merakla fısıldadı. "Bakalim..."

*

Uğur ses çıkarmamaya çalışarak eve girdi. Salondaki koltuğuna oturduğunda kelimenin tam anlamıyla paramparça hissediyordu kendini. Meyhaneden eve yürüyerek gelmişti. Tam kapının önüne geldiğinde içinde iki ses kavgaya tutuşmuştu: Biri 'yorgunsun, yat uyu, şarkıyı sonra dinlersin' derken diğeri 'hemen şimdi dinlemelisin' diyordu.

İkinci ses galip gelince Uğur arabasına binip *Hasret Türküsü*'nü dinlemeye başladı. Kaç kez dinlediğini hatırlamıyordu. İlkinin ortalarında kendini bırakmış, belki bir belki iki saat doya doya ağlamıştı. Gözyaşları biraz yavaşlayınca CD çaları kapadı ve eve çıktı.

Boğazının yandığını hissederek mutfağa gitti, bir bardak su içtikten sonra salona döndü. Tekrar koltuğuna oturdu ve bir süre gözlerini halıya dikti. Beş santim çapındaki yuvarlakça görünen şeklin çiçek mi yoksa başka bir şey mi olduğuna karar veremedi. Sokaktan gelen ışığın az olmasından mı yoksa gözlüksüz iyi göremememden mi kaynaklanıyor acaba, diye düşündü. Işığı açsam görebilir miyim? Iıh! Aysel'i uyandırmayayım. Zaten çok haksızlık yaptım ona da. Bir de şu sarhoş halimle uğraşmasın!

Onu sevmeden evlendiği için karısına karşı hep bir suçluluk duygusu taşımıştı içinde. Bu nedenle kendisine ne kadar saçma ve anlamsız gelirse gelsin onun bir dediğini iki etmemeye çalışmıştı yıllarca. Ancak şu son aylara kadar Meriç'e karşı hiç suçluluk duymamıştı. Düşündüğünde çoğu zaman vardığı nokta aynı oluyordu: Ne yaptımsa Meriç'in iyiliği için yaptım ben! İyi de oldu! Bak ne güzel doktor oldu! Babası haklıydı, davul dengi dengine çaldı işte!

Meriç'in mektubu ve ardından yaşananlarsa sindiremeyeceği kadar büyük bir suçluluk duygusunu daha eklemişti içine: Aysel'den sonra Meriç'e karşı da suçluluk duygusu.

Birden kaderine isyan etti: Ben hep suçluluk duyarak mı yaşayacağım? Neden? Neden? Neden? Birbirimizi o kadar severken nasıl bitirdim ben bu aşkı?

Meriç'in yazdıkları geldi aklına:

Çeşme'de bir evin tuvaletine sığınıp yıllar evvel Foça'dan aldığım hasreti ağlaya ağlaya bitirmek istedim...

Bitiremedim Lâl...

Olsa olsa... Bir sonraki yangına kadar gariplendim...

Derin bir iç çekti.

Ben sana ne yaptım Meriç, ne yaptım ben sana! N'olursun

beni affet! Nerdesin şimdi bilmiyorum ama n'olursun beni affet! Ben hem sana hem kendime yaptım Meriç, hem de Aysel'e!

Defalarca dinlediği şarkı zihninde, acının karalığına teslim olarak sessizce ağlamaya başladı. Mecnun'la sohbeti aklına gelince, "Doğru söylüyor çocuk! Hesaplaşma bitince rahatlar insan. Benim hatalarımı çözecek matematik yok ki rahatlayayım..." diye kendi kendine söyleniyordu ki odanın ışığının yandığını fark etti.

Aysel'in geldiğini hiç duymamıştı. Yaramazlık yaparken suçüstü yakalanmış çocuklar gibi hissetti bir an. Karısı aklından geçenleri okumuş gibi inkâr edercesine başını iki yana sallarken gözyaşlarını koluna silmeye çalışarak ayağa kalktı ve hızla onun yanından geçerken, "Ben tuvalete... Bir banyoya gideyim," dedi.

Aysel başını salladı ve düşünceli bir şekilde ilerleyerek koltuğuna oturdu.

Uğur yüzünü yıkadı ve birkaç dakika sonra salona geri döndüğünde sesinin iyi çıkması için olağanüstü bir çaba göstererek konuştu. "Kusura bakma. Uyandırdım seni. Sessiz olmaya çalıştım ama..."

Aysel sakin ve yumuşak bir tonda konuşarak araya girdi. "Boş ver beni şimdi. Uğur... Gözlerin kıpkırmızı. İçmişsin de. Çok kederlisin belli! N'oldu?" Kocası cevap vermeyince üzüntülü ama aynı sakin ses tonuyla konuşmaya devam etti. "Meriç... Değil mi? Ölümü... Çok acı veriyor."

Karısının bu kadar anlayışlı konuşması Uğur'un kendisini daha da suçlu hissetmesine neden oldu. Başını salladı. "Evet. Böyle olduğu için kusura bakma Aysel. Sana karşı da çok mahcubum ama..." Elini göğsüne koydu. İçim kavruluyor, demek istedi ama hemen kendini toparladı. "Bu aralar üzülüyorum tabii ama geçecek. Birkaç güne kadar düzelirim merak etme sen."

Aysel bir şey söylemeden kocasına baktı bir süre. Aklından geçenleri söyleyip söylememe konusunda kararsızdı. Uğur'un acısını o kadar net bir şekilde görebiliyordu ki! Hatice nineleri yolcu ettikleri gece epey sayıklamıştı adam. Söylediklerini tam anlayamasa da 'Meriç' dediğini tam olarak duymuş ve sabaha kadar uyumamıştı. Bu konuda ne düşüneceğini, hatta ne hissedeceğini bilemiyordu. Meriç ölmeden önce Uğur'un kendisini boşayacağını düşündüğü zamanlarda, içinde bu hiç tanımadığı kadına karşı belli belirsiz bir nefret duygusu vardı, fakat Meriç öldükten ve Uğur'un çektiği acıya şahit olduktan sonra bu duygu silinip gitmişti. Bir süre düşündükten sonra yavaş yavaş konuştu. "Kendimizi kandırmayalım Uğur. Birkaç güne kadar düzelmeyeceksin. Hatta hiç düzelmeyeceksin. Düzelmen için Meriç'i unutman lazım. Ancak..." Başını iki yana salladı. "Sen Meriç'i asla unutmayacaksın."

Uğur ne diyeceğini bilemedi. Bakışlarını halıya çevirdi. Şimdi, ışıkta, halıdaki deseni seçebiliyordu. Çiçek değilmiş, diye geçti zihninden. Kırmızı ve lacivert, geometrik bir desenmiş sadece. Karısının son cümlesini tekrarladı içinden: Sen Meriç'i asla unutmayacaksın. Derin bir nefes aldı. Hâlâ ne söyleyeceğini bilmiyordu. Belki de bir şey söylemesi gerekmiyordu. Kendine hayret etti: Meriç'i asla unutmayacağı gerçeğini çok iyi bilmesine rağmen bunu karısının ağzından duymak neden bu kadar ağır gelmişti? Kendini bir an Aysel'in yerine koyunca suçluluk duygusu inanılmaz bir boyuta ulaştı. "Özür dilerim Aysel. Seni bu şekilde üzdüğüm için çok özür dilerim..."

Karısı elini kaldırarak onu susturdu. "Ne için özür diliyorsun Uğur? Meriç'e âşık olduğun için mi? Bana âşık olmadığın için mi?"

Uğur bir an afalladı. "Eee... Evet... Yani..." İçini çekti. "Gençlik işte! Hatalar... İnsan birisine âşıkken başkasıyla evlenmemeli. Neyse... Yıllar geçti Aysel. Yani ben... N'olur yanlış anlama, ben sana çok değer veriyorum... Her zaman değer verdim. Seni de seviyorum ama... Meriç..." Söze nasıl devam edeceğini bilemeyip sustu. Konuştukça batıyormuş gibiydi.

Aysel onun kendisine karşı duyduğu mahcubiyetin şekil aldığını gördü: Odanın tam ortasına konmuş kocaman ve gereksiz bir eşya gibiydi. Adamın acısındaki masumiyeti ve masumiyetindeki acıyı aynı anda görünce tereddüt etmeye son vererek konuştu. "Senin bana değer verdiğini de, beni sevdiğini de biliyorum Uğur. Bana âşık olmadığını da biliyordum. Bunun için kendini suçlama! Hem de hiç!"

Uğur başını iki yana salladı. "Elimde değil. Sen bunları hak etmedin."

Aysel, "Hıh," dedikten sonra kaşlarını kaldırarak konuştu. "Belki sonuna kadar hak etmişimdir Uğur! Hatta belki de böyle olmasını *ben* tercih etmişimdir."

Uğur duyduklarına bir anlam veremeyerek doğrudan sordu: "Ne demek istiyorsun?"

Aysel derin bir nefes aldıktan sonra cevap verdi. "Şunu demek istiyorum: Meriç'e âşık olduğun için bana karşı mahcup hissetme kendini. Suçlama kendini artık! Sen âşık olduğun halde Meriç'ten ayrılmışsın. Bak... Doğru davranmamış olsan da... Hiç değilse bir sebebin varmış ve bu yıllar sonra düşündüğünde kendine karşı rezil olacağın bir sebep değilmiş."

Uğur bu sözlere anlam vermeye çalışırken karısının başını koltuğa yaslayıp gözlerini tavana diktiğini gördü.

"Sana hiç söylemedim tabii..." dedi Aysel. "Benim de Bahri diye bir sevdiğim vardı... Neden onu bıraktığımı duymak ister misin?"

*

Rafet bir kahkaha attıktan sonra elini havada savurarak cevapladı Handan'ın sorusunu. "On gün dediğin az bir zaman değil Handancım! Allah yerleri ve gökleri altı günde yaratmış. On günde neler olur neler!"

Genç kadın yanaklarının yanmaya başladığını hissetti. Çok bozulmuştu ve bozulduğunu belli etmemek için olağanüstü bir çaba sarf ediyordu. Rafet'in kıpkırmızı rujuna ve aynı tonda ojeli uzun tırnaklarına takıldı gözü. Hiç bu renk oje ve ruj sürdüğünü görmemişti daha önce. Üstelik tırnaklarını da hiç bu kadar uzatmazdı.

Hava biraz serindi ve Rafet'in sarındığı fosforlu yeşil şal da gözünü alıyordu. Ortaokulda Türkçe derslerine giren Sema öğretmeni hatırlatmıştı. Son derece sevimsiz, öğrencilerle kaba konuşan bir kadındı ve bu renkte bir fuları vardı.

Duydukları... Rafet'in artık samimi olmayan bu uzak ve hafif dalgacı tavrı Handan'ı iyice rahatsız etti. Bir an önce buradan gitmek istiyordu. Merakını yenemeyerek sordu: "Nişan ne zaman oldu?"

"Dün gece ayol, dün gece! Bir gün önce gelsen beraber göbek atardık," diyerek kahkaha attı Rafet.

Handan bu kahkahayı yersiz ve acı verici bulsa da buna aldırmadan gülümsemeye çalıştı.

"Afyon Valisi de geldi," diyerek anlatmaya devam etti Rafet. "Yüzükleri o taktı. Kızın babasının samimi bir arkadaşıymış."

Handan bir kez daha kulaklarının kızardığını hissedince ayağa kalktı. "Epey işim var. Eve gitsem iyi olacak."

Rafet omzunu silkti. "E iyi. Ben de mutfağa bakayım. Yannis, malum Atina'da. Birkaç hafta sonra gelecekler."

Handan bahçe kapısına doğru bir-iki adım atmıştı ki kendine engel olamayarak döndü ve fısıldar gibi sordu: "Adı ne? Kızın adı neymiş?"

Rafet ona yaklaştı, elini omzuna koydu ve gülümseyerek cevap verdi. "Suna."

Bu kadarı da fazlaydı! Handan onun elini tuttu ve tam o anda Ayça'nın sesini duydu. "Kahvaltı hazııır! Ayyy! Acıttın Handan abla!"

Genç kadın gözlerini açıp hemen yerinden doğruldu. Nabzını hissedebiliyordu.

Ayça yatağa otururken kendini suçlu hissederek gülümsedi. "Korkuttum mu seni? Ben... Kahvaltıyı hazırladım da sen uyanmayınca... Rüya mı görüyordun?"

Handan gülümsemeye çalıştı ama hâlâ şaşkındı. "Suna Yannis'le nişanlanmıştı! İnanabiliyor musun?"

Ayça anlamayarak sordu: "Suna kim?"

*

Ece çayları tazelerken Sevinç aklına o an gelmiş gibi, "Bu akşam Mecnun'u da getirsene yemeğe," dedi.

Ece gülümsedi. "Bilmem ki. Belki bir programı vardır. Son günlerde serada değil. Geç geliyor. Biliyorsunuz... Söylemiştim."

Sevinç ne derse desin onu sizli bizli konuşmaktan vazgeçirememişti. Gülümsedi. "Evet, biliyoruz."

"Yani, biliyorsun Sevinç teyze, demek istedim," dedi Ece gülümseyerek.

"Ha şöyle! Sen ona akşama beklediğimi söyle. Ben de ararım öğleden sonra."

"Tamam."

Ece kahvaltısına devam ederken düşüncelere daldı. Mecnun'u özlemişti. Son günlerde doğru dürüst görüşemiyorlardı ama Sevinç'e de zahmet vermek istemiyordu. Kadın bazen çok çabuk yoruluyordu. Lokmasını yuttuktan sonra, "Ben seradan erken dönmeye çalışırım o zaman, yemeğe yardım ederim," dedi.

Sevinç gülümseyerek itiraz etti. "Ben yaparım kızım, sen işine bak."

"Yormayın kendinizi."

"Yormam yormam merak etme. Kolay bir-iki çeşit yaparım, maksat beraber olmak gençlerle."

Bir süre sessizlik oldu. Ece kadına baktı. Baktığı yeri görmüyor gibiydi. Onu henüz çözememişti. Bir an çok neşeliyken birden hüzünleniveriyordu. Çocuklarıyla çok sık telefonlaşmıyordu ve Ece'nin orada olmasından memnun görünüyordu. İnsanlarla da pek görüşmüyordu. Bazen çok konuşkan oluyor, böyle zamanlarda yaşadığı bir olayı ya da sohbetin konusuna uygun bir masalı, izlediği bir filmi, okuduğu bir kitabı anlatıyordu. Bazen de tamamen kabuğuna çekiliyor ve söylenen hiçbir şeyi duymuyordu. Ece de böyle zamanlarda odasına çekiliyordu. Kadının ona tuhaf gelen bazı huyları vardı doğrusu ama kimin yoktu ki?

Bardağında kalan çayı kafasına dikerken yan gözle kadını inceledi ve "Sevinç teyze? Yine daldın," dedi gülümseyerek.

Kadın gözlerini baktığı yerden çekmeden cevap verdi. "Dalmadım. Şu... Defne ağacıyla sohbet ediyordum."

Ece ne diyeceğini bilemedi bir an. Ağaca bakarak ciddiyetle sordu: "Hoşsohbet midir kendisi?"

Sevinç kahkaha attıktan sonra başını sağa sola sallayarak cevap verdi. "Hem de nasıl! Sen... Bu ağacın mitolojik öyküsünü biliyor musun?"

"Iıh."

"Anlatayım mı?"

İşin aslı, mitolojik öyküler Ece'nin pek ilgisini çekmezdi. Kahvaltı yeterince uzun sürmüştü ve seraya geç kalmak istemiyordu ama kadının hevesle baktığını görünce gülümseyerek başını salladı. "Tabii... Neymiş bakalım defne ağacının öyküsü?"

Sevinç dirseklerini masaya dayayıp ellerini kenetledi. "Önceleri... Baş tanrı Zeus'un oğlu olan Apollon, güneş tanrısıymış. Her sabah dört tanrısal atın çektiği altın arabasıyla, peşinde güneş, gökyüzünü bir uçtan bir uca dolaşırmış. Bir gün yine böyle dolaşırken, gökyüzünde korkunç bir piton yılanına rastlamış. Yılandan korkmuş ve tanrısal kılıcını çektiği gibi öldürmüş pitonu. Öldürmüş ama sonra vicdan azabı çekmeye başlamış..."

Ece araya girdi. "Niye?"

"Çünkü yılanı öldürünce tanrısallığım kirlendi artık, diye düşünmüş. Bu kirden arınmak için de yeryüzüne inmiş ve yedi yıl boyunca burada bir kralın sürülerine çobanlık etmiş... Bu sırada tanrıların çalgısı liri çalmayı öğrenmiş... O kadar harika çalıyormuş ki Zeus onu müzik tanrısı yapmış."

Hikâye Ece'nin ilgisini çekmişti. "Sonra?"

Sevinç genç kadının ilgisinden memnun halde anlatmaya devam etti. "Sonra... Yine bir gün arabasıyla gökyüzünü dolaşmaya çıkmış... Gökyüzünü gezerken elinde oku ve yayıyla bebek yüzlü aşk tanrısı Eros'a rastlamış. Eros'un güzel yüzüne bakmış önce... Sonra da elindeki ok ve yaya göz atmış." Duraksadı. "Eros, aşk tanrısı. O kadarını biliyorsun herhalde?"

"E herhalde!" dedi Ece gülümseyerek.

"Apollon ona demiş ki: 'Ey aşk tanrısı! Bu savaş araçları senin eline hiç yakışmıyor... Onları bana verirsen, savaş meydanlarında kullanırım... Benim attığım ok yerini bulur, bu konuda benim üzerime yoktur.' Apollon'un bu sözleri bebek yüzlü aşk tanrısı Eros'u çok kızdırmış. Güzel gözleri sinirden alev alev parlamış ve şöyle cevap vermiş: 'Ey güneşin, müziğin, okun tanrısı... Güçlü ve akıllı Apollon... Söylediklerin elbette doğru... Senin okların her şeyi vurabilir ama unuttuğun bir şey var...

Benim oklarım seni bile vurabilir... Benim işimi neden böyle küçümsüyorsun?' Sonra Eros oradan hızla uzaklaşmış... Ancaaak... Apollon'a oklarından tattıracağına yemin etmiş. Apollon günlerden bir gün... Yine yeşillikler içindeki ülkesinde oturmuş lirini çalarken ormanda yalnız başına dolaşmakta olan güzeller güzeli su perisi Defne'yi görmüş. Onu görür görmez bütün vücudunu bir titreme almış... Kendinden geçmiş bir halde tanrıçaları bile kıskandıran bir güzelliğe sahip olan bu su perisini izlemeye başlamış... Ancaaak... Onları izleyen biri daha varmış... Aşk tanrısı Eros. Eros intikam alma vaktinin geldiğini görünce sevinmiş. Hemen sadağından - sadece tanrıların görüp hissedebildiği - nefret okunu çekip Defne'nin yüreğine saplayıvermiş..." Ece'nin her cümleden sonra başını salladığını fark edince güldü. "Bakıyorum konu aşk olunca pek meraklandın?"

Ece hemen savunmaya geçti. "Yok... Ben... Ondan değil! Yani merak ettim tanrıların savaşını... Sonra n'olmuş?"

Sevinç iç geçirdi. "Sonra... Eros'un tanrısal oku kalbine saplanınca... Defne'nin kalbi artık yeryüzünde aşka kapanmış. Eros sadağından çıkardığı aşk okunu da Apollon'un kalbine saplayıvermiş. Böylece Eros, Apollon'un kendini beğenmiş sözlerinin intikamını almış. Defne ailesinin ve babasının tüm ısrarına rağmen evlenmeyi kabul etmiyormuş... Bu güzel su perisi her gün ormana çıkıp yeryüzündeki bütün canlıları güzelliğine hayran bırakarak dolaşıyormuş. Apollon da artık her gün bu güzeller güzeli su perisini görebilmek için gökyüzündeki krallığından inip ormanda dolaşıyor, bu büyüleyici güzeli izliyormuş gizli gizli. Artık onu ne savaşlardaki başarısı, ne avdaki keskin nişancılığı, ne de ustaca çaldığı lirin tanrısal ezgisi tatmin ediyormuş. Her gün ormana gidip kalbini esir alan Defne'nin tanrıları kıskandıran güzelliğini seyrediyormuş. Günler geçtikçe onu uzaktan uzağa seyretmek yetmez olmuş... Kendi kendine demiş ki: 'Ben ışığın ve müziğin tanrısı, güçlü, yakışıklı, korkusuz Apollon, niye çekiniyorum ki? Gidip şu ormanın güzel kızıyla konuşayım... Şu kalbimin acısını bastırayım...' Kendi kendine böyle cesaret verdikten sonra güzeller güzeli Defne'nin karşısına çıkmış Apollon... Defne aniden karşısına çıkan Apollon'u görünce korkmuş ve ondan kaçmaya başlamış. Apollon da onun peşine düşmüş... Bir yandan da Defne'ye ona olan aşkını haykırıyormuş: 'Dur! Kaçma benden güzeller güzeli peri kızı. Ben Apollon'um... Güneşin, müziğin ve ışığın tanrısı... Senin düşmanın değilim... Bütün bu yeryüzünde bana âşık olmayacak tek bir canlı bile yokken sen niye benden kaçıyorsun?' Defne kalbine saplanan nefret okunun etkisiyle Apollon'un bu aşk sözlerinden daha da korkmuş ve deli gibi kaçmaya devam etmiş. Apollon peşinden sesleniyormuş: 'Kaçma benden ne olursun ey güzeller güzeli! Bak ben ışığın tanrısıyım ama senin aşkından gözlerim kör... Okun tanrısıyım ama kalbime saplanan bu aşk okunun bende çaresi yok... Dur ne olur kaçma benden, beni senin peşinden koşturan aşktır, düşmanlık değil!' Bu sırada Olympos'taki tahtından olup biteni izleyen tanrıların tanrısı Zeus, oğlunun düştüğü bu içler acısı duruma üzülüyormuş ancak olaylara da müdahale etmek istemiyormuş..."

Ece bir an önce hikâyenin sonunu bilmek istiyordu. "Apollon kızı yakaladı mı?"

Sevinç gülümsedi. "Defne kaçmaya, Apollon da onu kovalamaya devam ederken öyle bir an gelmiş ki... Defne artık Apollon'un yakıcı tanrısal nefesini hissetmeye başlamış ensesinde... Yorgunluktan titreyen bacakları artık gövdesini taşıyamayacak hale gelmiş... Birden durup ayağıyla toprağı eşelemiş ve şöyle feryat etmiş: 'Ey toprak ana, beni ört, beni sakla, beni koru!' Defne'nin bu içten yalvarışıyla birlikte vücudu birden ağırlaşmaya başlamış... Ayakları toprağın derinliklerine doğru kaymış... Yeryüzündeki bütün kadınları kıskandıran bedeni kabuk bağlamış... Kokusundan bütün canlıların başını döndüren saçları yapraklara, narin kolları dallara dönüşmüş..."

Ece üzüntüyle sordu: "Apollon n'apmış peki?"

"Gördükleri karşısında şaşkınlıktan ne yapacağını şaşırmış güçlü Apollon... Üzüntüden bol bol gözyaşı dökmüş ve defne ağacına sarılmış... Güzelim yapraklarının kokusunu doyasıya içine çekerken ağaca şöyle demiş: 'Ey güzeller güzeli, ben seni çok sevdim... Sen beni istemedin ve benden kaçtın... Oysa ben sana ne kadar âşıktım ve şu yeryüzünde beni reddedecek başka bir canlı yoktu... Ben seni karım yapacaktım. Madem benim karım olamadın o zaman benim onur ağacım olacaksın... Bundan böyle ben ve tüm kahramanlar senin ağacının dallarıyla süsleyecekler kendilerini... Kokulu saçlarından olan bu ağacın yaprakları yaz ve kış yeşil kalacak ve ben onları taç yapacağım başıma...' Bu içten ve tatlı sözler üzerine ağaca dönüşen Defne, saygıyla eğilmiş Apollon'un karşısında. İşte bu tanrısal aşk hikâyesinin geçtiği yer bugünkü Antakya'nın Harbiye'siymiş biliyor musun? Ve derler ki: Harbiye'nin şelaleleri de güzel Defne'nin döktüğü gözyaşlarıdır..."

*

Nurcan, "Ben de koştura koştura geldim böyle erkenden," dedikten sonra kaşlarını çatarak sordu: "Akşam bi telefon edip haber verseydin ya Aysel. Ayıp oldu valla Uğur'a."

"Ayyy! Kaç kere söyleyeceğim, sen geldin diye gitmedi. Kahvaltısı bitmişti, zaten gidecekti, amma uzattın!"

Nurcan şöyle bir düşündü. Saat daha dokuzdu ve bu saatte kimseyi rahatsız edecek kadar densiz değildi. Madem Rafet'le görüşmeye sabah değil öğleden sonra gideceklerdi, bir telefon edebilirdi arkadaşı. Gücenmiş bir ses tonuyla konuştu. "Olsun. Yine de haber verebilirdin."

"Aklıma geldiğinde geç olmuştu Nurcan, aramadım işte. Niye bu kadar büyütüyorsun? İlk defa mı geliyorsun bize?"

"Orası ayrı. Her şeyin bir adabı var Aysel. Ben de düşünemedim. Uğur abi arabasız gitti sandım. Ayıp oldu valla."

"Haklısıın. Tamaaam. Kusura bakma dedim ya."

Nurcan çayını içmeye başladı. Bir süre konuşmadılar. Sessizlik uzayınca dayanamayarak sordu: "Niye konuşmuyorsun? Bozuldun mu bana?"

Aysel bu kez ciddi bir sesle cevap verdi. "Evet aslında... Keşke telefon etseydin. Böyle sen erkenden gelince... Şey... Şey yapacaktık işte... Olmadı tabii!"

Nurcan dehşetle baktı arkadaşına. "Ayyy! Ben dedim sanaaa... Ayıp oldu işte, çok ayıp oldu... Tüh keşke bir telefon etseydim..."

Aysel ciddiyetini bozmaksızın, "N'apalım! Kısmet. Seks hayatımızı mahvettin Nurcan!" der demez bir kahkaha atınca arkadaşı gülümsedi.

"Hep böyle yapıyorsun... Hep... Ciddi ciddi dalga geçiyorsun benimle."

"Sen kaşınıyorsun Nurcan! Kaç yıldır bırakamadın şu erken geldim geç gittim, aman ayıp oldu mu millet bana ne der muhabbetini!"

Nurcan içini çekti. "Haklısın. Ama n'apayım işte ben böyleyim. Beni böyle kabul et."

"İyi. Ettim zaten."

Nurcan kısa süreli bir sessizliğin ardından arkadaşının düşüncelere daldığını fark etti. Aysel gerçekten neşeli olduğunda durmadan anlatır ve birlikte gülerlerdi. Böyle araya giren sessizlikler ve onun bu düşünceli hali tek bir şeye işaret ederdi: Gülse de, espri yapsa da, aslında keyifsiz olduğuna. "Bir şeye mi canın sıkıldı senin?" diye sordu sonunda ona doğru eğilerek.

Aysel nazlanmadı ve gece olanları bir bir anlattı. Onu dinlerken koltuğunda yavaş yavaş ileri doğru çıkan Nurcan, "Ona benim de evlenmeden önce bir sevdiğim olduğunu söyledim. Bahri'yi artık Uğur da biliyor," ifadesini duyunca koltuktan aşağı kayıp yere oturdu. Hiçbir şey söylemeden hayretle bakıyordu Aysel'in yüzüne.

Onun bu hali Aysel'in gülümsemesine neden oldu. Nurcan ise gülünecek bir şey göremiyordu. Kızgınlıkla sordu: "N'aptı peki?"

Aysel onun ifadesini görünce tekrar güldü. "Valla senin gibi koltuktan düşmedi."

Nurcan yerden kalkıp koltuğuna yerleşirken inanmayan gözlerle arkadaşına baktı. "Aysel n'aptın sen? Böyle bir şey söylenir mi? Şimdi bir de buna üzülecek adam! Hiç kocaya böyle bir şey söylenir mi? Büyük hata etmişsin!"

"Ben de tereddüt ettim önce ama söyledim işte. Hataysa hata!"

"Tamam! Çok şey oldu hayatınızda. İkiniz de çok üzüldünüz ama... Bu çok üzer onu. Bitmiş gitmiş bir şeyi neden söyledin sanki? Kıskandırmak için mi?"

"Hayır Nurcan! Sen beni dinlemiyor musun? Tam tersi! Meriç'ten dolayı bana karşı suçluluk hissetmesine dayanamadım diyorum!"

Nurcan bir süre düşündükten sonra daha sakin bir ses tonuyla sordu: "Peki ne dedi?"

"Hiçbir şey demedi. Çok içmişti zaten. Ben söyledim, o da bir süre düşündü ve kahve içelim mi diye sordu."

"Şoktan işte! Dedim sana! Üzülmüştür."

"Yani bir şey demeyince üzülmüş mü oluyor?"

"Öyle tabii!"

"Niye?"

"Çünkü insan üzülünce konuşmaz!"

"Allah Allah, hakkında hadis mi var?"

"Yok! Ama ben öyleyim!"

Aysel bu saçma konuşmadan sıkılmıştı ama meraklandı. "Rıza da öyle mi? Üzülünce konuşmaz mı?"

Nurcan birden şaşırdı. Biraz düşündükten sonra boynunu eğerek cevap verdi. "Yok! O genel olarak konuşmaz. Üzülünce bağırır aslında." Kendi kendine konuşur gibiydi. "Evet. Üzülünce daha kaba olur. Durmadan emir verir." Kocasını taklit ederek sürdürdü konuşmasını. "Bir de şöyle, dişleriyle alt dudağını ısırır ikide bir... Şöyle yüzünü sallar, oturup televizyon seyreder..."

*

Münevver kayınbiraderiyle birlikte görümcesini hastaneye götürmüştü. Testlerden sonra görümcesine bir haftalığına bakmaya neyse ki razı olmuştu eltisi. Bu sayede Ayça Ankara'ya gidinceye kadar Münevver kızıyla biraz vakit geçirebilecekti. Kahvaltı ederlerken Handan uyumadan önce düşündüklerini ve gördüğü rüyayı anlattı Ayça'ya.

Her türlü rüyanın bilinçaltıyla ilgili olduğunu düşünen Handan rüyasını analiz etti: Evet! Yannis'i kaybetmekten korkuyordu muhtemelen. Son olayları ve adamın uzaklaşmasını önemsemiyormuş gibi davrandığı için bu rüyayı görmüştü. Rafet'in çok seyrek aramasına da bozulmuştu demek ki.

Ayça gülerek sordu: "Afyon Valisi ne alaka?"

Handan dudağını kıvırdı. "Onu bulamadım. Aklıma gelen tek açıklama... Birkaç yıl evvel bir oyun çıkarıyorduk. Almak istediğim rolü başka birine verdiler. Haksızlık falan değil, bizim işler yoğundu ve ezber yapmaya pek vaktim yoktu. Nadire diye bir kadına verdiler. Nadire Afyonluydu..." Gülümsedi. "Rüyalar bilinçaltıyla ilgiliyse bayağı bir üzülmüşüm demek ki bu olaya... Bayağı bir taşımışım içimde bu derdi..."

Çetin'in nişanlandığını henüz öğrenen Ayça onun bu kısmı neden atladığını merak etti. "Peki Suna'ya ne diyorsun?"

"Nasıl ne diyorum?"

"Yani neden Yannis Suna ile nişanlandı?"

Handan bir süre düşündü. "İki nedenden olabilir. Birincisi, Çetin'in beni aldattığını öğrendim ya, Yannis de başkasıyla nişanlanarak beni aldatıyor sonuçta. E beynimdeki aldatma simgesi de Suna demek ki! Ya da Çetin'le nişanlanmış ya... Hani buna bozuldum desem neden bozulacağım? Kıskandım desem, kıskanmadım. Bu imkânsız! Bilirsin ben kıskanmam. Yani... Evet birçok konuda kendimi kandırıyor olabilirim ama bu konuda değil! Bu konuda kendimi iyi tanıyorum."

"Peki duyunca ne hissettin Handan abla?"

Handan omzunu silkti. "Bilmem... Kızdım."

"Kızdın mı?"

"Belki kızmaktan biraz daha fazlası... Öfkelendim sanırım."

"Ama niye? Yani Çetin... Sen onu terk ettin. Tuhaf. Sen istemedin! Niye Suna'yı duyunca öfkelendin ki?"

"Biz evlenme hazırlığı yaparken bile birliktelermiş. Aslında benimle birlikteyken onunla da berabermiş. Aldatıldığıma kızdım yani."

"Aptal yerine konmuş gibi hissettiğinden mi?"

"Evet ona kızdım tabii. Aptal yerine konmuş gibi falan hissetmedim. Resmen aptal yerine kondum."

"Ama olmuş bitmiş. Sen Yannis'lesin artık. Çetin'i de sen terk ettin..."

Handan bir süre düşündü. Nihal'le konuşmasını hatırladı. O anda ve sonrasında yaşadıklarını gözden geçirdikten sonra hayretle konuştu. "Evet aslında doğru! Ben neden o kadar kızdım? O akşam ne kadar hırçın olduğumu hatırlıyorsun değil mi? Hani Atlas'ın bana cadı dediği akşam." Ayça başını sallayınca sürdürdü konuşmasını. "Yannis'e durmadan kapris yaptım! Aaa! Var ya... Bak şimdi fark ettim Ayça!"

"Neyi?"

"Ben bu konudan Yannis'e hiç bahsetmedim."

Ayça anlamadı. "Bahsetmen mi gerekiyordu?"

"E ben her şeyi konuşuyorum Yannis'le."

Ayça yine anlamadı. "Unutmuşsundur canım."

Handan başını salladı iki yana. "Hayır unutmadım. Hatırlıyorum ne düşündüğümü: Konuşulmayacak kadar önemsiz bir konu dedim kendi kendime ve bahsetmedim."

"E demek ki Yannis'le konuşacak kadar önemli bulmamışsın. Ne var bunda?"

"Peki o kadar önemsizse neden öfkelendim?"

Ayça onun fark ettiği noktayı kavramıştı. "Haaa! Yani öfkelendiğin halde... Önemsiz olduğuna kendimi ikna ettim diyorsun?"

"Aynen öyle diyorum."

Ayça bir süre düşündükten sonra sordu: "Ama niye öyle yaptın ki?"

*

Ece seranın kapısında durdu ve bir süre şezlongta yatan Mecnun'u seyretti. Rengârenk çiçeklere göz gezdirdikten sonra masmavi gökyüzüne kaldırdı başını. *Johnny Hartman*'ın söylediği *I See Your Face Before Me* adlı parça çalıyordu. Duyduğu şarkı gördükleriyle birleşince gülümsedi ve kendi kendine 'huzur bu değilse nedir?' dedi. Yavaşça ilerledi. Adamın yanına gelince neşeli bir sesle sordu: "Burda böyle n'apıyorsun Mecnun?"

Mecnun yerinden doğrularak ona baktı. Gülümseyerek doğal bir şekilde ve biraz da 'bunda anlaşılmayacak ne var?' dercesine konuştu. "Tatil yapıyorum Ece..."

"Burda? Serada?"

Adam şezlonga tekrar uzanırken gözlerini yumarak cevap verdi. "Pek tabii."

Ece taş masada duran yarım gevrek ve poğaçaları gördü. Boşalmış bir peynir kabıyla içinde dört-beş zeytin tanesinin olduğu kahvaltı tabağına bakarak gülümsedi. "Herhalde şu masa da açık büfe ha?"

Mecnun da güldü. "Heee. Çok çeşit vardı da hepsini yedim."

Ece şezlongun yanındaki kanepeye otururken bu sohbeti sürdürmeye karar verdi. "Yaaa? Kaç çeşitti?"

"On çeşit falan vardı."

"Neler vardı saysana."

"Beyaz peynir, siyah ve yeşil zeytin... Bak üç oldu, gerisini sen say. Gevrek, poğaça..."

"Eee beş oldu."

"Roka, nane, dereotu, maydanoz, domates, biber ve salatalık... Ohooo çok zenginmiş büfe... On çeşitten de fazlaymış."

Ece etrafa baktı. "Kaç yıldızlı bu otel?"

Mecnun gayet doğal bir şekilde cevap verdi. "Sen gelmeden bir-iki yıldızı vardı ama sen gelince yedi yıldızlı falan olmuştur."

Ece güldü ama bir yandan da sıcakladığını hissederek hemen ayağa kalktı. "Böyle yedi yıldızlı otel mi olur? Bir animasyonu bile yok!"

Mecnun bir gözünü açarak, "Hmmm bak o konuda haklısın," diyerek yerinden doğruldu. O sırada *Mohsen Namjoo*'dan *Toranj* adlı parça çalmaya başlayınca CD çaların başına koştu. "Yaaa bak yaaa... Ne ballı adamım ben yaaa..." Eliyle Ece'ye oturmasını işaret etti. "Bak şimdi, izle animasyonu." Müziğin sesini epey açtı.

Ece şaşkın bir şekilde tekrar oturdu. Bu parçayı daha evvel hiç duymamıştı.

Mecnun bel küreğini kapmış gitar çalıyor gibi yaparak parçanın girişine eşlik ediyordu. Hareketli ama sakin bir girişten sonra birden *Mohsen Namjoo* ve Mecnun beraber bağırmaya başladılar. "Aaa- eee-ooo!"

Mecnun *Mohsen Namjoo* ile pek senkronize değildi, kafasına göre bağırıyordu, bel küreğini gitar olarak çalıp zıplarken çok komik görünüyordu.

Ece gülerken sesini duyurmak için bağırdı. "Ne güzelmiş!"

Adam gözlerini yummuş, sahnede kendinden geçmiş bir şarkıcı gibi zıplıyor, kürekle sahnenin bir o tarafına bir bu tarafına koşuyor, sözde gitarını çiçeklere doğrultup dizlerini yere koyarak çalıyordu.

Mecnun bağıra bağıra şarkının sözlerine eşlik etmeye başladığında Ece'nin gülüşü bir kahkaha krizine dönüştü ve adam tek başınaymış gibi şarkıyı söylemeye devam etti.

"Koftummm anam. Tor amcam... Kan der cihan... Ne gonişiysen? Koftum be... Az dur anaciiim... Leylek! Be dost... Ne oliyyyy? Köftede tuz az, kocayiii... Kaç köftenin o maviii... Auauauaaaaaa! Koftum... Manav garibiii... Az şehre aşinaydiii... Köfte sarı çedarliii..."

bazı kimselerin aşkı olmamıştır
bazı aşkların da kimsesi...

13

Uğur'un önünde duran boş kahve fincanını alan Melih, onun gazete okurken başını ovduğunu görünce sordu: "Usta, bir hap daha alır mısın? Su getireyim mi?"

Uğur başını geriye doğru atarken masada duran ilaç kutusunu Melih'e uzattı. "Yok yok! Bu hapla mapla geçecek gibi değil. Çekmeceye koyuver sen şunu." Gazeteye göz atmaya devam ederken gece olanları düşündü: Çok içmişti. Alkolün açığa çıkardığı pişmanlık ve suçluluk duygusuyla şarkıyı dinlerken epey gözyaşı dökmüş, bunun üzerine bir de Aysel'den duydukları eklenince zihni yorgun düşmüştü. Birkaç saat uyuduktan sonra başında şiddetli bir ağrı ama içinde bir ferahlık hissiyle kalkmıştı yataktan. Bu hissin sebebini anlamaya çalıştı: Yıllardır derinlere itelediği acıları yerinden çıkarıp üzerine gözyaşı dökmesi miydi? Yoksa Aysel'in samimi açıklamaları, yıllardır kendisini suçlamasına ve yargılamasına son mu vermişti? Belki de ikisi birden, diye geçti aklından. Kırk yıl düşünse, Aysel'in geçmişinde böyle bir hikâyenin olabileceği aklına gelmezdi. Karısının cümlesini hatırladı: "Yıllarca bunu kabul etmedim! Başka türlü olduğuna inandırdım kendimi. Şimdi düşününce, seninle para için... Rahat bir hayatım olsun diye evlendiğimi görüyorum," derken zorlanmıştı kadın. Sesinde belli belirsiz bir utanç vardı ama bu Uğur için anlaşılmayacak bir durum değildi. Aysel'in onun kara kaşına kara gözüne gelmediğini biliyordu. Ne demişti rahmetlik annesi: "Oğlum, boyu posu yerinde, pek de hamaratmış, ben beğendim, bir de sen görsen!" Aysel onunla parası için evlenmişti de Uğur sevgisinden mi evlenmişti? O zamanlar ha Aysel, ha Ayşe, ha Fatma... Hiç fark etmiyordu onun için. Evlenmesinin iki nedeni vardı: Birincisi, annesini mutlu etmek. İkincisi, Meriç'e artık onu sevmediğini kanıtlamak ve onun kendi yoluna gitmesini sağlamak. Aklından bunlar geçerken dışarıdan yükselen sesleri duydu.

"Hele şükür! Sonunda anladın demek ülke ekonomisindeki büyümenin sahte olduğunu! Sen değil miydin daha seçime kadar şu masada durmadan bunları savunan? Bunlar giderse kaos olur diyordun da n'oldu şimdi? Birkaç ayda ne değiştirdi fikrini bakalım?" Konuşan Rahmi Bey emekli bir müsteşardı ve hoşsohbet bir adamdı ama canı sıkılmadıkça kahveye pek uğramazdı.

Sohbete katılmak üzere dışarı çıkan Uğur, İzmir yolunda yıllardır işlettiği köfteci dükkânını şimdilerde oğluna devreden Şinasi'nin cevabını duydu.

"Canım öyle dediysem... Bu hükümetin görüşlerini savunduğumdan demedim ki! Ben istikrarı savunduğumdan öyle dedim ama olmuyor işte! Durum belli. Kötüye gidiş var yani... Her şeye zam yağdı. Olmaz ki böyle!"

Uğur selam verip bir sandalye çekerken Şinasi'nin açıklamasına kulak verdi.

"Borsada da kötüye gidiş başladı."

Rahmi Uğur'a bakarak güldü. "Anlaşıldı şimdi nedeni." Şinasi'nin borsayla meşgul olduğunu bildiğinden doğrudan sordu: "Borsada para mı kaybettin? Doğru söyle."

Etrafta gülüşmeler olunca Şinasi biraz sıkılarak açıkladı. "Evet kaybettim. Evet ama ondan değil!"

Rahmi başını salladı. "Ondan ondan! Yoksa değişen ne var? Her hükümet başa geçti mi zam yağdırır, ilk defa mı yaşıyoruz bunu?"

"Hayır ilk defa değil ama borsa bile tahmin edilemez hale geliyorsa bir şeyler yanlış gidiyor demektir."

Rahmi güldü. "Adaletten eğitime her şey tartışmalı ama senin kıstasın borsa oldu, öyle mi? E ben sana ne diyeyim?"

Yan masadan biri, "Eee ateş düştüğü yeri yakar, çok mu kaybettin Şinasi abi?" diye sordu.

Adam derin bir nefes alarak cevap verdi. "Kaybettim işte biraz. Anlamıyorum ki ben bu işi! Gazetelerde birkaç yazarın tavsiyesine göre alıp satıyordum. Ekonomi yazarı bu adamlar! Yine aynısını yaptım! Olmadı bu sefer. Üstelik geçen seneki kârın kaç misli gitti! Anlamıyorum ki nasıl işliyor bu borsa!"

Rahmi ciddi bir ifadeyle konuştu. "Geçen bir yerde okudum ve çok iyi anladım ben bu borsanın nasıl işlediğini. Size de anlatayım mı?" Herkes başını sallayınca ağır ağır konuşmaya başladı. "Bir zamanlar, köyün birine bir adam gelmiş ve tanesi on dolardan maymun alacağını söylemiş. Köyde çok maymun olduğu için köylüler sevinmişler ve ormana koşmuşlar... Ha babam de babam maymun yakalamaya başlamışlar... E tabii bu adam yüzlerce maymunu on dolardan satın alınca ortalıkta maymun azalmış ve yakalamak da zorlaşmış. Köylüler tam maymun yakalamaktan vazgeçmek üzerelermiş ki adam her maymun için yirmi dolar vereceğini söylemiş. Heveslenen köylüler tekrar maymun yakalama işine koyulmuşlar. Bir süre sonra da adam fiyatı yirmi beş dolara çıkarmış... Ancak artık o kadar az maymun kalmış ki bırakın yakalamayı, maymuna rastlamak bile zorlaşmış. Tam bu sırada adam, her bir maymun için fiyatı elli dolara çıkarmış ve köylülere demiş ki: 'Benim çok acil bir işim var, şehre gideceğim ama merak etmeyin, benim yerime yardımcım alım yapacak.' Ve adam gitmiş... Köylüler o gün ormanda dolansalar da tek bir maymuna dahi rastlamamışlar ve üzgün bir halde meydana dönmüşler. Onların bu halini gören yardımcı da onlara şöyle bir teklif sunmuş: 'Şu büyük kafesteki maymunlar var ya... Ben onların tamamını size tanesi otuz beş dolardan satayım ama patrona söylemeyin sakın, o gelince siz de ona elli dolardan satarsınız!' Köylüler birikimlerini bir araya getirip bütün maymunları satın almışlar. Sonra adamı da, yardımcısını da bir daha gören olmamış." Şinasi'ye dönüp, "Şimdi borsanın nasıl çalıştığını anladın mı biraz?" deyince herkes kahkahayı bastı.

*

Ayça ve Handan kahvaltıdan sonra ev temizleme işine giriştiler. Sohbet ede ede salonla mutfağı bitirdiklerinde Münevver geldi ve onlara şöyle bir bakıp gülümseyerek kızına çıkıştı. "Kızım misafire iş yaptırılır mı hiç? Aaa! Ne kadar ayıp!"

Handan itiraz etti. "Aman Münevver teyzeee! Ben misafir miyim?"

Kadın boynunu büktü. "Öyle ama... Yoldan geldiniz." Salona göz gezdirince söylenmeyi kesip koltuğa oturdu. "Ama çok güzel olmuş! Mis gibi! Bir ay olmuştur süpürüp silemedim doğru dürüst, hep üstten yaptım. Elinize sağlık!"

Ayça konuyu değiştirdi. "Halamın durumu nasıl? Amcamlara mı gitti?"

Münevver iç geçirdi. "Yok yok! Belindeki ağrı için yeni testler yaptılar bugün. Birkaç gün hastanede kalacak teşhis konulana kadar. Yengen yanında kaldı. Gelme dedi bana!"

Ayça şaşırdı. "Allah Allah! Hangi dağda kurt öldü?"

Münevver omzunu silkti. "Bilmem. Pek anlayışlıydı bugün."

Handan araya girdi. "Gözlerini fark etmiştir Münevver teyze! Gözlerinin altı mosmor olmuş. Sen uyusana biraz biz evi temizlerken."

Kadın başını salladı. "Bu gece ağrısı çoktu ya... Ben de pek uyuyamadım. Doğru söylüyorsun. Ben şuraya kanepeye uzanayım biraz."

Ayça annesine pike ve yastık getirdi. Sonra da Handan'la beraber arkadaki odaları temizlemeye gittiler.

Münevver bir süre elektrik süpürgesinin sesini dinledi. İkisinin sohbete koyulduğunu anlayınca gülümsedi. Aslında çok uykusu vardı, fakat midesindeki yanma hissi geçmeden dalamayacağını anlayınca bir hap almaya karar verdi. Uzun süredir hasta baktığından sessiz hareket etme konusunda uzmanlaşmıştı. Ayaklarının ucuna basarak görümcesinin odasına yöneldi. Tam o sırada yandaki odadan Handan'ın sesini duydu.

"Mecnun doğru söylemiş. Sen tanımadığın bir adamla yattığın için değil, kafanda bir şeyleri çözümleyemediğin için, sonra da saçmaladığın için ölmek istemişsin."

"Yani... Berk'le çıksaydım, onunla bir şeyler yaşasaydım,

bunlar olmaz mıydı? Ben de öyle düşünüyorum şimdi ama o zaman... Yani ablam öldükten sonra hoşlandığım biri de olsa... Bir erkekle çıkma fikri bana çok şey geldi..."

"Çok ne geldi?"

"Bilemiyorum. Sanki ablama ihanet ediyormuşum gibi, sanki onun ölümüne üzülmüyormuşum gibi olacaktı. Öyle hissettim işte, ne bileyim."

"Hah! Al işte, tipik Güneş söylemi! Sizde genetik demek ki."

Bir sessizlik oldu. Münevver duyduklarının şokuyla odanın kapısında kalakalmıştı, ne içeri girebiliyor ne geri dönebiliyordu. O sırada kızının sesini duydu.

"Handan abla sana bir şey soracağım... Ablam... Yani... Nasıl soracağımı da bilmiyorum ama..."

"Direkt sor!"

"Ablam biriyle çıktı mı? Yani böyle şeyler yaşadı mı?"

Handan içini çekti. "Bir-iki denemesi oldu sadece... Ve uzun sürmedi..."

"Yani ablam... Bakire ölmedi herhalde?"

"Öldüğünde Rahibe Teresa kadar bakireydi Ayçacım." Gülümsedi. "Madalyasını almıştır umarım."

"Yaaa!"

"Yaaa..."

"Ama neden? Yani nasıl olur? Ablam... İşte dedin ya... Bir-iki kişiyle çıkmış!"

"Sebep buydu."

"Nasıl yani?"

"Güneş çok modern görünür ve düşünürdü. Yani hayata bakışı benden farklı değildi. Gerçekten değildi! Ama iş pratiğe gelince çok gelenekseldi. Bunu kendisi de açıklayamıyordu, bu konuyu defalarca tartıştık."

"Ne diyordu?"

"Birçok şey! Komikti durum. Geleneksel erkekler ona göre değildi, kendisi gibi düşünen erkeklerle de düşündüğü gibi yaşayamadığından yakınlaşamıyordu! El ele tutuşmaktan öteye gidemiyordu ve el ele tutuşmak bile onu çok üzüyordu ayrılınca. Bunlar seksi çok doğal kabul eden adamlardı düşünsene...

Böyle düşünmeyen erkeklerden hoşlanması dahi söz konusu olamazdı! Eee? Bu ne perhiz bu ne lahana turşusu? Bu sorunu çok konuştuk ve varabildiğimiz tek sonuç, küçüklükten gelen bazı şeylerle..." Kısa bir süre düşünüp aklına gelen her şeyi söylememeye karar verdi. "Baban öldükten sonra kendi kendine böyle bir kısıtlama getirmiş olabileceği oldu. Yakınlaşamıyordu kimseyle!"

"Tuhaf! Sen bu konularda çok rahatsın. Yani o kadar yakındınız ki hiç mi etkilenmedi senden?"

"Yaaa! Demek ki sandığın kadar etkimiz yoktu birbirimizin üzerinde. Yani bir de... Biz birbirimizi hiçbir şeye zorlamazdık ki! Ben düşüncelerimi söylüyordum tabii ama bu farklı bir şey. Ailelerimiz, yetiştirilme tarzımız... Her şey farklıydı! Benim her şeyden önce 'insanın bedeni kir tutmaz, günah tutmaz... sen kalbine dikkat et' diyen bir ananem vardı."

Kısa süreli bir sessizlikten sonra, "Haklısın," dedi Ayça.

Handan'ın ses tonu sitemkârdı. "Ama ben bu işe biraz bozuldum Ayça, haberin olsun! Mecnun'a anlattığın iyi olmuş, ona bir şey demiyorum ama Foça'da o kadar zor zamanlar geçirdin madem, her gün beraberdik! Neden bana anlatmadın? Hadi onu da geçtim, ölmeyi düşünecek kadar sıkıştın da neden Münevver teyzeye anlatmadın bu olanları?"

"Neee? Anneme miii? Kadın kalp krizinden ölürdü Handan abla!"

Münevver geldiği gibi sessizce salona döndü. Gözlerine hücum eden yaşları akıtmamak için olağanüstü bir çaba harcayarak kendini kanepeye bıraktığında nabzının hızla attığını duyabiliyordu.

*

Maral koltuğunda dönerek ayağa kalktı ve pencereye gidip dışarıyı seyretmeye başladı. İçi kıpır kıpırdı. Efdal'ın bakışları aklından çıkmıyordu. Onu ilk defa üç hafta önce, otelde bir grup yemeğinde görmüştü. Sonra tek başına birkaç akşam yemeğe gelmişti adam ve genç kadın otel müdürü olarak onunla ilgilenirken hakkında epey bilgi sahibi olmuştu ama adamın da kendisiyle ilgileneceğini hiç düşünmemişti doğrusu.

Yirmi sekiz yaşında, uzun boylu, kumral ve çok yakışıklı bir üsteğmendi. Üstelik kıdemliydi. Biraz önce telefon edip Maral'ı yemeğe mi davet etmişti? Tam olarak ne dediğini tekrarladı zihninde: "Müsait olduğunuz bir akşam, otel dışında bir yerde beraber yemek yiyebilir miyiz acaba?"

Birden işkillendi. "Çok sevinirim ama hangi akşam olacağını bilemiyorum. Programıma bakıp hangi akşam olacağına ben karar verebilir miyim?" derken çok mu istekli görünmüştü? Aslında adam oteli aradığı için onun cep telefonu numarasını alabilmekti amacı ama şimdi düşününce bu fikir biraz saçma geldi. Biraz daha ağırdan alsa daha mı iyi olurdu acaba?

Omzunu silkerek, "Ya bir daha aramazsa? O zaman ne olacaktı?" diye söylendi ve kendine hak verdi.

Efdal... Ne kadar değişik bir isim... Ne demek acaba? İsmin anlamını internetten araştırmak üzere tekrar koltuğuna oturdu ve önünde duran faturaları görünce yapması gereken işleri düşünmeye başladı. Muhasebeciyi araması gerekiyordu ama yapması gereken daha önemli bir iş vardı. Hay Allah! Neydi? Neydi? Hah! Bar Kaptanı... Telefona uzanıp dahili numarayı tuşladı. "Bana hemen Bar Kaptanı'nı yollayın! Teşekkür ederim."

Adamı beklerken, acaba bu işi ertelesem mi, diye düşündü bir an. Keyfini bozmaya ne gerek vardı? Hayır! O kendini bilmez garson kız kırıtarak ortalarda dolaşmanın hesabını verecekti! Gülçin!

İki gece önce aniden otele gelmiş ve onu bir turist grubuyla sohbet ederken görünce bir köşeye çekip uyarmıştı. Bir önceki gün ise gündüz çalışıyordu. Maral onu belli etmeden izlemiş ve gördüklerinden pek hoşlanmamıştı. Emirlerine riayet etmeyen kat görevlisiyle aynı kaderi paylaşacaktı mecburen.

Sadece görevimin sorumluluklarını yerine getiriyorum, diyerek kendini ikna ederken kapının tıkladığını duydu. Omuzlarını dikleştirerek, "Buyrun," dedi.

Otuzlu yaşların ortasında, orta boylu ve zayıf bir adam olan Bar Kaptanı Ezel, masanın önüne gelince durdu. "Beni çağırmışsınız."

Maral eliyle işaret etti. "Buyrun oturun Ezel Bey. Sizinle personelinizden biri hakkında konuşmak istiyorum. Gülçin."

"Gülçin *Hanım*. Evet?"

Maral bu vurguya biraz kızdı. Kimden nasıl bahsedeceğini ondan öğrenecek değildi. "Gülçin görevini layıkıyla yerine getirmiyor. Kendisini şahsen uyardım ve dikkate almadı. Müşterilerle laubali olmaya devam etti. Sizden onun işine son vermenizi rica ediyorum."

Adam bir süre cevap vermeden düşündükten sonra sakin bir sesle sordu: "Neden Gülçin Hanım'ı çağırıp siz kendiniz işine son vermiyorsunuz Maral Hanım?"

Maral böyle bir soru beklemiyordu, bir an afalladıktan sonra toparlandı. "Bar Kaptanı sizsiniz! Bir işletmenin... Bu otelin bir işleyiş düzeni var!" Adamın ciddi ve biraz da sert bulduğu tavrını yumuşatmak için gülümseyerek sürdürdü sözlerini. "Hiyerarşi denir buna, biliyorsunuzdur."

Adam ciddiyetini bozmadan cevap verdi. "Gayet iyi bilirim. Ancak bana söylemeden Gülçin Hanım'ı uyardığınıza göre bu sizin pek önemsediğiniz bir konu değil. Yanılıyor muyum?"

Maral birden öfkelendi. Emrindekilerle ne zaman yumuşak konuşsa hepsi haddini aşıyordu. Bu aşırı özgüvenli adamdan da zaten işe başladığından beri hoşlanmıyordu. Parmağını adama doğrultarak konuştu. "Siz bana işimi öğretemezsiniz. Gülçin'in işine son vereceksiniz. O kadar."

Adam ayağa kalktı ve gayet sakin bir tavırla konuştu. "Bu durumda, bugün içinde, Gülçin Hanım'ın görevini nasıl ihmal ettiğini, yazılı olarak bana sunmanızı istiyorum. Ona göre değerlendirmemi yapacağım. Eğer bunu yapmazsanız..."

Maral bedenine yayılan öfkeyi bastıramadı. Resmen tehdit edildiğini hissederek araya girdi. "Sunmazsam n'olur?"

Adam, "Süha Bey'den sizin ve benim bulunduğum bir toplantı isteyeceğim. Başka bir konu yoksa ben çıkıyorum," dedikten sonra odayı terk etti.

Maral hiç ama hiç beklemediği bu tavır karşısında o kadar şaşırmış ve o kadar kızmıştı ki birkaç dakika hareket etmeden kapıya baktı. Bir Bar Kaptanı? Bir otel müdürüyle nasıl bu şekilde konuşurdu? Hem de sıradan bir garson uğruna. Bu olacak şey değildi!

*

Aysel'in koluna girmiş yürüyen Nurcan nefes nefeseydi. "Sonra eve geldim. Tam marketten aldıklarımı yerleştirirken baktım ki masa örtüsü yok. Selma'ya almasam neyse... Nerde unuttuğumu da bilemedim. Geri döndüm artık. Tek tek uğradım dükkânlara. En son, aldığım yere girdim, meğer orda unutmuşum."

"Şu haline bak Nurcan, ter içinde kalmışsın! Rafet'le iş görüşmesine gideceğimizi bile bile neden çarşıya çıktın? Hem de iki kere! Şarttı sanki."

"Aman ne bileyim? Hemen hallederim zannettim. Akılsız köpeği yol kocatırmış, benimki de o hesap."

"Bir telefon etseydin, arabayı isterdim Uğur'dan, buraya bari yürümezdin."

Otelin bahçesine yaklaşırlarken Nurcan kesik kesik konuştu. "Geldik, geldik işte! Arabaya ne gerek var, azıcık terledim sadece!" Arkadaşını dürtüp gülümseyerek sürdürdü konuşmasını. "Bak! Hanımağa oturuyor orda geniş geniş. Makam odası da bu bahçe mi bunun? Hiç içerde olduğunu görmedim, ne zaman gelsek burda bu kadın."

"E hep yazın geldik. İçerde oturup da isilik mi olsun kadın sıcakta?"

"Ama şimdi hava o kadar sıcak değil..."

Aysel onu dürterek fısıldadı. "Sus, ayıp olacak."

Rafet o sırada gazetesinden başını kaldırınca onları gördü ve "Hoş geldiniiiz, buyrun buyrun," diyerek ayağa kalktı.

Nurcan, "Kusura bakmayın ben çok terliyim, ben öpmeyeyim," dedikten sonra sandalyeye oturdu ve Aysel'in 'ya sabır!' bakışlarına aldırmadan çarşı macerasını kadına da anlattı.

Rafet onlara ne içmek istediklerini sordu ve yanına telefonu almadığını fark edince, "Siz soluklanın, ben şimdi geliyorum," diyerek içeri girdi.

Aysel söylendi. "Nurcan, biz buraya oturmaya mı geldik? İş konuşacağız. Kadına iki saat anlattın da anlattın. Ona ne senin masa örtünden?"

Nurcan, acaba bu küçük nutuktan dolayı Aysel'e bozulup

surat etsem mi diye kısa bir süre düşündü ve böyle bir durumda alınganlık göstermenin olgun bir davranış olmadığına karar vererek omzunu silkti. “Ne var bunda? Giriş konuşması olarak düşün. Kaynaşmış olduk böylece.”

O sırada Rafet geldi ve yerine otururken, “Uğur Bey bir iş konusunu görüşecekler deyince merak ettim. Hayırdır?” dedi gülümseyerek.

Aysel kaşlarını kaldırarak sordu: “Uğur hiçbir şey demedi mi?”

Rafet başını iki yana salladı. “Yooo.”

Aysel içinden, her zamanki Uğur, diye düşünerek gülümsedi. “Biz Nurcan’la bir iş kurmaya karar verdik.” O sırada garson kahveleri getirince konuşmasına kısa bir ara verdi ve sonra arkadaşına dönerek, “Değil mi Nurcan?” diye sordu.

Kahvesinden bir yudum alan arkadaşı, “Hı-hı,” diyerek başını sallamakla yetindi.

Uğur’un bir hayli varlıklı olduğunu bilen Rafet, kadının küçük bir otel açacağını ve bu konuyla ilgili bilgi almak için geldiğini düşünmüştü nedense. “Bilgi almak için geldiniz herhalde, buyrun.”

“Ne bilgisi?” diye sordu Nurcan merakla.

Rafet şaşırdı. “Uğur Bey bir işten bahsedince... Otel falan açacaksınız sandım...”

“Haaa otel değil!” dedi Nurcan araya girerek. “Aslında bilgi almaya geldik. Doğru ama kurabiyelerin tarifini alacağız.”

Rafet irkilerek, “Olmaz! O tarif benim!” dedi.

Aysel hızla düşündü ve arkadaşına giriş konuşmasını sen yap dediği için bin pişman oldu, hiç ama hiç politik değildi şu Nurcan! En son söylenecek şeyi en başta söyleyiveriyordu. Konuşmanın bir iş konuşmasından başka her şeye benzemeye başladığını düşünerek lafa girdi. “Şey... Nurcan biraz yanlış ifade etti...” Arkadaşının ifadesinin değiştiğini fark etti. “Biz yani... Yanlış ifade ettik. Biz... Şey... Biz bir iş yapmaya karar verdik.” Diğerlerinin yüzüne baktı, Nurcan sakinleşmişti ama Rafet biraz sert görünüyordu. Yumuşak bir sesle konuşmaya özen göstererek sözlerine devam etti. “Oturduk düşündük Nurcan’la, ne iş yapabiliriz diye... Biliyorsunuz, biz çok yakın arkadaşız ve beraber yapabileceğimiz bir iş olsun istedik." Rafet başını sallarken Nurcan'ın yüzünde hoşnut bir ifade belirdi. "Biliyorsunuz, ev yemeği işi çoğaldı son yıllarda. Uğur da bize, yapacağınız iş yemek içmekle ilgili olsun ama hiçbir yerde olmayan bir şey olsun, diye akıl verince sizin o dillere destan kurabiyeleriniz geldi aklımıza." Rafet'in hafifçe gülümsediğini görünce rahatladı.

Kısa bir süre kimse konuşmayınca Rafet sordu: "Sonra?"

Aysel arkadaşına baktı. Nurcan kocasının umut kırıcı konuşmalarından dolayı bu işe ilk günkü heyecanla bakmıyordu ve psikolojisi hassastı. Konuşmaya onun devam etmesi daha iyi olacaktı. "Gerisini sen anlatsana Nurcan," deyince arkadaşı gülümseyerek konuşmaya başladı.

"Biz de... Tarifi bize verme konusunda sizinle anlaşırsak, bir fırın açarak sizin kurabiyelerinizi satmaya karar verdik. Sadece kurabiye satacağız."

Rafet bir kaşını kaldırarak sordu: "Balıklıova'da satılan un kurabiyeleri gibi mi?"

"Tam olarak öyle değil," dedi Nurcan. "Orda ekmek ve başka unlu mamuller de satılıyor. Biz sadece ve sadece sizin kurabiyelerinizi yapıp satacağız."

Rafet daha detaylı sormaya karar verdi. "O kurabiyeleri marketlere falan satıyorlar ya, onu demek istedim. Yani sadece Foça'da mı satacaksınız, İzmir'e marketlere filan da satacak mısınız?"

Aysel dürüstçe cevap verdi. "Valla biz o kadar uzun boylu düşünmedik henüz. Burda, Foça'da satacağız ama talep olursa o zaman düşünürüz."

Rafet durumu özetledi. "Çok fazla plan program yapmadınız, detaylı düşünmediniz yani?"

Nurcan kendini suçlu hissederek cevap verdi. "Düşünmedik Rafet Hanım. Biz profesyonel değiliz ki ev kadınıyız, biliyorsunuz. Sadece iş yapmak istiyoruz ve yapabileceğimiz iş olarak bunu bulduk. Anlaşırsak tabii."

Rafet nasıl bir fırın olacağı konusunda sorular sordu ve Aysel fırını nereye nasıl açacaklarından donanımına, muhasebe işinin nasıl yürüyeceğine kadar Uğur'la konuştukları her şeyi anlattı. Kocası bu işle bizzat ilgilenecekti.

Bunun üzerine Rafet onlara kurabiyeler için aldığı tekliften ve neden anlaşamadıklarından bahsetti. İki arkadaş teklif edilen paranın miktarını duyunca birbirine bakıp bir süre konuşmadı.

Aysel yıllardır biriktirdiği altınlarla bu işi çözemeyeceğine üzülmüştü. Aslında istese Uğur muhtemelen birkaç yüz bin lira verirdi ama bunu istemiyordu. Yaşadığı bunca şeyden sonra bir şeyi de kendi başarmak istiyordu. Demek ki başka bir iş yapmaları gerekecekti. Konuşmaya başladığında sesinde hayal kırıklığı vardı. "Yanlış anlamayın bizi, kurabiyelerin tarifi için bu fiyat az bile! Bir milyon da isteseniz hakkınız ama bizde bu kadar para yok. Nurcan'la bendeki para bunun yarısı falandır." Gülümsemeye çalıştı. "O da bütün işler için. Yani kısa kesmek gerekirse biz bu tarifi satın alamayız. Neyse... Her şeyin hayırlısı. Kısmet değilmiş..." Nurcan'a baktı. "Biz gidelim o zaman..."

Rafet güldü. "Durun ayol. Siz de o parayı verin diye anlatmadım ki o hikâyeyi ben! Aklıma geldi... Yıllardır bu kurabiyeyi yaparım, azıcık arayla üst üste iki talip çıkınca şaşırdım. Bir de ben... Sizin benden tam olarak ne istediğinizi anlamadım."

Nurcan yüzünü düşürerek cevap verdi. "Biz de tarifi satın almak istiyoruz."

Aysel kabaca bir hesap yaparak ekledi: "Biz en fazla yüz elli bin lira civarında verebiliriz. Ha bir de... Adı istediğiniz gibi 'Atlas Kurabiyeleri' olur tabii. Bizim için fark etmez..." diyerek arkadaşına baktı. "Değil mi Nurcan?"

Nurcan başını salladı. "Tabii tabii."

Rafet düşüncelere daldı. Bu işi Yannis'le konuşmak istiyor ama onun hiç karışmayacağını, hayırlısı olsun gibi temennilerden öte bir şey söylemeyeceğini biliyordu. Gökhan'a söylese... Amaaan yıllardır otelle ilgili işlere bile kafa yormazdı ki oğlu. Aslında bu fikirden çok hoşlanmıştı. Para o kadar da umrunda değildi. Atlas'ın adını alacaktı kurabiyeler! Ama tarifi verip bu işin dışında kalma fikrinden pek hoşlanmamıştı doğrusu. Kim hazırlayacaktı kurabiyeleri? Bakalım aynı şekilde yapabilecekler miydi? Aklına takılanları sormaya karar verdi. "Peki kim yoğuracak? Kim pişirecek? Eleman alacak mısınız?"

Nurcan dudağını kıvırarak Aysel'e bakınca başını öne eğerek açıkladı arkadaşı. "Ben bu konuyu düşündüm. İşin büyük kısmını Nurcan ve ben yapacağız ama bir-iki eleman şart tabii."

Rafet garanti istiyordu. "O elemanların tarifi başkasına vermeyeceği ne malum?"

Aysel gülümsedi. "Onlar tarifi bilmeyecekler ki! Ben şahsen yoğurma işini bile elemana bırakmayı düşünmüyorum. İçindekileri sadece biz bileceğiz."

Rafet tekrar düşüncelere dalarken sessizlik uzadıkça uzadı.

"İsterseniz siz bizim teklifimizi biraz düşünün Rafet Hanım," dedi Aysel sonunda dayanamayarak. "Birkaç gün, birkaç hafta belki, kolay bir karar değil neticede..."

Rafet hızla araya girdi. "Yooo yooo, benim düşüneceğim bir şey yok. Ben bu konuda size başka bir teklif sunayım, isterseniz siz düşünün."

"Nedir?" diye sordu Aysel merakla.

Rafet arkasına yaslanarak cevap verdi. "Sizi pek tanımıyorum ama Uğur Bey'e güvenim tamdır. Bu durumda... Ben sizin paranızı istemiyorum. Tarifi satmayacağım ama size tarifi veririm. Karşılığında ise üçüncü ortak olurum. Kuruluş masraflarına karışmam! Sizin kadar da durmam fırında! Sadece gelir kurabiyeleri yaparım. Sabah, öğle veya akşam. Ne zaman vaktim olursa. Bazen de duruma göre vakit yaratırım tabii! Size de bir güzel öğretirim. O zaman kurabiye yapan üç kişi oluruz. İşletmesi, eleman alması, açıp kapamasıyla ilgilenmem. Muhasebeyle falan da ilgilenmem. Net kâr da tam olarak üçe bölünür. Tabii tarifi sadece üçümüz bileceğiz! Bu da yasal olarak garanti altında olacak. Siz bu teklife ne diyorsunuz?"

★

Mecnun, Gürkan ve Ece çalışmaya ara vermiş çay içerek sohbet ediyorlardı. O sırada seraya kırklı yaşlarda, koyu gri takım elbiseli bir adam geldi. Selam vererek onlara doğru yaklaştı. Mecnun yerinden kalkarak, "Buyrun," deyince adam ona şöyle bir bakıp, "Mecnun?" diye sordu.

"Benim."

"Ben İzmir'den geliyorum. Hami Bey yolladı beni. Şirketin alım satım sorumlusuyum. Adım Ruhan."

Mecnun kaşlarını kaldırıp, "Haaa evet. Buyrun," diyerek adamı Ece ve Gürkan'la tanıştırdı.

Gürkan çalışacağını söyleyerek izin istedi ve hemen uzaklaştı. Ece onun ardından bakarken ortamda yabancı biri olduğunda onun hemen ortadan yok olduğunu düşündü. Hayatında tanıdığı en az konuşan insandı.

"Çay içer misiniz?" diye sordu Mecnun bu sırada adama.

Adam gülümsedi. "Çok iyi olur."

Ece Mecnun'a işaret ederek mutfağa gitti. Döndüğünde adamlar iş konuşmaya başlamışlardı. Ruhan serayı göstererek sordu: "Daha büyük bir yer sanıyordum. Yani yapacağınız işi düşününce... Eleman bu kadar değil herhalde?"

Mecnun güldü. "Eleman sorun değil."

Adam emin olmak istedi. "Hami Bey binalarla eş zamanlı bitmesi konusunda çok ısrarlı. Ne diyorsunuz? En geç üç ayda bitirebilecek misiniz?"

"Ölüm kalım olmazsa biter, merak etmeyin."

"O zaman gelecek pazartesi başlıyorsunuz?"

"Evet."

"Pekiii... Listeyi hazırladınız mı?"

"Hazırladım," dedikten sonra içeriden bir dosya getirdi Mecnun ve adama verdi.

Adam dosyada bulunan üç-dört kâğıda şöyle bir baktı ve "Tamam, bunların hepsi pazartesiye sitede olacak. Bizzat halledeceğim bu işi. Başka bir şey gerekirse beni arayın," diyerek Mecnun'a kartını verdi. Tekrar etrafa göz gezdirdi. "Ne güzel burası! Çok güzel hakikaten," deyip şehir hayatının zorluklarından bahsetmeye başladı. Ece'ye ve Mecnun'a sorular sordu.

Bir buçuk saat kadar sohbet ettiler. Mecnun adamdan hoşlanmıştı. Adam ise onun anlattığı konulara kattığı mizaha, konuşma şekline ve ortama ait her şeye bayılmıştı. Etrafta dolanan kedilerden bazılarını sevdi, birkaç çiçek hakkında detaylı bilgi aldı ve sohbet senli benli sürdü. Gitmek üzere ayağa kalktığında her ikisiyle de el sıkıştı ve tam ayrılırken büyük bir tereddüt yaşayarak, "Mecnun, sana özel bir şey sorabilir miyim? Ama aramızda kalacak," dedi.

Mecnun gözlerini yumarak cevap verdi. "Buyrunnn."

"Bu iş için anlaştığın fiyat... Çok fazla. Astronomik! Hakkındır veya değildir, bu değil konu. Piyasayı biliyorum... Hep böyle mi senin fiyatın? Ve bu işi nasıl aldın? Çok merak ettim." Gülümsedi. "Tabii istersen cevap verme ama cidden merak ettim bu iş nasıl oldu diye."

Ece de konuyu tam olarak bilmediğinden adamın merakına ortak olarak Mecnun'a baktı.

Mecnun gülümsedi. "Fiyatım diye bir şey yok aslında. Çünküüü... Ekonomi terimleriyle konuşursak, takasın yerini alan para, gayet sahte bir icat. Tüm dünyada kabul gördüğü gibi hayati bir yanı yok. Ben piyasadaki değerimi veya değersizliğimi... Kendim belirlerim. Kafama göre takılırım yani. Adamına göre! Bu yapacağım işi mesela. Normalde onda birine yaparım, sevdiğim bir adam olursa bedava da yaparım ama bu senin Hami'ye yapmam."

Onu gülümseyerek dinleyen Ruhan kahkaha atmamak için dudağını ısırdı ve merakla sordu: "Tamam da... Belli ki Hami Bey'i tanıyorsun. O bu parayı ödemeye nasıl razı oldu? O kısmı anlamadım ben."

Mecnun şöyle bir düşündükten sonra konuştu. "Sana iki soruyla cevap vereyim. Sen müteahhit Remzi Bey'i tanıyor musun?"

"Evet?"

"Pekiii... Sidik yarıştırmak diye bir deyim duydun mu hiç?"

Ruhan kahkahasına engel olamadı.

★

Handan üniversiteden bir arkadaşı olan Adak'la buluşmuştu. Çiçek Pasajı'nda bir yere oturmuş, bir şeyler atıştırarak sohbet ediyorlardı.

Adak son birkaç yılda yaşadığı iş ve özel hayatındaki zorluklardan bahsetti biraz. Büyük bir aşkla ve umutla evlendiği kocasından boşanalı üç yıl olmuştu ve beş yaşındaki kızına hem annelik hem babalık yapmak zorundaydı. Son bir senedir otuz yaşındaki erkek kardeşi Ekin'le yaşıyordu. Adam Ankara'da Çevre Mühendisliği'nde okumaya başlamış ama üç yılda ikinci sınıfa geçmeyi başaramamıştı. Okulu bırakıp askerlik işini halletmiş, döndükten sonra da Nevşehir'de anne ve babasıyla türlü sorunlar yaşamaya başlayınca ablasının yanına gelmişti. Adak'a göre kardeşinin herhangi bir işte sebat edemeyen bir yapısı vardı. Babasının birçok beklentiyle çocukluğundan beri oğlunun üzerine fazla yüklenmesi sonucu kardeşinin kendine güveni zedelenmişti. Annesine ve babasına ise durum oldukça farklı görünüyordu: Ekin kapitalist sisteme karşı olma adı altında tembelliği yaşam şekli haline getirmişti.

Adak içini çekerek tamamladı sözlerini. "Şu an ne çalışmaya ne de bir şeylerle meşgul olmaya niyeti var. Bakalım, sabretmek lazım. O da bir yol bulacaktır kendine diye bekliyorum."

"Bence de. Muhtemelen hoşuna giden şeyin ne olduğunu bulamamıştır henüz ama bu durum da zor tabii. Ceylin'le anlaşıyorlar mı bari?"

Adak gülümsedi. "Hem de nasıl! Ölüyor dayı dayı diye peşinde. Aslında ben memnunum bu durumdan. Ceylin'in hayatında bir erkek figürü oldu hiç değilse! Babasıyla aynı şehirde olsa n'olacak? Ebeveyn olma geni yok adamda. İstanbul'da trafiği sorun edip iki ayda bir ancak alıyor çocuğu. O da üç-dört saat anca!"

Bir süre sonra sohbet yön değiştirdi ve eski arkadaşlardan, Ankara'dan, Güneş'ten bahsettiler. Adak, Handan'ın Foça'ya geliş hikâyesini dinledi. Yannis'i duyunca heyecanlandı ve pek çok soru sordu. Handan son dönemde gelişen olayları anlattı ve kendisiyle ilgili keşfettiklerinden bahsederken, "Birbirimizi öfkelendirecek, kızdıracak konuları ya da şöyle diyeyim birbirimizin kabul edemeyeceği şeyleri iyi biliyormuşuz! Ve bu noktalarda birbirimizin üstüne gitmiyormuşuz," deyince Adak şöyle bir düşündü ve omzunu silkti.

"Bu normal bence. Birçok arkadaşlıkta böyledir. Böyle olmazsa yürümez ki çoğu arkadaşlık."

"Bu belki birçok açıdan kabul edilebilir. Dediğin gibi düşününce normal geliyor ama bunun büyük bir zararı var insana. Düşünürken bir noktayı keşfettim, işte o nokta çok kötü."

"Nedir o?"

"Tekrarladığımız hatalar! Özellikle erkeklerle ilişkilerimiz konusunda. Güneş de ben de aynı hatayı tekrarladık durduk."

Adak onu tam olarak anlayamamıştı. "Daha iyi açıklarsan anlayacağım."

"Daha bugün konuştuk Ayça'yla. Güneş... Biliyorsun, doğru dürüst bir kere sevgilisi oldu hayatında. Toplasan dört ay sürmedi. Sonra kendini herkese kapadı. Bunun sağlıklı olmadığını ben o kadar net görüyordum ki ama ne zaman irdelemeye çalışsam kendince çocukluktan gelen bazı şeylere dayandırırdı meseleyi."

Adak onayladı. "Güneş bu konularda çekingendi."

"Benimle kıyaslandığında! Çok muhafazakâr bir çevrede büyümüştü biliyorsun. Sorunu çözmek için zorladığımda, sıkıntılarını, neler hissettiğini anlatırdı. Sonunda haksız mıyım dediğinde, hep haklısın derdim! Ama... O da bana aynısını yapardı."

Adak şaşırdı. "Senin böyle sorunların olmadı ki!"

"Ben de öyle sanıyordum ama bende de farklı bir sorun varmış. Şimdi iyi dinle bak! Sen benim kimseyle beraber olmadığım bir dönem hatırlıyor musun? Üniversiteden beri diyelim, sevgilimin olmadığı bir dönem?"

"Iıh! Bunu... Biz Serap'la Ankara'ya geldiğimizde konuşmuştuk hatırladın mı? Nihal falan da vardı? Ama bu normaldi. Güzel kadınsın! Bence bunun sebebi erkeklerdi." Gülerek ekledi: "Talep çoktu. Sen de hoşuna gidenle çıktın, ne var bunda?"

Handan önemli bir noktayı yakalamıştı, işaret parmağını kaldırarak arkadaşının sözünü kesti. "Bak bak! Şimdi sen de aynı Güneş gibi konuştun! Beni onaylayan, beni destekleyen konuşma tarzı." Gülümseyerek açıkladı. "Ayça bunu anlatmaya çalışıyordu işte bana." Şarabından bir yudum alarak sürdürdü konuşmasını. "Ne dedin bak! Bence bunun sebebi erkeklerdi dedin!"

Adak fikrinde ısrarcıydı. "E ama öyleydi Handan!"

"İsterse peşimde yüz adam olsun... Ben evet demek zorunda mıydım? Her zaman birinden hoşlanabilir mi insan? Hayatımın hangi döneminde yalnız kaldım ben? En uzun dönem, Güneş öldükten sonra Çetin'den ayrılıp Yannis'e evet diyene kadar geçen süre, biliyor musun? O da birkaç ay! Dahası... Yalnız başıma bir evde yaşadığım için tek başına yaşayabiliyorum yanılgısına düşmüş olmam." Adak hayretle kaşlarını kaldırınca devam etti açıklamasına. "Ben hiç ama hiç tek başıma olmamışım ki şu hayatta! Belki de bundan özellikle kaçmışım. İroni de şu: Tek başıma gayet güzel yaşayabildiğime inandırmışım kendimi, iyi mi? Hep birileriyle olmak..."

"Böyle söyleyince... Şimdi düşününce... Eee? Devam et!"

"İki ilişki arasında altı ay, bir sene, iki sene, hiç ama hiç tek başına kalmamak! Ayça haklıymış. Gerçekten de milletin ilgisine alışkınmışım. Ne kadar ilginç! Birtakım şeyleri ne kadar geç anlıyor insan, değil mi?"

Adak kaşlarını kaldırarak, "Evet aslında... Açıkladığın gibi bakınca haklısın... Geç anlıyor insan, bunu biliyorum bak," dedi.

Handan biraz hüzünle sürdürdü konuşmasını. "O da tabii ömrün varsa... Kendinle gerektiği gibi konuşmayı becerebilirsen."

Adak kadehini kaldırdı. "En zoru da bu değil mi? Çünkü insanın kendisiyle gerçekten konuşması, aynı zamanda kendisini acıtması anlamına geliyor."

*

Kahvede sakin bir an yakalayan Uğur, defteri alıp içerideki köşesine çekildi. Bir süre defteri seyretti. Okumaktan kendini alamayacağını bilmesine karşın acı çekme korkusundan bir türlü kurtulamıyordu. Öte yandan okuduğu her harf, her kelime, her satır, hatta sadece defteri elinde tutması bile Meriç'le beraber olması anlamına geliyordu.

Yine rastgele bir sayfa açmaya hazırlanırken zihninden yükselen yalvarışla karışık komuta hayret etti: Meriç, beni üzme! Bugün bana güzel şeyler söyle...

Bir-iki dakika kadar bu düşüncesine kafa yordu. Bir açıklama getiremeyince bu konuyu sonra düşünmeye karar vererek defteri açtı:

Merhaba Lâl,

Bugün...

Yaşım otuz beş olmuşken... Uğur'dan sonra ne yaşarsam yaşayayım, zihnimdeki sorular bir gün bile susmamışken...

Hüzünle yarenliği kanıksamışken...

Sonunda... Müthiş bir şey fark ettim!

Hem de ne fark ediş...

Öğle yemeğini yedikten sonra şöyle biraz bahçede oturmak istedi canım. Kantinden bir kahve alıp bahçedeki masalardan birine iliştim ve etrafı seyretmeye koyuldum...

Aslında aklım bir hastayla meşguldü ve baktığım yerleri gördüğüm, duyduğum sesleri anladığım pek söylenemezdi...

İki kişinin söylediği cümlelerin durmadan tekrarlanmasıyla zihnimdeki düşüncelerden yavaş yavaş sıyrıldım ve bir bütün olarak bahçede oturduğum yere gerçekten geldim önce...

Ve sonra tekrarlanan cümleleri anladım:

- Oğlum n'apıyorsun? Koşma, düşeceksin!

- Koşmak... Koşmak... Koşmak...

Sesler sol taraftan geliyordu... Baktım...

Beş, en fazla altı yaşında, esmer bir çocuk, masaların etrafında gözlerini arada bir kapatarak kendinden geçmiş bir halde koşuyordu.

Ama nasıl bir koşma!

Çocuğun aldığı keyif, kelimelerle tarif edilemez... Annesi, düşmesinden ve canının acımasından korktuğu için uyarıyordu tabii...

Esas, çocuğun ne dediği önemliydi: Koşmak...

Çocuk... Kuşkusuz müthiş zevk aldığı bir şeyi yapıyordu ve mutlak mutlulukla şöyle diyordu: *Koşmak...*

Ben koşuyorum... Hızlı koşuyorum... Bahçede koşuyorum, dememişti...

Özne yok... Fiil yok... Nesne yok... Dolaylı dolaysız tümleç yok...

Çocuk, fiil olmuştu...

Şimdi...

Eğri oturalım ve doğru konuşalım mı?

Yıllardır şu kafamın içinde dönen cümlelere bak!

Başlangıç noktası hep aynı: Uğur'a âşıktım... Uğur bana âşıktı... Sonra da buna bağlı sorular... Neden böyle yaptı? Ben ne yaptım? Ne oldu? Yoksa o âşık değil miydi?
Vır vır vır... Dır dır dır...
Doğru konuşalım:
Bu ne küçüklük!
Bu ne kadar kocaman bir küçüklük!
Kocaman bir küçük olup da çocuk olamamak!
Çocuk yaaa! Bu, çocuk! Koşmak, diyordu, koş-mak...
Fark ettim sonunda...
Ne Meriç önemli, ne de Uğur...
Bütün soruları... Ve kendimi... Ve Uğur'u bırakıyorum artık...
Mutlak özgürlüğün resmini gördüm nihayet... İş, olmaya kaldı...
İnceden bir huzur indi göğsüme... Bir yaban mutluluk...
Hadi sen de bu şarkıyı söyle:
Âşık olmak, âşık olmak, âşık olmaaak...
Bunu bir kez başarınca... İşte o zaman...
O zaman gerçeğin şarkısını söyleyeceğim:
Aşk olmak, aşk olmak, aşk olmaaak...

★

Nurcan ve Aysel, Rafet'in teklifini konuşa konuşa eve dönmüşlerdi. Kadının 'olmaz! o tarif benim!' ifadesi dönüş yolundaki muhabbetlerine damgayı vurdu ve bol bol güldüler.

"Hadi sen de gel, ben yemek yaparken konuşuruz işte!" dedi Nurcan arkadaşına eve vardığında. Zeytinyağlı barbunyayı ocağa koydu ve yoğurt çorbasını karıştırırken aklından geçenleri söyledi. "Keşke hemen kabul etseydik be Aysel! Düşündükçe daha mantıklı geliyor teklif. Bütün para sende kalıyor. Masraftan kaçmadan, istediğimiz gibi bir fırın açabiliriz, düşünsene! Tamam, her işle biz meşgul olacağız ama böylesi daha iyi. Biz de bunu istiyorduk! Tarifi bize kârın üçte birine vermiş oluyor, hakkaniyetli bir anlaşma bu bence."

Yeşil çayını içerken bir süre düşündü Aysel. "Bence de. Adil. Gayet adil."

"O zaman niye hemen tamam demedik? Sen bir şey demeyince ben de sustum."

"Rafet kesin konuşmadı mı? Şimdi cevap vermeyin, iyice düşünün, ölçün biçin ondan sonra cevap verin demedi mi?"

Nurcan arkadaşına bakarken omzunu silkti. "Desiiin. Ya vazgeçerse? Biz de onun gibi düşünmeye gerek yok diyebilirdik. Bak o nasıl kendinden emin bir şekilde, düşünmeye gerek yok dedi? Eee bizim gibi mi? Yıllardır iş yapıyor tabii."

"Niye vazgeçsin? Teklifi yapan o! N'apacak tarifi? Belli ki en önemli varlığı torunu. Kocası da öldü. Yazık... Kim bilir ne zorluklar çekmiştir o da!"

"Amaaan... Olan ölene olur be Aysel! Afife teyzem derdi ki: *Diri baş dirliğini düzer gider, olan ölene olur.*"

"Doğru demiş, başın sağ mı, her şey yoluna giriyor. Şöyle ya da böyle!"

O sırada Rıza gelip mutfağa girdi. Aysel'e hoş geldin dedikten sonra ne piştiğine baktı. Nurcan, Rafet'le görüşmelerini hevesle anlatmaya başlamıştı ki adam sırıtarak karısının sözünü kesti. "Amaaan bırakın Rafet'i, fırını mırını! Akşam yemeğini böyle uydurma yapan adamın kurabiyesi neye benzer kim bilir Nurcan! Yok muydu şöyle pişecek doğru dürüst bir şey?"

★

Adak ve Handan Çiçek Pasajı'ndan ayrıldılar. Hava henüz kararmıştı. Sohbet ederek ve vitrinlere bakarak İstiklal Caddesi'nde dolaşırlarken bir dükkânın önünde durdular ve dışarıya taşan parçayı dinlemeye başladılar. *Zaz* söylüyordu: *Je Veux.*

Adak, "Bayılıyorum buna," dedi ve ellerini hafifçe bacaklarına vurarak ritim tutmaya başladı.

O sırada Handan'ın telefonu çaldı. Annesinin aradığını görünce şaşırarak açtı telefonu. "Merhaba anne."

"Handan nerdesin?"

"İstanbul'daaa. Babama söyledim ya!"

"Biliyorum, biliyorum. Orda acil bir işin yoksa hemen yarın Foça'ya dönebilir misin?"

Handan endişelenmişti. "Yok... Yani acil bir şey yok, dönebilirim ama n'oldu ki?"

Emel çok kızgındı. "Bir şey yok! Ben sabah binip Foça'ya geliyorum. Tek başıma! Akşama varırım. Babana tek kelime edersen seninle ömür boyu konuşmam, hakkımı da helal etmem, ona göre! Tamam mı? Söz mü?"

"Tamam! Söz! Ama n'oldu anne? Kısacık anlatsana! Babam... İyi mi?"

"Baban gayet iyi! Domuz gibi maşallah! Ben seninle konuşuncaya kadar babanla konuşmayacaksın bak! Neyse... Gelince anlatırım. Hadi güle güle..." diyen Emel telefonu kapadı.

portakal çiçeklerine saklanmasaydı bahar
ve gittiğim her yere
benden önce varmasaydı hatıralar...

14

Ece çatal ve kaşıkları da yerleştirip bulaşık makinesini çalıştırdıktan sonra, "Ben yaparım kahveleri, siz bugün çok yoruldunuz, lütfen oturun," deyince Sevinç itiraz etti. "Olur mu kızım? Bunlar tatlı yorgunluklar. Sen git bahçeye, ben yaparım kahveyi, sen de çayı koyarsın sonra."

Ece başını eğerek gülümsedi. "Peki o zaman."

Sevinç derin bir nefes alarak genç kadının ardından baktı. Mecnun'un çiçeklerin kuruyan kısımlarını temizlediğini görünce gülümsedi. Onu da yemeğe çağırmakla çok iyi etmişti doğrusu. Güle söyleye yemek yemişlerdi işte! Günün belli saatlerinde içini sızlatan yalnızlık ve terk edilmişlik hissi Ece'nin yanına taşınmasıyla oldukça seyrek uğrar olmuştu. Yine de tamamen hafiflemek için çok daha fazla insanla birlikte olmayı seviyordu. Ne var ki 'kalabalık olsun da kim olursa olsun' diye düşünenlerden de değildi.

Kocası sağken ailece görüştükleri arkadaşlarıyla bir arada olmayı sevmiyordu artık çünkü paylaşımların ve sohbetlerin seyri değişmişti. Yıllarca yedikleri içtikleri ayrı gitmeyen bir komşusu bir akşam ısrar edip onu evine davet etmişti, başka bir komşu da çift olarak gelmişti. Komşusu Perrin vedalaşırken şakayla karışık, "Sıkıldın sen okey seyretmekten ama sorun değil. Necati evde yokken... Gündüzleri görüşelim istersen," deyince çok kırılmış ve o andan itibaren evli bekâr, tüm komşularıyla arasına kocaman bir duvar örmüştü.

Mutfak dolabını açtı ve aynı takımdan üç fincan kalmamış olduğunu görünce canı sıkıldı. Yılların alışkanlığı, kahvenin sunulduğu fincan, takım olmak zorundaydı.

Sandalyeyi çekip üst rafta duran kutuyu aldı. Fincanları tezgâha yerleştirirken geçmişe gitti: Bu takımı Ankara'dan Eskişehir'e dünür ziyaretine giderken Kütahya'dan almışlardı. Büyük oğlu, gelini ve en büyük torunu Merve de vardı. Her taraftan porselen fışkıran dükkânda çocuğu zapt etmek için nasıl terlediğini hatırlayarak gülümsedi. Torunu o zamanlar altı yaşındaydı. On beş sene olmuş, diye hesapladı.

Kahvenin köpüklü olması için cezveye önce azıcık su ve şeker koydu. Bir çay kaşığıyla epey karıştırdıktan sonra suyu ekledi ve kısık ateşte pişirmeye başladı. Ece ve Mecnun'un varlığını unutarak yeniden düşüncelere daldı: Kocasının mutfağı savaş alanına çevirerek salata yapması... Çocukların gelmesi... Neşeyle hazırlanan, sohbet eşliğinde yapılan kahvaltılar... Torun seslerinin çınladığı bu mutfak...

Ocaktan gelen sesi duymasıyla cezveyi ateşten alması bir oldu. Kahve taşmamıştı, kendisiyle gurur duydu. Kuşkusuz çoğu erkeğin ancak ve ancak iki ülke arasında olası bir savaşı falan durdurabilmesiyle duyabileceği bir gururdu bu.

Kahve fincanlarını tepsiye yerleştirirken, ömrü boyunca onun temizlik alışkanlığını bir türlü anlayamayan kocası geldi aklına yine. Omzunu silkti: Zaten erkekler süt veya kahvenin ocağa taşmasıyla kadınların yaşadığı travmayı anlayabilmiş olsalardı bunca kirli görüntü, kavga, gürültü ve bunca savaş olur muydu dünyada?

Elinde tepsiyle bahçeye çıktı. Masaya otururken Mecnun'a seslendi. "Hadiii. Kahveler hazır."

Bir süre konuşmadan kahvelerini yudumladılar. Ece, Sevinç'in yine daldığını fark edince doğrudan sordu: "N'oldu Sevinç teyze? Sessizleştiniz yine?"

Sevinç Mecnun'a bakarak Ece'yi taklit etti. "Sessizleştiniz yine... Siz... Biz... Güya ev arkadaşıyız. Bu kızla senli benli olamadık gitti."

Ece gülümsedi ve "Ben... Öyle alışmışım," diyerek kendini savunmaya çalıştı.

Mecnun araya girdi. "Bırak istediği gibi konuşsun herkes. Bir zamanlar sana Sevinç diyorum diye, beni de kaba buluyordun n'aber?"

Kadın gülerek elini havada savurdu. "O çok eskidendi. O zamanlar seni tanımıyordum. Alıştım artık."

Adam kafasını eğerken gözlerini yumdu. "Ece'nin kibarlığına da alışırsın o zaman."

Sevinç iç geçirdi. "Alışırım tabii." Hüzünle ekledi: "İnsan nelere alışmıyor ki? Ölüme, kalıma... Yalnızlığa... Aranıp sorulmamaya..."

Mecnun, "Bak yaaa! Yine yalnızlık diyor! Aranmıyorum, sorulmuyorum diyor! Biz burda bahçe dekoru muyuz?" deyince kadınlar gülüştüler.

Sevinç sakin bir sesle açıkladı. "Elbette değilsiniz! Hele bu akşam beraber olmamıza çok sevindim ama... İnsan... Çoluk çocuk falan... Eskisi gibi olamayınca yalnız hissediyor kendini. Neyse... Benim yaşıma gelince anlarsınız."

Mecnun ellerini kaldırarak konuştu. "Beni geç, ben anlamam bunu. Şurda ne güzel hikâyeler anlatıyordun, bi kahve yapmaya gittin yüzün düştü. N'oldu içerde?"

Sevinç düşünceli bir sesle açıkladı. "Hiç... Öyle... Çocuklar... Pek eskisi gibi değiller de, hüzünlendim biraz. Torunlar falan aklıma geldi."

Mecnun ellerini ensesinde kenetleyerek sordu: "Eeee? N'olmuş aklına geldiyse? Çocuklarını pek tanımam ama gelip gittiklerini biliyorum. Gel hadi sendeki şu hüznü bi keşfedelim, nedir bu?"

Ece de adama destek verdi. "Telefonla da arıyorlar Sevinç teyze ama sen kısa kesiyorsun telefonda sohbeti." Kadının özel hayatına karışıyormuş gibi hissedince ekledi: "Yani bana öyle geldi."

Sevinç açıkladı. "Yahu tabii gelip gidiyorlar, arıyorlar. Küs değiliz ama nasıl desem... Eski samimiyet yok. Eskisi gibi değil. Hamdi hayattayken böyle değildi. O zamanlar... Daha içtendi hepsi... Sanki babaları ölünce kız da, oğlanlar da değişti."

Mecnun konuyu deşmeye karar verdi. "O zamanlar nasıldı peki? Bir örnek ver. Şöyle somut bir şey söyle."

"Merve mesela, ilk göz ağrım, ilk torunum. Bana nasıl düşkündü küçükken, tahmin edemezsiniz. Bütün yaz gelip kalırdı, gitmek istemezdi! Şimdi geliyor, on gün, bilemedin on beş gün!"

"Üniversiteye gitmiyor muydu o?" diye sordu Mecnun.

Sevinç başını salladı. "Evet. İstanbul'da."

"Annesi babası da orda mı?"

"Yok, onlar Ankara'da hâlâ."

Ece araya girdi. "E tabii şimdi okulda arkadaşları falan var. Ailesi Ankara'da, orda da arkadaşları var haliyle. Dersleri vardır. Önceden yanında çok kaldığı zamanlar kaç yaşındaydı? Ya da şöyle sorayım, kaç yıldır gelip de eskisi gibi uzun kalmıyor?"

Sevinç şöyle bir hesap yapınca torununun, dedesi ölmeden önceki yaz da sadece bir haftalığına geldiğini hatırladı.

Bunu duyan Mecnun güldü. "Seni aramamak sormamak değil mesele gördüğün gibi. Torun büyümüş! İşi gücü var. Sen aslında torun neden büyüdü diye üzülüyorsun. Eski samimiyet yok diyorsun ama aslında kastettiğin eski zamanlar. O zamanki şartların artık olmaması."

Kısa bir sessizlikten sonra Ece sordu: "Sevinç teyze, sen emekli olduğunda, Merve kaç yaşındaydı?"

"Bir yaşındaydı. Neden sordun?"

Ece omzunu silkti. "Hep anlatıyorsun ya, bankacı olmak zor, çalışma şartları ağırdı, diye. Sen emekli olmasaydın ve Merve her yaz buraya gelseydi o kadar ilgilenebilecek miydin onunla?"

Sevinç şöyle bir düşündü. "Yani şimdi siz bana, bu hissettiğin yalnızlığın, burukluğun, üzüntülerin aslı astarı yok mu diyorsunuz?" deyince hepsi güldü.

Mecnun cevap verdi. "Aynen öyle diyoruz! Hayat bu! Herkesin şartları, işi, her zaman aynı olmaz. Hele torunların yaşı hiçbir zaman aynı olmaz. Aramıyorlar sormuyorlar diyeceğine sen ara canın çekince. Sen git ziyaret et!"

Sevinç birkaç dakika konuşulanları düşündükten sonra derin bir nefes aldı. "Öyle mi dersin?"

Mecnun güldü. "Öyle derim tabii!"

Kadın düşüncelere daldı. "Aslında Hamdi öldükten sonra..."

Mecnun'a baktı. "Ben iki yıl kadar bunalımdaydım biliyorsun. O zaman... Kendim görüşmek istemedim kimseyle. Beş-altı kere arıyorlardı ama ben bir kere cevap veriyordum telefona. Doğruya doğru, bazen de hiç cevap vermiyordum. Geldiklerinde de pek ilgilenmedim galiba. Ama n'apayım? Hiç içimden gelmiyordu."

Mecnun gülerek konuştu. "Bak! Zihin dediğin böyle sahtekârdır işte! Aslında sen çocukları, torunları mağdur etmişsin ama yaşlısın ya... Oturmuş bi güzel mağduru oynuyorsun," deyince Sevinç kahkahalara boğuldu.

*

Uğur akşam yemeğine biraz geç kalmıştı. "Geciktim, kusura bakma! Hesapta olmayan şeyler çıktı, anlatırım ama önce bir duş alayım da öyle yiyelim yemeği," diyerek banyoya gidince Aysel buna biraz bozuldu.

Soğuyan yemekleri ısıtırken düşünüyordu: Evet! Son aylarda yaşadıkları, hayata dair ezberlerini teker teker bozuyordu ve kendindeki değişimin, hatta dönüşümün bizzat farkındaydı ama bazı ezberlerinden de vazgeçmek istemiyordu doğrusu ve bu en tabii hakkıydı. Eskiden sinir olduğu ve söylendiği birçok şey şimdi ona doğal gelse de pişmiş yemeğin ısıtılmasından hiç mi hiç hoşlanmazdı ve hiçbir zaman da hoşlanmayacaktı işte! Üstelik Rafet'in sunduğu teklifi bir an önce kocasına anlatmak istiyordu ama o ne yapmıştı? Gelir gelmez bir selam verip doğruca duşa girmişti!

Rıza'nın mutfaktaki tavrı aklına gelince ne olursa olsun Uğur gibi bir kocası olduğuna şükretti. Bütün gün terlemişti belki? Duş meselesinin dır dır etmeye değmeyecek bir konu olduğuna ikna etti kendini. Nispeten sakinleşti ama ısıtılan yemek konusu listede kalacaktı.

Uğur'un mutfağa gelmek üzere olduğuna kanaat getirince çorbaları koydu. Masadaki yerlerini alırlarken, "Mercimek çorbası ısıtılınca, kalanı çabuk bozuluyor Uğur, keşke telefonda söylediğin saatte gelseydin," dedi.

Uğur, "Tam çıkıyordum, Taylan aradı. Elif'i okula kabul etmişler, hem de tam burslu," diyerek anlatmaya başladı.

Aysel sevinçten yemek konusunda homurdanmayı hemen kesti. "Ayyy demeee! Nasıl olmuş? Videoyu seyretmişler miii? Ne demişler? Ayyy o kadar mı beğenmişler? Ama ben demiştim zaten," şeklinde yorumlar yapıp sorular sorarak Kanada'da olup bitenleri detaylarıyla öğrendi. O kadar mutlu olmuştu ki haberin heyecanını sindirdikten sonra kocasının gecikmesini gayet makul karşıladı. Keşke bu haberi Elif'e ve Hatice nineye ben verseydim, diye düşünür düşünmez şu öne çıkma isteğinden kurtulamadın gitti, diyerek kendini kınadı. Bu sırada çorbaları bitmiş ve kocası konuşmayı kesmişti. Yemeği servis ederken merakla sordu: "Eee? Anlatsana! Sonra ne oldu? Elif çok sevindi mi? Hatice nineyle mi konuştun Bekir abiyle mi?"

Uğur omzunu silkti. "Aramadım ki daha! Eve gelince ararız diye düşündüm. Daha doğrusu, sen ararsın diye düşündüm."

Aysel önce sevinçten havalara uçtu, sonra da kocasının sakinliğine bir kez daha kızdı. "Uğur böyle bir haber bekletilir mi? Neden hemen aramadın? Ayyy ben olsam hemen arardım, ne rahat adamsın yaaa! Geldin, duş aldın, yemek yiyorsun bir de!"

Uğur gülümsedi. "Canım ha bir saat evvel ha bir saat sonra, ne fark eder?" derken karısı çoktan salona geçip telefona sarılmıştı. Aysel konuşurken, yemeğini bitirip elini ağzını yıkadı ve salona döndüğünde karısının hâlâ telefonda olduğunu gördü.

"Onun da çok selamı var Hatice nine, çok selam ediyor, karşımda bak!"

Uğur gülümseyerek elini başına götürdü ve koltuğuna oturdu. Selam faslının dört-beş dakika sürmesine gülümserken, nihayet telefonu kapatıp yanına geldiğinde karısının nefes nefese olduğunu gördü. "Çok sevindiler, değil mi?"

Aysel gözleri dolarken başını salladı. Hatice ninenin 'Allah razı olsun' deyişinde eriyip gitmişti: Allah razı olsun! Bu cümleyi, bu dileği, bu duayı, kim bilir hayatında kaç kez duymuş ve kendisi de kim bilir kaç kez söylemişti. Ancak bu kez bambaşka bir şey olmuştu: Sanki bu kelimeler, Hatice ninenin sesinde kanatlanıp bütün hücrelerine akmış, sonra da tüm hücreleri kalbine hücum etmişti. İçinde çağlayan hissi zapt etmek öylesine zordu ki haliyle gözleri dolmuştu. Sevinç ve mutluluk karışımı, ilahi bir rahatlamaydı yaşadığı. Ne konuştuklarını ve hislerini kocasına anlatmayı düşündü bir an. Ve o kısacık anı, bir film sahnesini izler gibi izledi: Biraz evvel bedeninden taşan o his, ilahi olmaktan çıkmış ve yerini sıradan bir sevince bırakmıştı. Sonradan kendine hatırlatmak için ezberine almak isteyerek tekrarladı içinden: Her şey anlatılmaz, anlatılamaz demek ki! Hatta bazı şeylerin güzelliğinin sırrı bu demek. Yaşayıp geçecek insan. Bırak o konu hakkında konuşmayı, düşünmeyecek bile! Hayatında ilk defa, yaşadığı güzel bir şeyin bitmesini sorun etmedi ve henüz keşfettiği gerçekten hoşnut bir şekilde gülümseyerek ayağa kalktı. "Çok sevindiler. Benim canım bu akşam kahve istemiyor, sen ister misin?"

Uğur onun telefon konuşmasını anlatmamasına, konuyu değiştirmesine biraz şaşırdı. Sehpanın üzerinden dergisini ararken cevap verdi. "Ben de istemem."

"E iyi, çay yapayım o zaman. Mutfağı toparlayayım da Rafet'le neler konuştuk onu anlatayım sana. Bize başka bir teklif sundu. Nurcan'la gayet makul bulduk teklifi, bakalım sen ne diyeceksin?"

Uğur onun mutfağa gidişini izlerken düşüncelere daldı: Demek bu nedenle atladı telefon konuşmasını. Aysel bu! Uzun uzun anlatmadan bırakır mı böyle önemli bir meseleyi! Ama şimdi, beş-on dakika sevindi geçti işte... Eee herkesin kafası kendi işi gücüyle meşgul tabii...

*

Atlas son derece yavaş hareketlerle pijamasını giyerken Rafet sabırla bekliyordu. Saçını iyice kurulamadığını fark edince tereddüt etti. Okula başladığı gün mahremiyetini ve bağımsızlığını ilan etmişti çocuk: "Ben kendim yıkanabilirim. / Ben kendim giyinebilirim. / Büyüdüm artık." Ve kanıt olarak gururla dile getirmişti: "Okula gidiyorum!" Rafet ne dediyse kâr etmemişti: "Olmaz öyle şey. Daha küçüksün, saçında sabun kalır." Can alıcı bir de sorusu vardı elbette: "Hem sırtını nasıl sabunlayacaksın?" Atlas kararlıydı: "Başımı yıkamayacak mıyım? Sonra o sabunlar sırtıma gider, merak etme sen!"

Tereddüt etmeye son verip eliyle işaret etti. "Ver bana şu havluyu, gel buraya, saçın hâlâ ıslak. Böyle yatarsan hasta olursun yavrum."

Çocuk itiraz etmek üzereydi ki 'yavrum' kelimesindeki vurgunun yumuşak yatağına düştü ve "Tamam," diyerek havluyu babaannesine götürdü.

Konuşmasının yarattığı etkiyi fark eden Rafet aynı tonla sözlerini sürdürdü. "İstersen saç kurutma makinesiyle..."

Atlas buna derhal karşı çıktı. "Offf babanne yaaa! Kulağım yanıyor dedim ya sana kaç kere!"

Rafet yenilgiyi kabullenip, "Tamam tamam," diyerek çocuğun saçını havluyla kurulamaya başladı. Bir yandan da kafasındakileri ona nasıl anlatacağını planlıyordu. Kim bilir nasıl sevinecekti çocuk! Son yıllarda, torununun yüzüne yerleşen mutluluk kadar onu sevindiren, heyecanlandıran başka bir şey yoktu hayatında. Konuşmasının bir sebeple kesilmesini istemediğinden sakince sordu: "Ödevin bitti mi?"

Atlas eliyle çantasını işaret etti. "Çoktaaan. Bak çantamı hazırladım bile."

Kadın onun başına bir öpücük kondurarak, "Aferin, al bu havluyu sandalyeye as da kurusun. Sonra da kucağıma gel bakalım, seninle konuşmak istediğim çok önemli bir konu var," dedi.

Atlas havluyu sandalyeye asarken hafifçe kaşlarını çattı, acaba babaannesi bilgisayarla oynama zamanını mı azaltacaktı? Ama zaten günde iki kere, yarım saat oynuyordu - bir kere okuldan gelince, bir kere de yatmadan önce. Çok değildi ki! Kucağına yerleşirken kadına endişeli gözlerle baktı. "Söyle."

Çocuğun endişesini fark eden Rafet gülümseyerek konuştu. "Çok güzel bir şey oldu Atlascım. Aslında daha olmadı ama olacak." Onun boş boş baktığını görünce lafı uzatmamaya karar verdi. "Benim sana yaptığım ve senin de afiyetle yediğin kurabiyeler var ya..."

Çocuğun yüzü ışıldadı. "Eveeet!"

"İşte o kurabiyeler, burada, Foça'da bir dükkânda satılacak."

Atlas gözlerini kocaman açarak sordu: "Sennn dükkân mı aldıın? Otelden gidecek miyiz?"

Kadın güldü. "Hayır hayır! Otelle ilgisi yok. Bak dinle, anlatıyorum. Ben iki kişiyle ortak oluyorum. Biri Uğur amcanın karısı, diğeri de onun arkadaşı, adı Nurcan. Biz üçümüz bir dükkân açıp bu kurabiyeleri satacağız ama ben dükkânda durmayacağım. Kurabiyeleri yapmak için arada sırada oraya gideceğim."

"Okuldan çıkınca buraya gelmeyecek miyim artık?"

Rafet gülümserken açıklamasını epey teknik buldu. Çocuğu ilgilendirmeyen detayları atlamalı ve daha net konuşmalıydı. Bir süre düşündükten sonra açıkladı. "Tabii ki buraya geleceksin balım! Neyse... Benim sana diyeceğim bundan daha önemli bir şey... Dükkânın ismi ne olacak, biliyor musun?"

"Ne?"

"Atlas Kurabiyeleri!"

Çocuk onun kucağından indi ve gözlerini ondan ayırmadan sandalyeye oturdu.

Rafet onun şaşkına döndüğünü görebiliyordu ama yüzünde - saatlerdir hayalini kurduğu - o kocaman gülümsemeden eser yoktu. "Sevinmedin mi?"

Atlas omzunu silkti. "Cık!"

Bu cevap üzerine Rafet öyle büyük bir hayal kırıklığı yaşadı ki on saniye kadar çocuğa boş boş baktıktan sonra kendini toparlayarak sordu: "Neden sevinmedin?"

Atlas gayet net bir cevap verdi. "Çünkü... Dükkânın ismi yanlış olmuş."

Rafet onun aklından geçenleri öğrenmek için dayanılmaz bir merak duyuyordu. "Neden yanlış olsun?"

"Çünkü o kurabiyeleri sen yapıyorsun."

Meseleye hiç bu açıdan bakmamış olan kadın bir süre düşündükten sonra sordu: "O zaman dükkânın adı 'Rafet Kurabiyeleri' mi olacak?"

"Evet. Olabilir. O zaman doğru olur."

Rafet çocuğun meseleye böyle bakmasına içerledi. Bu kurabiyeler, torunuyla onun arasındaki sevginin tadı haline gelmişti. O da bu sevgiyi taçlandırıyordu işte! Kurabiyelere torununun adını veriyordu. Çocuk nasıl olur da böyle bir şeye sevinmezdi, anlayamıyordu doğrusu! Bu hiç beklemediği bir tepkiydi! Gerçekten bozulmuştu. "Ben... Senin bu isme sevineceğini sanmıştım."

"Niye?" diye sordu çocuk gözlerini kırpıştırarak.

Allah Allaaah, diye bağırdı Rafet içten içe. Neden olacak? İnsanlar dükkânlarına veya şirketlerine çocuklarının, torunlarının adını koyarlar! Torunlar da buna sevinirler! Senin gibi gözlerini kırpıştıra kırpıştıra niye diye sormazlar! Ne biçim çocuksun sen Atlas! Neden sevinmiyorsun? Çocuğun yüzüne bakınca birden sakinleşti. Çocuktu tabii, henüz neye sevineceğini bilmiyordu ki! Düşüncelerini toparlayıp yumuşacık bir sesle konuştu. "Sevineceğini sanmıştım çünkü ben bu kurabiyeleri sen seviyorsun diye... Senin için yapıyorum."

"Tamam. Şimdi hep 'Atlaaas sana kurabiye yaptım' diyorsun ama babam bana anlattı, küçükken ona da yapıyormuşsun. Almanya'da. Senin yaptığın kurabiyeleri yemek için kızlar hep babamla arkadaş olmak istiyormuş," diyerek kıkırdadı Atlas. "O zaman 'Gökhan Kurabiyeleri' de olur."

Rafet düşününce ona hak verdi ve hayal kırıklığının verdiği üzüntüyü yaşamak için bahçeye çıkmaya karar vererek ayağa kalktı. Aklındakileri buruk bir sesle dile getirdi. "Doğru söylüyorsun. Mantıklı! 'Gökhan Kurabiyeleri' de olur ama dükkân şimdi açılacak ve ben bu kurabiyeleri şu an sana yapıyorum. Sana yaparken çok mutlu oluyorum. Bu kurabiyeleri aramızdaki sevgi gibi düşünmüştüm. Bu yüzden dükkânın adı 'Atlas Kurabiyeleri' olsun istemiştim." Çocuğun yüzüne yerleşen gülümsemeyi görünce nihayet anlaşıldığına kanaat getirerek sordu: "Yanlış mı düşünmüşüm?"

Atlas gülümsemeye devam ederek başını salladı. "Evet. Yanlış düşünmüşsün."

Rafet yine yanıldığını anlayınca birden kızdı ve elini beline koyarak alaycı bir tavırla sakin sakin sordu: "Öyle mi? Niye yanlışmış Atlas Bey? Söyle de bileyim!"

Çocuk ayağa kalkıp bilgisayar masasına yöneldi. "Aramızdaki sevgi diyorsun... Sonra da sadece Atlas diyorsun! Kim anlar ki?"

Rafet o kadar şaşkındı ki bir süre kıpırdamadan durdu. "E ne diyeceğim? Doğrusu neymiş o zaman?"

Atlas çoktan bilgisayarın başına oturmuştu. Omzunun üzerinden bakarak düşüncesini dile getirdi. "O zamaaan... Dükkânın adı 'Babanne Kurabiyeleri' olur akıllım!"

★

Rıza yine kumandaya el koyup kanaldan kanala atlayarak tartışma programlarını izlemeye başlayınca Nurcan iyice sinirlendi. Yatak odasına gidip kitabını aldı. *Dostoyevski*'nin *Budala* kitabını seneler sonra ikinci kez okuyordu. Yarım saat kadar sonra kendi sesini duydu: Öfff sen de ne sorunlusun be! Bencil şey! Böyle de hayat geçer mi? Her duygunu gizle bakalım, sonu nereye varacak? Kitabın kadın kahramanı *Nastasya*'ya söylendiğini fark edince gülümsedi. Sonra da bir kaşını kaldırarak delirip delirmediğini düşündü. Kitabı bırakıp bir süre sessizce bu konuya kafa yordu. Son günlerde olan biten her şeyi tekrar tekrar gözden geçirdi. Son tahlilde kendine şöyle bir açıklamada bulundu: Ne delirmesi yahu! Sadece Rıza'yla evliyim.

Rıza'yla evli olmak, bütün sorunlarının nedenini açıklıyordu aslında ama yine de bir eksik vardı bu açıklamada. Bu sorunları düzeltebilmek için kendisinin de yapabileceği bir şey vardı muhakkak ama bu her neyse yıllardır bulamamıştı.

Adam şimdiden yapacakları işle ilgili olumsuzdu. Şu an oturup kocası yüzünden tedirgin olmak mıydı yapması gereken? Rafet'le konuşmalarını düşünürken bile Rıza'nın görüntüsü beliriyordu zihninde: Kızgın ifadesi, asık suratı, alay eden gülüşü. Acaba ne yapmalı, nasıl konuşmalı da onu makul davranmaya ikna etmeliydi.

Tavana bakarken, "Korkuyorum," dedi kendi kendine.

Aysel'le ve muhtemelen Rafet'le yapacakları bu iş, hayatında çoktan unuttuğu, yıllar öncesinde kalmış birtakım heyecanları uyandırmıştı: Yeni bir işe başlama, bilinmeyen bir deneyime doğru yol alma... Başarma hevesi ve belki de işe yarama hissi. En son hangi bayramda hissetmişti bunları Allah bilir.

Olaya bu açıdan bakınca çok seviniyor, içi tanımlayamadığı bir enerjiyle doluyordu - hatta son günlerde migreni bile tutmamıştı. Öte yandan kocası aklına geldikçe içini bir korku basıyordu. Düşündü, düşündü ama neden bu kadar korktuğunu bulamadı. Sonuçta Rıza, "Hayır efendim, bu işi yapamazsın!" demiyordu.

Canı sıkıldı. Çay demlenmişti. Kocasına çayını verip balkona çıktı. Gökyüzüne bakarak cevabı bulabilirdi belki. Kendisiyle sohbet etmeye başladı: Olur olmaz huysuzlanması mı? Zaten öyle! Ev işlerini, yemeği aksatırım diye mi korkuyorum acaba? Evet aslında... O zaman çok huysuzlanıyor! Aman, sanki ilk defa olacak! Dövecek hali yok ya! Dikkat ederim. Ne kadar yorulsam da her şeyi bir gün önceden ayarlarım, çoluk yok çocuk yok. Gerekirse uykusuz kalırım! Para konusunda bana kendimi kötü hissettirecek diye mi? Evet bu konudaki konuşmalarına çok bozuluyorum aslında ama o işi de hallettim - ablasıyla konuşmuştu, tarladaki hakkını satın alıp parayı en kısa sürede yollayacaktı. Oturduğu yerde omuzlarını dikleştirdi. İçinden gelen ses çok kararlıydı: Neden korktuğumu bilmiyorum ama göreceksin Rıza, çıkaracağın her türlü zorluğa göğüs gereceğim bu sefer!

*

Sevinç saat on bire gelirken, "Hadi artık siz çıkıp biraz yürüyüş yapın, yediklerinizi eritin, ben de biraz bulmaca çözüp uyuyacağım, anahtarını yanına almayı unutma Ece," dedi.

Mecnun güldü. "Bizi kibarca kovalıyorsun yani."

"Ne kovalaması ayol! Hava güzel, çıkıp yürüyün işte biraz. Bacaklarım ağrımasa sizden evvel çıkardım, ne biçim gençsiniz?"

Ece, "Ben çıkıp çantamı alayım," diyerek eve girdi.

"Çok zekisin, değil mi Sevinççiğim? Ama unuttuğun bir şey var," dedi Mecnun.

Kadın suçüstü yakalanmış gibi kekeledi. "Ne... Ne zekisi yahu? Neymiş... Neymiş unuttuğum?"

Mecnun ellerini kaldırarak açıkladı. "Biz zaten aynı yerde çalışıyoruz. Böyle kaynanacılık oynamana falan gerek yok ki. Biz burda seninle mutluyduk yani."

Sevinç kısık sesle konuşarak onu taklit etti. "Burda benimle mutluymuş! Gelmişsin otuz yaşına hâlâ bekâr dolanıyorsun ortalıkta. Böyle bütün akşam hayran hayran ben seyrettim kızı, değil mi? Yok çay koymalar, sen zahmet etme demeler, teşekkür etmeler... Hoşlanıyorsun işte! Çıkın dolaşın."

"Allah Allaaah! Ya ben herkese teşekkür ederim, sana da etmedim mi?"

Tam o sırada Ece gelince kadın derhal onları kapıya kadar geçirdi ve ikisi ne olduğunu anlayamadan, "İyi geceler," dileyerek kapıyı kapadı.

İkisi sohbet ederek yürümeye başladılar. Önce biraz Sevinç'in hissettiği yalnızlıktan bahsettiler. Sonra Mecnun tanıdığı başka yaşlılarla yaşadığı ve gözlemlediği olayları anlatmaya başladı.

Yazın, her öğleden sonra saat üçte plaja gidip yanında getirdiği su şişesinden özenle yaptığı çişini çıkarıp bütün vücuduna güzelce süren ve hiçbir şeyin bu kadar güzel bronzlaştıramayacağını savunan yetmiş sekiz yaşındaki adamın hikâyesi biraz içini bulandırdı genç kadının. Adam bu güneş kremini sırtına sürecek kimseyi bulamadığından, Mecnun bir-iki kez eldiven giyip ona yardımcı olmakta bir sakınca görmemişti.

Adamın birkaç yıl önce vefat ettiğini öğrenen Ece onunla tanışmadığı için pişmanlık duymaksızın, "Sen tabii o denize girmiyordun, değil mi?" diye sordu Mecnun'a yüzünü buruşturarak.

"Tabii ki giriyordum!" dedi Mecnun gülümseyerek. "Nuri amca adamımdı benim. Demiryollarında çalışmış, çok şey anlatırdı. Çok yönlü bir adamdı, sohbeti şeker gibiydi. Çok da iyi tavla oynardı."

Ece, "Hoş değil!" dedikten sonra bir süre duraksadı ve merakla sordu: "Adam hakikaten güzel bronzlaşıyor muydu?"

Deniz kıyısında bir banka otururlarken Mecnun kahkaha attı. "Evet ama nedeni itinayla sürdüğü çişi miydi yoksa teni mi müsaitti bilemeyeceğim."

Ece'nin aklı almadı. "Ne cins adammış!"

"Öyleydi!" diyen Mecnun hatırladığı şeyin etkisiyle yeniden kahkaha attı. "Bir de sakızı çiğner çiğner, kulağının arkasına yapıştırırdı. Sonra yine alıp çiğnerdi. Uğur abinin kahvesinde 'bu yaptığın iğrenç' falan diyenler oldu mu konuya hemen bilimsel bir açıklama getirirdi: Kulak arkası, toz girmez toprak girmez! İşte böyle bir adamdı Nuri..."

"Mantığa bak!" diyen Ece etrafı seyretmeye koyuldu. Okullar açılmış ve hava biraz serinlemiş olsa da ortalık henüz tenha değildi. El ele yürüyen birkaç genç çift dikkatini çekti ama çoğunluk orta yaşın üzerindeydi. Mecnun haklıydı galiba... İzmir civarındaki sahil kasabaları ihtiyarların egemenliği altındaydı ve her sınıftan, sosyal çevreden, değişik kültürden insan tanımak mümkündü.

Mecnun yemekte, "Sabah sekizde hazır olabilir misin? İzmir'e gitmemiz lazım, seraya alınacak birkaç şey var," demişti. Bu konuda bir şeyler soracaktı ki çarşı tarafından bir kadının, "Ayyy..." diye çığlıklar atarak kendilerine doğru koştuğunu gördü. Arkasından da küçük bir köpek koşturuyordu.

Mecnun ve Ece başını çevirip o tarafa bakarken, yaşı kırk civarında olan kadın yaklaştı, onları birkaç metre geçince, "Ayyy!" diye bağırarak nefes nefese durdu. O sırada çarşı istikametine yürüyen, altmış yaş civarında bir adam da durdu. Köpek kaniş cinsiydi ve o da kadınla adamın ortasında nefes nefese durdu. Tasmasının ucundaki kayış epey uzundu.

Mecnun ve Ece onlara bakarken, adam önce kadına, sonra da köpeğe göz attı ve hiçbir şey demedi. Adam gözlerini köpekten tekrar kadına çevirdiğinde ise dalgalı saçları yüzünün yarısını kapamış olan kadın kafasını geriye atıp adama bağırarak seri bir şekilde konuşmaya başladı. "Siz şimdi tabii şaşırıyorsunuz! Böyle hayret ediyorsunuz! Hatta içinizden bu küçücük köpek bu kadını yiyecek mi sanki diyorsunuz! Ben de biliyorum, yemez! Hatta ben onu yerim! Ama korkuyorum işte n'apayım?"

Tam o an köpeğin sahibi olduğu anlaşılan genç bir kız koşar adım yaklaşıp, "Çok pardon, arkadaşlarla konuşmaya dalmışım, kaçmış," dedi ve kadının köpeğe nasıl baktığını görünce açıklama ihtiyacı duydu. "Bir şey yapmaz."

Kadın saçını yüzünden çekerken aynı ses tonuyla adamla kıza bakarak konuştu. "Yapsın yapmasın! Korkuyorum! Allah Allah yaaa!" Mecnun ve Ece'ye döndü. "Ben de biliyorum! Aslan değil, kaplan değil! Ama tüylü!" diyerek adamın geldiği yöne doğru yürüyüp uzaklaştı.

Kız köpeğini alıp giderken belli belirsiz bir şekilde ortaya, "Kusura bakmayın," dedi.

Tüm bunlar yaşanırken ağzını açıp tek kelime etmemiş olan adam, yüzünde hafif bir tebessümle yoluna devam ederken, Ece ve Mecnun önlerinde cereyan eden ve hepi topu üç dakika bile sürmeyen bu aksiyondan dolayı gülme krizine girdi.

Genç kadın gülmesine mani olamayarak adamın koluna vurdu. "Duydun mu? Ben onu yerim dedi." Birkaç dakika sonra gülmeleri geçince sakin bir şekilde değerlendirme yaptı. "Sinir oluyorum şu hayvan sevmeyen insanlara."

"Niye?" diye sordu Mecnun gülümseyerek.

Ece bu soruyla afalladı. Hayretle baktı adamın yüzüne. Hani gülümsemiyor olsa bir tokat atabilirdi o an. Kızgın bir sesle sordu: "Ne demek niye? Sen şimdi... Hayvanları o kadar seven biri olarak sinir olmuyor musun böyle tiplere?"

Mecnun dudaklarını kıvırarak düşündü. "Hayır. Öncelikle bu kadının hayvansever olup olmadığını bilmiyoruz. Bildiğimiz... Kadın köpeklerden..." Gülümsedi. "Daha doğrusu tüylü hayvanlardan korkuyor. Sevmemek ayrı, korkmak ayrı."

Ece adamın söylediklerini şöyle bir düşündü. Haklı gibi görünüyordu ama hayır! "Hadi canım! Kadın resmen bağırdı, öfke saçıyordu! Hayvanları sevmediği çok açıktı bence."

Mecnun sakin bir şekilde itiraz etti. "Hayır! Bu konuda hiçbir veri yok!"

"Bir insan... Bir hayvana dokunamıyorsa... Onu nasıl sevebilir?"

"Sevmek, dokunmak mıdır?"

"Bak yine laf ebeliği yapıyorsun!"

Mecnun gülümsedi. "Eceee... Bu dünyada... Özellikle bizim ülkemizde insanlara çocukken hayvanlardan korkmayı öğretiyorlar. Bir insana sırf hayvanlarla bizim gibi içli dışlı olmuyor veya olamıyor diye... Tutup da hayvan sevmiyor diyebilir miyiz? Diyemeyiz bence."

"Demagoji yapıyorsun Mecnun."

"Hayır yapmıyorum!"

"Demagoji yapıyorsun ama kanıtlayamıyorum."

"Ama ben sana şimdi bir soru sorarak aksini kanıtlayabilirim!"

Ece merakla sordu: "Nasıl? Kanıtla hadi!"

Mecnun ellerini dizlerinin üzerine koydu. "Sence... Bir insanın tüylü diye bir meyveye dokunamamasıyla, tüylü diye bir hayvana dokunamaması arasındaki fark nedir?"

Böyle bir soru beklemeyen Ece derhal savunmaya geçti. "Ama aynı şey mi Mecnun? Aşk olsun yaaa! Şimdi ben bu kadınla aynı mıyım şeftaliye dokunamıyorum diye?" İçerleyerek sorusunu tekrar etti. "Aynı şey mi?"

Mecnun gülümseyerek ayağa kalktı. "Bilmem. Sen söyleyeceksin. Şimdi biz... Senin hiçbir yiyeceği veya meyveyi sevmediğini söyleyebilir miyiz mesela? Hadi bakalım geç oldu, bak sana dönüş yolunda bol bol konuşacağın bir konu buldum."

★

Maral kafasını dağıtmak için Facebook sayfasını açtı ve karşısına çıkan fotoğraflara bakarken birden sinirlendi.

İrem ve onun düğün fotoğrafları! Kız okuldan bir arkadaşıydı ve bir ara çok samimilerdi. Gelinliğini inceledi uzun uzun. Gelinliğin bir kusuru yoktu doğrusu, tek kusur, içindeki şahsın çirkin olmasıydı. Sonra damadı inceledi. O koca burnuyla bu adamı nasıl tavladı acaba, diye düşündü. Boşuna dememişler: Allah adama çirkin şansı versin! Tebrikleri okuyunca damadın mesleğini de öğrendi. Demek Tolga Bey elektronik mühendisiydi! Özel sektördeymiş canım, bugün işi var, yarın yok! İrem de zaten bir otelde rehberlik gibi uyduruk bir iş yapıyordu! Gözü tekrar eski arkadaşına kaydı. Güzel gülüşünden başka da hiçbir özelliği yoktu işte!

Aralarındaki samimiyet, Maral'ın hiç anlamadığı bir şekilde, yavaş yavaş sona ermişti nedense. Bu konuda düşünmeye, kafa yormaya değmezdi doğrusu, nasıl olsa sebep kıskançlık çıkacaktı.

Bu kadar kıskanılmanın zor olduğunu hissederek iç geçirdi. Efdal ile üç gün sonra bir akşam yemeği yiyeceği için heyecanlıydı. Sonuçta adam müstakbel kocası olabilirdi. Ben de koyarım böyle fotoğraflarımı! Hıh! Çok zor sanki evlenmek! Çok önemli sanki! Mühim olan evlenmek değil kiminle evlendiğin! Tolga harika bir insan olabilir ama ben de İrem'i tanıyorsam adam yandı!

Normalde böyle bir aşamada yatağa uzanıp Efdal'la ilgili hayaller kurması, yemek için ne giyeceğinden, neler konuşacağına dair her şeyi tek tek planlaması gerekirdi. Öyle ki hangi kelimeyi söylerken nasıl güleceğini ve saçını hangi tarafa savuracağını bilirdi ama bu kez bunu başaramıyordu çünkü Bar Kaptanı Ezel canını çok sıkmıştı. Hayır, otel müdürü olarak halledemeyeceği bir şey değildi bu ama adamın verdiği saçma sapan tepkiyi anlayamıyordu. Elbette adamın istediği gibi, neden Gülçin'i kovacağını yazılı olarak ona bildirmemişti. Altında çalışan birinin tehditkâr isteğine boyun eğmesi düşünülemezdi! Ancak... Olayın Süha Bey'e aksetmesini de hiç istemiyordu doğrusu. Kendini savunabilirdi tabii ama şimdi ne gerek vardı böyle ufak bir mesele için adamı rahatsız etmeye.

Ezel'in konuşma tarzından rahatsız olduğu için akşamüzeri İzmir'de bulunan Süha Bey'i aramış ve Bar Kaptanı'yla arasında ufak bir sorun çıktığını, şayet kendisini ararsa, meseleyi otel müdürü olarak bizzat halletmek istediğini söylemişti. Adam beklediği üzere, "Hay hay," demişti. İzmir'den ertesi gün döneceğini de öğrenmişti. Böylece Ezel'in Süha Bey'le konuşmasını önlemiş olduğunu umuyordu.

Tekrar tekrar düşündü ve vardığı sonuçtan memnun kaldı: Yok canım! Bir Bar Kaptanı, bir garson için sorun çıkarıp asla işini tehlikeye atmaz! Benimle bu şekilde konuşarak kompleksini tatmin etti galiba. Hiç sanmam bu işi uzatacağını. Süha Bey'e gidemez. Kolay mı bu kadar dolgun maaşı olan iş bulmak? O kadar da değil!

Sabah otele vardığında, kapısının önünde süt dökmüş kedi gibi bekleyen bir adam bulacağından emindi. Boşuna tedirgin olduğuna karar vererek rahatladı. Düğün fotoğraflarından en çok yorum alanı seçti ve hızla yazmaya başladı: Canım arkadaşım, birbirinize ne kadar da yakışmışsınız. Gelinliğine bayıldım - seni uzun göstermiş bence. Bu güzel günde yanınızda olamadım ama çok yoğun çalışıyorum. Bir oteli idare etmek inan ki çok zor. Allah bir yastıkta kocatsın. İnşallah çok mutlu olursunuz. Darısı başıma :)

Son cümleyi silmek istedi ama gülücük konduracak başka yer bulamayınca mesajı gönderdi.

*

Handan peronda beklerken saate bakıyordu. Yaklaşık kırk dakikadır bekliyordu. Yazıhaneye gidip bilgi almayı düşünürken otobüsü gördü.

Otobüs park edince Emel orta kapıdan indi ve sarılıp öpüşürlerken elindeki hırkayı ona uzattı. "Şunu tut da bavulumu alayım ben."

Handan kocaman bavulu görünce işkillendi ama şu an bir şey sormasa iyi olurdu.

Arabaya binmek üzere park yerine yürürlerken Emel durdu. "Araba çok salladı. İçim çok bulandı. Son iki saat bitmek bilmedi. Şurda bir tost falan yiyeyim de öyle gidelim."

Handan bavulu çekerken elini onun omzuna attı. "Bu egzoz kokusunun içinde mi? Gel ben sana Karşıyaka'da güzel bir kahvaltı ısmarlayayım. En çok on beş dakikamızı alır gitmek."

"E iyi o zaman."

Handan arabayı çalıştırırken esnedi. Adak'la Beyoğlu'nda başka bir ortak arkadaşlarıyla buluşmuşlar ve geç saate kadar sohbet etmişlerdi. Eve döndüğünde neredeyse gece yarısı olmuştu. Münevver uyumuştu. O da Ayça'ya gelişmeleri anlatıp hemen yatmıştı. Sabah beşte, Münevver'in, "Ahhh kızım, olmadı böyle! İnşallah yaramaz bir haber değildir! Daha sana patlıcanlı börek bile yapmadım, oldu mu şimdi? Sen çok seversin ama neyse... Bir dahaki sefere inşallah. Annene çok selam söyle, yine beklerim bak! Ayça yok diye beni ihmal etme sakın. Tüh tüh, o kadar yol geldin üç gün bile kalmadın bak görüyor musun?" şeklindeki hayıflanmasını dinlemiş ve onu sakinleştirerek yola çıkmıştı.

Karşıyaka'ya vardıklarında deniz kenarında güzel bir yere oturdular ve kahvaltı etmeye başladılar. Emel durmadan konuşuyor ama ne Tahsin'den ne de neler olup bittiğinden bahsediyordu. Handan birkaç kez sormaya kalktı, ancak annesinin lafı değiştirdiğini fark edince üzerine gitmedi.

Emel çiğnediği lokmayı yutup tabağını öne iterek çayından bir yudum aldı ve bir süre denizi seyrettikten sonra kızına gülümsedi. "Yeter bu kadar yediğim. Beni buraya getirdiğin için teşekkür ederim. Çok güzelmiş burası. İyi geldi yoldan sonra ama tartışma istemiyorum, hesabı ben ödeyeceğim."

"Aman anneee!"

"Yok kızım yok! Ne kadar kalacağım belli değil, sen de çalışmıyorsun, yük olmak istemem!"

Handan annesinin sesinin titrediğini fark edince yumuşak bir sesle konuştu. "İnsan çocuğuna... Çocuk, ana babasına hiç yük olur mu?"

Emel'in gözleri doldu ama hemen kendini toparladı. "Son günlerde böyle sulu göz oldum biraz. Neyse... Sen de benim yüzümden hemen döndün İstanbul'dan. Kimseleri görebildin mi bari?"

Handan, Münevver'den, Ayça'dan ve arkadaşlarıyla buluşmasından bahsetti. Sözlerini, "Daha neler neler anlattı Semanur... Duysan, için paramparça olurdu inan... İki saat, nerdeyse hiç konuşmadan dinledik Adak'la... Yani iyi bir akşamdı, eski arkadaşlarımı gördüm ama bir yandan da duyduklarım çok ama çok üzücüydü... Yine de iyi oldu," diyerek bitirdi.

"Ne zamandan beri çalışıyormuş o göçmen derneğinde?"

"İki yıldır."

Emel tereddüt etmesine rağmen sordu: "Maaşlı mı çalışıyor orada?"

"Hayır. Orda çalışan birkaç kişi para alıyormuş Avrupa Birliği fonlarından ama çoğu gönüllü. O kadar beter hak ihlali var ki göçmenlerle ilgili! Adamlar günde yirmi liraya çalıştırılıyor diyorum sana. Ve bu yirmi lirayla karısını, iki-üç çocuğunu geçindirmeye çalışanlar var! Ne parası, nasıl ödesin adamlar?"

Emel düşünceliydi. "Üzücü tabii ama bizim de fakirimiz çok."

"Bizim de çok tabii. Bu durumda bizim içimizi parçalayan...

Daha doğrusu beni isyan ettiren konu sadece fakirlik değil. Düşünsene, adam Etyopya'dan gelmiş, sığınmış... Ülkesinde değil. Bir işe giriyor. Aynı iş için patron bizim vatandaşımıza günde en az elli lira öderken buna beş lira ödüyor ve hiçbir sosyal güvence vermiyor ki bu kanunlara aykırı! Hiçbir şekilde hakları yok. Yani olması gerekir ama yok! Bazı polislerden berbat muamele görüp aşağılanıyorlar! Kimi kime şikâyet etsinler? Tutunacakları hiçbir dal yok şu koca dünyada! Çocukları, ailesi, o kadar kötü şartlarda yaşıyor ama katlanıyorlar çünkü günde o kahrolası beş liraya ihtiyaçları var!"

"E memleketlerine gitsin onlar da!"

Handan bu düz mantığa isyan ettiyse de sakin konuştu. "Bu durumdaki insana, memleketine git diyemezsin çünkü zaten Türkiye'ye sı-ğın-mış! Ölmemek için... Bu insanlık dışı yaşam, zaten ölmemek için katlandığı bir şey. Türkiye de kabul etmiş ama en aşağılık şekilde yaşamasında bir beis görmüyor! Semanur gibi avukatlar da bu insanların hakkını savunmak için oradalar. Bu insanlara bakıp basit bir şekilde memleketine git diyemezsin! Ama bak, öl diyebilirsin... Devletin dediği de bu işte! Durumu anlayıp da öl diyorsan, bu da bir düşünce tabii."

Emel hemen itiraz etti. "Canım niye öl diyeyim! Canavar mıyım ben? Günah! Devlet de madem insanca bir yaşam sağlayamayacak neden kabul ediyor, müsait değilim demiyor?"

"Demiyor işte! Uluslararası anlaşmalar var, kabul ediyor ama gereğini de yapmıyor! Tıpkı bize üç çocuk yapın deyip de bazen küçük yaştaki kızlara tecavüz edenlerde herhangi bir suç bulamaması gibi."

"İşte ben de onu diyorum. Devlet bizde vatandaşına ne kadar bakıyor da göçmene mülteciye baksın Allah aşkına!"

"Annecim, durumu kıyaslayamazsın bile! Beterin beteri var diye bir laf var ya, bu beterin en dibi! Adamların burda hiç ama hiç kimsesi yok diyorum! Şöyle düşün! Şimdi biri gelip de sana bana cinsel tacizde bulunur mu bulunur ama bir hak arayışına girişen yakınlarımız olur. Üç yıl sürer beş yıl sürer ama adalet aranır. Bu durum duyulur! Bu insanlar neler neler yaşıyor, anlatsam dudağın uçuklar. Kim duyuyor? Yaaa ben avukatım, bu sorunu biliyordum güya ama vehametini dün akşam kavradım! Semanur bağlantıya geçecek, ben de burada, İzmir'de gönüllü çalışacağım. Her gün burda olmam gerekmeyecek nasılsa ama mutlaka çalışacağım!"

Emel, bedava çalışmaya pek meraklısın zaten çocukluğundan beri, diye düşündü ama bunu dile getirmedi. Sonuçta bu Handan'ın hayatıydı, para pul hesabını da yapmıştı belli ki. Ankara'da da iyi paralar kazanmıştı. Aslında dediği doğruydu, bu insanlara yardım lazımdı ama her ülke neden kendi vatandaşlarına bakmıyordu sanki? Offf! Bunlar ne kadar karışık meselelerdi! İnsanlar neden ölür? Toprak bu kadar cömertken insanlar nasıl olur da açlıktan ölür bazı ülkelerde? Kafası bir türlü almıyordu! Üstelik bütün dünya yardım yağdırırken! Neden olacak, hırsızlar, harisler yüzünden! Al, kaç yıllardır başımıza çöreklenenlere bak! Yandaşları doyacak diye kaldırım yenilemekten, yol inşaat yapmaktan gerçekten aç insanlara sıra mı geliyor? İlk oy atmaya başladığında sistem neyse, aynen devam ediyordu. İnandığı güvendiği hiçbir parti, beklediğini vermemişti. Ehven-i şer diye diye oy vermekten gına geldiğinden beri vermemeye yeminliydi. Bu haksızlıklar karşısında hissettiği acizlik o kadar eziciydi ki kendisini nispeten rahatlatan birkaç cümleyi tekrar etti içinden: Hiçbirinize hakkımı helal etmiyorum, iktidar olup da cebini dolduran hiç kim-se-ye hakkım helal değil! Bir süre konuşmadan denizi seyrettikten sonra boğazını temizleyerek sordu: "Şu Semanur... Başı kapalı olan arkadaşındı, değil mi?"

Handan kahkahasını zor bastırdı. Annesi yıllardır bu huyunu bırakamamış, başı kapalı olan şehirli ve eğitimli insanları bir türlü içselleştirememiş bir ulusalcıydı. Yeni tanıdığı veya gıyabında bahsettiği bir kadının başı kapalıysa mutlaka belirtirdi. Gülümseyerek cevap verdi. "Evet başı kapalı olan. Amasra'ya iki kere geldi, hatırlamıyor musun?"

Emel başını salladı. "Hatırlıyorum da emin olmak için sordum."

Handan alaycı bir ses tonuyla sordu: "Eee diğer sorunu alayım."

Emel anlamadı. "Ne sorusu?"

"Şu Adak... Başı açık olan arkadaşındı değil mi diye sormayacak mısın?" diyen Handan gülmeye başladı.

Emel de tartışmasız doğru kabul ettiği bir konuda, kafasında bir 'acaba' oluşurken sıkıntıyla gülümsedi.

★

Rafet kahvesini getiren garsona teşekkür ettikten sonra, "Resepsiyona söyler misin lütfen, bir önceki şarkıyı bir daha çalsın," dedi.

Garson, "Peki efendim," diyerek içeri geçti.

Kadın kahvesini yudumlarken şarkı başladı. Yine içi titredi. *Cirque du Soleil* söylüyordu: *Querer.* Bu nasıl bir tangoydu böyle! Hayatında bir kere bile tango yapmamış olmasına rağmen sanki dinlerken dans ediyordu. Yannis'in kaydedip getirdiği CD'lerden biri çalarken keşfetmişti şarkıyı ve üç gündür durmadan dinliyordu. Kadının sesi, ruhunu öyle bir avuçlamıştı ki her dinlediğinde farklı bir hatırası canlanıyor ve nedenini anlayamadığı bir şekilde Hüsnü ölmemiş gibi hissediyordu. Üstelik bu his tüm güne yayılıyordu. Gözlerini kapatarak şarkıdaki hüznü içine çekti. Hayret! Ölüleri canlandıran bir hüzün, diye geçirdi aklından.

"Yine mi bu sarkiyi dinliyorsun?"

Rafet gözlerini açıp da karşısına oturan Yannis'i görünce güldü. "Hiç sorma! Durmadan dinlesem bıkmayacağım sanki."

Adam onu iğnelerken gülümsedi. "Hep sanat müziği çalsak ne olur sanki diye tutturan kimdi acaba?"

Kadın ilk zamanlar yaptıkları müzik tartışmasını hatırlayınca elini havada savurdu. "O zaman çok gençtim."

Yannis onun mizah anlayışına bayılırdı. Bu cevabı duyunca kahkaha attı. "Bak o doğru!"

"İyi ki müzik işini sana bırakmışım. Ben de seni bekliyordum dört gözle!"

Yannis merakla sordu: "Hayirdir?"

Rafet, "Hayır hayır," diye başlayıp ortağı için de bir kahve istedikten sonra bir gün evvel olan tüm gelişmeleri ve akşam Atlas'la arasında geçen konuşmayı bütün detayıyla anlattı. Yannis birkaç soru sorup araya girerek onu ilgiyle dinlerken sözlerini, "Çok ama çok hayret ettim inan!" diye bitirdi ve ortağının bir şey söylemesine fırsat vermeden sordu: "Sen ne düşündün? Atlas'ın bakış açısı... Akıl almaz, değil mi? Çok güzel, değil mi?"

"Akil almaz değil ama evet çok güzel."

Bu cevap Rafet'i memnun etmedi. "Sen şaşırmadın mı yani?"

"Iıh." Gülümsedi. "Tam Atlas'a göre bir cevap."

Rafet buna hemen itiraz etti. "Ben... Benim düşünemediğim, aklıma bile gelmeyen bir şeyi söyledi diyorum, sen şaşırmıyorsun! İnan saatlerce uyuyamadım. Hem onunla gurur duydum, hem kendimi başarısız hissedip şaştım. Nasıl oldu da böyle cevap verdi, hâlâ anlamış değilim."

Yannis bir süre düşündükten sonra sakince açıkladı. "Aslinda çok basit. O daha çocuk! Henüz kurnazliğa çalismiyor kafasi. Sen yetistirdin onu. Burada oyun oynarken, sadece oyun oynadik onunla. Ben, Mecnun ve birkaç arkadasi oldu. Rekabet duygusu yok! Yenilmek kayip değil, yenmek kazanç değil. Bu nedenle kendi halinden memnun ve mutlu... Kimseyle kiyaslanmadi. Kendinden bakiyor kendine, baskasindan değil." Gülümseyerek bitirdi sözlerini. "O daha oyundan çikmadi. Keske hep kalabilse..."

"Bunları ben de düşündüm ama benim anlayamadığım, nasıl oldu da ikimizin dahil olduğu *babanne* kelimesini buldu?"

"Onun için çok kolay. Bütün gün sana öyle sesleniyor."

Rafet bir süre düşündü. "Atlas Kurabiyeleri ismine bayılacağından emindim oysa! Mutlu olacaktı duyunca..." Gülümsedi. "Hayallerim yıkıldı."

Yannis bir süre düşündükten sonra sordu: "Senin düsündüğün sekilde mutlu olmamasi neden hayallerini yikti? Sonuçta mutlu değil mi Atlas?"

Rafet bu soruyla pek çok düşünceye daldı ve sonunda, "Doğru... Mutluluk bizim başkasına vereceğimiz bir şey değilmiş! Bunu anladım," dedi. Yannis'in telefonu çalınca içten içe kendini paylamaya devam etti: Bak Atlas, dükkâna adını verdim. Şimdi mutlu ol bakalım! Hıh... Torunumu *ben* mutlu ettim!

Bununla gurur duyarak ben de mutlu olabilirim! Peki asıl mutlu etmek istediğim gerçekten Atlas mıydı? Kendimdim! Aaa! Bacak kadar çocuk *bana* neler öğretiyor, işe bak sen!

"Nerelere gittin?" diye sordu Yannis ve kapadığı telefonu işaret etti. "Handan aradi."

Rafet gülümsedi. "Yüzünden belli Handan'ın aradığı! Nasılmış İstanbul?"

"Gelmis! Annesiyle. Mecnun'u ve Ece'yi de aramis, aksama hep beraber yemek yiyelim otelde dedi."

"Aaa! Daha yeni gitti! Kalmayacak mıydı daha?"

"Annesi gelmek isteyince dönmüs."

Rafet sevinçle ellerini kenetledi. "Ay ne güzel! Nihayet tiyatro mu yapacağız yoksa?"

Yannis onun bu haline güldü. "Bilmem."

Rafet'in aklına takıldı. "Annesinin ne işi varmış? Babası da gelecek mi?"

Yannis başını iki yana salladı. "Hayir. Sadece annem var dedi."

Rafet'in yüzündeki sevinç yerini telaşa bıraktı. "Aaa! Şu İzlandalı grup da bugün geliyor değil mi? Hay Allah! Aksiliğe bak sen!"

Yannis onu sakinleştirdi. "Hayir hayir, daha iki gün var!"

"Ayyy Yannis, sen olmasan ne yapacağım ben? Günleri karıştırıyorum." Aysel ve Nurcan'la görüştüğünden beri aklını kurcalayan şeyi anımsadı. "Ben bu dükkâna ortak olursam sana biraz daha yük binebilir, bak istemem diyorsan hemen şimdi..."

Yannis gülümseyerek onun sözünü kesti. "Olur mu canim? Sen isine bak, oteli merak etme."

Rafet minnet dolu derin bir nefes aldı. "Biliyordum böyle diyeceğini oğlum, çok sağ ol!"

bir nefes fesleğen
hepimize lazım bazen

15

Ece alışveriş listesini Mecnun'a uzatırken, "Ben arabada kalayım bu sefer," deyince Mecnun gözlerini yumarak cevap verdi. "Tamam zaten burada işim uzun sürmez, araba da gölgede, otur sen."

Genç kadın onun ardından bakarken, bu alışverişe geldiğim çok iyi oldu, diye düşünüyordu. Listede bulunan aşı makası, bahçe makası, filtre, vana, tamir bandı, viyol, fide tepsisi gibi bazı malzemelerin ne olduğunu çoktan öğrenmişti ama ne kadar çok çeşitte olduklarını görme fırsatını ancak bulmuştu. Ayrıca C kelepçe, etriye ya da kolon kelepçesi gibi serayla ilgili bilmediği bazı teknik malzemeleri de tanımıştı.

Tek sorun Mecnun'un tüm bu malzemeleri tek bir yerden alıp çıkmamasıydı. Yenişehir-Karabağlar arasında beş-altı dükkâna uğramışlardı ve Mecnun her bir dükkânın sahibi ve çalışanlarıyla epey muhabbet etmişti. Üçüncü dükkâna doğru giderlerken bir saatte halledebilecekleri bir işe üç saat harcamayı saçma bulan Ece, "Neden hepsini tek bir dükkândan almıyoruz, zamanı boşa götürmüyor musun?" diye sorunca Mecnun gülerek, "İnsanı boşa götürmemek lazım Ece, zaman zaten yok," diyerek dükkâna dalmıştı.

Ece aralarında geçen bu konuşmayı düşündü bir süre: Evet, belki sosyal açıdan bu tür bir alışveriş çok daha iyi, daha çok insan tanırsın, parayı daha çok insana dağıtırsın ama artık dünya o dünya değil ki! Her şeyin zamanla, hatta zamana karşı yarışla ölçüldüğü bir dünyada bu mantıksız. Alacağın her neyse en hesaplısından hızla alır ve çıkarsın. Sonuçta bu işi hobi olarak yapmıyoruz ki!

Bu sırada Mecnun aldığı malzemeleri arabanın arkasına yerleştirip yolcu kapısını açtı. "Saat bire geliyor, acıktın mı?" diye sordu.

Ece başını salladı. "Acıktım ama işimiz bittiyse Foça'ya kadar dayanırım." Mecnun'un kalabalıktan hoşlanmadığını bildiğinden ekledi: "Ya da istersen İzmir'i geçince bir yerde durup yeriz."

"Yok, bir yere daha uğrayacağız ama yemekten sonraya kalsın o."

"Nereye uğrayacağız?"

Mecnun eliyle işaret etti. "Gaziemir'de bi yere." Kısa bir süre düşündükten sonra karar verdi. "Hadi sen sür biraz, ben bir yer biliyorum."

Ece bir an tereddüt ettikten sonra, "Peki," dedi ve sürücü koltuğuna geçti. Adamın tarifiyle Gaziemir'i geçip Menderes yoluna çıktı. Birkaç ara yola saptıktan sonra yeşillikler içinde, sadece birkaç masanın dolu olduğu sakin bir mekânda durdular. İkişer gözleme ve ayran söylediler. Genç kadın siparişleri beklerken birkaç gündür çok merak ettiği ama bir türlü sorma fırsatını bulamadığı konuyu açmaya karar verdi. "Mecnun?"

"Efendim?"

"Şu yol boyu dinlediğimiz CD var ya..."

"Evet?"

"Liz'den gelen, değil mi?"

Mecnun gülümsedi. "Evet, kargoyu alırken sen de vardın ya."

"Biliyorum biliyorum da... Bugün torpido gözünde iki tane daha fark ettim. Hepsinin kabında *From Elizabeth to Mecnun...* Elizabeth'ten Mecnun'a yazıyor."

Adam onun konunun etrafında dönmesine gülümsedi. "O kadar İngilizcem var Ece. Neyi merak ettin onu söylesene."

Genç kadın konuyu gereksiz uzattığını fark ederek direkt sordu: "Yani Liz... Tabii arkadaşın ama neden durmadan sana CD yolluyor?"

Mecnun düşünceli bir şekilde soruyu tekrar etti. "Liz, neden bana durmadan CD yolluyor?" Ellerini ensesinde kenetleyerek yavaş yavaş konuştu. "Sadece Liz değil, İstanbul'da Sinan diye bir arkadaşım var, bir de Taylan. Onlar da bana durmadan CD yollarlar." Gülümsedi. "Ama onlar kabına *From Taylan ya da Sinan to Mecnun* yazmazlar. Taylan 1, 2, 3 diye numara koyar, Sinan da hep ilk şarkının adını yazar."

Ece merakını giderememişti. "Yani sen müziği çok sevdiğin için arkadaşların sana şarkı yolluyor, öyle mi?"

Adam kaşlarını kaldırdı. "Tam olarak öyle değil. Müziği severim tabii ama bu üçü... Yani Liz, Sinan ve Taylan, çok çeşitli müzikler dinleyen insanlar. Ve benim bulmak istediğim..." Duraksadı ve durumu nasıl açıklayabileceğini düşündü. "Şöyle açıklamam daha doğru olacak sanırım: Benim bulacağım bir şarkı var. Benim için önemli bir şarkı. Hangi şarkı bilmiyorum ve onlar da bana duydukları değişik şarkıları yolluyorlar, ben de dinliyorum işte, olay budur."

Ece onun söylediklerini düşündü. Mecnun hakikaten her gün serada ve arabada hiç duymadığı birçok şarkı dinliyordu. Her dilden. Çoğunu da güzel buluyordu ama açıklamayı anlayamamıştı. "Nasıl yani? Biraz daha açıklasana, anlayamadım. Duyup da adını bilmediğin bir şarkı falan mı arıyorsun?"

Mecnun başını salladı. "Yooo yooo! Biraz karışık bir mevzu. Yani anlayabilmen için benim bütün hayatımı veya çok büyük bir bölümünü bilmen gerekiyor. Liz, Sinan ve Taylan, mevzuya oldukça hâkim."

Gözlemeler gelmişti. Ece, "Çok sıcak, soğusun biraz," derken içinde bir burukluk hissetti. Liz adamı ondan iyi tanıyordu kuşkusuz. Kısa süre içinde bunun burukluktan ziyade ufak bir kıskançlık olduğunu fark edince bu duyguyu yenmeye çalışarak gülümsedi. "Yani şu an bana anlatırsan ben anlayamam diyorsun? Şöyle bir özetlesen?"

Mecnun gülümsedi. "Öyle demiyorum. Ben anlatabilsem sen tabii anlarsın da ben kısaca anlatabilir miyim ondan emin değilim. Kelimelere dökünce deli saçması gibi gelebilir kulağa."

Ece dilimlenmiş olarak gelen gözlemeden çatalıyla bir parça alırken, "Dene bakalım," dedi.

Mecnun bir süre düşündükten sonra sakince sordu: "Hani Gülşen'in masallarından biri vardı ya... Rüzgârı dinlemeyi bilen insanların beste yapması... Birkaç kere okudu Handan, hatırlıyor musun?"

Ece şöyle bir düşünüp gülümseyerek cevap verdi. "Ha evet! 'Bütün ağaçlar akıllıdır' diyen masal. Ben o kısmını beğendim en çok."

"İşte bir o masalı düşün... Bir de ben hep derim ya: *Var olan var kalır, yok olmak diye bir şey yoktur!*"

"Evet?"

"Şimdi, masaldan şu noktaya gel: Ben bir canlının ölümünü kabul ederim ama yok olmasını kabul etmem. Daha doğrusu yok olmadığını bilirim."

Ece hemen araya girdi. "Ama dinleri de kabul etmiyorsun! Yani diğer âlemi kabul etmiyorsun."

"Yanlış! Diğer âlem, ölümden sonraki hayat, artık sen ne dersen... Ben bunun dinlerin anlattığı gibi ya da insanların inandığı gibi olmadığını söylüyorum. Benim bildiğim başka bir şey var diyorum sadece..."

"Nedir senin bildiğin?"

"Farklı boyutlar var ve o boyutları bu dünyada da deneyimlemek mümkün." Başını birkaç kez salladı. "Bence bu herkes için mümkün."

Ece onun söylediklerine dikkat kesilmişti. "O zaman Tanrı'ya inanıyorsun!"

Mecnun lokmasını yuttuktan sonra gülümsedi. "Pfff! Dedim sana anlatamam diye. Lafı yine Tanrı'ya getirdin bak! Bunun Tanrı'yla bir ilgisi yok. Varsa da benim ilgilendiğim kısım bu değil. Ben doğanın... Ya da varoluşun... Bu zeki varoluşun... Doğanın diyeyim, doğanın işleyişle ilgileniyorum, buraya kadar anladın?"

"Sanırım anladım ama bahsettiğin şarkıyla ilgisini anlayamadım."

"O da şu: Bir gün dünyanın bir yerinde biri ya da birileri bir şarkı yapacak veya bu şarkı var zaten, yapılmış yani ama ben duymadım. Öyle çıstak bir şey değil tabii, o masaldaki gibi yapılmış bir şarkıdan bahsediyorum. Bestesi de güftesi de farklı boyuttan! Yani Gülşen'in anlattığı gibi yapılmış. Dünyanın herhangi bir yerinde... Japonca olabilir, Sırpça veya Afrika'da bir ülkenin dili, Arapça, İngilizce... Ne bileyim işte, herhangi bir dilde olabilir sözleri, fakat bildiğim şu ki o şarkıyı dinlediğimde annem ve babamla birlikte olacağımı biliyorum." Ece'nin yüzünde beliren ifadeyi görünce gülmeye başladı. "Yaaa öyle bakarsın işte! Dedim sana, pek anlatabileceğim bir şey değil ama merak etme deli de değilim. Adım dışında yani."

Ece gözlemesinden bir lokma alıp ayran içerken düşünüyordu. Mecnun'a annesi ve babasıyla ilgili pek çok soru sormuş ve onlar hakkında epey bilgi sahibi olmuştu ama onun böyle bir düşünceyle bunca şarkı dinlemesi ve biraz önce söyledikleri pek akıllıca değildi. Önce özlemden kaynaklanan bir hayal diye düşündü ama tanıdığı insanlar içinde onun kadar gerçeğe düşkününü hiç görmemişti. Düşünürken, olayları ölçüp biçerken, doğru ve yanlış mezurasını atıp yerine sahte ve gerçek mezurası kullanmaya başlamışsa bunu ona borçluydu. Sadece bu bile şu ana kadar birçok düşüncesinde köklü değişikliklere sebep olmuştu. Aklı karıştı. "Peki bunun böyle olacağını ne zamandır biliyorsun?" diye sordu.

Mecnun şöyle bir düşündü. "Onlar öldükten... İki veya üç ay sonrasından beri."

"Peki nerden biliyorsun? Yani kullandığın kelime ilginç - *biliyorum*. İstiyorum veya inanıyorum demedin. Böyle bir şarkı dinleyerek onlarla beraber olacağına nasıl emin olabiliyorsun? Rüyanda falan mı gördün?"

Mecnun başını iki yana salladı. "Iıh! Ben hiç rüya görmem."

Ece konunun özünde kalıp şarkı meselesini iyice anlamak istiyordu ama fikrini söylemeden de geçemeyecekti. "Saçmalama Mecnun! Herkes rüya görür. Sen niye görmeyesin?"

Mecnun omzunu silkti. "Bilmem! Annem çok fazla rüya görürdü, hemen hemen her sabah 'hayırdır inşallah' diye başlardı lafa." Eliyle tarif etti. "Şöyle kocaman bir rüya tabiri kitabı vardı. Belki de bizim ailenin rüya kotasını annem doldurdu, ben de onun yüzünden rüya görmüyorum," deyince kadın güldü.

Bir-iki dakika konuşmadan yemek yemeye devam ettiler. Ece sorusuna cevap alamadığını fark ederek yeniden söze girdi. "Bence görüyorsundur da hatırlamıyorsundur. Neyse, konumuza dönelim. Rüyanda görmediysen..." Mecnun oflayınca alındı. "Sıktım mı sorularımla?"

Adam gülümsedi. "Hayır hayır, alakası yok. Açıklayamadığım için kendime sıkılıyorum. Şöyle söyleyeyim en iyisi: Ansiklopedilerde falan yer alan bir bilgi değil tabii ama biliyorum işte! Beş yıldır biliyorum."

Ece bu durumu tarif edilebilir bir şekle sokmaya, bir isim koymaya kararlıydı. "İçinden öyle mi geldi? Sezgi gibi bir şey mi?"

Mecnun durumunun bu açıklamaya girip girmediğini kafasında tarttı. "Evet sezgi diyebiliriz belki ama içimden gelen ya da dilediğim bir şey değil. Dediğin gibi bir inanç da değil. İstek de değil. Varlığımın bildiği bir şey."

Ece için varlık, yokluk, sezmek gibi soyut kavramlar ancak resim yaparken kabul görürdü. İnsan ilişkilerinde somut kavramlara alışkındı. Adamın söylediklerini düşünürken yakaladığı bir nokta heyecanla konuşmasına sebep oldu. "Aaa! Şarkı dedin farkında mısın? Hâlbuki sen şarkıların sözünü dinlemezsin. O niye?"

Adam omzunu silkti. "Çünkü... Babam sözdü, annem saz... Bu yüzden olabilir. Sonuçta ben ya da varlığım, ne dersen artık, sadece beste dinleyeceğimi değil şarkı dinleyeceğimi biliyor."

★

Aysel dip köşe temizlediği salona hayranlıkla baktı. Temizlediği yerleri bir süre seyretmek onun için öteden beri bir törendi. Dağınıklığı, tozu ve kiri elleriyle yok ettiği bir odayı seyretmenin huzurunu, bu dünyada pek fazla şeyde bulamamıştı nedense. Nurcan'ın gelmesine daha iki saat vardı. Birlikte Rafet'e uğrayıp işi kesinleştireceklerdi. Karnının acıktığını hissetti. Öğle yemeğini hafif bir zeytinyağlıyla geçiştiririm, sonra duşa girip giyinirim, makyaj da yapsam mı acaba, diye düşünürken zil çaldı.

Kapıyı açmasıyla, "Ben geldiiim," diyen Nurcan'ın terliklerini çıkarıp henüz kurumamış parkeye basarak ardında ayak izlerini bırakması tepesini fena attırdı. Onun eşsiz huzurunu ayaklar altına almaya kimin ne hakkı vardı? Gözlerini kısmış ne desem diye düşünürken, aklındakileri okuyan arkadaşı elini havada savurdu. "Biliyorum, sildiğin yerlere bastım, ben tekrar silerim. Şimdi daha önemli bir derdim var benim Aysel. Gel otur da konuşalım."

Aysel huzur törenini tamamen unutarak merakla koltuğa geçti. "N'oldu yine? Alacaklı gibi daldın böyle? Bak... Rafet'e gitmeyeceğim deme sakın! Rıza bir şey mi dedi yine, n'oldu?"

"Yok yok, Rıza bir şey demedi. Akşam geldi sabah çıktı, her zamanki gibi. Yemeğini yedi ve uyudu. Şimdilik bir şey demiyor. Ne de olsa her şey dahil Nurcan Otel'im ben!"

Aysel bozulan huzurunu hatırladı ve gayet ciddi bir sesle hesap sordu. "E o zaman niye bastın ya benim ıslak parkelerime?"

Sinirleri zaten bozuk olan Nurcan, arkadaşının halini komik bularak birden gülme krizine girdi.

Kahkahalar azalarak yerini gözyaşına bırakırken Aysel ona su getirdi ve bir süre konuşmadan sakinleşmesini bekledi. Sessizliğin yeterince uzadığına karar verince anlayışlı bir ses tonuyla sordu: "Anlatsana n'oldu?"

Nurcan elinin tersiyle gözyaşlarını silerek açıkladı. "Bugün Rafet'le konuşup anlaşmayı yaptığımız an, bu işten dönmem ben!"

"Tabii."

"Ama gece çok düşündüm Aysel. Ben bu Rıza'dan çok korktuğumu anladım. Korkmuyormuş gibi yapamam artık! Çünkü anladım!"

"Tamam da... Hep çekinirdin zaten. Dedim sana! Sorun çıkarırsa Uğur konuşur onunla. Yani niye bunca panik yaptın? Tam olarak anlamadım."

"Panik yapmak değil Aysel! Paniklemek! Ya da paniğe kapılmak."

Aysel yüzünü buruşturdu. "Aman! Neyse ne! Sadede gel!"

Nurcan düşünceli bir şekilde başını salladı. "Geleceğim,

bak, dikkatle dinle. Güzelce anlatayım ben bi kafamdakini... Yıllardır... Ben çok çektim Aysel. Herkes kendi çektiğini bilir tabii. Evlendiğim günden beri hiç ama hiç mutlu olmadım! Ama ben bu acıları çekerken, kısmet böyleymiş, çoluğum çocuğum var diye dayanırken hep başkalarına bakardım ve kendimi teselli edecek tek bir şey bulurdum."

"Nedir o?"

"Biliyorsun, dayağı yok derdim! Biri seni dövmüyorsa seviyormuş gibi... Neyse... Ben ona hizmette hiç kusur etmedim. Dün gece, son haftalarda olup bitenleri düşünürken birden bir şeyi fark ettim."

"Neyi?"

"Yatmıyoruz artık. Kaç hafta oldu saymadım. İsteyen oydu zaten hep, biliyorsun. Bir de son iki-üç hafta içinde, daha yeni fark ettiğim önemli bir şey oldu. Birinde, yine Sevim'den bahsederken, birinde de niye geç kaldın diye sorduğumda. O zaman işte, bana elini kaldırarak konuştu."

"Vurdu mu? Bak doğru söyle!"

"Hayır vurmadı. Henüz. Ama Rıza'yla artık eskisi gibi değiliz. Arada öyle sağdan soldan iki laf ederdik önceden. Ne bileyim, o gün olan bir şeyi anlatırdı, ben anlatırdım falan. Artık o da yok! Bu iş kurma konusu açılınca da çok sert konuşuyor biliyorsun. Eğer bu iş yüzünden bana vurursa diye çok korkuyorum!"

Aysel kızgın bir şekilde sordu: "Niye korkuyorsun? Senin de elin armut toplamayacak herhalde! Şimdi... Belki bana vurur kocam diye bu işten vazgeçmeyeceksin herhalde!"

Nurcan sakin konuştu. "Korkumu anlamıyorsun Aysel. Eğer o bana vurursa, ben ona vurmam veya cevap vermem! Yüzümü son görüşü olur. Ben kendimi tanıyorum. Artık aynı evde durmam. Yani bunu kaldıramam ama öte yandan..."

"Durmazsın tabii! Boşanırsın. Sen sağ o selamet!"

Nurcan başını iki yana salladı. "İşte o mümkün değil! Bu nedenle korkuyorum!"

"Ne demek mümkün değil? Dayak yiye yiye oturacak mısın?"

"Asla oturmak istemem ama biliyor musun? Düşünüyorum düşünüyorum... Eş-şek gibi oturmak zorundayım sanki! Korkum bu!"

Aysel sakin olmaya çalışarak düşündü. "Anlamıyorum Nurcan seni. Hadi yıllardır çalışmıyorum diye düşünmüş olsan..."

"Hayır! Benim çalışmamam onun isteği. Bu konuyu da düşündüm iyice... Maddi korkulardan çekmedim ben bu adamı. Çalışırdım... Neler neler yapardım! Bir lokma ekmek değil mi? Bir abam var atarım, nerde olsa yatarım, demişler! Birincisi, çocuklar için. İkincisi, işte ondan kurtulmak imkânsız sanki... Kafama kazınmış bir şey: Kadın, gelinliğiyle çıktığı eve ancak kefenle girer."

Aysel birden sinirlendi. "Bırakamadın şöyle düşünmeyi Nurcan! Saçma sapan laflar, saçma sapan âdetler! Kaç yaşına geldin, torun torba sahibi oldun! Kefenle gireceğin ev mi kaldı? Çok saçma bunlar! İnsanlık dışı mı desem, ne desem... Şu dediğine bak! Kaç yıldır şurdasın, hâlâ aynı muhafazakârlık! O kadar kitap okuyorsun, o kadar... Offf!"

"Haklısın! Ne desen haklısın ama bunu düşünemiyorum işte! Bunu yapamam. O dayağı yerim, deliririm, katlanamam ama oturmak zorundayım sanki! Bunu bir mecburiyet olarak görüyorum. Bu nedenle şimdi kendimi kapana sıkışmış fare gibi hissediyorum... Çok korkuyorum."

Bir süre sessiz kaldılar. Aysel Rıza'ya karşı içinde kabaran öfke dalgasını bastırarak arkadaşını anlamaya çalışıyordu. Sonuçta bir şeyi biliyordu artık: Sebebi ne kadar saçma olursa olsun bir insan bir konuda 'yapamam' diyorsa onu zorlamanın âlemi yoktu. Derin bir nefes alarak umutsuz bir sesle sordu: "Eee? Vazgeçtin sen bu işten galiba. Bugün gelmiyorsun o zaman?"

Nurcan gözleri boşluğa takılmış halde cevap verdi. "Hayır vazgeçmedim! Bir işe... İlk defa bu kadar korka korka kalkıştığımdan paniğe kapıldım ya zaten! Allah sonumu hayır etsin..."

*

Melih dışarıda oturan birkaç müşteriye çay doldururken göz

ucuyla Mete'yle ustasının oturduğu masaya baktı. Sohbeti tam olarak duyamasa da ikisinin de neşeli olduğunu görebiliyordu. Mete, ustasının hediye ettiği dizüstü bilgisayarı inceliyordu.

Aylar önce Mete'nin babasıyla Uğur'un aynı masada oturup birkaç saat sohbet ettiğini hatırladı. Elli iki yaşındaki Haydar zabıta memuruydu, karısı çalışmıyordu, evi kiraydı ve yan geliri yoktu. Üniversiteye giden bir kızı ve lisede okuyan bir oğlu daha vardı. Dolayısıyla çocuklarına tek şart koşmuştu: İzmir dışında bir yerde okuyamazsınız, paramız yetmez. Mete inşaat mühendisi olmak istiyordu ve liseden mezun olduğu sene birçok üniversitede bu bölüme girecek puanı almıştı. Ancak aldığı puan İzmir'deki üniversiteler için yeterli olmamıştı. Uğur durumu öğrenmiş ve ona nasıl yardım edebileceğini uzun uzun düşünmüştü. Haydar'la samimiyeti olmadığından adamın gururunu kırmaktan çekinmişti. Sonunda Mete'yle bir anlaşmaya varmış ve Haydar'ın uğradığı bir gün adamla uzun uzun sohbet ederek düşüncelerini ona da açıklamış, görüşünü sormuştu. Mete istediği yerde okuyacak, üniversite boyunca bütün masraflarını Uğur karşılayacaktı. Karşılığında da her yaz kahvede çalışacaktı. Haydar bu teklifi adil bulmamış ve 'üniversiteden mezun olduktan sonra maaşlı ve sosyal güvencesi olan doğru dürüst bir iş buluncaya kadar kahvede çalışması' maddesini eklemişti. Böylece anlaşma sağlanmış ve sonuçlar açıklandığında Mete'ye Bursa yolu görünmüştü.

Melih bunları düşünürken çayları dağıttı ve içeri girince gözü tekrar Mete'ye takıldı. Ne kadar heyecanlı! Kayıt tamam, kalacak yer tamam. Okuyacak! Aferin lan! Çocuk hak etti, benim gibi değil! Okulu seviyor, kız peşinde koşmadı. Ben takıldım da n'oldu? Gizem... Ayrıldık işte... Offf! Aferin lan Mete! En doğrusunu yapıyorsun!

Zihnine yapışan burukluktan rahatsızlık duydu. Bir yandan Mete'ye gıpta ederken bir yandan da kendi hayatıyla ilgili pişmanlık duyuyordu. Zihninde baskın gelen sesi yükseltti: Kıskanmıyorum. Valla kıskanmıyorum! Çok sevindim lan Mete! Sonuna kadar hak ettin oğlum. Bursa da güzel şehir!

Tam o sırada kahvenin müdavimlerinden Salih'in sesini duyuldu. "Yahu Mete, sende az çok İngilizce var bi baksana turistler geldi, bir şey soruyorlar, biz bir şey anlamıyoruz."

Durmadan sözlükten kelime ezberleyen Mete, kendisine duyulan ihtiyaçtan memnun halde dışarı çıktı ve birkaç dakika sonra dönünce Uğur'la Melih'e açıklama yaptı. "Kemeraltı'na gideceklermiş, birkaç şey sordular."

Uğur başını salladı. "İyi iyi." Melih'in yüzünde buruk bir ifade belirdiğini fark ederek ona seslendi. "Melih hadi şöyle üç köpüklü kahve yap da hep beraber içelim ortalık sakinken."

"Hemen usta."

Kahveleri içerken Melih iki kez gittiği Bursa hakkında bildiklerini anlatıyordu. Bu sırada içeri gelen Rahmi gülerek sordu: "Yahu Mete, niye korkuttun bu turistleri?"

Genç adam şaşkınlıkla cevap verdi. "Ben... Ben sadece sorularına cevap verdim, korkutmadım ki! Kemeraltı'na gideceklermiş de..."

"*Side cutter*'lara dikkat edin demişsin."

"Ha! Dedim tabii... Uyardım yani. Çok yankesici var."

"Evladım *side cutter* nerden çıktı?"

Mete hemen açıkladı. "E *side* yan demek değil mi? *Cutter* da kesen... *Cut* fiilinden..." Rahmi'nin kahkaha attığını görünce aklı karışarak sordu: "Olmaz mı yani?"

Rahmi ona yankesicinin *pickpocket* anlamına geldiğini ve *side cutter* denen bir alet olduğunu açıkladı. Mete'nin ne şekilde bir hata yaptığını ifade ederken herkes kahkahaya boğuldu.

Mete hatasına gülmesine rağmen biraz düşününce kendini haklı buldu. "Rahmi amca ama ben senin gibi otuz tane ülke mi gezdim, nerden bileyim? Bildiğim kadarıyla yardımcı olmaya çalıştım. Hem *pickpocket* çok saçma! *Topla* veya *seç cep*... Ne demek şimdi bu yaaa? Şu İngilizce çok saçma yemin ederim!"

Rahmi dillerde mantık olmadığından dem vurarak yabancı bir dil öğrenirken nasıl bir yaklaşımda bulunulması gerektiği hakkında uzun uzun bilgi verdi. "Yoksa... Bizim Nail diye bir arkadaş vardı, ona benzersin."

Mete merakla sordu: "Nasıldı o?"

"Mahalleden arkadaştık. Liseden sonra okumadı. Lisede de

öğretmensizlikten yabancı dil okumamış. Neyse... Yirmi beş sene kadar önce Kemer taraflarında turizm işine girince İngilizce öğrenmek lazım demişler. Bir kursa başlamış ama birkaç dersten sonra gitmemiş... Birkaç yıl evvel karşılaştığımızda anlattı."

Melih araya girdi. "Niye bırakmış?"

"Bana söylediğine göre İngilizce aklına hiç yatmamış. İngilizlere kızmış." Gülümseyerek tamamladı sözlerini. "Aynen şöyle dedi: 'Kardeşim *tomorrow* diye bir kelime uydurmuşlar. Nerden çıktıysa! Bak bak, söylenişi bile zor: Tı-mar-rov. Niye kendini zorluyorsun? Hâlbuki burda kolayı var, *yarın* desene şuna!'"

★

Handan Foça yolu boyunca 'imdaaat' diye bağıracak oldu birkaç kez. 'Anne bi sus Allah aşkına, bir-iki dakika rahat ver' dememek için kendini zor tuttu. Emel, benim diyen bir araba motorunun mahcup olacağı bir hızda konuşuyordu. Amasra'da tanıdığı tanımadığı, komşu ya da akraba, kim varsa bahsetmişti. Mehveş Hanım'ın yeni aldığı koltuk takımından, Zihni Bey'in yanlış yapılan dişlerine kadar Handan'ın memleketle ilgili vakıf olmadığı herhangi bir haber kalmamıştı. Bir ara 'bu kadar seri konuşurken, hiç değilse bir kerecik yanlışlıkla Tahsin demeni bekliyor insan' diyecek olmuş ama hemen vazgeçmişti. Aslında gerilmişti. Tamam, annesi zaman zaman çok konuşurdu ama şu yaşına kadar hiç böylesine şahit olmamıştı.

Arabayı park ederken Yıldız'ın geldiğini gördü. Kadın ayaküstü merhabalaşıp bahçedeki kedilerin yandaki sokağa gittiğine dair bilgi verdikten sonra iyi günler diyerek ayrıldı.

Handan annesinin bavulunu kapıya doğru sürüklerken Emel, "Ayyy çok yoruldum," diyerek kendini bahçedeki sandalyeye bıraktı. Aynı anda bir şangırtı duyuldu.

Handan gayriihtiyari, "N'olduuu?" diyerek annesine yöneldiğinde kadın hüngür hüngür ağlamaya, bir yandan da kesik kesik konuşmaya başladı.

"Bak görüyor musun, kırdım güzelim saksıyı... Kolum çarptı... Sen de bunu ne çok severdin..."

Handan neye uğradığını şaşırarak annesinin yanında durdu. "Anne sakin ol, yok bi şey!"

Emel bir an duraksadıktan sonra yine ağlamaya başladı. "Güneş almıştı bunu sana ama! Hü hü hüüü."

Genç kadın ona sarılmak istedi ama yapamadı. Zira annesiyle de babasıyla da çocukluğundan beri dokunmaya dayalı bir ilişkisi olmamıştı. Aralarındaki sohbet ve duygular samimi olsa da davranışları hep resmiydi. Çocukluğundaki tek sıcak makam anneannesinin kucağı olmuştu hep.

Emel kayınvalidesinin 'çocuk çok öpülür çok mıncıklanırsa şımarık olur' düşüncesini benimsemişti. Babası da duygularını belli edebilen bir adam değildi. Kızına içi kaynadığında, işaret parmağıyla burnuna dokunur, bazen de saçını okşardı. Emel'in Gülşen'e sık sık, "Anne gıdıklama şunu! / Anne şuna çok fazla yüz veriyorsun! / Anne şunu şapır şupur öpmesene! / Şunu iyice tepene çıkardın!" dediği duyulurdu. Hatta Handan'ın - kendisi hatırlamıyordu ama - bir gün anneannesine, "Benim adım Handan mı? Şu mu?" diye sormuş olması sonraki yıllarda komik bir anekdot olarak arkadaş muhabbetlerinde annesi tarafından defalarca anlatılmıştı. O ise bunda hiçbir zaman gülünecek bir şey bulamamıştı.

Emel'in hıçkırıkları dinerken, çekinerek elini annesinin omzuna koydu ve sakin bir şekilde konuşmaya özen gösterdi. "Buna ağlanır mı anne yaaa? N'olmuş Güneş aldıysa? Bende onun aldığı daha neler neler var! Üzülme."

Birkaç dakika sonra Emel nispeten sakinleşmişti ama Handan düşünceliydi. Annesinin psikolojisi sandığından çok daha kötüydü ve bir an evvel neler olup bittiğini öğrenmesi gerekiyordu. Keşke babamı aramayacağım diye söz vermeseydim, diye geçirdi aklından. Annesiyle babasının en çok tartıştığı konu, ev gezmeleriydi. Babası pek istemez, annesi de mümkünse her gün bir yere gitmek isterdi. Böyle basit bir konudan kızdı herhalde, diye düşünmüştü ama artık emin değildi.

Annesiyle hemen konuşup sorunu bir saat içinde çözeceğine o kadar emindi ki İstanbul'dan dönerken Yannis'le ilgili planlar yapmıştı. Bir an önce Foça'ya dönmek, kendisiyle ilgili keşfettiklerini Yannis'le paylaşmak istemişti. Onunla uzun uzun konuşmak ve ilişkisini eski haline getirmek için dayanılmaz bir istek duyuyordu. Annesi dinlenirken, öğleden sonra bir-iki saatliğine otele uğrayıp adamla konuşabilirdi. Ancak kadının halini görünce bundan vazgeçmişti.

Akşam yemeği için otele gittiklerinde Yannis'le arasında buzdan bir duvar olsun istemiyordu. Bu düşünceyle canı sıkılsa da gülümseyerek annesine döndü. "Hadi eve girelim de... Bi duş al istersen, rahatlarsın."

★

Yemek dönüşü arabayı Mecnun kullanıyordu. Ece biraz önce yaptıkları konuşmayı düşünürken aklına takılanları soruyordu. "Bu şarkı Türkçe de olabilir yani?"

Mecnun gözünü yoldan ayırmadan başını öne doğru eğdi. "Olabilir tabii."

"O zaman... Türkçe parçaları da Sinan yolluyor?"

Mecnun gülerek cevap verdi. "Sen öyle san. *Jehan Barbur*'u bilir misin sen?"

Ece şöyle bir düşündü. "Yabancı gelmiyor bu isim, bir yerlerde rastladım galiba... Ama yok... Yani şarkılarını biliyorum diyemem."

"İyi işte... Ben de Liz'den öğrendim zaten," diyerek güldü Mecnun.

"Pop mu söylüyor?"

"Pop denemez pek... Meltem gibi şarkıları. Yumuşacık." Şöyle bir düşündü. "Caz... Güzel... Öylesine diye bir parçası var, Liz tam çevirisini istemişti. Sonra..." Gülümsedi. "*Gidersen bana da bi dengini yolla* var, dinle bak, seversin."

Ece başını salladı. "Dinlerim." Mecnun Liz'den bahsettiğinde kızmıyorum artık, diye düşündü. Yemekteki samimi sohbetle yeniden Mecnun'un çekim alanına girdiğini hissetmişti. Acaba 'gidersen bana bi dengini yolla' derken bir imada mı bulundu yoksa bana mı öyle geldi? Offf yaaa, bana ne onun ne düşündüğünden? *Ben* hoşlanıyorum işte, neden belli etmiyorum sanki? Ne yapacak yani, küsecek mi bana? Kendimi küçük düşmüş mü hissedeceğim? Niye belli edemiyorum duygularımı? Ama şimdi nasıl belli edeyim, ne diyeyim? Mektup mu yazsam acaba? Iıh! Bu kadar samimiyetten sonra... Hayatta olmaz... Acaba cepten mesaj mı atsam bir akşam? Hahah... O ne öyle, salt bedava mesajı olduğu için sevgili isteyen ergenler gibi! Offf... Biraz yetişkin gibi davranmalıyım yaaa bu ne! Tam o sırada çalmaya başlayan şarkıya kulak verdi. *Elizeth Cardoso* söylüyordu: *Manha de Carnaval*. "Mecnun?" dedi.

Arabayı park etmekte olan adam dikiz aynasından arka tarafı kontrol ederken sordu: "Efendim?"

"Bu şarkı da meltem gibiymiş, değil mi?"

"Hıhı. Bu da çok güzel." Adam aracı park edip dışarı çıkmak üzere tam kapısını açmıştı ki bütün cesaretini toplayarak sordu: "Bir gün bu şarkıda dans edelim mi? Ama serada!"

"Tamam... Çiçeklere yakışır," dedi Mecnun.

Ece hemen arabadan indi. Soruyu duyduğunda adamın yüzünde beliren şaşkın ifade gözünden kaçmamıştı. Doğal davranması gerektiğini düşünerek etrafa baktı. Ancak o zaman nerede olduklarını fark etti ve kekeleyerek konuştu. "Mecnun buraya neden geldik? Ne... Ne yapacağız ki burda?"

*

Telefon yedi-sekiz kez çaldıktan sonra Maral ahizeyi kaldırdı. "Alo!"

"Efendim bir müşteri daha geldi. Yine bardan şikâyetçi."

"Bir şeyler uydurup yolla demedim mi ben sana?"

Resepsiyon görevlisi sesini alçaltarak konuştu. "Bu müşteri yerli. Otel müdürüyle görüşmek istiyorum diye ısrar ediyor. Lobide oturuyor şu an, ne söyleyeyim?"

Maral'ın tepesi fena attı. "Hâlâ ne söyleyeyim diye soruyor yaaa! Acil bir iş için çıktı de! Öldü de! Ne dersen deee!" Telefonu kapatıp pencereye yaklaştı. Birkaç saattir zihnini esir alan kâbus, baktığı yerleri görmesini engelliyordu. Güne dair hiçbir öngörüsü gerçekleşmemişti. Öğlene kadar Ezel'in kapısını çalmasını ve özür dilemesini beklemişti. Adam gelmemiş olsa da bunu çok önemsememişti. Süha Bey duymadan bu işi bir şekilde hallederdi nasıl olsa.

Şikâyet telefonları ise öğleden sonra başlamıştı. İki barda da kimse yoktu. Ne olduğunu anlamak için bir dizi telefon konuşması yapmıştı. Ezel barmen ve garsonlardan oluşan on altı kişilik ekibine işten el çektirmişti. Bu bilgiye ulaşmak Maral'ı çaresiz bir kızgınlık içinde bırakmıştı. Sinirlerine hâkim olmakta zorlanıyordu. O anki sorunu çözebilmek için görevde olmayan ne kadar garson varsa aramış, ulaşabildiklerine ulaşıp her birini barlarda görevlendirmişti.

Ama sorun çözülmedi, diye düşündü ve aniden masasına dönüp barı aradı.

"Buyrun."

"Buyrunmuşşş! Ben size müşteriyi memnun edeceksiniz, demedim mi? Şikâyetlerin ardı arkası kesilmiyor! Üstelik daha hava kararmadı! N'apıyorsunuz siz orda?"

Genç adam çekingen bir tonda cevap verdi. "Elimizden geleni yapıyoruz efendim ama kokteyller sorun oluyor, biz restoran garsonu olduğumuz için..."

"Biliyorum ne olduğunuzu! Vereceğiniz iki içki! Kendiniz bir kokteyl yapıp sunamıyor musunuz? O kadar kafanız çalışmıyor mu? Ne öğrettiler size okulda bilmiyorum ki!" diyen Maral telefonu öfkeyle kapadı. Kendi sesi kulaklarını tırmalamıştı. Derin bir nefes alıp sakinleşmeye çalıştı: Önemli değil, önemli değil, hallederim ben bunu, diyerek kendini ikna etmeye çalışsa da büyük bir sorunla karşı karşıya olduğunun farkındaydı ama kendini teselli edeceği noktalar da yok değildi. Neyse ki Süha Bey henüz gelmedi... Allah'ım yardım et, kafayı yiyeceğim! Bardan anlayan birkaç eleman bulmam lazım ama nasıl? Offf! Ben bu duruma nasıl düştüm! Zihninde Ezel'in görüntüsü oluşunca çıldırdı. Geri zekâlı salak! Allah'ın tipsizi! Yaptığına bak! Herifin özgüveni bundanmış demek! Ekibiyle gelmiş! Ama ben nerden bilebilirdim ki bunu? Niye bana bunu kimse söylemedi? Niyeee? Müdür sıfatıyla personelden hiç ama hiç kimseyle herhangi bir konuda sohbet etmediğine ilk defa pişman oldu. Rafet ve Yannis'in herkesle sohbet etmesini hep otorite eksikliği diye değerlendirmişti. Bir iş yerinde herkes yerini ve haddini bilmeliydi. Bunları düşününce kısacık süren pişmanlığından vazgeçti. Haklıyım tabii! Öyle olmalı! Sınır koyarak yanlış yapmadım ben! Sadece... Süha Bey bana söyleyebilirdi! Marmaris'te el değiştiren bir otelden geldi bar çalışanları, ekibin başı da Ezel'dir, diyebilirdi. Çok mu zordu bu? Otelle ilgili o kadar sohbet etmişlerdi. Bunu neden söylememişti? Üstelik sunulan kokteyllerin özel olduğunu, Foça'da yaşayan birçok insanın sırf bu nedenle bar müşterisi olduğunu bile henüz öğrenmişti. Offf!

Beni tuzağa düşürdü bu Ezel, diye düşündüğü an tekrar telefon çaldı. "Zır zır zırrr, bi susmadı şu resepsiyon!" diyerek ahizeyi kaldırdı. "Yine ne var?"

"Maral Hanım?"

Süha'nın sesini duyunca başından aşağı kaynar sular döküldü. "Buyrun efendim, benim. Şey... Ben şey aradı sandım..."

"Sizi ofisimde bekliyorum."

Telefonu kaparken Maral'ın elleri titriyordu. Rezil oldum, iyice rezil oldum!

Süha'nın ofisine uzanan koridor boyunca zihni susmadı. Kâh sakin olmaya çalışarak ne diyeceğini düşünüyor, kâh Ezel'e küfürler savuruyordu. Sekreter kapıyı açarak onu içeri buyur ettiğinde tahmin ettiği gibi Ezel, Süha'nın masasının önündeki koltuklardan birinde oturuyordu.

Patronu ona diğer koltuğu göstererek sakin bir şekilde, "Buyrun oturun Maral Hanım," dedi.

Maral otururken dik durmaya ve Ezel'e bakmamaya özen gösterdi.

Süha doğrudan konuya girdi. "Bana barla ilgili ufak bir sorun olduğunu ve bizzat halledeceğinizi söylemiştiniz. Anlaşılan, halledemediniz. Sizi dinliyorum."

★

Emel duş aldıktan sonra iki saat kadar uyudu ve nispeten sakin bir şekilde salona geldi. Beş-on dakika kadar kızıyla havadan sudan sohbet edip kanepeye uzanınca, Handan da oturduğu yerde kaykılıp kitabına döndü: *Kırk Ambar / Cemil Meriç*. On dakika sonra okuduklarına kendini veremediğini fark ederek göz ucuyla annesine baktı. Mumya gibi yatmaya devam ediyordu. Kitabı sehpaya bırakırken, bunu salim bir kafayla okumalıyım, diye düşündü. Annesinin görüntüsü nedense aklına *Oscar Wilde*'ın bir sözünü getirmişti: İnsanların çoğu, kendileri değil başkalarıdır; düşünceleri başkalarının düşünceleridir; yaşamları başkalarını taklittir ve tutkuları ise alıntılardır. Zihnindeki akış pek çok şeyi birbirine bağladı ve sesinde samimi bir merakla, "Anne?" dedi.

"Efendim?"

"Anne olmak çok komik, değil mi?"

Emel bir an duraksadıktan sonra gülmeye başladı ve gözlerini tavandan ayırmadan cevap verdi. "Evet ama çocuk olmak daha komik."

Handan merakla sordu: "Niye öyle olsun?"

Kadın bir süre düşündü. "Çünkü... Anne olmaya insan kendi karar veriyor. Çocuk olmak öyle mi? İki kişi seni imal ediyor, hiçbir söz hakkın yok! Çocuk olmak mecburiyettir."

Handan gülümsedi. "O zaman... Mecbur olan küçük insanlar büyüyor veee... Kendilerini mecbur bırakan insanların intikamını almak için yeni küçük insanlar mı imal ediyor? İnsan hayatına... Üreme döngüsüne getirdiğin yorum bu mudur?"

Emel yerinden doğrulup otururken kahkaha attı. "E sen istedin bunu... Anne olmak komik miymiş, neresi komik? Başlı başına sorumluluktur annelik. Yedir içir, yıka pakla, derdine koş, yarınını düşün. Çok da yorucu..."

"Ben doğmadan yıkayıp paklamıyor muydun?"

Emel bir süre düşündü ve elini havada savurarak cevap verdi. "Amaaan! Doğdun mu yoruluyorsun işte! İş... Hep iş... Evlensen iş, evlenmesen iş! Evlensen bir türlü, evlenmesen bir türlü. Çocuğun olsa bir türlü, olmasa bir türlü." Sandalyenin arkasında duran iki tişörtü ve masadaki bir kupayla çay bardağını işaret etti. "En iyisi senin gibi dağınık yaşamak." Kızgınlıkla karışık bir özenme yansıdı sesine. "Pasaklısın ama bak ne kadar rahatsın! Camlar da toz içinde, umrunda değil. Evi böyle bırakıp çekip gitmişsin. Hoş, iyi etmişsin! Ben yaptım da değeri mi bilindi?"

Handan gülerek ayağa kalktı. "Gülşen'in masallarından birini okumak ister misin?"

Emel yüzünü buruşturdu. "Biliyorum hepsini."

Handan odasına doğru giderken seslendi. "Hayır, bunu bilmiyorsun, bu kitapların arasından çıkanlardan, deftere geçireceğim daha."

Kızı yanına gelince elindeki kâğıda baktı Emel. "E iyi, çantam odada, gözlüğümü de getiriver."

Handan onun biraz neşelenmesiyle rahatlayarak tekli koltuğa geçti. "Yok ben okuyayım sen dinle. Ben nerede vurgu yapılacağını biliyorum." Gülümsedi. "Elli kere okudum. İyi dinle, araya girme ve sesli gülme. Masalın adı Homur ve Homuriye..." Emel'in güldüğünü görünce ciddi bir ifadeyle, "Sesli gülmek yok!" diyerek masalı okumaya başladı:

Çok uzak olmayan bir zamanda, köyün birinde yaşayan, herkesin Homur Bey ve Homuriye Hanım diye bahsettiği bir karı koca varmış... Tabii bu ismi onlara köydeki diğer insanlar takmış... Çünkü bu çift gün boyu her şeye ama her şeye homurdanırmış...

İlkbahara yeşil, sonbahara sarı diye söylenirlermiş. Akşamı karanlık diye, sabahı çok aydınlık diye sevmezlermiş...

Adam evde her şeyin dört dörtlük olmasını istermiş, karısı da zaten çok titizmiş. Öyle böyle değil! Homuriye öyle bir kadınmış ki yakmak için aldıkları kömürleri bile bahçede yıkayıp kurutmadan sobaya koymazmış...

Adam da köydeki tek bakkalmış, herkes mecburen ondan alışveriş yapmak zorundaymış. Hiç kimseye selam vermez, kimseyle sohbet etmez, asık yüzüyle akşama kadar homurdanarak işini yapıp evine dönermiş...

Evlerine misafir gelmediği gibi onlar da kimselere gitmezlermiş. Söylenenlere göre bir kızları varmış. Ancak evde iş çıkıyor diyerek kızı daha on beş yaşındayken istemediği bir adamla evlendirmişler... O gün bugün de kızlarının ziyarete geldiğini gören olmamış...

İnsanlar, eşyaların canı yok zannederler... Ve bu doğrudur... Bir yere kadar... Eğer bir evin içinde yaşayan insanlar canlıysa geçerlidir bu...

Bir hayat belirtisi olmayan... Yani dağılmayan, tozlanmayan, kir-

lenmeyen her yer çok sıkıcıdır... O zaman eşyalar canlanmak zorunda kalabilirler...

Bu evde de aynısı olmuş... Homur'la Homuriye bir hayat belirtisi göstermeden yaşadıkları için evdeki eşyalar sıkıntıdan patlamış... Patlama şöyle gerçekleşmiş: Bir sabah, gün doğarken, mutfaktaki çekmecenin içinde düzgün bir şekilde duran çatallar kendilerini alıp kaşıkların üzerine atıvermişler...

Oyuna bıçaklar ve tatlı kaşıkları da karışınca şıkırtı artmış...

Onların altındaki çekmecede duran kepçe de yukarıdan gelen bu neşeli sesi duyunca hemen çekmeceyi itmiş, dışarı çıkmış, sonra da sırayla bütün dolapları boşaltmış.

Tabaklar, çanaklar, tencereler, tavalar, bardaklar... Hep beraber koltukların üzerine serilmişler. Kimi yatıyormuş, kimi zıplıyormuş, kimi sohbet ediyormuş.

Kevgir sehpanın üzerine çıkıp bağırmış: "Süz yıkan, süz yıkan, bir güler yüz görmedim, aaa! Bir kerecik olsun kibarca 'tak' demeden koymadı beni yerime!"

Bunu duyan mutfak karoları, tezgâhın üzerinden fırlayıp kırılmamak için kendilerini halıya zor atmışlar. Öncü karo, kevgirin sapını okşayarak onu teselli etmiş ve "Üzülme kevgir kardeş, bizim halimize bak şükret," demiş. Kevgir karoyu şöyle bir süzmüş - delikleriyle değil tabii - ve sormuş: "Size n'aptı?"

Karo acıklı bir sesle konuşmuş. "Sen bilmiyorsuuun, bizim rengimiz açık griydi. Üstümüze zehri döke döke, erken yaşta ağarttı bizi!"

"Ayyy siz hiiiç şikâyet etmeyin," diye gürlemiş buzdolabı. "Bu Homuriye var ya bu Homuriye, ben başka yüz mü gördüm şu hayatta? Gözümü açtım o, kapadım o! Bu kadının asık suratını gördükçe şu buzdolabı halimle üşüdüm de kimseler bilmedi."

Banyodan çamaşır makinesinin geldiğini duyunca hepsi başını ona çevirmiş. Çamaşır makinesi heyecanla konuşmuş. "Hadi boş verin şimdi bunları!" Köşede asılı duran tutacağa seslenmiş. "Aç şu kapıyı da güneşe çıkalım biraz, yatıp yuvarlanmak istiyorum toprakta! İçim dışım su oldu be! Siyatiğim azdı artık iyice, biraz da ben kirleneyim motorum bozulmadan, hadiii!"

Böylece eşyaların hepsi ama hepsi sokağa dökülmüş... Çatallar zıplıyor, kaşıklar yere dalıp dalıp birbirlerine toprak atıyorlarmış...

Aman nasıl neşelenmişler, nasıl neşelenmişler, sorma gitsin!

Koltuklar taşların üzerine oturup bacak bacak üzerine atıyorlarmış, perdeler çimenlere seriliyor, tencereler iç içe durmaktan bunaldıkları için çiziklere aldırmadan yokuş aşağı yuvarlanıyorlarmış.

Köyün meydanına yaklaşınca ne görsünler?

Bakkaldan kaçan kaçana!

Deterjan kutuları, pirinç, mercimek paketleri, neşe içinde takla atıyorlar.

Makarnanın biri kendini tencerenin içine atarken, "Ohhh..." demiş. "Haşlanmadan da gelebildim sana sonunda!"

Bu arada kuru fasulye, düdüklü tencereye nanik yapmayı ihmal etmemiş tabii...

Çikolatalar soyunmak için bir-iki bıçaktan yardım almış ve hayatlarında ilk defa güneşe yatmışlar. Biri diğerine demiş ki: "Şu güneşte biraz da biz bronzlaşalım, bizim neyimiz eksik?"

Bunların eriyeceğini anlayan şemsiye hemen yardıma koşmuş...

Havan, döveceği havaya atıp atıp tutarken, kendinden kaçan sarımsaklara bağırıyormuş. "Kaçmayın bendeeen, ezmeyeceğim siziii, ben de şenlikteyim!"

Bütün bunları gören köylüler çok şaşırmışlar tabii... Zıplamaktan yorulan eşyalarla uzun uzun sohbet etmişler...

O günden sonra da evdeki eşyalarına çok kibar davranmışlar... Mesela yere düşürdükleri bir çataldan özür dilemeye başlamışlar... Ya da lavabo tıkanınca bela okumamışlar...

Homur ile Homuriye'ye ne oldu dersen... Ne olacak? Huylu huyundan vazgeçer mi? Yeni eşyalar almışlar ve geri kalan ömürlerini, onları hizaya sokmakla geçirmişler...

Sal La

★

Verandada oturan Sevinç, evinin önüne gümüş grisi son model bir kamyonet yanaşırken, gözlerini kısmış sürücüyü seçmeye çalışıyordu. Ece olduğunu anlayınca hemen dışarı çıktı ve onu bahçe kapısının önünde durdurup sordu: "Bu ne?"

Ece gülümseyerek cevap verdi. "Bir kamyonet. Mecnun'un."

Sevinç kaşlarını çattı. "Hani siz seraya lazım olan birkaç şey almaya gitmiştiniz?"

Ece başını salladı. "Aldık." Gülümsedi. "Bu da ihtiyaçmış ama benim haberim yoktu."

Sevinç kamyoneti şöyle bir inceledi. "Jip zannettim önce. Çok güzelmiş... Pahalıdır bu. Kaça aldı?"

"Bilmiyorum."

Verandaya doğru yürüyüp masaya oturdular. Bu sırada Sevinç genç kadını soru yağmuruna tuttu.

Ece günü kısaca özetledi. "Tabii içeri girince..." Eliyle üzerini gösterdi. "Pazardan aldığım bu elbise ve Mecnun'un yırtık kotu satış elemanlarının pek ilgisini çekmedi ama zaten önceden bakmış sanırım Mecnun. Bir adamı görmek istedi. O adam gelince bana renk seçtirdi... Sonra ben orda bi masaya oturdum, onlar muhasebe bölümüne gittiler. Yarım saat sürmedi yani girip çıkmamız."

Sevinç manalı manalı gülümseyerek başını salladı. "Demek rengi sana seçtirdi?"

Ece hemen itiraz etti. "Ondan değil! Mecnun üç ay kadar İzmir'de çalışacak. Çok gidip gelecek, büyük bir iş aldı. E burda da sana araba lazım dedi."

Sevinç heyecanlandı. "Yani bunu sana mı aldııı?"

Ece tekrar itiraz etti. "Hayır! Seraya aldı dedim ya. Yani... Şimdi ben ordayım, ben kullanacağım. Gürkan da kullanır... Mecnun da kullanır."

Kadın kesin bir dille itiraz etti. "Sen onu benim külâhıma anlat. Deli oğlan! Seni tavlamak için sokmuş kendini bir yığın borç altına! Bak görüyor musun? Cık cık cık... Bu adamın değerini bil kızım, kaçırma elinden!" Ayağa kalktı. "Yeşil çay yaptım, sen de içer misin?"

"Çok iyi olur."

Sevinç içeri gidince Ece düşüncelere daldı. Kadının söyledikleri onu hem mutlu etmiş hem de üzmüştü. Mecnun'un kendisinden hoşlandığına bir türlü inanamıyordu. Belki de alışkın olduğum işaretler yok, ondan, diye düşündü. Zihninden geçenlere yoğunlaştı. Bir erkek bir kadından hoşlanıyorsa, üstelik beraber çalışıyorlarsa ve birbirlerini bu kadar sık görüyorlarsa... Çoktan adım atmaz mıydı? O kadar çok zaman geçirdik

Mecnun! O kadar sohbet ettik, neden bir şey söylemiyorsun? Tamam, bazen güzel ve özel şeyler söylüyor ama onlar da iltifat yani. Belki de kendimi iyi hissetmem için... Anladı bazı komplekslerim olduğunu tabii, zeki adam... Ondandır! Iıh. Bir erkek bir kadından gerçekten hoşlansa... Bir şey söylemeden, bir ilişki başlatmadan, bu kadar zaman hayatta dayanamaz. Ruhsal olarak dayansa, fiziksel olarak dayanamaz! Erkeğin tabiatına aykırı bir kere... Ama bilmiyorum. Huyumu suyumu öğrenmiş! Dikkat etmiş yani... Bilmediğim yollarda araba sürmekten korktuğumu biliyor, o korkumu yeneyim diye bana verdi arabayı Menderes yolunda. Sanki anlamadım! Acaba ondan hoşlandığımı ama bir şeyler söylemesi için onu beklediğimi de biliyor mu? Öte yandan Sevinç teyzenin dediği gibiyse çok üzülürüm. O kadar borca girip gerçekten benim için mi aldı bu arabayı? Hiçbir şey de konuşturmadı ki! Adamın 'hadi Ece, takıl peşime de Foça'ya dönelim artık' deyişi aklına gelince gülümsedi. Anayoldan Foça yoluna dönünceye kadar adamı takip etmiş, sonra korna çalarak onu sollamıştı. Sevinç'in sesiyle düşüncelerinden sıyrılıp masaya döndü.

"Sen telefonda akşama otele gideceğini söyleyince yemek yapmadım," diyordu kadın.

"Ben gideceğim demedim, beraber gidelim dedim Sevinç teyze."

"Ben ne yapacağım kızım gençlerin arasında. Siz yer içer eğlenirsiniz."

"Olur mu? Dedim ya... Handan'ın annesi de var. Rafet'le de tanışıyormuşsun zaten."

"Tanışıyorum da samimiyetim yok. Ne bileyim, ben gelmesem daha iyi."

Ece nazlandığını anlayacak kadar tanımıştı kadını. Çay fincanını ona doğru kaldırırken kesin bir sesle konuştu. "Ben bunu bitirince duşa girip hazırlanacağım. O sırada sen de hazırlan beraber gidelim işte! Ne yapacaksın evde? Değişiklik olur. Tartışmayalım bu konuda. Mecnun saat yedide gelecek bizi almaya."

Sevinç boynunu büküp uysal bir sesle cevap verdi. "E peki o zaman."

algısı beyaz bir kalbin
siyah olmaz vergisi

iyi ki...

16

Emel bahçenin görüntüsüne dalmış, zihninde yenileme çalışmasına başlamıştı: Petunyalar kurumuş, mevsimi geçti tabii, şöyle yol boyu sökeyim ben onları, maydanoz roka falan ekeyim. Tam o sırada kızının sesini duydu. "İşte geldiiim. Hadi gidelim."

Emel onu görür görmez yüzünü buruşturdu. "Böyle mi gideceksin?"

Handan omzunu silkti. "Eveeet."

"Yazlık o elbise kızım, üşürsün."

Handan gözlerini devirerek konuştu. "Anne ne üşümesi yaaa bu havada!"

"Ben üşüyorum akşamları."

"Ben üşümüyorum."

"Üşürsün üşürsün, üstüne bi hırka al bari."

Bu konuda tartışmanın işe yaramayacağını biliyordu genç kadın. Lise yıllarında bu konuda epey bir çene yormuş ama daha sonra arkadaşlarının annelerinde de aynı şeyi görünce kararını vermişti: Kendi üşüyünce karşısındakinin, özellikle de - kaç yaşında olursa olsun - çocuğunun üşüdüğünü sanmak, bir annenin vücuduna tam çocuğu doğururken yerleşen bir genle ilgili olmalıydı.

Odasına gidip bir şal aldı ve çantasına attı. Dış kapıyı kapayıp bahçeden çıkarken, annesinin arabaya baktığını gördü. "İstersen yürümeyelim, o kadar yakın değil bak. Yoruldum deme sonra bana."

Emel konuşurken başını salladı. "Yürüyelim yürüyelim. Ayaklarım açılır işte. Hem uyudum ben, dinlendim."

"E peki o zaman."

On dakika kadar Münevver ve Ayça'dan bahsederek yürüdüler. Emel biraz çekinerek aklına takılan konuyu sormaya karar verdi. "Güneş'in yokluğuna alıştı mı sence?"

Handan bir süre sessizce yürüdükten sonra derin bir nefes alarak cevap verdi. "Daha iyi. O kadar ağlamıyor artık. Bir de tabii Ayça'nın bunalımından dolayı çabuk toparlanmak, güçlü olmak zorunda kaldı sanki... Ya da öyle görünüyor, bilemiyorum."

Emel'in hissettiği isyan sesine yansıdı. "Offff! Çok zor çooook! Allah sabır versin."

"Öyle..." Bu sırada telefonu çaldı. "Babam," dedi ekrana bakarak.

Emel durup kaşlarını çattı. "Sakın benden bahsetme!"

Handan da durdu ve gülümseyerek açtı telefonu. "Efendim?"

Babası konuşmaya her zamanki cümlesiyle başladı. "Handan, kızım, nasılsın?"

"İyiyim babacım, sen nasılsın?" derken annesinin göz hapsinden kurtulmaya çalıştı genç kadın.

"Ben de iyiyim. Bekleyeyim dedim, annen varmıştır artık. İçini dökmüştür... Sinirleri yatışmıştır, değil mi?"

Genç kadın birkaç saniye ne diyeceğini bilemedi ve kaşlarını kaldırarak açıkladı. "Ben bu soruya cevap verme yetkisine sahip değilim."

Emel gözlerini kısıp kızına 'sorarım ben sana' bakışını fırlatırken Tahsin kahkaha attı. Kızının mahkeme salonundaymış gibi konuşması onu hep güldürürdü. "Haaa! Yanında demek... Neyse... Sen beni müsait bir zamanda arar mısın? Evet veya hayır de. Bunu söyleme yetkin varsa tabii."

Handan güldü. "Evet."

"Ha bir de... Annene söyle, kafasındaki tilkilerden kurtulsun artık!"

Handan 'ne tilkisi?' diye sormak istedi ama Emel'in Külyutmaz Necmi bakışları buna engel oldu. "Peki söylerim." Konuyu değiştirerek annesini sakinleştirmeyi umut etti. "Biz de şimdi Rafet ablanın otele, yemeğe gidiyoruz."

"Afiyet olsun. Hadi size iyi akşamlar."

"Teşekkürleeer, sana da," deyip telefonu kapadı Handan.

Emel anında parladı. "Sana benden bahsetme demedim mi kızım?"

Handan yavaş yavaş yürümeye başladı. "Ay anne bahsetmedim aaa!" Sesini yumuşatarak sürdürdü konuşmasını. "Anlamış buraya geldiğini."

Emel yüzünü buruşturdu. "Aman ne zeki!" Bir süre sessizce yürüdükten sonra merakına yenik düşerek sordu: "Peki söylerim dedin... Ne dedi de öyle söyledin?"

Handan gülmemeye çalışarak konuştu. "Annene söyle, kafasındaki tilkilerden kurtulsun artık dedi."

Emel kızdı. "Ondan âlâ tilki mi olur! Densiz adam!" dedikten sonra hızlı hızlı yürümeye başladı.

Handan ona yetişmeye çalışırken söyleniyordu. "Anne yavaş..."

★

Rafet, Sevinç'e, "Buyrun ayakta kaldınız, şöyle geçelim," diyerek bahçedeki masayı işaret etti. O sırada Yannis'in arabayla ilgili teknik sorularını cevaplayan Mecnun'a çaresiz gözlerle bakarak yürürken zihninden şu ses yükseldi: Kaça aldın dedim cevaplamadı bak! Hep böyle yapar zaten! Araya iki laf sokup herkesi güldürüyor, sonra da bana sorumu unutturuyor. Bu sefer bu tuzağa düşersem! Allah Allaaah! İş mi şimdi şu yaptığın Mecnun? Oğlum işini gücünü düzene soksaydın ya! Bi evlenip barklansaydın önce araba alacağına! İşte anasız babasız olunca... Tüh tüh, keşke bana bi sorsaydı...

Ece ve Sevinç'le masaya oturup üç-beş kelam etmişti ki Handan'la Emel'i görünce onları karşılamak için tekrar ayağa kalktı. Yannis'in genç kadına can-ı gönülden sarıldığını görünce içine su serpildi. Emel ve Sevinç'i tanıştırdı. Üç kadın havayla ilgili detaylı bir sohbete dalmışken diğerleri de geldi.

Herkes masanın etrafına eklenen sandalyelerde yerini alırken, Mecnun, Rafet'in omzuna elini koyarak sordu: "Atlas'ım nerde?"

Rafet gülümseyerek cevap verdi. "Odada. Bugün nasıl olduysa uyuzluğu üzerinde değil. Yemekten önce ödevini bitirmek istedi. Otursana... Yemeğe kadar bir şeyler içelim." Diğerlerine dönerek sordu: "Ne içersiniz?" Herkes çay içmek isteyince açıklama ihtiyacı duydu. "Yalnız demleme çayımız yok şu an, sallama var."

Mecnun, Rafet ve Yannis'e bakarak gülümsedi. "Şöyle bi sallarım sizi otelinizle beraber görürsünüz gününüzü! Sallama çay ne yaaa... Avrupa mı burası? Burası Foça alooo!"

Diğerleri gülerken Yannis açıkladı. "Bugün birkaç yabanci turistten baska pek kimse yoktu. Ben de çocuklara yemekten sonra demleyin dedim."

Mecnun başını eğip, "İyi etmişsin hacı. Hadi siz için ne içecekseniz, ben de biraz Atlas'la sohbet edeyim," diyerek onun yanına gitti ve on beş-yirmi dakika sohbet ettiler.

Çocuk yeni arkadaşlarından heyecanla bahsetmeye başladı: Bilmem hangi oyunda, bilmem kaçıncı *level*da olan Kağan vardı... Mesut çok komik biriydi ama gülerken çıkardığı ses kedi hapşırmasına benziyordu... Öykü çok güzeldi, gamzesi vardı, gülünce yanağında şööööyle küçücük bi çukur oluyordu... Ayrıca Ebru diye bir kız vardı sınıfta. "Kızın annesinin adı Bengü'ymüş! Bengü diye anne mi olur? Bengü çocuk adı bi kere! Çok şaşırdım ben buna çoook!"

Adam konuya bir açıklama getirdi ama Bengü diye bir anne veya Mecnun diye bir dede olabileceği çocuğun aklına pek yatmadı. İnsanların yaşlandıkça isim değiştirmeleri çok daha mantıklıydı ona göre. Ancak en azından, arada aklına takılan ve hiç söz etme fırsatı bulamadığı 'acaba babannemin küçükken adı neydi?' düşüncesinden kurtulmuştu.

Mecnun gülümseyerek dinliyordu onu. Anlatacaklarını bitiren çocuk yeniden ödevinin başına oturunca, "Hadi ben bahçeye, yaşlıların yanına döneyim artık," diyerek kapıya yöneldi.

Atlas ona bakıp gülümseyerek başını salladı. "Tamam. Gel yine. Okula gidiyorum diye..." Birkaç saniye gözlerini yumarak düşündü. "Arayı fazla açma!"

Bu sözler üzerine Mecnun bir kahkaha atıp, "Hopppsiii! Lafa bak hizaya gel! Demek bu aralar bunu öğrendin. Tamam aslanım! Açmam arayı, hadi ben seni rahatsız etmeyeyim de ödevini bitir," diyerek odadan ayrılmak istedi ama bu o kadar kolay olmadı. Önce 'lafa bak hizaya gel' ne demektir ve nasıl bir durumda kullanılır, birkaç örnekle açıklamak zorunda kaldı. Masaya döndüğünde Atlas'la konuşmalarını anlatınca herkes güldü. Biraz da Rafet'in içini rahatlatmak istedi. "Alışmış okula. Bak korktuğun başına gelmedi, sıkılıyorum falan demedi bana. Gerçi oyun faslındalar daha ama bir şikâyeti yok."

Kadın içini çekti. "Bilemiyorum. İlk günler bir kriz yaşandı sanki."

Yannis araya girdi. "O kriz değildi. Normal."

Mecnun merakla sordu: "N'oldu?"

Rafet sakin sakin açıkladı. "Öğretmeniyle konuştum. Kadın otuz yaşında falan, genç daha. Öğrencileri tanımak amacıyla klasik sorular soruyormuş. Sıra buna gelmiş. Annenin babanın mesleği ne diye sormuş. Bizimki de her şeyin aslına ermezse rahat edemez ya! Niye soruyorsun demiş kadına."

Sevinç ve Emel dikkatle konuşmayı takip ederken diğerleri güldüler. Handan Atlas'a hak verdi. "Haklı çocuk! Öğrenciliğim boyunca nefret ettim bu sorudan."

Ece araya girdi. "Ben de."

Rafet elini açarak sürdürdü konuşmasını. "Ama bizimki de az değil! Neyse işte... Niye soruyorsun diye hesap sorması bir yana... *Soruyorsunuz* bile dememiş! Yüz kere tembihledim hâlbuki."

Mecnun yüzünü buruşturdu. "Bu yüzden seni okula mı çağırdı öğretmen?"

Rafet başını geriye attı. "Yooo yooo çağırmadı. Ben Atlas'ı almaya gitmiştim. Çıkışta şöyle beş-on dakika konuştuk."

Konu Emel'in ilgisini çekmişti. "Eee? Öğretmen ne cevap vermiş peki?"

Rafet açıkladı. "Sizi tanımak için soruyorum demiş. Atlas da bu sefer 'çok saçma bu öğretmenim' diye cevap vermiş. Kadın niye saçma olsun deyince de dır dır konuşmuş işte! Babasının bakkal veya doktor olması onu nasıl tanıtabilirmiş? Hangi bilgisayar oyununu sevdiği ya da köpeği olup olmadığı nerden anlaşılırmış falan filan..."

Mecnun'un yüzüne keyifli bir ifade yerleşti. "Aferin aslan parçasına, ne güzel cevap vermiş! Resmen sınıfsal ve ekonomik ayrımcılık yaratan bir soruya isyan etmiş. İnsanlar sekiz yaşına gelmeden kapitalizmin en önemli dişlisine böyle böyle kaptırıyorlar işte kendilerini... Cık cık cık... Şuursuza bak! Çocuğu tanıyacakmış! Sana ne öğrencinin anasının babasının işinden! Ben de asla cevap vermezdim bu soruya. Bir de bu sorgulamayı bitirip öğrencilere anasının babasının işine göre davranan bazı hocalar yok mu, deli olurdum."

Ece onu onayladı. "Özellikle ortaokuldayken."

Handan da bu konuda dertliydi. "Bizim lisede de vardı. Hele bir de öğretmen, öğrencinin annesi veya babasıyla arkadaşsa... Öğrenci kayıran öğretmen kadar insanın adalet duygusunu yerle bir eden pek az şey vardır hayatta."

Emel sakin olmaya çalışarak boğazını temizledi. "Ama çocuklar... Yani... Ben de ilk senelerde sorardım ama inanın kötü bir niyetim yoktu." Şöyle bir düşündü. "Yani... Ailenin gelirini, sosyal yapısını tahmin edip yardımcı olmak amacıyla yapardık bunu. En azından benim niyetim buydu."

"Form dolduruyorduk zaten," dedi Handan. "Bir de niye herkesin içinde sorulur ki? Çok saçma!"

Emel başını eğdi. "Öyle tabii ama... Öğrenciyken bize de sordukları için... Yani âdet böyle olunca, normal zannediyor insan, saçma olduğunu düşünemiyor ki! Ama sonra... Bunun çok yanlış olduğunu anladım bir gün..." Yılları aşıp gelen bir hatıra, yumru olup boğazına oturdu.

Handan annesinin gözlerinin dolduğunu fark ederek 'eyvah, yine duygusala bağladı' diye düşünürken, sohbeti ilgiyle takip eden Sevinç büyük bir merakla sordu: "Ne oldu da anladınız Emel Hanım?"

Kadın derin bir nefes aldı. "Aslında iki şey oldu aynı sene. Birincisi, ben yine böyle sene başında bir sınıfa girdim, tanışma adı altında annen baban ne iş yapıyor diye sorarken, orta üçüncü sınıftan Hanife isimli irice bir kız, babamın hırdavatçı dükkânı var, annemse mezarlıkta çalışıyor dedi. Cevap birden tuhafıma gitti. Erkek işi diye düşündüm o sırada galiba... Kekeleyerek temkinli bir şekilde sordum: 'Mezarlıkta mı? Bekçi değil herhalde. Temizlikçi olarak mı çalışıyor?' Bunun üzerine kız yüzünde hiç unutmayacağım buz gibi bir ifadeyle, 'Ölü olarak,' dedi."

"N'aptınız peki?" diye sordu Ece çekinerek.

Emel omzunu silkti. "N'apayım, dondum kaldım. Küçük düştüğümü hissettim, bozuldum, üzüldüm ve hepsi aynı anda oldu. Birkaç saniyede toparlanıp bir şey yokmuş gibi diğer çocuklara sormaya devam ettim ama Allah biliyor ya, zilin çalmasını o kadar istediğim başka bir ders olmadı! Sonra da öğretmenler odasına gidip hüngür hüngür ağladım."

Annesinden pek çok meslek anısı dinleyen Handan bunu ilk kez duyuyordu. "Niye ağladın? Hatalı soru sorduğundan mı yoksa kıza üzüldüğünden mi?"

"İkisi de. Hatamı bu şekilde öğrenmek ağır geldi sanırım. Yani yarı yaşımda bir insan, bana böyle bir ders verdi! Sonradan öğrendim, kimseye böyle bir şey yapmamış daha önce. Demek ki bu soru, yani sınıfta sorulması nasıl bir densizlikse, kızın patlaması bana denk gelmiş."

Bir süre herkes susup duyduklarını sindirdi. Sevinç ise gerisini merak ediyordu. "İkinci olay neydi?"

Emel gülümsedi. "Haaa! O komikti. Aynı sene, yine orta üçe giden bir çocuk vardı. Ufak tefekti. Adı da Özgür'dü. Arkadaşlarıyla çok uyumluydu ama öğretmenlerle... Nasıl desem?" Gülümsedi. "Seviyeli bir ilişki içindeydi. Çalışkan ve çok terbiyeli bir çocuktu ama hiçbir öğretmenle yakınlık kurmazdı. Bundan başka... Yani arkadaşlarıyla samimi ama bizimle mesafeli olması dışında, çocukta dikkatimizi çeken hiçbir şey yoktu. Bize verdiği bilgiye göre annesi ev hanımı, babası da valilikte memurdu. Mezun olup şehirden gidinceye kadar fark etmedik, meğer çocuk valinin oğluymuş! Sonradan ortaya çıktı... Herkes adamın kâtip falan olduğunu düşünmüş. Arkadaşları da bilmiyormuş... Üç yıl boyunca kimse fark etmemiş!"

Herkes gülerken Mecnun ellerini ensesinde kenetledi. "Vali adamın hasıymış desenize!"

Emel başını salladı. "Öyle tabii ama bu olayda birçok öğretmen kendisini sorguladı!"

"Neden?" diye sordu Ece.

"Özgür'ü annesi kaydettirmiş ve babasının işine, devlet memuru, çalıştığı kuruma da valilik diye yazmış. Annesi ev hanımıymış... Öğretmenlerin çoğu bilmese de idarecilerin hepsi valilerin adını soyadını bilir. Adam mülki amir! Kimsenin aklına bu çocuğun valinin oğlu olabileceği gelmemiş. Formdaki bilgi doğru aslında, vali de memur tabii ama işte... Ülkede işler nasıl yürüyor biliyorsunuz! Bizim de ezberimize işlemiş... E çocuk da hiç belli etmeyince..."

Handan hemen tespitini sundu. "Bir valinin karısı ev kadını olamaz zaten! Ya da vali karısı ise orda burda boy gösterir, hatta bazen kocasından bile çok tanınır!" Gülerek annesine baktı. "Nida'yı hatırlarsın..." Annesiyle gülüşürken diğerlerine açıkladı. "Bizim fakültede bir arkadaş vardı, babası da iki dönem bakanlık yapmıştı. Birkaç kez onlara gitmiştik... Hiç unutmam, annesi şöyle demişti: 'Herkes bakan karısı olmayı matah bir şey zanneder ama içimde ukte kaldı, bir kere bile vali konağında oturamadım.'"

Emel kafasını salladı. "Evet! O zamanlar bizim kafalar da böyle çalışıyormuş işte!" Şöyle bir düşündü ve daha ziyade kendini ikna etmek için açıkladı. "Ama ben o zamanlar çok genç ve tecrübesiz bir öğretmendim."

Mecnun düşünüp önerisini ciddiyetle dile getirdi. "Emel teyze, işte bu vali insanını klonlayacaksın, seri şekilde tabii! Sonra da bütün illere vali, ilçelere kaymakam, hatta köylere muhtar olarak dağıtacaksın. Beş yüz elli tane de meclise koydun mu... Al sana hiper süper, Voltran ülke! Hopppsiii!"

Herkes gülerken Handan Rafet'e döndü. "Duyduğun gibi Rafet ablacım, Atlas haklı!"

Mecnun ne olduğunu tam olarak bilmek istiyordu. Rafet'e döndü. "Şu olayın sonunu anlat. Şimdi... Öğretmen, Atlas için ne dedi? Niye kriz yaşandı dedin?"

Kadın düşünceli bir şekilde cevap verdi. "Aslında 'niye' diye sorması öğretmenin hoşuna gitmiş ama 'sen' diye hitabından hoşlanmamış, çekmiş teneffüste bir köşeye konuşmuş. Atlas da ben sadece çok yaşlılara ve tanımadığım, sevmediğim insanlara siz derim... Sana demek istemem ama istersen derim gibi laflar edince kadın da gülmüş tabii!"

Mecnun ellerini dizine koydu. "Sorun ya da kriz yok yani."

Rafet boynunu büktü. "Yok da... Kadın endişeliydi biraz. Her sorumu, her açıklamamı böyle didiklerse sınıfta işim zor dedi."

Bu sırada garson gelip masanın hazır olduğunu söyleyince herkes ayaklandı. Yannis Handan'a elini uzatınca, genç kadın mutlulukla gülümsedi. Açıkçası ona uzun uzun açıklama yapmadan, adamın böyle yakın davranacağını hiç ummamıştı.

Bu sahneyi gören Mecnun güldü. "Kontes aramıza döndün nihayet!"

Yannis gülümseyip, "Kontes hiç gitmedi ki hep burda," dedikten sonra Handan'a sarılarak yürümeye başladı.

Mecnun onu omzundan hafifçe iterek konuştu. "Romantizmin dibine vurdun yine Eros, hadi yürü, karnımız acıktı."

Ece ona gülerken, ahhh bir de sen vursan, diye düşündü.

★

Nurcan çay tepsisini Rıza'nın yanındaki sehpaya bıraktı, kendi çayını alıp koltuğuna geçti. Katılımcıların ve sunucunun hep bir ağızdan konuştuğu bir tartışma programı izliyordu adam. Söylenenleri anlamak için ha bire televizyonun sesini açıyordu. Nurcan ise çoktan düşüncelere dalmıştı: Selma'yla konuşmasaydım keşke... Allah Allah yaaa! Herkes ağızbirliği etti sanki... Sen ne anlarsın fırın işletmekten, sen ne anlarsın ticaretten! Anlayan anasının karnında öğreniyor sanki! Hayır yani, niyetlenmişim değil mi? Annecim hayırlı olsun de, başarırsın de, bir umut ver, bir moral ver... Yok! Dediğine bak! Yapamazsın, edemezsin, anlamazsın. Aman babamı ihmal etme, babamın canını sıkma! Bu da güya beni anlayan evlat... Söylesem öbürü neler der Allah bilir! Iıh. Aramayacağım. Dertleşemedikten sonra evlat ne işe yarar ki? Offf... Nasıl söyleyeceğim şimdi? Ya aniden parlayıp ileri geri konuşursa? Offf Rıza! Ne ters adamsın sen böyle! N'olur sanki destek olsan, hayırlı olsun desen. N'olur biraz hoşgörülü olsan?

Kocasının onayını almak içini gerçekten çok rahatlatacaktı. Göz ucuyla ona baktı. Adam sakin görünüyordu. Alnındaki kırışıklıklar dikkatini çekince aniden ona karşı içinde keskin bir iyilik hissetti: Canım o da senelerce çalıştı. Onun işi de hiç kolay olmadı. Önce ben, sonra çocuklar, kolay mı öyle üç boğaza bakmak? Kızların eli ekmek tuttuysa hep onun sayesinde... Tamam, beni pek mutlu etmemiş olabilir ama her zaman iyi bir baba oldu. Ne kadar da anlayışlı görünüyor şu an. Belki sadece beni korumak için karşı çıkıyor bu işe, olamaz mı? Çok mu önyargılı ve anlayışsız bir kadın oldum ben son günlerde acaba? Offf bilemiyorum ki...

Boğazını temizleyerek yumuşacık bir ses tonuyla konuştu. "Rıza?"

Adam gözlerini ekrandan ayırmadan cevap verdi. "Ne var?"

Kocasına senelerdir 'efendim?' dedirtememiş olmaktan ötürü bir an yılgınlık hissettiyse de çabuk toparlandı. En azından sert bir şekilde 'ne var?' dememişti. En barışçıl sesiyle konuşmaya gayret etti. "Biz Aysel'le bugün gidip Rafet'le anlaşmaya vardık. Önümüzdeki birkaç gün içinde Uğur abi bütün yasal işleri halledecek."

Rıza reklamları izlemeyi bıraktı ve kafasını çevirip yüzüne - Nurcan'ın artık ezbere bildiği - tiksinmeyle karışık küçümseme ifadesini yerleştirerek, "Hıh!" dedi. Sonra da bir an evvel yıkaması gereken dünya kadar çamaşır varmış da neyle yıkayacağına karar verememiş yeni gelin dikkatiyle, o sırada ekrandan geçen deterjan reklamını izlemeye başladı.

Nurcan kızgınlığını bastırmaya çalışarak sordu: "Başka bir şey demeyecek misin Rıza?"

Adam omzunu silkti. "Ben sana fikrimi söyledim Nurcan. Daha ne diyeyim?"

"Hayırlı olsun diyebilirsin mesela."

Adam çayından bir yudum aldı ve karısına dönerek alaycı bir

ses tonuyla konuştu. "Bazı işlerin hayrı şerri baştan bellidir. Bu da öyle... Hayırlı olmayacak ama koca lafı dinlemedin madem, kendin yaşa da gör şerrini!"

"Nerden biliyorsun?"

"Atalarımız ne demiş? Görünen köy kılavuz istemez! El eşeğine binen çabuk iner Nurcan. Senin bir kuruş para koymadığın işe, Aysel seni ortak eder mi? Kim kime yapıyor bunu bu devirde? Kadının canı sıkıldı, canı oyun oynamak istedi. Kocası da zengin olunca, açıyor işte bir dükkân. Orası onun oyuncağı anlayacağın, seni de bir güzel kullanacak! Sen de bunu anlayınca kuyruğunu kıstırıp paşa paşa evine döneceksin. Sen kiiim, dükkân işletmek kim? Ne anlarsın bu işten?" Kafasını geriye atarak karısını taklit etti. "Kurabiye satacaklarmışşş! Millet de çok meraklıydı. Herkes evde bekliyordu biri kurabiye satsa da hemen çıkıp alsak diye."

Kadın televizyonun sesini açıp ekrana odaklanan kocasına bir süre boş boş baktı. Kaç yıllık kocasını ilk kez görüyormuş gibi hissetti. Ne kadar da yabancıyız birbirimize, diye düşündü. Artık ne parayla ilgili gelişmeleri ne de bundan sonra olacakları anlatacaktı ona.

Rıza bu tür konuşmalarla yıllardır onu aşağılar, kızdırır ve üzerdi ama Nurcan bu kez yıllardır hissettiklerinin hiçbirini hissetmiyordu. Sanki sihirli bir el, içindeki bütün kızgınlığı, üzüntüyü ve tüm olumsuz hisleri alıp götürmüştü. Kocasının söyledikleriyle üzülmek şöyle dursun, tuhaf bir ferahlama içindeydi. Ruhunda bir yerlerde, çok uzun süredir iyi niyet ve anlayışla, hatta bazen kendini suçlayarak, yıkılmasın diye desteklediği bent paramparça oluyordu sanki... Bu ferahlık hissini bir zaman bir yerde yaşamış gibiydi, tanıdık geliyordu ama nereden? Kafasını koltuğa yasladı ve gözlerini kapatıp bir süre düşündükten sonra o ana ulaştı: Doğum... Doğum yaptığımda hissetmiştim aynısını!

★

Yemekten sonra Atlas odasına döndü. Rafet tiyatro yapma oyunlarından çok hoşlanıyordu. Bu gece de hep beraber yaparız, diye düşünmüşse de Emel'in isteksiz, Sevinç'in çekingen olduğunu gördü. Yannis'in de bir an evvel Handan'la yalnız kalmak istediğini fark edince bu fikrinden vazgeçti.

Sevinç'in bankacılık, Emel'in öğretmenlik ve Rafet'in Almanya anılarından oluşan yer yer komik yer yer düşündürücü bir sohbet sürüyordu masada. Ece ve Mecnun ise ara ara sorular sorarak konuşmaya katılıyorlardı.

Yannis ve Handan yemekten sonra izin isteyip dışarıdaki masaya geçmişlerdi. Ece için 'anne merakı' o kadar doğal ve eğlenceliydi ki saymakta bir sakınca görmemişti. Emel'in hafifçe başını uzatarak onlara baktığını görünce içinden 'altıı' diyerek gülümsedi.

Handan son zamanlarda yaşadıklarını ve kendisiyle ilgili neler keşfettiğini anlatıyordu Yannis'e. Henüz başlayan rüzgârla hafiften üşüdüğünü hissedince çantasından şalını çıkardı ve omzuna attı. Gülümseyerek konuştu. "İşte böyleee... Biraz kafama Çetin'in itinayla yerleştirdiği boynuzlardan, biraz Ayça'nın dan dan konuşmasından, biraz da gördüğüm rüyadan, kendimle ilgili vardığım sonuçlar bunlar. Bir de eski arkadaşlarla belli aralıklarla görüşmek lazım tabii! Ne olduğunu çok kolay unutuyor insan ya da ben öyleyim, bilemiyorum... Ancak... Bu hatalarımdan dolayı sana bir özür borcum var kuşkusuz."

Onu sakin sakin dinleyen Yannis gerçekten merak ederek sordu: "Neden?"

Handan bu soruya şaşırdı. "Neden mi? Anlattım ya... Kendi merkezimde kalarak seni ihmal ettim. Hatta... O akşam seni arkadaşım diye tanıttım onlara. Bu kırıcı... Kırılman doğal! Yani seni arayıp sormamamı geç, sırf bunun için senden özür dilerim gerçekten."

Yannis dudaklarını büzüştürüp başını iki yana salladı. "Ben bundan kirilmadim."

Handan buna pek inanmadı. "Öyle diyorsun ama..." Kaşlarını kaldırarak düşündü. "Kırılmışsındır."

Adam gayet sakin bir şekilde sordu: "Neden kirilayim? Deminden beri ne güzel anlattin iste. Bu seninle ilgili bir seydi, benimle ilgili değil."

Handan şöyle bir düşündü ve bu cevabı gerçekten inandırıcı bulmadı. "Kırılmadıysan... Peki beni neden pek arayıp sormadın? Yani... Tam olarak o zamandan itibaren arayıp sormadın! Öyle oldu... Haliyle ben de bana bozulduğunu sandım."

"Çünkü o zaman yapmak istediğin oydu. O an yapmak istediklerini yapmaliydin ve ortamda benim olmami istemiyordun. Bu da bence gayet doğal. Serbest olmadan insan kendini nasil tanir? Zorlamayi kabul etmem ki ben. Hiçbir sartta... Hiçbir durumda."

Handan bu açıklamayı biraz düşündü ve hayranlıkla karışık bir merakla sordu: "Yani şimdi sen beni o kadar seviyorsun ama benim o gruptan çıkmama ihtimalim de vardı. Ya ordan bir sevgili edinseydim? Böyle düşününce... Bu da tabii başka bir soru doğuruyor kafamda, yoksa sen beni sevmiyor musun?"

Yannis gülümseyerek elini Handan'ın masada duran elinin üzerine koydu. "Handancim, benim sevgimin bu olanlarla ilgisi yok. O bende... O senin sekil verebileceğin bir sey değil. İki insan sadece iliskiye sekil verebilir, duyguya değil... Ve sen kendi kendine kaldiğinda, biriyle gideceksen gidersin, simdi ya da baska zaman. Bunu benim engellemem söz konusu olamaz..."

Handan kaşlarını çatarak sordu: "Nasıl yaaa? İnsan sevdiğini kaybetmek istemez, sahip olmaya çalışır, araya girer... Tamam ben de 'iki insandan biri ilişkiyi istemiyorsa, bitmelidir o ilişki' diyenlerdenim ama insan mücadele verir yani."

Yannis güldü. "İste o mücadele dediğin, sahip olma arzusundan baska bir sey değil bana göre... Çünkü o zaman gerçek bir iliski yasayamaz insan. Bir insan bir insana sahip olamaz tatlim... Olsa olsa... Zorluğunda ya da bir derdi varken, elinden geldiği kadar sahip çikabilir sevdiğine. O kadar... Ötesi olamaz."

Handan başını salladı. "Evet! İnsanlar birbirlerine ait ya da sahip olamazlar... Ben de böyle düşünüyorum." Kafasını yavaşça öne doğru eğdi. "Doğru söylüyorsun aslında... Sahip olduğunda, karşındakinin nefesini kısarsın, sahip çıktığında ise başka sebeplerle nefes alamayan insana yardım edersin. Güzel detay." Bir süre sessiz kaldıktan sonra iki gündür aklına takılan bir soru geldi aklına. "Peki bunu... Benim kendimle ilgili keşfettiklerimi sen görüyor muydun? Yani benim böyle özelliklerim olduğunu fark edebilmiş miydin?"

Yannis alaycı bir şekilde cevap verdi. "Tabii, ben çok zekiyim. Hemen gördüm."

Handan güldü. "Dalga geçme, ciddiyim."

"Bazilarini gördüm."

"Mesela?"

"Kendini bazen baskalarinin gözüyle değerlendirmeni. İlgi odaği olma saplantini... Güzelliğini hep baskalarinin gözünden görmeye alismis olmani."

Handan gülümserken onun konuşmasını taklit ederek sordu: "Yaaa! Nasil anladin söyle bakalim!"

"Yoksa niye faytonla gezme hayalin olsun ki?"

Genç kadın hemen savunmaya geçti. "O bir tepkiydi... Topluma, bir döneme gönderme yaparak..."

"Hadi kiyafetler tepki, makyajsiz bakkala gitmemen neye tepki?"

Handan duraksadı. "Aaa! Bir dokun bin ah işit! O zaman neden bir şey söylemedin, neden eleştirmedin hiç?"

"Neden elestireyim? Ben seninle mutluyum. Herkesin bir tarzi var. Buna kim karisabilir? Üstelik... Sen de kimseyi elestirmezsin ve yargilamazsin ki! Bu noktada beni anlayabilirsin."

Bu sırada Ece ve Mecnun yanlarına geldi. Ece gülerek, "Yeter hasret giderdiğiniz," diyerek Handan'ın çektiği sandalyeye otururken Mecnun denize bakarak konuştu. "Yavru denize bak yaaa! Yazın delirdi delirdi, coştu köpürdü, şimdi de havuz taklidi yapıyor bize." Kollarını yukarı uzatıp ayaklarının ucunda yükselerek gerinirken Yannis'e döndü. "Nasıl canım çekti birden! Öyle de bi yorgunluğumu alır ki şimdi bu benim, bana bi şortla havlu versene Yannis."

Ece hemen atıldı. "Mecnun deli misin sen?"

Bu sırada Yannis ayağa kalktı. "Gel vereyim, benim de resepsiyonda biraz isim var, onu hallederim."

Ece tekrar sordu: "Gece gece nasıl yüzeceksin Mecnun?"

Mecnun gözlerini yumarak cevap verdi. "Dur giyinip geleyim de gece gece nasıl yüzülürmüş gör. "

★

Uğur akşamüzeri Meriç'in mezarına gidip gelmişti. Kendini hem bedenen hem de zihnen yorgun hissediyordu. Yemekte Aysel'le biraz fırın konusunda yapılacakları konuştuktan sonra bir-iki bardak çay içip saat on bir olmadan yatmaya gitti.

Aysel kucağına koyduğu mektuba büyülenmiş gibi bakıyordu. Çok okuyan bir kadın değildi ama bu satırları her kim okusa, bu mektubun dünya üzerinde yazılmış en güzel mektup olduğunu düşüneceğinden emindi.

Kocasının akşam getirdiği mektubu zarftan çıkardı ve üçüncü kez okumaya başladı:

Sevgili annem,

Babamla konuştum. Ölmemi dilediğin için kendini suçlu hissettiğinden bahsetti. Ayrılmadan önceki gece yediğimiz yemekte, bunu ben de net olarak görmüştüm zaten.

Ara ara, "Annem benim için böyle düşünse, çok ama çok üzülürdüm, onu asla affetmezdim," diyormuşsun ve seni asla affetmeyeceğimi düşünüyormuşsun.

Affetmek nasıl söz! Seni ve affetmek kelimelerini bir arada düşünmek bile haddime düşmez. Ancak bu konuya hiç üzülmedim de diyemiyorum maalesef. Özellikle uçakta geçirdiğim saatler ve sonraki birkaç gün beni inanılmaz derecede etkiledi, üzdü.

Annesinin, ölmesini dilediği bir evlat olmayı kim kabul edebilir ki? O kadar eksik dolaşıyordum ki ortalıkta, herkes neyin var diye sorar oldu. Bir akşam Dylan beni karşısına alıp güzelce sorguya çekti. Anlattıklarımı dinledi ve o da üzüldü. Birbirimize sarılıp ağladık bir süre.

Ağlayınca rahatladım ama o eksiklik hissi benimle ömür boyu kalacak sandım. Bir saat kadar sessizce oturdum ve sonra Dylan bana dedi ki: "Taylan iyice düşün ve bana annenle yaşadığın en güzel anıyı anlat."

Hatırlamak çok zamanımı almadı. Hani ben ilkokul üçe giderken, sen sırf hoşuna gidiyor diye salona kuzine almıştın ya? Soğuk günlerde okuldan çıkıp da eve geldiğimde o kuzinede pişirdiğin kek veya poğaçaları mideme indirirdim hani? Sonra da sıcaktan mayışır ve kuzinenin arkasına koyduğun o sünger yatakta uyuyakalırdım. Orada uyumak, çocukken en sevdiğim şeylerdendi ama ondan daha çok sevdiğim bir şey vardı. Sen her defasında, uyuduğumdan emin olduktan sonra ince bir pike alıp gelirdin. Odada biri olsun veya olmasın, sesli bir şekilde hep aynı şeyi söyleyerek üstümü örterdin: "Uyuyanın üstüne kar yağarmış yavruuum, üşüme kıyamam..."

Ve ben seni hep duyardım.

Gey olduğumu sizden sakladığım yıllarda, söylesem ne dersiniz acaba diye düşündüğümde hep bu gelirdi aklıma... Annem bana kıyamaz derdim. Sonra, yok yok kalbine iner derdim... Sonra benden nefret eder vs vs. Bu düşünceler böyle devam edip giderdi.

Gey olduğumu öğrenip bana kucak açtığınızda, sen 'yavruuum' derken hissettiklerimin aynısını hissettim ben. Aynı güveni.

Şimdi hayata karşı beni güçlü kılan bir şey varsa... O kuzinenin sıcaklığı ve senin 'yavruuum' diyen sesindir, bunu bir kez daha anladım.

Dylan'a bu anıyı anlattığımda bana şuna benzer bir şeyler dedi: "Annenin içinden geçenlerin seninle ilgisi yok Taylan. Annenin ölsün diye dilediği aslında sen değildin ki! Farklı cinsel yönelimler, dünyanın her yerinde sorun. Ne transeksüellik, ne geylik, ne de lezbiyenlik doğal kabul ediliyor. İnsanlar Avrupa'da, Amerika'da bile aileleri tarafından reddedilirken, dışlanırken, senin ailenin seni bağrına basması, en azından seni anlamaya çalışması muhteşem bir şey! Elbette kolay olmayacaktı. Annenin o şokla isyan etmesi çok normal! Ölmesini istediği sen değildin. Belki önceki düşünceleriydi, ezberleriydi, baskıydı... Kuzinenin arkasında yatan evladının üstünü örtmek istiyordu ama gelenekler, âdetler, sırf öyle gördüğü, öyle öğretildiği için doğru kabul ettiği bütün düşünceler, hepsi elinden ayağından çekiştiriyordu. Belli ki nefes alamadı! Bir soluk alıp da hayata devam edebilmek için etti o lafı, dilediği şeyde asla samimi değildi."

Genel olarak insanın canının pek bir değer taşımaması bir yana, babaların veya erkek kardeşlerin farklı cinsel yönelimi olan evlatları yok etme hakkını kendinde gördüğü bir ülkede yaşıyoruz maalesef! Daha geçenlerde bir transeksüel öldürüldü Türkiye'de. Katillerin açıklamalarını okusan, kanın donar. Bildikleri yalan yanlış şeyler bu insanları öyle bir hale getirmiş ki 'sevgi' veya 'evlat' kelimeleri bile anlamını kaybetmiş.

Ben çok şanslıyım! Babam da, sen de pazardan aldığınız semizotuna bile bu insanların çocuklarına hissettiğinden çok daha fazla sevgi duyuyorsunuzdur.

Dylan haklıydı annem... Eğrilerinle doğruların yer değiştirirken, bir zihin sıkışmasıyla nefessiz kaldın sen! Ve o dilek senin kalbinden değil, zaten içini senin doldurmadığın zihninden çıktı...

Şükür ki sen her zaman benim 'yavruuum üşüme, kıyamam' diyen annemsin.

Üzülme artık çünkü ben de sana kıyamam :)

Taylan

Aysel mektubu katlayıp yeniden zarfa koydu ve göğsüne bastırdı. Gözünden iki damla yaş süzülürken kendi kendine mırıldandı: "Hep duymuş! Demek hep duymuş..."

⋆

Maral akşam otelden çıkıp deniz kıyısında bir saat kadar koşsa da zihnini susturamamıştı. Eve gidip duş aldı, internette oyalanmaya çalıştı, bitki çayı içti ama ne yaparsa yapsın sakinleşemedi. Yatağına uzandığında söylenmeye devam ediyordu: Rezil oldum rezil! Hiç böyle bir duruma düşmemiştim! Süha'nın onu sakince nasıl rezil ettiğini düşündü: "Hmmm demek Gülçin Hanım müşteriyle laubali oluyor... Nasıl? Örnekler misiniz?" Son zamanlarda en nefret ettiğim fiil bu! Ne demek örnekler misiniz? Her şeyden önce müdürüne güvenmeliydi bir iş yeri sahibi! Kem küm edişi aklına gelince kendinden kurtulmak istercesine yüzüstü döndü ve kafasını yastığa gömdü. Tek bir cevap veremedim! Ezel'in dik bakışlarından kurtulup da doğru dürüst tek bir cümle kuramadım! Neyse ki Süha kibar tehdidini Ezel'i yolladıktan sonra savurdu: "Şayet bir daha duygularınızı işinize karıştırırsanız, üzülerek yollarımızı ayırmak zorunda kalırım."

Ertesi gün işe nasıl gideceğini düşündü. Bütün personel arkasından kıs kıs gülecekti. Otoritesi ve bütün havası iki paralık olmuştu. İstifa ederek çekip gitme lüksü olmadığına yandı ve tekrar aklından geçenlere teslim oldu: Ah ben bu Süha'yı tavlayamadım. Tavlasam böyle mi olurdu? O kadar güzel olmama rağmen dişiliğimi doğru kullanamıyorum işte!

Ama en azından hâlâ bir işi vardı ve Efdal... Gülümsedi.

Neyse ki onunla buluşmasına çok az kalmıştı. Son günlerde hayatında doğru düzgün giden başka da bir şey yoktu.

★

Mecnun hariç herkes lobideki koltuklara kurulmuş muhabbete devam ediyordu. Emel de, Rafet de Sevinç'i pek sevmişti. Ece de onun güzel bir gece geçirmesinden memnundu.

Emel her iki kadının da ölen kocalarından sevgiyle bahsetmelerinden etkilenmişti. Tahsin'e öfkesi hâlâ dinmemişti ama o da rahatlıkla kocasıyla ilgili birkaç şey paylaşmıştı.

Sevinç neden pek kimseyle görüşmediğinden bahsederken, eskiden yakın olduğu bir arkadaşının kocasını kendisinden kıskanmasından dem vurunca, annesinin kızardığını gören Handan hemen bağlantıyı kurdu. Yok artık, diye düşünürken kahkaha atmamak için kendini zor tuttu. Ne babası çapkın bir adamdı, ne de annesi bu tip konularda sorun çıkaran bir kadın olmuştu. Aslında annesiyle babasının arasında kıskançlık hiç yoktu. Yıllardır neredeyse her saat beraberlerdi. İkisi de birbirine çok düşkündü. Ne olduğunu iyice merak etti. Bir ara babasını aramayı düşündü ama sonra annesinden öğrenmenin daha doğru olacağına karar verdi.

Ece onun kulağına eğilerek, "Ben bi Mecnun'a bakayım," dedi.

Handan, "Tamam," diye fısıldayarak ayağa kalktı.

Ece restoranın içinden deniz kenarına çıktı. Bir şezlongun kenarına oturmuş denizi seyreden Mecnun'a yaklaşırken gülerek seslendi. "İn cin bir de Mecnun! Top mu oynuyorsunuz? Kırk dakika yüzmek yetmedi mi?"

Adam ona bakarak gülümsedi. "Gel... Yüzmek ayrı, denizi ve yıldızları seyretmek ayrı keyif."

"Hasta olmaktan da korkmuyorsun!" dedi Ece onun yanındaki şezlonga otururken.

Mecnun omzunu silkti. "Kendimi bildim bileli nerdeyse her ay yüzerim ben, hasta olsam şimdiye kadar olurdum."

Ece Atlas'ı taklit ederek konuştu. "Akıllım, insanlar neden yazın tatil yapıyorlar hiç düşündün mü?"

Mecnun da Atlas gibi konuştu. "İnsanlar neyi bilinçli yapıyorlar akıllım? Yazın ve kışın yüzmenin tek farkı, havanın soğuk olması. Denizden çıkar çıkmaz kurulandığın sürece hiiç bir şey olmaz!"

Ece bu kez ciddi bir şekilde sordu: "Peki gece yüzmekten korkmuyor musun? Çok karanlık beee!" Ürperdi. "Iyyy!"

Mecnun onun bu haline güldü. "Yahu gündüz ileriyi görüyorsun gece göremiyorsun, başka ne farkı var? Karayı mı kaybedeceksin?"

Ece omzunu silkti. "Olsun! Çok karanlık... Tehlikeli!"

"Nasıl? Mesela gündüz köpek balıkları saklanıp gece mi ortaya çıkıyor?"

Ece diretti. "Teh-li-ke-li!"

Mecnun işaret parmağıyla Ece'nin kafasına dokundu hafifçe. "O tehlike burda! Senin kafanın içinde."

Ece onun bu açıklamalarına çok kızıyordu. "Yaaa! Hep öyledir zaten!"

"Pembe kola hikâyesini seyrettin mi sen?"

"Iıh. O ne?"

"Bir test yapmışlar. İnsanlara kola içirmeye çalışıyorlar. Tadı, içeriği, her şeyi ama her şeyi aynı. Sadece rengi pembe. Pembe kolayı gören herkes senin gibi ıyyy, öğğğ gibi sesler çıkarıyor ve içmeyi çok ama çok az kişi kabul ediyor."

Ece gülümserken yüzünü buruşturdu. "Pembe kola mı olur ama yaaa!"

Mecnun güldü. "Baştan beri pembe üretselerdi, şimdiki rengine bakıp bu renk kola mı olur diyecektin. Yaaa! İşte insanlar ağızlarıyla değil gözleriyle yiyip içiyorlar. Aynı insan kulağıyla görüyor, artık neresiyle düşündüğünü de sen bul."

Ece kahkahayı basarken çalan parça sona erdi. Mecnun tam, "Müziği kapadılar, gidiyoruz galiba," diyerek ayağa kalkmıştı ki *Elizeth Cardoso*'dan *Manha de Carnava* çalmaya başladı. Genç kadına baktı ve gülümseyerek sordu: "Aha! Bu serada dans etmek istediğin parça değil mi?"

Ece onun gözlerine bakmamaya çalışarak cevap verdi. "O! Ama tesadüf değil. Handan'a ben verdim CD'yi."

Mecnun ona elini uzattı. "Seradan vazgeçtin, kumsalda dans edesin geldi yani, e iyi gel!"

Ece onun doğal tavrıyla rahatlayarak kalktı ve dans etmeye başladılar. Mecnun konuşmuyordu. Ece ona iyice sokuldu. Her an öpülmeyi beklerken hafifçe başını kaldırarak adamın yüzüne baktı. Mecnun hiç oralı değil gibiydi, gözleri kapalı dans ediyordu. Zihni 'acaba' der demez gözlerini yumdu. Düşünmeye başlarsa asla cesaret edemeyeceğine karar verdi ve ayak parmaklarının üzerinde hafifçe yükselip adamın dudaklarına bir öpücük kondurdu. Ve öyle ateşli bir karşılık aldı ki uzun süredir midesinde gezinen binlerce kelebeğin aynı anda havalandığını hissetti.

Restoranın loş ışıkları altında, bir pencere kenarından bu sahneyi izleyen Rafet yüzünde kocaman bir gülümsemeyle geri döndü. Hızlı adımlarla lobiye doğru yürürken içinden bas bas bağırıyordu: Şükürler olsun Allah'ım! Dularım kabul oldu! Hadi hayırlısı, hadi hayırlısı!

belki uzak hatıralarına
yakın bir yolcuydum
belki de yakınına uzak düştüm

17

Uğur kahvede bir şeyler atıştıracağını söyleyip saat yedi buçukta gitmişti. Aysel'in de canı kahvaltı etmek istemiyordu. Bir bardak su alıp balkona geçti ve Rıza'nın evden çıkmasını bekledi. Sekiz buçuğa doğru adamın çıktığını görür görmez, Taylan'ın mektubunu koyduğu çantasını kaptığı gibi Nurcan'ın kapısına damladı. Arkadaşının, "Nasılsın? Kahvaltı ettin mi?" gibi sorularına aldırmadan salondaki yerini aldı ve mektubu çantadan çıkarıp ona uzatırken sır verir gibi fısıldadı. "Şunu okusana."

Nurcan mektubu açarken diğer tekli koltuğun ucuna ilişti ve okumaya başladı. Aysel onu göz hapsine almıştı. Arkadaşının yüzünde beliren ifadeleri kaçırmak istemiyordu. Okumayı bitirip mektubu geri uzattığında hayal kırıklığına uğradı. Onun okuduklarından etkilenip birkaç damla gözyaşı dökeceğinden neredeyse emindi, oysa gözleri bile dolmamıştı. Mektubu özenle katlayıp zarfa koydu ve aynı özenle çantasına yerleştirdi. Bu esnada Nurcan hiçbir şey demeyince merakla sordu: "Ne düşündün? Okuyunca yani?"

Nurcan başını birkaç kez sallarken cevap verdi. "Güzel. Çok güzel."

Aysel bu yorumu yetersiz bularak kendi fikrini açıkladı. "Valla ben çok etkilendim Nurcan. Ağladım bile!"

Arkadaşı düşünceli bir şekilde gülümsedi. "Sen ağlarsın tabii! Rahatlamışsındır da."

"Hiç sorma! Hiç sorma! Çok rahatladım. Şöyle omzumdan... Yük değil de dağ kalktı sanki! Anlatamam. Meğer kendi düşüncelerimizin, kendi ettiğimiz lafların hamalı olmak ne zormuş!"

Nurcan iç geçirdi. "Öyle."

Aysel onu şöyle bir süzdü. Böyle önemli bir konuyu kısa ifadelerle geçiştirmek hiç ona göre değildi. Belli ki Nurcan'ın aklı başka yerlerdeydi. En iyisi doğrudan sormaktı. "Ama sen... Etkilenmedin galiba? Pek bir şey demedin de."

Nurcan gülümsedi ve düşünceli bir şekilde açıkladı. "Etkilendim de senin gibi değil. Yani başka başka şeyler geldi aklıma."

"Ne geldi?"

Nurcan kafasındaki düşünceleri sıraya dizdikten sonra cevap verdi. "Ben oğlan doğuramadığım için beni suçlarlardı ya! Bu suçlamaları kabul etmişim ki kendimi avutmak için yıllarca 'kız olsun çamurdan olsun' demişim." Birden kendine kızdı. "Niye öyle yaptıysam! Evlat evlattır, sanki erkek doğurmak zorundayız! Neyse..."

Aysel meraklandı. "Eee? Bunun mektupla ne ilgisi var?"

"Mektupla ilgisi şu: Taylan... Bak seni nasıl rahatlattı! Benim Selma da telefonda... Dün moralimi bozdu. Aklıma o geldi işte!"

"Ne dedi de bozdu moralini?"

Nurcan kızıyla ve kocasıyla yaptığı konuşmaları anlattı. "Ama iyi oldu biliyor musun? Nasıl olduysa oldu, içime şöyle, doğum yapmışım gibi bir ferahlık hissi yerleşti. Öyle geçici bir şey değil. Bundan sonra kimsenin ne dediğini umursamayacağım, bak gör!"

Aysel bundan o kadar da emin değildi. Üçlü koltuğun ucunda duran seccadeyi göstererek sordu: "Ama namaza başlamışsın yine?"

"Evet?"

"Biz hep bunalınca namaza başlarız da... Ferahladım deyince garibime gitti."

Nurcan başını öne eğdi. "Doğru! Hep öyle olurdu gerçekten. Ama dün gece, Rıza televizyonu kapatıp 'iyi geceler' bile dilemeden uyumaya gidince ışıkları kapatıp bir süre burda oturdum ve düşündüm..."

Aysel merakla sordu: "Ne düşündün?"

Nurcan elini havada savurdu. "Şimdi onu sorma bana! Sırayla hatırlayamam ama düşündüm işte! Biliyorsun, bir şey düşünürken başka bir şey gelir aklına... Aklına gelenlerle için daralır ve Allah'la konuşmaya başlarsın ya?" Aysel başını sallayınca açıklamasına devam etti. "İşte öyle düşüncelerim ordan oraya dolaşırken Afife teyzemin anlattığı bir hikâye geldi aklıma... Yıllardır hiç ama hiç aklıma gelmemişti."

"Anlatsana!" dedi Aysel iyice meraklanarak.

"Eskiden, köy gibi, kasaba gibi bir yer varmış... Burada bir cami varmış ama ne imamı ne müezzini varmış. Yani ezanı ordaki ahaliden biri okurmuş, biri öldüğünde yine halktan biri kurallara göre gömermiş falan..."

Aysel sabırsızlandı. "Eee?"

"Dur anlatıyorum. Burda yaşayan kötü mü kötü bir adam varmış. Ama nasıl kötü... Orada yaşayan insanların hepsine ama hepsine bir kötülüğü dokunmuş. Karısı bile bu adamın derdini çekmekten ölmüş genç yaşta. On yedi-on sekiz yaşında bir kızı varmış, unuttum gerçi yaşını da gençmiş yani..."

Aysel güldü. "Sonunu hatırlıyorsun inşallah."

Nurcan gülümsedi ve işaret parmağını kaldırdı. "Hatırlıyorum tabii, dinle! Bu adam bir gece sabaha karşı ansızın ölmüş. Kızı çok korkmuş ve üzülmüş. Sabah erkenden yan komşusuna koşmuş ve demiş ki: 'Babam öldü, yardım edin cenazesini kaldıralım.' Hayır cevabını alınca başkasına gitmiş... Sonunda kapısını çalmadığı kimse kalmamış! Herkes kızın haline üzülmüş ama kimse, sağken bedin teki olan bu adamın cenazesini kaldırmak istememiş... Kimi tarlada, kimi çarşıda işim var diyerek ortadan yok olmuş."

"Eee? Sonra?"

"Kız da öğlen civarı kendi kendine demiş ki millet haklı... Babamın kötülük etmediği kimse kalmadı. Sonunda bu işi kendi başına nasıl halledeceğini düşünürken aklına bir fikir gelmiş ve hana gidip babasını tanımayan birinden yardım istemeye karar vermiş. Neyse, lafı uzatmayayım, hana gitmiş, atından inen, otuz yaş civarında bir adam görmüş. Demiş böyle böyle, babam fena bir adamdı, sağken herkese pek çok kötülük yaptı, kimse cenazesini kaldırmıyor, lütfen bana yardım edin, babamı gömelim."

Aysel birden üzüldü. "Neresiymiş orası ayol, cenaze ortada bırakılır mı? Şimdi bu adam kötü de öbürleri iyi mi sanki? Adam kötüyse kızının suçu ne? Yazık değil mi ona!"

Nurcan gözlerini devirerek konuştu. "Öfff Aysel yaaa, hikâye bu! Bi dinlesene!"

"Tamam tamam anlat, ben kıza üzüldüm de birden, ondan şey yaptım... Eee adam yardım etmiş mi?"

"Yardım etmek istemiş ama ben Müslüman değilim, benim hiçbir dinim yok, bu işlerden hiç anlamam, kusura bakmayın demiş."

Aysel dizine vurdu. "Bak sen görüyor musun kızın şansını!"

Nurcan sesini hafif yükseltti. "Sözümü kesmeden dinleyecek misin gerisini?"

"Tamam tamam sustum."

"Kız da adama demiş ki hiç fark etmez, bir mezar kazabilir misiniz? Beraber cesedi yıkarız, taşırız ve gömeriz. Adam olmaz dediyse de bakmış kız çok çaresiz, tek başına da yapamayacak bu işi, kabul etmiş... Uzatmayayım, adamı yıkayıp bir kefene sarmışlar ve mezarlığa götürmüşler. Fakat tam adamı gömüp üzerine toprak attıklarında, kız bu sefer de tutturmuş adama bir de dua edin diye..."

Aysel iyice meraklandı. "Eee?"

"Adam, ben size söyledim demiş. Dua mua bilmem ben, siz edin. Kız, ben edeceğim ama n'olur siz de bir dua edin diye ısrar etmiş. Adam da peki demiş, elini kızın yaptığı gibi açıp mır mır mır bir şeyler söylemiş... Kız çok rahatlamış, teşekkür etmiş, sonra adam hana, kız evine dönmüş... Tabii o gece kız çok ağlamış ve sabaha karşı uykuya daldığında bir rüya görmüş. Babası çok mutluymuş rüyasında. Kız, babasına nasıl olduğunu sormuş. Çok iyiyim çoook, cennetteyim, demiş adam. Kız şaşırmış... Baba demiş, sen nasıl cennette olursun? Cenazeni defnedecek insan bulamayıp seni hiç tanımayan bir adamdan yardım istedim! Kötülük yapmadığın kimse yoktu ki, sen nasıl cennete gidersin? Adam gülümsemiş, işte o beni gömen adamın duasıyla geldim ben cennete demiş ve kız uyanmış."

"Aaa! Ne duası etmiş acaba?"

Nurcan arkadaşının haline güldü. "İşte kız da sabahı zor etmiş meraktan, senin gibi! Gün ışır ışımaz soluğu handa almış. Bir yandan da inşallah adam hâlâ handadır diyormuş... Neyse uzatmayayım, adamı bulmuş ve ne dua ettiğini sormuş. Adam da ben dua mua bilmem demiş yine ve ne dediğini söylemek istememiş. Kız rüyasını anlatıp ısrar edince... Adam sonunda duasında ne dediğini söylemiş."

"Ne demiş? Ne demiş?"

"Ben bana yakışanı yaptım Tanrım, sen de sana yakışanı yap!"

Bir süre sessizlik oldu. Aysel ağzının açık kaldığını ve boş boş Nurcan'a baktığını fark edince kendine çekidüzen vererek boğazını temizledi. "Kız ne güzel duaymış! Kızzz sahiden de çok güzel duaymış!"

Nurcan iki-üç kez başını salladı. "Yaaa! Afife teyzem bunu anlattıktan sonra dediydi ki: 'Duaların kimseninkine benzemesin Nurcanım! Sadece sana ait olsun duaların... Çünkü duaların herkesinki gibi olursa, hayatın da herkesinki gibi olur, o da bir şeye benzemez!'"

Tekrar bir sessizlik oldu. Aysel mektubu, Nurcan'ın kızıyla ve kocasıyla yaptığı konuşmaları, kıldığı namazı ve anlattığı hikâyeyi düşündü. Bağlantı kurmaya çalıştı ve bulabildiği en makul düşünceyi dile getirdi. "Şimdi bu hikâyedeki adam Rıza mı?"

Nurcan'ın kahkaha attı. "Yok beee! Rıza herkese kötülük etmez, onun kabalığı bana! Sevime'e sor bak, melek melek, kanadı çıkacak!"

"Şeyi de anlayamadım... Sen ferahlık hissettiysen niye namaz kılma ihtiyacı duydun?"

"Ben bu hikâyeyi hatırlayınca, belki kendi duamı bulup ederim diye namaz kıldım. Bir de..."

"Bir de?"

Nurcan düşünceliydi. "Bir de kendimden utandım... Hep sıkışınca namaz kıl, hep üzülünce namaz kıl. Şöyle ferah ferah hissederken gideyim Rabbime dedim."

"Eee? İşe yaradı mı bari? Böyle orijinal bir dua edebildin mi?"

"Nerdeee? Ezberleri sıraladım yine."

Aysel bir süre sessiz kaldı ve derin bir nefes aldı. "Bak görüyor musun, adam Müslüman bile değil, nasıl güzel dua etmiş."

"Doğru. Doğru ama bizim bildiğimiz başka yol var mı Aysel? Bize gelirse o dua, yine namazdan sonra gelir... Gelmese de ferahlık gelir! Böyle bir dua edemedim ama bu hatırayla seccadeye gittim ve namaz kıldıktan sonra kendimi çok daha iyi hissettim."

Aysel şöyle bir düşündü. "Veya... Hikâyedeki gibi çaresizlikten çıkar böyle bir dua." Aklına gelen anıyla yine burnunun direği sızladı. "Kafa hep lüzumsuz şeylerle dolu olunca namaz niyaz faydasız! Çaresiz hissetmek daha da beter eder insanı... İşte o zaman dua değil beddua çıkar adamın ağzından, benim hastanede yaptığım gibi..."

*

Handan sabırla annesinin kahvaltısını bitirmesini ve mümkünse susmasını bekliyordu. Emel ise o günkü programını açıklamakla meşguldü. "Aslında bugün Aysel Hanım'a gitmek istiyordum ama Rafet dün gece ortak işlerinden bahsetti. Bugün buluşacaklarmış, işleri varmış. Bak görüyor musun, kadınlar kaç yaşında ne işlere kalkışıyorlar! Eee çalışmanın yaşı yok tabii... Sevinç Hanım da pek tatlı, pek dolu bir kadın. Acaba birazdan ona kahveye gitsem çok mu abes olur, ne dersin?"

"Niye abes olsun?"

"Ne bileyim, daha yeni tanıştık."

"Mutlaka bana da gelin demedi mi dün gece?"

"Tamam ama hemen gidilir mi canım, belki istemiyor ama nezaketen öyle söyledi."

Handan gülümsedi. "Hmmm... Demek sen bazen istemediğin halde nezaketen insanlara böyle söylüyorsun. Mutlaka bana da gelin diyorsun?"

Emel bu cevaba kızdı. "Aman sen de! Kızım görgü kuralları diye bir şey var! Hiç takmıyorsunuz ki siz bu kuralları!"

Handan omzunu silkti. "İyi ediyoruz! Ne o öyle, istemediğini söyle istemiş gibi yap. İste ama istememiş gibi yap. Böyle görgü mü olur, kuralı mı olur? Ben birine beklerim dedim mi, beklerim yani. Hem söylesene, hemen gidilmezse araya kaç gün koymak gerekir?"

Emel şöyle bir düşündü. "Tamam tamam. Sana da bir şey denmiyor! Geri aldım lafımı."

Sessizlik olunca Handan yumuşacık bir sesle konuştu. "Anne?"

"Efendim?"

"Babamın seni aldattığını mı düşünüyorsun?"

Emel anında parladı. "Hani sen babanla konuşmayacaktın benim hakkımda Handan, aşk olsun! Kızım sana da mı güvenemeyeceğim artık! Hani bana söz vermiştin? Sen de mi verdiğin sözleri tutmuyorsun? Yazık yazık!"

Handan sakin olmaya çalışarak cevap verdi. "Anne sakin olur musun lütfen. Ben babamla konuşmadım."

"E nerden biliyorsun o zaman beni aldattığını?" Ağzından çıkanlar kulağıyla buluşunca söylediğine pişman oldu ama araya sessizlik sokmak istemedi. "Nerden biliyorsun? Konuşmuşsun işte!" Handan nasıl anladığını açıklasa da bunu inandırıcı bulmadı. "Konuştun babanla kabul et!"

"Konuşsam senden saklar mıyım? Kaç kere yalan söylediğimi gördün ki?"

Emel biraz sakinleşti. "Doğru! Yalan söylemezsin ama işine gelmezse doğruyu da söylemezsin. Hiçbir şey söylemezsin!"

Handan ona cevap vermeyince bir süre sessizce çaylarını yudumladılar.

Emel nihayet açıkladı. "Aldatmak değil de... Çok sinirlendirdi beni... Belki de aldatıyor, ne bileyim, bak işte anlattın Çetin'in yaptıklarını, aldatmayan erkek mi var?"

Handan konudan sapmamaya kararlıydı. "N'oldu? Neden sinirlendin?"

Emel bir süre düşündü ve sakin olmaya çalışarak konuşsa da

sesinin yüksek çıkmasına engel olamadı. "Şu bizim az ileride oturan Nagehan Hanım yok mu?"

Kocası üç-dört sene önce ölmüş, çok eskiden tanıdıkları bir komşularıydı Nagehan. Handan kadının elli-elli bir yaşında olduğunu tahmin ederek başını salladı. "Evet?"

"Neyse baştan anlatayım... Geçen Salı babana kalk Galla Pazarı'na gidelim dedim. Tuzsuz tereyağı kalmamış, manda peyniri falan da alacaktım... Aman bi naz bi niyaz! Yok işte şurası ağrıyormuş burası ağrıyormuş. Gazeteden kafasını kaldırmadı! Kendim gittim ben de. Öğlen evdeydim. Sonra yemek faslı... Sonra da her zamanki gibi uyudu biraz. Kalkınca yürüyüşe çıkmak istedi. Cengiz Bey ordaysa kahveye de biraz uğrarım, diyerek çıktı evden. Saat üç gibi."

"Sonra?"

"Ben de biraz iş yaptım. Ertesi güne kek yapacaktım, konu komşu gelecekti. Baktım şeker yetmeyecek, babanı cepten aradım, telefonu evde unutmuş. Gidip hemen marketten alayım diye çıktım, bir de ne göreyim? Bizimki Nagehan'la sohbet ede ede geliyor. Ben yaklaştığımda, kadının evinin önüne gelmişlerdi zaten." Bir süre durup kızının şaşırmasını ve tepki vermesini bekledi. Onun bir şey demeyeceğini anlayınca da anlatmaya devam etti. "Bir de hiçbir şey yokmuş gibi benimle sohbet etmeler! Efendim pazardan dönüyormuş da yolda karşılaşmışlar da... Baban elindeki pazar poşetlerini ona verdi. Kadın da babana bi teşekkür, bi iltifatlar... Babanı gör bi de... Aman efendim ne demek demeler, rica etmeler!"

Handan gülmemek için kendini zor tuttu. "Sen de konuştun kadınla, değil mi? İnşallah babama kızdığını belli etmedin kadına?"

Emel sorunun münasebetsizliğine dem vuran bir tonla cevap verdi. "Eder miyim hiç? Hal hatır bile sordum! Ama kadın apartmana girince babanı orda öyle sap gibi bırakıp markete gittim. Eve gidince de konuşmadım! Bir-iki gün böyle gitti. Hiçbir sorusuna cevap vermedim. O da özür falan dilemedi. Ben de kalkıp buraya geldim işte!" Kızının tek kelime etmediğini dik dik baktığını görünce hızla meydan okudu. "Ne bakıyorsun?

Haksız mıyım? Ben pazara gidelim deyince orası burası ağrısın, Nagehan Hanım'ı görünce poşetlerini taşısın!" Kocasını taklit ederek sürdürdü konuşmasını. "Hem de şöyle gülümseye gülümseye! Kibar kibar! Başkalarına gelince pek bir güleç oluverir... Pek bir yardımsever! Haksız mıyım? Pazar çapkını!" Handan kahkahasını tutamazken, kızgınlıkla sorusunu yineledi. "Haksızsın de! De hadi!"

Handan gülmesi geçince cevap verdi. "Yani seninle pazara gelmeliydi bence de ama onu sen alıştırdın öyle."

"Niye ben alıştırmışım?"

"Aldıklarını beğenmedin, sonra bi de..."

"Sonra ne kızım, açık açık söylesene ne söyleyeceksen, müşteri bulacak dolmuş gibi durma ikide bir..."

Handan güldü. "Pazarda çok dolaşıyorsun anne, adamın iflahı kesiliyor."

Emel kısa bir süre düşündü. "Yani bu olayda benim hiç haklı yanım yok, öyle mi?"

"Yani ne bileyim, kusura bakma pek haklı değilsin. Belli ki kadınla yolda karşılaşmışlar, babam da kadının poşetlerini taşımış, ne var bunda?"

"Hadi benimle pazara gelmedi diyelim... Neden gülümseye gülümseye sohbet ediyor, benimle hiç öyle sohbet ediyor mu?" Kızının bir şey söylemesine fırsat vermeden hızla ayağa kalkıp sözlerini sürdürdü. "Sevinç Hanım'ı arayacağım, müsaitse beni ona bırakıver, kahvemi orda içeceğim."

★

Uğur içerideki masasında kahvesini içerek gazetelere göz gezdiriyordu. *Neşet Ertaş*'tan *Neredesin Sen* türküsü çalmaya başlayınca okuduğu makale gözlerinden yavaş yavaş geri çekildi. Boş gözlerle gazeteye bakmaya devam ederken türkünün sözleri beyninde zonklamaya başladı: *Sinemde gizli yaramı kimse bilmiyor... Hiçbir tabip yarama merhem olmuyor... Boynu bükük bir garibim yüzüm gülmüyor... Gönlüm hep seni arıyor neredesin sen...*

O an, dünyanın en garip, en kimsesiz insanını seçmek mümkün olsaydı ve bu seçim, göze gelip akmayan yaşların sızısıyla ölçülebilseydi, kuşkusuz açık ara birinci olurdu. Oysa onun bu halini, dışarıda oturan kalabalık bir grubun kalkmasıyla boş bardakları toplayan Melih bile fark etmemişti. Çay ocağından seslendi. "Ustam çay vereyim mi?"

Uğur ifadesiz yüzünü genç adama çevirirken zihninden hızla geçen cümleleri duydu: Meriç mezarda... Uğur çay mı içecek? Başını geriye atarken kalan ömrü ikram edilmiş gibi, "Yok," diye fısıldadı ve kaşlarını kaldırarak Melih'e baktı. Mete'nin üniversite konusu konuşulurken epeydir aklında olan bir konu netleşmişti. Belki de bu konuyu konuşmanın tam sırasıdır, diye düşünerek elini kaldırdı. "Buraya gel Melih, otur karşıma, seninle konuşacaklarım var."

Melih ustasının karşısına geçti. "Buyur usta!"

Uğur doğrudan sordu: "Hani sen aşçı olmak isterdim dersin ya bazen?"

Genç adam bu konunun hiç beklemediği bir anda açılmasıyla afallamıştı. Sohbetin nereye gideceğini merak etse de, kendini suçlu hissederek cevap verdi. "Evet ama onu ben... Yani ben burda memnunum hayatımdan ustam..."

"Biliyorum ama içinde böyle bir istek var, değil mi?"

"Evet isterdim, yani zamanında turizm lisesine gidebilseydim güzel olurdu ama kaçırdım o treni... Ben burda memnunum usta! Yannis gelince ona sorular soruyorum diye şimdi böyle diyorsan..."

"Oğlum ben hâkim miyim? Sorguya mı çekiyorum seni? Biliyorum burdan memnun olduğunu, ben de senden memnunum... Bunu karıştırma şimdi... Aklımda bir şey var onu konuşacağım."

Melih başını öne eğdi. "Tamam usta."

"Ha şöyle! Şimdi ben araştırdım, İstanbul'da profesyonel aşçı yetiştiren kurslar varmış. Programları çok iyi. İzmir'de de var. Sen de araştır istersen, bir yıla yakın sıkı bir çalışmayla çok iyi bir aşçı olabilirsin gibi geliyor bana."

Melih hiç beklemediği bu teklifle ne diyeceğini bilemedi. "Ama usta... Yani nasıl olacak..."

"İstenen bütün şartları ben halledeceğim, hem de memnuniyetle, merak etme."

Melih bir süre cevap vermedi. Uğur'un maddi ve manevi pek çok kişiye yardım ettiğini biliyordu. Çoğunu görmese de duyuyordu ve bu özelliğinden dolayı ustasını daha da çok seviyordu. Bu düşüncesini ona hiç söylememişti ama şimdi tam sırasıydı. "Ustam be, sen nasıl bi adamsın? Garibanların babası mısın nesin?"

Uğur alaycı bir ifadeyle gülümsedi. "Ya da en baba gariban benim, kim bilir?" Melih onun ne demek istediğini anlamaya çalışırken konuşmasına devam etti. "Neyse işte... Şimdi bu araştırmayı bir de sen yap. Ben senin bu işte çok başarılı olacağından eminim. Git, bir yılsa bir yıl, iki yılsa iki yıl, hallet şu işi."

Melih'in içi sevinçle dolmuştu ama bu iş sanki onun için görülemeyecek kadar güzel bir rüyaydı. "Ustam bu düşüncen çok güzel, çok sağ ol. İsterim tabii ama ben seni yarı yolda bırakmam! Kaç yıldır şurdayım... Kime emanet edeceksin burayı ben olmayınca? Olmaz!"

"Oğlum, buraya adam bulunur. Senin gibi olmaz belki ama şöyle ya da böyle burda bir düzen sağlanır. Ancak senin kadar istekli kaç aşçı bulunur? İmkân olmasa neyse... Bak yazın da Yannis'in yanına gidersin, iyice geliştirirsin kendini. Sen hayaline ulaşmaya çalış yoksa bu hayat çok sıkıcı olur. Beni dinle... Ömür dediğin... O kadar uzun değil. Sevdiğin bir işi yap." O sırada açılacak dükkân için İzmir'den beklediği iç mimar gelince Melih'e, "İyice düşün, yine konuşuruz," diyerek adamı masaya buyur etti.

*

Emel fincanı bırakırken, "Ziyade olsun," dedi.

Sevinç, "Afiyet olsun," diyerek fincanları tepsiye koydu ve mutfağa götürdü.

Emel kadının ardından bakarken halinden memnundu. Bir saattir havadan sudan, çocuklardan, gelmişten geçmişten bahsetmişler ve nedense inanılmaz rahatladığını hissetmişti. Canı sıkkınken kendinden büyüklerle konuşmak onu her zaman rahatlatırdı. Gençler doğru bir şey söyleseler bile onda ters etki yapıyorlardı. Bu yüzden kızıyla sohbet ederken çok yoruluyordu. N'olurdu sanki onu anlasa, 'annecim haklısın' dese, bir kere de babasından yana olmayı bırakıp onun tarafını tutsaydı? Bak Sevinç Hanım'la öyle mi oldu, diye düşündü. Tahsin'in beni sinir eden umursamazlığını anlatınca, o da hemen rahmetli kocasının umursamaz davranışlarından örnekler verdi. Yaşlılarla gençler arasındaki en önemli fark bu işte: Gençler empati nedir bilmiyorlar!

Sevinç karşısındaki koltuğa otururken gülümsedi. "Gelmekle ne iyi ettiniz, şöyle güzel bir yemek yeriz birazdan, yalnız olunca hep geçiştiriyorum."

Emel hemen itiraz etti. "Ay zahmet etmeyin lütfen, ben sadece kahveye uğradım."

Sevinç elini havada savurdu. "Ne zahmeti, rica ederim. Yemek yok zaten ama isterseniz hemen bir zeytinyağlı yaparım ya da pide söyleriz."

Emel pide fikrinden hoşlandı. "Tamam o zaman, acıkınca pide isteriz."

Bir süre memleket meselelerine değindiler ama Emel kadının siyasetten pek hazzetmediğini anlayınca konuyu değiştirdi ve tekrar çocuklardan bahsettiler. Sohbet kadın erkek ilişkilerine kaydığında, söylenecek çok şey vardı. Yaşadıkları, gördükleri ve duydukları olaylara değinip zaman zaman kahkahalarla güldüler.

Sevinç onun her görüşüne katılmasa da ev sahibi nezaketine sığmayacağı için doğrudan karşı çıkmıyordu. Orta yolu bulmalarını sağlayacak hikâyeler anlatarak konuyu yumuşatıyordu.

Konu kıskançlık ve aldatmaya gelince, şahit oldukları birkaç örnekten bahsettiler. Emel hükmünü verdi. "Bence her erkek aldatır. Olsa olsa aldatamayan erkek vardır. Zaten çoğu erkeğin kıskanç olma sebebi de bu!"

Sevinç şöyle bir düşündü ve konuyla ilgili düşüncesini dile getirdi. "On iki-on üç yıl öncesine kadar ben de böyle düşünürdüm. Sonra bir arkadaşımdan bir hikâye dinledim. Hikâye dediysem, yaşanmış bir olay, bir yerde okumuş. Neyse... İşte o günden beri insan ilişkilerini, özellikle de kadın erkek ilişkilerini şekillendiren bu tür kavramların bir kalıba sokulamayacağını fark ettim. Erkeği kadını yok. İnsan var bence ve her kavram, o insanın içindekileri dışına vurmasıyla ilgili." Gülümsedi. "Biraz geç olsa da bunu anladım. Buna yaşlanmak da diyebiliriz."

Emel de gülümsedi ama aynı anda duyduklarını anlamaya çalışıyordu: Her kavram, o insanın içindekileri dışına vurmasıyla ilgili. Iıh... Cümle karmaşıktı, ona ne demek istediğini sordu.

Kadın bir süre düşündükten sonra açıkladı. "Demek istediğim, herkes herhangi bir konuyu bildiği, yaşadığı, biriktirdiğiyle değerlendiriyor. Mesela *kıskançlık* nedir dediğimizde... İçinde nefret biriktiren biriyle, sevgi biriktiren biri farklı farklı bakıyor bu kelimeye. Hepimiz biriktirdiklerimiz kadarız. Ne eksik ne fazla, o kadar..."

Emel kaşlarını çatarak düşündü. "Doğru ama..." Kadının ne demek istediğini hâlâ tam olarak anlamamıştı ama bir daha sorup aptal durumuna düşmek de istemiyordu. "O zaman dinliyorum."

Sevinç saf saf sordu: "Neyi?"

"Hani arkadaşınız size bir hikâye anlatmış ya, onu."

Sevinç sıkılarak gülümsedi. Zihni hâlâ berraktı ama son beş-altı aydır bir şey konuşurken araya başka şeyler girdiğinde konudan çabucak kopuveriyordu. Alzheimer hastası olmak istemiyordu. Kendine çabucak, daha çok bilmece çözmem lazım, diye hatırlattı ve anlatmaya başladı. "İç Anadolu'nun köylerinden birinde, bir akşam, güneş yavaş yavaş batmış, karanlık çökmüş... Yoksul bir evde... Bir adamla kadın yatmaya hazırlanıyormuş... Çiftin dış görünümü nasıl diye sorarsan... Kadın çok güzelmiş, kocası ise körmüş. Köyde iş çok tabii, erken yatıp erken kalkmak lazım. Adam yatağa giderken kadın pencereden bakmış, bahçeye vuran ışıkta sevgilisi bekliyormuş... Daha evvelden sözleşmişler, o gece kaçacaklarmış..." Duraksayarak sordu: "Aslında bayağı bilinen bir hikâye, duymuş muydunuz?"

"Hayır, hiç tanıdık gelmedi."

Sevinç ikinci baskı yapmadığından emin olunca rahatlayarak hikâyeyi anlatmaya devam etti. "Kadın kocasının yanına kıvrılmış ve adamın uyuduğundan emin oluncaya kadar beklemiş... Sonra da sessizce kalkıp bohçasını aldığı gibi pencereden atlamış ve birkaç yıldır âşık olduğu, yanlarında çalışan adam için kocasını terk etmiş. İki sevgili, arkalarına bakmadan kaçmışlar. Durmadan koşmuşlar... Korkuyla koşarak dağları tepeleri aşmışlar. Köyden iyice uzaklaştıklarına karar verdiklerinde ise nefes nefese durmuşlar. Kadın yola çıktığından beri çarığının ucundaki bir şeyden rahatsız oluyormuş... Ne olduğuna bakmak için ayakkabısını çıkarınca ne görsün: Bir tomar para ! Kocasının her şeyin farkında olduğunu ve kaçacağını bildiğini o an anlamış... Çünkü evlendiklerinden beri onu başkalarından kıskanan kocası, zaten daha önce ilişkisini anlamış ve kendisini uyarmışmış. Ancak karısının ne olursa olsun gideceğini anlayınca, ona bir süre yetecek parayı ayakkabısına koymuş. Kadın, kocasının onu ne kadar sevdiğini de, bu parayı neden ayakkabısına koyduğunu da biliyormuş, adamın düşüncesi şuymuş: Bunca yıl bana baktı, yemek yaptı, çamaşırlarımı yıkadı ütüledi... Bana emeği geçti, yaban ellerde kimseye muhtaç olmasın. Peki bütün parasını, kendisini bırakıp başka bir adamla kaçan kadına veren bu yoksul köylü kimmiş biliyor musunuz?" Emel başını iki yana sallayınca, soruyu kendisi yanıtladı. "Âşık Veysel. O zamanlar Âşık Veysel değilmiş tabii, kimsenin tanımadığı yoksul bir adammış ve işin ilginç yanı, bu olanları kimseye anlatmamış... Yıllar sonra onu terk eden karısı Esma anlatmış da, tüm bunlar öyle ortaya çıkmış."

Uzunca bir süre sessizlik oldu. Emel hikâyeyi iyice sindirdikten sonra yavaş yavaş konuştu. "Demek Âşık Veysel! Boğazıma bir yumru oturdu derler ya, öyle oldum. Karısının yaptığına çok üzüldüm. Karşılığında adamın yaptığı... Kelime bulamıyorum. Büyüklük... Çok... Onurlu bir davranış. İnsanın içini acıtacak kadar onurlu... Herkes yapamaz..." Başını iki yana salladı. "Kesinlikle herkes yapamaz."

"Onu diyorum işte! Ne her erkek aynı, ne de her kadın. İnsana tek tek bakmak lazım, her insan farklı."

Emel aklına takılan, anlayamadığı bir noktayı dillendirdi. "Hem de... O da kıskançmış yani!"

"Karısının anlattığına göre öyleymiş. Bence... Kıskanç olmasına rağmen bunu yapabilmesi onu daha da büyütüyor."

Emel bir süre düşündü ve gülümseyerek konuştu. "Milyarlarca insan içinde hayat denen şeyi iki dizeyle anlatabilmek belki de bu yüzden ona kısmet oldu: *Uzun ince bir yoldayım... Gidiyorum gündüz gece...*"

★

Aradan bir aydan fazla zaman geçmişti. Kasım ayında bir sabah Ece yağmur sesiyle uyandı. Bir süre gözlerini açmadan yatmaya devam etti. Mecnun'la ilk öpüşmesinden beri yerle gök arasında dolanıyordu. O zamandan beri hissettiği kanatlardan ve rotasız uçma işinden çok hoşlanmıştı doğrusu. Gülümseyerek gerindi. Hmmm... Yatağın ortasındayım, demek Mecnun gitti. Acaba saat kaç? Boş ver... Yağmur ne güzel! Yorgana sarınıp sağa döndükten sonra bir süre yağmur damlalarının çıkardığı tıkırtıları dinledi ve nihayet gözlerini açtı. Yastığa baktı. Iıh... Mecnun bugün not bırakmamış, aceleyle çıktı herhalde...

Yerinden doğrulup pencereden baktı. Hava epey kapalıydı. İstanbul'dayken böyle havalarda neden moralinin bozulduğunu düşündü ve bir anlam veremedi. Üzerine hırkasını alıp doğruca tuvalete gitti. Elini yüzünü yıkarken gözü aynadaki görüntüsüne takıldı. Saçlarını eliyle düzeltirken gülümseyerek kendini selamladı. "Günaydıın!"

Doğruca mutfağa gitti. Serada kaldığı süre boyunca Mecnun her sabah kahvaltıyı hazırladığı için, ufak masada kahvaltıyı göremeyince hayal kırıklığına uğradı. Çaydanlığı kontrol etti ve gülümsedi. Adam en azından çayı demlemek üzere hazırlamıştı. Ocağı yaktı. Yumurta haşlamak için buzdolabına yönelince kapağında Mecnun'un notunu gördü: Yumurta dahil kahvaltın salondaki masada... Görmedin, değil mi? :))) Sana gevrek ve poğaça da aldım gecesefası. Maydanoz da var, limon yanında. Onu da bi zahmet sen sıkıver :) Ben İzmir'e kaçıyorum. Ararım. Hadi hep beraber: A alı ala ulalı ambırleyli ap uppp! Be beli bala bulalı bambırleyli bap buppp!

Gece seviştikten sonra tek kişilik yatağa sığmaya çalışırlarken Mecnun'un diline dolanan bu tekerleme konusundaki tartışmalarını hatırlayarak kahkaha attı ve kâğıda bakarak bağırdı:

"Hayır öyle değil o! A alı ala ulalı amburleyli ap uppp... Be beli bala bulalı bamburleyli bap buppp... Bambır ne yaaa... Bambur derdik biz!"

Salona geçip masaya baktı ve gülümseyerek koltuğa uzandı. Kaç geceyi beraber geçirdiklerini hesapladı: Harika sevişmelerle sonlanan ve kahkaha atarak uykuya dalınan altı gece. Kendisiyle sohbetine gülerek devam etti: Hepsi de romantizmden uzak. Omzunu silkti: Ama hepsinde de var olmanın, bir olmanın büyüsü, iğne oyası gibi ince düşünce ve şefkatle işlenmiş bir mutluluk vardı... Bedeninin ve ruhunun uzayda salınmasını sağlayan mutluluk. Tekrar gülümsedi: Belki de romantizm budur?

Çayı demlemeye gitti ve o sırada telefonu çaldı. Arayan Maral'dı. Hemen cevap verdi. "Alo!"

"Merhaba Ece. Bugün bir demiştik ama üçte gelsen olur mu diyecektim, biraz işim var da."

"Olur olur. Şimdi kahvaltı edeceğim zaten."

"Ooo iyi... Üçte bekliyorum o zaman."

"Tamam görüşürüz."

Kahvaltısını ederken üşüdüğünü hissedince, elektrikli ısıtıcıyı açıp kendine yaklaştırdı. Maral'la buluşacağını düşününce gerildi. Son üç gündür iki kez arayıp Efdal'dan bahsetmiş ve buluşmak istemişti. Ece onun erkek arkadaşından bahsetmek istediği kadar Mecnun'la ilişkisini sorgulayacağını biliyordu çünkü bir akşam geç vakit sahilde el ele yürürlerken onları görmüştü. Bir kez dışarı çık Maral görsün, bendeki de şans, diye düşündü. Aslında son haftalarda Mecnun'la pek görüşemiyorlardı bile.

Ece ailesini çok özlemiş ve Mecnun bayram süresince çalışacağı için beş günlüğüne İstanbul'a gidip gelmişti. Bunun öncesinde ve sonrasında da pek görüşememişlerdi çünkü adam hemen hemen her sabah erkenden Gürkan'ı alıp İzmir'e gidiyordu. Sitede çalışacak elemanları ayarlamaktan, kullanılacak toprağa ve dikilecek ağaçlara kadar bizzat yapması gereken birçok iş vardı. Serada ise çok fazla iş yoktu. Ece zamanının çoğunu resim ve yemek yaparak geçiriyor, bazı günler ise seraya uğramıyordu.

Mecnun'la artık sevgili olduğunu özellikle saklamıyordu

ama herkesin duymasını da istemiyordu. Handan ve Yannis dışında bilen yoktu. Acaba var mıydı? İlk günlerde, Emel teyzenin yemeğe davet ettiği gece, Rafet'in manalı bakışlarını yakaladım ama... Sevinç teyze de anladı mı acaba? Anlamıştır tabii! Sonuçta neden bazen serada kalıyorum?

Mecnun'un erken gelebildiği bir akşam dışarıda yemek yedikten sonra yürürlerken Maral'a yakalanmışlardı işte! Çayından bir yudum alırken tekrar, şansa bak, diye düşündü.

Aslında her konuştuğu insana ondan bahsetmek istiyordu... Ondan ve onunla ne kadar mutlu olduğundan. Özellikle de annesine Mecnun'dan ve ona olan duygularından bahsetmeyi çok istemişti ama...

İnsanın hissettiği mutluluğa önce karşı çıkmak, sonra da yok etmek için devreye giren ve genellikle mutsuzlukla beslenen zihin, kuşkusuz Ece'de de mevcuttu ve birkaç haftadır yok sayıldığı yerden çıkmayı bekliyordu. Hemen başını uzattı: Mecnun'la mutlusun ama... Mecnun'la sevişiyorsun ama...

Yüzünü arı sokmuş gibi başını hızla geri çekti: Düşünmeyeceğim işte!

Olduğu durumla olması gereken durum arasındaki devasa farkı düşünecek olursa... Iıh... Bu mücadeleye girmeye hazır değildi. İnsanın kafası, içinde açan çiçeklerin kokusunu lağım kokusu gibi gösterecek binbir öğretiyle doluysa, bu mücadele kim için kolay olabilirdi ki?

Omzunu silkti. Amaaan! Çok mutluyum! Bunları sonra düşünürüm...

Müziği açtı ve elektrikli ısıtıcıyı yaklaştırıp koltuğa uzandı. *Lind Quartet*'ten *Lipa*'yı dinlemeye başlayınca yeniden aşkın huzuruna çekildi.

★

Yannis başını öne eğerek, "Tamam canim, tamam. Aksama otelde görüsürüz o zaman," diyerek telefonu kapadı. Lobide, yanındaki koltukta oturan Rafet'e bilgi verdi. "Handan'in isi uzayacakmis. Benim eve erken gitmeme gerek yok. Hadi sen git firina bak istersen, ben burdayim nasilsa."

"Ama Atlas..."

"Onunla da gelince ilgilenirim."

Rafet rahat bir nefes aldı. Fırını görmek istiyordu ama üç gündür uğrayamamıştı. Handan bir süredir göçmenlerle ilgilenen bir dernekte çalışmak için haftada iki-üç gün İzmir'e gidiyordu, diğer günlerde de sık sık Yannis'le otelde oluyordu. Bayram dışında otelde yoğunluk olmamıştı ama adam her ne kadar ben hallederim dese de Rafet oteli bırakmak istemiyordu. Henüz kurabiye yapılmadığına göre ona ihtiyaç da yoktu ama eşsiz kurabiyelerinin satılacağı dükkânın son durumunu inanılmaz merak ediyordu. Bir gün önce Uğur uğradığında bitmek üzere olduğundan bahsetmişti. "Ben birazdan giderim o zaman." Yannis başını olur anlamında sallayınca son günlerde aklına takılan konulara dahil ettiği meseleyi sordu: "Handan nasıl? Biraz daha iyi mi?"

Yannis başını öne eğdi. "İyi... Yine ağliyor ama daha rahat simdi."

"Ağladıkça rahatlıyor belki de ama beni korkuttu."

"Niye?"

"Yaz boyu o kadar üzülmedi sanki... Sonra birdenbire ağlama krizine tutuldu. Gerçi..." Bir an duraksadı ve başını hayretle öne doğru eğerek açıkladı. "Bana da öyle olmuştu. Hüsnü öldükten beş-altı ay sonra daha çok ağlamıştım. Tuhaf bir şey bu! Zaman geçince bazen daha çok koyuyor."

Yannis hafifçe gülümsedi. "Evet, bazen öyle oluyor ama Handan'inki havayla da ilgili. Fark ettim, hava günesliyse... Nasil anlatsam... Morali daha iyi oluyor."

"Evet evet, hava bazı insanların ruh halini çok etkiliyor."

Yannis gülmeye başladı, sonra kadının soran gözlerle kendisine baktığını fark edince açıkladı. "Bir de hormonlar tabii. Regl olmus geçen gün... Erkendi. Uyandim, baktim yatakta değil. Kalktim baktim, salonda... Günes'in fotoğraflarini masaya yaymis sessiz sessiz ağliyor. Teselli etmek için ona doğru giderken, 'Dur,' dedi ve bir kâğit gösterdi bana. Kocaman harflerle yazmis!" Cebinden kâğıdı çıkardı. "Yanimda bak, kaç gündür bakip bakip gülüyorum."

Kadın merakla sordu: "Ne yazıyor orda?" Yannis katladığı kâğıdı açıp ona uzatınca içinden okudu: REGLİM VE GEÇİCİ OLARAK İNSANLIK DIŞIYIM. YANNİS'E VE ÇEVREYE VERDİĞİM RAHATSIZLIKTAN DOLAYI ÖZÜR DİLERİM. Ve bir kahkaha patlattı.

★

Aysel ve Nurcan, bir an önce işlerini bitirebilmek ve dükkânı teslim etmek için canla başla çalışan işçilere mani olduklarına aldırmaksızın ışıkları açıp kapıyorlardı. Sonra sıra dolaplara geldi ve fırının yer aldığı bölümde heyecanla konuşmaya başladılar.

"Aaa bak burda ne var!"

"Bak bak bunu gördün mü sen? Neler yapıyorlar, cık cık..."

"Kız Nurcan şuna bak!"

"Aysel bak burası tam sana göre!"

"Kız şurda da yorgunluk çayımızı içeriz, ohhh!"

Uğur ustabaşıyla konuşup kadınları aceleyle dükkandan çıkardıktan sonra Nurcan'ı dahil etmemeye çalışarak karısına yumuşak bir şekilde hitap etti. "Aysel n'apıyorsunuz? Lunapark mı burası? İzin verin de adamlar işlerini bitirsinler." Gülümsedi. "Bir an önce dükkânı açmak istemiyor musunuz siz?"

Karısı biraz alınmıştı. "Aman sen de Uğur! Heyecanlıyız işte, ondan! Hem orası dükkânımız olmayacak bizim."

Uğur merak ederek sordu: "Dükkânınız olmayacak mı? Ne olacak ya?"

Nurcan araya girdi. "Biz dükkân lafını sevmiyoruz."

Arabaya doğru yürürlerken Uğur başını eğdi. "İyi o zaman fırın deyin."

Aysel meramını doğrudan anlatmaya karar verdi. "Uğur, biz diyoruz ki yer var nasılsa... Biz hesapladık, iki masa sığar. Şöyle eş dost gelince otursak, pastane gibi..."

★

Ece otelin park yerinde arabadan indiğinde, içine işleyen sert rüzgârla montunun önünü kapayarak girişe yöneldi. Maral onu lobide sıcak bir şekilde karşıladı ve hemen restorana geçtiler.

Arkadaşı yemek boyunca sık sık telefonla konuşmak, birkaç kez masadan kalkmak zorunda kalsa da, Ece'nin kullandığı arabayla ilgili niye, ne zaman, kim ile başlayan sorular sorarak bütün merakını gidermişti.

Kahve içerlerken Maral otel yönetmenin ne kadar zor olduğundan, zaman zaman personelle sorun yaşadığından bahsetti ve ofisine girdikten sonra arkadaşının bariz bir şekilde rahatladığını fark eden Ece, ona hak verdi.

"Senin böyle dertlerin yoktur tabii serada, ne güzel!" dedi Maral sonunda.

Ece onun küçümseyici ifadesine aldırmamaya karar verdi. "Haklısın, hiç böyle dertlerim yok gerçekten. Hele bu ara doğru dürüst iş de yok, genellikle resim yapıyorum."

Maral gülümsedi. "Eee insanın patronu sevgilisi olunca rahat olur tabii!" Ece bu saptamaya cevap vermek yerine kahvesini yudumlayınca, sözlerini sürdürdü. "Mecnun'la işleri ilerlettiniz anladığım kadarıyla? El ele gezmeler falan... Anlatsana."

Ece gülümserken omzunu silkti. "Gördüğün gibi işte."

Bir süre sessizlik oldu. Maral onun kısa bir cevapla konuyu geçiştirmesinden hoşlanmadı. Şöyle ya da böyle şu an hayatındaki tek arkadaşı Ece'ydi ve onun böyle ketum olmasına bozularak düşünceli bir şekilde doğrudan sordu: "Sen gerçekten Mecnun'a âşık mı oldun?"

Ece bir süre ne diyeceğini düşündü. Hislerini anlatırsa olumsuz şeyler duyacağını biliyordu. "Bilmem... Belki de..." dedi soruyu geçiştirmeye çalışarak.

"Ne zaman başladı? Yani... Ne zamandır berabersiniz?

"Bir ay falan oldu."

Maral gözlerini kocaman açarak hayretle sordu: "Bir ay mıııı? Şimdi mi söylüyorsun bana Ece! Aşk olsun!"

Ece omzunu silkti. "Yaaa ne bileyim... Bu ara pek görüşmedik ki, senin de işin başından aşkın."

"Telefon diye bir şey var!"

"Ne bileyim, telefonda konuşmak istemedim."

Kısa bir sessizliğin ardından Maral sordu: "Eee? Nasıl gidiyor? Mutlu musun bari?"

Ece detaya girmek istemiyordu. "Evet. Şimdilik her şey yolunda."

Arkadaşı kahvesini bitirdikten sonra fincanı yavaşça tabağa koyarken düşünceli bir şekilde fikrini açıkladı. "Umarım sonunda hayal kırıklığına uğramazsın ama... Bence Mecnun'la boşa vakit kaybediyorsun."

Ece gerildi. Gelmeden önce kendine savunmaya geçme diye tembihlemesine rağmen merakına yenildi. "Niye?"

"Çünkü... Mecnun işte... Sen de biliyorsun, asla evlenecek bir tip değil!"

"Benim evlenmek istediğimi nerden biliyorsun?"

Maral elini havada savurdu. "Yapma Ece! Sanki birbirimizi tanımıyormuşuz gibi konuşma. Her kadın evlenmek ister. Sen evliliğe karşı bir insan değilsin ki! Yoksa Mecnun bu konudaki fikrini de mi değiştirdi?"

Ece bu imadan hoşlanmadı. Maral onu Mecnun'un etkisi altındaymış gibi göstermek istiyordu ama bu doğru değildi! Öte yandan arkadaşı haklıydı: Kendisi hiçbir zaman evliliğe karşı bir insan olmamıştı. Sakin olmaya çalışarak düşüncelerini açıkladı. "Şu an bunları düşünmüyorum. Bazı şeyleri zamana bırakmak gerekir... Olacaksa olur, olmayacaksa olmaz ama şu an Mecnun'la çok mutluyum."

Maral iç geçirdikten sonra anlayışlı bir ses tonuyla konuşmaya çalıştı. "Mutlu olmak elbette çok güzel ama insan yarını düşünmeden, önünü göremeden yaşayamaz ki... Beni yanlış anlama lütfen, senin iyiliğin için söylüyorum. Yarın bir gün annenler öğrenince ne olacak? Biliyorsun, baban böyle bir şeyi asla kabul etmez. Hem..."

"Hem?"

"Mecnun evlenmek istese bile baban asla kabul etmez, sen de biliyorsun."

Haftalardır zihninden itelediği ve düşünmemeye çalıştığı bu gerçeği ondan duyunca hissettiği rahatsızlık birkaç misli artmıştı sanki. Konuyu kapamaya karar vererek gülümsemeye çalıştı. "Boş ver şimdi beni ve Mecnun'u. Sen ne âlemdesin? Her telefonda Efdal'dan bahsediyordun, beni görünce unuttun galiba?"

Maral başını sallarken derin bir nefes aldı. "Evet... Efdal... Evet! Bahsediyordum ama... Yok. Olmayacak o iş!"

Ece şaşırdı. "Aaa! Daha dün bahsediyordun... N'oldu bir günde?"

Maral düşünceliydi. "Ya evet bahsediyordum. Dediğim gibi beş-altı kez yemeğe çıktık. Her hafta sonu beraberdik. Her şey iyi gibiydi... Aslında iyiydi. Güzeldi yani. Bana âşık oldu, ben de etkilendim, yani ondan hoşlanıyorum gerçekten, hatta sanırım sevmeye başladım. Gezmeyi tozmayı biliyor, iki kere İzmir'e gittik. Çok klas yerlere götürdü beni. Ciddi yani. Birbirimizi biraz daha yakından tanıyıp evlenmekten falan bahsetti." Düşünceli bir sessizliğe büründü.

Ece meseleyi anlamamıştı. "Eee?"

"Dün akşam yine yemeğe çıktık."

"Evet?"

"Efdal Ispartalı, sana söylemiş miydim?"

"Evet?"

"Annesi yedi-sekiz sene evvel ölmüş. Orda bir köyde yaşayan babası var diye biliyordum. Meğer iki ay köyde abisinin yanında kalıyormuş, sonra da iki ay Malatya'da evli olan ablasının yanına gidiyormuş adam. İki ay da Efdal bakıyormuş. Altmış beş yaşında. Eli ayağı tutuyor adamın, hasta falan değil ama bir daha evlenmek istememiş. Bazen de kendi evinde kalıyormuş ama çok sık değil. Çocukları da böyle bir düzen kurmuşlar."

Arkadaşı susunca Ece bir an ne diyeceğini bilemedi. Tereddüt ederek sordu: "Sen de böyle bir şey istemiyorsun?"

Maral doğal bir şekilde cevap verdi. "Kim ister Ece? Hangi çağda yaşıyoruz? Ben öyle kayınpeder kayınvalide falan bakamam."

Ece'nin aklı karıştı. "E ama sevmeye başladım diyorsun."

Maral omzunu silkti. "Sevsem n'olur? İstediğim gibi bir hayatı yaşayamayacaksam ne önemi var? Dün akşam bunları öğrenince... Soğudum yani."

Ece hayretle sordu: "Hemen bir gecede soğudun, öyle mi? Bunları duydun ve soğudun?"

Maral gülümsedi. "Elbette soğurum! Kızım ben senin gibi

değilim, mantıklıyım! Duygularıma kapılıp hayatımı berbat edemem. Tamam yakışıklı, iyi bir işi var ama ben de güzelim, benim de iyi bir işim var! Ne yani? Dünyadaki tek yakışıklı adam o değil. Öyle zengin de değil hani... Bu otelden kimler gelip geçiyor." Bir an düşündükten sonra kendine hak vererek başını salladı. "Tamam, evlenmek istiyorum ama kimsenin anasına babasına bakamam. Çocuğum olursa ne olacak? Hem çocuk hem yaşlı mı bakacağım? Kimse kusura bakmasın!"

kolay mı?
aynaya bakınca
kendini bulamayınca...

18

"Tabii tabii getir Uğur, çok memnun oluruz ama Nurcan'dayız biz. Sobayı yaktık, sıcacık oturuyoruz," dedikten sonra telefonu kapatan Aysel, o sırada çaydanlığı sobanın üzerine koyan arkadaşına bilgi verdi. "Rafet Hanım geliyor. Bizden sonra uğramış fırına. Bizimle bir şey görüşmek istiyormuş, Uğur getiriyor."

Nurcan onun heyecanlandığını görünce gülümsedi. "Bakıyorum pek sevindin Rafet Hanım geliyor diye?"

Aysel buna hemen itiraz etti. "Sevinmek değil de..."

Nurcan yerine otururken gülerek başını salladı. "Sevindin sevindin."

Aysel aklından geçenleri nasıl ifade edeceğini bir süre düşündükten sonra açıkladı. "Bizimle pek muhatap olmuyor gibi gelmişti bana."

Bu konuda arkadaşının da kendisi gibi düşündüğünü duyan Nurcan kaşlarını kaldırarak sordu: "Değil mi? Bana da hep öyle geldi. Biz ona kaç kez uğradık, o daha bize ilk defa geliyor. Bu kadınlar da benim ortağım deyip bir kere bile gelmedi."

Kısa süreli bir sessizlikten sonra Aysel düşüncesini dile getirdi. "Tabii ortağız ama onun zaten bir işi var. Hep otelde. Belki ondan gelmedi. Kolay değil. Acaba ne görüşecek?"

"Eleman işidir, ben bardakları getireyim," diyen Nurcan mutfağa giderken zil çalınca Rafet'i içeri buyur etti.

Ihlamur içerken on dakika kadar havadan sudan bahsettiler.

Aysel arkadaşının koltuğun ucunda oturmuş, başını sallayarak ve gülümseyerek Rafet'in ağzına baktığını fark edince içten içe ona kızdı, fakat aynı anda ağzının kenarında hissettiği kasılmayla kendisinin de farklı durumda olmadığını idrak etti. Hemen oturuşunu kontrol etti. Kendini koltuğun ucunda oturur vaziyette bulunca kahkahasını zor bastırdı. Rafet höt dese kaçacağız, diye düşünerek koltuğuna yerleşirken arkadaşının sesini duydu.

"Bir fincan daha alır mısınız Rafet Hanım?"

"Alırım valla, boğazıma çok iyi geldi. İki gündür kaşınıyor. Grip olacağım herhalde."

Nurcan anlayışla başını salladı. "Çok yaygın. Havalardan, bi sıcak bi soğuk."

Arkadaşının nezaketini bir tür eziklik gibi gören Aysel bu duruma kızarak omuzlarını dikleştirdi ve kendinden emin bir şekilde konuşmak istedi. "Uğur bir şey görüşmek istediğinizi söyledi?" der demez diğer iki kadın hayretle kendisine baktı. Sesi kavga eder gibi çıkmıştı nedense.

Nurcan şaşkınlıkla sordu: "N'oldu Aysel? Niye bağırdın birden?"

Aysel gülümsemeye çalıştı. "Yok canım, bağırır mıyım? Şey..." İşaret parmağıyla başını gösterdi. "Kafam dolu da... Aklıma gelince birden... Unutmayayım diye hemen söyleyince..."

Rafet ona anlayışla cevap verdi. "Evet evet, ben şu eleman işini, bir de açılışla ilgili detayları konuşmak istedim. Malum, az kaldı."

Aysel konuya hemen açıklama getirdi. "Elemanlar tamam sayılır. Yani biriyle konuştuk anlaştık. Diğeri de olacak gibi." Arkadaşına baktı. "Değil mi Nurcan?"

Nurcan kadının önünde bu konuyu tartışmak istemiyordu. Sakin bir şekilde cevap verdi. "Evet."

Rafet düşünceli bir şekilde sordu: "Peki açılış için ne diyorsunuz? Nasıl yapalım? Davetiyeli bir açılış düşünüyor musunuz?"

Aysel ihtiyatlıydı. "Siz ne düşünüyorsunuz?"

Rafet boynunu büktü. "Bence gereksiz. Burası küçük yer, herkes kısa sürede duyar nasıl olsa ama siz istiyorsanız yapalım."

Nurcan onunla aynı fikirdeydi. "Size katılıyorum. Gereksiz bir masraf olur. Herkes zaten bu kurabiyenin lezzetine gelecek."

Aysel içinden ikisine de söylendi: Ayol devir reklam devri! Hangi çağda yaşıyor bunlar yahu! Şöyle en gösterişlisinden bir açılış yapacağız ki müşteri gelsin. Küçük yermiş de... Nasıl olsa herkesin haberi olurmuş da... Sanki elli haneli köy burası! Allah Allaaah! Ancak bu düşüncesini dile getiremedi çünkü istediği elemanlardan birini Nurcan'a henüz kabul ettirememişti ve eleman konusu çok daha önemliydi. Gülümseyerek kararını bildirdi. "Öyle diyorsanız tamam. Bence ufak bir açılış iyi olurdu ama tabii şart değil."

*

Maral koltuğunda arkasına yaslandı ve bir anne edasıyla açıkladı. "Senin iyiliğin için söylüyorum Ece, aklına başka bir şey gelirse darılırım. Bak Facebook'ta sen de görüyorsun işte, evlenen evlenene, çünkü bu hayatın gerçeği canım! İnsanın sevdiği, beraber olduğu biri varsa onunla evlenmek ister! Bu her kadın için böyledir, haksız mıyım?"

Ece fincanını alıp yeşil çaydan bir yudum içti ve bir süre cevap vermedi. Maral'ın söylediklerinde samimi olduğunu biliyordu ama Mecnun'la ilişkisinin bu şekilde sorgulanmasından hoşlanmamıştı. En iyisi konuyu değiştirmek, diye düşünürken arkadaşının sesini duydu.

"Tamam. Evlilik meselesini at bir tarafa. Henüz ilişkiniz yeni diyelim. Sana hiç seni sevdiğini söyledi mi?"

Ece hafifçe gülümsedi. "Hayır. Bu ona göre bir şey değil."

Maral yüzünü buruşturdu. "Bu sanki çok sevimli bir şeymiş gibi konuşma lütfen! Tipik erkek hareketi işte! Hepsi yatağa atana kadar peşinde döner. Yatıyorsunuz, değil mi?"

Ece bu sorudan rahatsız oldu. Mecnun'la birlikteliğinin duygusal yanının yok sayılmasına izin vermeyecekti. Üstelik ilişkileri salt bu şekilde ele almasından hoşlanmadığını arkadaşına birkaç kez ima etmişti. Kendinden emin bir şekilde konuştu. "Maral lütfen ama! Ben buraya seni görmeye geldim. Tek konumuz erkekler olmak zorunda değil ki. Tamam anlıyorum seni, şu ya da bu şekilde sen Efdal'dan ayrılmaya karar vermişsin, ben de Mecnun'la beraberim, bu konuyu burda kapatabilir miyiz?"

Arkadaşı omzunu silkti. "Ben de onu diyorum işte, bi anlasan! Bak ben Efdal'a bile hayır diyorum. Beni sevdiğini söylediği ve benimle evlenmek istediği halde." Derin bir nefes aldı. "Tipi, işi falan iyi olduğu halde." Kendi şartlarının ona verdiği üstünlüğün iyice anlaşılması için konuşmasına kısa bir ara verdikten sonra Ece'nin durumunu açıkladı. "Sense, sanki dünyada bir tek Mecnun kalmış gibi davranıyorsun. Eğitimi, kültürü, tipi... Maddi durumu desen, belli işte seni tavlamak için almış o arabayı da! Yani kusura bakma da hiçbir özelliği sana uygun değil, üstelik ailen de kabul etmeyecek, bunu biliyorsun! Neden kendine hiç değer vermiyorsun? Sana seni seviyorum bile demeyen bir adamla n'apıyorsun anlamıyorum ki!"

Ece haftalardır karşılaşmaktan kaçtığı çoğu düşünceyle bu şekilde burun buruna geleceğini hiç düşünmemişti. Aslında buraya gelirken Maral ve Efdal'ın mutlu beraberliğini dinleyeceğinden emindi. Bir süre cevap vermedi. Çayını bitirdi ve fincanı özenle tabağa yerleştirirken moralinin bozulduğunu belli etmemeye çalışarak sordu: "Kim bilebilir ki ne olacağını?"

Maral kaşlarını kaldırdı. "Doğru! Kimse ne olacağını bilemez ama unutma ki Mecnun'dan bahsediyoruz!"

"Yani?"

"Yani Mecnun söz konusu olunca neyin olmayacağını biliyoruz en azından, değil mi?"

"Neymiş o?"

"Asla evlenmeyeceği. Sen de biliyorsun, kendi dedi, bir hafta arayla başkalarından hoşlandığını, evliliğe karşı olduğunu. Hemen evlenelim dese bile babanın onun kabul etmeyeceği belli zaten! Eee? N'olacak?"

★

Uğur kahveye döndüğünde köşesine çekildi. Sobaya yakın dört-beş masa doluydu. Bir süre yeni yardımcılarının çalışmasını izledi. Bir arkadaşının tavsiyesiyle işe aldığı, on yıldır bir kafede çalışan otuz yaşındaki Salih, işinde ustaydı. Cem ise ondan birkaç yaş küçüktü ve o da son iki yıldır birkaç otelde geçici işlerde çalışmıştı. Mete ve Melih'in ayrılmasından hemen sonra işi bilen iki eleman bulduğu için şanslı olduğunu düşünüyordu. Melih İstanbul'da iki yıl sürecek bir aşçılık programına katılmıştı ve telefonla konuştuklarında genç adamın halinden gayet memnun olduğunu anlayabiliyordu. Düşünceleri Elif'e kaydı. O da artık Kanada'daydı. Okul ve yolculukla ilgili bütün işleri Taylan'ın yönlendirmesiyle bizzat halletmişti. Önceki gün Bekir ve Hatice'yle telefonda konuştuktan sonra, onların torunları için ne kadar mutlu olduklarını duyunca hissettiği memnuniyeti anımsayıp, zihninden yükselen soruyla baş başa kaldı: Niye? Niye memnun oldun? Sonrasında kafasının içinde iki farklı ses kavgaya tutuştu: İnsan niye durmadan başkalarının dertlerini çözmeye çalışır? Özellikle maddi dertlerini? / Hayır ama bu sadece parayla ilgili değil! Ben herkese elimden geldiğince yardım etmek istiyorum! / Geç Uğur geç! Çoğu insanın derdi maddi! Kabul et, en kolay dertler parayla çözebildiklerin oldu. / Çünkü param var! / Dürüst ol Uğur! Sen kendine merhem olamadın! Hayatını sallayan, uykularını bölen, rüyalarını delen derdine çare bulamadın sen. Durmadan başkalarına yardım ederek, kendine yardım edememenin çaresizliğini ve acısını bir nebze olsun unutuyorsun! Meriç'e veremediğin mutluluğu ve rahatı başka insanlara vermek istiyorsun. Sebep bu! Sebep bu! Sanıyorsun ki, başkalarını mutlu edersen Meriç'i mutsuz edişinin günahı hafifleyecek...

Aklına birden Alfred Nobel ile ilgili bir yerde okudukları geldi: Silah üreten, dinamit barutunu bulan, yüzbinlerce, milyonlarca insanın ölümüne hizmet eden Nobel öyle zengin olmuştu ki bilim, edebiyat gibi alanlarda güya insanlığa hizmet için milyonlarca kronluk ödül dağıtılmasını vasiyet etmişti. Dağıtılan paranın ise silah ve baruttan elde edilen paranın sadece faizi olduğu söyleniyordu.

Hıh, dedi içinden. İnsanları öldür, sonra insanlığa hizmet et. Vicdan kloraklama... Başka bir şey değil! Meriç'i üzdüm... Onu mutsuz ettim... Şimdi ne dersem diyeyim, onu üzdüğümü ve mutsuz ettiğimi hep biliyordum ve bu ağırlıktan kurtulmak, bu kirden arınmak için maddi manevi hep başkalarını mutlu etmeye çalıştım. Çoğunlukla maddi olarak yardım edebiliyorum çünkü param var.

Nesin sen?

Zihninde yankılanan cevap varlığına ağır gelse de kaçmamak için omuzlarını dikleştirdi: Uğur Nobel!

*

Rafet'i geçirdikten sonra odaya döndüklerinde, Nurcan sobanın üzerindeki demliği kontrol ederek sordu: "Daha var, bir tane daha ister misin?"

Aysel yerine otururken eliyle koltuğu işaret etti. "Yok! Gel otur şöyle, içimiz dışımız ıhlamur oldu."

Nurcan oturdu ve bir süre konuşmadılar. Aralarındaki sessizlik çok gürültülüydü. Her ikisi de birbirinin kafasından geçenleri okuyor ve kendi düşüncesini alkışlıyordu. İkisi de konuyu daha fazla erteleyemeyecekleri bir noktada olduklarının farkındaydı.

Rıza'nın eve gelme ihtimaline karşı, Aysel bütün cesaretini topladı ve yumuşacık bir sesle konuşmaya başladı. "Nurcancım, sen Nesrin'i pek içine sindiremedin ama inan bana pek becerikli bir kız, yeni lise mezunu olduğuna bakma." Bir karşılık alabilmek umuduyla bekledi. Cevap alamayınca aynı yumuşaklıkla konuşmasını sürdürdü. "Ayşe desen komşumuzun kardeşi, Nurhan'ı sen de tanırsın ben de. Hem bak Ayşe kaç yıldır otel mutfaklarında çalışmış, işi de çabuk öğrenir."

Nurcan kaşlarını kaldırarak sordu: "Kaç tane otelin mutfağında çalışmış?"

"Canım n'olmuş iki yılda beş otel değiştirdiyse, anlaşamamış işte! Bizim vereceğimiz parayı beğendi, seve seve çalışacak diyorum sana!"

"Aysel konu para değil! Bak, tanıdıkla iş yapılmaz, ben onu bilir onu söylerim! Bu işi Rafet Hanım'a bırakalım diyorum sana! Bu işlerde tecrübeli olan o!"

Aysel birden kızdı. "Ayol zaten en başında karışmam demişti! O kadar meraklı değil eleman bulmaya, duydun işte! Bir şey dedi mi?"

"Neden desin Aysel? Sen elemanları ben buldum bile diye emrivaki yapınca, ille de ben bulacağım diye kavga mı etsin? Başta dediğine ne bakıyorsun, her işin bir yolu yordamı var canım! Kadın zaten otel işletiyor. Bence bu durumda onun eleman bulması daha sağlıklı. Sırf tanıdık diye biri işe alınmaz! Belki ilerde sen de ben de anlarız bu işlerden ama bence şu an Rafet Hanım'ın bulması en uygunu."

"Ama o kabul etti, duydun."

Nurcan gönülsüzce pes etti. "E iyi tamam ama sorun çıkarsa... Ben sana demiştim diyeceğim ona göre!"

Aysel büyük bir rahatlamayla gülümseyerek, "Tamam," derken içinden 'inşallah bir sorun çıkmaz' diye dua etti.

*

Ece arabayı park edip eve doğru yürürken zihninde Maral'la kavga ediyordu: Benim iyiliğim için söylüyormuş! Beni düşünüyormuş! Ben normal çayı severim bi kere! Beni düşünsen zorla yeşil çay içirmezdin!

Kapıda durdu. Oysa sabah uyandığında ne kadar mutluydum, diye düşündü. Maral'ın yanına giderken saçlarında gezinen, omuzlarından havalanan bütün kuşların şimdi kanatları kırılmıştı sanki. Sevinç'in onu böyle görmesini istemiyordu. Anahtarını çantasından çıkardı ve iyi görünmeye çalışarak içeri girdi. Terliklerini giyerken salona doğru neşeli bir sesle, "Merhaba," diye bağırdı. Cevap alamayınca odaya girdi ve kadının sabit bir şekilde kapalı televizyona baktığını gördü. Endişelendiğini belli etmemeye çalışarak sordu. "Sevinç teyze? İyi misin?"

Kadın yorgun bir şekilde kafasını çevirerek cevap verdi. "Hı?" Başını öne doğru eğdi. "İyiyim iyiyim."

Ece gülümsedi. "Kapalı televizyonu izlediğini görünce şaşırdım da."

Sevinç hafifçe gülümsedi. "Dalmışım... Düşünüyordum... Çok çok ilginç bir şey oldu."

"N'oldu?"

Kadın saate baktı ve hayretle söylendi. "Yedi olmuş saat!" Yan taraftaki üçlü koltukta duran yastıkla battaniyeyi işaret etti.

"Şurda kitap okuyordum, beş gibi. Uyuyakalmışım. Bir rüya gördüm."

Ece diğer tekli koltuğa otururken, "Hayırdır inşallah!" dedi.

Sevinç derin bir nefes aldı. "Hayrolsun, gündüz niyetine anlatayım. Hamdi'yle ilgiliydi rüya. Uyandığımdan beri hayret etmekten kendimi alamıyorum."

Ece birkaç kez onun kocasını rüyasında pek görmediğinden dert yandığına şahit olmuştu. "Yaaa! Ne güzel! İyi miydi?"

Kadın omzunu silkti. "Bilmem. Yani onu görmedim aslında..." İşaret parmağıyla oturduğu koltuğu gösterdi. "Rüyamda burda, bu koltukta gazete okuyordum. Gazetede Hamdi'nin bir cinayet işlediği için arandığını yazıyordu. Haber yollamış gazetelere, birkaç işim var halledeyim, gelip teslim olacağım demiş."

Kadın susunca Ece sordu: "Eee? Gerisi?"

"Bu kadar, gerisi yok."

Ece rüyayı anlamaya çalıştı. Sevinç durmadan kocasından bahseden bir kadın değildi. Arada şikâyetçi olduğu huyları aklına gelirse anlatır, 'genel olarak iyi bir insandı' demekten öte ilişkileri hakkında pek konuşmazdı. Ece de insanların özel hayatına burnunu sokmaktan pek hoşlanmadığı için soru sormazdı ama adam öldüğünde bunalıma girdiğini bildiğinden, hep onun kocasını çok sevdiğini ve özlediğini düşünmüştü. Bir şeyler söyleme ihtiyacı hissetti. "O kadar iyi bir insan cinayet işler mi? Rüya işte! Hayret etmeniz normal."

Sevinç başını iki yana salladı. "Ben onun cinayet işlemesine şaşırmadım ki rüyamda. Haberi okuyunca, şöyle dedim kendi kendime... Yani rüyanın içinde... Offf şimdi o gidip hapse girecek, tabii müebbet verecekler, ben de ona durmadan yemek götüreceğim! Kirlilerini yıkayıp ütülemek de cabası!" Ece ne diyeceğini bilemeyerek ona bakınca, düşünceli bir şekilde gülümsedi. "Yaaa! İşte hayret ettiğim şey bu! Uyandığımdan beri rüyamda düşündüğüm şeylere hayret etmekle meşgulüm. Onca yıl aynı yastığa baş koyduğum adam cinayet işlemiş ve ben onun kimi öldürdüğünü, niye öldürdüğünü bile merak etmedim. Dahası, hapse gireceğine üzüleceğime işte bunları düşündüm." Bir süre sessiz kaldıktan sonra kendini suçlu hissederek sözlerine devam etti. "Pek iyi bir eş değilmişim demek ki. Ömrümce onu sevdiğimi düşünmüştüm ama seven insan böyle mi düşünür?"

Ece kelimelerini özenle seçerek cevap verdi. "Kendinize haksızlık etmeyin lütfen. Belki de..."

"Evet?"

"Belki de o sağken, onu rahat ettirmek için çok sorumluluk aldınız demek ki... Bu nedenle böyle bir rüya gördünüz."

Sevinç başını birkaç kez salladı. "Ben de ona hayret ediyorum ya zaten! O öldüğünden beri büyük bir boşluk hissediyordum ve onu çok sevdiğimden böyle hissediyorum sanmıştım. Oysa bak! Onu kendime iş edindiğimdenmiş hepsi. Evlendiğimiz günden beri bir kere ütüsüz gömlek giydirmedim ben ona. Yemek hep onun istediği şekilde ve istediği saatte hazır olurdu."

Ece, rüyanın etkisiyle üzüldüğünü düşünerek onu teselli etmek istedi. "Canım tabii ki sevmişsinizdir, kaç yıl evli kalmışsınız, sevmeseniz kalır mıydınız?"

Sevinç başını yana eğerek gülümsedi. "Ahhh Ece ahhh, anlamıyorsun değil mi? Yıllarca tek bir öğün bile biber kızartmasını, şöyle üzerine bol domatesli sarımsaklı soslu, yoğurtlu yiyemedim ben. Neymiş? O yemek değil mezeymiş! Hamdi ne severse o pişti bu evde! Aklıma neler geldi bir bilsen. Neşe diye bir arkadaşımız vardı liseden... Beş yıl evli kaldı kalmadı, oğlunu kucağına basıp ayrıldı diye yıllarca konuşmuştuk arkasından..." Gözlerini tekrar televizyona sabitleyince Ece artık onun kendi kendine konuştuğunu anladı. "Neymiş anlaşamamışmış! Ne demek anlaşamamak diye kınadık yıllarca... Ve o bunalımlı zamanlarımda, uzun süre sadece o telefonla aramaya devam etti beni. Hamdi öldükten bir yıl sonra bile. O zamanlar o kadar bedbahttım ki, bana pat diye 'kocanla ilgili özlediğin, birlikte yapmaktan zevk aldığın ve unutmadığın bir sahne söyler misin?' diye sorduğunda birkaç dakika söyleyecek bir şey bulamamak canımı acıtmıştı." Derin bir nefes aldı. "Sonrasında aklıma gelen tek sahnenin, kocamın mangal başında elinde bir gazeteyle ateşi yellemesi olmuştu. Neşe cevabıma gülmüş ve 'Siz bu hayatta ev işi ve çocuk dışında neyi paylaştınız Sevinç, lütfen artık üzülmeyi bırak, sadece alışkanlıklarını kaybettiğin için bunalımdasın. İnan bana sen ölsen, o çoktan evlenirdi, belki çocuk bile yapardı,' demişti bana." Başını öne sallayarak sürdürdü konuşmasını. "Doğru! Evlenirdi ve bunu kimse tuhaf karşılamazdı, herkes hak verirdi... Ama o zaman bunları duyunca kızdım. Kocamı sevdiğim için özlediğime o kadar emindim ki... Evliliği başaramamanın kıskançlığına verdim arkadaşımın sözlerini ve ondan sonra nasıl olduğumu merak edip birkaç kez aramasına rağmen onu hiç aramadım! Meğer onun söylediklerini duymaktan rahatsız oluyormuşum. Yani, gerçeği duymaktan!" Ece'ye dönüp ekledi: "Benim Neşe'yi aramam lazım."

★

Yannis özenle seçtiği kırmızı şarabı kadehlere doldururken, göz ucuyla Handan'ı kontrol etti. Şöminenin karşısındaki mindere dizlerini çekerek oturmuş ateşi seyrederken, dünyayla bütün bağını kesmiş gibi görünüyordu. Gün boyu fazla beraber olamasalar da adam onun son haftalardaki durgunluğunu, düşünceli halini ve bazen sabahın altısında kalkıp akşam sekize-dokuza kadar koşturmasının verdiği yorgunluğu yakından takip ediyor ve onu rahatlatmak için elinden geleni yapıyordu. Kadına kadehi uzatırken eğilerek saçına bir öpücük kondurdu ve bağdaş kurup yanına otururken gülümsedi. "İsindin mi biraz?"

Handan gülümseyerek, "Hem de ne güzel ısındım," dedikten sonra başını adamın omzuna yasladı.

Yannis onu koluyla sararken sordu. "Söyle bakalim niye böyle daldin?"

"Düşünüyorum. Yemekte Rafet ablanın halini gördün... Neler yaptığımı tek tek sordu. Sahici bir merakla sordu yani! O Nijeryalı ailenin çocuğuna ne kadar üzüldü, endişesini görmedin mi, nerdeyse ağlayacaktı. Elinden geleni yapmak istemesi falan... Çok etkiledi beni. Annemi düşününce biraz da üzdü."

Yannis bir şey söylemeden önce hızlı bir şekilde düşündü. Emel yaklaşık on gün kalıp gitmişti. Aynı günlerde hava soğuduğundan ve adamın evinde şömine olduğundan Handan yine onunla yaşamaya başlamış, bu durum da annesinin yine sıkılmasına yol açmıştı. Gerçi bu sefer kızıyla iletişimini kesmemişti ama her telefon konuşmasında iğneliyordu. Handan ise bu iğnelemelerden hiç etkilenmiyor gibi rahat gözükse de adam ondaki rahatsızlığı seziyordu.

Yannis onda son zamanlarda ortaya çıkan hüznü biraz havaya, biraz da tedavi edildiği halde düzene girmeyen hormonlarına bağlıyor ama en çok Güneş'in ölümüne geç gelen bir yas olarak görüyordu. Göçmen sorunlarının hayatın acıtan yüzüyle ilgili olması ve buna bir de annesiyle yaşadığı sürekli sorun eklenince, neşesi gölgeleniyordu. Sağlıklı düşünemiyor, üzüntüsünü ve kızgınlığını haksız bir şekilde her zaman annesine yöneltiyordu. Bu durum da adamın önünde öncelikli olarak çözülmesi gereken sorun olarak duruyordu. Sohbeti istediği noktaya getirebileceğine memnun olarak şefkatle sordu: "Neden anneni düsününce üzülüyorsun?"

Handan omzunu silkerek cevap verdi. "Çünkü annem asla Rafet abla gibi dinlemiyor! Hem ne yapıyorsun diye soruyor, hem de anlatınca ah ah vah vah deyip konuyu değiştiriyor. Sahici bir üzüntü değil onunki."

Yannis gülümsedi. "Göçmenlere avukat, anneye yargiç?"

Genç kadın bu tespite güldü. "Sen de hiç kaçırmıyorsun bakıyorum."

Adam da gülerek açıkladı. "Ama pas güzeldi."

"Yaaa tamam haklısın ama görüyorsun sen de. Haksız mıyım?"

"Bu hakli haksiz meselesi değil ki. Annen hep böyle, hep söylenir ama sen yazin aldirmiyordun simdi çok tepki veriyorsun. Bunun nedenini bulman lazim."

Handan kadehinden bir yudum alarak Yannis'in yüzünü görebilecek şekilde kanepeye oturdu ve samimi bir merakla sordu: "Sence ne?"

Yannis derin bir nefes aldı. "Son haftalarda isinde uğrastiğin sorunlar var."

Handan kafasını salladı. "Doğru ama hayatın acımasız yanıyla ilk defa karşılaşmıyorum. Üstelik şimdi bunu sadece yardım duygusuyla yaptığımdan bana ruhsal bir rahatlık veriyor. Ben işimde gerçekçiyim, dünyayı değiştirmeye çalışmıyorum."

"Yani?"

"Yani birkaç insanın hakkını korumaya yardım edebilmek yetiyor bana. Sorunları sürekli yaşamıyorum. Biliyorsun, orada karşılaştığım acı hikâyeleri sürekli yanımda taşımıyorum."

Yannis şömineye büyük bir odun parçası attıktan sonra kadehini alarak Handan'ın karşısındaki tekli koltuğa oturdu. "Bunu biliyorum ama bu is sana zihinsel ve bedensel olarak yorgunluk veriyor." Şarabından bir yudum alırken aklına geleni söyleyip söylememekte bir an tereddüt ettikten sonra konuşmasına devam etti. "Sonra... Farkinda misin bilmiyorum, birkaç gündür durmadan *Amy Winehouse* dinliyorsun."

Handan kaşını kaldırarak sordu. "Ne alakası var bunun durumumla?" Gülerek ekledi: "Geçen ay *Müzeyyen Senar*'ın şarkılarını evire çevire dinlediğimi unuttun galiba! Ben böyleyim, bazen bazı şarkılara ya da bazı isimlere takar ve defalarca dinlerim. *Amy Winehouse* da ölünce tekrar aklıma düştü. Ne var bunda?"

"Fakat sen tüm albümü dinlemiyorsun. Hep ayni iki sarkisini dinliyorsun."

"Demiştim ya sana, Güneş en çok *Back To Black*'i severdi bense *You Know That I'm No Good* parçasını daha çok severim," dedikten sonra bir süre sessiz kaldı. "Yani... Bu son zamanlardaki gerginliğim, daha doğrusu depresif halim Güneş'in ölümüyle mi ilgili diyorsun?"

Yannis boynunu büktü. "Olabilir. Bilmiyorum. Seninle beraber düsünmeye çalisiyorum."

Handan itiraz etti. "Güneş öleli nerdeyse bir yıl olacak Yannis! Ne ilgisi var?"

"Belki öldüğünde yeterince yas tutmadin, simdi etkiliyor."

Handan birkaç dakika düşündükten sonra kendinden emin bir ses tonuyla konuştu. "Iıh. Sebep bu olamaz! Ölüm benim için pek çok insanda olduğu gibi tabu değil ki... Ben de Mecnun gibiyim o konuda. Güneş öldüğünde üzüntümü yaşadım ve kabullendim, sana söyledim anneannemde de böyle olmuştu." Yannis bir şey demeyince açıklamasına devam etti. "Özlemimi de yaşıyorum, duygularımı bastırmıyorum. O şarkıları dinlerken mesela, nasıl dans ettiğimizi, Güneş'in yüzünün aldığı şekle kadar hatırlıyorum, o anları tekrar yaşıyorum. Ben böyle hasret gideriyorum."

Yannis düşünceli bir şekilde cevap verdi. "Yine de bastirdiğin, bilincaltina itelediğin bir sey var ve bu Günes'le ilgili diye düsünüyorum."

Bir süre konuşmadılar. Handan, "Bakalım haklı mısın?" diye gülümseyerek ayağa kalktı ve müzik çaları açtı. Söz konusu şarkıları bu kez eşlik etmeden dinlemeye karar vermişti. Önce *Back To Black* parçası duyuldu. Koltuğa oturdu, gözlerini kapadı ve müziğin ritmiyle zihninden dökülenleri izlemeye başladı.

Güneş'in sevdiği şarkılar içinde onu bu kadar bütünleştirdiği başka şarkı yoktu. Güneş... Bir erkekle adamakıllı bir ilişkiye girmekten ömrünce korkan ve hoşlandığı erkeklerden bile uzak kalmayı tercih eden arkadaşı. Kâh Handan'ın evinde kâh Güneş'in salonunda, şarkıyı dinlerlerken onun söyledikleri çınladı kulaklarında:

"Handan, Allah aşkına söyle, siyahın bu kadar asil hale geldiği başka şarkı var mı?"

"Kadın haklı! Bir erkeğe kapıldın mı, o başkasına gider sen de siyaha... Yani kara kara günlere..."

"Sözle bestenin yarattığı muhteşem siyahın fotoğrafını gönül kadrajımda görebiliyorum sanki!"

"Bu şarkı hiç bir zaman huzur bulamayan, akıp gidemeyen bir aşka ağıt gibi, değil mi?"

Yannis yanılıyor, şimdiki zamana ait hiçbir şey yok işte, bu şarkıları dinlerken ben sadece dostumla birlikte olduğum zamanı hatırlıyorum, diye düşünürken *You Know That I'm No Good* başladı ve geçmişten zihnine kendi sözleri döküldü bu kez:

"Bak Güneşcim, bu şarkıda hüzünle neşe bir arada dikkat edersen."

"Sanki bu dünyaya 'I cheated myself' demek için gelmiş bu kadın... Ammy Winehouse! Seni, dünyanın en güzel 'kendimi kandırdım' diyen kişisi ilan ediyorum. Bence bu cümleyi bir daha hiç kimse hiçbir dilde bu kadar güzel söyleyemeyecek, haksız mıyım?"

I told yaaa, i was trouble, you know that i'm no good kısmı parçada ikinci kez tekrar edilirken Handan aklından geçenleri izlemeye devam ediyordu. Birden gözlerini açtı ve Yannis'e baktı. "Sen... Sen haklı olabilirsin! Ama düşündüğün şekilde değil."

Genç kadının yüzünde hayretin eşlik ettiği hüzün, sevinç ve derin bir keder belirince Yannis konuşmanın yersizliğini hissederek gidip ona sarıldı.

Neden sonra Handan, başı Yannis'in göğsünde, tülün deseniyle ilgili bir açıklama yapacakmış gibi pencereye bakarak, "Sözlere... Şarkının sözlerine dikkat ettin mi?" diye sordu.

"Evet?"

"Bizimle... Yani sen ve benle hiçbir ilgisi yok ama günlerdir dinlerken *ben işe yaramam biliyorsun, sana bir baş belası olduğumu söylemiştim* kısmında seni düşünüyormuşum ve bir mutluluk hissediyormuşum."

Yannis gülümsedi. "Ben senin icin böyle düşünmüyorum biliyorsun."

"Zaten bu yüzden mutluluk hissediyorum. Yargılanmadan, yorulmadan ilk kez böyle seviliyor ve aynı şekilde seviyorum." Başını adamın göğsüne bastırdı. "Seninle çok mutluyum."

"Peki sorun nedir?" diye sordu Yannis şefkatle.

"Düşününce... Yani eskiden Güneş'le bu şarkıyı dinlerken sen yoktun. Şimdiyse seninle yaşadığım mutluluğu hissediyorum. Sonra da bu mutluluk hissi bana hüzün veriyor. Çünkü..." Geri çekildi ve adamın gözlerinin içine baktı.

Yannis başını hafifçe sallayarak onun sözlerini tamamladı. "Bu mutluluğu Günes'in ölümüne borçlu olduğunu düsünüyorsun ve suçluluk hissediyorsun?"

Handan düşünceli ama keşkeleri sevmediği için uzun süredir düşünmeyi reddettiği bir durumu kabullenmekten dolayı rahatlamış halde derin bir nefes alarak sordu: "Öyle değil mi? Güneş ölmese ben buraya gelmezdim... Biz... Biz hiç tanışmamış olurduk."

biz de az değildik
dediğime bakma pek azdık
ufacık çaresiz ve çocuk
yıldızlara saygısız çok bilmişlerden
dünyayı dinledik

19

Uğur son günlerde pek çok işi takip etmekten yorgun düşmüştü. Öğleden sonrayı da kendini kınayarak geçirince, hava kararırken uğrayan Ekrem'in meyhaneye gitme teklifini reddetmedi. Onunla şöyle enine boyuna konuşmaya epeydir ihtiyaç duyuyordu çünkü bu hayatta, bazen sadece ve sadece bir dostun sohbetinde eriyebilecek sertlikte sıkıntılar olduğunu biliyordu.

Sohbetin nasıl seyredeceğini bilmese de Ekrem'le dertleştiğinde bir kırılma anı yaşayacağını hissedebiliyordu. Bu nedenle en dipteki masaya geçtiler ve Uğur duvara bakan tarafa oturdu. Görüş alanında başka insan olsun istemiyordu.

Mezeler eşliğinde ilk kadehleri bittiğinde, Uğur arkadaşının dede olma sevinciyle biraz gevşemişti. Yaklaşık kırk dakikadır, henüz bir aylık torun Melis'in nasıl bir mucize olduğunu dinliyordu. Ekrem karısı Şehnaz'la iki günde bir İzmir'e gidiyor, hatta bazı geceler orada kalıyordu.

"Biraz daha geçsin, gelin biraz daha toplasın kendini, buraya da gelirler, sen de görürsün güzel kızımı," dedi adam.

Uğur gülümsedi. "Aysel dükkânın işleri arasında bile hatırlatıp durdu bir hafta sonu İzmir'e beraber gidelim diye. Nişan, düğün, bebek görme, hiç ihmal etmez biliyorsun."

Ekrem sevindi. "Tamam, ben Şehnaz'a söylerim, şöyle bir

akşamüzeri hep beraber gideriz. Bir görün boncuk gözlü kızımın tatlılığını. Öyle tatlı ki Uğur! Bu torun denen şey, dede olmak, bambaşka bir şeymiş. Şehnaz şimdiye kadar aldığım sıfatlar içinde en güzeli babaannelik diyor, darısı başınıza."

Uğur düşünceli bir gülümsemeyle kadehini kaldırdı. "Yok be Ekrem, o biraz zor işte!"

"Neden zor olsun arkadaş, Taylan da hep bekâr kalmayacak, bir gün o da evlenecek."

Uğur rakısından bir yudum aldıktan sonra oğlunun oturduğu şehri değiştirmesinden bahseder gibi sakin bir ses tonuyla, "Taylan gey," dedi. Ekrem on saniye kadar konuşmadan ve kıpırdamadan yüzüne bakınca detay verme ihtiyacı hissetti. "Geymiş yani. Birkaç ay önce öğrendik biz de." Arkadaşı hâlâ bir şey demeden yüzüne bakmaya devam ediyordu. Uğur onun bakışlarından hiçbir anlam çıkaramadı. Aslında bunu ona söylediğinde arkadaşının ne tepki vereceğini hayal etmeye çalışmış ama farklı cinsel yönelimler hakkında daha evvel hiç konuşmadıkları için bir tahminde bulunamamıştı. Aralarındaki sessizliğin uzamasından sıkıntı duyarak sordu: "Eee bir şey demeyecek misin bu konuda?"

Ekrem gülümsemeye çalışarak ve ifadelerinin arasına birkaç saniyelik boşluklar bırakarak konuştu. "Tabii... Iıı... Oluyor öyle... Bu şey yani... Var öyle... Duyuyoruz yani... Oluyor... Var olan şeyler..." Uğur kahkahayı basınca, ağzından çıkanları duyup o da gülmeye başladı.

Sonraki bir saat boyunca yemek yerlerken Uğur her şeyi baştan sona özetledi. Ekrem o zaman, bu duruma en az onun kadar şaşırdığını anladı. Doğduğu günden beri tanıdığı Taylan'ın gey olduğunu hiç anlamamıştı ve kırk yıl düşünse aklına gelmezdi.

Bir süre konuşmadan yemek yediler. Uğur Şevval Sam'ın söylediği *Bir Fırtına Tuttu Bizi* parçasına eşlik ederken Ekrem onun düşüncelerinin çoktan Meriç'e kaydığını hissetse de sıkıntısını dile getirmeden edemedi. "Bu kadar zamandır neden söylemedin bana Uğur?"

Arkadaşı omzunu silkti. "Bu durumu anlamak, sindirmek ve kabullenmek bu kadar zamanımı aldı diyeyim kısaca. Üstelik...

Dedim ya, çok kısa bir zaman sonra Meriç öldü. Karman çorman oldum."

"Anlıyorum... Eee? Meriç'in defterini okumaya devam mı?"

Uğur bu soruyu bekliyormuş gibi, "Ara ara..." dedikten sonra çözüldü. Birkaç aydır içinde biriken ne var ne yoksa döktü. Okuduklarını, pişmanlıklarını, Meriç'le son görüşmesini, sonraki mutluluğunu, ölümle gelen kederi, Mecnun'la sohbetini, her gün zihnine çöreklenen düşünceleri ve kederini anlattı, anlattı, anlattı. En sonunda kendini nasıl 'Uğur Nobel' olarak hissettiğini açıklayıp nihayet sustu.

Ekrem konuşmaya başlamadan önce arkadaşını gülümsemesiyle kucakladı. "Biliyorsun ben kıskanç bir adam değilim ama bazen sana çok gıpta ediyorum."

Bu sözlere şaşıran Uğur gülümsedi. "Hıh. Neden? Acı çekmeyi güzel bir şey mi sanıyorsun? Acı çekmek matah bir şey değil be Ekrem! Neyime gıpta ediyorsun?"

Adam omzunu silkti. "Gerçekten yaşamana gıpta ediyorum." Arkadaşı ona şaşkın şaşkın bakarken açıklamasını sürdürdü. "Düşünsene, aynı yaştayız, sen gerçekten aşkı yaşadın be Uğur! Tamam acı çekiyorsun, pişmanlıkların var, hatalar yaptın ama düşünsene sen şöyle bir kanat takıp havalanma durumuna geldin. Sen konuşurken, uzaya gitmek gibi herhalde diye düşünmeden edemedim. Mecnun'un söylediklerine katılıyorum, çektiğin acının bir kısmını zihnin üretiyor olabilir, acıseverlik var bizde kabul edelim. Fakat bir kısmı gerçek. Olsun! Olsun anasını satayım! Bir o kadar da mutlu oldun! Yaşadın işte, gerçekten yaşadın!"

Uğur gülümseyerek araya girdi. "Sen yaşamadın mı? Daha demin anlatıyordun dede olmanın ne kadar harika bir şey olduğunu."

Ekrem'in gözünün önüne torunu gelince, neşe kelimesi sözlükten fırlayıp yüzüne yerleşti. "O da başka bir sevinç! Başka bir mutluluk! Ama ne bileyim, o sana başkaları tarafından verilen bir mutluluk. Genetik bir olay sonuçta. Nasıl evlendik biliyorsun, sen de ben de! Analar babalar beğendi biz aldık. Şehnaz'ı çok severim ve sayarım biliyorsun ama ben böyle bir aşk yaşamadım arkadaş! Bilmiyorum işte! Sen anlatırken öyle hayran hayran dinledim yine. Yıllar önce de öyle dinlerdim. Hep öyle dinledim çünkü sen kendini ah bir görebilsen! Sen ne zaman Meriç'ten bahsetsen canın havalanıyor, görüyorum arkadaş! Meriç yaşarken de öyleydi. Öldü yine öyle! Daha neyi dert ediyorsun be Uğur? Canın uçmayı bilmiş, sen daha ne istiyorsun? Hep uçamıyorum diye mi kederleniyorsun? Bizim canımız hep yere bastı ya arkadaş, biraz da şu dünyadaki şansını gör! Uğur Nobelmiş! Kendini kınamayı, suçlamayı, pişmanlık duymayı bir bırak artık yaaa!"

Bu sözler, Uğur'un haftalardır kaşıdığı, kabuk bağlamasın diye kanatmaktan hoşlandığı yaraya mentollü merhem etkisi yaptı. Meriç'in defterinde okuduğu 'aşk olmak' kavramını, Mecnun'un birkaç kez vurguladığı 'o duygu sende' ifadelerini idrak etti ve müthiş bir rahatlama hissetti.

Kedere sarılırken olduğu gibi, kederken sıyrılırken de hayat insana bazı küçük oyunlar oynar. Uğur'a da oynadı. Nedendir bilinmez, o ana kadar hafif tonda çalan müziğin birden sesi yükseldi. Uğur kadehinden bir yudum daha aldı. Uzun süredir yaşadığı ruh-beden uyumsuzluğunun sona ermekte olduğunu hissediyordu. İşte şimdi! Şimdi, burada, dostuyla ettiği sohbet sayesinde, alkolle gevşeyen bedeni yumuşacık bir çorap gibi ruhunu tam olarak sarmıştı. Ne ruhu bol ne de bedeni dardı artık... Bestesi Kaptanzâde Ali Rızâ Bey'e, güftesi Ömer Bedrettin Uşaklı'ya ait eseri, oturduğu yerden *Tolga Çandar* ve *Seza Kırgız*'la beraber söylemeye başladı. *Eğilmez başın gibi... Gökler bulutlu efem... Dağlar yoldaşın gibi... Sana ne mutlu efem... Oyna yansın cepkenin... Yansın güneşten tenin... Gün senin şenlik senin... Bayramın kutlu efem...*

Meriç lise yıllarından süzülüp karşısına geçmişti çoktan. Gökyüzünün turuncuya boyandığı bir akşamüzeri, eski radyonun sesi dalgalara karışırken, sakince dinleyip mırıldandıktan sonra zeybek oynamaya çalıştıkları anlardaydı şimdi. Tam olarak neredelerdi? Büyük Deniz'in karşı kıyısı mıydı acaba? Ne fark ederdi ki? Meriç yeşil minik çiçekli beyaz elbisesi içinde, bu hicaz şarkıda zeybek oynamaya çalışıyordu işte! Ona uyum sağlamaya çalışmak en iyisi değil miydi?

Ekrem arkadaşının kimseye aldırmadan ayağa kalkıp zeybek oynamasını izlemeye başladı. Yanaklarından süzülen yaşlar, aslında mutluluğun kendine yer açmaya çalışması mıydı?

Uğur zamandan kurtulmuştu. Pilli radyodan yükselen *Zeki Müren*'in sesi *Tolga Çandar*'ın sesine karışırken, o sadece Meriç'in sesini duyuyordu. Çoban yıldızı gibi... *Kalbime aktın efem... Bir yaz güneşi gibi...* İçime doğdun efem... *Oyna yansın cepkenin... Yansın güneşten tenin... Gün senin şenlik senin... Bayramın kutlu efem...*

Vakit gece yarısını geçtikten sonra eve gitti. İçini kaplayan ve zihnine de yansıyan duyguyu tanıdı: Huzur...

Meriç'le zeybek oynayarak vedalaşmış ve bu veda anında kendine yüklenmeyi ilelebet bırakmıştı. Bunu iliklerinde hissediyordu. Ekrem'in söyledikleri kulaklarında çınladı: "Bak senin ezberlemen normal ama bir kez söyledin, ben de ezberledim: *O kadar mutluyum ki ben! Taşıyorum! Tam şu anda aşkı taşıyorum Lâl! Bu hayattan daha fazlasını istemek kimseye yakışmaz... O geldi ve bana çocukluğumu geri verdi.* Bu satırlar sana yazılmış Uğur! Bundan güzel bir affedilme hikâyesi varsa da ben duymadım arkadaş! Daha ne istiyorsun? Sen de geçmişteki hatalarından pişmanlık duymaktan kurtul artık! Sizin aşkınız üzerine gözyaşı dökülecek bir aşk değildi, siz ikiniz çocuk gülücüğü gibiydiniz hep."

Uğur pijamalarını giyerken gülümseyerek arkadaşının cümlesini tekrar etti: *Sizin aşkınız üzerine gözyaşı dökülecek bir aşk değildi, siz ikiniz çocuk gülücüğü gibiydiniz hep.* Ekrem böyle beylik laflar etmezdi genelde, ancak çok kızınca çıkardı böyle şeyler ağzından. Artık nasıl görünüyorsam gözüne, nasıl delirttiysem adamı bu akşam şair kesildi başıma, diye düşünerek güldü. Aysel'i rahatsız etmemeye çalışarak yatağa süzüldü ve yorganı üzerine çekip, haftalardır kendisini bağırtan, rahat rahat on dakika bile uyutmayan gazından nihayet kurtulmuş bir bebek gibi mışıl mışıl uyudu.

★

Ece yastığın altına koyduğu telefonu alıp saate baktı: 04.17.

Kendine çok kızdı. Saatlerdir Maral'ın sözlerini düşünerek kafasının içinde başlayan huzursuzluk, pek çok başka düşüncenin birbirini izlemesiyle tam bir işkenceye dönüşmüştü. Erkenden yatmış ama saatlerdir uykuya dalamamıştı. Oysa Maral'ı görmeye gitmeden önce ne kadar da mutluydum, diye geçirdi aklından.

Akşam Mecnun arayınca ona keyifsiz hissettiğini, belki de grip olduğunu söylemişti. Adam da hemen, "Tamam sen yat dinlen," demiş ve bir şeye ihtiyacı olup olmadığını sormuştu. İstemsizce bu ilişkiden geri çekilme kararı alan Ece, ona birkaç gün seraya gelmeyeceğini söylemişti. Hava yağışlı olduğu için birkaç gün İzmir'e gitmeyecek olan Mecnun ise buna hayıflanmış, "Demek çiçeklerimle yalnız kalacağım, olsun, sen kendini iyi hissetmeden sakın gelme, ben serayı hallederim. Yarın uğrarım Sevinç teyzeme, selam söyle, hadi size iyi akşamlar," diyerek telefonu kapamıştı.

Ece sol tarafına dönüp, duvara vuran ışığa sabit bir şekilde bakmayı denedi. Bu şekilde belki uykuya dalabilir, yorgun düştüğü bu depresif geceyi atlatabilirdi. Saatlerdir zihninden geçen sorunları, yatakta döne döne o kadar çok düşünmüştü ki... Mecnun'la ilişkisi başlı başına bir sorundu çünkü hoşuna gitmese de Maral'a hak veriyordu. Beraberlikleri başlayalı haftalar olsa da adam bir kere bile 'seni seviyorum' dememiş, geleceğe dair hiçbir imada bulunmamıştı. Gerçi Maral'la konuşmadan önce bunlar sorun değil gibiydi ama bunun tek sebebi bu konuları sorun olarak görmemesiydi. Oysa artık düşünme zamanıydı. Ancak sorunları düşünerek çözmeye çalışmak, insanın kendisine işkence etmesinden başka ne işe yarardı ki?

Bir ucuna annesiyle babasını, bir ucuna kendisini, bir ucuna da Mecnun'la geleceğini koyduğu üçgeni çizmiş ve içinde sıkışıp kalmıştı. Sorunlarını konuşabildiği ve anlayışlı diye nitelendirebileceği bir annesiyle babasının olmasını, şimdiye kadar hep bir şans olarak görmüştü. Ancak şimdi fark ediyordu ki, bu şans 'onlarla hemfikir olduğu sürece' geçerliydi. Kırşehir'de lisede tanışıp birbirini seven Alevi babasıyla Sünni annesinin evliliği zorluklarla, sıkıntılarla gerçekleşmiş ve iki tarafın da ailesi birbirinden hep uzak durmuştu.

Annesi ve babasında en sevdiği özellik, insanlar konusunda ayrımcılık yapmamalarıydı. Babasının tek bir kırmızı çizgisi vardı: Bir insan Allah'a inanmıyorsa ondan uzak durmak gerek. Ece bu yaşına kadar bu fikre gönülden katılmıştı. Hem okul yıllarında hem de çalışırken ateist arkadaşları olmuş ama onlarla 'tanıdık olmanın ötesinde' samimiyet kurmamıştı. Şimdi bakınca, Allah'a inanmayan bir insandan her türlü kötülük gelebileceği düşüncesini içselleştirmiş olduğunu görebiliyordu. Mecnun'a olan hisleri bir yana, bunca zamandır ettiği sohbetlerde ona 'Allah'a inanıyorum' dedirtememişti. Gerçi onun ateist değil bir agnostik olduğunu düşünüyordu, fakat babası bu farka aldırmazdı. Ona göre bir insanın mutlaka 'Allah'ın varlığına inanıyorum' demesi şarttı. Onunla evlenmeye kalksa, babasının kabul etmeyeceğini adı gibi biliyordu. O zaman ne yapacaktı? Maral bu konuda haklıydı. Kaldı ki babası kabul etse bile, Mecnun evliliği saçma bir toplum kuralı olarak görüyordu. Onunla birlikte bu şekilde daha ne kadar yaşayabilirdi ki?

Mecnun'la bu kadar mutlu olmasam şimdi kalkıp İstanbul'a dönerdim, ne de güzel olurdu, diye düşünür düşünmez, tuhaf bir kurallar zincirine bağlı olduğunu bir kez daha fark etti... Bu öyle bir düzendi ki insan yaşamına devam edebilmek için mutluluktan vazgeçmek zorunda kalabiliyordu. Tam o an zihnindeki ses konuşmaya devam etti: İnsanın mutluluktan vazgeçtiği bir hayat, hayat mıdır?

★

Mecnun ertesi gün öğlene doğru Sevinç'e uğradı. Ece'nin kahvaltıdan sonra tekrar yattığını duyunca içeri girmedi, bir-iki arkadaşını ziyaret ettikten sonra yemek yedi ve öğleden sonra Uğur'un kahvesine gitti. Kahve kalabalıktı. En kuytu köşede beş-altı liseli, bilgisayardan parça seçmeye uğraşıyordu. Mecnun aralarından birini tanıyordu, yanlarına gidip birkaç dakika sohbet etti. Bir müzik grupları olduğunu ve yakında bir yarışmada çalacaklarını öğrendi.

Sobanın yanına gidip biraz ısındı. Etraftaki iki masada okey, bir masada tavla oynanıyordu. Kasaya uğrayıp beş dakika kadar

Uğur'la muhabbet etti ve kahve içmek için boş bir masaya oturdu. Hemen solundaki masada, önündeki kitabın satır altlarını çizen Soner'e baktı. Onun bu halini, silahını temizleyip mermi dolduran bir askere benzetti. Eee tabii savaşa hazırlanıyor, diye düşündüğü an Hacı Veysel'in sesini duydu.

Adam, "Selamünaleyküm," diyerek herkesi selamladıktan sonra Soner'in yanına oturdu. Birbirlerine hal hatır sorarlarken çantasından iki kalın kitap da o çıkardı. Hacı amcamın da bombaları hazıır, dedi Mecnun içinden. Bu sırada tavla oynanan masadaki oyunu seyreden ama ülke kurtarma muhabbetini her şeyden çok seven Ender de çayını alıp hemen onların masasına ilişti.

Mecnun filmin devamını bilen bir seyirci gibi rahattı. On beş dakika kadar kınadıkları ve hemfikir oldukları farklı şeylerden bahsedecekler, sonra da ulusalcı, muhafazakâr ve sosyalist ideolojiler çarpışacaktı. O da bu sırada kahvesini içecek, Uğur yanına gelirse biraz muhabbet edecek, sonra da seraya dönecekti. İşi yoktu ama eğlenmediği sürece aynı filmi tekrar izlemeyi sevmezdi. Bu ideoloji çarpışmaları ise eğlenceli olmaktan çok uzaktı.

Kahvesini içerken diğer masaların gürültüsünü aşıp kulağına çalınan cümleleri takip etti: Havalar iyice bozdu. / Ama zamanı. / Hanım hastalandı. / Benimki de hasta, çarşı pazar işi hep bana kaldı. / Geçmiş olsun ama iyi tarafından bakmak lazım, evin masrafı azalmıştır. / Evet kadınlara harcayacak para olsun! / Paranın da değeri yok ama benim hanım da ekonomiden bihaber. / Hangisinin haberi var ki? / Offf şu gençler de durmadan gülüyor. / Eskiden böyle miydi efendim? Büyüğe saygı vardı, şimdikiler ne büyükten anlıyor ne küçükten. / Dolmuşta otobüste her yerde böyleler, ikide bir gülmekten başka işleri yok.

Ortaklıktan zevk aldıkları bu kınama faslı bitince, Hacı Veysel yavaş yavaş konuya girdi ve bir önceki tartışmada referans olarak verdiği kitabı açıp İslamda sosyal hayatın düzenlenmesiyle ilgili bir şeyler okumaya başladı.

Bu fikre itiraz eden Soner, "Sosyal hayat düzenlemesi inançla temellendirilmez," diyerek sosyalizmin çarelerinden bahsetmeye başladı.

Ender ara ara söze karışsa da göz ucuyla Mecnun'u inceliyor ve onu tartışmanın ortasına çekmenin yollarını arıyordu. Şimdiye kadar bunu başaramamıştı ama bunu başarırsa, hem bu ciddi tartışma ortamına biraz neşe gelecek, hem de muhtemelen sağlam bir müttefiki olacaktı. Onun kalktığını görünce, "Mecnun nereye, gel şuraya senin de fikrini alalım," dedi.

Genç adam cep telefonunu cebine yerleştirirken gülümseyerek kaşlarını kaldırdı. "Iıh."

Ender ısrarcıydı. "Hep böyle yapıyorsun ama! Otur şurda memleketin sorunlarıyla ilgili iki fikir de sen beyan et! Hep kaçıyorsun!"

Soner eliyle masadaki sandalyeyi işaret ederek, "Buyur Mecnun! Ender haklı, hiç katılmıyorsun konuşmalara! Yine de bıyık altından güldüğünü görmüyorum zannetme!"

Mecnun onların yanında durdu. "Siz bıyık üstüne atış yaptınız da gülmedim mi? Ama nerdeee? Hep aynı şeyler hep aynı şeyler. Emekli sıkıcılığı."

Diğer masalarda gülüşmeler olunca her halükârda sakin kalma özelliğiyle tartışmalarda haklı çıkma şansının yüksek olduğunu bilen Hacı Veysel, anlayışlı bir baba edasıyla durumun ciddiyetini açıkladı. "Biz burda üç arkadaş memleket meselelerini konuşuyoruz ve birbirimizi saygıyla dinliyoruz. Senin daha renkli fikirlerin varsa neden hiç söylemezsin, neden hiç davetimize icabet etmezsin oğlum?"

Mecnun şöyle bir düşündükten sonra başını eğdi. "Söyleyeceklerimi duymak istemezsiniz Hacı amca, bana güven."

"Estağfurullah! Bizim her fikre saygımız var."

"O zaman memleket meseleleri kısmını bir tarafa attım. Siz, üç arkadaş? Birbirinize saygı duyarak konuşuyorsunuz ve birbirinizi dinliyorsunuz?"

Ender hemen cevap verdi. "Evet! Elbette!"

Mecnun başını geriye atarak, "Iıh," dedi. "Bir kere en başta durumun adını iyi koyalım. Siz üç arkadaş değilsiniz. Arkadaşlık böyle olmaz."

Soner buna bozuldu ama belli etmemeye çalışarak, "Allah Allah!" dedi. "Anlat da bilelim arkadaşlık nasıl olur?"

Mecnun uzak köşede kalan ve bazen gülen, bazen hep bir ağızdan konuşarak bilgisayara bakan gençleri gösterdi. "Arkadaşlık öyle olur. Arkadaşlığın yüzde doksanı gülmektir, beraber gülmeyenler beraber ağlayamaz biliyorsunuz. Siz hiç beraber ağladınız mı? Iıh! Niye? Çünkü beraber kakara kikiri yapmışlığınız yok."

Hacı Veysel araya girdi. "Fakat biz ciddi meseleler konuşuyoruz, bundan ötürü gülmüyoruz."

Mecnun kaşlarını kaldırdı. "Hayır, siz arkadaş değilsiniz Hacı amca. İnsan arkadaşlarıyla yemek yapıp yer, denize gider, sinemaya gider, bak şurdaki gençler gibi müzik yapar ne bileyim, dertleşir, *beraber* bir şey yapar yani. İnsan arkadaşlarına durmadan din ve sosyalizm ya da milliyetçilik mi anlatır? Sonra gelelim saygı kısmına. Bana göre saygı, sevmek yerine nefret etmeyi huy edinmiş modern insan uydurması. Saygı diye bir şey yok ama siz birbirinizin fikirlerine tahammül etmenin adını saygı koymuşsunuz. Tahammül ediyorsunuz çünkü arkadaş değilsiniz. Arkadaşlarsa birbirini sever, farklı düşündüklerinde de ortaya çıkan şey..." Doğru kelimeyi bulmaya çalıştı. "Hoşgörüdür." Kelime seçiminden memnun kalarak kafasını öne doğru eğdi. "İyi dedim bak, yazın bir kenara. Sizde hoşgörü yok çünkü sevgi yok. Sizde sadece tahammül var çünkü birbirinize saygı duyduğunuzu sanıyorsunuz ama saygı duymak çok uyduruk bir kavram, yok öyle bir şey!"

Veysel buna hemen itiraz etti. "Olur mu öyle şey! Saygı diye bir şey var ve biz birbirimize saygı duyuyoruz." Onaylanmak için Soner ve Ender'e baktı. Kafalarını salladıklarını görünce rahatladı.

Mecnun doğrudan sordu: "Öyle mi? Peki bana bir örnek verir misin? Sen Soner abiye nasıl saygı duyuyorsun?"

"Misal, ben şimdi Soner'in içki içmesine karışmıyorum ki. Sadece içki içmenin günah olduğunu anlatıyorum, bu benim vazifem. Her fikrine saygı duyuyorum. Niye benim gibi düşünmüyorsun diye kimseye bir şey yapmıyorum."

Mecnun, "Ne yapmıyorsun mesela? Dövmüyorsun?" deyince herkes güldü.

Soner araya girdi. "Saygı diye bir şey var Mecnun, saçma konuşuyorsun. Mesela ben tarihteki bazı kişilere büyük saygı duyarım."

"Hayranlıkla saygıyı karıştırıyor olmayasın?"

Soner şöyle bir düşünüp inat etmemeye karar verirken, Ender konuya ulusalcı bir açıklık getirmek istedi. "Küçüklere sevgi, büyüklere saygı duyulur."

Mecnun, "Tam tersi olsa adam olurduk zaten!" deyince yine herkes güldü. "Büyük sayılırmış! Bak bak, beş para etmez insanlara yaşça küçük olanlar muhalefet olmasın diye nasıl da güzel uydurmuşlar, büyüklere saygıymış."

Herkes bir süre kavramlar üzerine düşündükten sonra Veysel itiraz etti. "Sen demagoji yapıyorsun Mecnun. Saygı çok önemli bir kavram. Her türlü insan münasebetinin temelidir saygı. Sevgi de önemli tabii ama saygı olmadan olmaz."

Ender araya girdi. "Biz birinin fikrine saygı duyan arkadaşlar değilsek, neden sık sık buraya gelip sohbet ediyoruz, deli miyiz biz?"

Mecnun ellerini kaldırdı. "Ooo, orda dur, orası dolu, deli olan benim," deyince diğer masalarda gülüşmeler oldu. "Siz bazen her gün, bazen gün aşırı burada buluşan, buluştuktan sonra da birbirine kendi hayat görüşünü kabul ettirmeye çalışan tanıdıklarsınız. Birbirinizi dinlediğinizi de hiç görmedim çünkü karşınızdaki insanın susmasını beklemek, o insanı dinlediğiniz anlamına gelmez."

"Peki bu hangi anlama gelir?" diye sordu Soner.

"Konuşmak için sıranızı beklediğiniz anlamına gelir. Dinlemek başka bir şey... Dinlemenin içinde merak vardır, çok şahane bir ilgi vardır, karşındaki insanı anlamaya çalışmak vardır ama bunlar sevgiyle olacak şeyler, saygıyla işte sadece kendinizi kandırırsınız."

Soner bakışlarıyla Veysel'den yardım isteyerek konuştu. "Biz birbirimizi dinleriz." Hacı Veysel'in kafasını sallamasından güç bularak ekledi: "Her zaman dinleriz, herhalde bu kadar vakti boşa harcamıyoruz, birbirimizi anlamaya çalıştığımız için konuşuyoruz."

Mecnun, "Peki bu nasıl bir mevzudur da yıllardır anlaşamadınız bir türlü?" diye sorunca diğer masalardan bu kez kahkaha sesleri yükseldi.

Ender, Mecnun'a kal dediğine biraz pişman olmuştu. "Siyaset konuşuyoruz da ondan! Siyasetin tabiatı böyle! Hemen anlaşma sağlanamaz. Dünya görüşlerimiz tamamen farklı."

Mecnun gülümsedi. "Ender abi, sizin anlaşamama sebebiniz, dünya görüşlerinizin farklı olmasından falan değil. Siz farklılıklarınızı değil, aynı olduğunuz konuları inceleseydiniz şimdiye bütün anlaşmazlıklarınızı çözerdiniz. Güven bana, ne dediğimi çok iyi biliyorum. Hayata bakışınız, yani hayata karşı ne tavırda olduğunuz, hayatınız tamamen aynı."

Bu Hacı Veysel'in kabul edebileceği bir tespit değildi. "Dünya görüşü başka olan insanların hayata tavrı yahut hayatı nasıl aynı olabilir ki? Olur mu öyle şey? Ben beş vakit namaz kılan bir adamım, Soner'in alnı ise secde görmemiş." Ona dönüp ekledi: "Kınamak için söylemiyorum. Farkın altını çizdim."

Soner başını hafifçe eğdi. "Doğru söylüyorsun. Benim öbür dünyayla işim yok, ben burayı çözmeye çalışıyorum, farklıyız." Mecnun'a sordu: "Evet, açıkla bakalım hayata tavrımız nasıl aynı olabilir?"

"Açıklayayım hemen. Biriniz namaz kılıp biriniz hiç kılmayınca çok farklı insanlar olmuyorsunuz. Biraz önce üçünüz de bir güzel kadınlarınızı çekiştirmediniz mi? Yok hastalanıp çarşıya çıkmayınca masraf olmuyormuş, çok harcıyorlar demediniz mi?"

Soner cevap verdi. "Dedik!"

"Bu konuda hemfikir olmadınız mı?"

Hacı Veysel başını salladı. "Olduk! Gerçek bu! Her konuda ayrı düşmek şart değil. Kadınlar ekonomiden anlamıyor."

Mecnun yüzünü buruşturdu. "Ha yani, dünden kalan pilavla bugün çorba yapan kadınlar ekonomiden anlamıyor ama hayatında mutfağa girip yemek pişirmemiş olan sizler ekonomiden anlıyorsunuz, öyle mi?" deyince diğer masalardan bir kahkaha daha koptu.

Daha önce defalarca ve övünerek hayatta hiç yemek yapmadıklarını söylediklerinden, önce üçü de sessiz kaldı, sonra Ender konuyu netleştirmek istedi. "İyi de yemek yapmanın siyasetle, ekonomiyle ne ilgisi var?"

Mecnun sandalyeye oturdu. "Şöyle bir ilgisi var. Siyaset insan için yapılır. İnsanın daha rahat yaşaması için yapılması lazım en azından. Bunun için ilk şart hayatı bilmek. Siz de bu ülkedeki pek çok erkek gibi hayatı hazır yaşayan insanlarsınız. Mesleğinizden başka hayata koyduğunuz bir emek yok. Yemek yapmıyorsunuz, tuvalet temizlemiyorsunuz, çamaşırlarınızı hep kadınlarınız yıkıyor, size de buraya gelip lak lak yapmak kalıyor. Sağcısının evine git aynı, solcusunun evine git aynı, ne anladım ben bu işten?"

Veysel için bu konu netti. "Erkeğin ve kadının vazifeleri başkadır."

Mecnun onu onayladı. "İşte ben de onu diyorum. Hadi sen muhafazakârsın, kadın kocasına hizmet edecek görüşünü dine dayandırıyorsun. Soner abi güya sosyalist, işçiden emekçiden eşitlikten bahsediyor. Ender abi insan hakkından, ilerlemeden bahsediyor. Hayatlarınıza bakalım, kadınlara bakışınız, onlardan beklentiniz aynı, birbirinizden ne farkınız var? Kadınlar her işi hallediyor, hayatınızı sürdürmeniz için gereken emek onlardan, siz de gidip kazandığınız parayı 'kendi' paranız gibi gören er kişilersiniz. Farkınız ne? Siz onu söyleyin bana."

Ender konuyu kapamak istedi. "Bu ev düzeni Mecnun, bunun siyasetle ne ilgisi var yahu?"

Mecnun itiraz etti. "Bizzat sorun bu işte! Nasıl olur da farklı dünya görüşündeki erkeklerin aynı şekilde ev düzeni olur? Yaşamsal işlerinizi hep başkası yapıyor, sorun burda yatıyor! Yaşamsal işlerin ne olduğunu bilmeyen insanlar, yaşama dair sorunlara nasıl fikir üretir? Ancak laf üretiyorsunuz. Hayır yani meclistekiler de aynı sizin gibi ama onlar nemalanıyor, siz de o da yok. Yıllar evvel ezberlediğiniz ve milim değiştiremediğiniz ideolojilerinizi yanınıza alıp geliyor, burda insan hakkından, işçi hakkından, kul hakkından bahsediyorsunuz, bugün iyi konuştum diye kendinizi mutlu edip evinize dönüyorsunuz. Zaten birbirinizi anlamak için değil, üste çıkmak için konuşuyorsunuz. Zihin tatminlerinizle, mutlu küçük dünyanıza geri dönüyorsunuz. Bu şekilde hangi sorun çözülür? Bu ülkenin, hatta dünyanın en önemli sorunlarından biri, erkekle kadının bir hayatı nasıl paylaştığıyla ilgili ve siz onca teorik bilgiye rağmen, daha bunu bile göremiyorsunuz. Ve sizin nasıl yaşadığınız, ülkedeki ya da dünyadaki sorunların asıl sebebi, bunu bi zahmet görün artık!"

Soner etkili bir şeyler söylemek istedi. "Sen de iyice feminist kesildin başımıza! Yani şimdi ben yemek yapmıyorum diye okuduğum yüzlerce kitabın hiçbir anlamı olmuyor, öyle mi?"

Mecnun omzunu silkti. "Benim için yok. Zaten siz yüzlerce kitap da okumuyorsunuz. Konusu aynı olunca tek bir kitap sayılır o. Hayata dair de değil okuduklarınız, hep teori hep teori. Buraya geldiğinizde ne söyleyeceğiniz zaten belli, birbirinizin ne söyleyeceğini de üç aşağı beş yukarı biliyorsunuz, sonra da bana birbirinizi dinlemekten bahsediyorsunuz! Yalansa yalan deyin!"

Bir sessizlik oldu. Soner bu saptamaya içerlemişti. Biraz alaycı bir ses tonuyla sordu: "Söyle bakalım sen en son ne okudun? Hayata dair?"

"Bu sabah internette fillerle ilgili uzuuun bir yazı okudum, bir sürü de şey öğrendim."

Ender konuyu siyasete çekmeye kararlıydı. "Yani yine inat ettin. Memleket meselelerine girmemek için neler neler dedin be Mecnun!"

Mecnun güldü ve makineli tüfek gibi konuştu. "Memleketin meselesine parmak basıyorum, hâlâ görmezden geliyorsunuz! Memleketin meselesi bu! İnsanlar lafla peynir gemisi yürütüyor diyorum, söylediklerini hayatına koymuyor diyorum. Hazırcısınız diyorum. Siyaset siyaset siyaset! Hayatı bilmiyorsunuz, durmadan teorik siyaset konuşuyorsunuz, bir başladınız mı çekilmeyi bilmiyorsunuz diyorum. Bak parti liderlerine bir tane genç var mı, varsa yoksa yaşlılar! Birbirine empati yok, sempati hiç yok! Bayat, ne bayatı, küflenmiş görüşleriyle her zaman bağıra bağıra konuşan yaşlılar ortada! Bi çekilin artık ya! Hayır bu ülke değişse size ne faydası var? Lafa gelince ülkenin geleceği gençler ama siyaset yapmaya gelince hep siz hep siz! Gelecek şurda oturan, sırf neşeli oldukları için saygısız bulduğunuz hoşlanmadığınız gençler, gelecek benim, siz hepiniz geçmişsiniz," deyince bir kahkaha daha koptu.

Soner hafifçe gülümseyerek, "Siyaset tecrübe ister, örgütlenme ister. Tecrübe olmadan siyaset işte senin yaptığın gibi olur. Mecnunizmmiş! Yazarsın tişörtün arkasına HESLERE HAYIR! diye, sonra da gidersin Gündoğdu Meydanı'na senden başka kimse olmaz, öyle kendi kendine iki saat dolaşırsın," deyince bu sefer herkes Mecnun'un o halini hatırlayıp güldü.

Adam gülerek başını salladı. "İşte herkes bir gün örgütsüz mörgütsüz benim gibi kendiliğinden tişörtlerine yazıp meydanlara çıkınca değişecek her şey, ah bunu bir anlasanız!"

Soner diretti. "Öyle bir şey olmaz Mecnun!"

"Olur veya olmaz ama olması gereken o!"

nerden bulduk bu geceyi?
sen şimdi uyu
alıp canımın kuytusunu
ardında bırak gözlerimi
aşk sevsin bizi

20

Sonraki birkaç ay herkes için epey yoğun geçti, özellikle de Aysel ve Nurcan için. Fırının açılmasıyla kendilerini hiç alışık olmadıkları bir tempoda buldular. İlk günler bir sorun çıkmasından korktukları için işe aldıkları elemanlara güvenemediler. Hemen hemen her gün akşam sekiz civarında eve gidip en geç saat onda kendilerini yatakta buldular. Nurcan'ın ilk haftalarda, Aysel'e dahi söylemediği başka bir sorunu daha vardı: Normalde hazır yemeğini ısıtan kocası artık bunu bile yapmıyor, akşam eve erkenden geliyor ve durmadan dır dır edip düzenlerinin bozulduğundan dert yanıyordu. Nurcan da sorun çıkmasın diye sabah ezanıyla uyanıyor, evi temizliyor, yemek pişirip kahvaltı hazırlıyor, saat sekize doğru Aysel'le beraber fırına gidiyordu.

İlk ay kurabiyelere çok fazla talep olmasa da neyi nasıl yapacaklarını bilemediklerinden stres dolu günler yaşadılar. Rafet bu dönemde onlara can simidi gibi yetişti. Aysel'in ayarladığı elemanlardan Ayşe, işi hakikaten çabuk öğrenmişti ama maalesef genç olan Nesrin çalışmaktan ziyade gezmeye geliyor gibiydi. Aysel'in bildiği ya da dilediği gibi becerikli olmaması bir yana, elinden telefonu düşmüyordu. Aysel ikinci haftanın sonunda kızın müşteriyle konuşurken mesaj yazdığını görünce, işine münasip bir şekilde son verdi. Kendine o kadar kızgındı ki Nurcan'a dönüp, "Hadi ben sana demiştim de!" diye söylendi. Nurcan ise, "Ama demiştim..." demekle yetindi. Durumu anlattıklarında, Rafet Hanım üç-dört gün içinde dükkâna bir erkek eleman ayarladı. Ömer on yıllık pastane tecrübesi olan otuzunda bir adamdı ve alım satım işlerinden de anlıyordu.

Birinci ayın sonunda işler rayına otururken, kurabiye talebi de her geçen gün artmaya başladı. Bu arada Nurcan tarladaki hakkını satın alan ablasından gelen elli bin lirayı, kendini ancak bu şekilde ortak olarak hissedeceğini söyleyerek Aysel'e zorla verdi. Rıza'nın bu durumdan haberi yoktu. Nurcan küçük yerlerde bazı şeylerin gizli kalamayacağını bilmesine rağmen iş yoğunluğundan bunu önemsememişti.

O günlerde bir akşam eve gitti ve ayakkabısını çıkarmaya çalışırken kocası boynuna öyle bir yumruk attı ki Nurcan duvara tutunamadan yere düştü. Neye uğradığını şaşırmıştı. "Rıza n'apıyorsun?" derken, adam bu sefer çıldırmış gibi bütün gücüyle karnına bir tekme attı. Nurcan ayağa kalkmaya çalışırken, "Demek sen benden gizli tarladaki hakkını satarsın ha? Dövmedik diye böyle oldu, bunca sene dövmedik diye böyle oldu!" diye bağırarak onu tekrar duvara çarptı ve "Gel buraya! Bana o elli bin liranın hesabını vereceksin!" diyerek öfkeyle salona geçti. Nurcan o an ayakkabılarıyla çantasını kaptığı gibi evden çıktı. Yürümeye çalışırken ayakkabılarını giydi, koşmaya başladı ve kendini fırında buldu. Hava o kadar soğuktu ki yol boyu sadece 'iyi ki paltomu çıkarmamışım' diye düşündü. Işıkları yakmadan mutfak tarafına geçti. Elektrikli ısıtıcıyı açtı ve bir sandalyeye oturup saatlerce ısıtıcıdan yayılan turuncu ışığa baktı. Ağlamadı. Ağlamadan dağılmanın ne olduğunu anladı.

O gün öğlen de yeterince yememişti. Açlıktan ve yorgunluktan bitap düşünce sabaha karşı masaya başını koydu ve uyuyakaldı. Uyandığında saat yediye on vardı. Hemen Aysel'i aradı ve işe erken geldiğini söyledi. Arkadaşı geldiğinde, sorularını geçiştirdi. Rıza'nın ne yapacağını kestiremiyor ama kendinin ne yapmayacağını çok iyi biliyordu: Bir daha onun yüzünü dahi görmeyecekti!

Bütün gün hiçbir şey olmamış gibi davranmaya çalıştı ve büyük ölçüde başarılı oldu. Aysel onun grip olmaya başladığını düşünüyordu. Yaşadığı - şimdilik - en yakın dostuna bile anlatamayacağı bir şeydi. Gün içinde kendi kendine üç-dört kez 'korktun ve başına geldi' diye düşündü. Üç-dört kez de 'o kadar huysuz hayvan baktım çiftlikte, ben bunu hayvanlara bile yapmadım' diye söylendi.

Aradan aylar geçtikten sonra bile, o gece ve ertesi güne ait belleğinde kalanlar... Paltosu, ağlamaması, turuncu ışık, 'korktun ve başına geldi' ve 'o kadar huysuz hayvan baktım çiftlikte, ben bunu hayvanlara bile yapmadım' cümleleriydi.

Akşama doğru Aysel'den nasıl kurtulacağını planlamaya başladı. Kendini iyi hissetmediğini, eve gideceğini söyleyerek yarım saat kadar erken çıktı. Herkes gidince tekrar fırına döndü ve oturup düşünmeye başladı. Duş alması, temiz kıyafetler giymesi gerekiyordu. Acaba Rıza ne yapıyordu? Bunu düşünür düşünmez kendine kızdı ve o andan sonra aylarca bunu aklına dahi getirmedi.

Uykuya daldığının farkında bile değildi. Aysel omzuna dokunduğunda gözlerini araladı ve bir an nerede olduğunu çıkaramadı. Sonra, "Rıza size geldi değil mi, tahmin etmeliydim," der demez arkadaşı onu susturdu. Nurcan dükkânın kapısında bekleyen Uğur'u gördü ve hep birlikte onlara gittiler.

Aysel o gece ve takip eden bir hafta boyunca ona hiçbir şey sormadı. Yıllardır onun ne kadar meraklı olduğunu çok iyi bilen Nurcan, yaşadıklarının arkadaşını nasıl da değiştirdiğini ilk kez tam anlamıyla fark etti ve onun bu tavrına minnet duydu. Bir hafta sonra olup biten her şeyi anlattı. Aysel'de bir ay kaldı. O sırada boşanma dilekçesi verdi.

Bu konuda kızlarını hiçbir şekilde dinlemedi. Telefonda konuşurlarken 'babam' kelimesini duyduğu an yüzlerine telefonu kapadı. Kendine bir ev tuttu. İki ay sonra araya görümcesi girmeye kalktı. Ama Nurcan ne bu konudan bahsetti ne de bahsedenleri dinledi. Rıza ilk celsede boşanmaya yanaşmadı. Kızlarına ve ahbaplarına kendisinin ne kadar haklı olduğunu, Nurcan'ın eli para görünce nasıl da değiştiğini anlatıp hayıflandı ama bu laflar kadının kulağına hiç ulaşmadı çünkü bu konuyu Aysel'le bile konuşmuyordu. Sanki Rıza diye bir adam hayatında hiç var olmamıştı.

★

Ece, Mecnun'dan uzak kalma kararını iki gün uygulayabildi. Sonunda evlenmeseler bile bir süre daha mutlu olmak istiyordu. Beraber çalışıyorlar, sohbet ediyorlar, geziyorlar, gülüyorlar ve sevişiyorlardı... Onunla ne yaparsa yapsın mutluydu ve bu mutluluk şimdilik yeterliydi. O iki günde yüzlerce duygu ve düşünceden geçmiş ve tek birini dahi adama yansıtmamıştı. İş ciddiye bindiğinde muhtemelen ailesinden kimseyi karşısına alacak gücü kendinde bulamayacaktı ama şu an bu mutluluktan vazgeçecek iradeye de sahip değildi. 'Hopppsiii' nidasını duymadan tek günü geçmezken, bu neşeyi tanımamış gibi eski hayatına geri dönemezdi. Bu duygu ve düşünceler içinde Mecnun'dan beklentileri yavaş yavaş kaybolmuş, adamın 'seni seviyorum' dememesi, gelecekten bahsetmemesi, sevgililer arasında âdet olduğu üzere tek bir söz dahi vermemesi, artık zihnini meşgul etmez olmuştu.

Mecnun'un İzmir'deki işi yılbaşına doğru bittiğinde, Yannis elinde dört zarfla çıkageldi. İkisi beraber kadınlara bir yılbaşı sürprizi hazırlamışlardı. Handan son zamanlarda gayet iyiydi ama bu sürpriz onu da Ece kadar heyecanlandırdı. Yeni yıla iki gün kala dördü birlikte iki haftalığına Paris'e gittiler.

Yannis'in rehberliğindeki seyahatin ilk beş günü hiç ayrılmadılar. Versay Sarayı gibi nispeten uzak yerler dışında şehirde her yeri metroyla dolaştılar. Çok fazla yürüdükleri için otele her akşam pestilleri çıkmış halde döndüler. Yannis sayesinde, turistik olanlar dışında birçok özel mekân ve sokak görme fırsatı buldular. Bu tempo Handan'ı biraz sarstı, midesi bozuldu ve kendini halsiz hissetmeye başladı.

Bir hafta sonra Mecnun, "Artık buranın yerlisi olduk sayılır, herkes istediği gibi takılsın," deyince Ece bu teklife balıklama atladı çünkü Louvre Müzesi'nde geçirdikleri yarım gün, sanat dişinin kovuğuna bile yetmemişti.

Sonraki günlerde Yannis ve Handan genelde beraber gezdiler, adamın bazı arkadaşlarını ziyaret ettiler. Yannis uzunca bir zaman önce Paris'ten ayrılmış olsa da, bildiği restoran ve dükkânların yerli yerinde durduğunu görmek, Ankara-Paris kıyaslaması yapan Handan'ın epey şaşırmasına neden oldu. Ekonomide denge göstergelerinden biri de küçük esnafın aynı şekilde ayakta kalmasıydı demek. İki gece tiyatro gösterisi izlediler. Biri amatör bir gruptu ve oyun sonrası tiyatrocularla biraz sohbet ettiler. Genç oyuncuların İngilizce konuşma konusunda nazlanmadıklarını fark eden Handan'ın 'Fransız gençleri yaşı ilerlemişlere nazaran daha çok dünya insanı, iletişimi umursuyorlar, dili değil,' şeklindeki saptamasına Yannis yüzde yüz katılamadı. Büyük ihtimalle sohbet ettikleri insanların tiyatrocu olmasından kaynaklanan bir durum olduğunun altını çizdi. Handan onun akıcı Fransızcasına hayran kaldı ve Foça'ya döner dönmez kulağına şarkı gibi gelen bu dili ilerletmeye karar verdi.

Ece ile Mecnun ise bazı günler beraber, bazı günler ayrı gezdiler. Genç kadın resim ve heykel müzelerine giderken, Mecnun iki gününü yakınlarda bulunan birkaç şarap bağında inceleme yapmaya ayırdı, bunun dışında sebze meyve pazarlarını, bitpazarlarını dolaşıp birkaç ahbap edindi. Bunu on beş-yirmi kelimeden oluşan Fransızcası ve akıcı ya da düzgün olmayan İngilizcesiyle becerebilmesi hepsini güldürürken, Ece'nin iletişim konusunda kendini sorgulamasına neden oldu. Zira İngilizcesi çok iyi olduğu halde bir yabancıyla başlayan sohbeti, karşımdakini sıkarım korkusuyla bir türlü devam ettiremiyordu. Mecnun ise onuncu günün sonunda ikisi Hindistan, biri Afrika kökenli beş Fransız ve iki Türkle, onları Foça'ya davet edecek kadar samimi olmuştu. Fransızlardan biriyle bir kafede tanışmıştı. Adamın yetmiş üç yaşında olması hepsini ayrıca eğlendirmiş, Yannis ona 'ihtiyar miknatisi" demeye başlamıştı.

Ece'nin Mecnun'la birlikte sanatçıların mesken tuttuğu Montmartre'da sabahtan akşama kadar geçirdiği gün, hayatının sonuna kadar unutamayacağı güzellikteydi. Gördüğü resimler, ressamlarla ettiği sohbetler, canlı canlı dinlediği müzikler, sevdiği adamla muhabbeti, yediği içtiği güldüğü her bir kare zihnine kazındı. Daha önce hiç bu kadar mutlu olmamıştı. Öyle bir an geldi ki, Mecnun değil de aşk tarafından sevildiğini hissetti.

Dönmeden birkaç gece önce otelin barında bir şeyler içerek sohbet ederlerken Paris hakkındaki düşüncelerini sıraladılar. Bir tarih ve kültür şehri olarak turizm pazarında yer almasını gayet anlaşılır buldularsa da, aşk şehri olarak pazarlanmasına oy vermediler. Şehrin restoranlarından, tarihi binalarından, sandviçlerinden ve şahane yemeklerinden bahsettikten sonra olumsuz taraflarına değindiler.

Önce Handan'ın Champs-Elysées Bulvarı'nı görünce neredeyse Yannis'e gücenme durumuna geldiği anları konuştular. Mecnun genç kadının, "Hayır Yannis burası değil, şaka yapmayı bırak lütfen," deyip adamın duvarda bulvarın isminin yazdığı levhayı göstermesi üzerine, "Aaa böyle Şanzelize mi olur!" demesini taklit edince kahkahalarla güldüler.

Handan'ın okuduklarından ve duyduklarından zihninde yarattığı bir Şanzelize vardı. Geniş bir caddenin iki tarafında bulunan lüks mağazalar, kafelerin önüne konmuş masalarda oturup egzoz dumanı soluyarak kahve içen insanlar bu hayalde yer almıyordu. Öyle ki, Yannis'e, "Nişantaşı, Kavaklıdere ya da Alsancak'ta buna benzer bir sürü yer var, dünyanın adı en çok bilinen caddelerinden biri gerçekten bu mu?" diye yakınmıştı. Adam da omzunu silkerek, "Reklam," yanıtını vermişti.

Handan merak edip caddenin fotoğraflarına internetten bakmadığına bir kez daha pişman olurken Mecnun'a misilleme yaptı ve Versay Sarayı'na gittiklerinde, adamın müştemilatı saray sandığı anları yeniden sahneleyince herkes yine katıla katıla güldü.

Mecnun bu ziyaretten sonra 'görgüsüzlük' tanımını iki kategoriye ayırmıştı: Minik olanlar, dev gibi olanlar. Bu sarayın ve bahçelerin şaşasını gördükten sonra, geçmişte Anadolu topraklarında yaşayan padişahların yaşam şeklini artık o kadar da 'görgüsüz' bulmuyordu. Ona göre Fransız devriminin sebebi, tek başına bu saray ve bahçesine bakarak anlaşılabilirdi.

Ece gördüklerinden fazlasıyla memnundu. Bildiği ressamların çoğuyla gerçekten tanışmış gibi hissediyordu kendisini. Yine de insanın her yerde karşısına çıkabilecek köpek bokları, üç kez üzerine basıp uzun uzun ayakkabılarını temizlemek zorunda kaldığından ona göre şehrin en olumsuz yanıydı.

Handan için en özel yer, kalabalık olmasına rağmen birçok milletten insanı gözlemleyebildiği için, Eyfel Kulesi'ydi. Yannis içinse bu seyahatin en keyifli yanı, onlara rehberlik yapmasının yanı sıra, eski arkadaşlarından bazılarını görmesi ve Handan'ı onlarla tanıştırmasıydı.

Mecnun gezdiği üzüm bağlarındaki sistem ve şarap aşamasıyla ilgili öğrendiklerini anlatırken Handan ona mirasının bir kısmını bu tip bir işe yatırması gerektiğini söyleyince, adam o parayla ilgili bazı planları olduğunu ama fikrin kafasında netleşmesi için zamana ihtiyaç duyduğunu söyledi. Ece bir şey demeden önce şaka yapıp yapmadıklarını anlamaya çalışırken konu değişince, bir şey sormamaya karar verdi. Gece yarısı odalarına çekildiklerinde ise bu konuşmayı anlamadığını belirtti. Mecnun miras meselesini ona kısaca anlattı. Genç kadın onun bütün bunlardan daha önce bahsetmemesine içerledi. Sanki öğrendikleri mancınık olup birdenbire adamı ondan çok uzağa fırlatıvermişti.

Mecnun onu öperek iyi geceler diledi ve her zamanki gibi üç dakikayı bulmadan uyudu. Ece ise yine caddeden yansıyan soluk ışıkta tavanı ve duvarları inceleyerek en az iki saat çelişkili düşüncelerle boğuştu. İşte yine sevişmek için hiçbir hamlede bulunmamıştı. Son zamanlarda fark ettiği ve ona kızgın olduğu konulardan biri de buydu, her sevişmeyi kendisi başlatmak zorundaydı. Neyse... Bu şu an en son derdi olabilirdi ancak. İncinmişti. Hayatı boyunca insan ilişkilerinde ya da yaptığı işlerde maddiyatı ön plana hiç çıkarmamıştı. Acaba Mecnun ailevi bir mesele olduğu için mi yoksa onun paragöz biri olduğunu düşündüğü için mi bu konuyu ondan saklamıştı? Ancak, konuyu anlatmaya ekmek almayı unutmuş da henüz aklına gelmiş gibi 'ha, şu mesele' diyerek başladığına göre bunu özellikle saklamış olamazdı. Öte yandan insan neden sevgilisine bundan bahsetmezdi? Kaç aydır beraber yaşıyor sayılırlardı! Gerçi üniversiteye gitme hikâyesini anlatalı daha birkaç hafta olmuştu. Onu da, bir akşam muhasebeciyle konuşurken kullandığı kelimeleri nereden bildiğini sormasa hâlâ bilmiyor olacaktı! Şimdi de bu miras meselesi! Offf ne kadar ketumdu şu Mecnun! Demek ondan İzmir'deki iş bitince hesabına fazladan beş bin lira yatırmıştı. Açıklama olarak 'çalışma sistemim bu' demesine şaşırmış, pek bir şey sormamış ama için için Mecnun'un ona sevgili olarak bir jest yaptığını düşünmüştü. Parayı hemen İstanbul'daki evin kredisini ödemekte zorluk çeken ailesine yollamış ve bu konuya fazla kafa yormamıştı, ancak şimdi anlıyordu ki bunun çalışma sistemiyle hiçbir ilgisi yoktu. Acaba var mıydı? Offf... Konu Mecnun olunca her şey o kadar karmaşıklaşıyordu ki! Açıkça konuşarak kafasındaki her soruya cevap alacağını biliyordu. Adam bunu aralarında çıkan anlaşmazlıklarda defalarca söylemişti: "Ece, benim yerime düşünme lütfen, kafana takılanları bana sor, açıklarım. Bak ben doğrudan soruyorum, sen de sor!" Ama bunu yapmak o kadar da kolay değildi! Bunu yaparsa meraklı, her işe burnunu sokan, talepkâr gibi sıfatlar almayacağının garantisini kim verebilirdi ki? Ece'de de birçok insanda olan, çocukken gayet yapayken, yaş ilerledikçe doğalmış gibi hissedilen 'yanlış anlaşılma korkusu' tüm korkular içinde başı çekiyordu. Pek çok şeyi sormamasının bir sebebi de, adamdan çekiniyor olmasıydı. İnsanın bu kadar mutlu bir beraberlik yaşadığı kişiden çekinmesi de tuhaftı doğrusu. Gel gelelim gerçek buydu.

Yine de müsait bir zamanda miras konusu olmasa da, şu çalışma sistemi meselesini konuşmaya kararlıydı. Düşünmekten yorgun düşünce doğrulup uyuyan adamı seyretti bir süre. Fırlatıldığı uzaklıktan yavaş yavaş geri geldiğini hissetti. Zihninde birden Maral belirdi. Mecnun'un aslında zengin olduğunu bilse ne yapardı acaba? Bu düşünce sırıtmasına neden olunca, kendini tersledi: Sığ tarafın hortladı yine! Adamın saçına bir öpücük kondurup sırtüstü uzandı ve elini başının altına koyarak uyku pozisyonunu aldı.

★

Günlerini otel, ev ve fırın arasında mekik dokuyarak geçiren Rafet, zaman zaman kendisini yorgun hissetse de halinden memnundu. Atlas'la bir sorunu yoktu, genelde evde kalıyorlardı. Yannis'in yokluğunda ilk hafta zorlanmamıştı. İkinci hafta beş odanın beklenmedik şekilde dolmasıyla biraz koşturması gerekmişti. Gökhan ve Gamze'nin evliliği şükür ki normale dönmüştü. Geçen senelerden tek fark, her hafta Cuma akşamından Atlas'ı alıp Pazar akşamı getiriyorlardı. Aslında Rafet kendine bile itiraf etmek istemese de, en çok o iki gün dinleniyor, bol bol okuyor ve kendini daha iyi hissediyordu.

İsmail Bey yaz sonuna doğru otele uğramayı bırakmıştı. Rafet bundan hem memnun olmuş hem de bunun nedenini merak etmişti. Aralık başında, onun emekli bir hemşireyle evlendiğini öğrendiğinde ise biraz şaşırmıştı. Sonra şaşırdığına şaşırmış ve çok rahatlamıştı.

Gökhan bir akşam Atlas'ı almaya geldiğinde, sehpanın üzerinde duran kitabı gördü: *Hrant Dink, Tûba Çandar.* Çocuğun odasında olmasını fırsat bilip - hem annesi hem karısı onun önünde politik konuşmalar yapmayı kesin bir dille yasaklamıştı - kitapla gerçekten ilgileniyormuş gibi birkaç soru sorduktan sonra, Almanya'dan Türkiye'ye taşıdığı, Rafet'e kalırsa ırkçılığa kayan milliyetçi söylevine başladı.

Bu gibi tartışmalara girmemeye özen gösteren Rafet, oğlunun son zamanlarda karısından uzaklaştığı an politika konuşmak için can attığının farkındaydı. Gamze bu konuya böylesine tepkiliyken ve yıllar süren küslüğün üzerine barışmışlarken, oğlunun bu tavrını neden inatla sürdürdüğünü anlayamıyordu. Kaldı ki Rafet ırkçılıktan nefret ederdi, üstelik Hüsnü için de bu böyleydi. Gökhan ise annesiyle babasının bu tutumunu ömrünce anlamamıştı. Almanya'daki milliyetçi grubundan koparılmasına bazen hâlâ çok kızardı. Orada, o ortamda daha çok kalabilseydi, şimdi milliyetçi siyasette önemli bir mevkide olabilirdi. Şimdiyse aktif siyaset şansı hiç yoktu. Gerçi hayatından memnundu ama geçmişi hatırlayınca bulabildiği her fırsatta annesini iğnelemeye bayılır, terbiyesizlik etmemeye özellikle dikkat ederdi.

Rafet bir süre sakin bir şekilde, oğlunun Hrant Dink hakkında densizliğe varan konuşmasını dinledi. Aslında son derece kızgındı ama belli etmemeye çalışarak kitabı işaret etti. "O kitabı okudun mu? Hrant'ın hayatı hakkında başka bir şey okudun mu? Kimdir bu adam? Nerde nasıl çocuk olmuş, nelerle mücadele etmiş, hayatı hakkında herhangi bir şey biliyor musun?"

Gökhan bilgisiz olduğu konularda ahkâm kesmeye bayılan insanlar gibi pişkin bir şekilde gülümsedi. "Hayır, okumama gerek yok, biliyorum çünkü bellidir bazı şeyler, üniversitedeyken bir konferansa gitmiştim, bazı insanlara, olaylara bakman yeterli."

Rafet hızla ayağa kalktı. "Biz... Yani baban ve ben üniversiteye gitmedik ama hayat bize aslını astarını bilmediğimiz konularda konuşmamayı öğretti. Demek üniversite bunu öğretmiyor adama... Neyse ben gidip Atlas'ı ve eşyalarını getireyim de vakitlice gidin."

Gökhan annesinin sohbete bu şekilde nokta koymasından hoşlanmazdı ama buna alışkındı. Yine de bir gün bu konuyu derinlemesine konuşup onu kendi görüşüne ikna edeceğinden emindi.

Onları geçirdikten sonra yerine geçen Rafet, "Hıh... Biliyormuş! Bilsen... Ahhh keşke bilsen!" diye düşündükten sonra yeniden kitabına gömüldü.

★

Paris dönüşü hep beraber üç günlüğüne İstanbul'a uğradılar. Ece'nin ailesini ziyaret ettiler, akşam yemeğine kaldılar, güzel vakit geçirdiler, fakat kalmaları konusunda tüm ısrarlara rağmen gece yarısına doğru kalktılar. Mecnun bir arkadaşına gitti. Onlar Paris'teyken Ayça'nın halası vefat etmişti. Yannis ve Handan da, hem Münevver Hanım'a taziyede bulunmak hem de Ayça'nın epeydir aklını karıştıran bir meseleyi halletmek üzere onlara geçtiler.

Münevver, Güneş'in ölümünden sonra Ayça'yı telefonla sık sık arıyor olsa da, bunlar 'nasılsın, dersler nasıl, paran var mı, aman üstünü kalın giyin, yediğine içtiğine dikkat et' şeklinde klasik anne konuşmalarından ibaretti. Dönem başındaysa her şey değişmişti. Ayça bir kez, "Berk diye bir arkadaşımla sinemaya gideceğim," demiş ve o günden itibaren kadının rutin konuşma şekli tuhaf bir hal almıştı. Berk'le beraber olduğu zamanlarda 'gününüz nasıl geçti' diye soruyor, eve dönüyorum dese 'neden Berk'te kalmadın' diye çıkışıyor, hafta sonu evde kitap okuyorum dese 'neden Berk'le beraber gezmiyorsunuz bugün' diye yakınıyordu.

Ayça bir gün telefonda olanları anlatırken, "Yıllarca bana ve ablama erkeklerden uzak durun, aman dikkat edin diyen kadın gitti, yerine *Two and a Half Men*'deki adamların annesi geldi adeta, biraz samimi olsam Berk'le seks yap diyecek sanki," deyince Handan, hem bu benzetmeden hem de anlatılanları aklına hayaline sığdıramadığından gülme krizine girmişti. Çünkü Ayça'ya hiç bahsetmemişti ama Güneş'in sadece kendisiyle paylaştığı bir sır vardı: Münevver Hanım - Ayça'ya pek yapmamış olsa da - erkekler konusunda Güneş'e sekiz-dokuz yaşından on üç yaşına kadar, kendince belirlediği bir sıklıkta, "Bir erkek sana evlenmeden dokunursa saçların yavaş yavaş dökülür, öperse pis bir hastalık bulaşır, iç organların erir, zayıflayarak ölürsün," şeklindeki uyarısını tekrar etmiş, kızı liseye geçtiğinde ise bu şekilde konuşmayı bırakmıştı. Güneş'e göre, ya artık kızının bu sözlere inanmayacağını ya da yaptığının korkunç bir şey olduğunu anlamıştı. Güneş bunu kimsenin bilmesini istemezdi. Handan'la sık sık konuşurlar, erkeklere yaklaşamamasının altında yatan sebebin bu olduğunu bilirlerdi. Altı ay süreyle gördüğü terapi de faydalı olmayınca Güneş, "Sebep belki de başkadır. Belki de ben sadece korkağın tekiyim," demeye başlamıştı.

Handan şimdi bu değişime bir mana veremiyordu. Düşünebildiği en akla yatkın açıklama şuydu: Münevver, Güneş'in beklenmedik ölümüyle, hayat kurallarını esnetmeye karar vermişti. Ayça, halasının vefatını haber verdiği elektronik postada aynen şöyle yazmıştı: Handan abla biraz önce annem aradı. Halam vefat etmiş. Bu akşam yola çıkıyorum. Annemin sesi üzgünden çok yorgun gibiydi ama beni yine şaşırttı ve bana 'yalnız gelme, Berk'i de getir, size de bir değişiklik' dedi! Annem! Erkek arkadaşımı eve çağırıyor! Hem de bütün akrabalar orda olacak! Şaşırdım. Güleyim mi ağlayayım mı bilemedim.

Yannis'le oraya vardıklarında, eş dost akraba dağılmıştı. İlk iki gün şehirde gezdiler. Ayça Berk'le gelmemişti. İkinci akşam Yannis ve Ayça'yı bir bahane bulup alışveriş merkezine yollayan Handan, Münevver Hanım'a olanı biteni ve bu değişimin sebebini açıkça sordu. Kadın gözleri dolarak ikisinin konuşmasına istemeden kulak misafiri olduğunu, Güneş'i büyütürken onu korumak adına söylediklerinden suçluluk duyduğunu, pişmanlıklarını tek tek anlattı. Handan'a sarılıp, "Ben de senin ananen gibi olsaydım keşke... Keşke ben de kızıma *insanın bedeni kir tutmaz, günah tutmaz, sen kalbine dikkat et kızım* deseydim," diyerek ağlarken genç kadın onu teselli etmeye çalıştı. Ayça geldiğinde Münevver Hanım nispeten sakindi. Güneş büyürken olanları atlayarak, yaşananları ona da anlattılar.

★

Foça'ya döndükten sonra, Handan'ın halsizliğine iştah kesilmesi de eklendi. Bu durum iki hafta devam edince ve genç kadın iki kez İzmir'e gitmesi gerektiği halde neredeyse bütün gün uyuyunca, Yannis endişelendi. Hava değişimi hep çarpar beni, demesine aldırmadan onu alıp zorla hastaneye götürdü.

Altı haftalık hamileydi. Yannis bu haberle havalara uçarken, genç kadın ilk birkaç gün şaşkınlığından kurtulamadı. Hep planlayarak bir çocuğu olacağını düşünmüştü nedense. Korunmuyor olabilirdi ama yarasını tedavi eden doktor menstruasyon evresi düzene girene kadar hamile kalmasının çok ama çok zor olduğunu söylememiş miydi?

Şaşkınlığını atlattıktan sonra, bir süre mutluluktan yerle gök arasında gezindi. Yannis'in etrafında dört dönmesi, sürekli onun hareketlerini takip etmesi, canı ne isterse pişirmesiyle kendini gerçek bir kraliçe gibi hissetmeye başladı. Bazı günler çok uyuması dışında bir sorunu yoktu, pek fazla mide bulantısı veya aşerme sorunu da yaşamıyordu. İzmir'e gidiş gelişlerini pek aksatmadı. Kalan zamanda bol bol dinlendi, Fransızca çalıştı ve kitap okudu. Yannis ne zaman konuşmaya kalksa konuyu değiştirdi ve Haziran ayına kadar annesiyle babasına hamileliğinden bahsetmedi. Adam da üzerine gitmedi.

Elbette her anne baba gibi, ikisi de öncelikle bebeğin sağlıklı olmasını diliyordu ama bebeğin kız olacağını öğrenince Yannis gözyaşlarına hâkim olamadı. Handan hiç dile getirmese de, hayatta her isteğin gerçekleşmesinin imkânsız olduğunu bildiğinden, bir oğlu olabileceğine kendini alıştırmıştı. Kız olduğunu duyunca kulaklarına inanamadı ve bir mutluluk nöbeti daha geçirdi. Doktorun yanından ayrıldıktan sonra arabada hiç konuşmadan, birbirlerine sarılarak bir saat kadar oturdular.

Aynı gün Mecnun ve Ece, bu haberi kutlamak için onları seraya yemeğe davet etti. Neşe içinde yemeklerini yediler. Mecnun, "Emel Hanım şimdi en az beş çocuğu büyütecek kadar yelek melek örmüştür, baban ne dedi kız olacağını duyunca?" diye sorunca Handan henüz onlara haber vermediğini söyledi.

Onun, evliliğe karşı olmasından dolayı annesiyle sorun yaşadığını bilen Ece, bu durumu normal karşıladı. Mecnun ise anneanne ve dede olarak bilmeye hakları olduğunu düşünüyordu. Adamın kurduğu mantıklı cümleleri Yannis de başını sallayarak onaylayınca, Handan onlara, "Keyfimden söylemiyorum herhalde!" diye çıkıştı.

"Niye söylemiyorsun o zaman?" diye sordu Mecnun doğrudan.

"Evliliğe karşı olduğumu biliyorsun, annemse evlenmemizi isteyecek, şimdi uğraşamam bu tartışmalarla."

Mecnun düşünceliydi. "Ama bu saçma bir şey yani. Tamam yine evlenme ama böyle bir şey saklanmaz ki. Gelince öğrenmeyecek mi?"

"Ne kadar geç öğrenirlerse o kadar iyi."

Mecnun diretti. "Saçma."

Handan gülerek onun omzunu dürttü. "Sen kimin tarafındasın yaaa! Sen de evliliğe karşısın!" Onaylanma ihtiyacıyla Yannis'e baktı. "Sen de öyle! Hepimiz karşıyız yani, değil mi?"

Ece çekinerek araya girdi. "Ben değilim. Yani evlilik... Tamam sahte bir kurum ama..." Handan'ın karnını göstererek sözlerini sürdürdü. "Bebek olunca, bu toplumda evlenmeden yaşamak zor. Annen kabul etmeyecek, sonra hep tartışma, küslük falan. Bu tip şeyler bence hepinizi üzer, yorar, ne bileyim."

Handan tek kaşını kaldırarak sakince sordu: "Yani annem, toplum vesaire kabul etmiyor diye, aslında saçma bulduğumuz şeyleri yapmaya devam edelim mi diyorsunuz, ne diyorsunuz?"

Yannis ona bakarken hafifçe gülümsedi ve biraz tereddüt ederek konuştu. "Niye evlenmediğimize bağli. Evliliği saçma bulduğumuz için mi yoksa sirf annenin isteğinin tersine davranmak istediğin için mi?"

Özellikle ondan böyle bir saptama beklemeyen Handan birkaç saniye düşündü ve Mecnun'a döndü. "Sen ne diyorsun, Yannis'in dediğine katılıyor musun?"

Genç adam güldü. "Bana sorduğuna göre, sen de neden evlenmediğinden pek emin değilsin sanırım."

Handan iç geçirdi. "Offf! Bu dünya, bu toplum nasıl değişecek? Biz bile eninde sonunda düzenin isteğine boyun eğiyorsak, nasıl değişecek bana söyler misiniz? Avrupa'da var mı evlilik? Kaldı mı? Yok! Ama bizde hâlâ annem babam amcam yengem ne ister!" Yine medet umarak Mecnun'a baktı. "Seninle kaç kere konuştuk! İmza bir anlaşmadır diyordun, beraberliği ticarete dökmektir diyordun, sahtedir diyordun, bir şeyler söylesene!"

Mecnun gülümsedi. "Ama beni hiç dikkatli takip etmiyorsun Kontes. Benim o değerlendirmem kavram için. Sen ne zaman benim herhangi özel bir olayı genel kavramlara göre değerlendirdiğimi gördün? Ben her şeyi kişilere göre düşünür ve ona göre değerlendiririm."

"O ne demek şimdi?"

"Şu demek: Evet, evlilik insan uydurmalarından biri. Ben olgu olarak karşıyım ama benim olgu olarak karşı olduğum şeylerden sadece biri. Ben paraya da olgu olarak karşıyım ama paraya dokunmadan yaşamıyorum değil mi? N'apıyorum? Bu olgulara kendi kurallarımı koyuyorum. Milletin beni itelediği yerden değil, istediğim yerden para kazanıyorum. Kendi işimi yaparken de parayla ilişkim, tamamen keyfime dayalı."

Ece heyecanlandı. Adamın ne dediğini tam olarak anlayamamıştı. Kendisiyle ilişkilendirmemeye özen göstererek sordu: "Yani? Yannis ve Handan bunu nasıl yapacaklar? Evlilikte kurallarını nasıl koyacaklar?"

"Kurallarını koymuşlar zaten. İki insan toplumun dayattığı evlilik kavramını saçma buluyorsa, evlenmelerinin ne sakıncası olabilir ki? Sırf evlendikleri için hayatlarında bir şey mi değişecek? Görüştükleri insanlar? Yaptıkları iş? Birbirlerine tavırları?"

Ece çekinerek sordu: "Ama sen 'evlilik, iki insanın birbirine olan sevgisini çerçeveletip duvara asma çabasıdır' demiştin bir kere? 'Duygudan çerçeve olmaz' demiştin?"

"Dediklerimin arkasındayım! Bu yüzden her kavramı kişiler özelinde değerlendiriyorum zaten. Şimdi... Yarın bir gün Yannis Handan'a gelse, şu ya da bu sebeple, seninle olmaktan mutlu değilim artık, ayrılmak istiyorum dese, Handan hayır evlendik biz, mecbursun benimle kalacaksın mı diyecek?"

Handan güldü. "Öyle saçmalık olur mu?"

Mecnun sordu: "Tam tersi olsa, Yannis sana mecbursun kalacaksın der mi?"

"Ayyy Mecnun! Tabii ki demez!"

"Senin parandı, benim paramdı konu olabilir mi? Olmaz! O zaman bu bir anlaşma değil! O zaman evlenmenizin ne sakıncası var? İşte kendi kurallarınız! Evli olup olmamak fark etmeyecekse, bence sorun yok. Aradaki tek fark ufak bir tören."

Handan, Ece'nin Mecnun'a şaşkın şaşkın baktığını görünce, genç kadını rahatlatmak için durumu açıklığa kavuşturmak istedi. "Yani bir çift, toplumca çizilen evlilik kavramına sahip değilse, hatta karşıysa, ancak o zaman evlenmenin sakıncası olmaz?"

"Olmaz tabii! O zaman ne sakıncası olacak? Klasik evlilik mi yaşayacaksınız sanki?"

Handan hızla düşündü, her şey bir yana, annesiyle didişmek onu epey yoruyordu. Kadehini kaldırarak Yannis'e gülümsedi. "E iyi o zaman, bi ara evlenelim mi?"

ne kadar güçlü zannederse zannetsin
insan kendini
hatırlayan yoktur beşiğinin rengini

21

Haziran ayının başında Handan, annesine hamile olduğunu ve Yannis'le evleneceklerini açıkladığında, Emel ne diyeceğini şaşırıp sonunda sadece 'tamam' diyerek telefonu kapadı. Yaklaşık üç saat sonra kızını aradı. Bu sırada Tahsin'le konuşmuş ve planlar yapmaya başlamıştı. Düğün Amasra'da olmalıydı, gelinlik nereden alınacaktı? Ahhh şu kız! Yapmıştı yine yapacağını! Evlenmeden hamile! Neyse ki evlenecek! Aaa! Ayyy Tahsin dede olacaksın! Ayyy ben de anneanne olacağım! Allah'tan karnı çok belli değildir daha! Aaa ben sormadım kaç aylık hamile bu kız! Ayyy gerçekten anneanne mi olacağım ben şimdi? Bebek kız mı erkek mi acaba?

Durumu öğrendiğinde ise hayal kırıklığına uğradı. "Nerdeyse altı aylık hamile olana kadar neden bir şey demedin? Ben düğünü Amasra'da yaparız diye düşü..."

Handan hemen araya girdi. "Anne biz her şeyi ayarladık. Nikâh bu Cumartesi. Siz de gelin diye aradım. Nihal'le Gürcan, Ayça, Münevver Teyze ve Gani dede gelecek gelebilirse. Yannis'in bir arkadaşı, Rafet abla, Mecnun, Ece, Uğur abi ve eşi falan olacak. Toplasan on beş-yirmi kişi olacağız yani."

Emel bir süre konuşamadı. Bütün hayallerini yıkan bu emrivakiye çok alınmış ve üzülmüştü. Çaresiz kabul edip telefonu kapadı. Tahsin'e dert yanıp biraz ağladı. Sakinleştikten sonra da, "Bugün Pazartesi, Perşembe yola çıksak, kalk Tahsin kalk, sadece iki gün var," diyerek çarşıya koştu.

Cuma sabahı Foça'ya vardıklarında, yanlarında iki koli ve beş büyük bavul vardı. İkisinde kendi eşyaları, kalan üç bavul ve kolilerde ise kıyafetten biberona, biberondan battaniyeye, en az üç bebeği büyütecek her türlü ihtiyaç malzemesi mevcuttu. Handan kolilerin birinden çıkan legolara kahkahalarla gülünce, annesinin, bebeğin zekâ gelişimi için bu tip oyuncakların doğar doğmaz elzem olduğu konusunda attığı nutuğu dinlemek zorunda kaldı.

Nikâh otelde kıyıldı. Handan gelinlik almamış, karın kısmı biraz bol olan, ilk kez faytona bindiğinde giydiği buz mavisi, etekleri kabarık elbisesini giymiş, mavi-gri tonlarda makyaj yapmıştı. Dantel ağırlıklı mavi-beyaz şapkası, beyaz eldivenleri ile uyumluydu. Yannis de kemik rengi bir takım elbise giymişti. Nikâhtan sonra Küçükdeniz'deki lokantada dans ettikleri parçada dans ettiler: *Chicago*'dan *Colour My World.*

Sonrasında yavaş yavaş herkes eğlenceye katıldı. Biraz anasonla, biraz da Mecnun'un hazırladığı parçalarla herkes coştu. Uğur Aysel'le zeybek oynarken, Mecnun da Adonis'e figürleri öğretti. Tahsin Bey, Emel, Nurcan ve Münevver bir süre nazlandılar ama saatler gece yarısını gösterdiğinde, Gani de dahil herkes pistte kurtlarını döktü.

Handan ve Yannis nikâhın ertesi günü Nihal'e gelen bir telefonla evle ofise neredeyse değeri kadar ödeyen müşteriler çıktığını öğrenince, onlarla birlikte Ankara'ya geçip satışı gerçekleştirdiler.

Emel ve Rafet bu satışın zamanlamasına dikkat çekti: Nikâhta keramet vardır.

Münevver ve Ayça birkaç gün Emel'de kalıp döndüler.

Gani, Rafet'in otelinde bir hafta kaldı. Yannis ve Handan vakit buldukça uğrayıp, onunla ve Adonis'le uzun uzun sohbet ettiler.

Rafet adamı esprili bulmuş, sohbetini çok sevmişti. Özellikle de Handan ve Güneş'in etkisiyle tefeciliği bırakmasından epey etkilenmişti.

Gani çevrede ne kadar tarla varsa köylülerin elinden acımasızca alırken, iki kadın onu ikna etmek için birkaç kez dil dökmüştü. Elindeki senetler adamın kanunen haklı olduğunun kanıtıydı ve her konuşma Gani'nin sert tavrıyla sona ermişti. Güneş ve Handan bir gün yine adamın evine gidip kapıdaki korumaları aşmalarının ardından, onu salonda beklemeye başlamışlardı. Bu esnada evin her yerine yerleştirilmiş dinleme cihazlarından habersiz, inanılmaz bir stres içindelerdi. Yukarıdaki çalışma odasından onları dinleyen adam, Handan'ın isyanını duymuştu önce: "Ne yapabilir ki kızım bize? O da bir insan sonuçta! Bilinçsiz işte! Bilse o kadar insanın hayatını mahvettiğini, farkında olsa, yapar mı? Konuşacağız, anlatacağız, farkına varmasını sağlayacağız. Umutsuz olmuyoruz, lütfen Güneşcim! Odaya girince dik dur, kendimizden emin olalım! Ne istediğimizi biliyoruz, bunu ona da yansıtalım! Korkma!" Bu sözlere gülerek cevap vermişti Güneş. "Yaaa ne korkması beee! Adamın ne de tatlı yanakları var, dikkat ettin mi? Ben öyle nine-dede sevgisi görmedim ya pek, adam konuşurken 'boş ver bu tefecilik işlerini Gani dede, şöyle beraber parka gidelim de, beni salıncakta salla' diyesim geliyor. Şöyle sıkı sıkı kucaklamak istiyorum adamı. Tam dede olacak adam aslında, nerden tefeci olmuşsa artık!"

Rafet adamın bunları anlattıktan sonra, "İşte o an sessiz sessiz ağlamaya başladım. O an benim hayatım değişti Rafet Hanım. Bu iki cimcimenin sohbetinde yıllardır özlediğim sevgiyi, hiç olmayan ailemi ve asla sahip olamayacağım torunlarımı buldum, inanır mısınız?" deyişini hep hatırlayacaktı, giderken, "Şöyle on yaş genç olsam sizi kaçırmazdım Rafet Hanım," deyişine ise hatırladıkça gülecekti.

★

Ece ve Mecnun Mart ayından beri epey yoğun çalışıyorlardı. Serada trafiğin ne yöne gideceği, asla önceden belli olmuyordu. Bazen üç günü ayrılmadan geçiriyorlar, bazen de beş gün görüşemiyorlardı. Ara sıra beraber İzmir'e gidip işlerini hallediyorlar, zaman uygun olduğunda mutlaka Behiye öğretmeni ve Mecnun'un arkadaşlarını ziyaret ediyorlardı.

Ece bu süreçte Mecnun'u daha yakından tanıdı. Adamın çalışma sistemini öğrendi: Ne iş olursa olsun, kasaya giren paranın yüzde yirmisini masraf olarak ayırıyor, kalanı bütün çalışanlara eşit ödüyordu. Ece aldığı paranın İzmir'deki işten geldiğini öğrenince, zaten maaş aldığını, oraya gitmediği için bu paranın hakkı olmadığını söyledi. Mecnun'un açıklaması basitti: "Ordaki iş de, seradaki ne? Sen de toplamda kırk gün, Gürkan'la benim burada yapacağımız şeyleri yaptın. Gürkan'ın da maaşı var ama eşit bölüşmede o da hakkını aldı. Ben de aldım. Maaşlı eleman benim için her zaman ulaşabileceğim insan anlamına gelir, seradaki işler için." Ufak bir tartışmadan sonra Ece onun bu parayı kendisine sevgilisi olduğu için vermediğine gönülsüzce ikna oldu. Mecnun'un parası çok olduğundan bu şekilde davrandığına karar vererek 'para onun, iş onun' diye düşündü ve bu konuda fazla konuşmadı. Birkaç ay sonra Gürkan'dan onun, annesi ve babası öldüğünden beri bu şekilde çalıştığını öğrenince, adamın açıklamalarını doğru kabul etmeyip, kendince açıklamalar geliştirdiği için bir kez daha kendine kızdı.

Sevişmeyi hep kadının başlatmasının bir tesadüf olmadığını da anladı. Mecnun'a göre kadın bedenine toplum tarafından pek çok anlam yüklendiği için, sevişme iki kişiyi ilgilendirse de, istek net şekilde kadına ait olmak zorundaydı. "Beni umursama sen, ben hep hazırım ama sen isteyince sevişiriz," deyişine çok güldü. Bir yandan da adamın kendi bedeni üzerindeki iradesine hayran kaldı.

Adamla durmadan bu deneyimi yaşadığını fark ediyordu: Önce kızıp karşı çıktığı ve tartıştığı birçok konu, onun açıklamalarından sonra son derece mantıklı, hayran olunacak veya gıpta edilecek bir duruma dönüşüyordu.

Henüz her şeyi açıkça sorma noktasına gelmemişti ancak aklına takılan çoğu şey şu ya da bu şekilde açıklığa kavuşuyordu. Öğrendikleri arasında sonradan en etkilendiği şey ise yaptığı dolma, sarma ve köfte gibi yemekleri adamın beğenmediği için değil vejetaryen olmaya karar verdiği için yememesiydi. Ece hikâyeyi dinleyince çıkış noktasının yine Liz olmasından biraz rahatsızlık duyduysa da adam bu hikâyeyi kendi bilinçsizliğine örnek olarak anlatmıştı. Bir sohbette, bitkiler de hayvanlar kadar canlıdır dediğinde, yedi yaşından beri vejetaryen olan Liz'den şu cevabı almıştı: "Mecnun, sebzelerin sinir sistemi var mı? Onları kopardığımızda acı çekiyorlar mı?"

Duyduklarını hemen kabul etmese de, şimdi bakınca, bu kadar basit bir gerçeğe yıllarca hiç kafa yormamış olmasını şuursuzluğun daniskası olarak görüyordu. Derhal vejetaryen olmak istemişti ama bu o kadar kolay olmamıştı. Güçten düşünce, bu işi zamana yaymış ve neyi neyle yemesi gerektiği konusunda epey bilgi edinmişti. Et ve tavuk sorun değildi de sucuk ve balığı çok özlüyordu. "Ve hep özleyeceğim," demekten de kaçınmıyordu.

Bu hikâyeyi dinleyen Ece biraz Liz'e kızarak biraz da ortaya konan bir gerçeğin gereğini yerine getirmeye gücü yetmeyen insanlardaki savunma mekanizmasıyla cevap verdi. "Ben bırakmam. Etin balığın yerini sebzeler tutamaz!"

Mecnun omzunu silkti. "Ben artık kendimi ikna edemem. Sen ye."

Ece işte onun bu huyuna çok kızıyor ve belki de bu huyu yüzünden ondan biraz çekiniyordu. Onunla tartışılmıyor, kavga edilmiyordu çünkü adam muhalefet etmiyor ve karşısındaki insanı hiçbir şeye zorlamıyordu. Genç kadın huysuzlanıp, "Herkese ayrı yemek mi pişireceğim," dese de bu da bir çare olmadı çünkü Mecnun kendi yemeğini kendisi pişirebiliyordu. Ece de, haliyle, kendini sürekli sebze ve bakliyattan yapılan yemekleri denerken buldu. İşin tuhaf yanı, kendisi de yavaş yavaş et yemekten soğumaya başlamıştı. Gerçi bunda izlediği, dünyada bilinen en son yamyamlarla ilgili belgeselin payı büyüktü. Artık yamyamlığı bırakmış olan kabilede bir adam, annesini nasıl yediğini açıklamıştı ve Ece bunu bir insanın hayatında nasıl olup da normal kabul edebildiğine günlerce kafa yormuştu. Geldiği son noktada ise kendini, "Bana ineği yemek nasıl normal geliyorsa," derken bulmuştu.

Yaz başında ailesi yanına gelip bir hafta kalmıştı. Sevinç Hanım onları keyifle ağırlamış, beraber birkaç kez seraya gitmişlerdi. Aslında annesi ve babası Mecnun'u sevmişti ama onun hakkında her şeyi bilmiyorlardı. Onunla evlilik fikri o kadar uzaktı ki, Ece artık bu ilişkiyi hiç irdelemediğinin farkındaydı. Dengede mutluluğunu hissediyordu yalnızca. Yine de koruma kalkanlarını asla elinden bırakmıyordu.

Birbirlerine sık sık sürpriz yapıyorlardı. Ece bir süre, onun annesi ve babasıyla birlikte olacağını düşündüğü şarkıya kafayı taktı. O parçayı bulup Mecnun'a dinletebilmeyi çok istiyordu. Birkaç ay internette durmadan farklı dillerde parçalar aradı. Bir sonuca ulaşamayınca bıktı. Bu konuyu tamamen unutmadı ama pek sık da aklına gelmez oldu.

Ona sık sık 'seni hep seveceğim' demek istiyor ve adam böyle şeyler demediği için, dile getirmekten çekiniyordu. Sonunda, iki-üç saat seviştikleri ve birbirlerini çok yakın hissettikleri harika bir gecenin sabahında, cümlenin baş harflerini kâğıtlara yazıp dolaba, yatağa, bahçedeki taş masaya yapıştırdı. Adam bu neyin kısaltması diye sorduğunda ise, "Sen tahmin edeceksin," dedi. Planına göre, bu her seven erkeğin, özellikle de böyle güzel bir gece geçirdikten sonra, mutlaka tahmin edeceği bir şeydi: S.H.S

Mecnun'a akşama kadar zaman tanıdı. Yemekten sonra bahçede kahvelerini içerlerken, adam tahminini kendinden emin bir şekilde açıkladı: "Sardunyaları hiç sulamıyorsun!"

Ece beklentisine aldığı karşılıktan gülme krizine girerken onun, "Bildim değil mi? Bildim canım! Bu da kolaydı ama!" dediğini duydu.

*

Handan Yannis'le sevişmek için belediyeden ve kanunlardan izin alarak adamın evine resmen yerleştiği için, Emel çok ama çok rahatlamıştı. Kocasıyla Handan'ın evinde kalıyordu ve torunu doğup birkaç aylık oluncaya kadar da gitmeye hiç niyeti yoktu.

Gerçi düğün istediği gibi olmamış, yıllardır akrabalara ve eşe dosta taktığı altınların çetelesini tutmaktan yorgun düşen zihni, hayal ettiği görüntülerle huzura kavuşamamıştı ama kızının kendisini rahatlatmak için evlendiğini biliyor ve bu konuyu konuşmadan bırakmak istemiyordu.

Handan'ın uğradığı bir gün ona kendince teşekkür etmek

istedi: "Elbette evlenecektin kızım! Her şeyin bir usulü var. Olmazdı evlenmeden."

Kızı yüzünü buruşturarak cevap verdi: "Valla sana öyle geliyor, biz evlenmeden de yemek yiyorduk, sohbet ediyorduk, seks yapıyorduk, şimdi de yapıyoruz, değişen bir şey yok."

O an kıpkırmızı olan Emel hemen ocaktaki yemeğe bakmaya gitti ve konuyu sonsuza kadar kapadı.

★

Rafet oğlunun ve gelininin evlilik yıldönümü şerefine bir akşam yemeği organize etmişti. Akşamüzeri sıcağın etkisini hafifleten bir rüzgâr çıkınca, Mecnun, Ece, Handan ve Yannis, yemekten önce Büyük Deniz tarafındaki sahilde yürüyüş yapmaya karar verdiler.

Temmuz başıydı. Handan tiyatro atölyesi olarak da kullanabileceği büyük bir ev aramaya başlamıştı ancak Foça'da bu konu sıkıntılıydı, sordukları birkaç yerden olumlu cevaplar alamamışlardı.

Yürüyüş esnasında bahçesi büyükçe, iki katlı bir taş evin üzerinde gördükleri SAHİBİNDEN SATILIK levhası genç kadını epey heyecanlandırdı. Hepsi o tarafa yöneldi. Ev görünüşe göre boştu ve denizle arasında sadece yol vardı. Handan ilandaki numarayı tuşlamaya çalışırken evin arka tarafında bir adam görünce hemen ona doğru yürüdü ve evle ilgili sorular sormaya başladı. Adam evin sahibi değildi ama evle o da ilgileniyordu. Ev sahibinin bir milyon euro istediğini söyler söylemez Mecnun'dan çıkan okkalı bir 'ooo-ha!' nidasıyla ev pazarlığı başlamadan bitmiş oldu.

Otele giderlerken Mecnun yol boyu evin fiyatına söylendi. O parayla Ayvalık'tan, Urla'dan, Seferihisar'dan, Kuşadası'ndan, Karaburun'dan daha büyük ve masrafsız kaç ev alabileceğinden bahsetti. "Bak sen Foça'ya yaaa! Paris'i Londra'yı sollamış gidiyor nerdeyse! Şart mı burda yaşamak arkadaş!" deyip durdu. Sonra söz konusu yerlere Tire, İncirliova ve Bayındır taraflarını da ekleyerek, o taraflarda büyük bir sera ve çiftlik kurma planını ilk kez dile getirdi. Bu plan en çok Handan ve Yannis'i hüzünlendirdi. Birkaç gün önce Şirince'de kurulan Tiyatro Medresesi'ne gitmişlerdi ve genç kadın oradaki çalışmalara hayran kalmıştı. Aslında ucundan kıyısından da olsa tam bulunmak istediği yerdi. Fakat dönüş yolunda detaya girip konuştuklarında, Yannis'in otelden dolayı Foça'dan kısa vadede ayrılamayacağına karar vermişlerdi.

Otele girdiklerinde güneş batıyordu ve Yannis genç kadının elini sıktı: Alıştıkları ve sevdikleri insanlarla paylaşılan bir dönem sona erecekti ve bu gerçeğin ikisi de farkındaydı.

Yemek neşeli geçti. Kahve faslından sonra çok yorgun olduğunu söyleyen Gamze, Atlas'la beraber uyumak üzere izin istedi. Diğerleri bahçedeki koltuklara geçerek sohbete devam etti. Rafet epeydir tiyatro yapmadıklarından yakındı, Gökhan ve diğerleri de istekli olunca Handan, "Siz sohbete devam edin de ben bir şeyler düşüneyim," dedi. Birkaç gün önce annesiyle ettiği bir sohbet geldi aklına. Ona, geçmişe dönebilse, anneannesiyle ilgili hangi hatırayı değiştirmek isteyeceğini sormuştu. Emel aklına geldikçe içini sızlatan bir cevap vermişti: "Okula giderken, saçlarımı hiç seninkini ördüğü gibi ikiye ayırıp çeşit çeşit şekillerde örmezdi. Hiç! Vaktim yok deyip hep atkuyruğu yapardı. Bu hatırayı değiştirmek isterdim. Benim saçımı da seninki gibi dörtlü örsün isterdim. Normal örse de olurdu."

Handan yüksek sesle kararını açıkladı. "Bu pek tiyatro sayılmaz ama şöyle bir şey yapabiliriz... Hepimiz çocukluğumuzda bizi bir şekilde rahatsız eden bir hatıraya gidelim... O hatırayı canlandırarak bizi rahatsız eden şey her neyse değiştirelim. İster anlatın, ister oynayın bu hatırayı, size bırakıyorum. Ne dersiniz?"

"Ortaya geçip o hatırayı mı canlandıracağız?" diye sordu Ece.

Handan başını eğdi. "Evet. Olmaz mı? Zor mu olur yani? Kötü bir fikir mi?"

Çoktan düşüncelere dalmış olan Rafet başını salladı. "Yooo yooo iyi fikir, çok iyi fikir," dedi.

Herkes onaylayınca birkaç dakika sessizce düşündüler ve ilk canlandırmayı Rafet yaptı: Dokuz yaşındaydı (Rafet'in dokuz yaşındaki halini suratına kocaman şaşkın bir gülümseme yerleştirerek canlandırması herkesi çok güldürdü). Annesi ve yengesi mutfaktaydı. İki elti o sırada gezmeye gitmiş olan kayınvalideyle aynı evde yaşıyordu. Yengesi hamileydi ve canı un helvası çekmişti. Oysa babaanne dediğim dedik bir kadındı ve izni alınmadan evde hiçbir şeyin pişmesini istemezdi. İki kadın babaannenin geldiğini haber vermesi için Rafet'i dışarı yollamıştı. Rafet ise arkadaşlarıyla ip atlamaya dalmış, babaannesinin geldiğini görmemişti. Görüp de eve koşması, kadının onun arkasından eve girmesi, "Bu koku da ne!" diye bağırarak mutfağa geçmesi, yengesiyle annesini sorgulaması, yengesinin korkudan şalvarının içine sakladığı bir tabak un helvasını kapıp, bağıra bağıra avluya çıkması ve tabağı bahçeye fırlatması...

Rafet babaannesinin hışmını canlandırırken nefes nefese kalmıştı. Bu, Handan'ın hiç beklemediği ağırlıkta bir hatıraydı. Bir süre devam eden sessizlikten sonra sordu: "Bu hatırada neyi değiştiriyorsun Rafet abla?"

Hikâyeyi annesinden daha önce dinlemiş olan Gökhan araya girdi. "Şimdi dışarı çıkacak ve ip atlamayacaksın herhalde anne. Kapının önüne oturup sokağın başına dikkatle bakacaksın?"

Rafet başını iki yana salladı. "Hayır. Ben şimdi babaannem, Düriye Hanım oluyorum." Eve girdi ve hayali gelinlerinin yanına giderek, pek de doğal olmayan, acele bir tavırla konuştu. "Un helvası mı yaptınız? Ohhh ne de güzel kokmuş, elinize sağlık, afiyet olsun. Kaldıysa bana da bir lokma verir misiniz?"

Herkes gülümsedi ve Handan, ikinci canlandırmayı kimin yapacağını sordu. Mecnun kalkarak ortaya geçti ve anlatmaya başladı: On iki yaşındaydı. Annesi ve babasıyla İzmir'e bir tanıdıklarını ziyarete gitmişlerdi. Mecnun sıkıldığı için, otobüsle fuara gidip biraz dolaşmıştı. Dönmek için otobüs beklerken etrafa bakıyordu. Yaşlı sayılabilecek bir adam on-on beş metre uzaktaki bir çöp kutusundan kâğıt topluyordu. Çok ama çok sıcak bir gündü. Adam çöpten yarısı içilmiş büyük bir su şişesi bulunca gülümsedi. Tam kafasına dikecekken, yanına dili dışarıda bir köpek yanaştı. Adam suyu avcuna boşalta boşalta köpeğe içirdi. O sırada ben otobüse bindim...

Mecnun'un canlandırması, adamın köpeğin başını okşamasıyla bitince Handan, "Ne güzel bir hatıraymış bu Mecnun! Hatıranın etkisiyle nasıl ışıltılı bir gülümseme yerleşti yüzüne biliyor musun? Bunun nesini değiştireceksin?"

Mecnun, "Cık! Şimdi ben mal gibi otobüse binmiyorum. Gidip o ışıldayan yüzümle adama şöyle bir kucak açıp, ona sıkı sıkı sarılıyorum," diyerek canlandırmasını sonlandırdı.

Yannis sordu: "Yani adama bir sise su alip vermiyor musun?"

Mecnun düşünceli bir şekilde, "Bilmem. Yıllardır bu sahne ara ara aklıma gelir ama o kısım hiç aklıma gelmemişti. Yanımda para var mıydı acaba? Hatırlamıyorum ki..." diyerek başını kaşıyınca, diğerleri güldü.

Bu hatıra Rafet'in hatırasının ortama getirdiği kederli ağırlığı almış ve herkesi iliklerine kadar iyilik hissiyle doldurmuştu. Handan diğerlerine bakarak sordu: "Şimdi sıra kimde?"

Gökhan ayağa kalktı. Ortaya geçip hatırasını canlandırmaya başladı: On üç yaşındaydı. Okuldan çıkmış, başka okula giden iki Türk arkadaşıyla eve gelmişti. Mehmet ve Barış. Annesi her zamanki gibi çay, poğaça ve kurabiyeden oluşan bir sofra kurmuştu. Gökhan arkadaşlarıyla mutfaktaki masada sohbet ederken, Rafet akşam yemeği yapıyordu. Arkadaşlarından Mehmet, o gün kompozisyondan düşük not almıştı. Öğretmenin, ona Türk olduğu için düşük not verdiği kompozisyonu gösteriyordu arkadaşlarına...

O sırada Rafet'i oynayan Gökhan hışımla havadan görünmez bi kâğıt kaptı ve şöyle bir göz gezdirip, "Öğretmen sana Türk olduğun için düşük not vermemiş," dedi. "Neden o zaman?" diye sordu Mehmet bozularak. "Çünkü..." dedi Gökhan, annesini, izleyenlerin pek hayal edemediği azarlar bir tavırla canlandırarak. "Öğretmen senden seni çok mutlu eden bir tatil anını yazmanı istemiş, sense sadece Türk Milli Futbol Takımı'nın ne kadar müthiş olduğunu anlatmışsın, bir de diğer ülke takımlarını yermişsin. Ülkemizin güzelliklerinden bahsetmişsin. Yazdıklarının konuyla ilgisi yok, hem de bir sürü imla hatasıyla dolu bu kâğıt, birçok kelime yanlış yazılmış. Hatta öğretmen sana fazla puan vermiş. Ben olsam sıfır verirdim."

Gökhan, canlandırmasını yaparken Rafet'e hiç bakmıyordu.

Handan kadının ne düşündüğünü anlayamadı, zira Rafet ifadesiz bir yüzle izliyordu oğlunu. Gökhan canlandırmayı falan bırakıp hızlı hızlı olayın devamını anlatmaya başladı. "Mehmet anneme itiraz etti. Misafirlikte olduğu için herhalde, ayıp olmasın diye çok fazla konuşmadı ama sonra buluştuğumuzda bana, 'Senin annen Alman olmuş,' dedi."

Handan şimdi Rafet'in kızgın olduğunu görebiliyordu. Gerilimin artmaması için hemen araya girdi. "Şimdi bu hatıraya dair neyi değiştireceksin?"

Rafet'in sesi duyuldu. "Evet oğlum neyi değiştireceksin bu hatırada?"

Gökhan yapmacık bir şekilde gülümseyerek, "Tabii ki senin konuşmanı değiştireceğim anne!" dedi.

"Değiştir bakalım değiştir, ne diyeceksin, hadi söyle de duyalım!" diyerek rest çekti Rafet.

Gökhan gözlerinden ateşler çıkararak, "Öğretmen sana Türk olduğun için düşük puan vermemiş, demeyeceksin," dedi.

Rafet'in sesi giderek yükseliyordu. "Ne diyeceğim peki?"

Gökhan'ın sesi de yükseldi. "Alman olsan sana bu kadar düşük puan vermezdi demeye ne dersin?"

"Ne olacaktı o zaman? Gerçek değişecek miydi? Arkadaşın berbat bir kompozisyon yazmıştı, konuyu bile anlamamıştı! Ne ilgisi var bunun Türk ya da Alman olmakla?"

Gökhan artık bağırıyordu. "O zaman bana gelip 'annen Alman olmuş senin' falan diyemeyecekti."

Handan Rafet'in ellerinin titrediğini görebiliyordu, araya girmek için ne diyeceğini düşünürken kadının sakin olmaya çalışan ama olamayan sesini duydu.

"Ne olmuş demişse? İncilerin mi döküldü? Bıktım senin bu milliyetçi konuşmalarından! Annen Alman olsa ne olur Türk olsa ne olur?"

Gökhan gülümsemeye çalıştı. "Türküz biz Türküz! Bunda utanılacak bir şey yok anne! Ben bundan gurur duyuyorum. Almanya'da Almanlar arasında büyümeme rağmen, asla Türklük gururumu bırakmadım. Sense... Neden bunların önemini yok sayıp bir Alman'a benzetilmeye göz yumuyorsun anlamıyorum!"

Rafet titreyerek ayağa kalktı. Kimse araya giremiyor, bu gerilimi bitirecek tek bir söz edemiyordu. Ece Mecnun'a, Handan Yannis'e yalvaran gözlerle baktı. Yannis tam, "Rafet abla..." derken kadın onu bir el hareketiyle susturdu. Oğlunun önüne geçip durdu. Yüzü kıpkırmızı olmuştu ve bütün vücudu titriyordu. Sesini kontrol etmeye çalışarak konuştu. "Yanlışın var oğlum!" dedi. Yannis'e döndü. "O Yunan." Handan, Mecnun ve Ece'yi gösterdikten sonra kendini işaret etti. "Biz Türküz! Bu ne kadar önemliyse!" Nefes nefeseydi. Gökhan'ın gözlerinin içine baktı. Sesi, söyledikleriyle birleşince gök gürültüsü etkisi yarattı. "Sana gelince! Senin hem annen hem de baban Alman! Safkan Almansın! Seni ben doğurmadım! Ama ben büyütmeseydim, belki de bu kafayla, saf Alman ırkını savunan bir Nazi olacaktın." Dediklerinden kendi de ürkmüştü. Titrek ama son derece yorgun bir sesle açıkladı. "Babanla... Yani Hüsnü'yle ikimizin mezara götürmesi gereken bir sırdı bu! O götürdü. Ben beceremedim! Hadi bakalım! Sen de şimdi bu gerçekle yaşa!" Diğerlerine döndü. "Herkese iyi geceler. Kusura bakmayın!" dedikten sona yürüyerek otele girdi.

Herkes şaşkın ve sessizdi.

Gökhan kıpırdamadan üç-dört dakika kadar onun arkasından baktı. Rafet'in peşinden gitmek ya da orayı terk etmek arasında kaldı. Sonunda kimseye bir şey demeden hızla arabasına yöneldi.

bazen,
garip bir şekilde
kalbimize sığınabilir dünya...

22

Doğum yaklaştığında Emel ve Yannis Handan'ın sağlığına odaklanmıştı. Genç kadının kafasında ise haftalardır tek bir düşünce vardı: Bebeğin ismi. Bir yanı ismi Güneş olmalı derken diğer yanı buna karşı çıkıyordu. Bir başka ses Güneş'in kızına koymayı hayal ettiği Zeynep ismini arzu ediyor ama düşününce bu da içine sinmiyordu. Güneş'le bağlantısı olmayan bir isim koymak ise kabul edeceği bir şey değildi. Bu konudaki bütün düşünce ve duygularını Yannis'le paylaşıyor olsa da adamın dinlemekten öte pek yardımı dokunmuyordu çünkü hamileliği öğrendikleri an isim kararını Handan'a bırakmıştı.

Güneş'in sevdiği her şeyi defalarca aklından geçiren Handan, bir gün Emel'le onun çektiği sokak fotoğraflarını incelerken annesinin, "Tam bir gece fotoğrafçısıymış," demesine itiraz etti. Hemen arkadaşını savunmaya geçti. Gündüz veya gece, Güneş'in çektiği bütün fotoğraflar güzeldi. Bunun üzerine Emel sarf ettiği sözden suçluluk duyarak neden öyle dediğine dair örnekler verdi. Handan da annesinin bakış açısını anlayınca onu haklı buldu.

Annesiyle arasındaki bu diyalog daha sonra bir sabah aklına gelince, gece ve güneş kelimelerinin zıtlığını yakaladı. Kızının bazı özellikleriyle Güneş'e benzemesini isterken, bazı özelliklerinin hiç benzemesini istemeyen Handan o an kızının ismi koydu.

Gece, bir Eylül sabahı dünyaya gözlerini açtı. Nur topu kelimesinin hakkını veren bir bebekti. Herkesin hayatında mutluluk ve gülümseme kaynağı oldu. Emel mutluluktan deliye döndü, Tahsin bebeği korkarak kucağına aldı. Yannis ise ilk beş gün otele hiç gitmedi, sonraki günlerde farklı bahanelerle iki saatte bir eve gelerek herkesi güldürmeye başladı.

O günlerde Handan'ı en etkileyen ziyaret Rafet'inki oldu. Atlas büyük bir ciddiyetle, "Yürüyünce ben onu gezdiririm," dedikten sonra bahçeye çıkınca kadın getirdiği hediyeyi açarak Handan'a uzattı. "Bunu bir kızım olursa diye yapmıştım. Evlendiğimde. Sonra... Biliyorsun işte... Gökhan da erkek olunca... Öyle her renk olmazdı eskiden. Hiç kullanmadım ama her yıl yıkayıp kaldırdım. Benim için özeldir." Hafifçe gülümsedi. "Gece Hanım'a kısmetmiş."

Beyaz, üzerinde yüzlerce minicik pembe kalp olan tığ işi bebek battaniyesine büyük bir beğeniyle bakan Handan ona nasıl teşekkür edeceğini bilemedi. Battaniyedeki el emeğini iyice inceledikten sonra, "Ne kadar ince iş bu, kim bilir ne kadar zaman harcadın buna," diyerek kadına minnetle bakarken tekrar teşekkür etti.

Rafet iç geçirdi. "Nasılsa hamile kalırım diye başlamıştım. Sekiz ayda bitirdim. Hıh... Sonra altı yıl daha bekledim... Tığı her batırdığımda neler neler yaşadım bir bilsen! Bazen umut... Bazen umutsuzluk... Bitmek tükenmek bilmeyen bir beklenti... Hayal kırıklığı... Gözyaşı... Yüzlerce uykusuz gece... Sonra yine umut... Ama hep sevgi vardı biliyor musun? Sevgi hep vardı... Bir bebeğimin olmasını çok ama çok istedim be Handan! Ama olmayınca olmuyor işte! Sonrasını biliyorsun. Ama biz Hüsnü'yle Gökhan'ı çok sevdik biliyor musun?" Handan onun elini sıkarken, yanağından süzülen yaşlara aldırmadan sözlerine devam etti. "Tabii şimdi bunu test edemeyiz. Kendi doğuran daha çok mu sever? Daha çok mu anne baba olur? İki türünü de yaşamadığım için bilemeyeceğim ama bildiğimiz, bilebildiğimiz her yolla sevdik onu biz. Onun için hep en doğrusunu yapmaya çalıştık."

Handan araya girdi. "Rafet abla anneliğin doğurmayla olmadığını senden iyi kim bilebilir? Böyle işkence etme artık kendine. Sizin ne kadar iyi anne baba olduğunuzu o da biliyor. O da anlayacak inan bana!"

Rafet'in sesinde umutsuzluk vardı. "Öyle mi dersin?"

"Öyle tabii... Biraz daha zaman ver."

"Kaç ay oldu."

"Ama bir de onun açısından düşün. Sen otuzundan sonra öğrenseydin evlatlık olduğunu ne yapardın?"

"Haklısın. Keşke beş-altı yaşındayken söyleseydik diyorum şimdi."

"Boş ver! Böyle de düşünme çünkü böyle düşünürsen de kendine işkence edersin. Sebepleriniz vardı. Bunları biliyor, değil mi?"

Rafet başını salladı. "Biliyor biliyor, her şeyi biliyor. Gamze her gelişinde konuşuyoruz."

*

Gece doğduktan üç hafta kadar sonra Ece Handan'a uğrayıp seraya geçtiğinde Maral telefon etmiş, ona veda edemeden İstanbul'a döndüğünü söyleyip hayatındaki değişiklikleri anlatmıştı: Bunun da sorumlusu elbette Ece'ydi. Facebook hesabını kapamasa oradan Maral'ın hayatını takip edebilirdi! Her şey o kadar ani olmuştu ki! Bir iş adamıyla nişanlanmıştı. Adı Serkan'dı. Maral'ı çok seviyor, ona kıyamıyor ve çalışmasını istemiyordu. Gelecek yaza inşallah evleneceklerdi.

Bebek görmenin üzerine aldığı bu haberle Ece'nin psikolojisi yerle bir oldu. Sanki herkes dünyada yerini bulmuş, bir tek onun sığacağı yer kalmamış da ortalıkta dolanıyormuş gibi hissetti kendisini. Bu hisler içindeyken, üstüne bir de *Troublemakers*'tan *Get Misunderstood* parçasını dinleyince iyiden iyiye hüzünlendi. Akşam yemeğinde ve sonrasında devam eden bu kederli halinin nedenini Mecnun üçüncü kez sorduğunda ise, dayanamayarak patladı.

Yanlış anlaşılmaktan korktuğu için kendini korumak adına içine attığı ne varsa hepsini saydı döktü. Konuşmasında Mecnun'u suçlayan tek bir laf etmedi. Sürekli kendisine kızdığından dem vurdu, hatta onu suçlayamadığı için bile kendisine kızgındı.

Annesinin babasının geçmişinden, hayata ve inanca bakışlarından, onunla yaşadığı beraberlikle ailesinin isteğini karşılayamayacak olmanın verdiği eziklikten, Foça'daki değişimine kadar kafasında aylardır evirip çevirdiği tüm olumsuzlukları tek tek anlattı. Bazı konuları ifade ederken ağlamamak için kendisini zor tuttu.

Tam olarak yıkılmış bir vaziyette konuşurken adam elini tutmaya çalışınca onu durdurdu. "Dur Mecnun! Bu kadar değil! Bakalım her şeyi duyunca yine elimi tutmak isteyecek misin? Belki de beni bir saniye bile görmek istemezsin! Bu anlattıklarım dengemi tamamen bozarken kendimi tanıyamaz hale geldim. Bugün gardenyanın bakımını araştırmak için internete girdim, e-postanı açık bırakmışsın, görünce Liz'le yazışmalarını okudum. Biliyorum herhangi bir açıklaması olamaz bu yaptığımın! Sen, ben rica ettiğim halde telefonuma gelen bir mesajı açmayı reddederken, ben kafamda bir hastalık haline gelen merak yüzünden Liz'le ne yazıştığını okudum! Kendimi gerçekten tanıyamıyorum artık! Seni seviyorum. Sana hiç söylemedim çünkü dediğim gibi... Sen de söylemedin! Bunda yanlış bir şey var, birlikte olmamızda yani... Nasıl açıklayabilirim bilmiyorum. Olan ve olması gereken arasında sıkışıp kaldım, sanırım benim artık senin hayatından çıkıp burayı terk etmem gerek. Olmam gereken yerde olmalıyım. İstanbul'da! Gitmeliyim. E-postanı karıştırdığım ve Liz'le yazışmanı okuduğum için de çok özür dilerim."

Mecnun birkaç dakika konuşmadı. Ece sessizlikten rahatsızlık duysa da aylardır sokak lambalarıyla aydınlanan duvarlarla konuşurken göğüs kafesini sıkıştıran her şeyi ona söylemiş olmaktan ötürü huzurluydu. İçindeki buruklugu hissetmemeye çabalarken adamın sesini duydu.

"Ne öğrendin?"

"Ne mi öğrendim?"

"Liz'le yazışmamdan."

"Hiç! Brezilya'da yaptıklarını falan okudum işte. Kırsalda bir komünde organik tarım falan filan."

Mecnun gülümsedi. "Peki orada ne bulmayı umuyordun?"

Ece dudağını ısırarak bir süre düşündükten sonra omzunu silkti. "Yani bilmiyorum. Aranızda hâlâ duygusal bir şeyler var mı yok mu emin olmak istedim galiba."

"Böyle bir şey olsa, senden neden saklayayım Ece? Hadi anlattığın diğer şeyleri anlarım bir noktaya kadar ama sen bana Liz konusunu birkaç kez sordun, ben de sana arkadaşız artık dedim. Bunda anlaşılmayacak ne var? Yalan söylediğimi mi düşündün?"

Ece kendini suçlu hissederek cevap verdi. "Sorun da bu ya! Ben senin asla yalan söylemediğini biliyorum."

"O zaman?"

Ece bulabildiği en mantıklı açıklamayı getirdi. "Galiba... Birinin yalan söylemeyeceği gerçeğini kabul edemiyorum. Senin gibi değilim ve şimdiye kadar tanıdığım kimse senin gibi değildi. Sende sevdiğim ve hayran olduğum özellikler, aynı zamanda bana inanılmaz derecede gerçeküstü gelen özellikler. Bu yüzden tedirgin oluyorum. Anlatamıyorum."

"Benim gibi olmak zorunda mısın Ece? Neden böyle düşünüyorsun, neden sürekli kendinle kavga halindesin?"

"Bilmiyorum."

"Sürekli bir şeyleri değiştirmeye çalışma çabaları... Ben olmazsam kendin mi olacaksın, bu kavganın sebebi ne? Çok güzel bir ilişkimiz var, birbirimizi seviyoruz ve mutluyuz diyorsun, sonra da birçok sorundan söz ediyorsun. Oysa ben ortada tek sorun bile göremiyorum."

"Sen görmezsin tabii. Sen istediğin gibi yaşıyorsun."

"E sen de istediğin gibi yaşa!"

"Offf! Ben istediklerimi isterken 'başkası ne ister' diye düşünmek zorundayım! Sen de bi tuhafsın Mecnun kabul et! Liz'le ayrılmışsın ama hâlâ görüşüyorsun. Hâlâ seviyorum diyorsun. Tamam, kıskandığımdan değil ama yani şimdi Liz'i seviyorsan, ben de beni sevdiğini hissediyorsam, bu normal mi?"

Mecnun güldü. "Ece açıkça sorsana ne soracaksan."

"Yani şimdi senin beni sevdiğini hissediyorum, tamam ama

nerden bileyim üç gün sonra başkasını sevmeyeceğini, başkasıyla beraber olmayacağını?"

"Bilemezsin."

Ece kendisini haklı çıkaran bu cevap üzerine rahat bir tavırla konuştu. "Yaaa işte bunu diyorum! O zaman bu nasıl ilişki, nasıl sevgi?"

"Peki sen üç gün sonra beni sevecek ve benimle beraber olacak mısın? Tabii burda üç gün sonra derken gelecekten bahsediyoruz."

"Seveceğim tabii."

Mecnun gülümsedi. "Daha birkaç dakika önce İstanbul'a gidiyordun ama? Sen geleceği bilmeye çalışıyor, geleceği sabitlemeye çalışıyorsun Ece. Geleceği bir çerçeveye yerleştirip duvara asmak istiyorsun. Hayat böyle mi? Gerçeğe bakalım. Nerden biliyorsun on dakika sonra ne olacağını, ikimizden birinin ölmeyeceğini? Garantini görelim."

Ece irkildi. "Canım, saçmalama yaaa! Yani tamam garanti yok ama her ilişki söz vermeler üzerine ilerler."

"Ya da... Tam olarak bu nedenle iki kişinin bolca yalnızlık hissettiği bir anlaşma halinde kalır."

"Ama senin mantığınla... Hislerimiz hep böyle olsa dahi biz elli yıl beraber olamayız."

"Neden olamayalım?"

Ece bu soruyu birkaç dakika düşündü. "Çünkü öyle bir söz vermeyi bile düşünemiyorsun."

"Öyle bir söz verilemez çünkü. Ama bu elli yıl birlikte olmayacağımız anlamına gelmez."

Bu ifade genç kadının hoşuna gitti. "O zaman nasıl olacak Mecnun? Dört-beş kız arkadaşın olmuş, hepsinden ayrılmışsın işte."

Adam yanına geçip kolunu onun omzuna attı. "Sen benim zampara bir tip olduğumu mu düşünüyorsun?"

"Öyle olmadığını biliyorum ama bir yandan da öyle olmalıymışsın gibi geliyor."

Mecnun gülümsedi. "Şimdiye kadarki hiçbir ilişkimde ayrılan taraf ben olmadım. Hep terk edilen oldum yani. Liz hariç.

Onu da anlatmıştım, birbirimizi terk ettik, sevgili olarak ilişkimizi bitirdik. Ben öyle kadınla falan kendimi açıklamam, öyle tanımlamam Ece. Hayatımda ille de bir kadın olsun derdim de yok ama tanıştık, beraberiz ve mutluyuz. Sen ne istiyorsun, açıkça söyle. Evlenmek seni rahatlatacaksa evlenelim ama evlenmek senin deyiminle üç gün sonra ayrılmamak anlamına gelmez. Ancak... Beni tanıyorsun artık, ben babanın inandığına, onun istediğine göre konuşmam çünkü bu sahtekârlık olur."

*

Nurcan bütün arabuluculuk tekliflerini reddederek boşandı. Tek başına yaşamaya başladığı ilk zamanlar, geceleri uyumadan önce zihninden geçen binbir düşünceyle bazen saatlerce ağlıyordu. Gözyaşlarının karanlık gecelerle arasında kalan bir sır olduğundan ise emindi.

Boşanmasının üzerinden bir ay geçmemişti. Bir sabah fırında baş başa kaldıklarında Aysel onu masaya oturttu ve doğrudan sordu: "Daha ne kadar ağlayıp kendini yıpratacaksın Nurcan?"

Gafil avlanan Nurcan birden ne diyeceğini bilemedi. "Yok... Ben... Yani... Dün biraz ağladım tabii... Selma gelince."

"Her gün şiş gözlerle geliyorsun Nurcan. Bari kızın, torunun gelince ağlamasaydın!"

Nurcan düşünceli bir şekilde kafasını öne eğdi. "Yaaa... Tabii..."

"Niye öyle dedin?"

"Çünkü Selma 'sana uğradığımı kimseye söyleme de babam duymasın' dedi. Rıza ikisine de ananızla konuşursanız beni aramayın demiş, iyi mi?"

Aysel hem Rıza'ya hem de kızlara öfkelendi ve ne diyeceğini bilemedi. Bir süre düşündükten sonra sordu: "E sen ne dedin?"

"Ne diyeceğim? Merak etme, kimse duymaz ama beni gizli gizli görmeye gelecekseniz bir daha gelmeyin dedim."

"İyi demişsin. İyi demişsin de... Dayanabilecek misin kızları görmemeye?"

Nurcan uzun uzun düşündükten sonra cevap verdi. "Biliyor musun, iyi ki bu soruyu sordun bana! Tabii ki dayanacağım Aysel! Doğurduğum çocuk beni gizli saklı görmeyi normal karşılıyorsa, bunu da babasını mutlu etmek için yapıyorsa, ben o çocuğu görmemeye dayanırım Aysel! Ben onlara babanızı görürseniz sizinle konuşmam diyor muyum? Belki artık onların da biraz eğriyi doğruyu düşünme vakti gelmiştir! Bak ben bu yaşımda nelerle imtihan oldum, onlar da kendi sınavını versin artık!"

Söze dökerek hayatına aldığı bu düşüncelerle gözyaşlarına veda etti. Sonradan düşününce Rıza ile yaşadığı hayatın kocaman bir yalan olduğu duygusuyla ağlamış olduğunu anladı. Bir ay kadar sonra Rıza'nın Foça'daki evi satıp İzmir'e yerleştiğini duydu. Bundan birkaç ay sonra da Sevim'in ona uygun bir eş bulduğunu duyunca sadece ferahlık hissetti. Böylece kızlarının yeniden sık sık arayıp sormasının nedenini de anlamış oldu.

O dönemde fırına, kendisini Aşçı Fok diye tanıtan bir kadın geldi. Foça Mutfağı üzerine bir kitap hazırlıyordu. Uzun uzun sohbet ettiler ve kitap dosyasından birkaç bölümü birlikte incelediler. Hem yerel halktan insanların öyküleri, hem de istifno, aspariçe, yaban ada pırasası, kafkalida gibi, bazılarının adını duymuş olsa da Nurcan'ın daha önce hiç yemediği çeşit çeşit otla dolu birçok eski tarif vardı dosyada. Bazı tarifleri alıp kâh fırında kâh evinde birçok deneme yaptı. Pişirdikleri Aysel tarafından test edildi onaylandı.

Foçalı olmayan ama Foça'ya âşık Aşçı Fok bu dosyayı genç yaşlı birçok Foçalıyla görüşerek hazırlamıştı. Hem kadının kendisi, hem de hazırladığı kitap Nurcan'a ilham kaynağı oldu. Gün içinde üzüleceği veya dertleneceği bir dakikası bile yoktu artık. Aşçı Fok Foça mutfağı için böyle bir kitap hazırlıyorsa, ben neden Beypazarı mutfağı için hazırlamayayım diye düşündü. Orada da zamanla unutulmuş pek çok yemek vardı. "Ben de öyle bir isim koyarım kendime ama tabii o Foça yemekleri hazırladığından Aşçı Fok koymuş. Beypazarı'nın da meşhur birçok şeyi var, ben de ordan alırım adımı," deyince ve Aysel'den,

"Evet, mesela Aşçı Kurusu koyarsın," karşılığını alınca gözlerinden yaş gelene kadar güldüler.

Ancak böyle bir kitap hazırlamak ciddi bir emek ve zaman istiyordu. Aysel'e fikrini söyleyince arkadaşı çok heyecanlandı. Tabii ki gitmesi gerekirse Beypazarı'na giderdi, beş-on gün gelmese fırını o idare ederdi. Nurcan ondan bu desteği alınca öyle mutlu oldu ki eş dost ve akrabalarına telefon açıp hemen çalışmaya başladı.

*

Gökhan evlatlık olduğunu öğrendiğinden sonraki bir ayı çok kötü geçirdi. Ertesi sabah konuyu Rafet'ten yüzeysel olarak öğrenen Gamze, kocasının telefonuyla hemen İzmir'e dönmek zorunda kaldı. Adam ilk günler öfke doluydu ve karısına Atlas'ı hemen alıp gelmesi, bir daha Rafet'in yüzüne bakmaması gibi mantıksız isteklerde bulundu.

İlk günlerde hissettiği boşluk ve anlamsızlık hissi yerini yavaş yavaş meraka bıraktı. Gamze kâh telefonla konuşarak kâh Foça'ya giderek Rafet'ten, kocasının merak ettiği her şeyi öğrendi.

Biyolojik anne babasının bilgisine ulaşamayacağını öğrenince biraz üzüldü. Hüsnü Almanya'da evlat edinmenin köyde asla hoş karşılanmayacağını, birçok ileri geri konuşma olacağını düşünmüştü. Bu konuşmaların da Rafet'i üzeceğinden emindi çünkü çocuk sahibi olamamalarında biyolojik olarak kusurlu taraf Rafet'ti. Fabrikadan Alman bir arkadaşının eşi evlat edinmeleri için çalıştığı kuruma başvurmuşlarına önayak olmuş ve üç yıla yakın beklemişlerdi.

Bu esnada bile Rafet o kadar umutsuz ve üzgündü ki Hüsnü nasıl teselli etmeye çalışırsa çalışsın karısının yüzünü güldürememişti. "Bir de çocuk sahibi olduktan sonra milletin lafıyla sözüyle üzülmene katlanamam," demişti adam. Bu nedenle bir yıl izne çıkmamışlar, Amasya'dakilere de Rafet hamile doğum yapacak demişlerdi. Zaten oturdukları yerde memleketten Türk arkadaşları yoktu. Hal böyle olunca, psikoloğun tavsiye etmesine rağmen evlatlık olduğunu Gökhan'a açıklama gereği duymamışlardı.

Aslında bu gerçeği ondan sakladıkları için hep tedirgin olmuşlar ve kendilerini suçlu hissetmişlerdi. Gökhan evlendiği akşam törenden önce onlara çok güzel bir konuşma yapınca Rafet kocasına, "Artık evlendi, gel münasip bir dille açıklayalım," teklifinde bulunmuştu. Hüsnü uzun uzun düşündükten sonra, "Rafetciğim, sen doğurmuş olsan, yıllar sonra seni ben doğurdum diyecek miydin? Şimdi de seni ben doğurmadım deme boş ver. Bak ne güzel konuştu bizimle, demek gerçekten iyi bir anne baba olduk," deyince kadın gülmüş, mevzu kapanmış, zaten kısa süre sonra da Hüsnü vefat etmişti.

Gökhan konuya nereden bakarsa baksın rahatsız ve huzursuzdu. 'Ben bildiğin insan değilmişim Gamze, kendi bildiğim insan da değilmişim' gibi cümleler kuruyor, müthiş bir haksızlığa uğramış gibi hissediyordu kendisini. Bir süre sonra da işini yapamaz oldu, bir ay rapor aldı. Ülkeden uzaklaşmak istedi. Önce Almanya'ya gitmeyi düşündü, sonra vazgeçti. Gamze'yle bir haftalığına Yunan adalarına tatile gittiler. Karısı olaya farklı açılardan bakarak, yaşadığı kimlik bunalımında onu olağanüstü bir çabayla teskin etti.

Okulların açılmasıyla Atlas'ı artık Rafet'ten almaları konusunda karısına çok baskı yaptı. Gamze buna sinirlendi. Onu çocuğu düşünmemekle suçladı. Kendisi de çocuğuyla olmak istiyordu ama yaşanan olaylar sonucu - ki bu olaylara bizzat sebep olmuşlardı - Atlas şu an Rafet'le olmaktan mutluydu. "Kendi yaşadığın sıkıntı ve acının intikamını bu şekilde alma," dedi. Gökhan da, "O zaman Atlas'a soralım bakalım, Rafet'in aslında babaannesi olmadığını bilse orada olmak ister mi?" diyerek meydan okudu. Gamze çocuğun kafasını karıştıracak bir konuşma yapmaması konusunda onu uyardı.

O hafta sonu Gökhan Atlas'ın ağzını aramaya karar verdi ve doğal bir şekilde dünyada insanı çok şaşırtacak bazı olaylardan bahsedip sonunda, "Atlascım, babaannenin aslında babaannen olmadığını öğrensen ne düşünürdün?" diye sordu.

Çocuk kaşlarını kaldırarak detay istedi. "Nasıl yani? Rafet aslında Rafet olmayacak mı?"

Görünürde televizyon izleyen karısının dudağının alaycı bir

şekilde kıvrıldığını gören Gökhan gülümsedi. "Yok... Rafet aslında Rafet de... Diyelim dedenin birinci karısı ölmüş. Babamın yani... Babam da bir daha evlenmiş. Yani benim asıl annem ölmüş, o zaman tabii Rafet üvey annem olur. O zaman da senin öz babaannen olmaz, üvey babaannen olur değil mi?"

Atlas hâlâ aynı noktadaydı. "Yani Rafet yine Rafet mi?"

"Evet! Ama tek fark beni doğurmamış."

Atlas şöyle bir düşününce babasına hak verdi. "Hmmm... O zaman senin öz annen olmaz ama yine de benim öz babannem olur."

"O nasıl olacak?"

Çocuk şüpheye mahal bırakmayan bir şekilde açıkladı. "Çünkü zaten babanneler torunlarını doğurmaz ki akıllım! Onlar sadece sever."

Gökhan aldığı bu cevabı uzun uzun düşündü. Oğlunun 'onlar sadece sever' deyişi günlerce beyninde yankılandı. Sonraki günlerde zihnini esir alan düşünce ise Hüsnü ve Rafet'in kendisini sadece sevmiş olduğuydu.

Bu konuyu konuştukları bir gün Gamze'den gerçeği suratına çarpan o konuşma geldi: "Atlas bizim öz oğlumuz Gökhan. Senin egon veya benim egom, hangisi olduğu önemli değil. Biz yıllarca küs kaldığımızda, çocuğumuzu ne kadar düşündük, öz çocuğumuzu? O dönemde Atlas'ın hayatına sevgi koymayı hangimiz akıl etti? Biz Rafet kadar hayata sevgi koyabildik mi öz anne baba olarak, bunu bir düşün istersen!"

Gökhan Ekim ayında bir Cuma günü kahvaltı ederlerken karısına bilgi verdi. "Bugün iş çıkışı ben alacağım Atlas'ı. Sen gitme."

Gamze müthiş bir rahatlık hissederek gülümsedi. "İstersen beraber gidelim."

Kocası başını iki yana salladı. "Yok, yalnız gideyim."

Kadın bir süre düşündükten sonra merak ederek sordu: "N'oldu? Yani nasıl, hangi düşünce seni bu noktaya getirdi? Niye şimdi?"

Gökhan gülümseyerek cevap verdi. "Çünkü... Rafet yine Rafet!"

*

Ece Mecnun'a içini döktükten sonra mutluluğun yanına yavaş yavaş huzuru da yerleştirdiği bir ruh hali içine girdi. Sorun ettiği her şeyden yavaş yavaş uzaklaşmaya başladı. Adamın 'istersen evlenelim' demesine sevinmiş olsa da bunu acil görmüyordu. Mecnun'un ve kendisinin hayatı ele alma biçimi artık gözünde netleşmişti ve adamınki çok daha mantıklı, çok daha gerçekçiydi. Zaman geçtikçe anlıyordu ki yere yıkılacağı anlarda adam yanı başında olacaktı ama sevgi adı altında Ece'nin hayatını üstlenmeyecekti. Mecnun'dan her zaman dinleneceği kadar destek alabileceğinin farkındaydı. Evli olsunlar veya olmasınlar bu durum değişmeyecekti. Kavradığı bu gerçek ilk zamanlar ona zor geldi ama her olguyu hayatın öngörülemezliği noktasından değerlendirmeye başlayınca sahip olduğu güce şaşırdı. Bu güç ona mutluluk verdi. Adam haklıydı: "Benimle uyuyabilirsin Ece ama beni uyuyamazsın." Hayatın sadece paylaşılabilir olduğunu, insanların birbirine dayanarak ama birbirine abanmadan da yaşayabileceğini her geçen gün daha da çok içselleştirmeye başladı.

Mecnun aylar süren araştırmalar sonunda çiftlik kurmak için kendine en uygun ve hesaplı toprağı Selçuk civarında buldu. Bu kararı birçok yönden değerlendirerek Ece ile birlikte aldı. Her şeyden önce İzmir'e yakındı - Foça'ya günübirlik gidebilirlerdi. Bitkiler için Bayındır ve Menderes'e yakındı. Büyükbaş ve küçükbaş hayvanlar için güvenebileceği bir veteriner arkadaşının yaşadığı Kuşadası'na yakındı - çok olmasa da orada da zaten bahçe yaptığı müşterileri vardı.

Foça'daki seraya Gürkan yerleşecek ve orası açık kalacaktı. Niyetleri bahara kadar Selçuk'a yerleşmek, çiftliği ve serayı hayata geçirmekti. Tabii bu işe en çok üzülen ve söylenen, Mecnun bir yana, ev arkadaşını kaybeden Sevinç oldu. Emel'le sık sık birbirlerini ziyaret ediyorlar, dışarıda vakit geçiriyorlardı. Rafet'in üçü için kurduğu okuma grubu da bir nebze üzüntüsünü alıyordu. Onun da artık otelde haftada bir katıldığı bir kitap grubu, notlar alarak okuması gereken kitaplar vardı.

Bu arada Maral'dan gelen bir telefon Ece'nin yine uzun uzun

düşünmesine yol açtı. Serkan'la ayrılmışlardı. Maral üzgündü ama bunun tek sebebi yanlış karar verdiğini anlamasıydı. İşini bırakıp Foça'dan ayrılmasından dolayı pişmandı. İş arıyordu ve muhtemelen Antalya'ya gidecekti. Hiçbir şey hayal ettiği şekilde gelişmemişti. Ece, belki de hayal etmenin yanlış olduğunu söyleyince aldığı cevaba şaşırmıştı. "Onu gayet iyi anladım Ece! Hatırlar mısın bir gece Mecnun bana sen aşka müsait değilsin demişti. Onun ne demek istediğini Serkan'la yaşadıklarımla çok iyi anladım ve üzüntümün nedenini bilsen çok gülersin. Serkan'la ayrıldığıma değil de Efdal'la evlenmediğime üzülüyorum asıl."

Çiftlik çalışmaları sürerken Aralık ayının son günlerinde Mecnun'la Ece Alsancak'a, adamın bir süre önce ısmarladığı teleskopu almak için gittiler. Genç kadının alacağı başka şeyler de olduğu için bütün bir öğleden sonrayı dışarıda geçirecekler, bir şeyler atıştırdıktan sonra da Foça'ya döneceklerdi. El ele yürürlerken Ece arada adamın elini bırakıyor, vitrinlere takılarak sık sık duruyordu. Vitrinde beğendiği bir şeyi göstermek için, "Mecnun baksana..." diye dönünce adamın yanında olmadığını fark ederek etrafına bakındı. Mecnun yirmi-otuz metre ötede bir dükkânın önünde durmuş, yere bakıyor gibiydi. Dikkatle bakınca, adamın ellerini bacaklarına vurarak tempo tuttuğunu fark etti. Ona doğru beş-altı metre yürüdü, bu sırada dükkândan gelen müziği duyunca durdu. Acaba yine dans mı edecek, diye düşünerek merakla onu izlemeye koyuldu. Sözler başladığında ise bir an için duyduğu sesten ve makamdan etkilenerek ürperdi.

Adam o an sol bacağını sabit tutarak, sağ eli gökyüzüne, sol eli yere doğru, bir semazen gibi dönmeye başladı. Tek fark, elleri açık değildi, her iki elinin işaret parmağıyla müziğe göre ritim tutuyordu. Ece bu görüntü üzerine, delirdi yine, diye düşünerek gülümserken ona doğru bir-iki attıktan sonra yine durdu.

Nereden geldiğini anlayamadığı bir grup Mecnun'un etrafını çevirmişti ve gruptan iki kız montlarını çıkarıp arkadaşlarına verdikten sonra adamı ortalarına alarak dans etmeye başladı.

Kızların ikisinin de üzerinde siyah bot ve tayt vardı. Birinde kırmızı boğazlı bir kazak, gri-beyaz-kırmızı bir atkı ve gri tozluk, diğerinde ise beyaz boğazlı bir kazak, aynı renkte tozluk ve siyah bir atkı vardı. Boyunlarına doladıkları atkıların dizlerine kadar uzun olması Ece'nin dikkatini çekti çünkü ikisi de vücutlarını sabitlemiş halde ellerini yukarıda sallarken, atkıların aldığı şekille, kökleri sağlam ve rüzgârla ahenk içinde salınan birer ağaç gibi görünüyordu. Vücutlarını sağa sola esneterek dizlerine doğru eğilirlerken oluşan görüntü rüzgârda gelincik tarlasını hatırlatıyordu insana. Vokal susunca devam eden müzikle yel değirmenlerini akla getiren bir figür yaptılar. İzleyenlerin oluşturduğu halka kalabalıklaşmaya başlayınca müziğin sesi daha da yükseldi.

Ece sözün girdiği kısma bayıldıysa da aradaki müziği biraz tekdüze ve uzun buldu, yine de hoşlanmıştı. Mecnun gökyüzünü ve yeri gösterirken tempo tutarak dönmeye devam ediyordu. Genç kadın onun etrafını saran ve dansçı olduğu belli olan bu iki kızla dans etmekten memnun olup olmadığını anlamak için yüzüne baktı. Adamın gözlerinin kapalı olduğunu ve alnının boncuk boncuk terlediğini o anda fark etti.

Gösteri bir süre daha devam etti. Parça bittiğinde etraftan alkış koptu. Dansçı kızlar reverans yaparak grup arkadaşlarına katıldıktan sonra uzaklaştılar. Ece ona doğru giderken adam gözlerini kırpıştırarak açtı ve gülümsedi. Genç kadın eliyle onun alnındaki teri silerken, "Müzik duyunca duramıyorsun değil mi?" diye sordu. Adamın gözlerinin nemli olduğunu fark ettiğinde ise ne olup bittiğini anladı.

Mecnun hâlâ anne ve babasıylaydı. Bir dakika kadar konuşmadan dükkânın önündeki kaldırımda oturdular. Adam gözlerini kapamış, başını gökyüzüne kaldırmıştı.

Ece, "Ağlamışsın," dedi.

Mecnun gülümsedi. "Ağlamadım, yaşadım," dedi. "Çok özlemişim." Genç kadının bir şey demesine fırsat vermeden dükkâna girdi.

Çıktıktan sonra yürümeye başladılar ve Ece, "Neymiş parçanın adı?" diye sordu.

Mecnun ona flaş belleği gösterdi. "Burda. Handan'a mesaj çektim. Foça'ya döndüğümüzde tüm bilgiler e-postamda olacak." Duraksadı. "Hey be! Bakalım Engin Bey Kadriye Hanım'a neler demiş!" Kolunu genç kadının omzuna attı. "Hadi şimdi alışveriş işini halledelim."

★

Eve gittiklerinde Mecnun bilgisayarı açtı ve Handan'dan gelen maili beraber okudular:

Pek Sevgili Mecnun,

Parçayı bulmana çok ama çok sevindim. Bana ilk anlattığında, tabii diyordum, mümkün diyordum. Annen ve babanla hasret giderdiğin için ne kadar mutlu olduğum hakkında bir fikrin var mı? :)

Ama sıkı dur! Bu parça sayesinde ben de Gülşenciğimle ve Güneşimle hasret giderdim. Ben... Sana minnettarım... Bak n'oldu:

Bu gece, uyandığımda her karesini hatırladığım bir rüya gördüm. Yannis otele gitmeden, kahvaltıda ona da anlattım hatta. Rüyamda sen ve ben sınıf arkadaşıymışız. Okul pikniğindeyiz. On yaşında falanız. İkimiz aynı yaştayız ve bu hiç tuhaf değil. Yeşillik bir yer, Ankara'da sanki, emin değilim. Veliler de gelmiş ama bizi bırakıp gideceklermiş. Senin annen baban ve benim anneannem öğretmenimizle konuşuyor. Biz seninle kek istiyoruz, bir an önce keklerimizi yemek istiyoruz, sonra saklambaç oynayacağız. Bize bir türlü kek vermiyorlar. Sen vazgeçiyorsun, boş ver gidelim diyorsun. Ben ille de kek diye tutturunca, anneannem mavi bir kaptan kek çıkarıp bana ve sana veriyor. Hemen yiyoruz. Anneannem ve annenle baban hadi siz oynayın artık biz gideriz diyorlar. Sen annenlere tamam deyip saklambaç oynayacağımız yere, diğer çocukların yanına gidiyorsun. Benim içimi bir korku kaplıyor. O hissi tarif edecek kelimem yok. Derin bir yalnızlık, unutulmuşluk, hiç hatırlanmayacak olmanın korkusu. Gitme diyorum anneanneme. Ben seni bulamam, gitme! Bunun üzerine anneannem sandalyeye oturup beni kucağına alıyor ve ben küçükken hep yaptığı gibi saçma sapan bir makam tutturarak şunları söylüyor: "Handan saklambaç oynasın... Gülşen gitsin... Handan ne zaman çağırsa, Gülşen gelir... Kitapta gelir, masalda gelir... En sevdiğin şiirde gelir... Şarkıda gelir... Şarkıda gelir...

Sonra ben de sizin yanınıza doğru yürüyorum ama içim hâlâ rahat değil ve arkama dönünce Güneş'le kol kola girmiş olan anneannemin bana baktığını görüyorum. Güneş gülümseyerek eliyle bana hoşça kal işareti yapıyor. O an içim öyle rahatlıyor ki ben de el sallayıp koşarak sizin yanınıza geliyorum...

İşte tam burada uyandım. Uyandığımda kendimi çok iyi hissediyordum. Bak diğer cümleleri bir kere söyledi ama iki kez şarkıda gelir dedi anneannem, buna dikkatini çekerim.

Birkaç saat sonra da sen mesaj attın. Gece'yle uğraşırken rüyayı da unutmuştum açıkçası. Onu uyutup kanepeye yatırdım. Bilgisayarı açtım. Şarkıyı bulup dinledim. Sözler ve şair çarptı beni zaten.

Okuyunca sen de ürpereceksin ama asıl bomba şu: Sözleri düşünerek şarkıyı dinlemem, bittiğinde rüyayı hatırlamam, anneannemin sesini kafamın içinde duymam, Güneş'in gülümsemesi ve Gece'ye dönüp bakmam bir oldu. Normalde en az iki saat uyuması gereken bebek Gülşen Hanım'ın gülümsemesiyle bana bakıyordu. O an, tam o an... Ben Gece miyim, Handan mıyım, Gülşen miyim inan bana bilemedim ve belki de en çok Güneş olarak hissettim kendimi. O kadar çok kişi oldum ki aynı anda... Bedenimden bir anda gelip geçen hayatlarla birkaç damla yaş akıttım. Mutluluktan.

Annen ve babanla beraber olurken, bana da Güneş'i ve anneannemi getirdiğin için çok teşekkür ederim :)

Bu ne kadar muazzam bir parçadır! Beş kez üst üste dinledim, sarhoş gibiyim. *Nu* cover yapmış, parçanın adı *Man O To* (Sen ve Ben). Bir Mevlâna şiiri. Türkçe çevirisi beni yerle yeksan etmişken, şiiri asıl dili olan Farsçadan okuyabilsem ne olurdu acaba? Şarkının müziksiz halini de dinlemelisin. *Ghazal Shakeri* söylüyor. O da içini yırtıyor insanın.

Yok olmak diye bir şey yok, var olan var kalır dersin ya sen... İşte bunu anlatır gibi Mevlâna'nın o dünya ötesi sözleri:

Saadet zamanı: avluya doğru oturmuşuz, sen ve ben
Endamımız çift, sûretimiz çift, rûhumuz tek, sen ve ben
Bulandıran palavralardan âzâde, gamsız bir keyif, sen ve ben
Sen ve ben, ne sen varsın ne de ben, bir olmuşuz aşk elinden